FURIA

SANDRA BROWN

FURIA

PRZEŁOŻYŁA
Edyta Jaczewska

EDIPRESSE
KSIĄŻKI

Tytuł oryginału: Seeing Red

Edipresse Kolekcje Sp. z o.o.
ul. Wiejska 19
00-480 Warszawa

Dyrektor Zarządzająca Segmentem Książek: Iga Rembiszewska
Senior Project Manager: Natalia Gowin
Produkcja: Klaudia Lis
Marketing i promocja: Renata Bogiel-Mikołajczyk, Beata Gontarska
Digital i projekty specjalne: Katarzyna Domańska
Dystrybucja i sprzedaż: Izabela Łazicka (tel. 22 584 23 51),
Beata Trochonowicz (tel. 22 584 25 73),
Andrzej Kosiński (tel. 22 584 24 43)

Redakcja: Jolanta Kucharska
Korekta: Beata Turska, Edytorial.com.pl, Izabela Jesiołowska
Projekt okładki i stron tytułowych: Paweł Panczakiewicz/
/PANCZAKIEWICZ ART.DESIGN – www.panczakiewicz.pl
Zdjęcia na okładce: Shutterstock
Skład i łamanie: Master, Łódź

EDIPRESSE
KSIĄŻKI

Biuro Obsługi Klienta
www.hitsalonik.pl
mail: bok@edipresse.pl
tel.: 22 584 22 22
(pon.–pt. w godz. 8.00–17.00)
facebook.com/edipresseksiazki
facebook.com/pg/edipresseksiazki/shop
instagram.com/edipresseksiazki

Druk i oprawa: Toruńskie Zakłady Graficzne Zapolex
ISBN 978-83-8164-011-4

Książkę wyprodukowano
na papierze Creamy 60 g vol 2.0
dostarczonym przez Zing Sp. z o.o.
ZING

Prolog

– Czy brał pan pod uwagę, że to się może skończyć dla pana tragicznie?

– Tego pytania nie było wśród umówionych wcześniej. – Major zacisnął wargi z dezaprobatą.

– I dlatego nie zadałam go przed kamerami. Ale teraz nie ma tu nikogo oprócz nas. Pytam nieoficjalnie. Czy bał się pan o swoje życie? Przeszło panu przez myśl, że to może być koniec?

– Nie miałem czasu zastanawiać się nad tym.

– Ta odpowiedź wydaje się z góry przygotowana. – Kerra Bailey przechyliła głowę i przyjrzała mu się z powątpiewaniem.

– Bo była. – Siedemdziesięciolatek posłał jej uśmiech, którym zdobył kiedyś serca całego narodu.

Nie próbowała pytać o nic więcej, zwłaszcza że dostała to, po co tu przyjechała – pierwszy wywiad, jakiego Major udzielił od ponad trzech lat. W dniach poprzedzających rozmowę transmitowaną tego wieczoru na żywo z jego domu zdążyli oboje już się poznać. Odbyli kilka ożywionych dyskusji, często zajmując odmienne stanowiska.

Kerra spojrzała na poroże jelenia wiszące nad kominkiem.

– Nienawidzę, gdy oczy martwego zwierzęcia patrzą na mnie ze ściany.

– Dziczyzna jest pożywieniem, a regularne przerzedzanie stada jest ekologicznym wymogiem jego przetrwania.

– Z naukowego punktu widzenia to zasadne spostrzeżenie. Z osobistego i ludzkiego nie rozumiem, jak ktoś mógłby wziąć na muszkę takie piękne zwierzę i nacisnąć spust.

– Żadne z nas dwojga nie wygra w tym sporze – odparł twardo.

– Ani nie uzna porażki – padła riposta.

– Niewątpliwie. – Parsknął krótkim śmiechem i zakaszlał sucho.

Spojrzał w kąt przestronnego pokoju, po czym podniósł się z rozkładanego fotela pokrytego brązową skórą i podszedł do wysokiej szafy na broń. Otworzył przeszklone drzwi i wyjął ze środka strzelbę.

– To z niej ustrzeliłem tego właśnie jelenia. Ostatni prezent gwiazdkowy od żony – powiedział, przesuwając dłonią po niebieskawej lufie. – Nie używałem jej, odkąd zmarła Debra.

Widok łagodniejszej strony emerytowanego żołnierza poruszył Kerrę.

– Szkoda, że nie mogła być przy tym wywiadzie.

– Też żałuję. Codziennie mi jej brak.

– Jak ona to znosiła? Rolę żony bohatera narodu?

– Była pod ogromnym wrażeniem – zachichotał, stawiając strzelbę w kącie pomiędzy szafą a ścianą. – Już tylko co drugi dzień suszyła mi głowę, że zostawiam skarpetki na podłodze, zamiast wkładać je do kosza z praniem.

Zaśmiała się, myślami jednak wróciła do syna Majora. Nie ukrywał niechęci do rozgłosu otaczającego ojca, ale Kerra czuła się w obowiązku zaprosić go do udziału w wywiadzie, choćby miał wystąpić tylko krótko, w ostatnim fragmencie. Używając dosadnego języka, niepozostawiającego miejsca na błędną interpretację, odmówił. I dzięki Bogu.

Major podszedł do barku.

– Od tej całej gadaniny zaschło mi w gardle. Przyda mi się kropla alkoholu. Czego ci nalać?

– Nie, dziękuję. – Wstała i wzięła torbę stojącą na podłodze obok fotela. – Jak tylko wróci ekipa, musimy ruszać w drogę.

W miejscowej restauracji Major zamówił wcześniej dla niej i całej pięcioosobowej ekipy telewizyjnej smażonego kurczaka, podawanego na zimno w piknikowym stylu. Posiłek dostarczono do jego domu. Kolacja trwała godzinę, a kolejną zajęło pakowanie sprzętu. Gdy się z tym uporali, Kerra poprosiła współpracowników, żeby pojechali na stację benzynową i zatankowali furgonetkę, bo czekała ich dwugodzinna droga powrotna do Dallas. Ona została w domu Majora. Chciała spędzić z nim trochę czasu bez świadków i podziękować mu.

– Majorze, muszę panu powiedzieć… – zaczęła.

Odwrócił się w jej stronę i nie pozwolił dokończyć zdania.

– Już to mówiłaś, Kerro. Kilkakrotnie. Nie ma potrzeby do tego wracać.

– Może pan nie chce tego znowu słyszeć, ale ja muszę to powiedzieć. – Jej głos ochrypł z emocji. – Proszę przyjąć moje serdecznie podziękowanie za... No cóż, za wszystko. Nie umiem odpowiednio wyrazić swojej wdzięczności. Jest po prostu bezgraniczna.

– To naprawdę drobiazg – odparł mężczyzna, dostosowując się do jej poważnego tonu.

Uśmiechnęła się do niego i westchnęła.

– Czy mogę od czasu do czasu do pana zadzwonić? Zajrzeć z wizytą, jeśli kiedyś trafię w te strony?

– Będzie mi bardzo miło.

Przez długą chwilę przyglądali się sobie nawzajem, nie wypowiadając tych wszystkich jakże niewystarczających słów, wzrokiem jednak przekazując głębię emocji. Po czym, chcąc przerwać sentymentalny nastrój, Major zatarł ręce.

– Na pewno niczego się nie napijesz? – powtórzył pytanie.

– Dziękuję, chciałabym tylko skorzystać z łazienki.

Płaszcz położyła na oparciu fotela, ale torbę narzuciła na ramię.

– Znasz drogę.

To była już czwarta jej wizyta u Majora, znała więc plan domu. Salon wyglądał niczym małe muzeum stanu Teksas: parkiet z postarzanego drewna, na nim bydlęce skóry, reprodukcje rzeźb Fredericka Remingtona przedstawiające w brązie kowbojów w akcji i meble, przy których ulubiony rozkładany fotel Majora z podnóżkiem wydawał się miniaturowy.

Jeden z korytarzy prowadził z głównego pomieszczenia do holu. Tam za pierwszymi drzwiami po lewej mieściła się toaleta. W dość kobiecym wnętrzu nieco absurdalnie wyglądał dozownik do mydła w kształcie łba byka rasy Longhorn.

Osuszała ręce, stojąc przy umywalce. Patrzyła w lustro, starając się zapamiętać, że ma się odezwać do swojej fryzjerki – może kilka dodatkowych jaśniejszych pasemek wokół twarzy? Zasuwka drzwi zaklekotała, odwracając jej uwagę od własnego odbicia.

– Majorze, czy ekipa już wróciła? Zaraz wychodzę.

Nie odpowiedział, chociaż czuła, że za drzwiami ktoś stał. Odwiesiła ręcznik na żelazne kółko zamontowane w ścianie obok umywalki i właśnie sięgała po torbę, gdy usłyszała huk. Natychmiast wróciła myślami do Majora. Wyjął strzelbę z szafki, ale jej tam nie zamknął. Jeśli chciał to zrobić teraz, a ona niespodziewanie wypaliła... O Boże!

Rzuciła się do drzwi i złapała za gałkę. Szybko cofnęła dłoń, słysząc z głębi domu głos, który nie należał do Majora.

– I jak ci się na razie podoba umieranie? – dobiegło jej uszu pytanie.

Kerra zasłoniła usta dłonią, chcąc powstrzymać jęk niedowierzania i przerażenia. Usłyszała głuchy stukot czyichś kroków w salonie. Czy to była jedna para nóg, czy dwie? Nie potrafiła tego ustalić, a strach nie pozwalał jej myśleć jasno. Instynktownie sięgnęła jednak do kontaktu i zgasiła światło. Wstrzymując oddech, nasłuchiwała odgłosu kroków, które to cichły na bydlęcych skórach, to odbijały się głośnym echem na deskach parkietu, a potem, ku jej rosnącej grozie, skierowały się do holu. Dotarły pod drzwi łazienki i się zatrzymały.

Poruszając się tak bezszelestnie, jak tylko to było możliwe, cofnęła się spod drzwi. Po omacku znalazła drogę obok umywalki i sedesu, aż dotarła do ściany wyłożonej drewnianą boazerią. Usiłowała oddychać jak najciszej, choć jej wargi poruszały się, wypowiadając modlitwę złożoną z jednego powtarzanego raz za razem słowa:

– Proszę, proszę, proszę...

Stojący po drugiej stronie drzwi chciał obrócić gałkę, ale drzwi były zamknięte. Spróbował ponownie, a potem drzwi zadygotały, mocno pchnięte. Dla człowieka, który usiłował je otworzyć, zamknięta zasuwka mogła oznaczać tylko jedno: w środku ktoś był.

Nakryto ją.

Kolejne kroki – druga osoba nadbiegła od strony salonu. W drzwi znów zaczęto walić, jak się domyśliła, kolbą strzelby. Nie miała niczego do obrony przed napastnikami. Jeśli zastrzelili Majora, to gdy sforsują te drzwi, ona też zginie. Jedynym wyjściem była ucieczka. Kerra nie miała chwili do stracenia. Okno, które miała za plecami, było niewielkie, ale tylko ono dawało jej szansę ujść z życiem. Wymacała zatrzask dolnej części, odblokowała go, a potem wsunęła palce w zagłębienie ramy i z całej siły pociągnęła. Rama ani drgnęła.

Łup, łup, łup! Kolejne, padające jedno po drugim uderzenia osłabiały zasuwkę w drzwiach. Z drewna, w którym była osadzona, posypały się drzazgi. Zachowanie ciszy nie miało już znaczenia, Kerra głośno zaszlochała, łapczywie chwytając hausty powietrza.

– Proszę, proszę, proszę… – skomlała to usilne błaganie o ratunek do jakiejś siły większej od niej, bo ona była bezradna.

Raz jeszcze z całej siły szarpnęła ramę okna, a ta ku jej zaskoczeniu ustąpiła. Kerra przez sekundę stała oszołomiona. Z tego stanu wyrwała ją kolejna gwałtowna próba sforsowania zamka. Tym razem napastnikowi udało się obluzować śruby mocujące zasuwkę. Usłyszała dźwięk metalu uderzającego o podłogę. Przerzuciła nogę przez parapet i zgięła się niemal wpół, żeby przecisnąć na zewnątrz głowę i ramiona. Kiedy to jej się udało, odepchnęła się i skoczyła. Upadła, uderzając barkiem o ziemię. Ukłucie bólu zaparło jej dech, lewe ramię zdrętwiało i straciła w nim czucie. Ostatkiem siły przeturlała się na brzuch i odepchnęła od ziemi prawą ręką. Po kilku niepewnych krokach złapała równowagę i rzuciła się pędem przed siebie. Za sobą słyszała odgłos ustępujących z trzaskiem drzwi łazienki.

Ogłuszył ją wystrzał z dubeltówki, który odciął górną gałąź młodego jadłoszynu. Biegła. Strzelono jeszcze raz, trafiając w jakąś skałę. Odpryski kamienia uderzyły ją po nogach, kłując jak igły. Ile razy spudłują, zanim wreszcie uda im się trafić? W okolicy nie było latarni, tylko sierp księżyca rzucał poświatę. Mrok sprawiał, że była trudniejszym celem, ale też nie pozwalał widzieć więcej niż na parę kroków przed sobą. Biegła na oślep, potykając się o kamienie, krzaki i nierówny grunt.

Proszę, proszę, proszę…

A potem grunt pod jej stopami się osunął. Kerra potoczyła się, chwytając dłońmi wyłącznie powietrze. Nie udało się jej powstrzymać upadku, runęła na ziemię. Przeturlała się po niej, ześlizgnęła i spadła.

Rozdział 1

Sześć dni wcześniej

Kiedy rozległo się stukanie, Trapper miał wrażenie, że jest w śpiączce, z której nie sposób się obudzić.

– Do diabła – mruknął w ozdobną poduszkę pod głową. Wiedział, że będzie nosił na twarzy odcisk wzoru tkaniny, kiedy się podniesie. O ile się podniesie. Na razie nie miał najmniejszego zamiaru drgnąć ani nawet otworzyć oczu.

Może ten stukot tylko mu się śnił? Może robotnik budowlany gdzieś w głębi budynku opukiwał ściany, szukając pokrytych tynkiem gniazd? To jakiś miejski dzięcioł? Nieważne. Jeśli będzie ignorował hałasy, te zapewne ustaną. Ale po kilkunastu sekundach błogosławionej ciszy stukanie rozległo się ponownie.

– Nieczynny jestem. Proszę przyjść później – wychrypiał Trapper.

Kolejne trzy stuknięcia zabrzmiały nieustępliwie.

Zaklął, odwrócił się na plecy, cisnął poduszkę wilgotną od śliny, która wyciekła mu z ust w trakcie drzemki, w przeciwległy kąt biura. Zakrył oczy ręką, próbując osłonić je przed światłem. Żaluzje w oknach były jedynie częściowo rozsunięte, ale w oczach poczuł ból wywołany radosnymi, wąskimi smugami promieni słonecznych. Podnosząc tylko jedną powiekę, opuścił stopy i usiadł. Kiedy w końcu wstał, natychmiast potknął się o własne, rzucone obok kowbojskie buty, przy czym dużym palcem pchnął komórkę po podłodze. Wślizgnęła się pod krzesło. Wątpił, czy zdołałby się na powrót wyprostować, gdyby schylił się tak nisko, więc zostawił ją tam.

Przecież to nie tak, że dzwoniła bez przerwy. Przyciskając pulsującą skroń wnętrzem dłoni, z jednym okiem nadal zamkniętym, zdołał przejść przez biuro, nie zawadzając o otwartą dolną szufladę metalowej szafki na akta. Z powodu, którego nie umiał sobie przypomnieć, stała otworem. Przez matową szybę górnej części drzwi dostrzegł jakąś postać, właśnie unoszącą pięść, by znów zastukać. Chcąc zapobiec kolejnej fali bólu, którą to mogło wywołać, Trapper przekręcił zamek i odrobinę uchylił drzwi.

Oszacował ją w dwie sekundy.

– Pomyliła pani biura. To piętro wyżej. Pierwsze drzwi na prawo z windy.

Miał już zamknąć drzwi, kiedy się odezwała:

– John Trapper?

„Cholera! Zapomniałem o jakimś spotkaniu?" – pomyślał, masując czubek głowy. W tym miejscu bolały go nawet korzonki włosów.

– Która godzina?

– Kwadrans po dwunastej.

– A dzień?

– Poniedziałek. – Wzięła głęboki oddech i powoli wypuściła powietrze.

Zmierzył ją wzrokiem od góry do dołu i znów spojrzał na jej twarz.

– Kim pani jest?

– Kerra Bailey.

Nazwisko nic mu nie mówiło, ale przy łupiącym pod czaszką młocie pneumatycznym miał problem z przypomnieniem sobie własnego.

– Proszę posłuchać, jeśli chodzi o tamten parkometr…

– Przed budynkiem? Ten przetrącony?

– Zapłacę za wymianę. Pokryję wszelkie koszty. Zostawiłbym kartkę z informacją, że to zrobię, ale nie miałem przy sobie nic do pisania…

– Nie przyszłam tu w sprawie parkometru.

– Hm. Aha. Byliśmy umówieni?

– Nie.

– Bo to trochę kiepska pora dla mnie, pani… – przerwał z wahaniem. W głowie miał czarną dziurę.

– Bailey – powtórzyła tym samym zniecierpliwionym tonem, którym go poinformowała, że jest poniedziałek.

– No właśnie, pani Bailey. Proszę do mnie zadzwonić i ustalimy termin…

– To ważne, żebym porozmawiała z panem raczej wcześniej niż później. Mogę wejść? – Wskazała na drzwi, które Trapper trzymał uchylone ledwie na kilka centymetrów.

Kobietom, które wyglądały tak jak ona, nie lubił odmawiać niezależnie od prośby. Ale, do diabła, był kompletnie otumaniony. Koszulę miał rozchełstaną, jej poła wysunęła się ze spodni. Liczył, że rozporek ma zapięty, ale na wszelki wypadek wolał nie ryzykować zerknięcia w dół i zwrócenia uwagi na te okolice. Oddechem mógłby zabijać na odległość. Spojrzał przez ramię na nieład w biurze: marynarka i krawat przewieszone przez oparcie krzesła, buty kowbojskie przy kanapie, jeden stojący prosto, drugi przewrócony, jedna skarpetka udrapowana na podłokietniku, druga Bóg raczy wiedzieć gdzie... Pusta butelka po szampanie niebezpiecznie balansująca na skraju blatu biurka. Potrzebował prysznica. Jeszcze bardziej potrzebował się odlać. Ale też tak naprawdę najbardziej ze wszystkiego potrzebował klientów, a ona emanowała słowem „kasa". Jej torba też, i to nie w przenośni. Była rozmiarów niewielkiej walizki, cała pokryta designerskimi inicjałami. Nawet gdyby faktycznie szukała doradcy podatkowego z biura piętro wyżej, oznaczałoby to, że zapuściła się tam, gdzie nie powinna. Poza tym, czy kiedykolwiek słyszano, żeby odmówił damie w potrzebie?

Cofnął się i otworzył drzwi, gestem wskazując dwa krzesła dla klientów. Piętą domknął szufladę szafki na akta. Zanim dziewczyna usiadła przy biurku, zdążył go dopaść, żeby usunąć pusty, ale intensywnie woniejący kartonowy pojemnik po chińszczyźnie i ostatni numer „Maxima". Zaliczał tę okładkę do pierwszej dziesiątki ulubionych, ale jej mógł się nie spodobać do połowy odkryty sutek.

Zajęła miejsce na krześle, torbę postawiła na sąsiednie. On, obchodząc biurko, zapiął środkowy guzik koszuli. Przesunął dłonią po ustach i brodzie, sprawdzając, czy nie została tam strużka śliny. Osunął się na swoje krzesło. Dostrzegł, że dziewczyna zerka na zaprzeczającą prawu grawitacji butelkę po szampanie. Zdjął ją z blatu i ostrożnie umieścił w koszu, chcąc uniknąć brzęku szkła.

– Kumpel się ożenił.

– Wczoraj wieczorem?

– W sobotę po południu.

– Wesele musiało być udane. – Uniosła brew.

Wzruszył ramionami, a potem odchylił się na krześle.

– Kto panią do mnie skierował?

– Nikt. Adres wzięłam ze strony internetowej.

Trapper zdążył zapomnieć, że taką ma. Zapłacił jakiemuś studenciakowi siedemdziesiąt pięć dolców za zrobienie wszystkiego, co potrzebne, żeby stronę w internecie posiadać. I więcej już o tym nie myślał. To była pierwsza klientka pozyskana tą drogą.

Wyglądała, jakby stać ją było na znacznie wyższą półkę.

– Przepraszam, że pojawiam się bez uprzedzenia – powiedziała. – Próbowałam dziś rano kilka razy do pana dzwonić, ale cały czas słyszałam pocztę głosową.

Trapper zerknął w stronę krzesła, pod które wślizgnęła się jego komórka.

– Wyłączyłem telefon na czas wesela. Chyba zapomniałem znów go włączyć – wyjaśnił. Zmienił dyskretnie pozycję na krześle, bezskutecznie próbując zmniejszyć parcie na pęcherz. – Wolała pani nie odkładać tej rozmowy na później. No cóż, słucham. Podobno to ważne. Choć nie aż tak, żeby umówić się na spotkanie. Co mogę dla pani zrobić?

– Chciałabym, żeby wstawił się pan za mną u ojca i przekonał go do udzielenia mi wywiadu.

Korciło go powiedzieć: „Że co proszę?", „Słucham?" albo „Nie bardzo rozumiem...", ale wyraziła się na tyle precyzyjnie, że rzucił tylko:

– To ma być, kurwa, jakiś żart?

– Nie.

– Serio, kto panią podpuścił?

– Nikt, panie Trapper.

– Wystarczy po prostu: Trapper, ale to i tak bez znaczenia, jak będzie się pani do mnie zwracać, bo nie mamy sobie nic więcej do powiedzenia. – Wstał i ruszył do drzwi.

– Nawet mnie pan nie wysłuchał.

– Owszem, wysłuchałem. A teraz, pani wybaczy, muszę się odlać, a potem odespać kaca. Wychodząc, proszę przymknąć drzwi za sobą. Ze względu na okolicę mam tylko nadzieję, że po wyjściu zastanie pani jeszcze swój samochód tam, gdzie go pani zaparkowała.

Na bosaka podreptał zapuszczonym korytarzem w stronę męskiej łazienki. Skorzystał z pisuaru, po czym podszedł do umywalki i przyjrzał się sobie w wiszącym nad nią przymglonym i spękanym lustrze. Wyglądał gorzej niż psie łajno. Pochylił się i nabierając wodę w złączone dłonie, pił tak długo, aż pragnienie nieco osłabło, a potem wsadził głowę pod kran. Otrząsnął wodę z włosów i wytarł twarz papierowymi ręcznikami. Czyniąc kolejne ustępstwo na rzecz przyzwoitości, dopiął resztę guzików koszuli i skierował się z powrotem do biura.

Nadal tam była. Co w sumie niespecjalnie go zaskoczyło. Wyglądała na taką, która łatwo się nie poddaje. Odezwała się, zanim kazał jej się wynosić.

– Dlaczego miałby pan sprzeciwiać się udzieleniu mi wywiadu przez Majora? – spytała.

– To nie moja sprawa, ale on się nie zgodzi. Moim zdaniem pani to już wie, inaczej nie przyszłaby pani do mnie, bo jestem ostatnią osobą na tej planecie, która mogłaby ojca do czegokolwiek nakłonić.

– Dlaczego?

– Niech zgadnę... Jestem pani ostatnią deską ratunku? – Rozpoznał sprytnie zastawioną pułapkę, ale nie dał się w nią złapać.

Jej mina wskazywała, że raczej nie będzie się wypierać.

– Zanim pani przyszła do mnie, ile razy prosiła pani Majora?

– Dzwoniłam do niego trzynaście razy.

– Ile razy zareagował rzuceniem słuchawki?

– Trzynaście.

– Niewychowany drań.

– To wyraźnie rodzinna cecha – mruknęła pod nosem.

– Jedyna, która mnie z nim łączy. – Trapper się uśmiechnął. Przyglądał się dziewczynie przez chwilę. – Przyznaję pani dodatkowe punkty za wytrwałość. Większość poddaje się znacznie wcześniej niż przy trzynastej próbie. Dla kogo pani pracuje?

– Dla stacji działającej w Dallas.

– Jest pani z telewizji? Z Dallas?

– Robię dla nich reportaże. Ludzkie sprawy, tego typu tematy. Czasem niektóre materiały trafiają do sobotnich wieczornych serwisów informacyjnych naszej sieci.

Trapper słyszał o tej stacji, ale nie pamiętał, by ją kiedykolwiek oglądał. Miał też absolutną pewność, że nigdy nie widział tej dziewczyny w żadnym programie, bo ją by zapamiętał. Miała proste, błyszczące, brunatne włosy z kilkoma jaśniejszymi pasemkami przy twarzy. Brązowe oczy, wielkie jak u łani. Tuż pod zewnętrznym kącikiem lewego pieprzyk tej samej ciemnoczekoladowej barwy co tęczówki oczu. Cerę miała śmietankową, usta wydatne i różowe. Nie miał najmniejszej ochoty odrywać od nich wzroku. A jednak oderwał.

– Przykro mi, ale pani wizyta u mnie na nic się nie zdała.

– Proszę pana…

– Traci pani czas. Major od lat nie udziela się publicznie.

– Od trzech, konkretnie. Ale to mało powiedziane, że się nie udziela, on się wręcz odizolował. Jak pan sądzi, dlaczego to zrobił?

– Mogę się domyślać, że miał dość gadania na tamten temat.

– A pan?

– Ja miałem dość znacznie wcześniej.

– Ile miał pan lat?

– W momencie zamachu bombowego? Jedenaście. Byłem w piątej klasie.

– Nagła sława ojca musiała mieć na pana duży wpływ.

– Niespecjalnie.

Przyglądała mu się przez chwilę, a potem stwierdziła cicho:

– Wykluczone. Musiała wpłynąć na pana życie równie dramatycznie, jak wpłynęła na jego.

– Wie pani, jak to brzmi? – Zmrużył jedno oko. – Te naprowadzające pytania, jakby to ze mną próbowała pani robić wywiad… W tym przypadku ma pani wybitnego pecha, bo nie mam zamiaru rozmawiać o Majorze, o mnie ani o moim życiu. Nigdy. I z nikim.

Sięgnęła do przydużej torby i wyjęła z niej portretowych rozmiarów fotografię. Położyła ją na biurku i pchnęła w jego stronę.

Nawet na nią nie spojrzawszy, odsunął ją z powrotem.

– Znam ją. – Podniósł się z krzesła, ruszył do drzwi, otworzył je i stanął tam z dłońmi na biodrach.

Zawahała się, westchnęła z rezygnacją, przewiesiła pasek torby przez ramię i podeszła do niego.

– Trafiłam na zły moment.

– Nie. Lepszego momentu nie będzie.

– Czy zgodziłby się pan spotkać ze mną później, kiedy uda się już panu… – gestem ręki wyraziła zrozumienie dla jego nędznej kondycji – …dojść do siebie? Mogłabym wyjaśnić, co zamierzam. Omówilibyśmy to na przykład przy obiedzie.

– Nie ma o czym mówić.

– Ja płacę.

– Nie. Ale dziękuję za propozycję – odparł, kręcąc głową.

Przygryzła wargę, najwyraźniej usiłując zdecydować, jaką taktykę przyjąć, żeby go przekonać. Mógł jej podrzucić parę sprośnych sugestii, ale tak daleko pewnie by się nie posunęła, a nawet gdyby, on potem i tak odmówiłby jej. Rozejrzała się po biurze i przysunęła się jeszcze bliżej do Trappera. Czubkiem wskazującego palca powiodła po napisie namalowanym od szablonu na matowej szybie drzwi.

– Prywatny detektyw.

– Jak widać.

– Pana zawód to prowadzenie dochodzeń i odkrywanie tajemnic.

Westchnął ciężko. Owszem, kiedyś tak wyglądało jego zajęcie. Obecnie zatrudniały go zapłakane żony, by potwierdził, że ich mężowie pieprzą się na boku z kim popadnie. Jeśli udawało mu się zdobyć zdjęcia, jego honorarium się podwajało. Zrozpaczeni rodzice płacili mu za tropienie zbiegłych z domu nastolatek, które zwykle znajdował w ciemnych zaułkach, gdzie robiły laskę w zamian za heroinę. Nie określiłby teraz swojej pracy odkrywaniem tajemnic. Ani prowadzeniem dochodzeń.

– Jestem istnym Sherlockiem Holmesem z okolic Fort North – rzucił.

– Ma pan licencję stanową?

– O, tak. Pozwolenie na broń, zapas naboi, wszystko.

– A dysponuje pan szkłem powiększającym?

Pytanie go zaskoczyło, bo nie zadała go żartem. Mówiła poważnie.

– Po co?

Nadąsane różowe usta uśmiechnęły się enigmatycznie.

– Proszę to rozszyfrować – szepnęła. Nie spuszczając z niego oczu, sięgnęła do wewnętrznej kieszeni torby i wyjęła wizytówkę. Nie podała mu jej, ale wsunęła w szczelinę między szybę a listwę drzwi, tuż obok napisu. – Kiedy zmieni pan zdanie, mój telefon jest na wizytówce.

– Prędzej piekło zamarznie. – Trapper wyrwał wizytówkę zza szyby, cisnął ją do kosza i zatrzasnął drzwi biura za dziennikarką.

Ściągnął skarpetkę z podłokietnika kanapy i zaczął szukać drugiej. Nie mógł się doczekać, aż pojedzie do domu odespać resztki kaca w nieco wygodniejszym otoczeniu. Po kilku irytujących minutach i litanii wyszukanych przekleństw znalazł ją w głębi jednego z kowbojskich butów. Włożył skarpetki, ale uznał, że potrzebuje aspiryny, zanim skończy się ubierać. Podszedł do biurka i otworzył środkową szufladę z nadzieją, że znajdzie zapomnianą fiolkę z tabletkami przeciwbólowymi. Ta cholerna fotografia leżała na samym środku blatu i nijak nie pozwalała się zignorować. Ale niezależnie od tego, czy w jakiś sposób zauważał jej istnienie, czy zaprzeczał mu, nie był w stanie uwolnić się od niej na dobre. Okłamał Kerrę Bailey. Jego życie nigdy już nie było takie samo, odkąd przed dwudziestu pięciu laty to zdjęcie obiegło cały świat.

Trapper usiadł ciężko za biurkiem i spojrzał na tę przeklętą fotkę. Głowa go bolała, oczy piekły, w gardle i ustach nadal czuł suchość. Ale choć wiedział, że to masochizm, sięgnął przez blat biurka i przysunął zdjęcie ku sobie. Podczas minionego ćwierćwiecza każdy, jak świat długi i szeroki, co najmniej raz widział to zdjęcie. Wśród nagradzanych historycznych fotografii reportażowych nie ustępowało miejsca takim jak przedstawiające wzniesienie flagi nad Iwo Jimą, marynarza całującego pielęgniarkę na Times Square w dniu zwycięstwa nad Japonią, nagą wietnamską dziewczynkę uciekającą przed napalmem czy płonące i osuwające się bliźniacze wieże World Trade Center. Ale przed jedenastym września wydarzył się zamach bombowy w hotelu Pegasus w centrum Dallas. Wstrząsnął miastem nadal niepotrafiącym pozbyć się szoku po zamachu na Kennedy'ego, zniszczył charakterystyczny element śródmiejskiej zabudowy i zabił sto dziewięćdziesiąt siedem osób. Mniej więcej połowa tej liczby odniosła krytyczne obrażenia. Z dymiących ruin hotelu major Franklin Trapper bezpiecznie wyprowadził garstkę ocalałych.

Pewien fotograf zatrudniony w jednej z gazet w Dallas akurat jadł ciastko z owocami przy swoim biurku w redakcji, gdy zdetonowano pierwsze bomby. Wybuch go ogłuszył, zatrząsł budynkiem, a posadzka z kamiennych płyt pod biurkiem reportera popękała. Z okien posypały się szyby. Jednak niczym zaprawiony w bojach weteran, reporter przywykł śpieszyć w stronę największego zamętu. Porwał aparat, pędem pokonał trzy piętra i wybiegłszy z budynku, rzucił się w stronę czarnej chmury dymu, która zasnuwała niebo. Dotarł na miejsce przed przybyciem służb ratunkowych i zaczął robić zdjęcia. Wśród nich było to, które stało się ikoną: major Franklin Trapper, świeżo emerytowany żołnierz piechoty amerykańskiej, wyłaniający się z chaosu i grozy zadymionego budynku na czele grupy oszołomionych, osmalonych płomieniami, krwawiących i krztuszących się ludzi. W ramionach niósł dziecko, jakaś kobieta trzymała się poły jego płaszcza, podpierał kuśtykającego mężczyznę, który doznał otwartego złamania podudzia.

Za to zdjęcie fotograf dostał Pulitzera. Akt heroizmu, jaki udało mu się utrwalić na kliszy, zapewnił zarówno jemu, jak i zdjęciu nieśmiertelność.

Trapper doskonale wiedział, że nieśmiertelność na ogół trwa piekielnie długo. Historia kryjąca się za zdjęciem i ludźmi na nim uwiecznionymi ujrzała światło dzienne dopiero później, gdy przebywający w szpitalach byli w stanie przedstawić własne relacje. Ale zanim te wydarzenia opisano, frontowy trawnik domu Trapperów na przedmieściu Dallas był już okupowany przez stacje radiowe i telewizyjne. Ojciec Trappera, Major – jak go od tamtej pory nazywano – został okrzyknięty narodowym symbolem męstwa i poświęcenia. Przez wiele lat po tym pamiętnym dniu tysiąc dziewięćset dziewięćdziesiątego drugiego roku był wziętym mówcą. Obsypywano go wszelkimi możliwymi do ofiarowania zaszczytami i odznaczeniami, jego imieniem nazywano dzieci i budynki. Każda kolejna administracja zapraszała go do Białego Domu. Na bankietach na szczeblu rządowym przedstawiano go odwiedzającym zagranicznym dygnitarzom, którzy składali hołd jego odwadze.

Z czasem kolejne tragedie stworzyły nowych bohaterów. Strażak wynoszący malucha po zamachu bombowym w Oklahoma City na jakiś czas przyćmił sławę Majora, ale stary żołnierz wkrótce znów pojawił się na listach gości zapraszanych do udziału w talk-show i wygłaszania przemówień przy okazji ważnych obiadów. Jedenasty września nadał nowy aspekt jego wystąpieniom: przypadkowy akt heroizmu Majora porównywano z tymi, których codziennie dokonywali ci nowi niezauważani bohaterowie ratownicy. Przez ponad dwie dekady zdołał podtrzymać aktualność i znaczenie własnej historii.

Trzy lata temu Major nagle zerwał kontakty z mediami. Żył teraz w domowym zaciszu, unikając rozgłosu i odmawiając prośbom o publiczne wystąpienia czy wywiady. Ale jego legenda trwała. I właśnie dlatego od czasu do czasu pojawiali się dziennikarze, biografowie czy producenci filmowi, prosząc go o trochę czasu i chcąc mu sprzedać swój projekt. A on konsekwentnie im odmawiał. Jednak aż do dzisiaj nikt nigdy nie szukał pomocy u Trappera, starając się zyskać dostęp do jego słynnego ojca.

Już sam tupet tej Kerry Bailey był wystarczająco wkurzający, ale niech ją szlag za to, że wzbudziła jego zainteresowanie swoją uwagą o szkle powiększającym. Co on miał niby na tym zdjęciu zobaczyć, czego nie widział już tysiące razy? Marzył o gorącym prysznicu, aspirynie, łóżku i miękkiej poduszce.

– Chrzanić to.

Zamiast sięgnąć do szuflady biurka po buteleczkę aspiryny, przeszukał jej czeluście, aż wygrzebał dawno zapomnianą lupę. Cztery godziny później wciąż tkwił za biurkiem, nadal cuchnął alkoholem, cierpiał na ból głowy i pieczenie pod powiekami. Ale wszystko inne się zmieniło. Odłożył lupę, przegarnął włosy palcami obu dłoni, podparł głowę rękami.

– Ja chromolę.

Rozdział 2

– Nazywa się „Gringo", więc powinna pani czuć się tam jak u siebie.

Uwaga Johna Trappera zabrzmiała złośliwie, gdy kończyli oschłą rozmowę telefoniczną, podczas której podał jej miejsce i godzinę spotkania. Kerra zdecydowała się ubrać swobodniej. Zmieniła kostium ze spodniami, w którym była wcześniej w jego biurze, na dżinsy i kraciaste wełniane poncho. Miała nadzieję, że Trapper przynajmniej weźmie prysznic.

W restauracji pojawiła się przed czasem, dodała swoje nazwisko do listy oczekujących na stolik i zajęła stołek przy barze, skąd miała widok na wejście. Liczyła, że przyjrzy się mu, zanim on uświadomi sobie jej obecność. W tej samej chwili, w której przekroczył próg, jak wiedziony radarem spojrzał jednak szybko w jej stronę. Kolor jego oczu wymykał się zwykłemu spektrum barw. Elektryczny błękit niczym światło neonu. Gdy na nią patrzył, z jego oczu promieniowała niechęć.

Hostessa przywitała go, a on uśmiechnął się do niej leniwie i powiedział coś, co dziewczynę rozbawiło. Wskazała w stronę Kerry. Skinął głową i ruszył ku niej. Zamienił wymięte spodnie od garnituru, w których ewidentnie spał ostatniej nocy, na dżinsy niemal całkiem przetarte na kolanach. Wystrzępione nogawki opadały na zadziorne kowbojskie buty. Czarną skórzaną kurtkę narzucił na białą koszulę o westernowym kroju, zapinaną na perłowe zatrzaski zamiast guzików, luźno opadającą na spodnie. Podszedł do niej i popatrzył na nią z góry, nie mówiąc ani słowa. Nie ogolił się na gładko, ale prysznic wziął, bo pachniał mydłem. I skórą. Ciemne włosy miał czyste, choć nie usiłował poskramiać ich naturalnej niesforności. Gęste kosmyki były rozwichrzone jak dzisiejszego poranka. „Po co poprawiać to, co jest udane?" – pomyślała Kerra.

Patrzyli na siebie w milczeniu dopóty, dopóki nie podszedł barman.

– Dla damy szykuję margaritę z lodem, a dla ciebie, kowboju?

– Wezmę dos equis.

– Podać napoje do stolika?

Zanim zdążyła zareagować, Trapper rzucił:

– Bardzo proszę, dzięki.

Ujął dłonią łokieć Kerry, stanowczo pomógł jej wstać ze stołka i niemal pchnął w stronę hostessy, która czekała na nich z menu wielkości znaku zjazdu z autostrady. Wskazała im dwuosobowy stolik.

– Nie macie wolnego boksu? – spytał Trapper. – Żeby dało się słyszeć własne myśli. – Uśmiechnął się do dziewczyny przypochlebnie, a ona również z uśmiechem zaprowadziła ich w głąb restauracji. W tym miejscu światło było przyćmione, a muzyka *mariachi** nie ogłuszała. Usiedli naprzeciwko siebie.

– Nadal ma pan kaca? – spytała Kerra.

– Piwo powinno pomóc.

– Często się pan upija?

– Za rzadko.

Chcąc uniknąć patrzenia w jego wrogie oczy, Kerra spojrzała na sznury bożonarodzeniowych lampek zawieszonych pod sufitem. Próbowała wymyślić temat do rozmowy na tyle neutralny, by złagodzić napięcie.

– Kiedy przeprowadził się pan z Dallas do Fort Worth?

– Kiedy Dallas zrobiło się za bardzo bufonowate.

„To nie temat rozmowy stanowi problem, ale on sam" – uznała. Cokolwiek by powiedziała, reaguje nieprzychylnie. Gdy kelnerka przyniosła im zamówione napoje, Kerra zdecydowała, że powinna darować sobie uprzejmości i przejść do rzeczy.

– Znalazł pan to?

– Inaczej by mnie tu nie było.

– Naprawdę użył pan lupy?

Zanim zdążył odpowiedzieć, kelnerka podeszła z koszykiem chipsów tortilla i miseczką salsy.

---

* Mariachi – charakterystyczna muzyka meksykańska, której początki sięgają XVIII w. Grano ją głównie na weselach, stąd zapewne pochodzi nazwa będąca zniekształceniem francuskiego słowa *mariage* (małżeństwo). Typowe instrumenty to skrzypce, różne rodzaje gitar, mandoliny i trąbki (przyp. tłum.).

– Czy mogę przyjąć zamówienie?

Kerra wzięła menu i przebiegła wzrokiem pierwszą stronę, onieśmielona jego długością.

– Tyle tu do wyboru – mruknęła.

– Jada pani mięso? – zapytał takim tonem, jakby miał naliczyć jej punkty karne, gdyby nie jadała. Skinęła głową.

Wyjął menu z jej rąk i oddał wraz z własnym kelnerce.

– Podwójne fajitas, pół na pół kurczak i wołowina, wszystkie dodatki, tortille proszę nam przekroić na pół. Ja jeszcze wezmę osobno enchiladę z chili, może być z serem, ale niech was ręka boska broni dodać mi do tego sos ranchero – wyliczał. A potem uśmiechnął się do kelnerki i mrugnął. – Proszę.

Po odejściu mizdrzącej się do niego kelnerki oparł przedramiona na blacie stołu i nachylił się w stronę Kerry. Bez uśmiechów i mrugania okiem.

– Chcę się od pani dowiedzieć dwóch rzeczy.

– Tylko dwóch?

– Dlaczego pani do mnie przyszła?

– Powód powinien być oczywisty. Jest pan jedynym żyjącym krewnym.

– No tak, ale co nie jest oczywiste, a w każdym razie nie dla pani, stanowię też dla niego dotkliwe rozczarowanie. Jeśli pani zdaniem moja interwencja zrobi jakiś wyłom, myli się pani, niestety. W sumie moje wstawiennictwo może zadziałać tylko na pani niekorzyść.

– Muszę podjąć to ryzyko. Nie mam wyboru.

– Jak to?

– Jego posiadłość jest oznakowana. Jeśli stanę mu na progu bez zapowiedzi i bez czyjegoś polecenia, może kazać mnie aresztować za wtargnięcie, zanim choćby zdążę się przedstawić. Gdyby pan był ze mną...

– Wyleci pani stamtąd na kopach dwa razy szybciej.

– To niemożliwe. W dokumentach jest pana nazwisko. Kiedy pana matka zmarła, jej udział nie przeszedł na niego, tylko bezpośrednio na pana. Jesteście współwłaścicielami gruntu.

Z irytacją sięgnął do koszyka, zanurzył chipsa w salsie i wrzucił sobie do ust. Żując, obserwował ją uważnie.

– Odrobiła pani lekcje.

– A żeby pan wiedział.

– I co ma pani zamiar zyskać, wyjawiając swój sekret?

– Zyskać?

– Proszę dać spokój. Przyłapała mnie pani na pijaństwie, ale tępy nie jestem – żachnął się.

– Czy to ta druga rzecz, którą chce pan wiedzieć? Co mam zamiar osiągnąć?

– Nie. To już wiem.

– Wątpię.

– Chce pani narobić zamieszania.

Znów im przerwano. Kelnerka wróciła z półmiskiem skwierczącego mięsa z grilla, ustawiła go na środku stołu i otoczyła talerzykami dodatków. Kerra nie skorzystała z propozycji Trappera, który chciał się z nią podzielić enchiladą, ale fajitas skomponowali sobie oboje.

– Pycha – westchnęła po pierwszym kęsie.

– Trzeba częściej odwiedzać Krowie Miasto. W Dallas do dań Tex-Mex dodają pieczarki… – Otarł usta serwetką. – Teraz to drugie, co chcę wiedzieć.

– Słucham.

– Ile czasu trzymała pani swojego asa w rękawie?

– Trochę.

– Trochę. To dosyć mało precyzyjne. Dlaczego teraz tę sprawę poruszać?

– To wcale nie tak nagle, jakby się mogło wydawać – odparła. – Od miesięcy próbuję skontaktować się z Majorem. Nie chciał się zgodzić, a mnie goni czas. W najbliższą niedzielę przypada dwudziesta piąta rocznica tamtego zamachu. Idealny moment. Byłby z tego świetny program.

– Wskaźniki oglądalności i inne takie duperele.

– Dla pana może i duperele, panie Trapper. Dla mnie nie.

– Wystarczy zwyczajnie, Trapper. – Przez chwilę jadł, potem dodał: – Zdajesz sobie sprawę, że masz tylko sześć dni.

– Zegar tyka. Kiedy wczoraj Major rzucił słuchawką po raz trzynasty, odnalazłam ciebie. Jestem zdesperowana.

– No cóż, to wyjaśnia, co ci kazało walić do moich drzwi. Desperacja. – Przerwał jedzenie. Kiedy nie zaprzeczyła, wydał pogardliwe parsknięcie, po czym wrócił do posiłku. – Już ci tłumaczyłem: nic, co powiem, na niego nie wpłynie – dodał.

– W porządku. Eskortuj mnie tylko pod jego dom. Resztą sama się zajmę.

Postukał widelcem w talerz i spojrzał na nią tak, że nagle zrobiło się jej nieprzyjemnie gorąco. Sięgnęła po margaritę i upiła łyk przez sól na krawędzi szklanki.

– Ile czasu ci to zajęło? – spytała.

– Rozpracowanie, w czym rzecz?

Pokiwała głową.

– Dłużej, niż należało. Wyszedłem z wprawy.

Mimo potężnego kopa, jakiego dawała margarita, dla kurażu wzięła kolejny łyk. Zamierzała wkroczyć na niebezpieczny teren. Czy może raczej złapać za lwi ogon wystający poza pręty klatki.

– Sporo jest o tobie w sieci.

W pierwszej chwili zdawało się, że jej nie dosłyszał. Skończył żuć kęs, popił go łykiem piwa, a potem spojrzał na nią przez stół oczami jak błękitny płomień.

– No? Nie trzymaj mnie w niepewności – powiedział.

– Pracowałeś dla ATF*.

– Uhm.

– Przez pięć lat.

– I jedenaście miesięcy.

– Zanim cię zwolniono przez problem z kontrolowaniem agresji.

– Sam odszedłem.

Kelnerka, mijając ich stolik, spytała, czy czegoś nie potrzebują. Nie odrywając wzroku od Kerry, Trapper podziękował jej i pokręcił głową przecząco.

Kiedy kelnerka odeszła, Kerra odezwała się cicho:

– Powiedziałeś mi dzisiaj, że nagła sława Majora w żaden sposób nie wpłynęła na twoje życie. A jednak wpłynęła, prawda?

---

* ATF – agencja federalna do spraw alkoholu, tytoniu, broni palnej oraz materiałów wybuchowych (przyp. tłum.).

– Taa. Ogromnie. Byłem jedynym dzieciakiem w klasie, który dostawał najlepsze bilety na wszystkie domowe mecze Dallas Cowboys. Kilka razy zaproszono nas do loży właściciela drużyny.

– Jeśli historia hotelu Pegasus nie miała dla ciebie znaczenia, to czemu wybrałeś karierę w agencji federalnej, która bada sprawy zamachów bombowych?

– Ubezpieczenie zdrowotne. Większość planów nie obejmuje opieki dentystycznej.

– Proszę, przestań żartować. Mówię poważnie. – Zmarszczyła brwi.

– Ja również – odparł gniewnym szeptem. – Dość tego wypytywania. Nie mam ci nic na ten temat do powiedzenia.

– To po co dziś wieczorem do mnie zadzwoniłeś? – Nie miał na to gotowej odpowiedzi. Trafienie! W myślach sama przybiła sobie piątkę. – Z zawodu i upodobań jesteś śledczym. Lubisz zagadki i nie przepuścisz żadnej bez rozwiązania. Kiedy byłeś w agencji, pracowałeś bez wytchnienia dopóty, dopóki sprawa nie zyskiwała wyjaśnienia, a ty nie znalazłeś winowajców. Zwolniono cię ze względu na niesubordynację, a nie brak talentu czy inicjatywy.

– Proszę, proszę! Jak na kogoś, kto po raz pierwszy zobaczył mnie na oczy parę godzin temu, faktycznie sporo o mnie wiesz. A przynajmniej tak ci się wydaje.

– Wiem, że nie udało ci się oprzeć zaciekawieniu wyzwaniem, jakie ci dzisiaj rzuciłam. Wiem też, że to, co odkryłeś, ma dla ciebie o wiele większe znaczenie, niż oczekiwałeś. Nie jest tak, Trapper? Popraw mnie, jeśli się mylę.

Nie odpowiedział, napił się tylko piwa. Nie wypuścił butelki z ręki, kiedy pomocnik kelnera podszedł zebrać ze stołu brudne naczynia. Kelnerka przyniosła rachunek, który Kerra od razu uregulowała kartą kredytową. Gdy znów zostali sami, potrząsnęła kostkami lodu w szklance z margaritą. Cząstką limonki zaczęła zakreślać kółka wokół krawędzi szklanki. Spojrzała na Trappera, który śledził ruch owocu, i znów poczuła się… dziwnie. Położyła dłonie na kolanach pod stołem i przez moment starała się odzyskać panowanie nad sobą.

– O co się wściekłeś?

– Kiedy?

– Kiedy cię zwolniono.

– Sam odszedłem.

– Żeby cię nie zdążyli zwolnić. O co poszło?

– Tej części nie sprawdziłaś?

– Nie dotarłam do szczegółów.

– I nikt inny nie dotarł – mruknął do siebie. Zmienił pozycję nóg pod stołem i znów nachylił się w jej stronę.

– Tego dnia, kiedy odszedłem, byłem szalenie konkretny. Dokładnie wyjaśniłem szefowi, gdzie może sobie wsadzić swoją robotę.

W to była w stanie uwierzyć. Teraz wyglądał, jakby się czaił, gotów do ataku.

– Moim zdaniem nadal masz problemy z agresją – szepnęła.

– Owszem, wielkie mi co. A szybciej niż cokolwiek innego wkurwia mnie, gdy laska próbuje mną manipulować, uważając, że jest taka śliczna i sprytna. Dlaczego nie powiedziałaś mi o wszystkim otwarcie?

– Naprawdę skorzystałeś z lupy?

Skrzywił się na tę drwinę i ruchem podbródka wskazał jej szklankę.

– Będziesz to jeszcze piła?

– Nie.

Wziął szklankę, dopił resztki margarity, a potem wyprowadził Kerrę z restauracyjnego boksu. Szeroką dłoń położył w zagłębieniu pleców na wysokości jej talii i trzymał ją tam, kiedy lawirowali do wyjścia. Kerra miała wrażenie, że wiedzie ją jak jałówkę, ale nie protestowała. Nie chciała, by się zorientował, że w ogóle jest świadoma jego ręki na swojej talii.

Kiedy mijali stanowisko hostessy, młoda kobieta zerknęła na Trappera rozmarzonym wzrokiem i życzyła im dobrej nocy. Na zewnątrz Kerra zaczerpnęła powietrza, by otrząsnąć się z działania tequili.

– Dzięki za kolację – powiedział.

– Nie ma za co.

– Gdzie twój samochód?

– Niczego nie ustaliliśmy.

– Do diabła, nie ustaliliśmy. Gdzie twój samochód?

– Przyjechałam Uberem.

Z kieszeni kurtki wyjął telefon i uruchomił aplikację.

– Sama mogę sobie zamówić transport.

Ignorując protesty, spytał ją o adres. Podała mu go. Zamówił samochód.

– Będzie tu za dwie minuty. Ralph w srebrnej toyocie. Poczekajmy tam, z boku, nie będzie wiało.

Ujął ją za łokieć i zaprowadził za róg budynku.

– Już lepiej – powiedziała, lekko drżąc w swoim poncho. – Temperatura spadła…

Urwała, gdy położył dłonie na jej ramionach i oparł ją plecami o ceglany mur. Zanim otrząsnęła się z nagłości tego gestu, nachylił się, a ona zupełnie zapomniała o chłodzie. Zaprotestowała, nie tyle chcąc wyrwać się z jego uchwytu, ile w reakcji na to, co poczuła.

– Co ty robisz, do diabła? Puszczaj!

Przysunął twarz blisko jej twarzy.

– Posłuchaj mnie i zapamiętaj to sobie – mruknął. – Ja to nie on. Nie jestem szlachetny, nie jestem dżentelmenem ani bohaterem, jasne?

– Nietrudno to wydedukować.

Myślała, że ta riposta go rozzłości, ale za całą odpowiedź łagodnym gestem przyłożył wnętrze dłoni do jej chłodnego policzka. Musnął kciukiem pieprzyk koło jej oka.

– Od razu go zauważyłem. Przez cały czas, kiedy siedziałaś u mnie w tym zapyziałym biurze, wystrojona w wielkomiejskie ciuszki, pyskata i przemądrzała, wiesz, co mi chodziło po głowie?

Miękka pieszczota kciuka ustała, zatrzymał go dokładnie na jej pieprzyku.

– Rozszyfruj to sobie. – Przybliżył usta do jej warg. A potem puścił ją i odchodząc, rzucił przez ramię: – Ralph już czeka.

Po powrocie do mieszkania ruszył do sypialni, ściągnął buty, rozebrał się do dżinsów i, przysiadłszy na łóżku, zadzwonił do przyjaciela.

Carson Rime, adwokat, miał kancelarię na parterze tego samego budynku, w którym urzędował Trapper. Prowadził praktykę po niewłaściwej stronie autostrady, więc nie przyciągała przestępców kąpiących się regularnie i stających przed sądem wyłącznie za nadużycia urzędnicze. Ze względu na bliskość gmachu sądu, więzienia okręgowego i agencji licencjonowanych poręczycieli lokalizacja ta jednak odpowiadała klientom Carsona, którymi z reguły byli niedomyci kryminaliści.

Musiał zadzwonić trzykrotnie, zanim kumpel odebrał.

– Trapper, co u diabła? Przestań do mnie wydzwaniać! Zlituj się, jestem w podróży poślubnej. A może zapomniałeś, że w minioną sobotę się ożeniłem?

– Wielkie halo. To nie twoja czwarta?

– Piąta. Dobrze się bawiłeś na ślubie?

– Na ślubie nie, na weselu tak.

– O to mi właśnie szło. Niezła wyżerka, co? Złapałeś podwiązkę?

– Nie, druhnę.

– Którą?

– Taką blondynkę.

– Cycatą czy tę chudą?

– Nie pamiętam. Słyszałeś kiedyś o Kerze Bailey?

– Tej z telewizji?

– Więc wiesz, kim jest?

– Jasne. To lokalna reporterka, ale od czasu do czasu pojawia się też w tym…

– Dzisiaj bez uprzedzenia przyszła do mnie do biura – przerwał Trapper.

Po chwili pełnego zdumienia milczenia przyjaciel zarechotał:

– Jasna cholera! Zalewasz?

– Nie.

– Przyszła do ciebie?!

– Tak.

– Po co?

Trapper nie wspomniał o zdjęciu i jego zaskakującej tajemnicy. Zdradził Carsonowi jedynie, że Kerra chciała przeprowadzić wywiad z Majorem.

– Poprosiła mnie, żebym jej utorował drogę do ojca.

– A co ty na to?

– Rzuciłem parę przekleństw, które da się podsumować jako odmowę. Ale ona nie przestanie nalegać.

– Skąd wiesz?

– Wyczuwam takie wibracje.

– Ona wibruje? To się zaczyna robić ciekawe. Zaczekaj. – Trapper słyszał, jak Carson szepcze przeprosiny do nowej pani Rime, po czym przez chwilę było słychać szelest, wreszcie odgłos zamykanych drzwi.

– Opowiedz mi wszystko.

Ponad odgłosem hałaśliwie sikającego do pisuaru Carsona Trapper przekazał mu skróconą wersję nieoczekiwanych odwiedzin Kerry. Kiedy skończył, Carson zapytał:

– Czy ona rozumie, że ty i twój rodziciel raczej nie nadajecie na wspólnej fali?

– Teraz już tak. Ale to jej nie zniechęciło. Nadal wierzy, że mogę jej się przydać.

– Pomożesz jej?

– To zależy.

– Od...?

– Słuchaj, Carson, ja wiem, że to twój miesiąc miodowy, i tak dalej, ale gdybym cię nie zabrał na godzinę zniżkowych drinków do tego klubu topless, ty i twoja żona nigdy byście się nie spotkali.

Carson nie miał problemu ze zrozumieniem podtekstu.

– O jaką przysługę chodzi? – westchnął.

Po zakończeniu rozmowy z Carsonem Trapper zdjął dżinsy i położył się na łóżku. Laptop zabrał ze sobą.

Wszedł na YouTube'a i obejrzał wszystkie programy i wywiady z udziałem Kerry Bailey, jakie udało mu się odszukać. Chętnie dopatrzyłby się jakichś niedoróbek. Miał nadzieję, że zobaczy nieudolną amatorkę, ale przed kamerą Kerra okazała się opanowana, bystra i dobrze poinformowana, a przy tym ciepła i ujmująca. Była inteligentna, cechowała ją empatia, miała też cięty język. Nie pozwalała też profesjonalizmowi przesłonić wrodzonej wrażliwości.

Po dwóch godzinach oglądania Trapper zatrzymał ostatni film na zbliżeniu twarzy Kerry. Wpatrywał się przez chwilę w jej pieprzyk, tę wskazówkę, którą miał kiedyś przed oczami tysiące razy, ale nigdy tak naprawdę nie widział, dopóki nie powiększyła się kolejne tysiące razy na ekranie jego komputera.

Chociaż do dzisiaj nie znał jej z nazwiska, to czuł do niej niechęć. Odkąd skończył jedenaście lat, to ona zajęła w sercu Majora miejsce, które należało się jemu. To przez nią świat odebrał Trapperowi ojca. To przez nią jego życie zamieniło się w niekończący się mecz, w którym usiłował wyrównać wynik, ale stale przegrywał. Przez nią, tę małą dziewczynkę, którą jego ojciec wyniósł z płonących ruin hotelu Pegasus.

Rozdział 3

Kerra zmieniała kanały, sprawdzając poranne wiadomości, kiedy zadzwoniła jej komórka.

– Halo?

– Jestem na dole. – Po tych trzech słowach Trapper rozłączył się.

– Bezczelny dupek – mruknęła pod nosem i rzuciła telefon na łóżko.

Zdążyła już wziąć prysznic, więc ubieranie się nie zajęło jej wiele czasu. Zwlekała jednak kilka minut, nie chcąc sprawić wrażenia, że pognała na dół natychmiast po jego niekulturalnym wezwaniu. Powinna faceta kompletnie zignorować i znaleźć inne dojście do samotni Majora. Niemniej wczoraj straciła kolejny dzień. Każda minuta była teraz na wagę złota. Poza tym nie mogła pozwolić Trapperowi sądzić, że ją onieśmielił czy też wystraszył wczorajszą fizyczną napastliwością.

Obrotowe drzwi apartamentowca wypchnęły ją na jasne słońce i zimny północny wiatr, który wyciskał łzy z oczu. Mimo to nie mogłaby nie zauważyć Trappera. Naprzeciwko budynku opierał się o drzwi samochodu z głębokim wgnieceniem grilla rozmiarami odpowiadającym mniej więcej słupkowi parkometru. Wyglądał na pewnego siebie osobnika, który wie, że dziewczyna stawi się na jego zawołanie.

Był ubrany tak jak poprzedniego wieczoru. Pod skórzaną kurtką miał jednak cienką, niebieską batystową koszulę, założył też okulary przeciwsłoneczne. Stał z nogami skrzyżowanymi w kostkach i ramionami zaplecionymi na piersi. Zdawał się nie czuć wiatru targającego jego ciemne włosy.

„Dupek bezczelny, ale seksowny" – uzupełniła swoją opinię Kerra.

Odczekała, aż przetoczy się dostawcza furgonetka, a potem przekroczyła jezdnię i podeszła do niego.

– Czy w Teksasie nie powinno być upalnie?

– Nie w lutym.

– Przeprowadziłam się tu z Minneapolis-Saint Paul, żeby uciec przed zimą.

– Kiedy człowiek dość długo tu pomieszka, przyzwyczai się do tego, że miewamy tu ekstremalne warunki – rzucił, otwierając drzwi po stronie pasażera. Gestem wskazał, żeby wsiadła, a sam obszedł auto. Aby dostać się do środka, musiał przecisnąć się obok znaku zakazu parkowania.

– Mogli ci odholować samochód – zwróciła mu uwagę Kerra.

– A niech go sobie biorą. Zaczął mi dymić spod maski. Zdaje się, że szlag trafił chłodnicę.

– Wóz i tak wygląda lepiej niż ten parkometr.

Nie skomentował tego. Oparł lewe ramię o okno pasażera i odwrócił się w jej stronę. Przyglądał się Kerze długą chwilę, po czym powiedział:

– Od dwudziestu pięciu lat ludzie próbują zidentyfikować dziewczynkę z tamtego zdjęcia.

– Wczoraj wieczorem byłeś tak poirytowany, że mi w końcu nie powiedziałeś, jak dopatrzyłeś się znamienia.

– Zrobiłem telefonem zdjęcie zdjęcia, przerzuciłem do komputera i powiększyłem na maksa. Obejrzałem centymetr po centymetrze pod tą cholerną lupą. Dwa razy. Ponad połowa twojej twarzy kryje się w zagłębieniu ramienia Majora, ale w części, która jest widoczna, można dostrzec punkcik koło oka.

– Eureka!

– Nie taka była moja reakcja – stwierdził. – W pierwszej chwili pomyślałem, że sfałszowałaś zdjęcie.

– Wątpiłeś w moją uczciwość?

– Czy wątpiłem? Skąd. Pojawiasz się znikąd i walisz we mnie czymś takim? Że jesteś oszustką, byłem pewien.

– Co cię przekonało, że tak nie jest?

– Sprawdziłem inne kopie zdjęcia. Te wcześniejsze, włącznie z okładką „Time'a". Jeśli wiesz, czego szukać, znamię staje się widoczne na każdej reprodukcji fotografii. Nie tak duże i ciemne jak teraz, ale tam jest. Niedługo położysz kres wszelkim spekulacjom co do tajemniczego dziecka z hotelu.

– Niektóre z teorii na temat mojej tożsamości były dość szalone – zaśmiała się lekko. – Raz słyszałam, jak jakiś telewizyjny kaznodzieja dowodził, że nie jestem z krwi i kości. Że byłam aniołem, który został cudem utrwalony na kliszy. Zesłanym, by towarzyszyć w drodze do niebieskiego domu wszystkim dzieciom, które zginęły w eksplozjach. Dałbyś wiarę?

– Nie wierzę w cuda. – Umilkł na chwilę, a potem dodał: – Jesteś ewidentnie z krwi i kości. Chętnie też zaświadczę, że żaden z ciebie aniołek.

Nie spodziewała się odpowiedzi na retoryczne w sumie pytanie. A już z pewnością nie oczekiwała, że jego odpowiedź odczuje tak, jakby lekko podrapał ją tuż pod pępkiem. Przez ciemne okulary nie była w stanie wyczytać w jego oczach, czy ostatnia uwaga miała zabrzmieć dwuznacznie. Pewnie lepiej, żeby tego nie wiedziała.

– Nie drażniło cię, kiedy pojawiały się oszustki, twierdząc, że są tobą? – kontynuował.

– Raczej bawiło, niż drażniło.

– Bawiło, bo wiedziałaś, że będą miały swoje pięć minut sławy, a potem zostaną zdemaskowane. Nie mogły dowieść swoich twierdzeń. Ty możesz.

– To nie do obalenia. – Dotknęła miejsca pod okiem.

– Powinienem kupić udziały producentów szkieł powiększających. Kiedy już ujawnisz tę rewelację, na pewno popyt na nie skoczy.

– Ach, więc znów wracamy do tego, co mam nadzieję osiągnąć.

– Stawiałbym na sławę i fortunę.

– No cóż, tu byś się pomylił.

– Nie oczekujesz żadnych korzyści?

– Oczywiście, że na tym zyskam.

– No, myślę.

– Ale to nie jedyny powód, żeby się publicznie ujawnić.

– Oświeć mnie.

– Chcę podziękować człowiekowi, który uratował mi życie – wyznała z przejęciem. – Nie sądzisz, że Majorowi należy się moja wdzięczność?

– Nieco późna. Czemu tak długo z tym zwlekałaś? A, zaraz, wiem. Czekałaś na dwudziestą piątą rocznicę, żeby zrobić jeszcze większe „bum!”.

– Nie, czekałam na śmierć swojego ojca.

Cokolwiek cisnęło mu się na usta, milczał. Na chwilę odwrócił głowę, potem zdjął okulary i spojrzał na nią.

– Jakoś niedawno?

– Osiem miesięcy temu.

Trapper nie wyraził na głos współczucia, ale dostrzegła je na jego twarzy.

– To było jak błogosławieństwo – stwierdziła. – Od dawna cierpiał.

Trapper wbił w nią pytające spojrzenie.

– Cofnąć się i zacząć od początku? – spytała.

– Od dnia ataku bombowego.

– Chcesz to usłyszeć?

– Tak.

– Masz zamiar nadal rzucać uszczypliwe komentarze redakcyjne?

– Będę ci je oszczędnie wydzielał. – Kiedy spojrzała na niego z dezaprobatą, uśmiechnął się lekko. – Żartuję – zapewnił.

– Sarkazm tak dobrze ci wychodzi, że trudno się połapać.

– Chcę usłyszeć twoją historię.

Nabrała powietrza i zaczęła.

– To było parę tygodni po moich piątych urodzinach. Mieszkaliśmy w Kansas City. Tata miał jechać do Dallas na seminarium biznesowe. Mama i ja zabrałyśmy się z nim, bo w ramach spóźnionego prezentu urodzinowego chcieli mnie wziąć do Six Flags*. Pobyt w hotelu sam w sobie stanowił atrakcję. Mama pozwoliła mi zamówić śniadanie do pokoju. Po posiłku wszyscy wsiedliśmy do windy. Tata pocałował nas na do widzenia i wysiadł na antresoli, by pójść na umówione spotkanie. Mama w tym czasie zaplanowała dla nas wyprawę po zakupy. Razem zjechałyśmy na parter. Biegłam w podskokach do wyjścia, gdy ładunki wybuchowe eksplodowały. Odźwierny uśmiechał się do mnie, chyba chciał coś powiedzieć, a potem zobaczyłam, że… zniknął.

Trapper odwrócił głowę i spojrzał przez okno. Dłonią przesunął po ustach i brodzie.

– Dziesiąta czterdzieści dwie. Pierwsza eksplozja. Dziesiąta czterdzieści dwie i trzydzieści trzy sekundy, mówiąc dokładnie.

* Six Flags – amerykańska sieć parków rozrywki (przyp. tłum.).

– Skąd wiesz?

– Każdy agent z ATF analizuje zamach bombowy na hotel Pegasus. To podręcznikowy przykład. W sumie było sześć ładunków ustawionych na jednoczesną detonację, ale część opóźniła się o kilka sekund.

– Dla mnie to brzmiało jak jedna wielka eksplozja.

– Co zapamiętałaś?

– Grozę. Ogłuszyło mnie. Nic nie widziałam przez dym i pył. Krztusiłam się, łapiąc oddech. Krzyczałam do matki, ale nie mogłam jej znaleźć. Wszystko wokół mnie się rozpadało. Waliło. Byłam za mała, żeby bać się śmierci. Moje najwyraźniejsze wspomnienie to strach, że się zgubię.

– Jak na dzieciaka, brzmi sensownie.

– Matka żyła, kiedy znaleźli ją strażacy, ale miała przygniecioną klatkę piersiową. Doznała rozległych obrażeń wewnętrznych i zmarła w szpitalu niecałą godzinę później. Ojciec przeżył, ale urazy głowy i kręgosłupa były tak poważne, że został sparaliżowany od szyi w dół. Do końca życia był podpięty do respiratora.

– Jezu. – Trapper na chwilę odwrócił wzrok. – Wśród ofiar nie było nikogo nazwiskiem Bailey. – Spojrzał na nią ponownie.

– Elizabeth i James Cunninghamowie.

– Więc jak to się stało, że nosisz inne nazwisko?

– Mnie w zasadzie nic się nie stało, ale dwie noce spędziłam w szpitalu. Tata leżał na oddziale intensywnej terapii, podpięty do aparatury podtrzymującej życie, więc ze szpitala wypisano mnie pod opiekę ciotki, siostry mojej matki, i jej męża. Zawiadomiono ich jako najbliższych krewnych, a oni natychmiast przylecieli do Dallas.

– Mówiono mi, że media dość gorączkowo próbowały zidentyfikować dziewczynkę ze zdjęcia, przedrukowywanego przez wszystkie agencje prasowe na świecie.

– Ciotka i wujek przewidywali, że doznam większej traumy, jeśli moja tożsamość zostanie ujawniona, więc nalegali na personel szpitalny i władze, żeby mojego nazwiska nie podawać do wiadomości publicznej. Chcieli ochronić mnie przed medialnym szaleństwem, które dotknęło Majora, ciebie i twoją matkę. Ciotka zabrała mnie do Virginii, bo tam mieszkali. Miesiącami wujek jeździł tam i z powrotem, zapewniając opiekę mojemu ojcu tu, w Dallas, zanim wreszcie można go było przenieść do szpitala bliżej domu. Wujek zamknął nasze rodzinne sprawy w Kansas City, sprzedał wszystko, żeby częściowo zrekompensować koszty opieki nad tatą. Odbyło się nabożeństwo żałobne za matkę, ale tata był w takim stanie, że nie mógł w nim uczestniczyć. Ze względu na jego obrażenia mówiono, że raczej długo nie pożyje, więc nalegał, żeby wujostwo formalnie mnie adoptowało i zmieniło nazwisko na swoje. Oni nie mieli dzieci. Wychowali mnie jak własną córkę.

– I jak się z tym wszystkim uporałaś?

– Co masz na myśli?

– Czy ten wstrząs mocno namieszał ci w głowie?

– Byłam za mała, żeby pojąć ogrom tragedii. Wiedziałam tylko, że spotkało nas nieszczęście. Mama poszła do nieba, a tata był bardzo chory i nie mieszkaliśmy już w naszym domu. W domu w Kansas trzymałam papużkę. Nie mam pojęcia, co się z nią stało. Tęskniłam za moją ogrodową huśtawką, aż wujek zainstalował mi taką w ich ogrodzie za domem. W zasadzie byłam szczęśliwym, normalnym dzieckiem. Ale ilekroć zabierano mnie w odwiedziny do taty, on strasznie płakał. Nic bardziej nie rozstraja dziecka niż widok płaczu osoby dorosłej. To było najgorsze. No i koszmary.

– Miewałaś koszmary?

– Tak. Z czasem ustąpiły, ale początkowo sny były okropne, brutalnie przypominały mi o zamachu, chociaż nie wiedziałam jeszcze, że takim słowem trzeba to określić. Śnił mi się dym, którym się krztuszę, i morze krwi. Była tam moja matka. Powtarzała raz za razem moje imię. Budziłam się z krzykiem i przekonywałam ciotkę i wujka, że się mylą, że moja mama nie umarła, że żyje. Przecież ją widziałam, słyszałam, czułam, jak sięga po moją rękę i mocno ją ściska, aż…

Trapper milczał i siedział bez ruchu.

Kerra z trudem przełknęła łzy.

– Aż jej dłoń puszcza moją. Potem matka macha nią do człowieka, który mija nas biegiem. Płacze i woła do niego, żeby się zatrzymał. „Pomocy, proszę!” On przystaje i bierze mnie na ręce.

– Major.

– Pamiętam, że wpadłam w histerię. Wyrywałam się mu. Usiłowałam wrócić do matki. Pamiętam, jak przycisnął mnie do piersi i powtarzał, że wszystko będzie dobrze.

– To jednak było kłamstwo, nie?

– Tak, ale kłamał z dobrego serca.

– Kiedy zorientowałaś się, że twój koszmar to w gruncie rzeczy wspomnienie tej tragedii? – Trapper chciał wiedzieć, jak skojarzyła fakty.

– Dopiero po latach.

Spojrzał na nią ostro.

– Widzę, że mi nie dowierzasz, ale to prawda. Nikt przy mnie nigdy nie wspominał o tamtym zamachu. Byłam dzieckiem. Oglądałam „Ulicę Sezamkową", a nie „60 minut". Atak bombowy w Oklahoma City miał miejsce kilka lat później. Pamiętam, że wszyscy dorośli byli nim zmartwieni, mnie natomiast z niczym się to nie kojarzyło.

– Nigdy nie powiązałaś daty ataku na Pegasus z dniem śmierci swojej matki?

– Właśnie to ostatecznie mi uświadomiło, co zaszło. Byłam w gimnazjum, miałam dwanaście czy trzynaście lat. W rocznicę ataku bombowego ktoś z nauczycieli o nim wspomniał. A kiedy wróciłam do domu ze szkoły, ciotka siedziała w salonie i patrzyła na zdjęcie, na którym były razem z moją matką. Spytałam ją, dlaczego płacze. „Zawsze robi mi się smutno w ten dzień" – odparła. – „To rocznica śmierci twojej mamy". I nagle zaskoczyłam. Zrozumiałam, czemu mam tak wyraziste koszmary o dymie i ogniu, o matce, która puszcza moją rękę, i o tym, jak mnie od niej odrywają i wynoszą. Ciotka i wujek potwierdzili to, choć niechętnie. Trudno im się dziwić, bo dowiedziawszy się prawdy, faktycznie dostałam obsesji na punkcie tego ataku. Chciałam na jego temat wiedzieć wszystko. Czytałam książki, oglądałam filmy i wywiady z ocalałymi. Widziałam to słynne zdjęcie, naturalnie, ale nigdy nie zwracałam na nie większej uwagi, bo z niczym mi się nie kojarzyło. Ale kiedy ciotka pokazała mi, że na nim jestem, rozpoznałam nie tylko siebie, ale także twarz człowieka, który mnie uratował. Major stał się osobą realną. Do tego momentu był w moich snach obcym mężczyzną, który zareagował na błaganie mojej umierającej matki.

– Dlaczego wtedy nie rozpaplałaś wszystkiego na prawo i lewo?

– Ciotka uzmysłowiła mi, jaką udręką byłoby to dla taty. Major w naturalny sposób wszedł w rolę bohatera narodowego, jakby się do niej urodził. Ale mój tata był nieśmiałym, cichym człowiekiem. Biorąc pod uwagę okoliczności, okrucieństwem byłoby wpychać go w centrum uwagi. Przysięgłam ciotce i sobie, że nie upublicznię tego, póki tata żyje. Dotrzymałam obietnicy.

– Przez ile? Trzynaście lat?

– Mniej więcej. W tym czasie zajmowałam się swoim życiem. Byłam szczęśliwą, zdrową, normalną dziewczyną. Skończyłam szkołę, dorosłam, zajęłam się karierą.

– Szykowałaś się na ten dzień.

– Sprawiasz, że to brzmi jak coś znacznie bardziej wykalkulowanego, niż było faktycznie, Trapper. Nie masz racji. Nie chciałam, żeby tata umarł, ale tak się stało. I owszem, w tym momencie dysponowałam już doświadczeniem w mediach i rozległą widownią. Zaczęłam próbować nawiązać kontakt z Majorem.

Zastanawiał się przez chwilę, a potem stwierdził:

– Nazwisko Bailey nic by mu nie powiedziało. Nigdy mu nie wspominałaś, kim jesteś ani dlaczego chcesz przeprowadzić z nim wywiad?

– Nigdy nie dał mi szansy powiedzieć więcej niż parę słów, zanim rzucił słuchawką.

– Mogłaś mu wysłać e-maila albo zwykły list.

– Chciałam przedstawić mu się osobiście. Poza tym ile korespondencji dostawał od kobiet twierdzących, że są tą uratowaną dziewczynką?

– Słuszna uwaga.

– Pomyślałby, że jestem kolejną oportunistką. – Uniosła otwartą dłoń. – Nie mów tego.

– Nie powiem. Zbyt proste.

Padło to równie szybko, jak wszystkie jego riposty, ale ciemne brwi miał ściągnięte, a jego mina nie zdradzała wesołości.

– Ile osób wie, że jesteś tamtą dziewczynką?

– Ciotka, wujek i ja. Razem z tobą cztery.

– Jeśli uda ci się to przeprowadzić, dowiedzą się wszyscy.

– O, uda się, Trapper. Z twoją pomocą czy bez niej znajdę sposób, żeby sprawa znalazła finał.

Zaklął pod nosem i znów spojrzał przez szybę. Tak długo przyglądał się znakowi ostrzegającemu przed odholowaniem samochodu, że zdążył go przeczytać ze sto razy. Nie przerywała mu chwili skupienia. Wreszcie obrócił się w jej stronę.

– Będziesz musiała załatwić to beze mnie – zawyrokował.

– Trapper…

– Przykro mi.

– Nie poddam się, dopóki nie pomówię w cztery oczy z Majorem.

– I chwała ci, skoro chcesz próbować, ale ja nie będę w tym uczestniczył. – Założył okulary i uruchomił silnik. – Mam nadzieję, że dobrze sobie radzisz z odmowami. Major cię przegoni, zanim przekroczysz próg jego domu. Miłego życia, Kerro.

Wyobrażała sobie, że po relacji o ataku terrorystycznym z punktu widzenia pięcioletniej ofiary zmięknie. Było kilka takich chwil, kiedy miała wrażenie, że trąca czułą strunę, porusza wrażliwszą część jego kostycznej duszy. Najwyraźniej się myliła. Nie był nawet taki drażliwy i sarkastyczny jak poprzedniego wieczoru. Zdawał się zimny i obojętny. Dalsze argumenty dałyby mu tylko więcej okazji do nieprzyjemnych, obraźliwych uwag i prędzej szlag by ją trafił, niżby mu dostarczyła takiej satysfakcji.

– Chciałabym móc powiedzieć, że to była przyjemność, Trapper. Ale okazałeś się nieokrzesany i prymitywny. Zmarnowałeś mi cenny czas. Dzięki, choć doprawdy nie ma za co. – Szarpnęła klamkę drzwi i otworzyła je.

– Mimo to jeszcze jedno – powiedział.

– Co? – Obróciła się w jego stronę.

– Gdybym miał rozegrać wszystko od nowa, pocałowałbym cię wczoraj, tak jak miałaś na to ochotę.

– Idź do diabła! – Trzasnęła drzwiami, przeszła na drugą stronę ulicy i nie obejrzała się za siebie.

Wparowała do holu budynku i ruszyła do kontuaru konsjerżki. Uśmiechnięta młoda kobieta spytała ją, jak może pomóc. Kerra poprosiła o wyprowadzenie za godzinę jej samochodu z garażu.

Trapper powiódł wzrokiem za Kerrą przebiegającą przez ulicę i znikającą za przeszklonymi drzwiami apartamentowca. Ruszył, ale zaledwie kilka przecznic dalej zaparkował na pustym miejscu dla dostawczaków i wybrał numer przyjaciela.

– I co masz?

– A gdzie się podziało „Cześć, co u ciebie? Przepraszam, że zawracam ci tyłek w podróży poślubnej”?

– Carson, nie jestem w najlepszym nastroju, daruj sobie bzdury.

Przysługa, o jaką go prosił poprzedniego wieczoru, polegała na sprawdzeniu wszelkimi możliwymi dojściami oficjalnej biografii Kerry Bailey.

– Wszystko, co znalazłem, mogłeś sobie sam wyszukać – poskarżył się Carson.

– Byłem zajęty.

– A ja to nie?!

– No i musiałbym zdobywać informacje legalnymi kanałami.

– To jak teraz zaczniesz szukać dziury w całym…

– Jeszcze raz, co znalazłeś?

– Wysłałem ci całość e-mailem pół godziny temu.

– Dzięki, ale akurat prowadzę – skłamał Trapper. – Możesz mi to streścić?

Carson parsknął z irytacją, ale zaczął mówić:

– Kiedy miała pięć lat, została adoptowana przez swoje wujostwo.

– Wiesz, co się stało z jej prawdziwymi rodzicami?

– Akta sądowe adopcji zostały utajnione.

Ciotka i wuj faktycznie postarali się ochronić jej tożsamość i historię.

– Okej.

– Wyrosła w środowisku klasy średniej. Typowa amerykańska rodzina. Żadnych skandali. Porządni ludzie. Nudni, prawdę mówiąc.

– Okej.

– Szkołę średnią skończyła w swoim rodzinnym mieście w Virginii. Potem były studia, czyli Columbia.

– W Karolinie Południowej?

– Nie, Uniwersytet Columbia w Nowym Jorku. Zrobiła licencjat z dziennikarstwa. Pracowała w różnych stacjach telewizyjnych, nigdzie nie zagrzała miejsca, zawsze przechodziła do pracodawcy z większą widownią, aż załatwiła sobie tę posadę w Dallas w początkach ubiegłego roku. Oddział ogólnokrajowej sieci. Dostaje sporo czasu antenowego. Robi dla stacji lokalne reportaże, które potem idą na kraj. Na YouTubie jest sporo jej materiałów.

Trapper nie przyznał się, że oglądał je już godzinami.

– Mam numery jej wozu i dane z prawa jazdy.

– Jeśli są w e-mailu, to w tej chwili ich nie potrzebuję.

– Mieszka w śródmieściu Dallas, w jednym z tych przeszklonych apartamentowców koło Victory Park – kontynuował Carson.

Trapper nie wspomniał mu, że przed chwilą tam był.

– Sama? – spytał.

– Mieszkanie jest na nią i to jedyne nazwisko widniejące na skrzynce na listy. Rozmawiałem z konsjerżką budynku, podlałem ją prawniczym bełkotem. Odkąd tam mieszka, nie miała żadnych współlokatorów. Zaraz… Co jeszcze? Aha, kiedyś została aresztowana w Seattle.

– Za co?

– Marsz protestacyjny. Sporo było aresztowań podczas tego marszu. Na rozprawie przyznała się do winy i zapłaciła grzywnę.

– Co to był za protest?

– Jej koleżankę z pracy aresztowano za obrazę sądu, bo nie chciała ujawnić swojego źródła. Czyli cała wina dziewczyny to pasja, z jaką traktuje własny zawód, i prawa wynikające z Pierwszej Poprawki. Cięższych grzeszków nie ma, Trapper. Wobec skarbówki nie zalega. Żadnych długów poza kredytem hipotecznym. Płaci rachunki terminowo. Jest ambitna. Ma prezencję. Jak rozumiem, wywiad z Majorem stanowi dla niej niezłą gratkę. I to już koniec pieśni.

„Akurat, koniec" – pomyślał Trapper.

– Coś jeszcze? – dodał głośno.

– Nic wartego uwagi. Same drobiazgi. Jeśli chcesz szczegółów, są w e-mailu.

– Dzięki, Carson.

– Mogę już wracać do żony?

– Jeszcze jedna prośba.

Carson jęknął.

– Zrób to i możesz iść pieprzyć się do upadłego – podsumował Trapper.

Rozdział 4

Kerra zatrzymała samochód kilka metrów od czarnego SUV-a zaparkowanego obok bocznej drogi prowadzącej do domu Franklina Trappera. Zostawiła włączony silnik, wysiadła i ostrożnie podeszła do auta od strony kierowcy.

Obserwujący ją w bocznym lusterku Trapper zauważył chwilę, kiedy zorientowała się, że to on siedzi za kółkiem. Przyśpieszyła kroku i stanąwszy przy drzwiach, zdecydowanie zastukała w okno. Opuścił je.

– Cześć – powiedział.

– Co ty tu robisz?

– Sprawdzam cię, bo chcę się przekonać, czy mówiłaś serio, że przeprowadzisz sprawę z moją pomocą lub bez niej. Nie sądziłem, że okażesz się taka głupia, ale skoro się myliłem… – Ruchem głowy wskazał jej samochód. – Jedź za mną.

Zawahała się, jakby próbując zdecydować, czy ma go zabić, nawrzeszczeć na niego, czy też skorzystać z jego obecności. Wybrała trzecią opcję. Wróciła do auta.

Trapper zaczekał, aż dziewczyna wsiądzie za kierownicę, i ruszył swoim SUV-em żwirowanym podjazdem. Ranczerski dom Majora stał na niewielkim pagórku, otoczony zagajnikiem bezlistnych o tej porze roku drzew. Gdzieniegdzie tylko zieleniły się iglaki. Był to parterowy budynek z wapienia i drewna, ze stromym dwuspadowym dachem. Kwadratowe w przekroju kolumny wspierały okap nad głęboką werandą biegnącą wzdłuż całej szerokości domu.

Trapper zaparkował niedaleko frontowych stopni. Spojrzał po kolei w każde z wysokich okien wzdłuż werandy. Był pewien, że Major obserwował ich przybycie przez jedno z nich, ale nie mógł go dostrzec z powodu słonecznego blasku. Kerra podeszła do niego, gdy wysiadał z samochodu.

– Czyj to samochód?

– Pożyczyłem od kumpla.

Carson wywiązał się z drugiej przysługi, umawiając Trappera z warsztatem blacharskim, gdzie na czas naprawy udostępniono mu auto zastępcze. Wysoko osadzony na monstrualnych terenowych oponach wóz był wyposażony w nadmiar bajerów.

Kerra z podziwem wpatrywała się w dom Majora i otaczający go pejzaż.

– Patrzcie, państwo… – mruknęła.

– Już to widziałem. Gotowa?

Przechyliła głowę i dłonią przysłoniła oczy przed zachodzącym słońcem.

– Mówię to z bólem, Trapper, ale cieszę się, że jesteś tu ze mną. Nagle dostałam tremy. Dzięki, że przyjechałeś.

– Jeszcze mi nie dziękuj. Nadal może poszczuć na nas stado psów.

– Ma psy?

– Nie mam pojęcia. – Uśmiechnął się ponuro.

– Kiedy tu byłeś po raz ostatni?

– Parę lat temu.

– O co się pokłóciliście?

– Chcesz robić wywiad z nim czy ze mną?

Zrezygnowana, pokręciła głową i ruszyła po stopniach werandy, nie czekając na niego. Zanim zdążyła zastukać do drzwi, te się otworzyły i stanął w nich Major. Trapper niemal fizycznie poczuł iskrzenie, kiedy ojciec spojrzał mu w oczy. Żaden z nich nie poddałby się i nie odwrócił wzroku, gdyby nie wtrąciła się Kerra.

– Pan major Trapper?

Spojrzał na nią, a potem zaszokował i syna, i ją, bo się uśmiechnął.

– Witaj, Kerro.

– Pan mnie zna? – Aż się cofnęła.

– Oczywiście. Kanał szósty. Podobają mi się twoje reportaże.

– Bardzo mi miło. – Wyciągnęła do niego rękę i przez próg uścisnęli sobie dłonie. – Trapper był na tyle uprzejmy, że odeskortował mnie tutaj. Czy możemy wejść?

Trapper nie sprostował jej bajeczki. Pod nosem mruknął w stronę Kerry:

– A jednak nie potrzebowałaś mojego wstawiennictwa, żeby się dostać do środka. Wygląda na to, że jest twoim fanem.

Major wskazał im miejsce na sofie. Kerra usiadła. Trapper przycupnął na krawędzi podłokietnika. Major spytał, czy mają ochotę czegoś się napić.

– Ja dziękuję – odmówił Trapper.

– Może później – powiedziała jednocześnie Kerra.

Major usiadł w fotelu z podnóżkiem. Z brwiami zmarszczonymi w wyrazie lekkiej dezaprobaty obejrzał Trappera od stóp do głów.

– Co u ciebie, John? – spytał.

– W porządku. A ty jak?

– Nie mogę narzekać.

Po tych kilku słowach nie mieli sobie nic do powiedzenia, a nawet te wymuszone uprzejmości wymienili tylko ze względu na Kerrę. Trapper najchętniej od razu by wyszedł, ale kusiło go, żeby dowiedzieć się, jak dalej potoczą się wydarzenia.

Major przyglądał się Kerze niechętnie, choć raczej dla pozorów niż z przekonania.

– To ty jesteś tą upartą młodą damą, która wydzwaniała do mnie w ostatnich miesiącach?

– Pan równie uparcie rzucał słuchawką.

– Gdybym wiedział, że to ty…

– Nie przerywałby pan rozmowy?

– Przerywałbym – odparł. – Ale nieco grzeczniej.

Zaśmiała się lekko.

– No cóż, tak czy inaczej nie dało się ukryć, że nie chce pan ze mną rozmawiać. Musiałam się uciec do pomocy Trappera, żeby zdobyć audiencję u pana.

– Nie wyjaśniłeś jej, że już nie udzielam wywiadów? – Major zerknął na syna.

– Z dziesięć razy – odparł.

– To czemu ją tu przywiozłeś? – Spojrzał na Kerrę i jego mina złagodniała. – Choć naprawdę miło mi poznać cię osobiście.

– Mnie również.

– Próbowałem wybić jej to z głowy – wtrącił Trapper, przerywając wymianę wzajemnych komplementów. – Nie przyjmowała odmowy do wiadomości. Może ty ją zniechęcisz. Odmów jej, wyprawię ją w drogę i pojadę do Del Rancho na kanapkę z panierowanym kotletem wołowym. Powinna mi wynagrodzić konieczność odbycia tej wycieczki.

– Nie udzielam już wywiadów. – Major z poirytowaną miną ponownie skupił uwagę na Kerze.

– To byłby niezwykły wywiad. – Nie miała zamiaru ustąpić.

– Wszyscy tak mówicie.

– Ale tym razem byłaby to prawda. – Uśmiechnęła się.

– Niby czemu?

Pochyliła się, wyjęła z torby odbitkę zdjęcia i wręczyła ją Majorowi.

– Bo to byłoby spotkanie po latach.

– Spotkanie po latach? – Wziął fotografię, ale nie spojrzał na nią. Patrzył na Kerrę i czekał na wyjaśnienie.

– Proszę przyjrzeć się jej twarzy. – Nachyliła się w jego stronę i wskazała dziewczynkę na zdjęciu.

Kilka minut później Trapper wyszedł z domu – żadne z dwojga pozostałych nie zauważyło jego zniknięcia.

Trapper pojechał do restauracji dla zmotoryzowanych, która mieściła się tam, odkąd sięgał pamięcią. Przetrwała inwazję sieci fast foodów i nadal oferowała swoje usługi. Zjadł w samochodzie, słuchając country z radia. Musiał przyznać, że kanapka z przydrożnej restauracji zasłużyła na sławę. Porządnie rozbity kotlet z udźca wołowego był tak duży jak kołpak przy feldze i wystawał poza krawędzie bułki. Był pyszny, ale z każdym kęsem Trapper przełykał też porcję niepokoju o to, co się dzieje w domu Majora, o rodzaj perswazji stosowanej przez Kerrę i o to jak łatwo – choć może jednak nie – Major ustąpi. Skończywszy posiłek, ruszył w stronę autostrady międzystanowej, zamierzając wrócić do Fort Worth. Kiedy znalazł się na rozdrożu, zatrzymał samochód i sięgnął po komórkę. Numer miał w kontaktach.

Połączenie odebrała jakaś kobieta o głosie zachrypniętym od nałogowego palenia marlboro.

– Biuro szeryfa.

Trapper poprosił o rozmowę z samym szefem, ale powiedziano mu, że szeryf Addison wyszedł już z pracy.

– Przełączyć pana na jego pocztę głosową?

– Nie, dziękuję.

Trapper się rozłączył. Obserwował przez przednią szybę wiejski krajobraz, teraz zabarwiony lawendowym zmierzchem. Po prawej stronie, w oddali, pastwisko zdawało się upstrzone sylwetkami stada bydła hodowanego na mięso. Po lewej – sucha zimowa trawa gięła się w ostrym północnym wietrze. W myślach podawał powody, dla których powinien jechać prosto i najbliższym wjazdem ruszyć na wschód autostradą I-20. Mógł być w domu i jeszcze zdążyć otworzyć piwo przed rzutem sędziowskim na meczu Mavs*.

Koniec końców, pomstując na swoją nieuleczalną głupotę, zdjął nogę z hamulca i skręcił w lewo w wiejską drogę. Kilka minut potem jego wóz wspiął się na wzgórze, z którego miał widok na dom Addisonów. W każdym z pomieszczeń paliło się światło. Budynek był otoczony samochodami osobowymi i półciężarówkami. Trapper zmienił zdanie w sprawie odwiedzin u wieloletniego najlepszego przyjaciela Majora.

Zawracał, gdy jakaś nastolatka odłączyła od grupy dzieciaków grających w piłkę nożną na podwórzu od frontu. Potruchtała w jego stronę i wymachując chudymi ramionami, poleciła mu zjechać na pobocze. Trapper wykonał wskazany przez dziewczynę manewr i opuścił szybę w drzwiach. Oparła się o nie, ciężko dysząc.

– Kazali mi mówić spóźnionym, żeby parkować wzdłuż drogi – wyjaśniła.

Miała nieokiełznane, rude włosy, jeszcze czerwieńsze policzki i uśmiech wypełniony aparatem ortodontycznym. Trapper od razu się zakochał.

– Spóźnionym na co?

– Spotkanie biblijne. Nie po to tu przyjechałeś?

Trapper zgasił silnik i wysiadł.

– A jak sądzisz?

Obrzuciła go wzrokiem, a potem uśmiechnęła się od ucha do ucha i rzuciła:

– NWMS.

* Dallas Mavericks, klub koszykarski z siedzibą w Dallas (przyp. tłum.).

– Że co?

– Nie wydaje mi się.

– Bystra dziewczynka. – Parsknął śmiechem.

– Ty się nazywasz John Trapper, prawda?

– Skąd wiesz?

– Wszyscy wiedzą. Jesteś czarną owcą.

Mieszkańcy Lodal plotkowali więc na temat marnotrawnego syna Majora. Zastanowił się, czy w obecności dzieci używają zakodowanego języka. Ale przecież teraz dzieci mają własny kod.

– Jestem Tracy – przedstawiła się dziewczyna.

– Miło mi cię poznać, Tracy.

– Już poznałeś, kiedy miałam mniej więcej sześć lat. Na Święcie Dziękczynienia. Przyjechaliście z wizytą z Majorem i twoją mamą. Ja wsadziłam nogę do muszli klozetowej i nie mogłam wyjąć. Pomogłeś mi się uwolnić.

– To byłaś ty?

– Owszem – przyznała z dumą.

– Nigdy się nie dowiedziałem, po co ją tam wsadziłaś.

– Ja do tej pory tego nie wiem. – Wzruszyła kościstymi ramionami.

Trapper musiał znowu się roześmiać.

– Szeryf w domu?

Zerknęła w stronę budynku, a potem obróciła się ku Trapperowi i nachyliła, mówiąc ciszej.

– Pokoje od frontu pełne są diakonów i pań zaangażowanych w sprawy Kościoła. Omawiają historię Hioba. Ale szeryf pije piwo w kuchni – zdradziła.

To nie było piwo, tylko jack daniels. Glenn Addison wlewał sobie porcyjkę do kubka z czarną kawą, kiedy Trapper, nie zawracając sobie głowy pukaniem, wszedł przez przedsionek do kuchni. Zaskoczony jego widokiem Glenn poderwał się z krzesła, o mało go nie przewracając. Obszedł stół i porwał Trappera w niedźwiedzi uścisk.

– O ja cię nie mogę! – powiedział, waląc go po plecach. – Co ty tu robisz?

– Nie przyjechałem na lekcję Biblii. Hank nadal prowadzi te spotkania?

– A żebyś wiedział. – Glenn potrząsnął głową ze zdziwieniem. – Nie wiem, gdzie popełniłem błąd.

– To nic złego mieć w rodzinie kaznodzieję.

– Nie, to dobra rzecz. Wolałbym tylko nie mieć go we własnej.

– Chyba nikogo w ten sposób nie nabierzesz. – Trapper wskazał kubek ze wzmocnioną kawą.

– Jakbym nie miał tego sam wiesz gdzie. To mój dom i to ja stanowię tutaj prawo, więc będę sobie popijał destylat zbożowego zacieru, jeśli zechcę. Też sobie nalej.

– Nie, dzięki. Muszę wracać do Fort Worth.

Glenn i Major byli przyjaciółmi jeszcze z lat chłopięcych, odbyli dwanaście lat szkolnej nauki praktycznie nierozłączni, a potem przez kolejne cztery dzielili wspólny pokój na A&M*. Po studiach Major wstąpił do wojska, a Glenn wrócił do rodzinnego miasta, wziął udział w wyborach na szeryfa i wygrał. Piastował tę funkcję nieprzerwanie po dziś dzień, zwykle nie mając kontrkandydatów podczas reelekcji.

– Wierni prześcignęli bufet z deserami w Golden Corral** – stwierdził, wskazując szereg plastikowych pojemników ustawiony na kuchennym blacie. – Częstuj się. Te czekoladowe brownie są niezłe.

– A co słychać u żony? – spytał Trapper.

– Chodzi teraz na siłownię. Zajęcia zumby. Mnie też próbuje zaciągnąć.

– Bez powodzenia?

– Po moim trupie.

Starszy mężczyzna przyjrzał mu się uważnie.

– Mógłbyś się ogolić. I ostrzyc. Nie zaszkodziłoby też wypastować te buciska. Czy twoje dżinsy spotkały się kiedyś z żelazkiem?

– Nie, i nigdy im się to nie przytrafi.

– Masz dziewczynę?

– Miałem jedną w sobotni wieczór.

– Potrzebna ci żona, dzieciaki. – Szeryf zmarszczył brwi z przyganą.

---

* Texas Agricultural and Mechanical University – uniwersytet w Teksasie, siódmy co do wielkości w Stanach Zjednoczonych (przyp. tłum.).

** Golden Corral – sieć popularnych rodzinnych restauracji z bufetem, grillem i dużym wyborem deserów (przyp. tłum.).

– Tak samo jak trąd.

– Major chętnie powitałby wnuki. – Szeryf rzucił to ostatnie jak rycerską rękawicę.

Trapper chwilę czy dwie nie reagował, aż wreszcie powiedział:

– Ale ja nie.

– Myślę, że źle robisz.

Trapper wzruszył ramionami z udawaną obojętnością.

– To bez znaczenia. Nie będę produkował potomstwa.

– Więc nie zjechałeś do miasta z gałązką oliwną?

– Nie. Przywiozłem coś nieco bardziej… kłopotliwego.

Siwe brwi zbiegły się na czole Glenna.

– Dla kogo?

– Dla ciebie, szeryfie.

Glenn wziął butelkę whiskey i przechylił ją w stronę kubka.

– Będę potrzebował kolejnej dawki?

– Tak sądzę.

Szeryf dolał sobie pokaźną porcję do kubka i upił.

– Co się szykuje?

– Słyszałeś kiedyś o Kerze Bailey?

– Tej lasce z telewizji?

– Jak to jest, że wszyscy poza mną o niej wiedzą? – mruknął Trapper. Znał jednak powód. Pomijając ESPN*, unikał większości stacji telewizyjnych. A szczególnie wystrzegał się programów informacyjnych, obawiając się tego, co mogłoby się w nich któregoś wieczoru pojawić.

– No i co z nią? – spytał Glenn.

– Chce zrobić wywiad z Majorem.

Glenn słuchał z rosnącym zainteresowaniem, gdy Trapper opisywał mu niezapowiedzianą wizytę Kerry w swoim biurze.

– Miałem koszmarnego kaca. Szybko mnie otrzeźwiła, pytając, czy pomogę jej znaleźć dojście do Majora. Obśmiałem się, a potem odmówiłem. To chyba jasne.

– Ale jesteś tu.

* ESPN (*Entertainment and Sports Programming Network*) – amerykańska całodobowa stacja telewizyjna poświęcona tematyce sportowej (przyp. tłum.).

Nie wspomniał Glennowi o ich wczorajszej kolacji, ale powiedział mu, że znów z nią się spotkał dzisiejszego ranka.

– Powiedziała mi, że nie ustąpi, dopóki nie porozmawia z nim twarzą w twarz. Życzyłem jej udanego życia i umyłem ręce.

Glenn beknął oparami whiskey.

– Ale dziś tu jesteś, powtórzę.

– Obawiałem się, że ona odwali coś głupiego, a potem wina spadłaby na mnie. Chcąc tego uniknąć, pojechałem tam przed nią i odprowadziłem ją pod drzwi Majora. Jeśli o mnie chodzi, moja rola się skończyła. Jestem wolny. Dama musi teraz radzić sobie sama.

– No cóż, życzę jej powodzenia – orzekł Glenn. – Odkąd zrezygnował z publicznych wystąpień, odmawia wszelkim prośbom. I to nawet znanym postaciom.

– Kerra Bailey może go złamać. Przywitał ją jak jej fan.

– Jest też fanem Oprah, a jej odmówił.

Trapper nie zamierzał wyjaśniać Glennowi, co czyniło Kerrę wyjątkiem od reguły. Ten sekret nie należał do niego. Był jednak świadkiem efektu, jaki wywarła na Majorze jej tożsamość. Przyglądał się Kerze ze zdumieniem, ona złożyła mu dawno spóźnione podziękowanie za uratowanie życia i trzymali się za ręce, pogrążeni w swobodnej rozmowie, kiedy Trapper wymykał się niezauważony.

– No a kiedy ten oczekiwany wywiad miałby mieć miejsce? – spytał Glenn.

– W najbliższą niedzielę wieczorem.

– W tę niedzielę?! – Glenn policzył dni, a potem oparł się o oparcie krzesła. – Rocznica zamachu.

Trapper skinął głową z powagą.

– Zbzikowała na widok domu i otoczenia, więc przewiduję, że może chcieć nadać wywiad stamtąd, nie ze studia w Dallas. Dlatego zajrzałem tu dzisiaj. Jeśli Major zgodzi się to zrobić, miasteczko i całe to cholerne hrabstwo przeżyje najazd. Więc cię uprzedzam. Przygotuj się na najgorsze.

Glenn jęknął. Zdawał sobie sprawę z taktycznych implikacji takiego wydarzenia. A przecież i tak nie wiedział nawet połowy. Jeśli Kerra dopnie swego i w niedzielny wieczór ogłosi swoją sensację, nastąpi erupcja wzmożonego zainteresowania ulubionym obywatelem miasta Lodal. A utrzymanie kontroli nad całym chaosem spadnie na barki Glenna Addisona i jego departamentu.

Niepokój Trappera dotyczył jednak innej kwestii. Jego obawy wiązały się z czymś znacznie bardziej złowrogim niż potencjalne korki uliczne. Glenn spojrzał na niego ponuro.

– Może do tego nie dojdzie. Może Major odeśle ją z kwitkiem.

– Nadzieję mieć możemy. – Trapper wstał. – Muszę już ruszać z powrotem.

– I się nie przywitasz? – Szeryf wskazał kciukiem za swoje ramię, w stronę salonu, skąd dobiegała modlitwa.

– Przekaż rodzinie moje przeprosiny.

Glenn oparł się ciężko o krawędź stołu, niepewnie podnosząc się na nogi.

– Doceniam twoje ostrzeżenie, Trapper. – Zawahał się, a potem dodał: – Czy mogę spytać, jak zareagował, widząc cię pod swoimi drzwiami?

– Z wymuszoną grzecznością.

– Gdyby tej dziewczyny tam nie było, przywitałby cię chłodniej.

– Gdyby tej dziewczyny tam nie było, nie stanąłbym na progu.

– Kiedy ostatni raz rozmawialiście z Majorem?

– W tym tygodniu, kiedy odszedłem z agencji.

– To go złamało, John, że cię wywalili.

– Sam odszedłem.

– Zanim zdążyli cię zwolnić. Nigdy tego nie powiedział, ale moim zdaniem właśnie dlatego zaczął przed nami zgrywać pustelnika.

– Taa. Zbrukałem jego wizerunek bohatera. Strasznie mu poplamiłem aureolę.

– Nie mów takich rzeczy. Major…

– Wyluzuj z tą whiskey.

– Trapper, on…

– Miło cię było zobaczyć, Glenn. – Wyszedł.

Zdążyło się zupełnie ściemnić. Okrążając podwórze, zdołał przyciągnąć uwagę Tracy i gestem dał jej znać, żeby podeszła do SUV-a. Zbliżyła się do samochodu i odtańczyła triumfalny taniec.

– Właśnie zdobyłam gola!

Trapper przybił jej piątkę.

– Mogę cię prosić o przysługę?

– Jasne. Jestem ci dłużna za historię z kibelkiem.

– Wejdź do środka i szepnij Hankowi, że powinien zerknąć na ojca.

– Jak to?

– Zaraz się urżnie.

– Da się zrobić. – Rzuciła mu szeroki uśmiech.

– Bądź dyskretna. Nie chcę, żeby komuś zrobiło się głupio.

– Chwytam. Możesz na mnie liczyć.

– Wiesz co, Tracy?

– Co?

– Chyba chciałbym się z tobą ożenić.

Metal na jej zębach błysnął w uśmiechu.

– Jesteś dokładnie takim bezecnikiem, jak mówią. – Jeszcze raz przybiła mu piątkę i pobiegła.

Trapper odjechał, myśląc z przykrością o podkablowaniu Glenna, mężczyzny, który znał go od urodzenia i traktował jak własnego syna. Ze względu na podobieństwo zawodów związanych z egzekwowaniem prawa Glenn więcej miał wspólnego z Trapperem niż z Hankiem, który był niepoprawnym optymistą i zawsze znajdował dobro w ludziach i sytuacjach, nie zapuszczając się w rejony szarości, bo dla osób takich jak Hank szarość nie istniała. Trapper w dobro i światło nie wierzył. Ludzie i instytucje jawili mu się jako byty omylne i zawodne, los zaś – jako wredny bydlak. Jeśli jakaś sytuacja kończyła się dobrze, Trapper dochodził do wniosku, że mu się upiekło, ale z zasady oczekiwał najgorszego. Tak jak w tej chwili.

Rozdział 5

– Będziesz nim zachwycona! – stwierdziła Kerra. – Jest idealny.

– Oczami duszy widzę Southfork*.

– Nie, dom jest mniejszy. Bardziej rustykalny. Swobodniejszy w stylu. Salon ma wysokie sklepienie, z widocznym belkowaniem i kominkiem z naturalnego kamienia, w którym mogłabym stanąć wyprostowana. Chcę nakręcić wywiad w tym wnętrzu, a on będzie siedział w swoim fotelu z podnóżkiem.

Kerra była zbyt nakręcona, żeby usiedzieć bez ruchu. Opisując dom Majora swojej producentce, Gracie Lambert, spacerowała w tę i z powrotem wąskim przejściem pomiędzy motelowym łóżkiem a komodą.

– Mów dalej – poprosiła Gracie. – Słucham uważnie. Jaki on jest?

– Dokładnie taki, jak można było oczekiwać. Silny, ale skromny. Życzliwe oczy. Tyle razy występował przed kamerą, że nie potrzebuje żadnych wskazówek, ale odbędziemy, on i ja, kilka zapoznawczych spotkań. Do niedzieli wieczorem będziemy się czuli swobodnie w swoim towarzystwie. Pierwsza pogawędka jutro rano. Zaproponowałam, że przywiozę pączki.

– Pączki, pogawędki, a przecież nikt nie był w stanie przebić się do niego od lat. – Gracie nie zwykła wpadać w euforię, ale dzisiaj była jej blisko. Kerra też zaczęła ulegać emocjom. – W głowie mi się nie mieści, że ci się udało – cieszyła się producentka. – Jak to zrobiłaś?

Kerze przypomniał się Trapper, a to od razu ostudziło jej entuzjazm. Być może poradziłaby sobie i bez niego. Ale nie byłoby to równie… interesujące. Mimo wszystko nie widziała powodu, żeby opowiadać Gracie o synu Majora. To była historia na inną okazję. Najlepiej na żadną.

---

* Southfork Ranch – posiadłość będąca centrum konferencyjnym w Parker w stanie Teksas. Ewing Mansion, dom stojący na jej terenie, stanowił scenerię serialu „Dallas" (przyp. tłum.).

Odpowiadając na pytanie producentki, rzuciła tylko:

– Uparłam się jak osioł.

– A może machnęłaś czarodziejską różdżką.

Rzeczywiście, przyznanie się, że jest dzieckiem z fotografii, podziałało jak magiczna różdżka i przełamało opory Majora. Trzeba przyznać, że trzymał się nieźle: w jego oczach nie pojawiły się łzy radości ani nie próbował chwytać Kerry w objęcia. Ale głos zaczął mu drżeć ze wzruszenia.

Gracie jednak dostałaby kompletnego bzika, gdyby jej wyznać całą prawdę, i dlatego Kerra zdecydowała się nie informować jej aż do ostatnich godzin przed wywiadem. Ekipę telewizyjną musiała uprzedzić, żeby mogli maksymalnie wykorzystać odpowiednie ustawienie kamer w trakcie wywiadu, ale mieli poznać jej sekret tuż przed szeroką widownią telewizyjną.

– Jak się nazywa ten motel? – spytała Gracie i jednym tchem dodała: – Tego słowa nie ma chyba nawet w moim słowniku. Aż się dziwię, że wypowiedziałam je na głos.

– Ewing Mansion to nie jest, ale mogłoby być gorzej. – Kerra parsknęła śmiechem.

– Jest chociaż kanalizacja?

– Tylko w apartamentach reprezentacyjnych – zażartowała Kerra.

– Dziś wieczorem zacznę organizować ekipę – oznajmiła Gracie – ale kiedy poinformuję dyrektora wiadomości, po co zbieram ludzi, da mi zielone światło bez ograniczeń. To znaczy, kiedy już dojdzie do siebie po zawale, bo na pewno go dostanie. Spróbuję wysłać ci wóz transmisyjny do jutrzejszego wieczoru. Najdalej w czwartek w ciągu dnia.

– A ja tymczasem będę robić swoje – dorzuciła Kerra. – Major... – przerwała, słysząc pukanie. – Poczekaj, Gracie, moja pizza przyjechała.

Przycisnęła komórkę do piersi i szeroko otworzyła drzwi. To nie była pizza. Jeszcze nigdy nie widziała, żeby dostawca pizzy opierał dłonie wysoko po obu stronach ościeżnicy i wypełniając sobą całe drzwi, stał z miną taką, jakby chciał kogoś zamordować.

– Oddzwonię. – Rozłączyła się, zanim Gracie zdążyła zaprotestować, i wyciszyła komórkę.

– Myślałam, że to dostawca pizzy.

– Otworzyłaś drzwi, nie sprawdzając? – Trapper jeszcze bardziej się nachmurzył.

– Spodziewałam się tylko jego. A na pewno nie ciebie.

– Złe rzeczy zdarzają się, gdy się ich najmniej spodziewasz.

– Skąd wiedziałeś, że tu jestem?

– Zadzwoniłem na recepcję twojego apartamentowca, żeby się dowiedzieć, czy już wróciłaś.

– Nie powiedzieliby ci tego.

– Konsjerżka powiedziała. Wystarczyło z nią poflirtować i zwierzyć się, że coś się między nami dzieje.

– Między nami nic się nie dzieje.

– Owszem, ale ona dziś rano widziała, jak siedzieliśmy w moim samochodzie przez… ile to było? Pół godziny? I przecież nie słyszała, że kiedy się żegnaliśmy, kazałaś mi iść do diabła.

– Na co sobie jak najbardziej zasłużyłeś.

– Masz rację, zasłużyłem. Wspomniałem o całowaniu tylko po to, żeby cię rozdrażnić.

– Udało ci się.

Mina mu złagodniała, kiedy to usłyszał. Niemal się uśmiechnął. Ale Kerra nadal rozdrażniona oparła pięść na biodrze, jakby taką postawą mogła powstrzymać go przed wejściem do środka w razie, gdyby zamierzał.

– Gdzie się podziałeś? – spytała. – Zniknąłeś rano.

– Długo ci zajęło, zanim zauważyłaś?

– Nie zauważyłam – skłamała. – Major zauważył – skłamała ponownie.

Trapper chyba nie uwierzył jej, bo parsknął cynicznie.

– Nieważne. Przypuszczałem, że raczej nie będziesz dziś wieczorem wracać do Fort Worth, a w Lodal niewiele jest miejsc, gdzie można przenocować. To drugie, do którego zajrzałem. Dostrzegłem twój samochód na parkingu, a recepcjonista potwierdził, że się tu zameldowałaś.

– Podał ci numer mojego pokoju?

– Nie zapominaj, że jestem prywatnym detektywem.

– I to wystarczyło, żeby zdobyć numer?

– To i pięciodolarowy banknot.

– Czy zdarza się, że czasem ktoś ci odmawia?

– Tak. Te, które naprawdę się liczą. – Przybrał żartobliwie smutną minę.

Nie wiedziała, jak zareagować. Spojrzał ponad jej ramieniem w głąb pokoju. Oczy mu rozbłysły na widok otwartej walizki na jej łóżku, laptopa ładującego się na stole, osobistych drobiazgów ustawionych na toaletce.

– Jesteś przygotowana na dłuższy pobyt.

– Mój optymizm jest tak duży, że spakowałam więcej rzeczy.

– Z Majorem musiało nieźle pójść – stwierdził. – W przeciwnym razie nie byłabyś tu taka… – zmierzył ją wzrokiem od włosów upiętych w niedbały kok po puchate kapcie, nie pomijając flanelowej piżamy – … zadomowiona.

Ta nieśpieszna lustracja mogła mieć coś wspólnego z gestem, jakim splotła ramiona tuż pod biustem.

– Poszło nadspodziewanie dobrze. Przed chwilą przez telefon rozmawiałam ze swoją producentką. Nadamy wywiad w niedzielę na żywo z domu Majora.

– Bardziej intymnie już by się nie dało. Gratuluję.

– Dziękuję.

Przez kilka chwil przypatrywali się sobie.

– Wybacz, ale od drzwi wieje – odezwała się wreszcie.

– Przepraszam.

Zamierzała domknąć je, ale zamiast jej na to pozwolić, przepchnął się obok niej i wszedł do środka.

– Trapper…

– On się cieszy na ten wywiad?

Musiała sobie przypomnieć, o czym wcześniej rozmawiali, bo straciła wątek.

– Major? Tak. Cieszy się. To aż dziwne. – Opowiedziała mu o wstępnych spotkaniach, na które się umówili. – Obiecał, że mi ugotuje swoje sławne chili.

– Już to powinno wystarczyć, żebyś zwiała do Dallas.

Zaśmiała się i spytała:

– Aż takie niedobre?

Pokiwał głową, ale miała wrażenie, że jej nie słuchał. Od chwili, kiedy wszedł do pokoju, panoszył się, jakby był u siebie. Zajrzał do łazienki, otworzył, a potem zamknął drzwi szafy, zerknął na rozrzuconą zawartość otwartej walizki. Wolałaby, żeby pewnych części jej garderoby nie oglądał, tymczasem właśnie nimi zdawał się najbardziej zainteresowany. Podeszła i przymknęła wieko walizki.

– Muszę skończyć rozpakowywanie, a za chwilę przyjedzie moje jedzenie, więc…

Szykowała się, by wyprosić go za drzwi, ale słowa zamarły jej na ustach, bo podszedł do stojącego przy oknie stołu i otworzył jej laptop. Popatrzył na ekran, potem na nią, po czym odwrócił komputer w jej stronę, żeby mogła zobaczyć, co na nim widać, chociaż już wiedziała: prasowy artykuł na temat Trappera wraz z jego zdjęciem. Uniósł jedną brew.

– Zbieram materiał do wywiadu – wyjaśniła.

– Nie przeprowadzasz wywiadu ze mną.

– Ale jesteś częścią…

– Nie jestem niczego częścią. Nie mieszaj mnie do tego.

– Trapper, wyluzuj. Nie masz powodu do niepokoju. Major zastrzegł, że jego rodzina jest nietykalna. Czytałam – zrobiła gest w stronę laptopa – wyłącznie po to, żeby poznać kontekst.

– Dlaczego po prostu nie spytałaś mnie?

– Bo nie powiedziałbyś mi.

– Zależy, co chcesz wiedzieć. Strzelaj.

– Dobrze. Opowiedz mi o swojej matce.

– Imiona: Debra Jane. Data urodzenia…

– To wszystko już wiem. Powiedz mi, jaka była.

– Major ci tego nie mówił?

– Częściowo. Mniej więcej orientuję się, jaką miała osobowość. Czy jest coś, co mógłbyś dorzucić od siebie bez wkurzania się i dopatrywania ukrytych motywów mojej ciekawości?

Zastanowił się chwilę.

– Była prawdziwą damą. Nie pisała się na rolę żony sławnego człowieka, ale kiedy jej przypadła, zaakceptowała to. Dorastając, nie byłem łatwy, a…

– Wyobrażam sobie – wtrąciła.

– ...jej mąż dwa razy został wysłany z wojskiem na zagraniczne misje. Rok w Kuwejcie w czasie wojny w Zatoce. Kiedy jego służba dobiegła końca i przeszedł w stan spoczynku, cieszyła się, że ma go w domu, z dala od militarnego życia. A potem zdarzył się zamach na Pegasus. – Wzruszył ramionami, ale Kerry nie przekonała obojętność sugerowana tym gestem. – Rola żony wojskowego oswoiła ją z tym, że większość czasu była zdana na siebie i musiała samodzielnie zajmować się domem i mną – dodał.

– Major powiedział o niej niemal słowo w słowo to samo.

– Boże, dopomóż mi, jeśli zaczynam brzmieć jak on!

– Nie grozi ci to. Major nie próbuje odgryźć mi głowy, ilekroć zadaję mu pytania, które mu się nie podobają. Był tak uprzejmy, że uprzedził mnie, których tematów mam nie poruszać.

– Mnie samego, a poza tym?

– Polowań.

– Polowań?

– Spytałam, czy wziąłby pod uwagę usunięcie trofeów myśliwskich ze ścian na czas wywiadu, ale on rzucił mi na to: „Do diabła, wykluczone!". Jest kilka spraw, co do których się nie zgadzamy.

– Jest coś jeszcze poza mną? – rzucił ironicznie.

– W sumie co do ciebie zgadzamy się z Majorem idealnie. Jesteś sarkastyczny, nastawiony obronnie i wrogi.

– Zapomniałaś, że poza tym bezecny.

– Nie posunęłabym się tak daleko, żeby cię nazwać bezecnikiem.

– Ktoś już to zrobił.

– Kto?

– Pewna urocza ruda dziewczyna.

– Kiedy?

– Dziś wieczorem.

– Och – westchnęła, czując lekkie ukłucie. – Co zrobiłeś?

– Oświadczyłem się jej.

Kerra roześmiała się, chociaż na wpół mu uwierzyła, a jego szeroki uśmiech – wyraźnie bezecny – powiedział jej, że on też to wie.

Rozległo się pukanie do drzwi. Tym razem zerknęła przez wizjer. Za drzwiami stał dostawca pizzy. Zapłaciła młodemu chłopakowi, szybko zamknęła drzwi przed wiatrem i odsunęła laptop na bok, żeby zrobić miejsce na pudełko z pizzą, z którego unosiły się rozkoszne zapachy.

– Chcesz kawałek?

– Nie, dzięki. Zjedz w spokoju.

Ale zamiast ruszyć do wyjścia, podszedł do nocnej szafki i pochylił się nad nią. Nie mogła nie zauważyć poszarpanej dziury w tylnej kieszeni dżinsów Trappera ani tego, w jaki sposób skórzana kurtka podkreślała szerokość jego ramion.

Ogryzkiem motelowego ołówka zapisał coś w notesie leżącym obok telefonu. Kiedy skończył, wydarł kartkę i podszedł z nią do Kerry. Przeczytała: „Szeryf Glenn Addison". Pod nazwiskiem widniał numer telefonu.

– Przyjaciel Majora od wieków i bardzo porządny facet – wyjaśnił. – Po wyjściu z domu ojca pojechałem do niego i powiedziałem mu o tobie i o wywiadzie. – Uniósł dłoń, widząc, że chce mu przerwać. – Nie wyjawiłem mu wszystkiego. Jeśli się dowie, jaki jest twój związek z tamtym zamachem, to od Majora, nie ode mnie.

– Początkowo byłeś przekonany, że Major mi odmówi, a jednak pojechałeś prosto do szeryfa, jakby ten wywiad był rzeczą pewną.

– Bo w tym momencie już był. To zdjęcie zdecydowało. Widziałem, jak na nie zareagował. Ego nie pozwoliłoby mu zmarnować podobnej szansy odgrywania bohatera.

– Przecież jest bohaterem.

– Ale teraz będzie facetem, który ocalił Kerrę Bailey, gwiazdę telewizyjną. W każdym razie czułem, że szeryfa trzeba uprzedzić o przyjeździe ekipy telewizyjnej i zamieszaniu, jakie to wywoła. Lodal jest wprawdzie siedzibą hrabstwa, ale to w sumie małe miasteczko.

Była tutaj od paru godzin, ale już zdążyła nieco poznać okolicę. Miasto i otaczające je rancza leżały z dala od metropolitalnej zabudowy Dallas i Fort Worth w sensie nie tylko geograficznym, ale także atmosfery i sposobu myślenia.

– Obawiam się, że nasza obecność wywoła poruszenie – przyznała.

– Wiadomość o wywiadzie rozejdzie się jak pożar buszu. Jutro do południa wszyscy się dowiedzą. Wbij numer szeryfa w komórkę, żebyś natychmiast mogła skontaktować się z nim w razie potrzeby.

– Wątpię, żeby poruszenie miało być aż tak duże – zaśmiała się.

– Kerro, ja nie żartuję. Zapisz numer Glenna pod klawiszem szybkiego wyboru.

Zdziwiona, ale i otrzeźwiona jego rzeczowym tonem obiecała, że tak zrobi.

Wydawało się, że chciał jeszcze coś powiedzieć, ale tylko zerknął na pudełko z pizzą.

– Stygnie ci.

Odprowadziła go do drzwi.

– Będziesz oglądał w niedzielę wieczorem?

– Nie.

Nawet przez chwilę nie zastanawiał się nad odpowiedzią, co jej nie zdziwiło, ale mimo wszystko rozczarowało.

– No to chyba do widzenia, Trapper – powiedziała, zbita z tropu i dziwnie zawiedziona.

– Chyba tak.

– Bezpiecznej jazdy.

– Jestem trzeźwy jak świnia. Parkometry dziś nie muszą się obawiać.

Uśmiechnęła się do niego i wyciągnęła rękę na pożegnanie.

– Jeśli sprawiłam ci jakiś kłopot, przepraszam. Wiem, że to było niemile widziane i nieoczekiwane wtargnięcie w twoje życie. – A potem, cytując jego słowa, dodała: – Złe rzeczy dzieją się, kiedy człowiek najmniej się ich spodziewa.

– Dobre również. – Niski ton jego głosu sprawił, że zalało ją wewnętrzne ciepło. Zamiast uścisnąć jej rękę, położył prawą dłoń na karku Kerry i przyciągnął ją do siebie tak blisko, że musiała wspiąć się na palce. – A to, co powiedziałem o pocałunku…

– Gdybyś miał zacząć jeszcze raz?

– Zdaje się, że zacznę.

Poczuła wargami wszystko to, co cudownie męskie: przyjemną szorstkość szczeciny na podbródku, pewność siebie ust, które wiedziały czego chcą i jak to dostać, wprawną i władczą pieszczotę języka. I wszystko skończyło się zbyt szybko. Odsunął ją od siebie, choć jeszcze przez kilka sekund trzymał dłoń na jej karku, patrząc jej prosto w oczy.

A potem Kerra poczuła podmuch zimnego wiatru i została sama.

Rozdział 6

Obecnie

– Jezu, kto by w to uwierzył? Było zaledwie parę godzin po wywiadzie, a teraz wygląda, jakby ją przejechał czołg, natomiast Major…

Szeptane słowa docierały do półprzytomnej Kerry jak przez mgłę. Była zła na wtargnięcie świata zewnętrznego. Wolała pozostać otulona ciepłym kokonem nieświadomości.

– Widziałeś go? – spytał ten sam głos.

– Jeszcze mnie do niego nie wpuścili.

– No i dobrze. Źle wygląda, nie będę cię oszukiwał.

– Dzięki, że do mnie zadzwoniłeś, Glenn.

– Jak tylko wyszedłem stamtąd, zobaczywszy cały ten syf.

– Wiem, to nie mogło być dla ciebie łatwe.

Kerra chciała, żeby przestali mówić. Chciała tkwić w stanie półświadomości. Wcześniej ledwie reagowała na pytania osób badających i opatrujących jej obrażenia: „Kerro, czy możesz unieść ramię? Czy to boli? Teraz poczujesz ukłucie. Leż nieruchomo, żebyśmy mogli zrobić dobre zdjęcie".

Po godzinach tortury zostawili ją samą i pozwolili zasnąć. Ale wracała jej świadomość i wcale jej się to nie podobało. Nie chciała wracać do jasnego, okrutnego świata, gdzie czaiły się na nią potworne wspomnienia. Ale uniki to tchórzostwo. Z trudem otworzyła oczy. Przy jej łóżku stało dwóch mężczyzn. Ten w mundurze to był szeryf Addison. W minionym tygodniu widziała się z nim dwa razy, za każdym razem miał na głowie kowbojski kapelusz. W tej chwili trzymał go u boku. Obok niego stał Trapper. Patrzył na nią spojrzeniem przeszywającym i ostrym niczym promień lasera.

– Po wywiadzie została, a reszta ekipy pojechała zatankować paliwo do furgonetki – ciągnął szeryf. – Według producentki Kerra chciała pożegnać się z Majorem na osobności i podziękować mu za „Złotego Graala wywiadów". To cytat. – Po chwili milczenia dorzucił: – John, kiedy kilka dni temu przyjechałeś do mnie do domu, wiedziałeś, że to ona jest dzieckiem ze zdjęcia?

– Tak.

– Dlaczego mi o tym nie wspomniałeś?

– Nie mogłem ujawnić cudzego sekretu.

Szeryf westchnął ciężko.

– Pewnie Kerra i Major nie chcieli psuć niespodzianki.

– No i niespodzianki się doczekali – odparł ponuro Trapper.

Kerze ścisnęło się serce. A więc to nie był koszmar senny. Major zginął, a ona słyszała wystrzał z broni, która go zabiła. Znów zamknęła oczy, żałując, że siłą woli nie może ponownie przywołać błogosławionego mroku zapomnienia. Rozmowa wciąż ją z niego wytrącała.

– Kiedy współpracownicy po nią wrócili, znaleźli Majora na progu frontowych drzwi. Zadzwonili pod dziewięćset jedenaście. Ratownicy medyczni powiedzieli mi, że kiedy dotarli na miejsce, cała ekipa siedziała w furgonetce, odchodząc od zmysłów ze strachu. Zobaczyli przecież coś, czego żaden człowiek nie powinien oglądać, a na dodatek wiedzieli, że zabójca mógł czaić się w pobliżu. Bali się o swoją koleżankę, nigdzie jej nie było widać. Ja tymczasem pracowałem wtedy do późna, nadrabiałem papierkową robotę. Mój zastępca zajrzał do gabinetu i powiedział, że u Majora jest jakaś krytyczna sytuacja. Zapytałem go, co się stało, ale odparł, że nic nie wie. Wiedział, łobuz, bo nie potrafił spojrzeć mi w oczy. Kiedy przechodziłem przez salę odpraw, ktoś, nie pamiętam nawet kto, próbował zastąpić mi drogę, mówiąc, że śledczy są już na miejscu i zajmą się sprawą, że nie muszę tam jechać. Tłumaczyli mi, że Hank został zawiadomiony i był już w drodze do mojego biura. Ale musiałem działać, coś robić, a nie siedzieć z założonymi rękami w modlitewnym kółku. Muszę jednak przyznać, że kiedy wszedłem frontowymi stopniami i zobaczyłem Majora, widok o mało nie powalił mnie na kolana. – Szeryf wydał jakiś zduszony dźwięk i zakaszlał.

Kerra w milczeniu błagała, żeby zatrzymał się w tym miejscu. Nie chciała tego słuchać, nie chciała tego wiedzieć.

Ale opanowawszy się, szeryf mówił dalej:

– I tak ciężko było to wszystko ogarnąć, a oprócz strzelaniny mieliśmy jeszcze zaginioną kobietę. Ta mała łazienka w holu? Zamek został wywalony w kosmos. Okno było otwarte. Na ziemi pod oknem ślady po czyimś upadku. Mieliśmy nadzieję, że zdołała uciec, ale prawdę mówiąc, spodziewaliśmy się znaleźć jej ciało, bo nie cackali się, bydlaki. Jeden z moich zastępców…

– Czekaj – przerwał Trapper. – Bydlaki? W liczbie mnogiej?

– Uważamy, że było ich co najmniej dwóch. Do Majora strzelano z broni ręcznej, kaliber dziewięć, ale zamek drzwi łazienki rozwalono czymś ciężkim. Obstawiam kolbę strzelby, bo zdaje się, że to z niej odstrzelono czubek drzewa obok domu. Są też ślady pocisków na kamieniu. Prawdopodobnie strzelano z okna łazienki. – Po chwili szeryf podjął: – Kerrę wreszcie zauważył jeden z moich ludzi. Pamiętasz to załamanie gruntu za domem, schodzące do łożyska strumienia? Zdaje się, że przekoziołkowała przez krawędź pochyłości i zatrzymała się dopiero na samym dole, czyli na kupie kamieni, bo w strumieniu widać dno, chyba że bardzo mocno pada. Była potłuczona i wyziębiona, ale żywa – urwał na moment. – Miała farta. My chyba też. Mamy świadka postrzelenia Majora.

Czując, że musi wyprowadzić go z błędu, Kerra otworzyła oczy i spróbowała skupić na nim wzrok. Zdał sobie sprawę, że jest przytomna, więc zbliżył się do łóżka.

– Pani Bailey, czy wie pani, gdzie jest?

– W szpitalu.

– Zgadza się. Poznaje mnie pani?

– Oczywiście.

– A Trappera pani już zna.

– Tak.

Trapper nie ruszył się z miejsca ani nie odezwał.

– Ile czasu tu jestem?

– Kilka godzin. Jest poniedziałek, dochodzi czwarta rano. – Jego głos zabrzmiał łagodnie, ale szeryf od razu przeszedł do sprawy.

– Pamięta pani wczorajszy wieczór? Wywiad telewizyjny i to, co wydarzyło się później?

Jej oczy wezbrały łzami, z trudem je powstrzymała. Udało jej się skinąć, ale od tego ruchu zawirowało jej w głowie.

– Czuje się pani na siłach odpowiedzieć na parę pytań?

– Jestem trochę zamroczona.

Chciała tylko móc przymknąć oczy i zapaść w niebyt, co było dla niej nietypowe. Uderzona pewną przerażającą myślą, spytała:

– Mam jakiś uraz mózgu?

– Z tego, co słyszałem, nie – odparł szeryf. – Nic poważnego. Jest pani po prostu odurzona lekami. – Wskazał ręką stojak z kroplówką. – Nieźle się pani poobijała i zaliczyła twarde lądowanie. Pamięta to pani?

– Ktoś spuścił się do mnie na dół na linie.

– Strażak. Dopóki tam nie zjechał, nie mieliśmy pewności, czy pani żyje. Szukaliśmy pani ponad godzinę, nawoływaliśmy.

Tak jak po tamtym zamachu bombowym, wspomnienia poprzedniego wieczoru wracały do niej fragmentami, z dużymi lukami. Niektóre były żywe: ostrego bólu w ramieniu, przenikliwego zimna, inne bardziej mgliste. Pamiętała, że leżała na twardej ziemi. Wiał ostry wiatr, kropił zimny deszcz. Przypomniała sobie, że próbowała odpowiedzieć ludziom nawołującym jej imię, ale nie miała siły wydobyć głosu. Bała się też, że jeśli da znać, gdzie jest, przypieczętuje swój los. Że ten ktoś, kto zabił Majora, stanie na skraju jaru i dokończy dzieła z punktu dogodnego do strzału. Pamiętała lęk, że tak czy inaczej umrze, od obrażeń wewnętrznych albo z wyziębienia. Zrozumiały, bo jej matka przecież zginęła, a śmierć ojca była jeszcze zbyt świeżą raną. Im dłużej Kerra tam leżała, tym większe było prawdopodobieństwo, że nie wyjdzie z tego cało. Była przeświadczona, że nie uda jej się oszukać śmierci ponownie. Kiedy więc pojawiły się służby ratunkowe, dostała ataku histerii z ulgi i wdzięczności. Gdy przymocowywali ją do noszy, raz po raz błagała ich o potwierdzenie, że przeżyje. Ratownik medyczny zrobił jej zastrzyk uspokajający, żeby nie zrobiła sobie krzywdy.

Ale teraz poczuła świeże, palące łzy.

– Tak mi przykro, tak przykro…

– Nie ma pani sobie nic do zarzucenia – pocieszył ją szeryf Addison.

Jakiś mężczyzna w lekarskim kitlu wszedł do pokoju Kerry. Zdziwił się na widok mężczyzn.

– Co panowie tu robią?

– Muszę porozmawiać ze świadkiem – odparł Addison.

– Nie teraz, szeryfie. A ten pan to…?

– John Trapper.

– Och. No tak. Przykro mi, panie Trapper. – Lekarz zerknął na Kerrę i znów skupił uwagę na mężczyznach. – Jeszcze przez jakiś czas będzie zdezorientowana, nie powinniście więc, panowie, ufać wszystkiemu, co wam powie w tym stanie. Nie będzie to chronologiczne, precyzyjne ani wyczerpujące. Możecie z nią porozmawiać po upływie co najmniej kilku godzin. Funkcjonariusz dyżurujący pod drzwiami zawiadomi panów, kiedy uznam, że jest gotowa.

– Ale…

– Panowie, teraz muszę zbadać pacjentkę – nie ustępował lekarz.

Glenn Addison nie był szczęśliwy, że go wyrzucają, ale tylko skinął Kerze głową, życzył jej dobrej nocy i kapeluszem wskazał Trapperowi drzwi. Ten jednak ani drgnął. Popatrzył na nią w milczeniu drapieżnym wzrokiem, a potem nagle odwrócił się i ruszył śladem szeryfa, nie powiedziawszy ani słowa. Kerra patrzyła za nim, aż znikł za cicho zamykającymi się drzwiami. Czy ten zimny i nieprzystępny człowiek naprawdę ją kilka dni temu pocałował? Czy to jej się też przyśniło?

– Przepraszam panią za to. – Lekarz z idealnie utrzymaną hiszpańską bródką podszedł do jej łóżka, sprawdził kartę choroby, a potem przedstawił się i uśmiechnął. – Jak się pani czuje?

– Zostałam postrzelona?

– Nie. Nie ma uszkodzeń kręgosłupa, złamań ani krwotoków wewnętrznych, co graniczy z cudem. Groziła pani hipotermia, ale ratownicy przywrócili normalną ciepłotę ciała, zanim trafiła pani na ostry dyżur. Lewe ramię zostało wybite ze stawu. Mam nadzieję, że nie pamięta pani nastawiania.

– Na szczęście nie.

– Wyniki rezonansu przekazaliśmy ortopedzie, ale kilku lekarzy już je oglądało i nie widzimy żadnego uszkodzenia pasu rotacyjnego barku.

Ma pani włoskowate pęknięcie lewego obojczyka. Proszę nie przeciążać tego ramienia. Żadnych ostrych treningów przez sześć tygodni, a samo się zagoi. Są też liczne otarcia i zadrapania. Musieliśmy usunąć sporo odprysków kamieni i drzazg. Większość to powierzchowne skaleczenia, ale na prawym udzie trzeba było założyć dwa szwy. Dostaje pani antybiotyk w kroplówce, żeby zapobiec infekcji. Najbardziej ucierpiała głowa, wystąpiło wstrząśnienie mózgu. Czy widzi pani niewyraźnie?

– Tak.

– To minie. Wie pani, jaki mamy miesiąc?

– Luty.

– Mdłości?

– Pojawiają się i znikają. Dopóki leżę nieruchomo, jest dobrze.

– Ból?

– W zasadzie nie dokucza mi nic konkretnego. Czuję tylko takie ogólne rozbicie i dyskomfort. Głowa mnie pobolewa.

– W skali jednego do dziesięciu?

– Pięć.

– Powtórzymy kroplówkę – zdecydował i zanotował na karcie. – Czy ma pani jakieś pytania?

– Ile czasu tu spędzę?

– Dwa dni. Jutro pozwolimy pani wstać. Sprawdzimy, czy uda się pani pójść bez pomocy do łazienki. Jeszcze raz zbadamy głowę. Chciałbym, żeby neurolog obejrzał zdjęcia. Będziemy wiedzieć więcej po jego opinii, ale sądzę, że jutro lub pojutrze wróci pani do siebie.

– Czy wie pan coś o mojej ekipie? Nic nikomu się nie stało?

– Martwią się. Nie wychodzą z poczekalni, odkąd panią tu przywieziono.

Oni też doznali wstrząsu i wiedziała, że ich troska jest szczera. Ale myśl o tłoczących się w poczekalni pięciu kolegach – niezależnie od ich dobrych chęci – przytłoczyła ją.

– Proszę im przekazać, że czuję się dobrze, ale…

– Żadnych odwiedzin. Osobiście im to powtórzę. Zalecenie lekarza. Najlepiej zrobi pani teraz odpoczynek. – Wyłączył światło nad jej łóżkiem. – Może to nie najlepszy moment na takie uwagi, ale jestem pani fanem.

– Dziękuję…

– Udało mi się obejrzeć wywiad z Majorem. Niesamowity.

– Dziękuję.

– Do zobaczenia jutro. – Poklepał ją po kolanie i wyszedł.

Ułożyła się w nieco wygodniejszej pozycji. Zamknęła oczy, ale zamiast znaleźć pociechę w oszołomieniu, które wcześniej ją chroniło, poczuła falę przemożnego lęku. Znów znajdowała się w tamtej łazience. Od śmierci chroniły ją tylko drzwi. Nie miała siły się poruszyć. Ściany i sufit napierały na nią. W uszach słyszała głośny szum pulsującej krwi. Wiedziała, że ogarnia ją atak paniki, zakryła więc dłońmi nos i usta i zmusiła się do głębokiego wdechu a potem powolnego wydechu. To pomogło zapobiec hiperwentylacji. Po chwili mrowienie dłoni i stóp zaczęło ustępować, ale serce nadal waliło jej w szaleńczym rytmie. Skóra pokryła się wywołanym grozą potem. Na nowo przeżywała moment, gdy przecisnęła się przez okno i uderzając ramieniem o ziemię, poczuła oślepiający ból. Ogarnął ją poryw lodowatego wiatru, biegła na oślep w mrok, ścigana strzałami z broni mierzącej do niej coraz precyzyjniej. Ziemia ponownie usunęła się jej pod stopami. Wrażenie spadania było tak realne, że zacisnęła dłonie na prześcieradle, próbując kurczowym chwytem powstrzymać upadek. Ale spadała, aż uderzyła o podłoże tak twardo, że straciła dech. Z krzykiem otworzyła szeroko oczy.

Obok jej łóżka stał Trapper. Ze ściśniętego gardła nie zdołała teraz wydobyć dźwięku. Nawet piśnięcia. Zwilżyła językiem usta czy raczej próbowała. Wargi i język miała suche, gwałtownie chwytała urywany oddech. Trapper wziął ze stolika plastikowy kubek z wieczkiem, podsunął jej do ust i włożył końcówkę miękkiej rurki pomiędzy jej wargi. Upiła łyk wody, potem drugi, kolejny. Nie przerywali kontaktu wzrokowego, dopóki nie opróżniła kubka, a wtedy odstawił go na stolik.

– Dziękuję. – Głos miała nadal ochrypły.

– Nie ma za co.

– Gdzie jest szeryf?

– W drodze do domu, żeby złapać parę godzin snu.

– On cię tu przysłał?

– Nie.

– Wie, że tu jesteś?

– Nie.

– Po co wróciłeś?

– W ustach osoby robiącej telewizyjne wywiady to niemądre pytanie.

Był wielki. Wyglądał groźnie, zdawał się niebezpieczny i prymitywny, a jednak jego obecność nie była jej niemiła. Kto mógłby zrobić jej krzywdę, dopóki się tu znajdował? Myślała, że więcej go już nie zobaczy. Jeśli pozwalała sobie na fantazjowanie o chwili, kiedy pierwszy raz znajdą się twarzą w twarz po tamtym pocałunku, atmosfera jej rojeń pachniała kwiatami – różowa i romantyczna, jak na pikniku pod drzewem kwitnącej wiśni obsypującej ich deszczem bladych płatków lub, na odmianę, gorąca, porywająca i dzika, podsuwała obrazy zmiętej pościeli, nagiej skóry i pachnącego potem seksu. Nie wyobrażała sobie, że spotkają się w tak tragicznych okolicznościach.

Miał na sobie swój zwykły strój. Włosy potargane wiatrem. Brodę porośniętą szczeciną jak we wtorkowy wieczór, gdy śpiesznie wychodził z jej motelowego pokoju, ale pod oczami widniały ciemne kręgi, jakby od tamtej pory nie zmrużył oka. W najbliższych dniach też pewnie się nie wyśpi.

– Trapper, tak mi przykro – powiedziała łamiącym się głosem.

– Jak powiedział Glenn, nie masz sobie czego wyrzucać.

– Naród stracił bohatera. Ty straciłeś ojca. Nie wiem, w jaki sposób to zabójstwo miałoby się wiązać z wywiadem, ale czuję, że…

– Moment, Kerro. Myślisz, że Major nie żyje?

Głośno złapała oddech.

– Jest na górze, na intensywnej terapii – wyjaśnił. – Ledwie żyje, ale żyje. Postrzelono go w głowę, rana jest dość poważna, ale nie wydaje się śmiertelna. Może to jednak nie mieć większego znaczenia, bo pocisk kaliber dziewięć przebił mu na wylot lewe płuco. Zapadło się jak przekłuty balon. Stracił mnóstwo krwi. Istnieje ryzyko, że nie przeżyje, ale na razie się trzyma.

Po jej policzkach popłynęły łzy ulgi.

– Ale on powiedział… Słyszałam, jak pytał Majora, jak mu się na razie podoba umieranie.

Trapper zaczepił nogą o poprzeczkę krzesła, przysunął je bliżej łóżka i usiadł. Łokcie oparł na udach, splótł palce i podparł nimi brodę, przyglądając się jej uważnie.

– Kto to powiedział?

– Człowiek, który do niego strzelił. Myślał, że go zabił. Ja też tak sądziłam.

Z kącika jej oka w stronę włosów na skroni spłynęła łza. Powiódł wzrokiem jej śladem, a potem skupił spojrzenie na twarzy Kerry. Jej tymczasem jego obraz dwoił się i troił, przyprawiając o chorobę morską.

– Kerro, powiedz mi wszystko. Opowiedz mi wszystko po kolei.

– Nie mogę, Trapper. Nie teraz. Kręci mi się w głowie. Lekarz powiedział, że nie wolno mnie odwiedzać.

– Mnie tego nie powiedział.

– Ale ja ci to teraz mówię. – Nie chciała wprawdzie być teraz sama, ale nie zamierzała też odpowiadać na żadne pytania pod presją.

– Kiedy tu wszedłem, miałaś atak paniki – stwierdził.

– Tak.

– Co go wywołało?

– Nic konkretnego. Byłam po raz pierwszy w pełni przytomna. Sama i świadoma samotności. Wystraszyłam się. Wszystko wróciło do mnie nagle i…

– Poczułaś, że znów znajdujesz się w śmiertelnym niebezpieczeństwie?

– Tak.

– Retrospekcje z bombardowania Pegasusa?

– Nie. To wiązało się z wczorajszym wieczorem. Znów byłam w łazience i bałam się tego kogoś, kto stał za drzwiami.

Wróciła myślami do zasuwki dygoczącej od szarpania za gałkę zamkniętych drzwi. Cichy metaliczny terkot zdawał się równie niebezpieczny, jak odgłos niewidocznego grzechotnika. Pod ciężarem spojrzenia Trappera wzięła się w garść.

– Panika przeszła. Już nic mi nie jest.

Popatrzył na jej dłoń, wciąż kurczowo zaciśniętą na prześcieradle. Zmusiła się, żeby rozluźnić palce i wypuścić materiał z dłoni.

– Glenn się domyślił? Uciekłaś przez okno? – sprecyzował.

– To wtedy zwichnęłam ramię.

– Co robiłaś w łazience?

– To, co ludzie zwykle tam robią.

– Chowałaś się?

– Początkowo nie.

– Początkowo nie. – Tonem głosu zachęcał ją, żeby zdradziła szczegóły tamtego wydarzenia. – Poszłaś skorzystać łazienki, a potem…? Potem co?

– Trapper, proszę cię, na razie nie czuję się na siłach o tym rozmawiać. To zbyt świeże. Daj mi dzień czy dwa, nabiorę trochę dystansu…

– Zanim nabierzesz dystansu, minie trochę więcej niż dwa dni, a zresztą nie chcę, żebyś się dystansowała. Chciałbym usłyszeć to na świeżo.

– Ale wspomnienia kompletnie mi się mieszają.

– Wpisałaś numer Glenna do swojej komórki?

– Co? – W głowie jej się mąciło, ale sobie przypomniała. – Tak, wpisałam.

– Jeśli się bałaś, czemu do niego nie zadzwoniłaś?

No właśnie, dlaczego tego nie zrobiła? Dodała numer szeryfa do listy numerów ulubionych, by nie złamać obietnicy danej Trapperowi. Powiedział wtedy „ja nie żartuję", ale ona nie potraktowała jego słów jak ostrzeżenia. Zrozumiała je dopiero teraz. Ta myśl niosła niepokojące implikacje. Nie czuła się na siłach identyfikować je i analizować, zanim przejaśni jej się w głowie.

– Nie czuję się dobrze – powtórzyła. – Poza tym dopóki nie zostanę przesłuchana przez władze, chyba nie powinnam o tym z nikim rozmawiać.

– Nie jestem nikim. Człowiek, który piętro wyżej balansuje na krawędzi życia i śmierci, to mój ojciec.

– Rozumiem, że to dla ciebie sprawa osobista, ale są odpowiednie procedury policyjne, których należy przestrzegać.

– Tylko połowicznie masz rację. Istnieją odpowiednie procedury policyjne, ale wcale nie trzeba się ich trzymać. W sumie, w ogóle nie przepadam za procedurami, a zwłaszcza za odpowiednimi.

– No to wszyscy możemy się cieszyć, że to nie ty prowadzisz tę sprawę.

– Skąd pomysł, że musisz się chować? – Powoli wstał, oparł dłonie na krawędzi materaca i nachylił się nad nią. – Kerro, kogo tam widziałaś?

– Nikogo.

Nadal wpatrywał się w nią twardym i przenikliwym wzrokiem, nie przyjmując do wiadomości jej stanowczego zaprzeczenia.

– Nikogo – powtórzyła. – Nic nie widziałam.

Stał tam jeszcze przez chwilę, a potem wyprostował się i ruszył do drzwi.

– Trapper, przysięgam, że nie widziałam. – Spróbowała podnieść się do pozycji siedzącej. – Nie wierzysz mi?

– To bez znaczenia, czy ci wierzę. Ważne, czy oni uwierzą.

– Policja?

– Nie, ci ludzie, którzy tam byli.

Rozdział 7

– Zanim dopadłem okna, ona już uciekała pędem spod domu. Wie pan, jak ciemno tam bywa. Zupełnie jakby pochłonął ją mrok.

Kolano Peteya Mossa podrygiwało pod stołem, na którym leżała rozrzucona zawartość torby Kerry Bailey. Mężczyzna przeglądający jej rzeczy wyciągnął plastikowy kartonik z jednej z przegródek płaskiego portfela i rzucił go na blat.

– Członkostwo w klubie fitness.

Peteyowi wyraźnie ulżyło.

– To wyjaśnia sprawę. Kondycja. Nic dziwnego, że śmiga jak sarna.

– Nadal nie rozumiem, jak zdołała ci uciec.

– No cóż, po pierwsze zaskoczyło nas, że w ogóle tam była.

– Ale kiedy już ją odkryliście…

– My…

– Zacznij od początku. – Drugi z mężczyzn uniósł dłoń.

Petey zwilżył usta.

– No tak. Major podszedł do frontowych drzwi, otworzył je i wytknął głowę na zewnątrz. Nie spodziewaliśmy się, że będzie miał w ręku strzelbę. Jenks stał w miejscu niewidocznym dla Majora. Uderzył go kolbą dubeltówki. Tutaj. – Dotknął czaszki za prawym uchem. – Major upadł. Ja strzeliłem mu w klatkę piersiową. Nawet nic nie poczuł.

– Za to teraz odczuwa.

– Co?!

– Nie zabiłeś go.

– To niemożliwe. – Petey miał minę, jakby ktoś walnął go młotem kowalskim między oczy.

– Leży w szpitalu okręgowym, a nie w kostnicy. Nie zginął. Kobieta też nie, co znaczy, że podwójnie zawaliliście.

Zostało to powiedziane spokojnym tonem. Mężczyzna nadal grzebał w niewielkiej kosmetyczce, oglądając osobno każdy produkt. Otworzył tubkę szminki, powąchał ją, zamknął i rzucił na stół.

– Jego stan jest krytyczny. Prawdopodobnie nie przeżyje. Ale nie możemy na to liczyć. Może się wykaraska.

Petey wyglądał, jakby zbierało mu się na wymioty.

– W sumie ta kobieta to jednak większe zmartwienie niż Major. Jej obrażenia nie są zbyt poważne. Komunikuje się z otoczeniem, a przecież komunikacja to jej zawód. A więc, Petey, muszę wiedzieć, i to natychmiast, czy ona cię widziała.

– Nie. Zamknęła się wcześniej w łazience. – Petey zaprzeczył gwałtownym ruchem głowy.

Mężczyzna z zamyśloną miną bawił się breloczkiem na klucze Kerry.

– Kiedy się zorientowałeś, że tam siedzi?

– Jak strzeliłem do Majora, zauważyłem, że zgasło światło pod drzwiami łazienkowymi. Poszedłem sprawdzić. Faktycznie, drzwi były zamknięte. Zanim je sforsowaliśmy, ona wymknęła się przez okno. Jenks do niej strzelał, ale…

– Pochłonął ją mrok.

– Właśnie.

– Dlaczego za nią nie pobiegliście?

– Nie było czasu. Usłyszeliśmy samochód zjeżdżający z głównej drogi. Zobaczyliśmy przednie światła, zbliżał się podjazdem. Wyszliśmy tylnymi drzwiami, ale po drodze złapałem tę torbę.

– Nikt was nie widział?

– Nie, proszę pana, mogę przysiąc. Ona wiała gdzie pieprz rośnie, i nie miała czasu oglądać się za siebie, a dom zasłaniał nas przed tym kimś, kto nadjeżdżał samochodem.

– To była furgonetka ekipy telewizyjnej. Pięć osób.

– Nie mogli nas zobaczyć. Jenks zostawił swoją półciężarówkę dobry kilometr od domu. Wróciliśmy do niej po ciemku. Mało mi jaja nie zamarzły. No, w każdym razie, wróciliśmy do miasta i zjedliśmy koszyk żeberek z grilla w tym barze na placu. Zapewniliśmy sobie alibi, jak pan kazał.

– Co zda się psu na budę, jeśli Major przeżyje.

– To wykluczone. Mógłbym się założyć o sporą kasę. Pewnie podtrzymują go przy życiu aparaturą.

– Kerra Bailey nie jest podpięta do żadnej aparatury. Koniec końców, powie im wszystko, co wie. – Mężczyzna zastanawiał się przez chwilę, z roztargnieniem pobrzękując breloczkiem z kluczami. Potem odłożył go i gestem polecił Peteyowi nachylić się bliżej, sam zaś zniżył głos do szeptu: – Petey, niepokoję się.

– Przysięgam, że ona nas nie widziała.

– Nie nią się martwię, tylko Jenksem.

Petey drgnął ze zdziwienia i zerknął przez ramię w stronę zamkniętych drzwi oddzielających sąsiednie pomieszczenie, w którym Jenksowi kazano czekać na jego kolej relacjonowania własnej wersji zdarzeń. Petey znów zwrócił się w stronę biurka i spytał przyciszonym tonem:

– O co chodzi?

– Dlaczego Jenks nie wypalił do Majora z dubeltówki, kiedy ten podszedł do drzwi?

– Zaskoczył go widok Majora ze strzelbą.

– Hm. To mi nie daje spokoju. Skoro Jenksa tak łatwo zbić z tropu, to nie można na nim polegać.

– Ależ skąd, proszę pana. On ma nerwy ze stali. Jest rzetelny jak diabli. Mogę przysiąc.

– Twoja lojalność w stosunku do niego jest godna podziwu, Petey. Ale co z jego lojalnością wobec ciebie? Chciałbyś postawić na to swoje życie? Ta cała Bailey mogła nie widzieć, jak wpakowałeś kulkę w pierś amerykańskiego bohatera, ale Jenks widział.

Petey rozbieganym wzrokiem zerkał wokół. Znów oblizał usta. Zamyślił się.

– On jest w porządku – powtórzył, ale z mniejszym przekonaniem.

– Sam wiesz, co trzeba zrobić, żeby ochronić ciebie, mnie i nas wszystkich.

– Nie jestem pewien, do czego pan zmierza. – Petey głośno przełknął.

– Owszem, jesteś. – Mężczyzna zawiesił na chwilę głos, po czym dodał: – Dopilnuj i zakop jego ciało tak głęboko, żeby go nie wygrzebali padlinożercy, albo zatop je w wyrobisku z takim obciążeniem, żeby nigdy nie wypłynął. Rozumiesz?

Petey doskonale rozumiał. Pot zrosił mu czoło.

– Kiedy? – Zrobił nieszczęśliwą minę.

– Teraz.

– Zaczyna się robić dzień.

– No to nie masz czasu do stracenia, prawda?

– Zakumplowaliśmy się dość mocno. – Petey kilkakrotnie zamrugał.

– Wiem. Wiem też, że rozumiesz powagę własnej sytuacji. Twierdzisz, że Major cię nie widział. Żadnego z was.

– Tak. Jenks zdjął go, zanim ten mógł go zobaczyć.

– Ani nie widziała was Kerra Bailey.

Petey przytaknął ruchem głowy.

– Więc tylko jedna osoba stanowi teraz zagrożenie. Dla ciebie. Dla nas. Harvey Jenks. Zgadza się?

Petey pokiwał głową, ale wyglądał, jakby miał się za chwilę rozpłakać. Drugi mężczyzna sięgnął ponad stołem i mocno uściskał jego dłoń, niczym generał wydający rozkaz ochotnikowi. Potem gestem kazał mu wstać.

– Powiedz mu, że ma teraz wejść.

– Jak to?

– Podejrzanie by to wyglądało, gdybym nie porozmawiał i z nim.

Petey, powłócząc nogami, ruszył do drzwi. Otworzył je i pogodnym tonem, który brzmiał niemal naturalnie, odezwał się:

– Twoja kolej.

Przez kolejnych dwadzieścia minut Harvey Jenks był poddawany podobnej obróbce. Jego relacja niemal we wszystkich szczegółach zgadzała się z przedstawioną przez Peteya.

– Kiedy już nie mieliśmy czasu, żeby się nią zająć, wpadło mi do głowy, żeby to zabrać – powiedział, wskazując opróżnioną torbę marki Louis Vuitton. – Szkoda, że ten upadek jej nie zabił.

– Owszem, szkoda. Szkoda też, że serce Majora nadal bije.

Jenks drgnął, a potem potarł grzbiet nosa, rozważając tę wiadomość.

– Petey nie powinien tak szybko pociągać za spust. Albo lepiej byłoby strzelić do niego dwa razy. Przynajmniej.

– Dlaczego nie strzeliłeś do niego, jak tylko podszedł do drzwi?

– Miał strzelbę.

– Tak słyszałem.

– Mógł odruchowo strzelić raz czy drugi. Jeśli któryś z nas by oberwał, zostałyby ślady krwi. Dowody. Unieszkodliwiłem go, ogłuszając.

– Strzał z dubeltówki w głowę też by go unieszkodliwił.

– Mądrość po fakcie. – Jenks skrzywił się z żalem.

Drugi mężczyzna zacisnął wargi, jakby w namyśle.

– To był błąd Peteya. Należało sprawdzić, czy jego strzał był śmiertelny. Nie zrobił tego i teraz mamy kłopot. Już nie pierwszy raz coś schrzanił. Łatwo się ekscytuje i lubi się chwalić. Stanowi ryzyko, na jakie już nas nie stać. – Pochylił się nad stołem, zgiętym palcem kazał Jenksowi nachylić się i zniżył głos do szeptu.

Kilka minut potem Jenks wyszedł z pokoju, otrzymawszy dokładnie to samo polecenie, które nieco wcześniej wydano jego koledze. „Ciekawe, który z nich wróci" – myślał mężczyzna za stołem. – „Ten, który przeżyje, dowiedzie ślepego posłuszeństwa i całkowitej bezwzględności". Oparł się o krzesło i pogładził palcem ozdobny skórzany futerał telefonu komórkowego Kerry Bailey. W czasie wywiadu ujawniła szokującą prawdę z przeszłości, licząc, że to rozkręci jej karierę. Nie mogła wiedzieć, że prędzej skróci jej życie.

Trapper zameldował się w motelu, w którym Kerra mieszkała od wtorku. Rozejrzał się po pokoju, a potem zadzwonił do Carsona.

– Trapper, te twoje telefony zaczynają mnie nudzić – warknął przyjaciel. – Jeśli potrzebujesz pogadać z kimś w środku nocy, to może sam się ożeń.

– Postrzelono Majora.

– Postrzał z broni palnej? – rzucił po chwili milczenia Carson.

– Żyje, ale ledwo, ledwo.

– Ty nie żartujesz – padło po kolejnej chwili milczenia.

– Nie.

– Jezu, człowieku. To jakiś obłęd. Z żoną zrobiliśmy sobie krótką przerwę na obejrzenie wywiadu.

– To się wydarzyło kilka godzin po nagraniu.

– Wyłączyliśmy telewizor i poszliśmy wcześnie do łóżka.

Trapper zwięźle zrelacjonował Carsonowi przebieg wydarzeń.

– Przed chwilą wyszedłem ze szpitala – zakończył. – Ona wygląda jak Rocky po meczu, a on jest w stanie krytycznym.

– Przysięgam na Boga, Trapper, nie wiem, co powiedzieć. Oglądałeś wywiad? Rzucili niezłą bombę. – Po chwili Carson się zreflektował. – Cholera, kiepski dobór słów.

– Nie ma sprawy. To rzeczywiście była bomba.

– Jak się trzymasz? No wiesz, to twój tata i tak dalej.

– Nic mi nie jest.

– Szufladkujesz sprawy.

Carson musiał podłapać to określenie od doktora Phila*, ale, do diabła, pasowało idealnie.

– Zamierzasz tam zostać dłużej?

– Tak – potwierdził Trapper. – Muszę tu być. Mój samochód nadal nie jest gotowy, więc przyjechałem zastępczym. Jeśli warsztat blacharski będzie mi chciał policzyć za kilka dodatkowych dni wypożyczenia, nie ma sprawy.

– Okej. Dam im znać. Na pewno nikomu nie będzie przeszkadzało, jeśli go jeszcze trochę potrzymasz.

– Dzięki.

– Czy ktoś wie, co się stało? Są jacyś podejrzani?

– Przyjaciel Majora jest szeryfem, pamiętaj. Jego departament prowadzi śledztwo, ale pewnie dołączą stanowi i federalni.

– I bardzo dobrze. Wspominałeś mi, że ten szeryf i Major są jak bracia krwi. Nie może być obiektywny.

– Powiedziałem mu to samo.

– Zwłaszcza jeśli Major nie wydobrzeje.

– Jeśli tak się stanie, to Glenn winowajcę zmasakruje. Tak zapowiedział.

– Też byś to zrobił.

Te słowa Trapper pominął milczeniem.

– Twoja podróż poślubna już się skończyła?

– Owszem, licząc od tego telefonu – odparł sucho Carson. – Ona ma już dość tego wydzwaniania. Zresztą oboje jutro rano wracamy do pracy.

---

* Doktor Phil McGraw – amerykański psychiatra kliniczny, prowadzi autorski talk-show na temat psychologicznych problemów w rodzinie (przyp. tłum.).

– Już jest rano. Niemal wpół do szóstej. Lokalne stacje udostępniły biuletyny z informacją o strzelaninie, ale historia doczeka się pełnych relacji dopiero w wiadomościach porannych. Zerkaj na moje biuro. Jeśli ktoś zacznie węszyć, daj mi znać.

– Pojawią się media.

– Pewnie ktoś będzie próbował tam myszkować. Ale ja nie mówię o mediach.

– No to o czym? O kim?

– Po prostu miej oczy otwarte i powiedz mi, jeśli zacznie się tam kręcić ktoś podejrzany.

– Pomijając moją klientelę, jak rozumiem.

– I dokop się czegoś więcej o Kerze Bailey.

– W chwili wolnej od pracy?

– Zapłacę ci, Carson. Niech paru twoich dawnych klientów tym się zajmie. Hakerzy. Złodzieje tożsamości. Cokolwiek na jej temat wykopiesz, chcę o tym natychmiast wiedzieć.

– Pomogłoby mi, gdybym wiedział, czego szukasz.

– Nie mam pojęcia.

– Ale nadal wyczuwasz wibracje?

– Taa. Dość paskudne.

Ze snu wyrwał ją strach. Zanim Kerra przypomniała sobie, że całe ciało ma poobijane i posiniaczone, zdążyła usiąść na łóżku. Ból przeszył jej głowę niczym oślepiająca błyskawica. Pękniecie obojczyka dało o sobie znać. W żołądku jej się przewróciło i zwymiotowała na swoje kolana. Chwyciła pilota i wezwała pielęgniarkę, która wcale się do niej nie śpieszyła. Kerra tymczasem drżała wśród wilgotnej pościeli w przesiąkniętej potem koszuli. Kiedy wreszcie pielęgniarka się pojawiła, Kerra przeprosiła ją za nieład.

– Miałam koszmary.

– Nie dziwię ci się, kochana. Trzęsiesz się jak listek na wietrze.

Pielęgniarka zadzwoniła po salową i po chwili zmieniono Kerze koszulę i pościel. Kiedy została sama, wyłączyła pilotem górne światło. Chociaż była teraz czysta i sucha, nadal drżała tak mocno, że aż szczękały jej zęby.

W sennym koszmarze następstwa zamachu bombowego ustąpiły wizji zamknięcia w toalecie. Pewien aspekt tego koszmaru wybił ją ze snu i nie dawał spokoju niczym coś ważnego, a przeoczonego. Ktoś usiłował otworzyć drzwi łazienki, zanim usłyszała wystrzał. To ten fakt tkwił gdzieś głęboko w jej podświadomości, zły sen tylko wyłuskał go na powierzchnię.

Lekarz wyjaśniał szeryfowi Addisonowi, że jej relacja, złożona tak wcześnie po ocknięciu się, będzie nierzetelna, a chronologia wydarzeń może się nie zgadzać. Teraz ucieszyła się, że nie pamiętała wtedy tamtego szczegółu. Zanim ktokolwiek się o nim dowie, musiała mieć czas na zastanowienie się, czy i jaką ten szczegół miał wagę. Czuła jednak, że jest istotny.

Ktoś usiłował otworzyć drzwi łazienki, zanim strzelono. Ona odezwała się przez drzwi do Majora słowami: „Zaraz wychodzę". Nie doczekała się odpowiedzi. Dopiero potem rozległ się strzał.

Kto próbował otworzyć wtedy drzwi? Nie Major. On zareagowałby na jej słowa, a zresztą po co miałby szarpać za gałkę drzwi, skoro wiedział, że ona jest w środku? Nie mogli to też być zabójcy, bo przecież wtedy stali pod drzwiami domu. Czyżby na tyłach domu – może przez cały ten czas – krył się ich pomocnik? Czy widział, jak wchodziła do łazienki?

Dostała gęsiej skórki na ramionach, bo przyszło jej do głowy nazwisko człowieka, który wrócił dziś w nocy – bez szeryfa – wypytywać ją, kogo tam widziała.

Trapper.

Rozdział 8

Kiedy Trapper położył się do łóżka, słońce już wstawało. Spał jak zając pod miedzą, nasłuchując telefonu, na wpół obawiając się, a na wpół oczekując informacji ze szpitala. Nikt jednak nie zadzwonił. Obudził się nieco po dziesiątej, szybko wziął prysznic i się ubrał. Po drodze do szpitala kupił kanapkę w barze dla zmotoryzowanych.

Wysiadając z windy na piętrze oddziału intensywnej terapii, niemal zderzył się z Hankiem Addisonem dzierżącym w dłoni Biblię.

– Oho – powiedział powoli Trapper. – Pewnie stoisz na straży i chcesz sprawdzić, czy wyglądam dość przyzwoicie, żeby tu wejść.

Hank obrzucił Trappera krzywym spojrzeniem, zmarszczył brwi na widok jego zdartych kowbojskich butów.

– Skoro tylko na tyle cię stać…

– Mam to w dupie.

Hank niewiele odziedziczył z puli genetycznej ojca. Był niższy i nie tak postawny. Miał jasne włosy i brązowe oczy po matce, Lindzie, która przekazała mu też uśmiech i dobre maniery. Ze względu na bliską przyjaźń ojców, obaj chłopcy spędzali razem wiele czasu, dorastając. Trapper był młodszy, ale to on zwykle inspirował do wszelkich psot, jakie wyrządzali w czasie wakacji i świąt spędzanych wspólnie przez obie rodziny. To on inspirował do ich błazenad i skłaniał Hanka do udziału.

U pastora resztki niesforności dało się zauważyć tylko czasami, jak teraz, gdy zaśmiał się z wulgarnej odpowiedzi Trappera. Podali sobie dłonie, a potem uściskali się, poklepując po plecach.

– Dziś rano mieliśmy w kościele śniadanie modlitewne. Za ciebie widać nie modliliśmy się wystarczająco żarliwie.

– Stracona sprawa – odparł Trapper. – Ale doceniam intencje. I przepraszam, że parę dni temu urwałem się bez przywitania.

– To raczej nie był twój klimat.

– Hiob nadal znosi udręki i przeciwności losu?

– Coś tak jak ty – przyznał Hank, nagle poważniejąc. – To wszystko jest... Nie wiem, co powiedzieć, Trapper.

– Rozumiem. Ja też. – Spojrzał ponad ramieniem Hanka, w stronę dwuskrzydłych drzwi prowadzących na oddział intensywnej terapii. – Widziałeś go?

– Nie. Wpuszczają tylko po jednej osobie raz na parę godzin. Siedziałem z tatą w poczekalni, aż przyszli powiedzieć, że może tam wejść.

– Jak dziś ma się Glenn?

– Tak wstrząśniętego jeszcze go nie widziałem. Na razie jest pochłonięty śledztwem i całym tym bałaganem. Ale jeśli Major umrze, odczuje to bardzo mocno. Jak my wszyscy. Jak cały naród. – Trapper pokiwał głową. – A ty jak? – spytał Hank.

– Jestem tak samo ogłuszony jak wszyscy. Nie całkiem to jeszcze do mnie dotarło.

– Jeśli dojdzie do najgorszego, też przeżyjesz duży wstrząs. Jestem pod ręką, gdybyś potrzebował z kimś pogadać.

– Dzięki. Dam sobie radę.

Hank miał nieprzekonaną minę, ale nie nalegał. Przycisnął guzik windy.

– Mam jeszcze do odwiedzenia innych członków Kościoła. Pielęgniarka powiedziała tacie, że będzie mógł tam zostać tylko kilka minut, więc lada chwila powinien wyjść.

– Wspominał, jak się czuje Kerra Bailey?

– Nie, przykro mi. Z nią też niemiła historia.

– Tak, rzeczywiście.

Winda nadjechała i Hank wszedł do środka, ale jeszcze nie pozwolił drzwiom się zamknąć.

– Słuchaj, nie puszczaj dalej informacji, że tata poróżnił się z Majorem. Major nie ustąpił, a tata był równie oślo uparty. Nadal nie rozmawiali ze sobą, kiedy tata dostał wczoraj wieczorem wiadomość, i to jeden z powodów, że... – Hank urwał. Zdał sobie sprawę, że się wygadał. Potarł kark dłonią i wbił wzrok w podłogę windy. – Do diabła.

– Kaznodzieja przyłapany na przeklinaniu. – Trapper cmoknął, a potem spytał: – O co się posprzeczali?

– Nic specjalnego, naprawdę.

– Hank, za cholerę nie umiesz przekonująco kłamać.

Drzwi nadal próbowały się domknąć.

– Jeśli tata będzie chciał, sam ci powie. Do zobaczenia.

Hank cofnął dłoń i drzwi windy się domknęły.

– Tchórz – mruknął Trapper.

Zawsze tak było, że dopiero pod presją Hank dawał się nakłonić do prawdziwej frajdy, na przykład wykradania ojcom egzemplarzy „Playboya", podciągania alkoholu z butelek, kiedy dorosłych nie było w pobliżu, albo kradzieży puszki tytoniu do żucia z lokalnego sklepiku. Do tego ostatniego występku Hank przyznał się, zanim rodzice w ogóle zdążyli się dowiedzieć o wykroczeniu popełnionym przez chłopców. We łzach powtarzał, jak bardzo mu przykro. Ale nie Trapper. On uważał, że przygoda była warta późniejszego rzygania do nieprzytomności.

Podwójne drzwi oddziału otworzyły się i wyszedł zza nich Glenn. Był w mundurze – odprasowanym jak zawsze – ale jego krokom brakowało zwykłej zadzierżystości, a twarz miał wymizerowaną. Dostrzegł Trappera i gestem nakazał mu iść za sobą do poczekalni. Nikogo tam nie było. Usiedli na sąsiednich krzesłach.

– Jak on się ma? – spytał Trapper.

Glenn położył kowbojski kapelusz na kolanach.

– Jeśli chodzi o klatkę piersiową, może dziękować swojej szczęśliwej gwieździe, że ten chirurg przepracował dwadzieścia pięć lat na urazówce w Dallas. Wczoraj w nocy miał dyżur i wiedział, co robi. W przeciwnym razie Major już by nie żył.

– A co z jego głową?

– W czaszce jest wgniecenie tej wielkości. – Szeryf pokazał kółko, łącząc kciuk z palcem wskazującym. – Kiedy go przywieziono, źrenice reagowały na światło i nadal reagują. To dobrze. Lekarz mówi, że największym zmartwieniem jest w tej chwili obrzęk mózgu. Jeśli się powiększy, będą musieli mu wywiercić dziurę w głowie.

Trapper obiema rękami otarł sobie twarz.

– Ale dobra wiadomość jest taka – ciągnął Glenn – że narządy wewnętrzne funkcjonują.

– Faktycznie, to świetnie – potwierdził Trapper. – Może będzie warzywem, ale przynajmniej długo pożyje.

– Mózg pracuje. Nie wiedzą tylko, w jakim zakresie.

– Wchodząc, wpadłem na Hanka. – Trapper przerwał ponurą ciszę, która zapadła między nimi.

– Mówił, że rano na śniadaniu modlitewnym mieli pełną salę. Wszyscy się pojawili ze względu na Majora.

– O co się posprzeczaliście?

– Cholerny Hank. – Zaskoczony pytaniem Glenn minę miał raczej skonsternowaną niż gniewną.

– Nigdy nie umiał utrzymać sekretu. Zawsze wszystko wypaplał.

– John, to niedobra pora... – Glenn westchnął ciężko.

– Nie mówisz do mnie po imieniu, chyba że rozmawiamy o czymś poważnym, a o cokolwiek wam poszło, było to dość poważne, żeby wywołać między tobą a Majorem nieporozumienie, które nie zostało rozwiązane.

– Właśnie dlatego trudno o tym mówić. Później, kiedy już będzie wiadomo...

– Żadne później. Teraz.

– U jednego z moich ludzi od przestępstw kryminalnych stwierdzono raka prostaty. Źle to wygląda. Przechodzi na wcześniejszą emeryturę. – Glenn zaklął pod nosem.

– Pieskie szczęście i smutna historia. Ale co to ma wspólnego z naszą rozmową?

– Muszę go kimś zastąpić. W tej działce trzeba kogoś młodszego i bystrzejszego niż ja. W pierwszej kolejności stawiałbym na ciebie. Skonsultowałem ten pomysł z Majorem, a on... – Szeryf urwał i westchnął.

Trapper wziął go na przeczekanie, chociaż mógł sobie dopisać to, co zostało niedopowiedziane, i doskonale rozumiał, dlaczego Glenn nie dokończył zdania.

– Major postawił mi ultimatum. Mogłem pozwolić, żebyś tu zamieszkał i pracował...

– O? – zdziwił się Trapper.

– ...albo nadal być jego przyjacielem. Postawiony przed takim wyborem... – Szeryf wzruszył muskularnym ramieniem. – Żadnego wyboru nie miałem. Ale i tak wściekłem się na niego.

Glenn miał minę tak zawstydzoną i smutną, że Trapper zlitował się i wybawił go z opresji.

– Nie dokopuj sobie, Glenn. I tak bym odmówił.

„Wydział kryminalny. Dokładnie moja bajka" – pomyślał. – „Niestety, zła pora i zdecydowanie złe miejsce".

– Tak sądziłem, ale mimo to chciałem spróbować. Marnujesz się. Prywatny detektyw? Daj spokój. Poza tym miałem nadzieję, że jak cię ściągnę, będzie to pierwszy krok do pogodzenia was obu.

– Nie ma na to szansy, Glenn.

– Nie z dnia na dzień, ale z czasem, kto wie? – Glenn przyglądał mu się przez chwilę. – Kiedy przestał być zwyczajnym Frankiem Trapperem i został bohaterem narodowym, dla ciebie też wszystko się zmieniło. Zasmakował w sławie i pławił się w niej. Żal mi było Debry, bo musiała albo dotrzymać mu kroku, albo w ogóle pójść w odstawkę. Ale jeszcze bardziej żałowałem ciebie. Teraz już mogę ci to powiedzieć.

– Dzięki, nie trzeba nade mną pochlipywać.

– Dokładnie to mówię. Stawiłeś temu czoła. Dorosłeś, nie stwarzając większych problemów, i wyszedłeś na ludzi. Życie miałeś poukładane i zdawało się, że między tobą a Majorem wszystko w porządku. Aż do chwili, kiedy odszedłeś z ATF. To było coś więcej niż nieporozumienie. Zerwaliście wszelkie kontakty.

– Jak sam mówiłeś, ta sprawa go złamała. Nie mógł mi darować porażki.

– Czego dotyczyła ta porażka? Nad czym pracowałeś?

– Glenn, to tajemnica służbowa. Nie wolno mi o tym mówić.

– Bzdura.

– Dobra, po prostu nie chcę o tym rozmawiać.

Glenn popatrzył na niego twardo. Nie wzrokiem przyjaciela czy przybranego ojca, ale oczami stróża prawa doszukującego się prawdy pod płaszczykiem kłamstwa.

– Twoja kłótnia z Majorem dotyczyła odejścia z agencji. Zgadza się?

– Zgadza się. – Trapper próbował zachować kamienną twarz.

Glenn nadal miał minę, jakby mu nie dowierzał, ale w końcu podniósł się z krzesła i założył kapelusz.

– Sprawdzę, co w biurze. Zostajesz?

– Taa, pokręcę się tutaj, póki nie pozwolą mi do niego wejść.

– Rzecz w tym, że ty go, cholera, kochasz. – Glenn położył dłoń na ramieniu Trappera.

Trapper milczał, a szeryf pokiwał głową ze zrozumieniem, cofnął rękę i wyszedł.

Kiedy Glenn nie mógł go już słyszeć, Trapper szepnął:

– W tym właśnie rzecz, cholera.

Kerra miała nadzieję, że świt przyniesie ulgę po okropnej nocy. Ale dzień zaczął się od odkrycia, że jej torba gdzieś się zgubiła i nikt nie wie, co się z nią stało. Korzystając ze szpitalnego aparatu obok łóżka, dodzwoniła się do swojej producentki i wyjaśniła sytuację. Godzinę później Gracie Lambert weszła do szpitalnej izolatki, niosąc w obu rękach torby z zakupami. Kerra ucieszyła się na widok jej szopy siwiejących włosów i okularów w jaskrawopomarańczowych oprawkach. Szefowa zwykle zachowywała się albo macierzyńsko, albo wojowniczo i potrafiła przełączać się z jednej postawy na drugą w ułamku sekundy, co czyniło z niej znakomitego zwierzchnika. Dziś rano była w nastroju macierzyńskim.

– Boże, jak dobrze cię widzieć – ucieszyła się. – Strasznie się martwiliśmy. Reszta chciała przyjść ze mną, ale uznałam, że nie potrzebujesz sceny zbiorowej.

– Nie dzisiaj rano – zgodziła się Kerra. – Ale doceniam ich troskę. Pytałaś o moją torbę?

– Tak i odpowiedź była jednogłośna. „Po wywiadzie spakowaliśmy cały sprzęt i załadowaliśmy do furgonetki. Kerra zatrzymała torbę przy sobie”.

Wiedziała, że faktycznie tak było, ale trzymała się ulotnej nadziei, że może nie zapamiętała dobrze. Teraz, skoro członkowie ekipy potwierdzili, że nie rozstawała się z torbą, zaniepokoiła się.

– Jesteś pewna, że personel szpitalny gdzieś jej nie wcisnął? – spytała Gracie.

– Wszystko, co miałam przy sobie, zebrano w izbie przyjęć i umieszczono w plastikowej torbie. Wniesiono ją ze mną do sali i schowano do szafki przy łóżku. Dziś rano zadzwoniłam po pielęgniarkę. W ustach mi zaschło, więc prosiłam ją, żeby podała mi balsam do ust i kosmetyczkę. Okazało się, że kosmetyczki i całej mojej torby nie ma. Wszystko inne jest, nawet zniszczone ciuchy i buty.

– Na pewno ma ją policja.

– Wcześniej było tu dwóch detektywów z biura szeryfa. Przepytywali mnie z godzinę, aż wpadł doktor i ich pogonił. Wrócą po lunchu. Obiecali porozmawiać ze służbami ratunkowymi, ale raczej nie mieli nadziei, że moja torba się znajdzie. Mają rejestr dowodów zebranych w domu Majora i jedyna rzecz, która należy do mnie, to płaszcz zostawiony na oparciu fotela w salonie.

– Żadnych toreb marki Louis Vuitton.

Kerra pokręciła głową.

– Ale to nie jest rzecz, którą można łatwo przeoczyć – stwierdziła Gracie. – Torbiszcze było wielkie. Ile gotówki miałaś przy sobie?

– Za mało, żeby płakać z powodu jej utraty.

– Coś szczególnej wartości?

– Sama torba warta jest więcej niż wszystko, co w niej było.

– Przynajmniej masz to. – Gracie wręczyła Kerze laptopa. – Zostawiłaś go w furgonetce na czas wywiadu. Przypuszczam, że masz gdzieś zanotowane kody do kart kredytowych i inne takie.

Kerra z roztargnieniem pokiwała głową. Zastrzeżenie kart mogło być kłopotliwym zadaniem, ale o wiele bardziej niepokoiła się, że jeśli torba trafiła w ręce przestępców, ci zyskali dostęp do rzeczy osobistych, których używała codziennie: kalendarza, telefonu, kluczy, prawa jazdy, a więc wielu informacji. W sumie zyskali swobodny wgląd w całe jej życie.

– Masz tu nowy telefon. – Gracie podała jej jedną z toreb z miejscowego supermarketu. – Nie tak wypasiony jak ten, do którego przywykłaś, ale na parę dni ci wystarczy. Numer pokazał się na wyświetlaczu, więc go mam. Daj mu godzinę czy dwie na pełne naładowanie. Przyniosłam ci też trochę kosmetyków.

– Dziękuję. – Kerra postawiła zakupy obok siebie, zbyt zmartwiona zgubioną torbą, żeby skupić uwagę na nowym telefonie czy środkach higieny osobistej.

– Rozmawiałaś już ze swoją ciotką?

– Dwa razy. – Kerra wskazała szpitalny telefon stojący na szafce obok łóżka. – Proponowała, że tu przyjedzie, ale wujek dochodzi teraz do siebie po wymianie stawu kolanowego. Potrzebuje jej bardziej niż ja. Nie mogłam prosić, żeby go porzuciła po to, żeby siedzieć koło mnie i głaskać mnie po głowie. Zapewniłam, że jestem otoczona troskliwymi ludźmi i nic mi nie będzie.

Gracie przyjrzała jej się krytycznie i przysiadła w brzegu łóżka.

– No dobra, daruj już sobie te dzielne miny. Jak się czujesz tak naprawdę? Środki przeciwbólowe działają jak trzeba? A może jest coś poza potłuczeniami, co tak cię przygnębia?

Trapper. To on ją przygnębiał. Niepokoił ją sposób, w jaki jej się przyglądał, bez ruchu i bez słowa. Czego wypatrywał? Niepokoiło ją, że wrócił bez wiedzy szeryfa i domagał się informacji, czy widziała napastników. Za każdym razem, kiedy przypominała sobie słowa, które rzucił jej na pożegnanie, coś ją ściskało w piersi. Ale nie chciała dzielić się tymi informacjami z Gracie, która nadal nie miała pojęcia, że Kerra była w kontakcie – dość bliskim – z synem Majora. Producentka nie do końca darowała jej utrzymanie w sekrecie, że jest dziewczynką ze sławnego zdjęcia, aż do ostatnich godzin przed emisją. Oczywiście, Gracie była zachwycona dodatkowym wymiarem, jaki to mogło dać wywiadowi. Gdyby się teraz dowiedziała o kontaktach Kerry z Trapperem, rzuciłaby się na nowy trop. Kerra zadrżała na myśl, jak Trapper zareagowałby na medialną awanturę ze sobą w roli głównej.

Odpowiadając na pytanie Gracie, przyznała, że to wszystko ją przytłacza.

– Rzadko mnie coś przeraża, ale już drugi raz znalazłam się w sytuacji zagrożenia życia – przyznała.

– No, takie coś daje człowiekowi do myślenia – zgodziła się z nią producentka.

– Nie tylko o to chodzi. Robi mi się słabo na myśl, co mogło spotkać ciebie i resztę ekipy. – Sięgnęła po dłoń Gracie i mocno ją ścisnęła. – Gdybyście wrócili po mnie pięć minut wcześniej i wpadli na nich, wszyscy moglibyście zginąć.

– Nie będę cię oszukiwać, rozmawialiśmy o tym ze sobą. Wczoraj w nocy spałam w pokoju Troya na zapasowym łóżku. Niemądre, ale nie chciałam być sama.

Wspominając własną panikę i koszmary, Kerra odezwała się cicho:

– Wcale ci się nie dziwię.

– Złożyliśmy zeznania i wolno nam już wyjechać – dorzuciła Gracie.

– Tak, słyszałam.

Detektywi powtórzyli jej, że cała piątka została przepytana. Ich relacje okazały się na tyle zgodne, że pozwolono im wracać do Dallas, choć zapowiedziano, że mogą spodziewać się wezwania w zależności od postępów śledztwa i ewentualnych zatrzymań oraz rozpraw.

– O której wyjeżdżacie?

Gracie poprawiła okulary i głęboko odetchnęła dla dodania sobie otuchy.

– Dyrektor działu wiadomości kazał mi przysiąc, że zapytam cię jeszcze raz.

– Nie – odparła Kerra bez wahania. – Teraz nawet nie będę brała pod uwagę udzielania wywiadu. To by było nadużycie, niestosowne i w najgorszym możliwym guście.

– A od kiedy to media przejmują się stosownością? Przecież cała branża żyje z nadużyć i fatalnego gustu.

– Ale nie ja. Szanuję Majora. On teraz walczy o życie. Nie będę zbijała na tym zawodowego kapitału.

– Wiesz, że Major ma syna – dodała Gracie znaczącym tonem.

Kerra niezobowiązująco skinęła głową.

– Major zabronił nam kontaktowania się z nim.

– No ale Major jest w śpiączce. Ten syn to jedyny członek rodziny i w świetle niedzielnego wywiadu masz pretekst do kontaktu.

– Którego nie zamierzam wykorzystywać.

– Tłumaczyłam dyrektorowi, że uprzesz się przy swoim, ale znasz go. W miejscu, gdzie powinno być serce, on ma wykres oglądalności. Poza tym teraz jest tylko pośrednikiem. Prośba przyszła ze strony szefostwa stacji. To by była niesamowita kontynuacja tematu.

– Po której stronie jesteś?

– Twojej – zapewniła producentka. – Ale pomijając strzelające w niebo wskaźniki, uczciwie byłoby tak postąpić.

– No, tego to chętnie posłucham. – Kerra zerknęła na nią.

– Chyba jesteś winna publiczności podzielenie się tym, co Major powiedział ci w ostatnich spędzonych z tobą minutach? Jeśli on się nie wykaraska, a wszystko na to wskazuje, będziesz ostatnią osobą na tym świecie, która z nim rozmawiała.

– To była osobista rozmowa, Gracie. Ani on nie występował w publicznej roli, ani ja. Nic z tego, co między nami padło, nie byłoby pouczające ani wartościowe dla ogółu.

Gracie zawahała się, ale dorzuciła:

– Obiecaj, że nie rzucisz we mnie basenem za to, co powiem.

– Ale?

– Jesteś pewna, że chcesz zrezygnować z takiej szansy na rozwój kariery? Przecież to sprawa bezprecedensowa! Scenariusz marzeń każdego dziennikarza. Niektórzy pomyśleliby, że jesteś szalona, nie chcąc z tego skorzystać.

– Niektórzy? A ty co sądzisz?

– Przeżyłaś wstrząs. Nadal jesteś pod jego wpływem. Dziś jesteś potłuczona, posiniaczona i wdzięczna choćby tylko za to, że żyjesz. Ale za tydzień dojdziesz do siebie, wrócisz do codzienności i normalnego biegu spraw. To by pomogło ci się wybić, umocnić pozycję w stacji. Jeśli nie wykorzystasz okazji, mało prawdopodobne, żeby trafiła ci się kolejna.

– To brzmi niemal jak ostrzeżenie.

– W żadnym razie ostrzeżenie, kochanie. To rzeczywistość. Mówię ci, jak sprawy wyglądają. Nie możesz być przeczulona i milutka i zajść wysoko w tym zawodzie.

Kerra oparła głowę na poduszce, zdjęta nagłym znużeniem, i wbiła wzrok w sufit.

Gracie pogładziła ją po dłoni.

– Z ekipą już się zameldowaliśmy z powrotem w motelu. Stacja wysłała innego reportera, żeby relacjonował o stanie zdrowia Majora i wielkiej paradzie pogrzebowej, jeśli umrze. Ale my będziemy się tu kręcić i czekać na twój telefon, gotowi działać, jak tylko dasz nam znać. Przemyśl to.

Kerra nic innego nie robiła do końca tego dnia, pomijając chwile, kiedy przepytywali ją ponownie detektywi z biura szeryfa. Późnym popołudniem przyniesiono jej obiad, ale jedzenie było nieapetyczne, a zresztą i tak nie czuła głodu. Obejrzała wieczorne wiadomości stacji ogólnokrajowych. Z innej perspektywy oglądała je, będąc obiektem relacji zamiast reporterką. Ogarnęło ją współczucie dla wszystkich tych osób, które przez nią znalazły się w centrum uwagi, przechodząc zawirowania życiowego kryzysu.

Stacje z Dallas i Fort Worth opisywały tę sprawę jeszcze bardziej szczegółowo. Niektóre przypominały w skrócie zamach bombowy na hotel Pegasus. Rzecznik prasowy biura szeryfa zapewniał, że niedoszli zabójcy zostaną zidentyfikowani, schwytani i doprowadzeni przed oblicze prawa. Kilku reporterów nadawało materiał na żywo spod bramy szpitala, gdzie zorganizowano nocne czuwanie za Majora.

Wieczór ciągnął się, aż zaczęła się zbliżać pora, którą Kerra uznała za czas, gdy może pójść spać. Rano wprawdzie umyto ją na szpitalnym łóżku, używając gąbek, ale teraz sama poszła do łazienki. Skorzystała z produktów przyniesionych przez Gracie. Umyła zęby i wyszczotkowała włosy. Ostre łazienkowe światło było bezlitosne. Kerra była podrapana, poobijana i posiniaczona. Jej twarz również nosiła ślady dramatycznych wydarzeń. Ciemne przebarwienie rozciągało się od kącika ust aż pod brodę, jakby dostała mocny cios w szczękę. Kolejny siniec rozkwitał nad brwią i sięgał aż po linię włosów. Oba były bolesne w dotyku i mogła się spodziewać, że czeka ją kilka dni feerii barw w tych miejscach. Ale to było nic w porównaniu z tym, co mogło ją spotkać. Mogła zginąć.

Włożyła czyste białe skarpety i świeżą szpitalną koszulę, zawiązała troczki pod brodą. Zgasiła światło i otworzyła drzwi. Na progu łazienki stanęła jak wryta.

W pokoju był Trapper.

Rozdział 9

Serce jej zabiło szybciej, chociaż nie była pewna, dlaczego. Strach czy coś innego? Okazywanie czegoś poza irytacją byłoby jednak błędem.

– Dlaczego ciągle zakradasz się do mojego pokoju?

– To dopiero drugi raz.

– Bądź łaskaw wyjść.

– Niczego nie bywam łaskaw.

– Fakt, to mogę zaświadczyć.

Obejrzał ją od stóp do głów, a ona z zażenowaniem uświadomiła sobie, jak krótką i cienką ma koszulę. Czuła się zupełnie bezbronna.

– Wyjdziesz czy będę musiała zrobić scenę?

– Dzisiejszy funkcjonariusz na warcie? On…

– Mam strażnika? – Spojrzała w stronę drzwi.

– Tak, Kerro, masz strażnika – powiedział to takim tonem, jakby nie mógł pojąć, że ona tego nie wie albo nie rozumie konieczności. – To człowiek szeryfa Addisona. Dobrze wie, jak blisko się z nim przyjaźnię, i nawet mnie o nic nie pytał, kiedy wchodziłem. W przeciwnym razie wykopałby mnie stąd. – Wykonał jakiś gest w jej stronę. – Już bez kroplówki?

Nagła zmiana tematu zbiła ją z tropu. Spojrzała tam, gdzie on, na swoją prawą rękę. Opatrunek zakrywał miejsce, gdzie wcześniej tkwił wenflon.

– Wyjęli go dziś po południu.

– Czyli musisz czuć się dobrze.

„Dobrze" to może poczułaby się za kilka dni, ale udała, że się z nim zgadza.

– Widziałeś Majora?

– Dzisiaj dwukrotnie.

– I?

– Nie jest ani lepiej, ani gorzej. Bez zmian, co w tym momencie jest dobrą nowiną.

– Tak mówiono w wieczornych wiadomościach. Cieszę się, że to potwierdzasz.

– Mamy załamanie pogody. Mniej więcej godzinę temu zaczął padać marznący deszcz.

– Pielęgniarki wspominały. Martwiły się o powrót do domów po dyżurze. Ale słyszałam, że deszcz nie odstraszył mediów.

– Nie, są tutaj. Jak sępy okrążające ranne zwierzę i czekające, aż umrze.

– To przygnębiająca analogia.

– Niemniej trafna.

Musiała się z tym zgodzić i z poczuciem winy przyjąć do wiadomości, że gdyby nie tkwiła tutaj, byłaby tam i współzawodniczyła z kolegami z branży o sensacyjny materiał.

– Miałeś jakieś problemy z przedostaniem się przez ten ścisk?

– Nie, dysponuję własną techniką uniku.

– To znaczy?

– Mówię dziennikarzom, żeby się odpierdolili.

– Mnie tego nie powiedziałeś.

Chciał to jakoś skomentować, ale zmienił zdanie, co ją rozczarowało. Chętnie by usłyszała, co to było. Zamiast tego spytał, ile czasu spędzi w szpitalu.

– Jeśli nie będzie komplikacji, wypiszą mnie jutro.

– Hm, ale nadal wyglądasz kiepsko. Proszę – odepchnął na bok stolik na kółkach i wskazał ręką łóżko – wskakuj. – Nie ruszyła się z miejsca. – No chodź. Wyglądasz, jakbyś miała zemdleć. A wtedy będę musiał podnieść cię w tej twojej koszuli z gołym tyłkiem i wezwać pomoc. To dopiero byłaby scena – zażartował.

Pierwszy raz wstała z łóżka na tak długo i, niech szlag trafi celność jego obserwacji, była słaba i kręciło jej się w głowie. Z całą godnością, na jaką mogła się zdobyć, sięgnęła za plecy i przytrzymała poły koszuli, a potem drobnymi kroczkami podeszła do łóżka i usiadła na skraju materaca.

– Pomóc ci się położyć?

Wyciągnął rękę, jakby chciał ją objąć, ale odsunęła się od niego.

– Posiedzę sobie. – Skrajem pościeli zakryła kolana i uda. – Po co dzisiaj wróciłeś?

– Twój wywiad z Majorem jest na YouTubie. Wreszcie zebrałem się i obejrzałem go. Dobra robota.

– Dziękuję.

– Przyniosłem ci to. – Wskazał na owinięty celofanem bukiet lekko już zwiędniętych goździków z krzykliwą błyszczącą kokardą. Wcisnął go do wazonu z eleganckimi różami na długich łodygach przysłanymi przez stację.

– Dziękuję.

– Nie żebyś potrzebowała więcej kwiatów.

Pokój zdążył się nimi w ciągu dnia zapełnić.

– Ludzie okazują mi swoją troskę.

– Kto to jest Mark?

Popatrzyła na niego z niedowierzaniem.

– Czytałeś bileciki?

– Tylko ten jeden.

Zerknęła na skomplikowaną aranżację kalli i białych hortensji.

– Dlaczego akurat ten?

– Jest najokazalszy. Uznałem, że ofiarodawca to ktoś szczególny.

– Bo jest. To bardzo bliski przyjaciel.

– Taa? – Spojrzał na jej kolana, a kiedy podniósł wzrok, dorzucił: – Przyjaciel od seksu?

To trwające ułamek sekundy spojrzenie w połączeniu z insynuacją przyprawiło ją o rumieniec, choć jeszcze przed chwilą w łazience policzki miała zupełnie blade. Bezczelność Trappera była nieznośna, ale jeszcze gorsze było zażenowanie, jakim na nią reagowała.

– To wprawdzie nie twoja sprawa, ale owszem.

Nie uśmiechnął się, choć w jego oczach błysnęło rozbawienie. Może przypomniał sobie, że kiedy ją pocałował, nie zrobiła nic, żeby go zniechęcić czy powstrzymać. To on przerwał pocałunek. Jednak wspomnienie tamtej krótkiej, choć silnie odczuwanej, chwili natychmiast zostało zepchnięte na bok przez inne, kiedy zaczął dopytywać się, co lub kogo widziała, zanim udało jej się ujść z życiem z domu Majora. Zdawało się jej, że otaczająca ją przestrzeń się skurczyła. Trapper wypełniał ją swoją sylwetką i zadziorną postawą: stopy szeroko rozstawione, poły kurtki rozsunięte, dłonie włożył do tylnych kieszeni dżinsów. I te przeklęte błękitne oczy, przenikliwe i onieśmielające.

Panika zaatakowała ją niczym pikujący z nieba drapieżny ptak, przesłaniający światło rozłożystymi skrzydłami, tamujący oddech ich rozgłośnym trzepotem.

– Nie czuję się dobrze. – Uniosła dłoń do gardła.

– Będziesz wymiotować?

Natychmiast znalazł się przy niej, pochylił się nad nią, jedną ręką podtrzymał pod jej brodą plastikową rynienkę, drugą oparł na jej plecach tam, gdzie nie zakrywała ich szpitalna koszula. Na rozgrzanej skórze poczuła chłodny obrys jego palców, nacisk szerokiej dłoni. Żar płynący z piersi momentalnie uderzył jej do głowy. Koniuszki uszu wręcz zapłonęły. Ciało zaczęło oblewać się potem. Pochyliła głowę i modliła się, żeby jej nie zemdliło jak poprzedniej nocy. Nawet odruch wymiotny też byłby upokarzający.

– Oddychaj przez usta.

Posłuchała go i to osłabiło mdłości. Potem ogarniający ją mrok i hałas zelżał, aż wreszcie ustąpił. Przestała odczuwać gorąco.

– Już w porządku. – Odsunęła rynienkę i wyprostowała się, chcąc przerwać kontakt jego dłoni ze swoimi nagimi plecami.

– Chcesz trochę wody?

Pokręciła głową.

– Coś innego?

Kolejne zaprzeczenie.

– Może się położysz?

Spojrzała na niego.

– Może sobie pójdziesz?

– Parę pytań, a potem pójdę. – Odstawił rynienkę na blat szafki i podszedł do fotela, w którym siedział poprzedniej nocy. Przyjął tę samą pozę: łokcie wsparte na kolanach, spojrzenie utkwione w jej twarzy. – Przepytywali cię detektywi z biura szeryfa?

– Dwukrotnie.

– Jak poszło?

– Dobrze.

– Dobrze?

– Tak.

– Pozwolili ci wracać do Dallas?

– Jeszcze nie. – Odwróciła spojrzenie od błękitnego płomienia jego oczu.

– Uhm. A zatem wasze rozmowy nie poszły za dobrze.

– Zanim podpiszę zeznanie, chcą, żebym jeszcze raz powtórzyła wszystko przed... przed strażnikami Teksasu – dokończyła szybko, zanim uniesienie brwi zdążyło ustąpić sardonicznej uwadze. – Tylko po to, żeby się upewnić, że niczego nie zapomniałam.

Patrzył na nią i nie mówił ani słowa, ale sceptyczną miną wywołał u niej reakcję obronną.

– Powinieneś pamiętać ze swoich czasów w organach ścigania, jak to wygląda.

– Pamiętam. A wiesz co pamiętam najlepiej, Kerro? Ludzie kłamią.

– Ja nie.

– Nie? – Przechylił głowę w stronę kompozycji kwiatowych ustawionych rzędem na parapecie okna. – Mark? Mieszkaliście wspólnie przy Sto Dziesiątej Zachodniej ulicy, kiedy oboje studiowaliście na Columbii. Obecnie jest cenionym architektem w swoim rodzinnym Baltimore. Jest gejem. Szczęśliwie zamężnym. Razem z partnerem niedawno adoptowali drugie dziecko.

Zdziwiła się tak bardzo, że ledwie udało jej się sformułować pytanie:

– Skąd o tym wszystkim wiesz?

– Jeśli okłamałaś mnie w sprawie tak błahej jak współlokator ze studiów, to będziesz kłamać na temat próby zabójstwa, tego, co widziałaś, słyszałaś i wyczułaś, kiedy było popełniane, a także tego, co działo się później. A śledczy na pewno wiedzą, że zatajasz fragmenty informacji, w przeciwnym razie nie domagaliby się trzeciego przesłuchania przed strażnikami Teksasu. A więc, co pomijasz czy też tuszujesz, Kerro?

– Nic. A poza tym zalecono mi nie rozmawiać o tej sprawie, dopóki trwa śledztwo.

– W ogóle czy w szczególności ze mną?

– Z nikim.

– No to nie mamy problemu, bo już zdążyliśmy ustalić, że nie jestem nikim.

Wydawało się, że jest gotów poderwać się z tego fotela i siłą wydobyć z niej odpowiedzi. Musiał jednak wyczuć jej obawy, bo w widoczny sposób odprężył się, oparł i cicho zadał pytanie:

– Ilu ludzi tam było?

Uznała, że nie pójdzie, dopóki mu czegoś nie da. Równie dobrze mogła to zrobić i mieć z głowy. Opuściła wzrok na swoje ręce, splecione na kolanach tak mocno, że palce jej pobielały.

– Dwóch. Jestem niemal pewna.

– Mówili coś?

– Padło tylko to jedno kpiące pytanie.

– „I jak ci się na razie podoba umieranie"? Tylko tyle zostało powiedziane?

Pokiwała głową.

– Nie widziałaś ich?

Zaprzeczyła ruchem głowy.

– Kerro?

– Nie – powiedziała, nie odwracając wzroku.

– Niczego? Jakiegoś fragmentu ubrania? Butów?

– Nie. Niczego. Mówiłam ci to już zeszłej nocy.

– Mówiłaś mi też, że sypiasz z Markiem, choć doskonale wiem, że on cię nie posuwa.

Odrzuciła włosy za ramiona, wzięła głęboki oddech i spojrzała mu prosto w oczy.

– Nie widziałam tego człowieka czy też ludzi, którzy strzelali do Majora. Zostawiłam go w salonie samego. Byłam w łazience, kiedy dobiegł mnie wystrzał.

– Pojedynczy?

– Tak. W pierwszej chwili pomyślałam, że to jedna z jego strzelb do polowania wypaliła.

– Skąd taka myśl?

– Bo przedtem rozmawialiśmy o myślistwie. Pamiętasz, mówiłam ci to. Otworzył szafkę na broń, żeby mi pokazać strzelbę, którą dostał od twojej matki.

– Ostatni prezent gwiazdkowy od niej.

– Tak. Pomyślałam, że może przypadkiem wystrzeliła przy odstawianiu na miejsce. Ale wystrzał nie brzmiał tak głośno jak ze strzelby. To bardziej przypominało głośne stuknięcie. Wszystko to przeleciało mi przez głowę w jednej sekundzie. A potem usłyszałam pytanie ze słowami „na razie" i zrozumiałam, że to nie był wypadek. Pomyślałam, że Major zginął, i jeśli moja obecność zostanie odkryta, ja też zostanę zabita. – Cała jej odwaga wyparowała po wypowiedzeniu ostatniego zdania. Oplotła się w pasie ramionami, przytrzymując dłońmi łokcie. – Dobijali się do drzwi, próbowali rozbić zamek. Chciałam żyć. Była tylko jedna droga ucieczki. Skorzystałam z niej. To właśnie powiedziałam detektywom i taka jest prawda.

Prawda, pomijając drobiazg, że ktoś próbował otworzyć drzwi łazienki jeszcze przed wystrzałem. Instynkt kazał jej zachować tę informację dla siebie.

Jakby wiedząc, że nie mówi mu wszystkiego, Trapper nadal wpatrywał się w nią nieruchomo. Ale po dłuższej chwili wydawało się, że napięcie częściowo go opuściło.

– Dlaczego twoja ekipa nadal tu się kręci?

– Rozmawialiśmy już o tym. W Lodal wciąż pełno jest mediów.

Nic nie odpowiedział, postukał tylko w podbródek palcami złożonych razem dłoni.

Nie zdołała zbyt długo znosić tego bezlitosnego spojrzenia. Trapper i tak wcześniej czy później by się tego dowiedział.

– Zgłoszono się do mnie z prośbą o zrelacjonowanie ostatnich kilku minut, które spędziłam z Majorem.

– Chcesz powiedzieć, że dla telewizji?

– Tak. Stacja chce, żeby prezenter wieczornych wiadomości przeprowadził ze mną krótki wywiad.

– W Nowym Jorku?

– Nie, stąd. Przez satelitę. Prawdopodobnie na żywo.

– Masz zamiar to zrobić?

– Nie zdecydowałam jeszcze.

– A co by ci pomogło podjąć decyzję?

– Na tak lub na nie?

– Musisz o to pytać?

Reagował na ten pomysł dokładnie tak, jak to przewidziała: oporem.

– Nie jest mi obojętne, w jaki sposób będziesz to odbierał. To główny powód mojego wahania.

– Aha. Twoje wahanie ma ścisły związek z moimi odczuciami i żadnego z tym, że jesteś naocznym świadkiem, jedynym świadkiem, próby zabójstwa osoby publicznej.

– Jestem też pracownikiem mediów.

– O?

– Tak, „o"! Trapper, to moja praca. Tym się właśnie zajmuję.

Po paru godzinach refleksji przyjęła do wiadomości, że argumenty wysunięte przez Gracie mają solidne podstawy. Naraziłaby własną karierę na poważny szwank, gdyby odmówiła. Od czasu porannej rozmowy Gracie dzwoniła dwukrotnie z pytaniem, czy Kerra przemyślała sprawę i podjęła sensowną decyzję. „Ale wcale nie nalegam" – żartowała producentka. Teraz Trapper wywierał na nią presję z przeciwnej strony.

– Dlaczego tak ostro oponujesz? – rzuciła mu wyzwanie.

– Rozsądek mówi mi, że to kiepski pomysł. Rozmawiałaś o nim z szeryfem Addisonem lub kimś z prowadzących śledztwo w tej sprawie?

– Jeszcze nie. To była tylko propozycja, a ja na razie nie jestem przekonana.

– Jeśli masz to zrobić, to tylko z przekonaniem. Pojawić się w telewizji i opowiadać o ostatnich minutach przed strzelaniną? – Pokręcił głową w sposób sugerujący, że oszalała. – Do ciebie chyba jeszcze nie dotarło, w jakim niebezpieczeństwie się znalazłaś, jakie zagrożenie stanowisz, jakie…

Uniosła dłoń, chcąc powstrzymać go przed podsycaniem strachu, który już poczuła po jego pożegnalnych słowach minionej nocy.

– Nie stwarzam dla nikogo zagrożenia. Jeśli zgodzę się udzielić wywiadu, podkreślę, że nie byłam w stanie zidentyfikować winnych napadu, bo ich nie widziałam. To zamyka sprawę.

– Tak uważasz?

– Owszem. Nie wiem, co jeszcze mam powiedzieć.

– Powiedz, że powtórzyłaś mi już wszystko.

– Powtórzyłam ci wszystko – wypowiedziała wyraźnie każde słowo osobno. Dała im chwilę, by trafiły do adresata, a potem zrobiła gest w stronę drzwi. – A teraz, skoro już odpowiedziałam na twoje pytania, których zresztą nie miałeś prawa mi zadawać… jestem zmęczona. Proszę, idź już.

– Dobrze. Jeszcze tylko ostatnie pytanie i idę. – Zbyt łatwo wywalczona była ta kapitulacja i Kerra musiała okazać powątpiewanie, bo dodał: – Obiecuję.

– Co to za pytanie?

Oparłszy dłonie na wyściełanych podłokietnikach, podniósł się z fotela i podszedł do niej. Przystanął tak blisko, że poczuła miękki drelich jego dżinsów na swoich gołych nogach. Minę miał nieprzeniknioną.

– Co to za pytanie? – powtórzyła.

Położył zgięty palec wskazujący pod jej brodą i musnął widoczny tam siniec, obrysował kciukiem jego kontur wzdłuż linii szczęki, aż zatrzymał go tuż przy kąciku ust, gdzie skórę miała zdartą.

– Czy to boli?

– Trochę.

Uniósł rękę do ust i lekko rozchylonymi ustami pocałował opuszek kciuka, a potem delikatnie potarł nim zasinienie. Ten niespodziewany dotyk był czuły i delikatny, a mimo to dreszcz, jaki wzbudził, głęboki i przejmujący, miał erotyczny podtekst. Nawet kiedy już cofnął kciuk, nadal wpatrywał się w to miejsce, po jego pieszczocie nieco wilgotne. Potem sięgnął do górnej kieszeni kurtki i coś wyjął.

– Zdaje się, że to ty jesteś pełnoprawną właścicielką. Nosiłaś je w trakcie wywiadu. – Uniósł jej dłoń i upuścił na nią niewielki przedmiot.

Oszołomiona Kerra nie była w stanie oderwać wzroku od jego oczu. Trapper bez słowa odwrócił się i poszedł do drzwi. Patrzyła za nim dopóty, dopóki za nimi nie zniknął.

Spojrzała na swoją dłoń. Leżał na niej złoty kolczyk. Po wywiadzie zdjęła go razem z tym od pary i schowała w wewnętrznej kieszeni torby marki Louis Vuitton.

Gdy Trapper wyszedł z pokoju Kerry, pełniący wartę zastępca szeryfa stał obok fontanny wody pitnej na końcu holu. Zdążyli przedstawić się sobie, zanim jeszcze Trapper przyszedł do szpitala, a teraz spotkali się w połowie korytarza.

– Kwiaty się spodobały? – spytał funkcjonariusz.

– Raczej tak – stwierdził Trapper.

Opinii Kerry na swój temat nie był już taki pewien. Wcześniej się pocałowali, ale teraz ona wzdrygała się, ilekroć się do niej zbliżył.

– Jak się czuje?

– Chyba na tyle dobrze, na ile można oczekiwać – powiedział Trapper. – Mocno się poobijała.

Kerra była poturbowana, ale najbardziej cierpiała z powodu lęku. Nie ukrywała go tak dobrze, jak jej się wydawało.

– Mówiła, co jej się przydarzyło?

– Nie. Poinstruowano ją, że ma o tym nie rozmawiać.

– Śledztwo w toku.

– No tak, nie chcielibyśmy go utrudniać.

Trapper okrężnymi ruchami próbował rozluźnić mięśnie ramion, a potem karku.

– Przepraszam, że to mówię, Trapper, ale wyglądasz na skonanego.

– Bo jestem. Ale pójdę na górę i zajrzę jeszcze raz do Majora, zanim się stąd zabiorę. Zostawiam cię na posterunku. Miej nad nią ścisły nadzór.

– Możesz na to liczyć.

– Wiem. Dobrej nocy, Jenks.

Rozdział 10

Trapper odwrócił się na bok i chwycił telefon z nocnej szafki. Za każdym razem, gdy rozbrzmiewała jego melodyjka, obawiał się, że usłyszy najgorszą wiadomość. Poprzedniej nocy po wyjściu od Kerry jeszcze kilka godzin siedział w poczekalni oddziału intensywnej terapii, ale tylko raz pozwolono mu zajrzeć do Majora. Jego stan był stabilny. Pielęgniarka oddziałowa przekonała Trappera, że nie ma sensu kręcić się po szpitalu. Zapisała numer jego telefonu i zapewniła, że jeśli pojawi się powód – dobry czy zły – żeby się z nim skontaktować, to się do niego odezwie. Ale teraz nie dzwoniła ani ona, ani nikt inny ze szpitala.

– Mścisz się za tamte telefony o dziwacznych porach – powiedział na powitanie.

– Masz w łóżku nagą kobietę? – spytał Carson.

Trapper spojrzał na pusty materac obok siebie i przez myśl przeszły mu rozkoszne obietnice kryjące się pod szpitalną koszulą Kerry.

– Nie.

– No to nie udało mi się zemścić. Ale dzwonię tak wcześnie, bo jeden z moich płatnych pomagierów…

Trapper parsknął

– …trafił na coś, co chyba wolałbyś wiedzieć od razu.

Trapper potarł twarz dłonią, próbując zetrzeć ślady brudnych myśli o topografii ciała Kerry i chęć przeprowadzenia jego szczegółowej eksploracji.

– Słucham.

– Czy kiedy ci się skomplikowało z ATF, nie byłeś czasem w trakcie śledztwa w sprawie gościa nazwiskiem Wilcox? – Trapper znieruchomiał. – Thomasa Wilcoxa – uściślił Carson.

– To tajna informacja – odparł Trapper. – Skąd o tym wiesz?

– Pewnego wieczoru upiłeś się w Big D i ciągle bełkotałeś o tej grubej rybie.

Nie przypominał sobie, żeby zwierzał się Carsonowi z tego, co mu leżało na wątrobie, ale nie wątpił, że przyjaciel mówi prawdę. Już na samo wspomnienie nazwiska Wilcoxa ogarniały go mordercze instynkty.

– Co z nim?

– Kiedy Kerra Bailey zaczęła pracę w stacji telewizyjnej w Dallas, był jedną z pierwszych osób, z którymi przeprowadziła wywiad. – Milczenie się przedłużało, więc Carson odezwał się: – Stary, jesteś tam? Słyszałeś, co powiedziałem?

– Jestem. Słyszałem. – Trapper odchrząknął.

– Nie wiem, czy to ma jakieś znaczenie. Ale, rozumiesz, może sugerować, że mają jakieś powiązania…

– Jasne. Dzięki, Carson. Będziemy w kontakcie.

– Zanim się rozłączysz, co do tego wypasionego SUV-a…

– Powiedziałeś temu facetowi, że mu zapłacę za każdy dzień wypożyczenia? W tej chwili i tak nie udałoby mi się odstawić wozu ze względu na pogodę.

– Ale…

– Muszę kończyć. Mam drugie połączenie, to może być ze szpitala.

To nie był szpital. Na wyświetlaczu pojawiło się imię szeryfa. Trapper nie miał ochoty rozmawiać z Glennem, wolałby się zastanowić nad tym, co właśnie usłyszał od Carsona na temat Thomasa Wilcoxa. Szeryf mógł mieć jednak złe wieści o Majorze, więc Trapper odebrał.

– Już miałem zamiar się rozłączyć – rzucił szeryf.

– Miałem drugą rozmowę.

– Chcesz zjeść śniadanie?

– Nie.

– Przyjadę po ciebie za godzinę.

– Wybieram się do szpitala.

– Jak odwiedzisz Majora, zadzwoń do mnie. Odbiorę cię spod budynku.

Telefon umilkł.

– Cholera – syknął Trapper, opadając z powrotem na pościel.

Ten początek nie wróżył dobrze reszcie dnia.

Trapper i specjalista od urazów, który nadzorował przypadek jego ojca, stali po przeciwnych stronach łóżka na oddziale intensywnej terapii. Pomiędzy nimi leżał Major.

– Dzisiejszy ranek okazał się bardziej optymistyczny – odezwał się lekarz.

Trapper musiał mu wierzyć na słowo. Porównywał pacjenta leżącego bezradnie na szpitalnym łóżku z ojcem, którego widział po raz ostatni. Chociaż pojawili się z Kerrą u niego bez zapowiedzi, Major był gotów na przyjęcie gości, ubrany w odprasowane spodnie khaki z kantem jak brzytwa. Flanelowa koszula wyglądała na nieco znoszoną, ale jej poły były porządnie schowane pod szerokim skórzanym pasem z dużą srebrną sprzączką. Buty jak zwykle wypastowane do połysku. Gładko ogolona twarz też zdawała się błyszczeć. Ani jednego włoska w nieładzie. Jak na mężczyznę w tym wieku, Major był zdrów jak ryba. Prezentował formę człowieka o połowę młodszego. Teraz wyglądał inaczej. W zagłębieniu barku widniał aparat do kroplówek, do którego podpięto liczne przewody. Szpitalna koszula luźno leżała na piersi. Brodę pokrywała biaława szczecina. Przezroczysta rurka odprowadzała mocz do torby przymocowanej do relingu łóżka. A więc Major był jednak człowiekiem.

– Obrzęk znacznie się zmniejszył w stosunku do stanu sprzed dwudziestu czterech godzin – powiedział lekarz.

– Więc nie trzeba robić trepanacji? – upewnił się Trapper.

– Tylko jeśli coś się zmieni, czego raczej nie przewiduję. Porusza dłońmi i jedną stopą. Odruchowo, ale to i tak pozytywny objaw. Organy wewnętrzne są sprawne i stabilne. Jeszcze nie wyszedł na prostą – podkreślił lekarz – ale ta stopniowa poprawa dodaje otuchy.

– Poinformował pan o tym lekarzy w Dallas?

Od początku lekarz prowadzący konsultował się z zespołem specjalistów, swoich dawnych kolegów.

– Podzielają mój optymizm. Pański ojciec jest w tej chwili w stanie wystarczająco stabilnym, żeby go przenieść do Dallas albo Fort Worth, gdyby wolał pan mieć go bliżej siebie. Mogę się zająć przygotowaniami do jego transportu, ale przy tej pogodzie… – zawiesił głos i spojrzał na Trappera. – Jak pan uważa.

– Pod pana opieką mu się polepsza. Wolałbym go stąd nie ruszać.

– Dziękuję, doceniam pana zaufanie.

Lekarz szczegółowo opisał jeszcze kilka aspektów stanu zdrowia Majora. Większości medycznego żargonu Trapper nie zrozumiał, ale zasadniczy przekaz był taki, że pacjentowi się poprawia.

To właśnie Trapper powtórzył Glennowi, wsiadając do ubłoconego samochodu szeryfa i zapinając pasy. Glenn podjechał pod wejście do szpitala na włączonych światłach ostrzegawczych, co pozwoliło Trapperowi uniknąć spotkania z reporterami, którym nie wolno było wejść poza barierki. Kilku z nich tkwiło przed bramą plecami do lodowatego wiatru, przytupując nogami w bezsilnej próbie ogrzania się. Inni siedzieli w samochodach, wdychając spaliny wykrztuszane z rur wydechowych.

– Dobry Boże, to świetna wiadomość – ucieszył się Glenn, wyprowadzając samochód na ulicę.

– Jeszcze nie jest całkiem tak różowo. Lekarz nie chce dawać nam wielkich nadziei. Ale jego stan jest zdecydowanie lepszy. Dokąd jedziemy?

– Skoro wzgardziłeś śniadaniem, zrobimy parę okrążeń po okolicy.

– Śliczny dzień na przejażdżkę – skomentował Trapper, zerkając przez pokryte marznącym deszczem okno.

– Musimy pogadać bez przeszkód – odparł Glenn. – Przywiozłem ci kawę.

Trapper wyjął kubek w tekturowej opasce z uchwytu pomiędzy siedzeniami, zdjął pokrywkę i upił łyk. Kawa była letnia, ale on potrzebował zastrzyku kofeiny. Przejechali obok parku miejskiego. Gałęzie drzew zaczynały szklić się lodem.

– Pamiętasz tę fetę, którą miasto urządziło dla twojego taty? Dokładnie tam. – Glenn wskazał za okno od strony kierowcy. – Miejska impreza z grillem na czwartego lipca. Orkiestra Texas Tech*. Transparenty. Pamiętasz?

– Tak – potwierdził.

Dobrze to pamiętał, bo kazano mu opuścić mecz mistrzostw Małej Ligi, żeby stać u boku Majora, kiedy ten otrzymywał klucze do miasta i plakietkę ufundowaną przez radę miejską. Niestawienie się na tej wiekopomnej uroczystości nie wchodziło w rachubę. Teraz jednak wątpił, żeby celem przejażdżki wymagającej braku przeszkód było wspominanie dawnych czasów.

– Glenn, o co chodzi?

* Texas Tech – jeden z uniwersytetów w stanie Teksas (przyp. tłum.).

– Słyszałem, że Kerra Bailey miała wczoraj wieczorem gościa. Dostała od niego ładne różowe kwiatki. – Szeryf zmienił temat.

Trappera nie zdziwiło, że Glenn dowiedział się o odwiedzinach. Jenks na pewno mu o wszystkim doniósł. Poza tym Trapper nie próbował utrzymać swojej wizyty w tajemnicy.

– W sumie kwiaty były czerwone i z paskudną jak diabli kokardą. Kupiłem je na wyprzedaży w QuikMart razem z sześciopakiem piwa. – Glenn się nie odezwał. – Obejrzałem wcześniej wywiad – dodał Trapper, starając się, by nie zabrzmiało to jak usprawiedliwienie. – Chciałem jej pogratulować dobrej roboty.

– Okej. A poprzednim razem, kiedy wróciłeś tam po naszym wyjściu ze szpitala?

W odpowiedzi na metaforycznego klapsa Trapper wyciągnął nogi, jak najdalej mógł w ograniczonej przestrzeni wnętrza auta i z pozorowaną nonszalancją napił się kawy.

– Lekarz wygonił nas obu, zanim usłyszałem, co chciałem usłyszeć.

– To znaczy? – spytał Glenn.

– Czy widziała ludzi, którzy strzelali do Majora.

– Spytałeś ją?

– Tak.

– I co powiedziała?

– Że nie widziała.

Glenn zatrzymał się na światłach, sięgnął po swój termiczny kubek z kawą i spojrzał na Trappera znad pokrywki.

– Nie wspominałeś mi, że z nią rozmawiałeś.

– Uznałem, że i tak masz dość na głowie.

– Sam dam ci znać, kiedy będę czuł się przeciążony, okej?

Trapper kiwnął na zgodę. Glenn wstawił kubek do stojaka.

– Wczoraj wieczorem zdradziła ci coś nowego?

– Pokazała kawałek uda, ale przez przypadek.

– Wiesz, o co pytam.

– Tak. Wiem, o co pytasz, ale nie, nie podzieliła się ze mną niczym nowym.

– Powiedziała ci, że jej torba zginęła? – Glenn wrzucił kierunkowskaz i ostrożnie skręcił w lewo.

Zaskoczony Trapper usiadł prosto i ostrożnie odstawił kubek.

– Jaka torba? – spytał lekkim tonem.

Glenn opisał torbę jako „mniej więcej tak dużą”, zdejmując dłonie z kierownicy, żeby wskazać jej przybliżone wymiary. Trapper przypomniał sobie, że była pakowna.

– Wczoraj przez większość dnia trwały wewnętrzne procedury w areszcie śledczym – powiedział Glenn – ale z kontroli wynika, że torby nikt nie znalazł i nikt nic o niej nie wie. Taka droga rzecz, w dodatku należąca do gwiazdy telewizyjnej, na pewno stanowiła łakomy kąsek, więc można przypuszczać, że połaszczył się na nią ktoś ze szpitala. – Wzruszył ramionami szeryf. – Wiesz, jak bywa na izbie przyjęć. Kazałem jednemu z zastępców sprawdzić zapisy z kamer ochrony. Nie wyłapały nikogo, kto by ją wynosił. Poza tym ratownicy, którzy przywieźli dziennikarkę, twierdzą, że żadnej torby nie widzieli. Drogą logicznej konkluzji, mają ją nasi sprawcy.

– A co mówią twoi detektywi? – Chciał wiedzieć Trapper.

– Na temat torby?

– Ogólnie, całego śledztwa.

– Przejrzałem pobieżnie protokoły dwóch przesłuchań Kerry. – Szeryf streścił je Trapperowi. Zgadzały się w ogólnych zarysach z tym, co przekazała mu Kerra. – Czy doszliśmy do jakiegoś przełomu? – spytał retorycznie Glenn. – Nie. Tamtego popołudnia i wieczoru w domu przebywało siedem osób, a i to nie licząc dwóch pracowników knajpki, która dostarczyła smażonego kurczaka. Ekipa produkcyjna kręciła się tam całe popołudnie. Ludzie wnosili i wynosili sprzęt, przeciągali kable z gniazdek w pokojach na tyłach domu do salonu. Byli w tym czy innym momencie praktycznie w każdym pomieszczeniu.

– Co oznacza, że śladów przemieszczania się jest tam na setkę spraw.

– Dokładnie. Zebrany materiał przesłaliśmy do laboratorium w biurze szeryfa hrabstwa Tarrant. Oni mają lepszy sprzęt niż mniejsze departamenty, takie jak mój, ale to znaczy też, że są zawaleni robotą i mają długie terminy. Może minąć kilka dni, zanim w ogóle zerkną na próbki.

Trapper rozumiał frustrację człowieka, który potrzebuje odpowiedzi, ale musi na nie czekać, gdy tymczasem sprawcy przebywają na wolności, a trop stygnie.

– Nic więcej się nie pojawiło? – spytał.

– Na miejscu przestępstwa? Raczej nie. To gówno – Glenn miał na myśli pogodę – jeszcze się wtedy nie zaczęło. Ziemia była sucha, trudno pobrać odciski śladów z suchego, kamienistego gruntu. Mam personel pracujący całą dobę, a teraz jeszcze do imprezy dołączyli strażnicy. Wmaszerowali znienacka i oświadczyli, że chcą przesłuchać Kerrę Bailey.

Trapper nie przyznał się, że już wie to od niej. Oparł się o siedzenie i spojrzał przez okno.

– Kazałem jej, żeby mi wszystko opisała.

– Tak sądziłem. Dlatego chciałem się z tobą spotkać. Trapper, zrobiłeś to bez żadnego upoważnienia.

– Wiem.

– Uprzedzono ją…

– Nie obwiniaj jej. Powiedziała mi, bo ją zastraszyłem – przyznał.

– No i? Czego się dowiedziałeś? – zaczął się dopytywać Glenn.

– Opowiedziała mi, jak to wyglądało z jej strony, kiedy siedziała zamknięta w łazience. Że się bała. Wiedziała, że zginie, jeśli ci ludzie po drugiej stronie drzwi zdołają ją dopaść. Mówiła o tym pięciocentówkami.

– Co to, kurwa, niby znaczy? – Szeryf spojrzał na niego zdziwiony.

– W przeciwieństwie do nich słowa-pięćdziesięciocentówki, które kazałyby mi sądzić, że przygotowała je sobie zawczasu i przećwiczyła, że próbuje zrobić na mnie wrażenie albo po prostu kłamie. Nie, to, co mówiła, nie było wygładzone.

– Ale? Bo jednak marszczysz brwi… – zauważył szeryf.

– Ale… – Trapper westchnął i pokręcił głową z irytacją. Marszczył brwi, bo wyczuwał, że Kerra coś przed nim ukryła, coś, co ją przerażało. Marszczył brwi, bo ze wszystkich nazwisk, jakie Carson mógł dziś rano wymienić, padło akurat nazwisko Thomasa Wilcoxa. Dziwny zbieg okoliczności. Albo żaden przypadek. Tak czy inaczej, od tego wszystkiego włos mu się jeżył.

– Myślisz, że widziała więcej, niż nam mówi? – dociekał Glenn.

– Sam nie wiem.

Szeryf ponownie wjechał na parking przed szpitalem i zatrzymał samochód na wolnym miejscu, choć nie zgasił silnika.

– John, posłuchaj mnie.

– „Nie mieszaj się do tego” – podsunął Trapper, domyślając się, co Glenn chce mu powiedzieć.

– Właśnie, nie mieszaj się do tego. Nie wolno ci się wtrącać w to śledztwo – uściślił szeryf.

– Jestem licencjonowanym detektywem.

– A ofiarą jest twój ojciec. Nie obchodzi mnie, o co się z nim pożarłeś. Nie możesz być w tej sprawie obiektywny.

– Nie muszę być obiektywny, bo nie mam najmniejszego zamiaru mieszać się do tego śledztwa. Po co więc ten wykład?

– Zawdzięczasz go trwającej czterdzieści trzy minuty, osobistej, nocnej wizycie u naocznego świadka – wypalił Glenn.

– Dobry stary Jenks. – Trapper zmełł w ustach jakieś przekleństwo. – Ale dla twojej informacji, to były tylko czterdzieści dwie minuty i trzydzieści sekund.

– My z Lindą poczęliśmy Hanka w znacznie krótszym czasie.

– Serio? Taki z ciebie szybki strzelec?

Szeryf odwrócił się w jego stronę, przeciskając opasły brzuch pod kierownicą.

– Słuchaj, John, raz w życiu cię proszę…

– To ja mam do ciebie prośbę – przerwał mu Trapper, domyślając się słów mających za chwilę paść z ust Glenna. – Nie mów do mnie John, chyba że sprawa jest naprawdę poważna albo masz zamiar udzielać mi nieproszonych rad.

– Dobra, cwaniaczku. Ale ja ci to jednak powiem, a ty mnie będziesz musiał wysłuchać. Nie drażnij niewłaściwych ludzi. Zrobiłeś to raz i na własnej skórze się przekonałeś, co z tego wynikło.

– Odszedłem na własną prośbę.

– Nieważne, straciłeś robotę. Niczego cię to nie nauczyło?

– Przekonałem się, że już dawno trzeba było picprznąć w kąt to biurokratyczne badziewie – podsumował cierpko.

– Jasne, bo teraz jesteś uosobieniem człowieka spełnionego w robocie.

– Mam przynajmniej coś własnego. – Trapper zacisnął wargi, a potem sięgnął do klamki i otworzył drzwi.

– Gdzie? – spytał Glenn.

– Gdzie indziej.

Minął cały poranek, zanim Kerrę wreszcie wypisano ze szpitala. Ostatnie badanie lekarskie trwało pięć minut, ale zebranie wszystkich podpisów na dokumentach aż pięć godzin. Kiedy miała w ręku komplet papierów, gotowa była z powrotem położyć się do łóżka, a nie opuszczać szpital pod eskortą dwóch umundurowanych funkcjonariuszy. Zawieźli ją ze szpitala do biura szeryfa, mieszczącego się w budynku sądu. Tam od razu zaprowadzono ją do pokoju przesłuchań. Dwaj strażnicy Teksasu i szeryf Addison już na nią czekali. Uścisnęła dłoń szeryfowi.

– Wygląda pani o wiele lepiej niż ostatnim razem – powiedział.

– Czuję się lepiej. Czy zaszły jakieś zmiany w stanie zdrowia Majora?

– Tak się składa, że mamy dobre wiadomości. – Przekazał jej ostatnie informacje i uniósł skrzyżowane palce. – Małe kroczki. Ale półtorej doby temu wątpiliśmy, czy w ogóle dotrwa poranka.

– Tak się cieszę, że to słyszę. – Położyła dłoń na piersi.

Podczas tej rozmowy strażnicy stali z boku. Szeryf przedstawił ich teraz Kerze. Wszyscy zajęli miejsca wokół stołu i po wyjaśnieniu, że rozmowa jest nagrywana, jeden ze strażników przejął dowodzenie.

– Pani Bailey, rozmawialiśmy z detektywami, ale tym razem chcemy usłyszeć to od pani. Proszę zacząć od początku i opowiedzieć nam wszystko, co pani zapamiętała – rozpoczął przesłuchanie.

– Moja relacja nie będzie różniła się od tego, co powiedziałam za pierwszym razem – uprzedziła. – Pomijając jeden szczegół. No cóż, w zasadzie dwa. Nie jestem pewna, czy są ważne.

Z miną zainteresowaną i nieco zaskoczoną szeryf oparł ręce na stole.

– No to posłuchajmy. Sami zdecydujemy, czy to ma znaczenie.

Najbardziej ucieszyłaby się, gdyby oba detale uznali za nieistotne, chociaż na to nie liczyła. Poczuła, że dłonie ma mokre.

– Jedna dotyczy sekwencji zdarzeń. – Opisała, jak ktoś próbował otworzyć drzwi łazienki, zanim usłyszała wystrzał. – Potem wszystko rozgrywało się w szybkim tempie. Z powodu leków i wstrząśnienia mózgu, kiedy składałam zeznania przed detektywami, pokręciła mi się kolejność wydarzeń.

– Zdała sobie pani sprawę z tej niezgodności później? – spytał szeryf.

– Tak. Kiedy nie byłam już zamroczona. – Obawiała się, że gdyby powiedziała im, iż jasność umysłu przywrócił jej dopiero koszmar senny, wzięliby ją za osobę niezrównoważoną. – Ale teraz jestem pewna, że ktoś usiłował otworzyć drzwi do łazienki jeszcze przed pierwszym wystrzałem.

– Na pewno był to któryś z napastników – podpowiedział strażnik Teksasu.

– Być może – przyznała – ale oni weszli frontowymi drzwiami po wystrzale, nie przed nim. I nie próbowali się skradać. Słyszałam każdy ich krok.

– Sugeruje pani, że ktoś inny był w domu? Kolejny podejrzany? – odezwał się drugi strażnik.

– Niczego nie sugeruję. Mówię tylko panom, jak dzisiaj pamiętam te wydarzenia.

Na chwilę zapadła cisza, którą przerwał prowadzący przesłuchanie strażnik.

– Ile czasu byli państwo z Majorem sami po odjeździe ekipy, zanim przeprosiła pani i wyszła do łazienki? – spytał.

– Piętnaście do dwudziestu minut – odparła.

– Przez cały czas nie opuszczali państwo salonu?

– Tak. Żadne z nas nie wychodziło, dopóki nie poszłam do łazienki.

– A więc ktoś mógł wejść drzwiami lub oknem na tyłach domu? – uściślił strażnik.

– Pewnie tak.

– W innych pomieszczeniach paliły się światła?

– Nie. – Uśmiechnęła się blado. – Nasz sprzęt jest energochłonny. Korzystaliśmy z kilku źródeł prądu. Major narzekał, że to mu nabije rachunek. Żartował, ale ekipa dopilnowała, żeby powyłączać światła po skończonej transmisji. Kiedy wyszłam z salonu do holu, było tam bardzo ciemno. – Opowiedziała im, że włączyła światło w łazience, zanim się w niej zamknęła, i pamiętała, że natychmiast je zgasiła, gdy zdała sobie sprawę, że zdradzi jej obecność.

– Nie widziała pani niczego podejrzanego ani niepokojącego, co mogłoby sugerować, że w jednym z pomieszczeń na tyłach domu ktoś przebywa? – odezwał się szeryf.

– Nie – potwierdziła Kerra. Nie bardzo wiedziała, co myśleć o spojrzeniach, które wymienili między sobą funkcjonariusze.

– Kerro, to, co pani powiem, ma charakter poufny. – Szeryf ponownie zwrócił się do niej.

– Rozumiem.

– Ten fakt zachowaliśmy w tajemnicy, bo nie wiedzieliśmy, co o nim sądzić, a kiedy będziemy mieli już podsądnego do przesłuchania…

– Będziecie chcieli sprawdzić, czy on o tym czymś wie.

– Zgadza się – przyznał szeryf. – Strzelba na zwierzynę płową leżała w zasięgu ręki Majora, kiedy przyjechały służby szybkiego reagowania.

– Prawdopodobnie chciał ją odstawić na miejsce.

Trzej mężczyźni znów popatrzyli na siebie.

– Czy on ją wyjął z szafki przy pani? – spytał jeden ze strażników.

– Tak – potwierdziła, a potem wyjaśniła sentymentalne przywiązanie Majora do tej broni. – Pokazał mi ją, postawił przy ścianie i podszedł do barku nalać coś do picia. Prawdopodobnie chował ją na miejsce, gdy napastnicy zapukali do drzwi.

Wszyscy trzej oparli się o krzesła w pozach wskazujących, że było to przekonujące wyjaśnienie intrygującej ich kwestii.

– Przypuszczaliśmy, że może usłyszał hałas na tyłach domu. Albo dostrzegł sprawców wchodzących na ganek i poszedł po strzelbę dla własnej ochrony – przyznał szeryf. – Broń nie była naładowana, ale mógłby nią odstraszyć kogoś, kto sądziłby, że jest nabita.

– Gdyby tylko miał taką szansę… – odparła cicho Kerra.

Szeryf ponuro pokiwał głową, odkaszlnął w zaciśniętą pięść, a potem spytał:

– A drugi szczegół, który może być ważny lub nie?

Zacisnęła wargi, od czego zabolał ją obtarty kącik ust, przypominając, czemu tak bardzo boi się o tym wspomnieć, i że nie zdecydowałaby się na to, gdyby nie było to słuszne, moralne i wynikające z przepisów prawa.

– To ma związek z moją zaginioną torbą.

– Znalazła się?

– Nie, szeryfie. Ale zwrócono mi coś, co z całą pewnością do niej schowałam.

– Kto to pani zwrócił? – Zdziwił się.

Rozdział 11

Chociaż Kerra spodziewała się, że po skończonym przesłuchaniu i zezwoleniu na opuszczenie biura szeryfa poczuje ulgę, teraz skuliła się na tylnym siedzeniu patrolowego wozu przygnębiona i zniechęcona. Głowa ją pobolewała, wprawdzie niezbyt mocno, ale bez przerwy. Oddano jej płaszcz, ale nie wystarczał do ochrony przed syberyjskim ziąbem, który opanował równiny północnego Teksasu, gdzie pomijając ogrodzenia z drutu kolczastego, nic nie mogło go powstrzymać. Wraz z upływem czasu drogi robiły się coraz bardziej niebezpieczne. Jej samochód, teraz pokryty lodem, stał na parkingu motelowym. Zostawiła go tam w niedzielę rano, kiedy wraz z ekipą udała się furgonetką do nieodległej posiadłości Majora. Zdawało się jej, że to było dawno temu.

Gracie zameldowała ją w poprzednio zajmowanym pokoju, gdzie teraz czekała na nią rozkręcona już impreza powitalna. Do motelu podwiózł ją zastępca szeryfa. Oszołomiona niespodzianką przywitała się z ekipą. Mimo niesprzyjającej pogody udało im się zorganizować hamburgery, piwo i napełniane helem balony, które tańczyły podczepione w kilku miejscach ciasnego wnętrza. Próbowała być uprzejma i wczuć się w odświętny nastrój, ale Gracie musiała zauważyć jej zwarzony humor. Gdy burgery zniknęły z talerzy, producentka wyprosiła wszystkich.

– Ten jubel to chyba trochę za duży dla ciebie tak od razu po szpitalu – powiedziała i rozsiadła się na środku łóżka Kerry. Założyła nogę na nogę, tablet położyła na kolanach. – Ale musimy obgadać pewne szczegóły co do jutra.

– Gracie, jeśli masz na myśli wywiad, to może nie być żadnego „jutra".

– Stawiam jednak na twoją zgodę. A w takim przypadku musimy być przygotowane – oznajmiła producentka.

Kerra nie podjęła jeszcze decyzji co do wywiadu na temat prywatnej rozmowy z Majorem. Rozważywszy „za" i „przeciw", musiała przyznać, że Gracie udzieliła jej sensownej rady. Czyż nie powinna wykorzystać tych tragicznych, a jednocześnie niezwykłych okoliczności? Przecież nie po to pracowała tak ciężko, nie po to dotarła tak wysoko, żeby teraz wszystko zaprzepaścić. Branża medialna była bezwzględna, a rywalizacja okrutna. Rezygnacja z takiej okazji równałaby się zawodowemu samobójstwu. Ale zgodnie z przewidywaniami Trappera ani szeryf Addison, ani też nikt inny zaangażowany w śledztwo nie zareagował entuzjastycznie, kiedy poruszyła ten temat na koniec przesłuchania. Funkcjonariusze mieli szereg zastrzeżeń. Dyskusja trwała długo i obie strony musiały pójść na kompromis. Kerze udało się jednak wymusić na nich obietnicę, że sprawę rozważą i rano poinformują ją o swojej decyzji.

Mimo to, jakby sprawa była dograna, Gracie zajęła się odhaczaniem kolejnych pozycji na swojej liście.

– Jego wysokość nadal upiera się sam przeprowadzić wywiad, bo jest zły, że dotarłaś do Majora, chociaż jemu się to nie udało. – Mówiąc to, Gracie miała na myśli renomowanego prezentera stacji, który miał rozmawiać z Kerrą ze studia w Nowym Jorku. – Ale nie zostawiaj mu miejsca na własne popisy, Kerro. Naród będzie chciał usłyszeć ciebie. Tylko ciebie. Twoje niedowierzanie, twoje cierpienie, twoje… sama wiesz co. Bądź ludzka. Jeśli umiesz płakać na zawołanie, parę łez da świetny efekt. Myślałam, że nadamy wywiad z holu na parterze szpitala – terkotała Gracie. – Żeby to wyglądało realistycznie. Tam wisi na włosku życie bohatera, a jego wielbiciele na całym świecie modlą się o cud. Coś w ten deseń.

Później przeszła do kwestii garderoby – problematycznej, bo walizka Kerry tkwiła zamknięta w bagażniku auta, do którego nie miała kluczyków. Zresztą nawet gdyby je miała, bagażnik był zapieczętowany lodem.

– Coś wymyślimy – zawyrokowała Gracie pogodnie i zajęła się posiniaczoną twarzą Kerry. – Jutro rano pojadę poszukać profesjonalnego korektora, ale jak się dobrze zastanowić, takie sińce mogą…

– Gracie, proszę cię, daj spokój – przerwała jej Kerra. – Wiem, czego się po mnie oczekuje, i nie zawiodę. Ale nie traćmy z pola widzenia faktu, że ten wielki człowiek nadal jest w ciężkim stanie. Może umrzeć, a ja byłam tam, kiedy próbowano go zamordować. – Pochyliła głowę nad dłonią i przycisnęła palce do czoła.

– Właśnie takiego typu emocje chcę jutro u ciebie widzieć! – zawołała Gracie. – Dokładnie tak. Jesteś na maksa rozstrojona. Niepocieszona.

Kerrę oburzył jej brak wrażliwości.

– Oczywiście, zdaję sobie sprawę, że twoje zmartwienie jest szczere – dodała szybko Gracie. – Tyle że próbuję dodać ci trochę animuszu. Gdzie się podziała ta wojownicza dziewczyna, z którą pracuję? Gdzie twoja werwa?

– Wybacz. Werwa mi się wyczerpała – odparła Kerra. – Poza tym nasza dyskusja może się okazać niepotrzebna, więc cię wypraszam. Muszę odpocząć.

Zdając sobie sprawę, że przekroczyła pewną granicę, Gracie zebrała swoje rzeczy i ruszyła do drzwi.

– Nie gniewaj się. Nakręcam się i tracę umiar.

– Nie ma sprawy. Mnie też to się zdarza – powiedziała Kerra. Miała nadzieję, że nie ulega podobnym skłonnościom aż w takim stopniu, ale poszła na ustępstwo, żeby szybciej pozbyć się szefowej.

– Potrzebujesz czegoś? Nic ci nie będzie?

– Będę w formie, kiedy porządnie prześpię noc. – Kerra otworzyła drzwi.

– Wiesz, że kładę się bardzo późno, więc gdybyś czegoś potrzebowała… A to kto?! – rzuciła Gracie przy wyjściu.

Kerra obejrzała się za siebie i zobaczyła, że Gracie prawie oniemiała na widok mężczyzny zmierzającego do drzwi. Skórzaną kurtkę zmienił na cięższą, ze strzyżonych owczych skór. Jej kołnierz postawił wokół szczęki rysującej się linią ostrą jak granit. Szedł w ich kierunku od strony parkingu. Wyłonił się z wirującej, marznącej mgły niczym mściciel w apokaliptycznym filmie, obojętny na śnieżną zawieruchę, podążający pewnym krokiem mimo oblodzonego gruntu, tak pewny siebie, jakby żadna siła nie mogła go powstrzymać. Pomijając boską ewentualnie diabelską.

– To John Trapper.

Gracie wytrzeszczyła oczy za pomarańczowymi oprawkami.

– Syn Majora?! – nie dowierzała.

– Tak.
– Znacie się?
– Pobieżnie. – Kerra przełknęła ślinę.

W progu musiał niemal schylić głowę, żeby nie zawadzić o framugę. Ignorując Gracie, jakby była niewidzialna, położył dwa palce na mostku Kerry i pchnął ją do środka pokoju, a potem zatrzasnął producentce drzwi przed nosem.

Minął Kerrę zamaszystym krokiem i się rozejrzał.

– Ktoś pije to piwo?

Nie czekając na odpowiedź, wyszarpnął puszkę z plastikowego opakowania i otworzył ją.

– Ależ proszę, poczęstuj się.

Ignorując jej sarkazm, Trapper zlustrował wzrokiem Kerrę od góry do dołu. Pociągnął z puszki długi łyk, a potem odjął ją od ust.

– Nie wyglądasz mi na amatorkę piwa. Ani zbieraczkę balonów z głupimi napisami – stwierdził.

– Ekipa urządziła sobie imprezę.

– Imprezę? Moim zdaniem nie masz zbyt wielu powodów do imprezowania – ocenił.

– No cóż, nie pytałam cię o zdanie, prawda? Nie chcę cię tutaj i dlaczego w ogóle sobie na to pozwalasz? Ni stąd, ni zowąd ładujesz się do mojego pokoju, kiedy tylko przyjdzie ci na to ochota – wypaliła.

– Kiedy wchodziłem, jakoś słabo protestowałaś. Dlaczego?

– Werwa mi się skończyła.

– Być może. Ale nie o to chodzi. Boisz się mnie – stwierdził.

– Nieprawda – zaprzeczyła.

Zerknął na jej zadziorną postawę i uniesiony podbródek. Parsknął śmiechem.

– Doceniam, że przynajmniej usiłujesz udawać, że nie boisz.

– Dlaczego miałabym się ciebie bać?

– Za cholerę nie wiem. – Podszedł do niej i stanął tak blisko, że mogła dostrzec pojedyncze kryształki śniegu topniejące na ramionach kurtki i w jego włosach. – Powiedz mi sama, Kerro. Dlaczego miałbym wzbudzać w tobie lęk?

– Nie boję się, jestem zmęczona. – Próbowała go wyminąć. – Pobijana. Bark mi dokucza. Pęknięty obojczyk przypomina o sobie, ilekroć zrobię nieostrożny ruch. Głowa mnie boli. Chwilami robi mi się słabo. To był bardzo długi dzień i jestem zmęczona. A już szczególnie zmęczona tym, że nie dajesz mi spokoju.

– Nie daję ci spokoju? – Uniósł brew.

– Chcę, żebyś się stąd wyniósł, żebym mogła położyć się do łóżka – zignorowała jego uwagę.

– Żebyś mogła być świeża jak kwiatek na jutrzejszy wywiad?

Znieruchomiała zdziwiona.

– Skąd wiedziałeś, że wyraziłam zgodę na wywiad?

– Nie wiedziałem. – Spoważniał. Dopił piwo, jedną ręką zgniótł puszkę i wrzucił ją do kosza. – Strzeliłem na chybił trafił.

– Sprytne zagranie – pochwaliła.

– Nie bez powodu jestem prywatnym detektywem. – Odczekał chwilę, a potem dodał: – W sumie nie zgadywałem. Wiedziałem, że to zrobisz.

– Nieprawda, nie wiedziałeś. Ja sama nie wiedziałam. Zdecydowałam się dopiero po dobie zastanawiania się. Nie zakładaj, że cokolwiek o mnie wiesz. Nic nie wiesz.

– Och, doprawdy? – spytał, przeciągając słowa. – Popatrzmy tylko. Wiem, że używasz pudru do kąpieli. Wiem, że masz starą bliznę jakieś pięć centymetrów nad lewym kolanem po wewnętrznej stronie uda. Mówię starą, bo jest blada, niemal niewidoczna. – Spojrzał na jej biust. – I szybko robi ci się zimno. – Pozwolił tym słowom wybrzmieć i popatrzył w jej oczy. – Co jeszcze chcesz wiedzieć?

Była pewna, że to oburzenie wywołało rumieńce na jej twarzy. Powinna dać mu do zrozumienia, jak niestosowna jest jego nieproszona poufałość, ale wtedy wiedziałby, że bywa podatna na jego seksualne aluzje. To by mu tylko dało pretekst, by próbować onieśmielać ją jeszcze bardziej. Odwróciła role i zaatakowała go.

– Skąd wziąłeś moją torbę? Kiedy? Gdzie? – zasypała go pytaniami.

– Zabawne, rozmawialiśmy wczoraj wieczorem o wielu rzeczach, ale zapomniałaś wspomnieć, że twoja torba zaginęła. Dlaczego?

– Dlaczego miałam to mówić? To nie twoja sprawa. A przynajmniej tak mi się wydawało.

– Cholera, teraz to jest już moja sprawa. – Gwałtownym ruchem, od którego Kerra podskoczyła, ściągnął kurtkę i rzucił ją na krzesło. – Tkwiłem w poczekalni oddziału intensywnej terapii, żeby się dowiedzieć, czy stan ojca będzie się poprawiał, czy też nastąpi ostre pogorszenie, tyłek mi drętwiał od siedzenia i trzy razy przeczytałem od deski do deski stary numer „Outdoorsmana". Z rytuałów godowych mulaków białoogonowych możesz mnie przepytać na wyrywki. – Zaczął tyradę w miarę normalnym tonem, ale kolejne zdania prawie wykrzyczał. Wyraźnie kończyła mu się cierpliwość. A potem, jak obawiała się Kerra, mógł po prostu eksplodować.

– Coś się stało? – spytała.

– Do środka wparowało dwóch zastępców szeryfa z informacją, że Addison chce ze mną mówić. Powiedziałem im, że Glenn ma numer mojej komórki. Jeśli ma ochotę na rozmowę, wie, jak mnie szukać. „Nie, telefon nie wystarczy" – powiedzieli. – „Rozmowa ma się odbyć twarzą w twarz".

– Aresztowali cię?

– Powiedziałem im, że jedno spotkanie sam na sam z szeryfem Addisonem dzisiaj już zaliczyłem, dziękuję uprzejmie, i dalej czytałem o jeleniach w rui. Ale jeden z funkcjonariuszy wyrwał mi pismo z ręki i oświadczył, że to wezwanie to coś więcej niż przyjacielskie zaproszenie. Że mogę pojechać za nimi swoim samochodem do biura szeryfa, ale jechać muszę, i to natychmiast. No to zostawiłem te biedne jelenie bez opieki i pojechałem śladem dwóch zastępców do biura szeryfa, gdzie grillowali mnie przez dwie pieprzone godziny. – Rzeczywiście był wściekły, choć dokończył relację już nie krzykiem, ale warkotem. Tyleż bardziej złowrogim, że mniej donośnym.

Odsunęła się od niego.

– Wypytywali cię na podstawie tego, co usłyszeli ode mnie?

– A jak sądzisz? – Oparł dłonie na biodrach i zrobił krok w jej stronę, znów zmniejszając dystans.

– Trapper…

– Podejrzewasz, że usiłowałem zabić własnego ojca?

– Nie.

– Bo tak to brzmi. Wiem, panno Louis Vuitton, że nie wywarłem na tobie najlepszego pierwszego wrażenia, ale na litość boską!

– Przegarnął palcami swoje wilgotne włosy. – Zmieniłaś kolejność wydarzeń w swojej relacji…

– Nie zmieniałam kolejności. Po prostu wcześniej nie pamiętałam dokładnie.

– Aż do kiedy, Kerro? Do momentu przed czy po rozmowie ze mną poprzedniego wieczoru?

Unikała spojrzenia mu w oczy.

– Tak myślałem.

– Nie byłam z tobą wczoraj wieczorem całkowicie szczera – usiłowała bronić się przed oskarżeniem ukrytym za jego kpiącą uwagą – bo przez ciebie poczułam się…

– Zagrożona.

– No dobrze, tak! Wychodzisz z szeryfem. Wkrótce potem zakradasz się do mojego pokoju. Samo w sobie to już było dość przerażające, ale później domagasz się informacji, czy widziałam ludzi, którzy próbowali zabić Majora. Co ja niby miałam myśleć?

– Miałaś myśleć, że syn mógłby chcieć się dowiedzieć, kto próbował zabić jego ojca.

– Syn, który z ojcem nie zamienił słowa od lat, który pałał do niego wrogością tak wielką, że dałoby się ją kroić nożem? Ten syn?

Spiorunował ją wzrokiem, a potem odwrócił się, mamrocząc pod nosem coś, czego Kerra wolałaby nie słyszeć. Dała sobie i jemu chwilę na ostudzenie emocji, a potem się odezwała:

– Musiałam powiedzieć o tym władzom, Trapper.

– Zrobiłaś to, co ci dyktowało sumienie – pstryknął palcami – i wszyscy uważają, że skradając się po ciemku po domu ojca, szarpałem za klamki zamkniętych drzwi.

– Rozumiem, czemu możesz czuć się urażony takim podejrzeniem, ale ono zniknie, jak tylko przedstawisz swoje alibi na niedzielny wieczór.

– Jasne. Jasne. – Potarł kark dłonią. – Coś wymyślę.

Zaszokowana otworzyła usta.

– Na litość boską, to był żart. – Przewrócił oczami.

– Mało zabawny.

– Masz rację. Odkąd zastukałaś do drzwi mojego biura, nic nie jest zabawne, cholera!

– Przykro mi, ale nic nie robisz, żeby sobie pomóc. Skąd wziąłeś moją torbę?

– Nie mam twojej torby! – Rozłożył ręce. – Glenn i strażnicy ostro mnie o nią maglowali. Zaprzeczyłem, jakobym wiedział coś o jej zaginięciu.

– Uwierzyli ci?

– Nie mam pojęcia, zbyt szybko zabrałem się stamtąd. Powiedziałem im, że nie usłyszą ani jednego pieprzonego słowa więcej bez obecności mojego adwokata, wstałem i wyszedłem.

– Pozwolili ci odejść?

– Musieli. Nic na mnie nie mają. No i, w razie gdybyś jeszcze miała wątpliwości, dysponuję alibi. Siedziałem w barze sportowym, w którym bywam częstym gościem. Zjadłem grillowane skrzydełka i frytki z serem, obejrzałem mecz, który skończył się dogrywką, i wyszedłem dopiero po ostatnim gwizdku. Barman mnie zna. Poświadczy, że tam byłem. Poza tym zapłaciłem kartą kredytową, więc na wydruku jest dokładna godzina. Zadowolona?

– Szeryf to sprawdził?

– Sprawdzał, kiedy wychodziłem.

– A ten kolczyk? Jak wyjaśnisz to, że go miałeś?

– Zauważyłem go wczoraj wieczorem na podłodze pod twoim szpitalnym łóżkiem, kiedy czekałem, żebyś wyszła z łazienki – urwał, a potem dodał: – pachnąca pudrem do kąpieli.

– Nieprawda.

– Jak, nie? Zgaduję, że to puder dla niemowląt.

– Nie o tym mówię – ucięła. – O kolczyku.

– Och. No tak, to było kłamstwo. W ten sposób wyjaśniłem, skąd go mam. Ale prawdę mówiąc, znalazłem go za domem Majora.

Osłupiała na tę informację, przysiadła na skraju łóżka i spojrzała na niego bez słowa.

– Kiedy w poniedziałek rano wyszedłem ze szpitala po wizycie u ciebie, pojechałem tam się rozejrzeć – wyjaśnił.

– Nie kręcili się na miejscu kryminolodzy, nie badali śladów przestępstwa? – zdziwiła się.

– Owszem. Ale dopiero świtało, a poza tym niebo było zaciągnięte chmurami. Rozpadało się, a do tego deszcz zaczął marznąć. Nikt nie wystawiał nosa spod kaptura zimowej kurtki. Wtopiłem się pomiędzy twardzieli węszących wokół domu. Kolczyk leżał w kępie zeschłej trawy jakieś dwadzieścia metrów dalej.

– Jak się tam znalazł?

– Powiedziałaś Glennowi, że na pewno był w wewnętrznej kieszeni twojej torby.

– Zgadza się.

– Zapiętej?

– Nie. Wsunęłam kolczyki do przegródki w podszewce, ona nie ma zamka.

– A ta torba nie zamyka się od góry. Pamiętam to z twojej wizyty u mnie w biurze. Kolczyk pewnie wypadł, kiedy ktoś, kto torbę zabrał, uciekał spod domu. – Przechylił głowę. – To wyjaśnienie jest do przyjęcia?

– Do przyjęcia. Ale dlaczego nie oddałeś kolczyka władzom?

– Aż do momentu, kiedy obejrzałem wywiad i zobaczyłem, że nosiłaś te kolczyki, nie wiedziałem nawet, że należał do ciebie.

– Kiepskie wyjaśnienie, Trapper. Byłeś na miejscu zbrodni i zataiłeś, co tam znalazłeś. Wiesz przecież, że to nie był kolczyk Majora. Trzeba było go zostawić tam, gdzie leżał, i zwrócić na to uwagę śledczych. Mogłeś pozwolić, żeby to oni go zabrali.

– Fakt, taka jest procedura.

– A już wiemy, co o nich sądzisz. Musiałbyś też wytłumaczyć, co tam w ogóle robiłeś.

Im więcej jej wyjaśniał, tym bardziej była zbita z tropu. Nie wiedziała, jak interpretować jego słowa. Bardzo zgrabnie łączył fakty z fabrykacjami, a sarkazm ze szczerością.

Wystarczająco dużo czasu spędziła w jego towarzystwie, żeby jednak rozpoznawać bariery wznoszone po to, by ukryć długo tłumiony gniew i urażoną dumę. Bezwstydnie wykorzystywał swoją rezolutność i urok. Potrafił rozbroić kogoś zarówno groźbą, jak i wilczym uśmiechem, a ona okazywała się wrażliwa na oba manewry.

– Znalazłeś inne dowody, myszkując tam razem z twardzielami? – spytała.

– Nie.

– Dlaczego mam ci wierzyć?

– Nie powinnaś. Ale taka jest prawda. Gdybym znalazł coś, co uznałbym za ważne dla śledztwa, od razu przekazałbym to władzom. Przysięgam.

Musiała mu wierzyć na słowo, przynajmniej na razie.

– Jak sądzisz, w jaki sposób uciekli napastnicy? Dokąd pojechali?

– Myśleli, że Major nie żyje. Ty zwiałaś, a oni nie mieli już czasu cię szukać, pewnie dlatego, że zobaczyli wracającą furgonetkę telewizji. Wyszli tylnymi drzwiami i się zmyli. Musieli zostawić jakiś pojazd w bezpiecznej odległości od domu, może za kierownicą czekał wspólnik, a może nie. Twoja ekipa wariowała ze strachu i wydzwaniała na pogotowie, a w tym czasie przestępcy uciekali niezauważeni przez nikogo. Tam jest mnóstwo bocznych dróg i starych szlaków spędu bydła. Można się zgubić, jeśli człowiek tego chce i wie, dokąd jedzie. – Uśmiechnął się rozbawiony własną ironiczną uwagą i kontynuował: – Mieli szczęście, że deszcz zaczął padać dopiero po ich odjeździe, inaczej zostałyby odciski stóp czy ślady opon. Teraz wszystko, co mogli zostawić, znajduje się pod warstwą śniegu. Zanim zostaną namierzeni, ślady będą tak nieczytelne, że żaden prokurator nie zdoła ich skutecznie wykorzystać w procesie. Miałaś szczęście, że ludzie z ekipy właśnie wtedy wrócili. Gdyby napastnicy mieli czas, szukaliby cię tak długo, aż by znaleźli. Stanowiłaś świetny cel z tego wzniesienia nad korytem strumienia.

– Myślałam o tym, kiedy tam leżałam.

– Widziałaś ich, Kerro?

Była pogrążona we wspomnieniach tego strasznego doświadczenia, ale podniosła głowę, słysząc to nagłe pytanie.

– Nie.

– Wczoraj wieczorem nie mówiłaś wszystkiego. Co przemilczałaś?

– To, że ktoś usiłował otworzyć drzwi łazienki, zanim rozległ się strzał.

– Więc uważasz, że niedoszłych zabójców byłoby trzech? Dwóch podeszło do frontowych drzwi i tam strzelili do Majora. Kolejny zakradł się drzwiami na tyłach i zobaczył, że wchodzisz do łazienki? Wiedział, że tam jesteś, ale jego kumple zorientowali się dopiero, kiedy mój ojciec już leżał na ziemi? Tak to właśnie widzisz?

– Szczerze mówiąc, sama nie wiem, co o tym myśleć.

Zamilkli. Kiedy Trapper przyglądał się Kerrze, jego ponura mina złagodniała.

– No cóż, szczerze mówiąc, zanim pomyślisz o pokazaniu się na antenie, chyba powinnaś zmienić strój.

Na wyjście ze szpitala Gracie kupiła jej dres z polaru i sportowe buty. Kerra popatrzyła na siebie.

– Dobra rada, rzeczywiście jest paskudny.

Nie zawtórował jej zażenowanemu śmiechowi.

– A jeszcze lepiej, Kerro, zmień zdanie. Nie udzielaj tego wywiadu – powiedział poważnie.

– Nikt ze służb nie jest specjalnie entuzjastycznie nastawiony, więc mogą mi nie dać zezwolenia. Wtedy to całe twoje awanturowanie się będzie na nic. Nie dałeś mi okazji powiedzieć ci o tym, zanim tu wparowałeś i wypiłeś mi piwo.

– Dopadła mnie furia.

– Dało się wyczuć.

– Jestem też prawdziwym dupkiem, bo nie zapytałem nawet, jak się czujesz.

– Sama ci powiedziałam. Zmęczona, obolała, z zawrotami głowy. Ale trochę przesadzałam – przyznała z zawstydzonym uśmiechem. Wstała i podeszła do niego. – Przykro mi, że cię ciągnięto na przesłuchanie. Ale nie żałuję, że im powiedziałam o kolczyku. Musiałam i wiem, że to rozumiesz, Trapper.

– Rozumiem. Pewnie, że rozumiem. Szanuję cię za to. Tylko że mam problem z autorytetami.

– To też zdążyłam zauważyć.

Wymienili uśmiechy. Podszedł do drzwi, ale zatrzymał się i obrócił, jeszcze ich nie otwierając.

– Wiesz, sprawdzałem cię znowu w sieci i…

– Sprawdzałeś?

– Na laptopie. Pomaga zabić czas w poczekalni.

– Mam nadzieję, że jestem co najmniej tak frapująca jak mulaki białoogonowe.

– Sam nie wiem – odparł, uśmiechając się do niej szerokim, leniwym uśmiechem. – Opowiedz mi o swoich zwyczajach godowych. – Widząc jej minę, wzruszył ramionami. – Musiałem spróbować. Tak czy inaczej, obejrzałem twój wywiad z Thomasem Wilcoxem.

– Jeden z pierwszych, które przeprowadziłam w Teksasie.

– Dlaczego postanowiłaś skupić się na nim?

– Odniósł spektakularny sukces.

– To jedyny powód?

– Dlaczego pytasz? Znasz go?

– Tylko ze słyszenia. Z tego, co o nim czytałem, wynika, że to skryty człowiek. Prowadzi interesy w tajemnicy. Unika uwagi mediów.

– To prawda. Musiałam zastosować kilka sprytnych zagrań.

– To brzmi jak niemoralna gra wstępna. – Zmrużył oczy w wąskie szparki.

Parsknęła śmiechem, ale przestała się śmiać, kiedy wsunął dłoń pod jej włosy na karku i odwrócił ją. Teraz stała plecami do drzwi. Pochylił się, musnął wargami pieprzyk w kąciku oka Kerry i przesunął je do ucha.

– Chciałbym, żebyś spróbowała wobec mnie paru zagrań – szepnął.

Nie powiedziała ani słowa, nawet nie drgnęła, nie zrobiła nic poza tym, że poddała się jego ciepłu, posturze, męskości i seksownej aurze, których mieszanka działała na nią niczym afrodyzjak. Sprawił wcześniej, że się go wystraszyła, sterroryzował ją, okłamał, zwodził. Ale teraz chciała wyłącznie być jak najbliżej niego. Wygięła szyję, umożliwiając dostęp jego lekko skubiącym skórę wargom.

– Nie daję ci spokoju? – spytał.

Odpowiedziała dźwiękiem, który można było zrozumieć dowolnie, ale on potraktował to jako potwierdzenie.

– To dobrze – stwierdził chrapliwym głosem i kolanem rozsunął jej nogi. – Bo ty mnie stale niepokoisz, jak wszyscy diabli.

Udem otarł wewnętrzną stronę jej ud, wywołując zupełnie nowy rodzaj doznań, który kazał jej zapomnieć o problemach. Poczuła gorączkową, ale i miłą tęsknotę, pulsującą we wszelkich wrażliwych miejscach ciała. Przesunął dłoń z jej karku na tył głowy i przytrzymał, aż ich usta złączyły się w zachłannym i głębokim pocałunku. Druga dłoń Trappera tymczasem zabłądziła pod dres i elastyczny pasek luźnych spodni Kerry. Lekko potarł wnętrzem dłoni jej biodro, kładąc palce na nieznacznej wypukłości ciała tuż pod talią. Przyciągnął Kerrę do siebie. Gorliwie skorzystała z subtelnego zaproszenia. Przy tej pierwszej próbie przytulenia zdawało się jej, że ich ciała idealnie do siebie pasują.

– Chryste, Kerro. Proszę, powiedz, że będziemy się pieprzyć – jęknął.

Za jej głową rozległo się głośne stukanie. Jej przywierające do niego ciało nagle zwiotczało. Od chrapliwego przekleństwa rzuconego przez Trappera farba powinna była zacząć łuszczyć się płatami z drzwi. Cofnął dłoń podtrzymującą jej głowę, drugą wysunął zza paska spodni od dresu. Kerra przygładziła włosy, odwróciła się i otworzyła drzwi. Na progu stał szeryf Addison. Spojrzał wrogo, ale nie na nią, tylko nad jej głową, w stronę Trappera. Trapper odpowiedział równie gniewnym spojrzeniem.

– Co znowu? Zginęła ci łyżeczka z rodzinnego kufra ze srebrami? – syknął Trapper.

– Chodzi o Majora – odparł szeryf.

Rozdział 12

Major Franklin Trapper nasłuchiwał toczącej się właśnie rozmowy o swoim stanie zdrowia. Nie umiałby wyłowić lekarza spośród pozostałych postaci, bo nigdy jeszcze go nie widział, ale poznawał głos słyszany we wcześniejszych rozmowach z pielęgniarkami.

– Reaguje na polecenia. Porusza palcami stóp, podnosi palec wskazujący. Zdaję sobie sprawę, że brzmi to banalnie, ale wierzcie mi państwo, to wielki postęp – mówił.

– Może nas teraz słyszeć? – spytał John.

– Panie majorze? – odezwał się lekarz nieco głośniejszym tonem. – Jeśli nas pan słyszy, proszę otworzyć oczy.

Major zrobił, co mu kazano. Efekt był taki, jakby zdobył szczyt Everestu bez użycia tlenu. Lekarz był zamazaną bielą kitla, w jego twarzy Major zdołał dostrzec wyłącznie zarys nosa i oczu na tle plamy cielistej barwy, ale nie mógł nie dostrzec jego szerokiego uśmiechu. Medyk wręcz zachichotał.

– Witamy z powrotem. Jest tu pana syn. Nie może się doczekać, aż znów pana zobaczy.

Odsunął się na bok, a na jego miejscu pojawił się John, górujący nad lekarzem dobre dwadzieścia centymetrów. Miał na sobie kurtkę z owczych skór, która poszerzała go w ramionach i zasłaniała wszystko w zasięgu wzroku Majora.

– Hej. Dobrze widzieć, że jesteś przytomny. Wszyscy się o ciebie zamartwiali.

Major nie tyle zrozumiał słowa Johna, ile zarejestrował ich brzmienie. Zdawał się mówić szczerze. Jego bezczelność się ulotniła.

– Brutalnie cię zaatakowano – powiedział syn, a potem zwrócił się do stojącego obok doktora: – Czy on będzie coś z tego pamiętał?

– Przy obrażeniach głowy pacjent rzadko pamięta samo zdarzenie. Może być w stanie powiedzieć, co tamtego dnia jadł na śniadanie, ale…

– Owsiankę – wychrypiał Major.

To było jego pierwsze słowo po ataku. Zaskoczyło ono Johna i lekarza, który odsunął Trappera na bok.

– Jadł pan owsiankę tamtego poranka? – zapytał.

– Codziennie jem.

– Aha, rozumiem – powiedział lekarz. – Jaki mamy teraz rok? – Major odpowiedział. – Może mi pan podać datę swoich urodzin?

Wymamrotał ją. Lekarz poszukał wzrokiem potwierdzenia u Johna, a kiedy ten skinął głową, lekarz znów się rozpromienił.

– Znakomicie.

– Jak wygląda rana na piersi? – spytał John.

– Żadnych komplikacji po zabiegu chirurgicznym. Oddycha bez wspomagania, więc mogliśmy zakończyć intubację. To naprawdę duża poprawa.

– Mieliśmy szczęście, że był pan na ostrym dyżurze tamtego wieczoru – stwierdził John. – Gdyby to był ktoś bez pańskiego doświadczenia i wiedzy, ojciec by się z tego nie wylizał. Ocalił mu pan życie – Wyciągnął dłoń i mocno uściskał rękę lekarza.

– Dziękuję, ale jestem przekonany, że pana tata miał tu własny wkład. Dysponuje niesamowitą wolą życia. Dobrą karmą. Może ma jakiegoś anioła stróża.

– Krwawi jak każdy – zaoponował John z typową dla siebie obcesowością. – I omal się nie wykrwawił.

– Wiem tylko, że miał w życiu dwie sytuacje, z których cudem uszedł z życiem. Teraz stanie się jeszcze większą legendą, a zamieszanie się zacznie, gdy pomówię z tymi na dole – skwitował lekarz.

– Z kim?

– Z dziennikarzami. Do tej pory odpierałem ich ataki, nie mając nic do przekazania, dobrego czy złego. Rzecznik prasowy szpitala postawił ich w stan pogotowia informacją, że są pewne postępy. Zebrali się w sali konferencyjnej i czekają na mnie. Jeśli pan chce, proszę do mnie dołączyć. W sumie byłoby mi szczególnie miło, gdyby pan tam był.

– Nie, dzięki – odparł John bez wahania. – To pana show.

Lekarz skupił uwagę na pacjencie. Obdarzył go pokrzepiającym uśmiechem, zapowiedział, że zajrzy do niego później.

– Proszę posiedzieć z nim minutę czy dwie, ale nie zmuszać go do odpowiadania na pytania. Poziom pobudzenia pacjenta powinniśmy utrzymać jak najbliżej minimum – zwrócił się do Johna.

– Oczywiście. Jeszcze raz dzięki.

Lekarz wyszedł, pozostawiając ojca i syna przypatrujących się sobie nawzajem. Chwila ciągnęła się tak długo, aż stała się niezręczna, szczególnie dla Johna. Zdjął kurtkę i przewiesił ją sobie przez ramię.

– Jesteśmy w samym środku burzy śnieżnej.

Major nie miał ochoty rozmawiać o pogodzie.

– Ile czasu tu…?

– Ile leżysz? Czterdzieści osiem godzin. Było duże zagrożenie. Glenn z Lindą i Hank z Emmą siedzą w poczekalni. Przyjechali tu pędem, kiedy tylko dowiedzieli się, że odzyskałeś przytomność.

– Co się stało?

– Nie pamiętasz?

– Jak przez mgłę. Kerra…

– Uciekła ludziom, którzy do ciebie strzelali. Spadła na dno jaru i trochę się potłukła. Nic specjalnie groźnego. Już wyszła ze szpitala. Czuje się lepiej.

Major głęboko odetchnął, przyswoiwszy tę informację. John przestąpił z nogi na nogę, przełożył kurtkę na drugie ramię, spojrzał na rząd popiskujących, mrugających diodami urządzeń i popatrzył na ojca.

– Powinienem iść i dać ci odpocząć. Ledwie się wykaraskałeś. Trzymaj się, okej? – Nie ruszył się z miejsca i nadal spoglądał na ojca dobrze znanym, ostrym spojrzeniem, z nieco skonsternowaną miną. Jak zwykle udawał, że do każdej przeszkody podchodzi z lekceważeniem, obojętny, czy uda mu się pokonać problem.

Jego pozorowana obojętność wielu zwodziła. Prawdę mówiąc, nawet jako chłopiec John nigdy nie zostawiał żadnej sprawy niedokończonej, niekompletnej czy bez odpowiedzi. Gdy coś zginęło, szukał tego tak długo, aż znalazł. Nie odkładał na bok zepsutej zabawki, dopóki jej nie naprawił. Zmagał się z łamigłówką, aż udawało mu się ją rozwiązać. Pchałby głaz pod górę choćby nosem, jeśli byłaby to jedyna metoda na wtoczenie go na szczyt. Teraz pochylił się tak nisko, że ich twarze dzieliły zaledwie centymetry.

– Ostrzegałem cię, prawda? Nie słuchałeś i niemal dałeś się zabić, a Kerra razem z tobą – szepnął.

Major ledwie się ocknął ze śpiączki, a już doczekał się od syna „a nie mówiłem". Jakie to do niego podobne. Ale nie miał siły ani ochoty zmagać się w tej chwili z uporem syna. Zamknął oczy, odcinając się od jego widoku.

– Majorze? – John powtórzył to słowo parę razy, aż w końcu ojciec poddał się i otworzył oczy. Do tej pory nie widział syna tak wściekłego i groźnego. – Widziałeś tych sukinsynów? Mógłbyś ich zidentyfikować?

Major bezgłośnie zaprzeczył. Wytrzymał przez chwilę niewzruszone spojrzenie syna i wreszcie zamknął powieki, tym razem nie otwierając ich, dopóki John nie wymaszerował z pokoju.

Trapper nacisnął duży czerwony przycisk na ścianie i podwójne pneumatyczne drzwi się otworzyły. Zgodnie z oczekiwaniami, gdy tylko wyszedł z windy, otoczyło go co najmniej kilkanaście osób. Oprócz Glenna i Hanka z żonami byli tam także pani, która dbała o dom jego ojca, i stary zrzędliwy farmer, którego ranczo graniczyło z posiadłością Majora. Pozostałych Trapper nie znał. Przypuszczał, że kilka osób należało do kongregacji Hanka, a niektórzy byli znajomymi Majora, których nie miał okazji poznać. Wszyscy niecierpliwie czekali na nowiny.

– Jest przytomny, porusza kończynami zgodnie z poleceniem i może mówić – oświadczył, a potem streścił słowa lekarza na temat postępów Majora, opuszczając fragment o dobrej karmie i aniele stróżu, jako że w żadne takie rzeczy Trapper nie wierzył.

Po kilku wybuchach żywiołowo okazywanej ulgi pewna dama stojąca na obrzeżu grupy oświadczyła, że powrót do zdrowia Majora to autentyczny cud. Wkoło rozległy się zgodne pomruki. Żona Hanka, Emma, zaprosiła chętnych do wspólnej modlitwy w części poczekalni z rzędami krzeseł. Kilka osób ruszyło za nią. Pozostali zaczęli zmierzać w stronę wind, ale wcześniej brali Trappera w ramiona albo ściskali mu dłoń, prosząc, żeby przekazał ojcu życzenia szybkiego powrotu do zdrowia. Obiecał, że tak zrobi. Wkrótce zostali przy nim tylko Glenn i Hank. Hank przyjrzał mu się z troską.

– Wszystko dobrze? Ledwie się trzymasz na nogach.

– Ulga po całym napięciu. Nic mi nie jest.

– Byłoby dobrze, gdybyś od tej pory zostawiał komórkę włączoną – pouczył go Glenn. – Żebym nie musiał szukać cię, jeżdżąc po całym mieście w zamieci śnieżnej.

– Ile można tłumaczyć? – Trapper się zirytował. – Wyłączyłem komórkę i schowałem ją do kieszeni kurtki, kiedy razem ze strażnikami Teksasu nie mogliście zdecydować się pomiędzy podtapianiem a łamaniem kołem. W pokoju Kerry było gorąco jak w pieprzonej szklarni, więc zdjąłem kurtkę i dlatego nie poczułem wibracji aparatu. – Uniósł dłonie w geście kapitulacji. – Czy za takie przestępstwa karze się powieszeniem?

– Coś mnie ominęło? – Hank zerknął na nich obu.

– Ten tu właściciel cynowej gwiazdy zgarnął mnie na przesłuchanie – syknął Trapper.

Hank odwrócił się do ojca z miną tyleż zaskoczoną, co oburzoną. Glenn zaczął się bronić.

– Co miałem myśleć po tym, co mi Kerra powiedziała o kolczyku? – spytał Trappera ostro.

– Już mi raz zadano to pytanie i nie zamierzam udzielać na nie odpowiedzi ponownie. Myśl sobie, co ci się żywnie podoba – odparował mężczyzna.

– Co robiłeś w pokoju Kerry?

– Powiedziałem jej parę słów do słuchu. Za moimi plecami wystąpiła przecież z obciążającymi mnie insynuacjami.

– Mnie to inaczej wyglądało – skwitował szeryf.

Trapper milczał.

– Przekazała nam istotne informacje – ciągnął Glenn – co inaczej nazywa się współpracą z organami ścigania. Ty raczej jesteś od tego daleki.

– Proszę, pytaj, o co chcesz.

– Już cię pytałem. Kazałeś mi spadać i wyszedłeś. Ledwie mi się udało powstrzymać strażników przed przyskrzynieniem cię w areszcie.

Trapper oparł dłoń na biodrze, spojrzał na Hanka, a potem przeniósł wzrok na Glenna.

– Major i ja od lat nie rozmawiamy i ta niechęć jest obustronna, ale czy naprawdę sądzisz, że poszedłbym do jego domu, chował się tam po ciemku, a potem do niego strzelał? – spytał Trapper.

– Oczywiście, że nie.

– No to skąd ten krzyżowy ogień pytań?

– Tata tylko wykonuje swoją pracę, Trapper. – Hank uniósł dłoń w próbie mediacji, jako że dopiero teraz zrozumiał, o co chodzi.

– Wiem – mruknął Trapper. – Ale i tak było mi przykro.

– Nie mogę traktować cię wyjątkowo tylko dlatego, że jesteśmy przyjaciółmi – tłumaczył Glenn. – Musiałem załatwić sprawę oficjalnie.

– Zgoda. Ale mogłeś zadzwonić i poprosić, żebym przyjechał. Nie musiałeś wysyłać zastępców, żeby mnie doprowadzili do biura – poskarżył się.

Glenn poczerwieniał, zmełł pod nosem przekleństwo i zaczął rytmicznie postukiwać kowbojskim kapeluszem o zewnętrzną stronę uda. Wreszcie odetchnął głęboko i postarał się przybrać bardziej zrelaksowaną postawę.

– Przyznaję, wypadło to nieco bardziej formalnie, niż zamierzałem.

Nie całkiem gotów mu wybaczyć Trapper wstrzymał się od komentarzy.

– Jak sądzisz, kiedy mi pozwolą porozmawiać z Majorem? – spytał Glenn.

– Nie moja działka. Dowiedz się od lekarza.

– Mówił do rzeczy?

– Był przytomny, ale nieco zamulony.

– Widział, kto do niego strzelał?

– Spytałem, powiedział, że nie. Pytał o Kerrę. Ulżyło mu, że nic jej nie jest – urwał na chwilę, a potem spytał: – Masz zamiar pozwolić jej udzielić wywiadu jutro wieczorem?

– Zastanawiałem się nad tym. Omówiłem sprawę z kluczowymi osobami. Zdecydowaliśmy, że właściwie to może być przydatne. Zdenerwowani podejrzani robią głupie rzeczy. Będziemy mieli kogoś poza zasięgiem kamery, kto będzie dawał Kerze znać, żeby nie odpowiadała na żadne z pytań mogących śledztwo utrudnić czy narazić na szwank.

– A co z jej bezpieczeństwem?

– Na miejscu będzie pełno umundurowanych. Cywilnych zresztą też. Już ma ochronę dwadzieścia cztery godziny na dobę.

– Taa, co do tej ochrony... – powiedział Trapper. – Bez żadnych problemów minąłem faceta, gdy szedłem do jej motelowego pokoju gotów ją udusić.

– Ten zastępca cię zna. Poza tym mówił, że ona sama wpuściła cię do pokoju.

– Ale nie sprawdził tego. Nie przyszedł zobaczyć, czy u niej wszystko w porządku. Przez cały czas, kiedy z nią byłem, zanim ty zacząłeś dobijać się do drzwi, z dziesięć razy mogłem ją ukatrupić.

– Nigdy byś tego nie zrobił. Na pewno nie w sytuacji, w której przed motelem stał wóz policyjny i mnóstwo świadków widziało, jak wchodzisz do środka.

Niefrasobliwa reakcja Glenna na poważne zastrzeżenie zirytowała Trappera. Miał ochotę potrząsnąć starszym mężczyzną, żeby zrozumiał powagę sytuacji.

– Glenn...

– Czekaj. – Szeryf sięgnął do kieszeni po telefon, warknął swoje nazwisko, posłuchał i powiedział: – Zaraz tam będę. – Skończył rozmowę i zwrócił się do Trappera i Hanka: – Konferencja prasowa. Chcą mnie wypytać o miejsce zbrodni. Hank, odwieź matkę do domu, proszę. Powiedz jej, że skontaktuję się, jak tylko będę mógł. Trapper, nie wyłączaj tej swojej cholernej komórki, no i... A zresztą, co ja się będę napinał.

Odszedł w stronę wind. Na szczęście jedna z nich przyjechała natychmiast po naciśnięciu guzika, bo zdawało się, że szeryf za moment eksploduje gniewem.

– To ja mam prawo się wkurzać – powiedział Trapper do Hanka, gdy obaj patrzyli w stronę zamykających się drzwi windy. – Jego najlepszy kumpel wywinął się kostusze, więc Glenn powinien tańczyć z radości. Czemu jest taki podminowany?

– Nałożyło się kilka spraw. – Hank próbował wytłumaczyć ojca. – Śledztwo tkwi w martwym punkcie. Nie mają żadnych solidnych tropów, żadnych podejrzanych. Strażnicy wtrącają się do wszystkiego. FBI proponuje swoje usługi w razie, gdyby były potrzebne, czyli sugerują, że tak jest.

Wyczuwając, że Hank nie powiedział jeszcze wszystkiego, Trapper spytał:

– Poza tym?

– Poza tym… – Hank przeciągał słowa – …on się obawia, że twoje intencje wobec panny Bailey nie są do końca szlachetne.

– Uważa, że ja chcę, hm… Używając kaznodziejskiego języka, poznać ją w sensie biblijnym? – Hank udał zdziwienie, a Trapper się usprawiedliwił: – Tak tylko przyszło mi to do głowy.

„Mniej więcej z tysiąc razy" – pomyślał. W swoich fantazjach poznawał ją w sensie biblijnym w każdy możliwy sposób, a gdyby Glenn nie przeszkodził im w motelu, możliwe, że właśnie byliby w trakcie realizacji jednego z nich.

– No cóż – westchnął Hank. – Poczekaj, proszę, aż ona wróci bezpiecznie do Dallas i już nie będzie pod jurysdykcją taty.

– A co go to w ogóle obchodzi?

– Boi się, że coś złego ją spotka na jego wachcie, i to na oczach całego świata.

– Coś złego już ją spotkało.

– Coś jeszcze gorszego.

– Gorszego niż upadek na dno jaru podczas ucieczki przed ewentualnymi zabójcami?

– Nie wściekaj się. – Hank się skrzywił.

– Wściekać się? Cholera, mnie ten biblijny zarzut pochlebia.

Trapper zauważył, że modlitewna grupka Emmy się rozchodzi, a jej członkowie kierują w stronę wind, co dało mu idealny pretekst, żeby się ulotnić.

– Dzięki, że przyszedłeś. – Uścisnął dłoń Hanka. – Ty i twoja trzódka pakujcie się do wind. Ja zejdę schodami.

Zanim Hank zdołał go zatrzymać, Trapper ruszył w stronę klatki schodowej. Zbiegł na parter i pchnął drzwi prowadzące do holu w tej samej chwili, gdy Kerra weszła do środka przez automatyczne drzwi głównego wejścia. Na polarowy dres narzuciła płaszcz. We włosach miała szron. Policzki i nos zaczerwienione od chłodu.

– Szukałam cię. – Podbiegła do Trappera.

– A ja ciebie.

– Major?

– Wbrew wszelkim przeciwnościom wygląda na to, że się wyliże. – Widząc, że chce mu zadać kolejne pytanie, uprzedził ją: – Twój samochód zamienił się w sopel lodu. Jak się tu dostałaś?

– Podrzuciła mnie ekipa swoją furgonetką. Wysłano ich, żeby pomogli relacjonować konferencję prasową. Poprosiłam, żeby mnie wysadzili od frontu, sami pojechali na tyły szpitala.

– Myślałem, że któryś z zastępców szeryfa cię ochrania.

– Jechał za nami wozem patrolowym. – Wskazała w stronę przeszklonych drzwi. Obok krawężnika parkował jeden z wozów szeryfa, na włączonym silniku i migających światłach. – Zaczeka tam na mnie. Powiedziałam mu, że zaraz wrócę.

– Nie zaproszono cię na konferencję prasową? – Trapper ujął ją pod łokieć i poprowadził w głąb korytarza.

– Relacjonuje ją inny reporter. Poza tym ja teraz robię wywiad na wyłączność z synem. Jak ma się Major?

– Powiedziałem ci.

– Pytam o szczegóły. – Pociągnęła go tak, że musiał stanąć twarzą do niej.

Streścił jej wszystko i odpowiedział na kilkanaście pytań. Kiedy uznała, że przekazał jej wszystkie informacje, stwierdziła ze zdumieniem:

– Niesamowite, to cud!

– Żaden cud. Świetny chirurg urazowy. – Trapper znów wziął ją pod ramię i poprowadził na koniec korytarza. Pchnął ciężkie metalowe drzwi wyjścia dla pracowników i wyprowadził ją na zewnątrz.

– Dokąd idziemy?

– Odwiozę cię do motelu.

– Miałam nadzieję zajrzeć do Majora.

– Nie wpuszczą cię dziś wieczorem.

– Tylko na chwilę, przywitać się i…

– Nie wpuszczą cię.

– No dobrze. – Ustąpiła. – Spróbuję rano. Ale nie musisz mnie odwozić. Mogę zaczekać na koniec konferencji i wrócić z ekipą albo człowiekiem szeryfa.

– Myślałem, że chcesz porozmawiać na wyłączność z synem Majora.

Obejrzała się w stronę budynku, od którego się oddalali.

– Nie możemy porozmawiać w środku? Może przy gorącej czekoladzie?

– Jeśli cię tam zauważą, stratują cię. Tak jak mnie. Nie dadzą nam chwili spokoju – zawyrokował.

Wahała się przez chwilę, ale wyjęła z kieszeni płaszcza telefon, wybrała jakiś numer i powiedziała komuś, kto odebrał połączenie, że nie będzie potrzebowała transportu do motelu. Trapper prowadził ją przez pokryty gołoledzią parking. Pilotem otworzył drzwi SUV-a i pomógł jej wsiąść do auta. Bezwiednie musnął jej udo. Pożałował, że jego dłoń nie tkwi już wewnątrz tych brzydkich, obszernych spodni od dresu, nie czuje pod palcami jej biodra, nie może jej do siebie przyciągnąć i mocno przytrzymać. Uznał, że coś podobnego musiało i jej przyjść na myśl, bo kiedy spojrzeli sobie w oczy, miał wrażenie, że czas się cofnął, niczym film na przyśpieszonym przewijaniu, a oni znów stali złączeni ustami, ciało przy ciele. Kerra cicho westchnęła i odwróciła wzrok.

Na Trappera padał deszcz ze śniegiem. Zamknął drzwi i obszedł samochód. Wsiadł i uruchomił silnik. Wycieraczki najpierw tylko skrobały osiadły na przedniej szybie lód, ale wzmocnione odmrażaczem skruszyły jego warstwę na tyle, że mógł rozpocząć jazdę. Wyprowadził samochód z parkingu i wjechał na ulicę.

– Masz nadal telefon pod ręką? – spytał Kerrę.

– A twój jest gdzie?

– Bateria mi padła. – Wyciągnął do niej prawą rękę. Podała mu swoją komórkę. Z dłońmi opartymi o kierownicę otworzył tylną klapkę aparatu, wyjął baterię i wrzucił ją do lewej kieszeni swojej kurtki.

– Co ty wyprawiasz?!

– Uniemożliwiam ci nagranie czegokolwiek z tego, co ci powiem.

– Ale ja nie miałam zamiaru niczego nagrywać! – Wyciągnęła rękę w jego stronę. – Oddaj mój telefon.

Położył go na jej dłoni, ale baterię zatrzymał.

– Wszystko, co mówię, mówię nieoficjalnie, okej?

Skinęła głową.

– Chcę to od ciebie usłyszeć.

– Wal się.

– Z przyjemnością! – Parsknął śmiechem. Pozwolił jej przez chwilę gotować się ze złości w milczeniu, a potem dodał: – Pytałaś, co było powodem rozdźwięku między moim ojcem a mną.

– Całkowicie uzasadnione pytanie – odparła sztywno nadal naburmuszona z powodu telefonu.

– Chodziło o kwestię zamachu na Pegasus – powiedział. Jej irytacja natychmiast ustąpiła miejsca nieskrywanej ciekawości. – Chciałaś też wiedzieć, co stało za moim odejściem z ATF.

– Tak.

Spojrzał na nią z ukosa.

– Ten sam powód.

Przez kilka sekund podtrzymywał jej spojrzenie, a potem skupił uwagę na oblodzonej drodze. SUV radził sobie na niej lepiej niż jego samochód w podobnych warunkach. Carson do czegoś się jednak przydał. Przejechali z kilometr w milczeniu.

– No i? Powiedz wreszcie. Skonfliktowałeś się z ATF i z Majorem przez tamten zamach – nie wytrzymała Kerra.

– Tak.

– Mógłbyś to rozwinąć?

– Rozwinę.

– Kiedy?

– Niedługo.

Przejechał obok motelu, nie zwalniając. Odwróciła głowę w stronę neonowego znaku, który zamazał się, a potem zniknął wśród marznącej mgły.

– Minąłeś motel.

– Naprawdę?

– Wiesz, że tak, Trapper. Co się dzieje?

– Koncentruję się. Usiłuję nie dopuścić, żeby ten czołg wpadł mi w poślizg na drodze, a jednocześnie zachować sensowną prędkość.

– Nie musimy zachowywać sensownej prędkości.

– Musimy, jeśli nie chcemy, żeby nas dogonili.

– Dogonili? O czym ty mówisz? Kto za nami jedzie?

– Na razie nikt. Ale ruszą, jak zostanie zgłoszone twoje zaginięcie.

– Przecież nie zaginęłam. – Nic nie powiedział. – Trapper, co ty wyprawiasz? Zawróć natychmiast.

– Wykluczone.

– Jasna cholera, zawracaj! – Jechał naprzód, nie odrywając wzroku od drogi. – O co tu chodzi? To porwanie? Jestem twoją zakładniczką?

– Nie, nie zakładniczką.

– Jeśli wywozisz mnie, Bóg raczy wiedzieć dokąd, bez mojej zgody i wbrew mojej woli, to jak inaczej chcesz mnie nazwać?

– Przynętą. – Spojrzał na nią.

Rozdział 13

– Kerro? Kerro, jesteś tam? – Gracie zapukała do drzwi.

Odczekała kilkanaście sekund, po czym zastukała ponownie. Nie doczekawszy się odpowiedzi, odwróciła się w stronę młodego człowieka z plastikową plakietką z imieniem „Travis". Gracie wyciągnęła go niemal siłą zza kontuaru recepcji, wyjaśniając, że jej przyjaciółka nie reaguje na próby obudzenia.

– Nadal nie odpowiada. Proszę otworzyć drzwi.

– Może powinna pani najpierw do niej zadzwonić.

– Ojej, czemu sama na to nie wpadłam?! – Spiorunowała go wzrokiem. – Dzwoniłam przecież. Z dziesięć razy!

– Może być wiele powodów, dla których nie odbiera – podpowiadał recepcjonista.

– Tak, a jednym z nich jest utrata przytomności.

Podszedł do okna, osłonił dłońmi oczy i zajrzał do środka przez szczelinę pomiędzy zasłonami.

– W środku jest ciemno. Pewnie po prostu śpi. Może ma zatyczki w uszach.

– Proszę otworzyć te drzwi!

– Jeśli wejdziemy i trafimy tam na jakąś, hm, niezręczną scenę…

– Boże, oby tak było – westchnęła Gracie.

– Trafię za to do paki – dokończył chłopak.

– Biorę na siebie pełną odpowiedzialność.

– Pierwszą zasadą właściciela tego motelu jest ochrona prywatności naszych gości.

– A moją pierwszą zasadą jest upewnić się, że przyjaciółka oddycha! Proszę. Otworzyć. Te. Drzwi.

– Nie wolno nam…

Gracie złapała go za koszulę i przyciągnęła do siebie.

– Ta kobieta dochodzi do siebie po wstrząśnieniu mózgu, ty idioto! Jeśli nie otworzysz mi tych cholernych drzwi, twoim własnym łbem wybiję okno! – Gracie straciła opanowanie.

– Okej, okej.

Puściła go. Marudził z kluczem, ale w końcu udało mu się otworzyć zamek. Uchylił drzwi ledwie na kilka centymetrów i przez szczelinę wyszeptał:

– Pani Bailey?

– Och, na litość boską... – Gracie zepchnęła go na bok, otworzyła drzwi na oścież i wkroczyła zamaszyście do środka, po drodze przekręcając wyłącznik światła. Pokój był pusty.

Recepcjoniście wyraźnie ulżyło, ale niepokój Gracie się wzmógł. W otwartych drzwiach stanęli dwaj członkowie ekipy telewizyjnej. Jeden z nich, technik oświetleniowy, miał czelność spytać:

– Nie ma jej tu?

– A wygląda jakby była?! – wrzasnęła Gracie. – To wasza wina, bo wróciliście bez niej!

– Przecież jest dorosła. Co miałem robić? Poza tym, czy nie chroni jej zastępca szeryfa? Jechał za nami do szpitala wozem patrolowym. Może ona jest z nim.

– Powtórz mi jeszcze raz, co powiedziała, kiedy do ciebie dzwoniła – zażądała Gracie.

– Że kto inny ją podrzuci.

– Nie powiedziała, kto? Nie powiedziała, że człowiek szeryfa?

– Nie.

– Zadzwoń do jego biura i zapytaj.

– Wiesz, pilnowania Kerry nie ma na liście moich zawodowych obowiązków.

Gracie oparła dłonie na biodrach.

– W opisie twojego następnego stanowiska może się znaleźć szorowanie kibli – syknęła.

Oświetleniowiec spuścił z tonu i sięgnął po telefon.

– Może ona jest z tym facetem. Tym z wypasionej bryki – wtrącił się jego kolega z ekipy.

Gracie poczuła się niewyraźnie na myśl, że Kerra jest z Johnem Trapperem. Przypomniała sobie, jaki wzburzony wydawał się, kiedy praktycznie wystawił ją za drzwi pokoju.

– Widziałeś go w szpitalu? – spytała.

– Nie. Lekarz przeprosił w jego imieniu za nieobecność na konferencji.

– Hm… – Recepcjonista odchrząknął. – Mówiąc o facecie w wypasionej bryce, ma pan na myśli pana Trappera?

Gracie błyskawicznie odwróciła się w jego stronę.

– Gadaj!

– On też wynajął tu pokój. – Chłopak nerwowo oblizał usta. – W drugim skrzydle. Nie pamiętam, który to numer, ale jeśli wróci pani ze mną do biura, możemy zadzwonić.

Harvey Jenks wziął pierwszy swobodny oddech od dobrych paru minut. Słyszał, jak ta harpia sterroryzowała dzieciaka i zmusiła go do otwarcia drzwi. Stał bez ruchu w ściennej szafie pokoju Kerry Bailey i starał się nie oddychać podczas rozmowy, która się wywiązała i zdawała trwać bez końca. Ktoś, prawdopodobnie ten strachliwy pracownik motelu, wychodząc, zgasił światło, więc pokój był pogrążony w mroku, gdy Jenks bezszelestnie wychynął z kryjówki. Zaplanował, że poczeka w pokoju na powrót Kerry Bailey. Okazało się, że jego plan spalił na panewce.

W szafie ledwie się zmieścił, ale i tak dziękował swojej szczęśliwej gwieździe, że nie został nakryty. Podszedł do drzwi, uchylił je nieco i upewniwszy się, że teren jest czysty, wyślizgnął się na zewnątrz. Nie martwił się jednak zbytnio, że ktoś zauważy, jak wychodzi z pokoju. Pogoda zniechęcała ludzi do podróży samochodem. Nawet gdyby jednak zobaczył go jakiś przechodzień, to co z tego? Był zastępcą szeryfa. Wiadomo, że pilnuje Kerry Bailey. Ale jego pobyt w jej pokoju? Gdyby musiał, wymyśliłby jakieś wytłumaczenie, które w uszach osoby postronnej mogłoby brzmieć prawdopodobnie, nawet jeśli nieco bez sensu. Udało mu się jednak wrócić do samochodu i upewnić, że włamanie do pokoju Kerry i wyjście z niego pozostało niezauważone. Wsiadł za kierownicę i sięgnął po telefon.

– Zrobione? – Usłyszał.

– Nie wróciła.

– Jak to?

– Byłem na miejscu. Wszystko przygotowałem. Ale ona nie wróciła ze szpitala razem z ekipą. – Zdał relację z wydarzenia w pokoju Kerry. – Czyli jest albo z zastępcą szeryfa, albo z Trapperem.

– Cholera!

– Jej współpracownicy właśnie to sprawdzają.

Jenks wrócił do łask, kiedy po poniedziałkowej, odbytej jeszcze przed świtem wycieczce pojawił się bez Peteya Mossa. Miał już przygotowaną historię w razie, gdyby ktoś o Peteya dopytywał: facet musiał zwiać do Tennessee i przyczaić się tam, dopóki jego była, teraz mieszkająca w Wisconsin czy jakimś innym, równie odległym miejscu, nie przestanie go dręczyć o zaległe alimenty. Raczej nie było ryzyka, że za Peteyem wiele osób będzie tęsknić. Jego była już dawno stąd wyjechała. Dzieci nigdy nie odwiedzał, nawet nie próbował się z nimi kontaktować. Mieszkał sam i miał niewielu przyjaciół.

Jenks miewał lekkie wyrzuty sumienia, gdy wspominał, jak ufnie Petey wybrał się z nim nad wyrobisko. Zbiornik wodny był za duży, by go nazwać stawem, za mały na jezioro. Stanowił pozostałość po żwirowni, którą wiele lat temu hrabstwo zalało wodą, by stworzyć publiczne miejsce do pływania. Pierwszego lata po jego otwarciu dwoje czternastolatków wybrało się tam po nocy palić jointy i uprawiać seks. Podczas kąpieli na golasa para nastolatków utonęła. Szukając winnego, ich rodzice podali hrabstwo do sądu i wygrali sprawę. Wziąwszy finansowe cięgi, urzędnicy hrabstwa nie mieli już budżetu, by wyrobisko ponownie otworzyć. Jedyne, co tam teraz zostało, to przerdzewiałe, trzymetrowe ogrodzenie z siatki, z jeszcze bardziej przerdzewiałymi wywieszkami „Wstęp wzbroniony", umieszczonymi w regularnych odstępach. Miejsce świetnie nadawało się do tego, by załatwiać różne sprawy bez świadków.

Jenks zwabił tam Peteya propozycją, że obalą sześciopak piwa, popatrzą na wschód słońca i wspólnie ponarzekają na opieprz oberwany za spartolenie roboty w domu Majora. Oczywiście nie tak to się potoczyło. Kiedy już dotarli na miejsce, Petey nie zdążył nawet dopić pierwszej puszki. Jenks nie żałował, że go wykiwał. Gdyby nie zareagował pierwszy, zrobiłby to Petey, a zwłoki Jenksa rozkładałby się teraz na dnie wyrobiska. Tak czy inaczej, sprawa była załatwiona, a teraz Jenks miał na głowie nowy kłopot. Mężczyzna, z którym właśnie rozmawiał przez telefon, był wyraźnie niezadowolony.

– Skoro Kerra chciała jutro wieczorem wystąpić w telewizji i mówić o Pegasusie, niedoszłym zabójstwie Majora i całej reszcie, to dzisiejszy termin był bardzo istotny.

Jenks uznał, że najlepiej będzie nie próbować bronić się przed tym subtelnym wyrzutem.

– Co mam teraz robić? – zapytał.

– Właśnie się zastanawiam.

„Cholera" – pomyślał Jenks. – „Z tego zastanawiania rzadko wynikało coś dobrego".

Rozdział 14

Na zewnątrz panował lodowaty ziąb, ale Kerra kipiała gniewem.

– Przynętą? – Odpięła pas bezpieczeństwa, sięgnęła nad dzielącym ich podłokietnikiem i szarpnęła Trappera za ramię. SUV wpadł w poślizg, wykonał obrót dookoła własnej osi, potem drugi, a kiedy wreszcie stanął, tylne koła wisiały nad przydrożnym rowem. Wóz balansował nachylony pod takim kątem, że przednie reflektory oświetlały teraz tylko deszcz ze śniegiem.

– Co, u diabła! – wrzasnął Trapper, usiłując wyrwać ramię z jej uścisku.

– Zawracaj i odwieź mnie do miasta!

Oderwał od siebie jej ręce i szarpnął głową w bok, żeby uniknąć policzka, który usiłowała mu wymierzyć.

– Mogłaś nas zabić.

– Zaraz ciebie zabiję!

– Okej, jesteś wściekła.

– To niedopowiedzenie! – Znów się na niego zamierzyła. Tym razem zdołała uderzyć go w policzek. Zabolało.

– Kerra, cholera jasna, przestań! Nie chcę cię skrzywdzić. – Udało mu się wreszcie złapać oba jej nadgarstki i unieruchomić jej ręce, trzymając je pod połą kurtki na swojej piersi. Usiłował uspokoić oddech. – To było niemądre – powiedział.

– Straciłam głowę. Winisz mnie za to?

– Możliwe, że obrałem nie najlepszą taktykę – przyznał.

Nadal rozsadzała ją furia, ale na inne przeprosiny nie mogła liczyć.

– Jesteś gotowa mnie wysłuchać?

– To twój sposób, żeby uniemożliwić mi udzielenie wywiadu jutro wieczorem? – W jej oczach błyskały groźne iskry.

– Chodzi o coś znacznie większego.

Oddychała ciężko i gniewnie, ale przynajmniej wreszcie go słuchała. Opamiętała się na tyle, że przynajmniej nie groziła eksplozją.

– Puść moje ręce – zażądała.

– Będziesz mnie znów okładać jak wariatka?

– Być może.

Puścił ją, ale tym razem już nie wpadła w szał. Oparła się o fotel.

– No dobrze, słucham.

Uchylił okno, żeby móc bezpiecznie zostawić silnik na chodzie, ale przednie światła wyłączył. Pozbierał myśli i postanowił wyłożyć kawę na ławę.

– Kerro, już dwa razy w życiu ledwie uszłaś śmierci. Za każdym razem w pobliżu był Major. Możesz siebie okłamywać, wmawiać sobie, co chcesz, racjonalizować, snuć teorie o kaprysach losu, karmie i wszelkim badziewiu, które zechcesz do tego dołożyć, ale i ty to wiesz, i ja to wiem, że jest tylko jedno wyjaśnienie. Oboje przetrwaliście zamach bombowy i ktoś się obawia, co się stanie, kiedy ty i Major zaczniecie porównywać wspomnienia tamtego dnia.

– Jakiś konkretny ktoś?

– Jakiś konkretny ktoś. I dlatego wciąż do tego wracam.

Pokręciła głową skonsternowana i potarła siniak na czole.

– Kerro? Słabo ci? Niedobrze? Głowa cię boli? – Ten ruch zaniepokoił go.

– Tak. Nie. Nic mi nie jest.

– Nie powinnaś była tak się ciskać.

– Nie powinieneś był mnie porywać.

– Chcesz, żebym cię odwiózł?

– Dopiero, kiedy to wszystko usłyszę. Nic mi nie dolega. Powiedz, co miałeś na myśli, mówiąc, że wciąż do tego wracasz. Do zamachu?

– Przeanalizowałem go w najdrobniejszych szczegółach.

– Kiedy jeszcze pracowałeś dla ATF?

– W wolnym czasie.

– I czym się to skończyło? Sprawa została rozwiązana.

– Nie użyłbym tego słowa – odparł. – Tajemnicą nigdy nie było, kto ani dlaczego to zrobił. Facet się przyznał. Powiedział, że z dwoma innymi wnieśli ładunki wybuchowe do Pegasusa i zsynchronizowali detonatory, ponieważ mieli zatarg ze spółką matką hotelu.

– Tą firmą naftową.

– Tak. Wszystko, do czego się przyznał, znalazło potwierdzenie w śledztwie prowadzonym przez FBI i ATF. Wybuchy miały potworną siłę z punktu widzenia liczby ofiar i zniszczenia mienia. Ale o ile chodzi o ładunki, nie było w nich nic szczególnego. Nie trzeba zresztą wyszukanego sprzętu, żeby zburzyć szesnastopiętrową konstrukcję. C4, silny materiał wybuchowy. Detonatory, regulatory czasowe. Przysięgam, jeden z nich to był minutnik do jajek. Promień wybuchu każdego ładunku nie był zbyt duży, ale nie musiał. Ładunki w Pegasusie okazały się tak skuteczne, bo zostały strategicznie rozmieszczone. Wiesz, że jak się burzy stary budynek, ładunki zakłada się w pobliżu belek nośnych albo po obwodzie, albo w samym środku konstrukcji? To ta sama zasada. Naruszyć podpory, a konstrukcja się zawali.

– Przerażające, że brzmi to tak prosto.

– Bo nie wymaga geniuszu. W obecnych czasach jesteśmy już uczuleni i zwracamy uwagę na plecaki pozostawione bez dozoru i podejrzane bagaże. Ale trzej mężczyźni ubrani jak biznesmeni i wnoszący do hotelu aktówki i walizki na kółkach to jednak widok naturalny. Główny zamachowiec był architektem. Zdobył plany, wszystkie schematy budowli, wiedział, w jaki sposób dotrzeć do miejsc, gdzie trzeba założyć ładunki. I zaplanował sobie drogę ucieczki.

– Nie zapominaj, że ja też się zajmowałam tym zamachem – wtrąciła Kerra. – Jedna z kwestii, które wydały mi się niezrozumiałe, to ta, że ten człowiek ustawił detonatory, a potem okłamał pozostałych dwóch co do czasu potrzebnego do ucieczki, zanim nastąpi eksplozja.

– Dokładnie – zgodził się cicho Trapper. – Zaplanował to sobie tak, żeby jako jedyny z zamachowców wyjść z tego żywy. A potem przyznał się śledczym do wszystkiego. Uważasz, że to brzmi sensownie?

– To ci nie dawało spokoju? Zaintrygowało cię?

– Jako jedna z zagadek – odparł. – Po dołączeniu do ATF byłem po prostu ciekawy i chciałem dowiedzieć się czegoś więcej o wydarzeniu, które zdominowało moje życie, odkąd skończyłem jedenaście lat. Chciałem się z tym zmierzyć, jak z przeciwnikiem w walce. Miałem dostęp do akt, raportów, informacji, których nigdy nie ujawnia się opinii publicznej, bo są albo zbyt technicznie skomplikowane, albo drastyczne, okropne, zbyt makabryczne. Byłem jak zgłodniały książek naukowiec, którego nagle zamknięto w bibliotece Kongresu. Ale przy całym dostępie do danych, im głębiej kopałem, tym dziwniej się robiło.

– Dlaczego?

– Całe lata zajmuje specjalistom odtworzenie tego typu katastrofy. Robią to fragment po fragmencie, ale nawet kiedy połączą ze sobą wszystkie elementy układanki, jakieś pytania najczęściej pozostają bez odpowiedzi. Eksplozje podlegają prawom fizyki, niemniej zachodzą też anomalie, które wymykają się logice i nauce. Jak to się stało, że ludzkie ucho znalazło się czterysta metrów od budynku, a drugie, sześć przecznic dalej w przeciwną stronę? Dlaczego pojedyncza szyba w bocznej ścianie nie roztrzaskała się jak wszystkie inne? Czemu puszka coli przetrwała nienaruszona, gdy wszystko wkoło niej rozpadło się w drobny mak? W przypadku Pegasusa jednak wszystko dawało się ślicznie wyjaśnić. Żadnych niejasności. Zgadzał się każdy szczegół. Żadnych niewyjaśnionych wątków. Dwaj winowajcy zginęli. Ten, który przyznał się do zamachu, nie dożył procesu. Zmarł na raka żołądka, którego zdiagnozowano u niego wiele miesięcy przed tym, zanim wniósł ładunki do Pegasusa.

– I to doprowadziło cię do konkluzji, że…?

– Że nie wysadził tego hotelu, żeby wyrównać porachunki z firmą paliwową, która zawyżała cenę benzyny na stacjach.

– On twierdził, że z przyjaciółmi chcieli w ten sposób zwrócić uwagę na pewien problem.

– Tak twierdził, ale niby jak to robił? Czytałem zapis zeznań, oglądałem nagrania z przesłuchań prowadzonych przez agentów śledczych. Facet gadał od rzeczy, snuł jakieś teorie, ale nigdy nie sformułował jasnego uzasadnienia swoich żali. Skupił na sobie uwagę całego świata, dlaczego nie skorzystał z mównicy? – Trapper kręcił głową, podważając sensowność takiego zachowania. – Nic nie wskazywało na fanatyzm religijny, nie chodziło o białą supremację czy sympatie antysystemowe. Żadnego wymachiwania szabelką, żadnych wywrzaskiwanych gróźb anihilacji, żadnych swastyk. A jednak – dodał, zniżając głos – trzech, pozornie zupełnie normalnych mężczyzn dało sobie wyprać mózgi i popełniło masowy mord.

– Wyprać mózgi? To by wskazywało na coś przeciwnego, niż właśnie powiedziałeś. Że nie mieli konkretnego powodu.

– Mieli go, tylko nie wiem jeszcze jaki. Powstrzymano mnie, zanim udało mi się tego dowiedzieć.

– Czy to w tym momencie pojawia się tamten wspomniany „ktoś"?

– Ten, który ich do tego nakłonił. Byłem już blisko. Tak bliziutko – powiedział, rozstawiając kciuk i palec wskazujący o centymetr – przyskrzynienia go. Ale zanim zebrałem wszystkie potrzebne mi dowody, ktoś wyciągnął korek z wanny. Zaczynałem się robić niewygodny, więc wezwano mnie na dywanik i przypomniano, że hotel Pegasus to zamknięta sprawa. Oczywiście, moje zainteresowanie nią było zrozumiałe, a przede wszystkim głęboko osobiste.

– Tamtego dnia omal nie straciłeś ojca.

Trapper pomyślał, że tamtego dnia stracił ojca, ale nie powiedział tego na głos.

– Po przejściu na emeryturę zaczął pracować dla pewnego dewelopera oprogramowania. Wielu klientów to były agencje rządowe, więc jego militarna przeszłość bywała przydatna. W dniu zamachu z paroma menedżerami średniego szczebla zabawiali potencjalnego klienta. Zdecydowali się zrobić sobie przerwę na ciasto i kawę w restauracji Pegasusa. Ich biuro mieściło się dwie przecznice od hotelu. Kiedy mama obejrzała najnowsze wiadomości w telewizji, kiedy dowiedziała się, że pobliskie budynki zostały uszkodzone w eksplozji, zaczęła do niego dzwonić, zaniepokojona tym, że z jego biura było tak blisko do Pegasusa. Nie miała pojęcia, że on był w tym hotelu dopóty, dopóki dwóch policjantów nie pojawiło się z informacją, że ojciec został zabrany do szpitala.

– Musiała strasznie się zdenerwować.

– Ominęło mnie to. Byłem w szkole. Nadal trzęsła się i płakała, kiedy tego dnia wieczorem wszyscy troje spotkaliśmy się w szpitalnej sali. Ojciec był posiniaczony i poobijany, ale wciąż wypytywał personel medyczny o los pozostałych osób, z którymi poszedł do hotelu. Kiedy mu powiedziano, on i mama się załamali. To była nieprzyjemna scena.

– Nikt z nich nie przeżył?

– Tylko dwóch poza moim ojcem. Jeden stracił nogę. Nigdy już nie doszedł do siebie. Zmarł kilka lat później. Ten drugi nie odniósł poważniejszych obrażeń, ale cierpiał na zespół stresu pourazowego. Popełnił samobójstwo.

– Boże! – Przez chwilę usiłowała wyprzeć ten obraz z myśli, a potem spytała: – Co poróżniło cię z ojcem?

– Kilka spraw, ale wszystkie miały związek z Pegasusem. W pracy przypominano mi, że do kwestii sprawców nie ma już po co wracać. Pytano, po co węszę i wściubiam nos tam, gdzie nie powinienem. Kazano mi zaprzestać „tych głupot", dać sobie spokój i zajmować się wyznaczonymi mi sprawami.

– I wtedy odszedłeś z agencji.

– Zanim zdążyli mnie wywalić – przyznał ze smutnym uśmiechem. – Dosłownie sekundy przedtem. – Zerknął na drogę w obu kierunkach. Nadal panowała ciemność, nie widać było żadnych pojazdów. Deszcz ze śniegiem zacinał o przednią szybę. Mokre płatki wirowały w powietrzu.

– Mniej więcej w tym samym czasie – podjął Trapper – do mojego ojca zwrócono się z propozycją napisania książki. Wielokrotnie otrzymywał podobne oferty, ale za tą szły konkretne pieniądze i wydawało się, że chodzi o coś więcej niż robienie szumu przez jakiegoś hollywoodzkiego dupka. A gdy już się wydawało, że pomysł faktycznie dojdzie do skutku, wpadłem w panikę. Usiadłem z ojcem, zwierzyłem mu się ze swojej teorii, powiedziałem o przekonaniu, że osobnik odpowiedzialny za zamach pozostaje na wolności i że, według mojej najlepszej wiedzy, ma na oku ocalałych, żeby zyskać pewność, iż nikt nigdy nie zakwestionuje wyników śledztwa. Powiedziałem mu, żeby darował sobie pomysł z książką i filmem. W sumie kładłem mu do głowy, żeby się, cholera, wreszcie w ogóle zamknął na temat tego zamachu, przestał gadać o tym w telewizji, bo winowajca może sobie ubzdurać, że Major widział i słyszał tego dnia więcej, niż należało, a ojciec skończy z kulką w głowie, co zagwarantuje, że nikomu nie zdradzi kompromitujących szczegółów, jeśli poniesie go elokwencja podczas lunchu Klubu Rotariańskiego.

– Odrzucił twoją teorię?

– Z miejsca. Powiedział, że wymyśliłem sobie to wszystko, bo zazdroszczę mu sławy. Nikt się za mną nie uganiał, żeby pisać o mnie książkę, prawda? Nikt nie chciał robić filmu opartego na mojej biografii, prawda? No, chyba że jakiś pornos. Poza tym „zmarnowałem sobie karierę" i zrobiłem z siebie pośmiewisko tym idiotycznym urojeniem. Nic dziwnego, że ATF pozbyła się mnie. Rodzina mogła pochwalić się tylko jednym bohaterem i był nim on.

– Trapper... – Popatrzyła na niego smutno, wręcz z politowaniem. Tego już nie mógł znieść.

– Nieważne – uciął z oschłą stanowczością. – Powiedział, co myślał, i nie było to miłe, ale nie chciałem widzieć go martwego. Skoro nie chciał słuchać głosu rozsądku, uciekłem się do innych metod uciszenia go.

– Jakich?

– Szantażu.

Skrzywiła się.

– Nie jestem z tego dumny – przyznał.

– Czym go zaszantażowałeś?

– Pamiętnikiem mamy. – Kerra nic nie odpowiedziała, tylko zamrugała, ciągnął więc: – Zaprzeczał, jakoby pisała pamiętnik. Spytałem, skąd może to wiedzieć. Powiedziałem, że na każdej stronie pisała o drugiej twarzy Franklina Trappera. O tym człowieku, który zaniedbywał żonę i syna, na całe tygodnie znikając, żeby odgrywać bohatera. Powiedziałem mu, że jeśli podpisze umowę na tę książkę, ja zawrę własną z brukowcami i zniszczę mit pieprzonego, nieskazitelnego majora Trappera.

– Naprawdę byś to zrobił? Myślałam, że uwielbiał twoją matkę.

– Bo uwielbiał. Ale to mu nie przeszkodziło postawić ją na dalekiej drugiej pozycji za osobistą sławą. – Przez chwilę wpatrywał się przed siebie, a potem dorzucił: – Tak czy inaczej, wziął sobie moją groźbę do serca. Zerwał kontakty z mediami. Na dobre.

– Dopóki ja nie zaczęłam wydzwaniać – dopowiedziała cicho.

– Pomachałaś mu marchewką przed nosem. Nie musiał się na nią skusić.

– Teraz wiem, dlaczego tak zawzięcie próbowałeś się mnie pozbyć. Cały czas go chronisz.

– Tak. I nieważne, czy jeszcze będzie chciał kiedyś ze mną gadać, czy nie. Wolałbym, żeby umarł z przyczyn naturalnych jako zgrzybiały staruszek, nadal traktowany jak bohater. Ale nie tylko on wymaga ochrony, Kerro. Pojawiłaś się znikąd i oświadczyłaś, jakie masz zamiary, a mnie serce podeszło do gardła. – Sięgnął nad podłokietnikiem i potarł kciukiem pieprzyk pod jej okiem. – Miałaś w zanadrzu tę perełkę i nie mogłaś się doczekać, aż się nią pochwalisz. Tyle że jednocześnie zastawiałaś śmiertelną pułapkę na siebie. Ten ktoś nigdy nie przejmował się dziewczynką ze zdjęcia. Nie znał nawet jej nazwiska, aż do niedzielnego wieczoru. A teraz okazuje się, że nie tylko jest to dorosła, obdarzona pamięcią kobieta, ale też osoba znana. Ni mniej, ni więcej, tylko dziennikarka, przyzwyczajona docierać do sedna spraw. Kiedy się tego dowiedział, nie tracił czasu, prawda? Razem z Majorem opowiedzieliście w telewizji o swoich wspólnych doświadczeniach, a parę godzin później dwóch ludzi z bronią palną pojawiło się, żeby uciszyć go na zawsze. Nie udało się im. Co gorsza, zmarnowali też nieoczekiwaną okazję, żeby i ciebie za jednym zamachem załatwić.

– Mówiłam ci. Nie stanowię dla nikogo zagrożenia.

– On to widzi inaczej. Niepokoi się, o czym rozmawialiście z Majorem poza kamerami. Czy jutro wieczorem w trakcie wywiadu wystąpisz z jakąś kolejną rewelacją. A jeśli nie jutro wieczorem, to kiedy... – Wziął ją za rękę. – Kerro, czy rozumiesz, co do ciebie mówię? W jego oczach jesteś jak tamten minutnik do jajek. I nie pozwoli, żeby bomba wybuchła mu prosto w twarz.

Patrzyła na niego szeroko otwartymi, nieruchomymi oczami. Wpatrywały się w niego jak zahipnotyzowane. Zanim któreś z nich dwojga zdążyło się odezwać, rozdzwoniła się komórka Trappera. Kerra drgnęła.

– Pewnie to Glenn z pytaniem, czy cię widziałem. – Wyjął telefon z kieszeni. Na wyświetlaczu pokazało się imię Carsona. Odebrał połączenie. – Czy to ważne? Jestem zajęty.

– Dwie sprawy. Po pierwsze, czy wiedziałeś o dzieciaku Thomasa Wilcoxa?

Trapper zerknął w stronę Kerry, która ożywiła się, słysząc znajome nazwisko.

– Jego dzieciaku? – powtórzył Trapper. – Nie, a co mu się stało?

– Jej. Zmarła półtora roku temu.

– Ile miała lat?

– Szesnaście. Jego oczko w głowie. Pępek świata. Duma i radość.

– Jak umarła?

– A to właśnie ciekawa sprawa. Nikt o tym na dobrą sprawę nie mówi.

– Co to znaczy?

– Nie wiem. Ja nie jestem śledczym, ty jesteś. Ale okoliczności jej śmierci są niejasne i owiane tajemnicą, i dlatego nic o tym nie wiedziałeś.

Carson miał rację. To było ciekawe.

– Podeślij mi, co masz. Nie wiem, czy odważę się pytać, jak na to trafiłeś.

– Lepiej nie pytaj. Jeśli będziesz kiedyś musiał zeznawać przed sądem…

– Rozumiem. A ta druga rzecz?

– Chodzi o tego SUV-a.

Trapper nie chciał mówić przyjacielowi, że tylna oś tego wozu zwisa właśnie nad przydrożnym rowem.

– Przepraszam, że tyle czasu go trzymam. Powiedziałeś temu facetowi, że zapłacę mu za wypożyczenie?

– Nie w tym problem.

– A w czym?

– Ten wóz jest w pewnym sensie, no…

– No co?

– W pewnym sensie kradziony.

I właśnie wtedy Trapper zwrócił uwagę, że na horyzoncie pojawił się jeden, a może dwa policyjne wozy walczące z oblodzoną powierzchnią. Grzały silniki i gnały w ich stronę.

Rozdział 15

Jak w większość wieczorów, kiedy jego żona Greta szła spać napakowana wódką i xanaxem, Thomas Wilcox siadał na skraju łóżka swojej zmarłej córki. Przyciągało go tam poczucie winy.

Pokój Tiffany zachowano niczym komnatę grobową faraona. Wszystko, co kochała i ceniła, znajdowało się w miejscu, w którym zostało położone po raz ostatni. Gosposi wydano surowe instrukcje, że ma nie ruszać ani nie przekładać z miejsca na miejsce niczego, a wszystko tylko omiatać z kurzu – szklaną kulę z karuzelą, zdjęcie licealnej grupy tanecznej, którą Tiffany kierowała, trofea i rozetki z akademii jazdy konnej, gdzie wyróżniała się w konkursie ujeżdżenia. Marzyła o zakwalifikowaniu się do drużyny olimpijskiej Stanów Zjednoczonych.

Ten pokój i wszystkie znajdujące się w nim, namacalne przedmioty niosły rozdzierające serce wspomnienie córki, ale Thomas zauważył, że ślad jej życiowej energii stopniowo znikał, niczym perfumy ulatniające się przez niedokładnie zamknięty korek buteleczki. W tym pokoju królowała silna obecność Tiffany, niestety teraz odchodziła w sposób niedający się powstrzymać. Niedługo całkiem się rozproszy i wtedy córka przestanie istnieć.

Uznając się za nietykalnego, Thomas zmusił pewnego człowieka do pokazania kart. Śmierć Tiffany była ceną, jaką zapłacił za swój błąd w ocenie. Rozejrzał się wkoło po raz ostatni, zatrzymując wzrok na poduszce, na której leżał pluszowy miś, jej towarzysz od wczesnego dzieciństwa.

– Dobranoc, kochanie – szepnął.

Potem podniósł się ciężko, zgasił lampę i wyszedł z pokoju, cicho domykając za sobą drzwi. Spojrzał w głąb holu, w stronę kolejnych zamkniętych drzwi, prowadzących do sypialni obecnie zajmowanej przez żonę. Greta początkowo traktowała żałobę jako wymówkę, by przenieść się z głównej sypialni do łóżka w pokoju gościnnym. Półtora roku po śmierci jedynego dziecka nadal tam sypiała, zadomowiona już na stałe.

Ani on, ani Greta nie wspominali o swoim oddaleniu. Ich codzienne kontakty były sztywne i pełne rezerwy. Nie okazywali sobie miłości, nie kłócili się. Uzewnętrznianie emocji wydawało się dla nich za trudne. Od chwili narodzin aż do dnia śmierci Tiffany była słońcem, wokół którego kręciło się całe ich życie. Kiedy to życie zgasło, oboje poczuli się porzuceni w próżni, odarci ze światła, ciepła i energii.

Thomas zszedł po szerokich schodach na parter i skierował się do swojego gabinetu. Właśnie wchodził, kiedy odezwał się brzęczyk interkomu. Nad napisem: „Brama wjazdowa" zaczęło migać czerwone światełko.

– Tak?

– Tu Jenks.

Melancholia natychmiast opuściła Thomasa. Jego krok, język ciała i wyraz twarzy odzwierciedliły tę odruchową zmianę biegów. Już nie był pogrążonym w żałobie rodzicem, tylko mężczyzną, który chroni własne interesy. Za wszelką cenę. Podszedł do okna i pamiętając, by stać pod osłoną ściany, lekko uchylił jedno skrzydło żaluzjowych okiennic. Rozległy trawnik przed domem był pokryty marznącym śniegiem. Fontanna na środku kolistego podjazdu zamieniła się w lodową rzeźbę. W odległości jakichś trzydziestu metrów dwie bliźniacze wiązki światła samochodowych reflektorów przebijały mgłę wywołaną przez marznące opady, uniemożliwiając rozpoznanie pojazdu i kierowcy.

Thomas wrócił do interkomu.

– Co tu robisz o tej porze nocy, w środku zamieci?

– Wysłano mnie, żeby powiedzieć panu, że mamy problem.

– To już wiem. W wiadomościach o dziesiątej pokazali konferencję prasową ze szpitala. Major wydobrzeje.

– W sumie to akurat jest ta dobra wiadomość. – Zastępca szeryfa pociągnął nosem.

Thomas zastanowił się chwilę, po czym przycisnął guzik otwierający bramę. Podszedł do biurka, ze środkowej szuflady wyjął pistolet i sprawdził, czy w każdej komorze cylindra znajduje się nabój. Rewolwer był niklowany i miał rękojeść wykładaną macicą perłową. Ale chociaż ekstrawagancki, stanowił sześciostrzałową armatkę. Thomas trzymał go przy udzie, czekając u drzwi, aż zastępca szeryfa wysiądzie z wozu patrolowego i ciężkim krokiem pokona stopnie ganku.

Jenks zdjął skórzane rękawice i strzepnął je o wnętrze dłoni.

– Zimno jak na biegunie.

Ściągnął przemoczone buty i odstawił je tuż obok drzwi wejściowych. Kapelusz też zdjął, ale trzymał go w ręku. Thomas ruchem podbródka wskazał mu drogę do swojego gabinetu. Jenks znał ją, był już w tym domu. Kiedy weszli do środka, zerknął w stronę barku.

– Wiele bym dał za szklaneczkę whiskey – rzucił.

Thomas nie zaproponował, że mu naleje drinka. Jenks pewnie by odmówił, nie tyle ze względu na opory przed prowadzeniem po alkoholu, ile dlatego, że nie chciałby zostawiać swoich odcisków palców na szklance ani też na niczym w tym domu. Thomas usiadł za biurkiem i położył dłoń, nadal trzymającą rewolwer, na skórzanej podkładce na dokumenty. Był pewien, że zastępca szeryfa dostrzegł broń, gdy wszedł do domu, chociaż o tym nie wspominał.

Jenks spojrzał na oprawiony w ramy portret Tiffany zawieszony nad kominkiem. Pozowała do niego ubrana w strój do jazdy konnej. Czerwony kubrak, lśniące wysokie buty, mały toczek na blond włosach splecionych w warkocz przerzucony przez ramię. Jej uroczy uśmiech raz na zawsze uwieczniony farbami olejnymi.

Niewykluczone, że mężczyzna patrzący na portret jego córki przyłożył rękę do zabójstwa Tiffany. Thomas miał ochotę unieść broń i odstrzelić łeb stojącemu tam w samych skarpetkach Jenksowi. Nie zrobił tego wyłącznie dlatego, że Jenks i człowiek, który go tu wysłał, tylko czekali, by czegoś spróbował i dał im pretekst, by go zabić. Nie zrobili tego do tej pory, ponieważ on miał coś, czego tamci rozpaczliwie potrzebowali. Jak długo pozostawało to w jego posiadaniu, niedostępne dla nich, tak długo mógł nie obawiać się zamachu na swoje życie. Mieli jednak swoje sposoby przypominania mu, że jest narażony na ciosy. Już raz próbował ich testować, dwa dni później jego córka nie żyła.

– Po co ryzykować długą jazdę w taką noc? Nie lepiej było po prostu zadzwonić i przekazać mi złe wiadomości? – powiedział z obojętną miną, nie pozwalając nienawiści wymknąć się spod kontroli.

– On chciał, żeby usłyszał pan to ode mnie osobiście. Mam się przyjrzeć pana reakcji.

– A zatem?

– Kerra Bailey zaginęła.

Thomas nie zdołał ukryć konsternacji w spojrzeniu, którym obrzucił Jenksa.

– Uciekła?

– Uznano, że została porwana.

– Co? Kiedy?

– Kilka godzin temu. Ale to jeszcze nie wszystko – ciągnął Jenks tonem ocierającym się o złośliwość. – Ten człowiek, który ją uprowadził, to John Trapper.

„Jezu Chryste" – pomyślał Thomas, truchlejąc.

– Przysłowiowa czarna owca.

– No przecież – zgodził się Jenks. – Jak to się stało, że pozwolił mu pan pozostać w obiegu? – Podniósł palec wskazujący i postukał nim w skroń. – Założę się, że zdołam zgadnąć. Myślę, że pan nie wie, co on na pana ma ani gdzie to ukrył.

Myśli Thomasa gnały chaotycznie, ale zachował zwykły kamienny wyraz twarzy.

– Tak uważasz?

– Trafiłem? – Jenks uśmiechnął się szeroko.

Miał rację, ale Thomas nie zamierzał mu jej przyznawać.

– A nie wydaje ci się raczej, że gdyby Trapper dysponował czymś obciążającym, to ja bym już siedział w więzieniu? – blefował.

– Federalni jeszcze nie poszli za ciosem, co nie znaczy, że nie mają dowodów. A po postrzeleniu Majora i tak dalej…

– Może nie powinieneś był do niego strzelać.

– Nie ja strzelałem, tylko Petey.

– Żadna różnica.

– W zasadzie. Tak czy inaczej, jak mówiłem, cokolwiek Trapper na pana ma, może to wyciągnąć, odkurzyć, popróbować znowu i tym razem skłonić kogoś do nadstawienia ucha. Proszę pomyśleć, jak kiepsko sprawy mogą się potoczyć, jeśli Trapper ma na pana więcej materiału, niż się panu wydaje – wyłuszczył Jenks.

– Nie ma.

– Taką ma pan nadzieję.

– Nikt nie traktuje go poważnie. – Thomas zmarszczył brwi z irytacją.

– Ale Kerra Bailey może potraktować.

– Nie sądzę. Trapper ma jedynie swoje szalone spekulacje.

– I niebieskie oczy.

– Panna Bailey jest ambitna. I bystra. Nie zaryzykuje kariery, marnując temat, zwłaszcza nie tej wagi, dla czyichś niebieskich oczu. Będzie nalegała na solidne dowody. A takie nie istnieją.

– Całe to zamieszanie, którego Trapper narobił trzy lata temu…

– Kręcił się w miejscu i do niczego nie doszedł.

– Cieszę się, bo to właśnie przyjechałem usłyszeć. – Jenks rozsiadł się wygodniej. – W przeciwnym razie mogłoby się zrobić… przykro.

– Za mało przykrych rzeczy wydarzyło się w tym tygodniu?

– A więc nie widzi pan w Trapperze poważnego zagrożenia. – Jenks zignorował tę wypowiedź.

– Absolutnie nie. Możesz spokojnie przekazać tę wiadomość.

– Nie użyłbym słowa „spokojnie".

– A co byś powiedział?

– Powiedziałbym, że przecież rozmawiamy o Trapperze. A on w najlepszym razie stwarza zamieszanie i denerwuje ludzi.

– Ja się nie denerwuję. I nikt inny nie powinien albo zaryzykuje popełnianie głupich błędów – powiedział Thomas i wskazał drzwi wyjściowe. – Tę wiadomość też możesz przekazać.

Rozdział 16

– Carson, ja cię zamorduję! – rzucił do telefonu Trapper. Przerwał połączenie i wybrał kolejny numer. Wolną ręką wyłączył silnik samochodu.

– On powiedział „kradziony"? – spytała Kerra.

– Tak właśnie powiedział.

– I co chcesz zrobić?

– Oddać się w ręce policji.

Kiedy to mówił, czyjś głos warknął w telefonie jego nazwisko tak głośno, że Kerra je usłyszała.

– Glenn, posłuchaj – powiedział Trapper, przerywając tyradę szeryfowi. – Odwołaj swoje psy gończe. Przysięgam na Boga, nie miałem pojęcia, że ten wóz jest trefny.

– Trefny wóz? Jaki trefny wóz?

– Och, nieważne.

– Dzwonię w sprawie Kerry. Czy ona jest z tobą?

– Glenn, coś przerywa. Możesz głośniej? Cholera! Jesteś tam jeszcze? Zupełnie cię nie słyszę.

Choć słyszał doskonale, Kerra też słyszała. Szeryf rzucał wyzwiska i domagał się, żeby Trapper się wytłumaczył. Trapper pozwolił mu się wygadać. Uruchomił silnik i co chwila zmieniając biegi, próbował złapać kołami grunt na tyle, żeby wyprowadzić auto z rowu na drogę. Wreszcie wóz wspiął się po pochyłości i wyjechał na oblodzony asfalt, od razu wpadając w poślizg. Trapper ostro skręcił w prawo, kierując się w stronę, w którą zmierzali, zanim stracił panowanie nad kierownicą.

– Glenn? Glenn? Słyszysz mnie? Jasna cholera! – krzyknął Trapper do telefonu, a potem, ku zdumieniu Kerry, uchylił szybę okna i szerokim zamachem cisnął telefon w śnieżną zamieć. Zamykając okno, przyśpieszył. Tyłem SUV-a zarzuciło, ale udało mu się opanować samochód i pomknęli przed siebie w mrok.

– Zapomniałeś włączyć przednie światła – zauważyła Kerra, po omacku zapinając pasy.

– Nie zapomniałem.

– Widzisz, dokąd jedziesz?

– Nie, ale oni też mnie nie widzą.

Odwróciła się i spojrzała przez tylną szybę. Mgłę i śnieg przebijało migotanie trójkolorowych świateł, ale Trapper szybko zyskiwał na odległości i zostawiał pościg za sobą.

– Czy zechciałbyś mi wyjaśnić, po co to robisz? – spytała.

– Pamiętasz, jak ci mówiłem, że człowiek może się tu zgubić, jeśli wie, dokąd jedzie?

– Owszem.

– Testuję tę teorię. Departament Glenna na pewno namierzał mój telefon. Jadący naszym śladem znajdą go za minutę czy dwie. Zanim się połapią, będziemy parę mil dalej. Trudno nas będzie znaleźć w tym czymś. – Wskazał ręką aurę za oknem.

– Ślady opon.

– Trochę się o to martwię, ale nie mam wyboru.

– Wybór istnieje. Zatrzymać się. Zawrócić – podpowiedziała.

– To nie jest dobre rozwiązanie – zaprzeczył.

– Uciekasz przed policją, Trapper. Kradzionym autem.

– Ja go nie ukradłem.

– Ale i tak jest kradzione.

– Nie ma sensu sprzeczać się o słowa.

– W sytuacji uprowadzenia, owszem.

– Nie uprowadziłem cię.

– A jak byś to nazwał?

– Jesteśmy dorośli. Chcieliśmy zostać sami. Nic więcej.

Samochodem zarzuciło podczas gwałtownego skrętu w lewo. Kerra złapała się uchwytu nad oknem.

– To nie jest takie proste, Trapper.

– Ale wiarygodne. Jedno pukanie do drzwi dzieliło nas od zrzucenia z siebie ciuchów i szeryf o tym wie. Uważa, że mam brudne zamiary.

Jego syn, Hank, powiedział mi, że Glenn się niepokoi, bo pakowanie się w cokolwiek ze mną to najgorsze, co mogłoby cię spotkać.

– Byłabym skłonna zgodzić się z nim.

– Tylko dlatego, że jeszcze w moim towarzystwie nie zrzuciłaś ciuchów.

– Trapper, to poważna sprawa.

– Wiem. – Przestał szczerzyć zęby w uśmiechu.

Zdjął nogę z gazu i zaczął zwalniać, aż wreszcie samochód się zatrzymał. Zaciągnął ręczny hamulec i odwrócił się w jej stronę.

– Powiedz jedno słowo, a odwiozę cię z powrotem do miasta. Bez żadnych dyskusji. Możesz im wyjaśnić, że napięcie ostatnich kilku dni dało nam się we znaki i potrzebowaliśmy odrobiny świeżego powietrza. Albo że tak nam ulżyło ze względu na lepszy stan Majora, że postanowiliśmy zrobić sobie małą wycieczkę. Powiedz im, że cię zaciągnąłem do samochodu za włosy, ale udało ci się przekonać mnie, żebym nie splamił twojej czci. Cokolwiek im powiesz, zgodzę się z twoją wersją. Carson potwierdzi, że nie wiedziałem, że prowadzę kradziony wóz.

– A potem co? – spytała po chwili.

– Kurz opada, ty jutro wieczorem udzielasz zaplanowanego wywiadu. A potem czekasz, by zobaczyć, co się stanie. – Lekko wzruszył ramieniem.

– Nie wierzę, że ktoś będzie próbował targnąć się na moje życie, kiedy będę występowała na żywo w ogólnokrajowej stacji.

– Ja też nie. Ale w przyszłym tygodniu? Za dwa tygodnie od dzisiaj? Za miesiąc? Chcesz żyć w stałym zagrożeniu?

– Major tak żył.

– Nie zdawał sobie sprawy, dopóki mu go nie uświadomiłem. A wtedy oskarżył mnie, że ogłupiła mnie zawiść. Wyśmiał moje wnioski i przez niego to ja musiałem żyć z obawą, że ktoś go sprzątnie. Wierz mi, życie w ciągłym strachu przed nadchodzącym niebezpieczeństwem jest do bani. Każe człowiekowi myśleć za dużo, pracować za mało, niszczyć przyjaźnie, pieprzyć, co popadnie, i rzucać cyniczne żarty, byle tylko dotrwać do końca dnia. Nie chciałabyś upodobnić się do mnie, co?

Pochyliła głowę i potarła sobie skroń.

– Przepraszam za szaleńczą jazdę. Kręci ci się w głowie? – Położył dłoń na jej kolanie.

– Nie.

– Boli cię?

– Tylko kiedy zastanawiam się za dużo.

– To przestań się zastanawiać. Powiedz, że mam jechać dalej.

– Jechać dalej? – Podniosła wzrok i popatrzyła mu w oczy. – Ciągnąć tę eskapadę kradzionym SUV-em? Ludzie określają Clyde'a mianem psychopaty, ale moim zdaniem to Bonnie była nieobliczalna.

– Chcesz poznać historię kryjącą się za zamachem czy nie?

– Pewnie, że chcę. Ale to... – Uniosła obie dłonie bezradnym gestem. – To jest czyste szaleństwo.

Nie chodziło jej o to, że jego pewność jej nie przekonywała ani że wątpiła w prawdopodobieństwo jego teorii. Do tej pory żyła jednak uporządkowanym, zaplanowanym życiem. Każdy krok był wcześniej wyznaczany. Jedynym punktem w kalendarzu, na który nie miała wpływu, okazała się śmierć ojca. Tylko to jedno pozostawiła przeznaczeniu – los ojca. Ale nie własny.

Kerra Bailey wyznaczała sobie cele i trzymała się programu pozwalającego je osiągnąć. To nie w jej stylu uciekać nocą w towarzystwie mężczyzny o wątpliwej reputacji, który działał impulsywnie, któremu zdarzało się kręcić i kłamać, o czym dobrze wiedziała, którego zresztą poznała zaledwie tydzień wcześniej i to wtedy, kiedy był zbyt skacowany, żeby stanąć prosto. No więc co tutaj, do diabła, w tej chwili robiła?

– Mogłabym zrobić ten temat, nie stając się jednocześnie zbiegiem.

– Mogłabyś. To niewykluczone. Ze mną czy beze mnie staniesz się jeszcze bardziej znana niż teraz – przytaknął.

– Czy przeszkadza ci, że przypiszę sobie efekty twoich poszukiwań?

– Nie – odparł z urazą. – Myślałem tylko, że szkoda, iż twoja matka tego nie dożyła i nie będzie mogła nacieszyć się twoim sukcesem.

– Ta uwaga mnie zabolała. – Wzdrygnęła się.

– Kerro, ten bydlak, który stoi za jej śmiercią, nie ma serca. Nie chcesz zobaczyć, jak zostaje pociągnięty do odpowiedzialności? – spytał z gniewem. – Ci trzej, których znasz jako zamachowców z Pegasusa, to byli chłopcy na posyłki. Wysłani tam, żeby odwalić brudną robotę za faceta, który zaplanował śmierć twojej matki i stu dziewięćdziesięciu sześciu innych osób. I jestem pewien, że wysłał kolejnych dwóch, żeby w niedzielę wieczorem zabili mojego ojca.

– Mogli być włamywaczami, którzy zareagowali nerwowo, kiedy podszedł do drzwi – zasugerowała.

– Byli tylko marionetkami. Zbędnymi po fakcie, a skoro im się nie powiodło, pewnie już ich się pozbyto.

– Trapper, tylko zgadujesz. Nie wiesz tego. Może to byli włóczędzy. Dwóch... dwóch ćpunów chcących zdobyć kasę na narkotyki. Albo... – Szukała w myślach, ale nie umiała znaleźć alternatywy dla jego interpretacji. W głębi serca wiedziała też, że mężczyźni, którzy stanęli na progu domu Majora, to nie byli bezdomni czy narkomani. Trapper obserwował ją, jakby mógł czytać w jej myślach. – Naprawdę wierzysz, że okazałam się niespodzianką, której osobnik stojący za zamachem na Pegasusa nie oczekiwał?

– Tak, Kerro. Gdybyś była byle jaką reporterką, której udało się wyprosić wywiad z Majorem, nie prowadzilibyśmy teraz tej rozmowy. Ale ty znajdowałaś się wewnątrz hotelu Pegasus, kiedy doszło do zamachu.

– Byłam dzieckiem.

– Ale już nie jesteś. Wyrosłaś na inteligentną, obytą kobietę, która skupia na sobie jaskrawe światło opinii publicznej. Dopóki żyjesz, dopóty stanowisz zagrożenie.

– A kto pociągał za sznurki w sprawie zamachu?

– Gdybym ci powiedział, nie uwierzyłabyś mi.

– Jest świadom twoich podejrzeń?

– Możliwe. Nie wiem.

– W takim razie jesteś zagrożony w tym samym stopniu co ja czy Major. Może nawet bardziej, jako były pracownik służb federalnych.

– Który schrzanił sobie karierę. Być może przestraszyłem go, kiedy trzy lata temu zacząłem drążyć, ale skończyło się tylko tym, że wyleciałem z pracy. A potem znalazłem się na równi pochyłej i sięgnąłem dna. Mój ojciec nie chce mieć ze mną nic wspólnego. Jestem przykładem niespełnionych nadziei. Wypaliłem się. Ten facet nie obawia się mnie. Przynajmniej na razie.

Nagle pojęła, dlaczego wcześniej określił ją jako przynętę.

– Ale teraz masz mnie.

– Teraz mam ciebie – potwierdził z powagą. – A ty plus ja równa się podwójne zagrożenie dla tamtego. Kiedy dowie się, że ty i ja jesteśmy razem, wykona jakiś ruch. A ja będę czekał.

– Na co?

– Kerro, zrozum. Jeśli staniesz po mojej stronie, podejmiesz ogromne ryzyko. Ale już ustaliliśmy, że odkąd ujawniłaś się jako dziewczynka z tamtego zdjęcia, twoje życie jest ciągłym ryzykiem. Niedzielny wieczór pokazał, że on nie zamierza się patyczkować. Posunie się bardzo daleko, byle tylko cię uciszyć, a ma środki, by działać z prędkością światła.

– Próbujesz mnie przestraszyć.

– Owszem, próbuję. Jeśli się mylę, to możesz się ze mnie śmiać aż do późnej starości. Ale uważam, że żyjesz kradzionym czasem.

– Ale skoro jestem w aż tak wielkim niebezpieczeństwie, to powinniśmy zawiadomić FBI, departament bezpieczeństwa krajowego…

– Próbowałem, pamiętasz? Powiedzieli, że zamachowcy z Pegasusa nie żyją, sprawa została zamknięta dwadzieścia pięć lat temu, a niedzielny wieczór nie miał z tym nic wspólnego. Założą, że dwóch świrów próbowało zaistnieć zamordowaniem bohatera narodowego. A może dwóch przeciwników systemu, którzy znienawidzili Majora za wszystko, co sobą reprezentował. Albo obrońcy praw zwierząt potępiający go za trofea myśliwskie wiszące na ścianach jego domu czy coś w ten deseń. Jeśli zaczniesz łączyć gości z niedzielnego wieczoru z mózgiem, któremu uszła na sucho operacja wysadzenia Pegasusa, zaczną się podśmiewać. Wiem, znam to z autopsji. – Spojrzał na nią ostro. – Może uważasz, że to ja jestem pomylony.

– Nie. Ale chciałabym, żebyś mógł powiedzieć mi więcej. Zdradzić podstawy tej swojej teorii.

– Dopiero kiedy będę wiedział, po której stronie stoisz.

– A jaki ma z tym związek Thomas Wilcox? Dlaczego jego nazwisko wciąż się pojawia? – Patrzył na nią w milczeniu i kiedy zrozumiała, że nie udzieli jej odpowiedzi, dodała: – Dopiero kiedy będziesz wiedział, po której stronie stoję…

– Właśnie. A kończy ci się czas na podjęcie decyzji. Mam cię odwieźć do miasta i odstawić do motelu?

– Druga opcja to…?

– Na dzisiejszą noc coś załatwię. Jutro powiem ci więcej.

Nie wydawał jej się szaleńcem. Był niezdyscyplinowany i nieprzewidywalny, owszem, ale nie szalony. Być może jednak to ona zwariowała, kiedy powiedziała:

– Dobrze, Trapper. Będę twoją przynętą, pod jednym warunkiem.

– Dawaj.

– Nie, tak w sumie pod dwoma.

– A pierwszy to?

– Jeśli w jakimkolwiek momencie każesz mi po drodze zrobić coś nielegalnego, wypisuję się z gry.

– Zgoda. Ale ja też mam warunek. Od tej pory wszystko, co powiem czy zrobię, traktujesz nieoficjalnie. Nie możesz upublicznić niczego, dopóki cię do tego wyraźnie nie upoważnię. Jeśli upoważnię, droga wolna. Możesz dowalić i mnie. Nieważne, czym to się skończy, temat jest twój. Ale dopiero jak będzie po wszystkim.

Trudno było przystać na taki warunek. Pomyślała o Gracie, o dyrektorze wiadomości, o nowojorskich szefach stacji, którzy chcieli, żeby już jutro wieczorem wystąpiła przed kamerą. Gdyby kiedyś wydało się, że zaprzepaściła temat tej miary ze względu na obietnicę daną człowiekowi cierpiącemu na urojenia, straciłaby wszelką wiarygodność i zostałaby skazana na ostracyzm w świecie mediów. Na drugiej szali położyła obietnicę nagrody, o ile Trapper wie, co mówi, a ta historia okaże się tak spektakularna, jak to sugerował.

– Zgoda – powiedziała.

– Dobijemy targu uściskiem dłoni? – Wyciągnął do niej rękę.

– Nie wysłuchałeś mojego drugiego warunku.

– A, racja. Co to?

– Nie zrzucamy ciuchów.

Cofnął dłoń szybkim gestem.

– Trapper, mówię serio – dodała. – To profesjonalna umowa pomiędzy prywatnym detektywem a dziennikarzem. Ja potrzebuję twojego wkładu w tę historię, która – opowiedziana – może okazać się niesamowita. Ty potrzebujesz, żebym ją opowiedziała, by uzyskać publiczne potwierdzenie własnej teorii i ujawnić człowieka, który sterował zamachem na Pegasusa. Współpracujemy jako partnerzy. Gwarantuję ci poufność, dopóki nie dostanę od ciebie wyraźnego zezwolenia, ale żadnego…

– Zrzucania ciuchów.

– Właśnie.

– Psiakrew! – zaklął

– Nadal możesz mnie jeszcze odwieźć do miasta.

Spojrzał w dal, na mroczny pejzaż, jeszcze bardziej nieprzyjazny w tej śnieżnej zadymce. Mruknął coś pod nosem, po czym odwrócił się w jej stronę.

– Kusi mnie, żeby życzyć ci powodzenia i wysłać w dalszą samodzielną drogę. Ale nigdy bym sobie nie darował, gdyby coś ci się stało. A zatem... – Wyciągnął do niej rękę i uścisnęli sobie dłonie. Sięgnął pod siedzenie kierowcy i wyjął telefon komórkowy.

– Masz dwa? – spytała zaskoczona.

– Kilka – odparł z roztargnieniem, wprowadzając do telefonu jakiś numer. – Wszystkie z wymiennymi kartami SIM i zastrzeżonymi numerami. – Przyłożył palec do ust, nakazując jej milczenie. Usłyszała, że połączenie odebrał jakiś mężczyzna. – Hank?

– Trapper? Gdzie jesteś? Tata zaraz dostanie zawału. Wcale nie żartuję.

– Jesteś z nim teraz?

– Nie, jestem w domu. – W tle było słychać ścieżkę dźwiękową jakiegoś telewizyjnego serialu i dziecięcy śmiech. – Co się z tobą dzieje?

– To skomplikowane.

– Jak zawsze w twoim przypadku.

– Chcę, żebyś coś dla mnie zrobił.

– Trapper...

– Hank, jesteś pastorem. Czy to nie jest twoje powołanie? Pomagać ludziom w potrzebie? A może to tylko ściema?

– Co mam dla ciebie zrobić? – zapytał po chwili.

– Po pierwsze, czy są jakieś nowe wiadomości o stanie zdrowia mojego ojca?

– Ostatnie, co powiedzieli tacie, to, że stan jest stabilny. Nawet zaczyna trochę więcej mówić.

Trapper powoli wypuścił powietrze, a Kerra zrozumiała, że przejmował się ojcem bardziej, niż dawał po sobie poznać.

– Jest z tobą Kerra Bailey? – Hank zmienił temat.

– Tak.

– Nic jej nie jest?

– Hank, opanuj się. Uważasz, że skrzywdziłbym kobietę albo wziął ją siłą?

– Chciałbym to usłyszeć od niej.

Trapper podał jej telefon. Kerra się przywitała.

– Nic pani nie jest?

– Absolutnie nic.

– Wywiózł panią wbrew jej woli?

Możliwe. że w tej całej zwariowanej historii i ona zaczynała lekko świrować, bo słysząc dobór słów pastora, o mało nie parsknęła śmiechem.

– Nie, pojechałam z Trapperem z własnej woli.

Trapper wyjął telefon z jej ręki.

– Zadowolony? Możesz już się nie martwić. Jeśli mi pomożesz, nikt cię nigdy nie oskarży o współudział i podżeganie do porwania.

– A co ze współudziałem w kradzieży samochodu?

– Ach, więc i tym Glenn się zainteresował. To mnie nauczy trzymać gębę na kłódkę.

– Co u licha, Trapper? Ukradłeś terenówkę?

– Nie! Wszystko wyjaśnię, ale później. Słuchaj, pamiętasz to miejsce, gdzie wtedy zabraliśmy takie dwie dziewczyny? Te, co miały butelkę domowej brzoskwiniówki?

– Ta stara szopa na szlaku kowbojskim?

– Właśnie. Kondom ci pękł. Trudno powiedzieć, kto spanikował bardziej: ty czy tamta dziewczyna.

– To było, zanim zacząłem spotykać się z Emmą.

Słysząc jego nadęty ton, Trapper zerknął na Kerrę i przewrócił oczami.

– A pamiętasz, jak tam dojechać? – spytał.

– Do szopy? Chyba tak.

– Kerra i ja potrzebujemy na parę dni zniknąć. Przydadzą nam się zapasy. Paczkowane jedzenie. Woda w butelkach. Jakieś dodatkowe koce. Prześlę ci listę esemesem.

– Czyś ty oszalał? Drogi pozamarzały. W taką pogodę nigdzie dzisiaj nie pojadę.

– Dobra, to zaczekaj do rana. – Trapper niechętnie ustąpił i cicho zaklął.

– W ogóle nie mogę tego zrobić. Po pierwsze, tata wścieknie się, o ile mnie nie zapakuje za kratki, co wcale nie jest wykluczone.

– Tylko jeśli dasz się złapać. Albo coś chlapniesz.

– Po drugie, to mi się nie wydaje w porządku.

– Hank, nijak nie złamałem prawa. Ani boskiego, ani ludzkiego. No, parę bożych to może tak.

– Nie wierzę, że nie zrobiłeś niczego, ściśle rzecz biorąc, nielegalnego.

– Nie zrobiłem. To jak, pomożesz?

– Trapper, proszę, nie wciągaj mnie w to.

– Okej. Zapomnij, że prosiłem. Aha, co do tego wadliwego kondoma. To się mogło przytrafić każdemu. Zwłaszcza w takiej gorącej chwili. Pożądanie podbite brzoskwiniówką. Jestem pewien, że Emma i twoja kongregacja zrozumieją.

Tym razem to pastor zaklął, a potem westchnął z rezygnacją.

– Prześlij mi tę listę. Dziś wieczorem dacie sobie radę?

– Nie będzie to Ritz, ale jakoś przenocujemy. Do zobaczenia rano.

– Nie wiem, kiedy przyjadę. To zależy od pogody.

– Kiedy tylko się wyrobisz – umilkł, a potem dodał: – Słuchaj, Hank, wiem, że proszę o wiele. Będę ci dłużny.

Rozłączył się, wszedł w wiadomości i zaczął spisywać potrzebne rzeczy.

– Jakieś szczególne potrzeby?

– Papier toaletowy. Można Hankowi zaufać?

– Teraz tak – zachichotał.

– Trapper, jesteś bezwzględny.

– Owszem – zgodził się i wysłał esemesa do pastora.

Około trzeciej nad ranem opady zaczęły słabnąć. Do świtu zupełnie ustały. Nad zachmurzonym horyzontem pokazało się słońce, a od zachodu niebo zaczęło się przejaśniać. Dzień robił się coraz jaśniejszy, oblodzone powierzchnie odbijały światło.

Hank zmrużył oczy w ostrych promieniach słońca, zatrzymując samochód niedaleko starej szopy. Nikt nie wiedział, kto ją zbudował w minionym stuleciu, a może nawet i poprzednim. Dawała schronienie kowbojom doglądającym stad i zaganiającym zbiegłe sztuki bydła czy też objeżdżającym kilometry ogrodzeń z drutu kolczastego, żeby naprawiać dziury zrobione przez zwierzęta lub ręką człowieka. Większość hodowców bydła teraz monitorowała swoje stada i pastwiska z kokpitu helikoptera, więc z szopy nie korzystał nikt poza włóczęgami, którzy zboczyli z utartych dróg, myśliwymi przyłapanymi przez gwałtowną zmianę pogody albo napalonymi nastolatkami podtrzymującymi tradycję zapoczątkowaną przez Trappera.

Kiedy Major z Glennem uświadomili synom istnienie tej topornej szopy po którymś polowaniu na kuropatwy, Trapper zrobił z niej swój prywatny pałac rozkoszy, idealne miejsce, gdzie mógł się zaszyć z jakąś dziewczyną, ilekroć odwiedzał Lodal. Pewnego razu zaproponował Hankowi zorganizowanie podwójnej randki. To była ostatnia grzeszna eskapada pastora w demoralizującym towarzystwie Trappera.

Nie sposób było Trappera nie lubić. Wyróżniał się specyficzną charyzmą, niewymuszonym urokiem stanowiącym jego nieodłączną cechę niczym odcisk palca. Wchodził do pokoju, a atmosfera zaczynała iskrzyć witalnością. Był niczym diabeł szepczący człowiekowi do ucha o rozkoszach, które można znaleźć, trzeba tylko się odważyć. Trapper, będąc jeszcze uczniakiem, nieustanie kpił z wrażliwego Hanka, któremu niezbyt podobało się bycie obiektem jego żartów, ale też głęboko skrywał zazdrość o notoryczne lekceważenie reguł przez Trappera. Hank nieraz żałował, że nie potrafi być równie niefrasobliwy. Ale zachowanie, które można było wybaczyć nastolatkowi, u dorosłego było nie do zaakceptowania. Nieskrywana pogarda Trappera dla ideałów i moralności zmieniły go w człowieka zgorzkniałego i samotnego. Bywał lubiany, ale nigdy podziwiany.

Hanka nie przestawało zadziwiać, że Trappera opinia o nim zdawała się nie obchodzić. W gruncie rzeczy wydawało się, że jest obojętny na wszystko, co istotne, włącznie z autodestrukcyjnością.

Pastor zdjął nogę z hamulca i w ślimaczym tempie podjechał pod przysadzistą, nadgryzioną zębem czasu konstrukcję. Nieco chroniło ją przed działaniem żywiołów wznoszące się za nią kamieniste wzgórze. Przerdzewiały blaszany dach ledwie pokrywała warstewka wczorajszego śniegu, ale czarny stojący przed nią SUV miał jej dobrych parę centymetrów na karoserii. Bieżniki terenowych opon pełne były zaschniętego błota.

Jakież to podobne do Trappera – kpić sobie z lodowej burzy. Hank zaparkował obok SUV-a. Wysiadł z samochodu i z tylnego siedzenia zdjął dwie torby z zakupami. Podszedł pod drzwi szopy i zastukał w nie czubkiem buta.

– Hej, Trapper, to ja! – Skulił ramiona, by uniesiony kołnierz kurtki osłonił go przed wiatrem. – Pośpiesz się. Zamarzam!

Nikt nie zareagował, więc odstawił torby i spróbował uchylić drzwi. Nie stawiały oporu, a potem wiatr szarpnął je i szeroko otworzył, aż uderzyły o ścianę. Szopa była pusta. Sądząc po wnętrzu, od dawna nikt tu nie zaglądał. Pajęczyny zwisające z futryny pacnęły Hanka po twarzy. Wypuścił powietrze przez zęby z gniewnym świstem, któremu zawtórował wiatr omiatający kamieniste zbocze wzgórza. Wyszarpał telefon z kieszeni na piersi kurtki i szybko wybrał numer. Połączenie odebrano po pierwszym dzwonku.

– Nie ma ich tutaj.

– Co?! Jesteś pewien, że mówił o tej szopie?

– Tak, tato. Ten SUV tu stoi, ale Trappera i Kerry Bailey nie ma. Możesz przyjechać.

Po chwili wóz patrolowy szeryfa, który do tej pory trzymał się z daleka, pojawił się na horyzoncie. Glenn podjechał szybko do szopy. Kiedy przy niej stanął, wysiadł z auta, minął Hanka szybkim krokiem i wszedł do środka. Po chwili wyszedł z rękami na biodrach. Niemal ział ogniem.

– Jak mogli zniknąć, skoro SUV nadal tu jest?

– No cóż. We wniebowzięcie Trappera jakoś nie wierzę – odparł Hank.

– A to skubaniec. – Glenn powiódł wzrokiem wokół. – Gdzie on się, cholera, podział?

Rozdział 17

Zapuszczony motel stał przy lokalnej drodze po wschodniej stronie autostrady I-20. Trapper leżał na boku i obserwował śpiącą Kerrę. On położył się na kołdrze, ona przykryła się nią. Carson przywiózł ich tu nad ranem i zameldował, korzystając z fałszywych nazwisk i płacąc gotówką. Recepcjonista był jednym z jego klientów, obecnie na zwolnieniu warunkowym. Nie zadawał pytań.

Kerra domagała się osobnych pokoi. Trapper kazał jej o tym zapomnieć. Ustąpiła, jak sądził Trapper, dlatego że była zbyt zmęczona, żeby się wykłócać. Kiedy weszli do pokoju i zobaczyła, że jest tam tylko jedno łóżko, przypomniała mu zawartą umowę. Trapper uroczyście przyrzekł nie dotykać jej i zachowywać się przyzwoicie.

Kilka minut po wyjściu Carsona zdjęła buty, wślizgnęła się do łóżka i podciągnęła kołdrę pod brodę. Zapadła w mocny sen. Trapper zerknął na okno w łazience i przekonał się, że jest zbyt małe, by mogła się przez nie przecisnąć osoba dorosła. Sprawdził zamek w drzwiach i zamknął je też na łańcuch, żałując, że oba nie są mocniejsze. Wyłączył światło. Potem przez pół godziny zza podniszczonych zasłon obserwował parking, chcąc się upewnić, czy jakimś cudem ktoś ich jednak nie śledził.

Wreszcie, usatysfakcjonowany, że skierował Glenna na fałszywy trop – bo Hank z pewnością poinformował ojca o porannym spotkaniu z kolegą z dzieciństwa przy opuszczonej szopie – wyjął pistolet z kabury na plecach i odłożył oba przedmioty na nocną szafkę, zdjął buty i położył się obok Kerry najbliżej jak się dało. Zasnął.

Sześć godzin później Kerra musiała jakoś wyczuć, że Trapper już nie śpi. Poruszyła się, otworzyła oczy i spojrzała na niego sennym wzrokiem. Na wpół stwardniały członek od razu zmienił się w taran do rozbijania murów i obietnica, że będzie zachowywał się przyzwoicie, zaczęła się poważnie chwiać. Trapper pochylił się nad Kerrą.

– Trapper, uzgodniliśmy coś.

– Nie zrzuciliśmy ciuchów.

– Obiecałeś zachowywać się przyzwoicie.

– Nic przecież nie robię.

– Pchasz się na mnie.

– Zawłaszczyłaś całą kołdrę. Zimno mi.

– Jesteś gorący jak piec. – Nagle zesztywniała. – A to skąd się wzięło?

W pierwszej chwili wydawało mu się, że ma na myśli jego erekcję, ale widząc, że patrzy ponad jego ramieniem, spojrzał na nocną szafkę.

– Wróżka Zębuszka raczej tego nie zostawiła.

– Cały czas miałeś broń?

– Cały czas.

– Aha.

– Mówiłem ci, że mam broń.

– Myślałam, że się wydurniasz.

– Wydurniałem się. Ale przy okazji mówiłem prawdę. – Przesunął palcem po jej czole, chcąc rozprostować zmarszczkę niepokoju, i odgarnął na bok pasmo włosów z jej lewego policzka. – Nie spytałaś nawet, co myślałem.

– Kiedy?

– W moim biurze, kiedy siedziałaś po drugiej stronie biurka, sztywna i zniesmaczona. Zastanawiałaś się, co mi wtedy przeszło przez myśl?

– Wolałam nie wiedzieć – odparła tonem faktycznie sztywnym i zniesmaczonym.

– Myślałem o tym twoim pieprzyku. – Uśmiechnął się szeroko.

– To wszystko?

– Rozczarowana?

– Zadziwiona. Myślałam, że to będzie coś bardziej nieokrzesanego.

– Nie, zwróciłem uwagę na twój pieprzyk, bo wyglądał, jak kropla ciemnej czekolady, i zastanawiałem się, czy roztopiłaby się pod dotykiem. – Lekko musnął go czubkiem języka raz, potem drugi. – Hm. Nadal jest. Zdaje się, że będę musiał jeszcze parę razy sprawdzić.

Zrobił tak, a potem przesunął wargi na jej usta. Pocałunek był długi i nieśpieszny, głęboki i działający na wyobraźnię, a zakończył się dopiero kiedy Trapper objął dłonią jej pierś. Jeśli jednak nawet zamierzała protestować, to tylko jęknęła, gdy dotknął jej sutka. Nawet przez warstwy ubrania nietrudno go było znaleźć.

– Może zresztą myślałem nie tylko o tym pieprzyku – szepnął. Przysunął się bliżej, pochylił nad nią i nosem odsunął stójkę góry od dresu, by musnąć jej szyję, a potem pierś, otwartymi wargami ocierając się o jej twardy czubek, kąsając go leciutko przez T-shirt, drażniąc językiem. – Zarumieniłabyś się, gdybyś wiedziała, dokąd zbłądziłem myślami. Dotykałem cię, smakowałem… – Wsunął dłoń pomiędzy ich ciała i położył na wzgórku łonowym Kerry. – Wszędzie.

Pod łagodnym naleganiem jego dłoni rozsunęła uda i przesunęła biodra, by mu ułatwić dostęp. Cofnął rękę tylko po to, by włożyć ją pod pasek spodni. Przesunął po gładkiej skórze i koronkowych majteczkach, a potem jego palce wślizgnęły się pod materiał, dotknęły zwilgotniałych włosków i jeszcze niżej, gdzie okazała się mokra i podatna, jeszcze słodsza niż w jego marzeniach. Wsunął w nią kciuk. Wygięła plecy, prosząc o kolejne pchnięcie, a on posłuchał, po czym wysunął go i śliską opuszką zaczął zataczać niewielkie, drażniące kręgi wokół wrażliwego celu. Nie przestawał, aż wreszcie wcisnął w nią głęboko dwa palce, a ona – na Boga – okazała się tak cudowna w dotyku, że aż niewiarygodne, więc sprawdził jeszcze raz, czy rzeczywiście tak jest, wysuwając palce tylko po to, by za moment znów je w nią zanurzyć. Oddychała ciężko. Kciuk wznowił nacisk. Kolejne urywane westchnienie, kolejne zaciśnięcie ud wokół jego dłoni. Z zapartym tchem wypowiedziała jego imię.

– Czekaj. Jeszcze nie dochodź. – Odsunął się i zaczął rozpinać guziki spodni.

Nagle Kerra odepchnęła go od siebie, nogą odrzuciła kołdrę i się podniosła. Stanęła obok łóżka, na którym leżał rozciągnięty na plecach. Przez kilka sekund patrzyli na siebie, ciężko oddychając przez otwarte usta. Zdawała się zaskoczona własną reakcją. Trapper był równie zdziwiony.

– Co, do cholery?! – Nie wytrzymał.

Kerra zgarnęła dłonią poły dresu i zapięła go, zasłaniając widok wilgotnej plamy na koszulce w okolicy sutka.

– Nie będziesz się ze mną pieprzył tylko dlatego, że ci wpadłam pod rękę.

Spojrzenie miała bez wyrazu, ale kiedy połapał się, do czego pije, stanął naprzeciw niej.

– Więc to stąd ten stosunek przerywany? – Szeroko rozłożył ramiona. – Przecież tamto to był tylko retoryczny argument.

– Ach, więc to nieprawda?

Otworzył usta, ale nie udało mu się nic powiedzieć. Opuścił ramiona. Zaśmiała się cicho, ale to nie był wesoły śmiech. Przegarnął włosy palcami i sfrustrowany zaczął krążyć po pokoju. Zerknął na łóżko. Spojrzał na jej biust, jakby był w stanie dostrzec plamkę wilgoci przez materiał.

– To nie tak. – Spojrzał na jej twarz.

– Nie?

– Nie, do diabła.

– A co takiego sprawia, że jestem inna, Trapper? Niby czemu taka specjalna?

– Sam nie wiem. Zastanówmy się. – Podchwycił ten ton. – Może to twoja twarz? Te jedwabiste włosy i fakt, że chcę poczuć, jak przesuwają się po moim brzuchu? To gorące ciało, które chciałbym obrysować palcami? Sposób, w jaki się poruszasz? Twój głos? Sama mi powiedz. Wiem tylko to, że odkąd na ciebie spojrzałem, stoi mi jak drąg. – Zrobił krok w jej stronę. – I wybacz, że zwracam na to uwagę, ale sama…

– Przestań. – Uniosła otwartą dłoń. – Proszę, nie mów niczego wulgarnego, co jeszcze bardziej mnie rozzłości.

– Jesteś na mnie zła?

– Nie, na siebie.

Kipiał z irytacji, cała jego wielka sylwetka lekko się chwiała, ale czekał, aż Kerra powie coś więcej.

– Widziałam, jak kobiety na ciebie reagują – stwierdziła. – Co więcej, widziałam, że ty wiesz, jak reagują. Jesteś uosobieniem złego chłopca i wszystkim tym, co w złym chłopcu pociągające. Owszem, przyznaję, nawet wiedząc, że nie powinnam poddawać się temu urokowi, uległam mu. – Wskazała łóżko. – Ale to nie było fair z mojej strony pozwolić, żeby sprawy zaszły tak daleko. Przepraszam.

Zaplótł ramiona na piersi i wysunął biodro, co było ryzykownym odruchem, bo dżinsy nadal miał rozpięte i nisko opuszczone. Zmrużył jedno oko, patrząc wprost na nią.

– Poza tym, że jestem uosobieniem uroku złego chłopca i tak dalej, wiesz, jaki jeszcze jestem? Niegłupi. I mam wbudowany niezawodny detektor szajsu, a wszystko, co mi właśnie powiedziałaś, to jedna wielka bzdura.

Chciała zaprzeczyć, ale nie dopuścił jej do głosu.

– Chciałaś poczuć, jak poruszam się w tobie nie mniej, niż chciałem tego ja sam. Przerwałaś to nie dlatego, że nagle włączył ci się rozsądek, ani dlatego, że odpycha cię mój charakter kocura dachowca. Nie, ty to przerwałaś, bo nadal mi nie ufasz. Boisz się. Uważasz, że albo jestem paranoicznym wariatem, który wymyśla teorie spiskowe, albo zgorzkniałym synem, w którym tliło się tyle tłumionej furii wobec własnego ojca, że aż próbowałem go zabić.

– To nieprawda! – zawołała.

– Nie?

– Gdybym ci nie ufała, gdybym się ciebie bała, czy byłabym tu teraz?

– No to o co ci chodzi, Kerro?

Mówiąc głosem równie donośnym i gniewnym co on, odparła:

– Nie wiem, czym to się skończy.

– Że co? Ta sprzeczka? To…

– Ta cała eskapada. Zgodnie z tym, co mówiłeś wczoraj wieczorem, jesteśmy w niebezpiecznej sytuacji. Jeśli jest równie groźna, jak to sugerujesz, może się skończyć tym, że żadne z nas nie wyjdzie z tego żywe.

– Uzasadniona obawa. – Trapper trochę spuścił z tonu. – Ale wiedziałaś o tym już wczoraj wieczorem. Zanim podjęłaś decyzję, że będziesz się mnie trzymać, wyraźnie zaznaczyłem, że jeśli tak zrobisz, to podejmiesz ogromne ryzyko.

„Mogę zaryzykować życie, ale nie swoje serce" – pomyślała Kerra, nie powiedziała jednak tego głośno.

Od patrzenia na niego w rozchełstanych ciuchach ślinka napływała jej do ust. Tak bardzo chciała położyć na nim dłonie, przyciągnąć go do siebie, poczuć w sobie i nareszcie nasycić ten głód, oszałamiający i straszny. Gdyby sądziła, że seks załatwi sprawę, zrobiłaby to natychmiast i bez wahania. Ale oprócz seksualnego zainteresowania ciągnęło ją też emocjonalnie do tego mężczyzny zmuszonego żyć w cieniu sławnego ojca.

Trapper przecież nie narzekał na swoją sytuację, nie opowiadał łzawych historyjek, żeby wymusić współczucie. Wręcz odwrotnie, zbywał wszystko, co mu się ze współczuciem i smutkiem z powodu jego sytuacji kojarzyło. I wcale nie wydawał się zazdrosny o sławę ojca. Nie współzawodniczył z nim o rozgłos. Robił wszystko, co w jego mocy, by tego rozgłosu unikać. Choć gardził dobrym wychowaniem i buntował się przeciwko autorytetom, Kerra wyczuwała, że pod jego nonszalancją, pewnością siebie i lekceważącą postawą krył się chłopiec porzucony w wieku jedenastu lat. Młody John Trapper nie był w stanie konkurować z urokami sławy, którą jego ojciec wolał od własnego syna.

Oczywiście miała dość rozumu, żeby tego tematu w rozmowie nie poruszać. Zranione zwierzęta gryzą wyciągniętą do nich przyjazną dłoń. Znienawidziłby ją za to, że dostrzegła i obnażyła gorycz jego codziennego życia. Był w żałobie nie tyle po zmarłej matce, ile po żyjącym ojcu. Gdyby okazała się na tyle niemądra, by pozwolić swojemu sercu uwikłać się w związek z Trapperem, on by je złamał. Nie chciała ryzykować.

Oboje zareagowali na pukanie do drzwi pokoju, choć każde inaczej. Trapper rzucił się przez łóżko, chwycił pistolet i znalazł się pod oknem niemal w tym samym momencie, w którym zaskoczona Kerra cicho krzyknęła i położyła dłoń na walącym sercu.

– To Carson. – Trapper pozwolił zasłonie opaść z powrotem, zdjął łańcuch i przekręcił klucz w drzwiach.

Prawnik, którego Kerra poznała poprzedniego wieczoru, wszedł do środka z dwiema torbami z sieci fast food w jednej ręce. W drugiej trzymał kilka plastikowych toreb z zakupami. Zerknął na stojące w nieładzie łóżko, niedopięte spodnie Trappera i potarganą Kerrę.

– Przyjechałem nie w porę? – Odwrócił się w stronę Trappera i spojrzał na niego. – Mam nadzieję. Jestem ci jeszcze winien co najmniej pięć takich przerywników.

Trapper dopiął spodnie, nie okazując najmniejszego zażenowania.

– Przyprowadziłeś nam samochód?

– Czyż nie tego sobie zażyczyłeś?

– Jaki?

– Masz czelność stawiać wymagania?

– No cóż, wolałbym, żeby ten raczej nie rzucał się w oczy.

– Nie rzuca się. – Carson zwrócił się do Kerry. – Mówiłem mu, że przykro mi ze względu na tego SUV-a. Niewdzięczny drań nie umie nawet przyjąć przeprosin.

– To prawda. – Spojrzała Trapperowi prosto w oczy.

Nie spuszczali z siebie wzroku, aż milczenie zaczęło niezręcznie się przedłużać. Carson zachichotał.

– Zdaje się, że przerwałem jakąś scenę. Wspaniale. – Postawił torby z jedzeniem na wynos na stole pod oknem, a resztę zakupów rzucił na łóżko. – Masz tu wszystko z listy z tego esemesa. Twój rozmiar tylko zgadywałem. – Popatrzył na Kerrę. – Trudno wyczuć w tym workowatym dresie, który masz na sobie.

– Jestem pewna, że wszystko będzie pasować. Dziękuję.

– Zjedzcie, póki ciepłe. – Carson wskazał stół. – Ja tu posiedzę. Musicie szybko się z tym uporać. Żona jechała za mną, żeby mnie odwieźć do Fort Worth. Czeka w samochodzie.

– Może tutaj wejść – zaproponował Trapper, rozdzielając jedzenie.

– Wykluczone – odparł Carson. – Ona cię nie lubi. Mówi, że jesteś niewychowany, same przez ciebie kłopoty i nie zadzwoniłeś do jej druhny, chociaż obiecywałeś.

Kerra zerknęła przez stół na Trappera. Unikał jej wzroku zajęty kanapką. Carson uniósł przed sobą obie dłonie, jakby się przed czymś wzbraniał.

– Trapper, nie, no serio, nie musisz mi dziękować, że zadałem sobie kłopot zrobienia dla ciebie zakupów. Ani za śniadanie. Ani za to, że prowadziłem wczoraj przez zamieć śnieżną na prerii, żeby ratować ci dupsko. Od czego są przyjaciele?

– Dzięki. Nie będę ci wytykał, że dotarłeś do szopy półtorej godziny później, niż zapowiadałeś.

– Śnieg padał. I zamarzał. – Carson urwał, a potem dodał: – Myślisz, że ten kaznodzieja pojawił się tam dziś rano?

– Taa. – Trapper pokiwał głową. – Z obstawą.

Kiedy poprzedniego wieczoru dotarli do szopy, Trapper wyjaśnił Kerze, w jaki sposób zamierza pozbyć się kradzionego wozu i skierować szeryfa Addisona na fałszywy trop. Była zdumiona.

– Tak skutecznie omamiłeś Hanka, że i ja ci uwierzyłam – powiedziała. – Skąd wiedziałeś, że puści farbę?

– Bo on zawsze lubi oczyścić swoje sumienie. Na pewno zadzwonił do Glenna, nim minęła minuta od naszego rozmowy.

Wyjaśnił, że Glenn i Hank rozsądnie odczekają z przyjazdem do szopy do rana, a do tego czasu on i Kerra dawno stamtąd znikną. Za przednią szybą wozu nie było nic widać, tylko mrok, wirujący śnieg i niewyraźną sylwetkę niezbyt przytulnej z wyglądu drewnianej konstrukcji.

– Ale gdzie my się podziejemy? – zapytała.

Wtedy wyjawił jej drugą część planu. Czekali na Carsona Rime'a i zdawało się, że trwa to bez końca. Musiał polegać na wskazaniach GPS, by ich zlokalizować. Trapper nie gasił silnika SUV-a, żeby nie zmarznąć. Namawiał Kerrę, by opuściła oparcie fotela i spróbowała się zdrzemnąć, gdy on będzie czuwał.

Opuściła je, ale nie mogła zasnąć. Była wyziębiona, zmęczona i obawiała się, że pakuje się w sytuację skazaną na porażkę. Wreszcie prawnik ich znalazł. W drodze powrotnej gadał non stop i opowiadał anegdoty o swoich klientach, aż dojechali do motelu, który określił jako „idealny dla ich celów".

Teraz Trapper pochłonął kanapkę i napił się kawy.

– Opowiedz mi o córce Thomasa Wilcoxa – odezwał się do Carsona.

– Pierwsze imię: Tiffany. Urodziła się im dość późno. Razem z żoną, Gretą, świata poza nią nie wiedzieli. Można by przypuszczać, że wyrosła na rozpieszczonego, bogatego bachora. Wygląda jednak na to, że o lepszym dziecku rodzice nie mogliby marzyć. Bardzo dobra uczennica. Mnóstwo przyjaciół – wymieniał po kolei jej osiągnięcia i dodał, że świetnie jeździła konno. – W angielskim stylu. No wiecie, małe siodła, śmieszne toczki, skoki przez przeszkody.

– Chłopcy?

– Wiesz, że te prywatne, żeńskie szkoły organizują potańcówki, na które zapraszane są szkoły męskie? Tego typu akcje. Ale nikt na stałe, nikt podejrzany, nikt, kogo tatuś by nie akceptował.

– Żadnych skandali z seksem w tle, aborcji, niczego takiego?

– Jeśli coś było, mój asystent tego nie namierzył.

Trapper spojrzał na niego spod uniesionych brwi.

– A twój asystent sprawdził, czy Tiffany Wilcox miała kiedyś jakieś kłopoty z policją?

– Uhm. Nawet mandatu za złe parkowanie.

– Narkotyki?

– Zero, chyba że policzysz przedawkowanie, które ją zabiło.

Trapper wymienił spojrzenia z Kerrą, a potem znów popatrzył na prawnika. Ten wzruszył ramionami.

– Nekrolog podawał, że zmarła z powodu komplikacji płucnych, a tak naprawdę było to zatrzymanie oddechu. Po prostu się udusiła. A oddychać przestała po zażyciu potężnej dawki heroiny. Oficjalne orzeczenie mówi o niezamierzonym dożylnym przedawkowaniu.

– Samodzielnie zaaplikowanym?

– Może właśnie to Wilcoxowie próbowali zatuszować.

– Może to. A może…?

– Ty jesteś śledczym, Trapper, nie ja. To wszystko jest niewyraźne.

– A ten twój asystent jest solidny?

– To bardzo solidny kryminalista. Ale ufam jego informacjom, bo jest mi winien przysługę. – Spojrzawszy na Kerrę, dorzucił: – Doprowadziłem do tego, że ostatni wyrok zredukowano mu do czasu spędzonego w areszcie.

– Gdzie była? – Trapper potarł dłonią szczecinę na nieogolonej brodzie.

– Córka Wilcoxów? Wtedy, kiedy zmarła? Nie wiem. Asystent nie zdobył tej informacji.

– Kto ją znalazł?

– Tego też nie wiem. Świadectwo zgonu wydano w Szpitalu Prezbiteriańskim w Dallas. Po sekcji zwłok ciało skremowano. Żadnego pogrzebu. Nic. Jej konia podarowano ranczu, gdzie są programy jeździeckie dla autystycznych dzieci, a mowa nie o żadnej chabecie, tylko naprawdę świetnym wierzchowcu. W szkole, do której chodziła, salę muzyczną nazwano jej imieniem, ale na prośbę Wilcoxów nie robiono wokół tego żadnego zamieszania. To zupełnie tak, jakby Tiffany… – Pomachał palcami, dając znać, że dziewczyna rozpłynęła się w powietrzu.

Zabrzmiał klakson samochodu.

– Mój sygnał. – Carson wstał i spojrzał na nich z troską, przygryzając wargę. – Wilcox to wpływowy gość. Na pewno wiecie, co robicie? – Żadne mu nie odpowiedziało. – A tak w ogóle to co robicie? – Cisza. – No dobra, jeśli będziecie potrzebowali adwokata… – Ruszył do drzwi.

Trapper spytał jeszcze, czy nie dostrzegł, żeby ktoś nieproszony kręcił się koło ich biurowca.

– Nie. Chyba wszyscy orientują się, że będziesz tkwił w Lodal, przy ojcu.

Kolejny dźwięk klaksonu. Trapper otworzył drzwi i mimo nieprzyjaznej miny pani Trapper pomachał jej życzliwie ręką, na co ona dłużej przycisnęła klakson. Trapper parsknął śmiechem.

– Nie prezentuje się zbyt ładnie, ale mój nowy szwagier przysięga, że chodzi jak szwajcarski zegarek. – Carson wręczył mu kluczyki.

Trapper spojrzał na wskazany samochód i aż się skrzywił z obrzydzenia.

– No cóż, co do wyglądu szwagier miał rację – stwierdził. – Carson… Tak serio, serio, dzięki wielkie za wszystko.

– Niczego nie robię z dobroci serca. Słyszałeś kiedyś o fakturowanych godzinach? Spisuję je sobie.

Prawnik przesłał Kerze całusa końcami palców i ruszył do swojej zniecierpliwionej oczekiwaniem żony.

Trapper zatrzasnął za nim drzwi i sprawdził wszystkie zabezpieczenia. Zajrzał do toreb z zakupami przyniesionych przez Carsona. Uniósł w każdej dłoni po jednej torbie.

– Bokserki czy figi?

– Figi.

Wręczył jej jedną z toreb.

– Figi i inne damskie fatałaszki. Możesz pierwsza wziąć prysznic, ale zostaw mi jakiś ręcznik.

– Nie dokończyliśmy rozmowy.

– Ależ skąd. Przekaz do mnie dotarł. Czujesz moralną wyższość i nie będziesz się pieprzyć z takimi jak ja. Świetnie. Od czasu do czasu proszę, ale z zasady nigdy nie błagam.

– Trapper…

– Muszę zadzwonić. – Odwrócił się od niej, wziął kurtkę i z wewnętrznej kieszeni wyjął jedną z komórek zabranych spod siedzenia auta.

– Dzień dobry, tu John Trapper – rzucił do telefonu. – Jak czuje się Major? – Słuchał przez chwilę, a potem powiedział: – Serio? Już? To dobry znak, prawda? Jasne, proszę mu przysunąć telefon do ucha… Hej. Podobno czujesz się jeszcze lepiej. Pielęgniarka powiedziała… – Kerra obserwowała, jak uśmiech Trappera stopniowo zamienia się w wąską, surową linijkę zaciśniętych warg. – Nieważne, co powiem na swoją obronę, ty już mnie osądziłeś. – Po chwili spojrzał ostro na Kerrę. – Stoi tu koło mnie. – Podszedł i wcisnął jej do ręki telefon. – Major chce z tobą rozmawiać.

Rozdział 18

Trapper przeszedł obok niej i zamknął się w łazience.

– Panie majorze? – Kerra podjęła rozmowę.

– Kerro, niepokoję się szalenie, odkąd powiedziałeś mi, że ucierpiałaś. Doszłaś już do siebie? – Głos miał slaby i drżący.

– Prawie. Niedługo już nic mi nie będzie. Jestem panu wdzięczna. – Uśmiechnęła się, słysząc go.

– Mogłaś zginąć.

– Ale przeżyłam. Oboje przeżyliśmy. Proszę nie rozmyślać o tym, co mogło się wydarzyć – poprosiła. – Wiele razy musiałam to powtarzać także sobie.

– Na szczęście ta pielęgniarka, którą John przygadał, była w moim pokoju, kiedy zadzwonił – odezwał się po chwili milczenia.

– Rzeczywiście, dobrze się złożyło.

– Dziwię się, że dzwonił z pytaniem o moje zdrowie.

– Dlaczego pana to dziwi? On się o pana martwi.

– To dlaczego nie ma go tutaj przy mnie, tylko gdzieś... gdzie robi nie wiadomo co?

Kerra zawahała się nad odpowiedzią. Major w tym czasie zasłonił słuchawkę i poprosił pielęgniarkę o zostawienie go samego.

– Czy możemy rozmawiać swobodnie? Nikt nie słucha? – spytał Kerrę.

– Nikt.

Zza zamkniętych drzwi łazienki dobiegał szum wody płynącej z prysznica.

– Wiem co nieco o tym, co się dzieje, bo Glenn zajrzał tu wcześniej – odezwał się Major głosem nadal schrypniętym. – Był wściekły. Powiedział mi, jak Trapper wykiwał Hanka.

– Pojechał dziś rano do starej szopy?

– A Glenn razem z nim. John to, oczywiście, przewidział. Hank zawsze był łatwowierny, ale tym razem i Glenn dał z siebie zrobić głupka.

– Trapper nie miał takiego zamiaru. Chciał tylko zyskać trochę czasu.

– Kerro, czy on nadal trwa przy tych pomysłach na temat Pegasusa? – Major westchnął.

Nie odpowiedziała, co było wystarczającą odpowiedzią.

– Kiedy tu był wczoraj wieczorem, byłem ledwie przytomny, ale od razu zaczął o tym gadać. Powiedział, że go nie słuchałem, kiedy mnie ostrzegał, a w rezultacie ty i ja omal nie zginęliśmy – poskarżył się.

Nie chcąc upierać się podobnie jak Trapper, zaczęła ostrożnie dobierać słowa.

– Jeśli niedzielne wydarzenia nie miały nic wspólnego z naszym spotkaniem na antenie i zamachem na Pegasusa, to doprawdy byłby to dziwny zbieg okoliczności – podjęła temat.

– Zgadzam się, ale nie my powinniśmy o tym decydować ani nie John. Jeśli uważa, że te dwie sprawy mają związek, powinien powiedzieć o tym odpowiednim organom. Organom federalnym.

– Przecież próbował – przypomniała mu.

– Owszem – przyznał z wyczuwalnym żalem. – Denerwowałem się na niego za to. Nie miałem racji. Ale John jest sam dla siebie najgorszym wrogiem. Ktoś ze zwierzchników kwestionuje jego metody postępowania, a on zaczyna pyskować, ładuje się w kłopoty i tylko przysparza trosk sobie i wszystkim dokoła.

Kerra wiedziała, że to prawda, ale ciężki oddech Majora ją zaniepokoił.

– Nie powinniśmy rozmawiać o tym w tej chwili. To pana rozstraja.

– Jestem rozstrojony od trzech lat. John był w ATF jasno świecącą gwiazdą, dopóki nie dostał obsesji w związku z Pegasusem. Nie cofał się przed niczym, byle dowieść, że to on ma rację, a inni się mylą. Nie usłuchał zakazu zajmowania się tą sprawą i to go kosztowało karierę. Marianne zresztą też, co zniszczyło ich wspólną przyszłość.

To ostatnie stwierdzenie uderzyło Kerrę niczym cios w splot słoneczny. Cofnęła się o kilka kroków i złapała poręczy łóżka.

Nieświadom mimowolnie przekazanej jej rewelacji Major kontynuował:

– Ciężko przeżył porażkę. Mieliśmy paskudną kłótnię. Nieporozumienia, które między nami się uzbierały, wylały się i… Czy on ci powiedział o pamiętniku Debry?

Marianne najwyraźniej musiała być dla Trappera kimś ważnym. To Kerry tak nie niepokoiło jak fakt, że nawet nie wspomniał jej imienia. Jednak o pamiętniku matki powiedział bez wahania, a także o tym, jak wykorzystał go jako broń przeciwko ojcu – w jakiś sposób zdradziłaby jednak jego zaufanie, gdyby przyznała, że o jego istnieniu wie.

Kiedy nie odpowiedziała na pytanie, Major westchnął ze świstem.

– No cóż, nieważne. Obaj powiedzieliśmy rzeczy, które zaszkodziły naszym relacjom – podsumował.

– Bardzo mi przykro.

– Mnie również. Jak Johnowi, nie wiem.

– Wierzę, że on żałuje tego rozdźwięku. I to gorzko.

– Jeśli tak, to w żaden sposób tego nie okazał.

– Nie sądzę, żeby to była sprawa nie do naprawienia.

– Bo nie znasz Johna. On nie bierze jeńców. Potrafi być bezwzględny. Twardy. Wręcz okrutny.

– Dlaczego pan mi to mówi? – Kerrę coś ścisnęło za gardło.

– Według Glenna coś między wami zaskoczyło. Jesteście dorośli. To nie moja sprawa, pomijając tylko, że – pewnie dlatego, że raz już cię ocaliłem – czuję za ciebie, Kerro, pewien rodzaj odpowiedzialności.

– A co z Trapperem? Za niego nie czuje się pan odpowiedzialny?

– Oczywiście, że tak. Kocham swojego syna, ale on to odrzuca – stwierdził łamiącym się głosem. – Odrzucił wszystko i wszystkich, którzy się nim przejmują. Wybrał ścieżkę destrukcji i twardo po niej stąpa. Choćby tylko po to, żeby mi dopiec – dodał ciszej.

Kerra uważała inaczej. Trapperem nie powodowała uraza, zazdrość czy małostkowość, które jego ojciec mu przypisywał. Ale nie zamierzała pakować się w sam środek konfliktu pomiędzy nimi, już i tak wystarczająco skomplikowanego.

– Trapper wierzy, że ma rację – powiedziała.

– Jeśli ją ma, to staje się celem. Nie widzisz tego? Takim, jakim byłem ja w niedzielę wieczorem. Kerro, weź sobie do serca moje ostrzeżenie. John jest nierozważny i nie słucha nikogo, a dopóki z nim jesteś…

– urwał. – Pielęgniarka wróciła i zabiera mi telefon. Muszę kończyć. – Odetchnął głęboko, chrapliwie. – Na litość boską, bądź ostrożna.

– Będę. Proszę wypoczywać.

Pożegnali się cichymi głosami. Po skończonej rozmowie Kerra siedziała na łóżku. Przytłaczały ją informacje przekazane przez Majora. Zdała sobie sprawę, że kurek prysznica został zakręcony, dopiero gdy Trapper stanął w drzwiach. Z łazienki buchnęła chmura pary.

– Mam nadzieję, że nie zużyłem całej ciepłej wody.

Miał na sobie tylko ręcznik okręcony wokół bioder. Woda nadal kapała mu z włosów na ramiona. Tors miał szczupły, skóra ciasno opinała mięśnie i żebra. Klin wilgotnych, lekko kręconych włosów nad jego mięśniami piersiowymi wytyczał niżej wąski, apetyczny szlak. Pejzaż pod ręcznikiem rysował się tak wyraźnie, że obraz wydawał się obsceniczny. Miałoby się ochotę schrupać go, gdyby nie wrogi błysk w oczach, kiedy podszedł do łóżka i wyciągnął rękę do Kerry.

– Oddaj mi telefon.

Położyła go na jego dłoni. Zdjął tylną klapkę i wyjął baterię.

– Myślałam, że tego numeru nie da się namierzyć – powiedziała głosem pozbawionym wyrazu.

– Nie warto ryzykować. Ucięliście sobie z Majorem miłą pogawędkę?

– Niezupełnie.

Nie była to oczekiwana odpowiedź. Przestał bawić się telefonem i skupił na niej spojrzenie zimnych błękitnych oczu.

– Powiedział, że powinnam czuć się ostrzeżona.

– Przed kim?

– Przed tobą.

– No jasne.

– Nazwał cię bezwzględnym. Powiedział, że potrafisz być twardy, okrutny i obrałeś kurs na destrukcję.

– Drogę do wyjścia znasz. – Przyjął to do wiadomości i uśmiechnął się złośliwie.

Odsunął się i wyjął z jednej z toreb przyniesionych przez Carsona parę dżinsów. Odwróciwszy się do niej plecami, zrzucił ręcznik i zaczął wkładać spodnie, nie zawracając sobie głowy bokserkami.

Kerra wstała.

– Kto to jest Marianne?

Zamarł na chwilę, a potem wciągnął dżinsy, zapiął rozporek i odwrócił się w jej stronę.

– Nie cierpię nowych dżinsów – mruknął i zaczął grzebać w torbie z zakupami.

– Trapper?

– Hm?

Zerwał metkę z czarnej bawełnianej bluzy z długimi rękawami i włożył ją przez głowę, jakby zapomniał, że ma mokre włosy. Wcisnąwszy ramiona w rękawy bluzy i obciągnąwszy jej materiał na torsie, schylił się, podniósł z podłogi ręcznik i energicznie wytarł głowę.

– Odpowiesz mi?

– Widać wyraźnie, że staruszek wraca do zdrowia, skoro zrobił się gadatliwy. Powinienem przestać marnować energię na martwienie się o niego.

– Odpowiedz mi!

Cisnął wilgotny ręcznik na podłogę, a potem oparł dłonie na biodrach i spiorunował Kerrę wzrokiem. Nie dała się wystraszyć. Uniósł dłonie gestem mówiącym „nie ma o czym mówić".

– Marianne Collins. Też była agentką w ATF.

Kerra nadal na niego patrzyła w milczeniu. Stał chwilę bez ruchu, a potem zawartość torby z zakupami wyrzucił na łóżko. Wygrzebał spośród innych rzeczy parę skarpet. Zębami rozdarł plastik opakowania i usiadł na krześle obok stołu. Sięgając po but, zerknął na Kerrę, która nie ruszyła się z miejsca. Zaklął pod nosem.

– Skoro już wspomniał jej imię, to mógł mieć przynajmniej na tyle przyzwoitości, żeby ci wyłożyć sedno sprawy. A może to zrobił?

– Powiedział, że twoja obsesja Pegasusem kosztowała także Marianne jej pracę.

– Tak było. Stanęła po mojej stronie i wspierała hipotezę dotyczącą pomysłodawcy zamachu. Firma zdecydowała, że skoro jej lojalność wobec mnie jest silniejsza niż wobec agencji, powinna odejść razem ze mną. Różnica polegała na tym, że… – sięgnął po drugi but i zaczął go naciągać – …że jej nie było wszystko jedno. – Wstał i sprawdził, czy nowe buty i sztywne nowe dżinsy nie ograniczają jego ruchów. Dopiero potem spojrzał na nią. – Woda pewnie znów jest gorąca.

– Marianne nie była tylko koleżanką z pracy, prawda, Trapper?

– Szkoda, że artykuł na mój temat, który czytałaś w internecie, nic o tym nie mówił. Mogłabyś teraz brać przyjemny, gorący prysznic, a ja miałbym święty spokój, psiamać!

– Byliście parą?

Syknął coś paskudnego, ale potem odetchnął głębiej i przyznał beznamiętnym tonem:

– Byliśmy zaręczeni.

– Zerwała zaręczyny po tym, jak straciliście pracę?

– Nie, ja je zerwałem.

– Dlaczego?

– Bo ona zaczynała przekonywać się, jak będzie wyglądało życie ze mną. Jakie może być bezwzględne, twarde, okrutne i… Co tam jeszcze było? – Kilka razy strzelił palcami. – Aha, destrukcyjne.

Nagle pochylił głowę. Kciukiem i palcem wskazującym mocno nacisnął krawędzie oczodołów przy nosie. Odjąwszy rękę, podszedł do okna i rozsunął zasłony, żeby wyjrzeć na zewnątrz. Kerra wiedziała, że nie zrobił tego, by podziwiać krajobraz. Nie było tam nic poza dziurawym asfaltem parkingu i zeschniętymi krzakami przy pochylonym szczerbatym płocie. Milczał tak długo, że sądziła, iż nic więcej już nie powie. Ale on odezwał się bezbarwnym tonem:

– Któregoś dnia wróciłem do domu w środku dnia. Marianne leżała w łóżku i płakała. Zanosiła się płaczem. Szlochała. Płakała bardzo długo. – Odczekał chwilę i dodał: – Ja tymczasem posprzątałem krew z podłogi w łazience.

Kerra poczuła się tak, jakby połknęła kamień. Stała nieruchomo.

– Marianne nie powiedziała mi wcześniej, że jest w ciąży, nie chciała dokładać mi do stresów w pracy. Ale to tylko zwiększyło presję, pod jaką była. Całe to napięcie, gorycz i niepewność przyszłości nie stanowiło zdrowego środowiska dla płodu.

Zapadła cisza. Kiedy odwrócił się twarzą w jej stronę, znów nosił nieprzeniknioną maskę.

– A więc, taa… Zdecydowanie jestem destrukcyjny. Bałem się, że jeśli zostanę, przysporzę Marianne więcej cierpień, więcej bólu, a sądząc po pełnym wyrzutu spojrzeniu, bała się tego samego. Tego samego wieczoru spakowałem swoje rzeczy i wyniosłem się. I to jest właśnie to, co sama powinnaś zrobić. Posłuchać ostrzeżenia Majora. Wyjechać.

Podszedł do szafy i z kieszeni kurtki wyjął fragmenty jej telefonu. Złożył go z powrotem i sprawdził, czy jest sygnał, a potem rzucił na łóżko na wprost Kerry.

– Zadzwoń do wypożyczalni samochodów – powiedział. – Zadzwoń do tej kobiety z szalonymi włosami i pomarańczowymi okularami i powiedz jej, żeby po ciebie przyjechała. Albo, jeśli wolisz, weź ten paskudny wóz szwagra Carsona. Kluczyki leżą tam, na stole. Możesz dać Carsonowi znać, kiedy i gdzie ma odebrać samochód.

Kerra szukała w jego oczach iskierki namiętności i ciepła, którą widziała w nich wcześniej, gdy próbował ją uwodzić. Ale on patrzył na nią bez śladu emocji. Sięgnęła po swój telefon.

Gracie odebrała po pierwszym dzwonku.

– Kerra?

– Tak, to ja.

– Dzięki Bogu! Nic ci nie jest? Czy wiesz, jak ja się denerwuję? To już chyba czwarty zawał przez ciebie w tym tygodniu. Gdzie jesteś?

– Przepraszam, że nie zadzwoniłam wcześniej. Nie chciałam przyprawiać cię o atak serca.

– Powiedz mi tylko, że wszystko u ciebie w porządku.

– Wszystko w porządku.

– Mówisz mi to pod przymusem? – szepnęła Gracie.

– Pod przymusem? Skąd.

– Chodzą plotki, że John Trapper porwał cię z parkingu pod szpitalem.

– To śmieszne. Wpadłam na niego w środku. Robiło się tam nieco klaustrofobicznie. Strażnicy chodzący za mną, dziennikarze domagający się od niego wypowiedzi. Oboje czuliśmy potrzebę złapania oddechu.

– Niech on lepiej przywyknie do zamkniętych pomieszczeń. Wóz, którym jeździł, był kradziony.

– Nie wiedział tego. Zaszło nieporozumienie.

– No ja myślę. Gliniarze, którzy próbowali go namierzyć, byli zdezorientowani, jak diabli. Dokąd pojechaliście?

– To długa historia, Gracie – westchnęła Kerra. – Jestem zbyt zmęczona, żeby ją teraz opowiadać. W skrócie zaskoczyła nas burza śnieżna i musieliśmy zatrzymać się w motelu przy autostradzie. Nawet nie wiem, jak się nazywał.

Gracie zdała sobie sprawę, że słyszy wersję mocno ocenzurowaną.

– Potrafię czytać między wierszami. Mam nadzieję, że ten byczek sprawił się nieźle. Na twoim miejscu schrupałabym go z kosteczkami.

– W sumie frajdy było w tym niewiele. Ja... On i ja poszliśmy każde własną drogą. Jestem w domu.

– Jesteś w domu?! Cudownie. Mogę opuścić to zadupie i wracać. Dziś wieczorem zrobimy w studiu wywiad.

– Nie będzie wywiadu.

– Ale policja, to znaczy urząd szeryfa, czy co oni tam mają, no, w każdym razie oni wyrazili zgodę – wykrztusiła Gracie.

– Ja nadal nie czuję się z tym komfortowo.

– Nie przejmuj się. Zadzwonię do stacji. Zadbamy o odpowiednią ochronę dla ciebie, o wiele lepszą niż...

– Nie martwię się o swoje bezpieczeństwo. Tu... tu chodzi o wszystko, Gracie.

– Co to znaczy, wszystko? Na przykład co?

Kerra wzięła głęboki oddech.

– Tylko tyle jestem gotowa powiedzieć w tej chwili, poza tym, że nie wystąpię w dzisiejszych wiadomościach wieczornych. Od początku miałam co do tego wątpliwości.

– Ale są dobre informacje. Major nie jest już w stanie krytycznym. Z godziny na godzinę jego stan się poprawia.

– Wiem. Rozmawiałam z nim dzisiaj.

– Tak?

– Przez telefon. Każde z nas martwiło się o to drugie. Rozmowa pomogła nieco zmniejszyć ten niepokój.

– Cudownie! Czyli kwestia wrażliwości odpada.

– Dla mnie nadal ma zastosowanie. Major nie jest już w stanie zagrożenia życia, ale ma słaby głos. Jest niespokojny. Martwi się o moje bezpieczeństwo, bo ci, którzy próbowali nas zabić, są nadal na wolności.

– Jeśli o to chodzi – powiedziała Gracie – raczej nie pomagasz ich schwytać. Utrudniasz śledztwo. A przynajmniej tak mówił szeryf.

– Tak mówił? Kiedy?

– Całkiem niedawno. Przyszedł i zaczął się dobijać do mojego pokoju hotelowego, wypytywać, czy się ze mną kontaktowałaś. Patrzył spode łba. Cały czerwony grzmiał żargonem z *Prawa i porządku*, o tym, jak to jesteś wrogo nastawionym ważnym świadkiem.

– Współpracowałam w pełni i powiedziałam mu wszystko, co wiem.

– Ale FBI pewnie będzie cię chciało przesłuchać.

– FBI?

– Addison, tak się chyba nazywa, powiedział, że federalni przejęli pałeczkę i on to przypisuje twojemu zniknięciu. Jest wkurzony, mówiąc łagodnie.

Kerra milczała przez chwilę.

– Jeśli będę znów przesłuchiwana, to będzie mi towarzyszył adwokat. Ale na razie się wyłączam. Do dyrektora wiadomości już wysłałam e-maila, zawiadomiłam go, że potrzebuję wziąć kilka dni wolnego.

– Kerro, ten temat nadal grzeje. On dostanie furii.

– Trudno.

– Gdzie jest John Trapper?

– Nie wiem. Jak ci mówiłam, każde poszło w swoją stronę. Rozłączam się już. Jestem zmęczona.

– Kerro, czekaj! Możesz pójść na zwolnienie po dzisiejszym wywiadzie. Zajmę się wszystkim, żebyś tylko dała radę dojść do siebie. Masaż. Martini. Zastrzyk z witaminy B dwanaście. Co tylko chcesz.

– Bardzo to miłe, ale nie, dziękuję.

– Ze względu na wszystkie sprawy, o jakich rozmawiałyśmy, bardzo proszę, żebyś to jeszcze rozważyła.

– Przykro mi, Gracie. Moja decyzja jest ostateczna.

Porzucając przymilny ton, producentka rzuciła:

– No cóż, twoja decyzja nie wpływa tylko na ciebie, wiesz o tym dobrze. Pomyślałaś o tym? To także moja kariera. Miej wzgląd na ekipę.

– Ich kariery nie ucierpią. Twoja też nie.

– A co z twoją?

– Do widzenia.

Połączenie przerwano. Gracie westchnęła i wyłączyła telefon.

– Przeciągnęłam to tak długo, jak mogłam.

Szeryf Glenn Addison stanął nad nią.

– Dlaczego chciałaby mieć prawnika?

– Bo nie jest idiotką – odpaliła Gracie. – Pan z kolei…

– Mogła ją pani nieco bardziej przycisnąć co do miejsca pobytu Trappera.

– A nie jest to raczej pana zadanie, szeryfie? Traci pan z oczu swojego kluczowego świadka, więc ściąga mnie pan tutaj i zmusza, żebym tkwiła przez cały dzień w tym pańskim cudnym biurze, gdzie czekam, aż ona zadzwoni, żeby pan mógł ją odnaleźć. Nic dziwnego, że FBI przejęło od pana śledztwo – dorzuciła z pogardą.

– Jest prowadzone przez kilka współpracujących ze sobą agencji.

– Niezły tekst, ale jak większość takich tekstów, jest tylko dupokrytką. – Gracie parsknęła lekceważąco. Z przyjemnością patrzyła, jak szeryf zaczyna się gotować.

– Pani Lambert, dziękujemy za współpracę – oświadczył sztywno. – Może pani iść.

Wzięła swoją torbę i ruszyła do drzwi.

– To, co właśnie zrobiłam, było obrzydliwe. Niewłaściwe i zwodnicze. Ale przynajmniej wiem, że Kerra jest bezpieczna w domu.

– O ile tam jest. – Szeryf spojrzał w stronę technika siedzącego przy stole w przeciwnym rogu pomieszczenia. – Masz to?

– Mam. Jest w śródmieściu Dallas.

Technik wyrecytował adres należący – jak wiedziała Gracie – do apartamentowca Kerry. Uśmiechnęła się do Glenna Addisona z satysfakcją i wyszła.

Gdy Kerra wychodziła z budynku, Trapper mignął przednimi światłami samochodu, żeby widziała, gdzie zaparkował przy sąsiedniej przecznicy. Podbiegła truchtem chodnikiem i wsiadła. Zapytał, czy ktoś widział, jak wychodziła z budynku.

– Konsjerż, nie ta twoja konsjerżka, tylko facet. Gadał przez telefon. Nie witaliśmy się. Jeśli mnie widział, to nie byłoby w tym niczego niezwykłego. Często chodzę do pracy i wracam piechotą.

– Poszło okej? – spytał.

– Powiedziałam prawdę.

– Mnie to jeszcze do niczego dobrego nie doprowadziło. – Włączył się do ruchu. – Mogłaś się zorientować, czy ktoś słuchał?

– Nie.

– To nie znaczy, że tak nie było. Przekierowałaś połączenia na ten zastrzeżony numer?

– Zgodnie z instrukcją. I zostawiłam swój telefon na kuchennej wyspie.

– Dobra. Powiedz mi wszystko, co mówiła.

Zrelacjonowała mu swoją rozmowę z Gracie, a kiedy skończyła, popatrzył na nią.

– Nie powiedziałaś prawdy o tym, że wiesz, gdzie jestem.

– Technicznie rzecz biorąc, powiedziałam. Każde z nas poszło w swoją stronę, kiedy podrzuciłeś mnie pod wejście, i nie wiedziałam, gdzie jesteś, kiedy byłam w środku.

– Zaczyna ci to coraz lepiej iść. Jeszcze trochę praktyki... – Uśmiechnął się szeroko.

– Nie chcę nabierać praktyki. Nie skłamałam w dosłownym sensie, ale byłam zdecydowanie dwulicowa.

Przychodziło mu do głowy kilka ripost związanych z moralnym kompasem Kerry i brakiem takiego kompasu u niego, ale zachował je dla siebie. Odkąd odmówiła rozstania się z nim, kiedy o mały włos nie wypchnął jej za drzwi motelu, stąpał po kruchym lodzie.

– Niezależnie od ostrzeżenia Majora i moich obaw, zamierzam doprowadzić tę sprawę do końca – zadeklarowała w tamtym momencie.

– Jak chcesz – odparł.

Nienawidził wtedy siebie, zresztą jak zawsze, kiedy wspominał Marianne i utratę nienarodzonego dziecka. Mimo wszystko ulżyło mu po decyzji Kerry i był zadowolony, że zostaje. Nie miał ochoty tracić jej z oczu. W żadnym razie.

Ale choć raz okazał się na tyle roztropny, że trzymał język za zębami, żeby nie zapeszyć. Powstrzymał swój naturalny odruch, który skłaniał go, żeby zaatakować ją werbalnie albo rzucić jakiś żart. Nie nalegał na wyjaśnienie, dlaczego zadecydowała na jego korzyść. Kiedy szła do łazienki wziąć prysznic, zdusił pchające mu się na język aluzje, a kiedy poskarżyła się, że Carson kupił jej dżinsy o numer za małe, nie powiedział jej, jak nieprawdopodobnie seksownie w nich wygląda.

Było popołudnie, zanim opuścili motel. Kiedy odjeżdżali, Kerra powiedziała, że musi zawiadomić Gracie.

– Jeśli tego nie zrobię, mogę już nie mieć pracy, do której mogłabym wrócić.

Rozumiał jej potrzebę, ale przekonał, żeby zaczekała, aż dotrą do Dallas.

– Myślałam, że jedziemy do Fort Worth.

– Jeszcze nie – odparł. – Zadzwonisz do Gracie ze swojego telefonu z twojego mieszkania. W ten sposób, jeśli Glenn namierza twoje rozmowy, zlokalizuje cię tam.

Teraz, jadąc ulicami śródmieścia Dallas w stronę autostrady prowadzącej na zachód, Kerra zapytała, co sądzi o udziale FBI w śledztwie.

– Nie dziwi mnie to. To była tylko kwestia czasu i nie mógłbym bardziej się cieszyć. Kiedy będą grzebać w sprawie w Lodal, może trafią na coś, co potwierdzi moje przypuszczenia i to, czym dysponuję – wyjaśnił.

– A czym dysponujesz?

– To żaden twardy dowód, tylko przewaga uzbieranego materiału.

– Gdzie to jest? U ciebie w biurze? Pojedziemy tam teraz?

– Tak, chociaż to wymaga cofania się po własnych śladach.

Niewielką odległość dzielącą miasta pokonali w godzinę ze względu na karambol na drodze. Ale to opóźnienie idealnie wpisało się w plan Trappera. Chciał, żeby było ciemno, kiedy dotrą do jego biura. Opóźnił nawet przyjazd, zatrzymując się w przydrożnym barze, w którym kupił hamburgery. Zjedli je w samochodzie.

Kiedy wjechali w ulicę, przy której mieściło się jego biuro, zapadła już ciemna noc. W tej obskurnej dzielnicy na skraju śródmieścia albo się poszukiwało ciemności, albo starało się jej uniknąć, w zależności od potrzeb. Latarnia oświetlała adres budynku nad wejściem, ale w oknach biur na wszystkich piętrach było ciemno. Trapper zachował ostrożność i okrążył kwartał ulic, po czym wjechał na parking po przeciwnej stronie jezdni.

– Posiedźmy tu chwilę. – Wyłączył silnik samochodu.

– Dlaczego?

– Żeby sprawdzić, co się stanie. Jeśli nic, to teren jest czysty.

Od czasu do czasu przejeżdżał obok jakiś samochód, ale żaden nie zwalniał, co by sugerowało, że patroluje okolicę. Trapper obserwował pobliskie budynki, wypatrując ruchu w oknach, zerkał w boczne alejki, by sprawdzić, czy nikt się tam nie czai. Przez pół godziny nie zauważył niczego, co wzbudziłoby jego podejrzenia.

– Okej.

Wysiedli z samochodu. Przeprowadził Kerrę szybko na drugą stronę ulicy, ominął oświetlone wejście i skierował się w stronę bocznego. Wbił kod zamka cyfrowego, otwierający ciężkie metalowe drzwi. Wślizgnęli się do środka. Dopilnował, by drzwi zatrzasnęły się za nimi. Wolał skorzystać z klatki schodowej zamiast windy. Oświetlona była jedynie czerwonymi oznakowaniami drogi ewakuacyjnej, ale bez trudu wspięli się na drugie piętro. Gdy weszli do holu, dostrzegł rozsypane szkło, które stanowiło kiedyś górną część drzwi wejściowych jego biura. Gestem nakazał Kerze się zatrzymać. Wyjął pistolet z kabury na biodrze. Przez chwilę stali bez ruchu, nasłuchując jakiegokolwiek dźwięku. Wreszcie sięgnął po dłoń Kerry, bojąc się stracić ją z oczu, i pociągnął ją za sobą, podchodząc do drzwi. Były uchylone. Z wyciągniętą przed siebie bronią otworzył je szerzej czubkiem buta.

Od strony na wpół podciągniętych żaluzji wpadało dość światła, by zobaczyć, że wszystko zostało przewrócone do góry nogami. Szuflady powyciągano z metalowej szafki, a ich zawartość leżała rozrzucona po całej podłodze. Poduszki na kanapie pocięto i wybebeszono. Krzesła i lampy były poprzewracane.

Tylko biurko stało na swoim miejscu. W fotelu za nim, trzymając w dłoni niklowany rewolwer, siedział Thomas Wilcox.

Rozdział 19

Trapper rozpoznał Wilcoxa, mimo że nigdy nie spotkał go osobiście. Ze swobodą zaprzeczającą potencjalnie śmiertelnemu zagrożeniu powiedział:

– Cześć, Wilcox. Kerrę Bailey, zdaje się, znasz.

– A to na pewno John Trapper. – Uśmiechnął się Wilcox.

– Na pewno.

– Odłóż broń na podłogę i podejdź powoli.

– Mam lepszy pomysł. Ty odłóż swoją, zanim cię zastrzelę – odparł Trapper.

– Trapper, proszę – szepnęła stojąca obok Kerra.

Wilcox przeniósł wzrok na nią, potem znów spojrzał na Trappera.

– Niepokoimy młodą damę. Może zakończymy ten absurdalny impas, zaczniemy zachowywać się w cywilizowany sposób i odłożymy broń jednocześnie?

– Nie da się, bo ja jestem mało cywilizowany. Każdy ci to powie. A ze względu na wszystkich, którzy odnieśli rany albo zginęli w zamachu na Pegasusa, niewiele rzeczy sprawiłoby mi większą przyjemność, niż zastrzelić cię jak psa.

Wilcox rozważył jego słowa i najwyraźniej uznał, że Trapper mówił poważnie. Odłożył rewolwer na biurko i podniósł ręce. Trapper kopniakiem odsunął na bok teczki i papiery leżące na drodze i podszedł do biurka. Wziął rewolwer Wilcoxa, otworzył bębenek i opróżnił komory. Jeden po drugim, sześć naboi z brzękiem spadło na drewnianą podłogę.

Wilcox spojrzał ponad jego ramieniem i zagaił do Kerry poufale:

– Niedzielny wieczór fatalnie się potoczył. Nic ci nie jest?

– Nic, ale bywało lepiej.

W czasie tej krótkiej wymiany zdań Trapper spodziewał się, że zostaną zaatakowani. Wytężał wszystkie zmysły, by zarejestrować odgłos czy ruch za plecami, ale nikt nie podkradł się do nich. Wilcox chyba działał sam. Milioner wskazał bałagan w całym biurze i się odezwał:

– To nie moja robota. Tak już było, kiedy tu przyszedłem.

– Po co przyszedłeś?

– Chciałem się z tobą zobaczyć, bo obawiam się, że wkrótce ktoś cię zamorduje. Niektórzy zakładają, że to ja będę miał ten zaszczyt.

– I teraz się wahasz? – ironizował Trapper.

– Zdaje się, że mam lepszy pomysł, tak. Lepszy dla nas obu. Może usiądziecie? Porozmawiamy.

Trapper miał ochotę zaproponować, żeby go pocałował gdzieś, a potem zastrzelić. Kerra jednak podeszła bliżej i rzuciła mu ostrzegawcze spojrzenie. Trapper postawił jedno z krzeseł naprzeciwko biurka i wskazał jej, żeby usiadła. Nadal stał i ważył w dłoni rewolwer Wilcoxa. Przyjrzał się jego wykładanej macicą perłową rękojeści i skomplikowanemu grawerunkowi na lufie.

– W czasach prohibicji pewna właścicielka domu publicznego w Fort Worth miała taki sam. Zastrzeliła z niego kurwę złodziejkę, rozdającego karty w oczko, bo oszukiwał, i trzech przemytników alkoholu, którzy wystawili ją do wiatru – wyliczył.

– Kupiłem go na aukcji jej masy spadkowej – uzupełnił jego wypowiedź Wilcox. – Anonimowo.

– Zabiłeś kiedyś kogoś z niego?

– Byłbyś pierwszy – przyznał Wilcox.

– Jej. Zostałbym dopisany do listy burdelmamy.

– Jak mówiłem, wolałbym nie musieć do ciebie strzelać.

– Trzymałeś nas na muszce dla frajdy?

– Żeby się przed tobą chronić. Cieszysz się reputacją narwańca i na razie nic w tej kwestii się nie zmieniło.

– Aż mnie świerzbi, żeby potwierdzić tę opinię.

– Trapper, liczyłem na rozpoczęcie dialogu. Obawiam się, że to splądrowane biuro kiepsko wpłynęło na rozpoczęcie naszej znajomości.

Trapper zerknął w stronę kontaktu w ścianie tuż nad listwą przypodłogową przy biurku, za którym siedział Wilcox. Oprawa gniazdka została odkręcona i wyrwana. Z dziury ziejącej w ścianie działowej wystawał kłąb przewodów. Wilcox zauważył konsternację Trappera i uśmiechnął się domyślnie, ale też irytująco.

– Dialog? Między tobą a mną?

– Chciałbym zaproponować pewien układ. – Pokiwał głową Wilcox.

– Wykluczone. – parsknął pogardliwie Trapper. – I to całkowicie. Może raczej porozmawiajmy o fiasku niedzielnego wieczoru. Zleciłeś zamach na Majora?

– Nie byłbym taki głupi.

– Fakt, to było głupie. Spieprzony atak dwóch debili nasłanych przez kogoś znacznie bystrzejszego. Zgaduję, że – Trapper wycelował pistolet w środek czoła mężczyzny – przez ciebie. Tak samo jak w przypadku Pegasusa.

– Za bardzo się śpieszysz z ocenami.

– Ja nie, ale ty owszem, skoro uznałeś, że między nami może dojść do dialogu, nie mówiąc już o układzie. – Trapper wyjął z kieszeni telefon i wybrał na klawiaturze numer alarmowy.

– Nie zadzwonisz na policję – stwierdził milioner.

– Tak sądzisz?

– Nie zrobisz tego, bo znasz legendę sławnej właścicielki burdelu. – Spojrzawszy na Kerrę, wyjaśnił: – Nigdy nie postawiono jej przed sądem za tamte zabójstwa.

– Dlaczego?

– Kilku sędziów, prokurator okręgowy, szef policji i połowa funkcjonariuszy byli częstymi gośćmi jej przybytku.

– Kerro, on na swój sposób daje do zrozumienia, że stoi ponad prawem, bo ma w kieszeni wysoko postawionych ludzi – rzucił Trapper.

„I wie co mówi, wygadany bydlak" – pomyślał. Faktycznie nie miał ochoty dzwonić na policję, żeby Wilcox został zgarnięty za włamanie, chociaż powinien odpowiedzieć za śmierć przynajmniej stu dziewięćdziesięciu siedmiu osób.

– Może jednak usiądziesz? – spytał Wilcox, jakby czytając mu w myślach.

– A może pójdziesz się walić?

– Trapper... – Kerra dotknęła jego ramienia. – Usiądź.

Nie znał się na pertraktacjach, nie wierzył w paktowanie z przestępcami, ale wbrew samemu sobie chciał usłyszeć coś więcej o układzie, który Wilcox miał na myśli. Nie przestając mierzyć do milionera i nie spuszczając z niego oczu, postawił drugie krzesło, usiadł na nim okrakiem i oparł pistolet o górną poprzeczkę oparcia.

– Okej. No to siedzę.

– To wszystko jest nieoficjalne. – Wilcox spojrzał na Kerrę.

– Oczywiście. Tak zakładałam.

– Ludzie, którzy splądrowali ci biuro, chcą twojej śmierci. Choć może nie stanowisz bezpośredniego zagrożenia, jesteś jak dokuczliwy owad. Raz na zawsze chcieliby cię rozgnieść – zwrócił się do Trappera.

– Dzięki za ostrzeżenie.

– Jedyne, czego chcą bardziej niż twojej śmierci, to dowiedzieć się, ile i jak mocno obciążających informacji zgromadziłeś na mój temat.

Trapper znów zerknął w stronę ziejącej dziury po gniazdku. Podążając za wzrokiem Trappera, Wilcox odwrócił się z fotelem, a kiedy znów na niego spojrzał, stwierdził:

– Znaleźli twoją skrytkę.

Trapper przygryzł wargi. Kerra mruknęła coś z wyraźnym rozczarowaniem.

– Co było w ścianie? – spytał Wilcox.

– Przewody elektryczne i kiepska izolacja.

Niezrażony kpiną Trappera milioner myślał głośno:

– To nie mogło być nic dużego. Jakaś teczka z dokumentami albo dwie? Sejf? A może coś tak poręcznego jak pamięć przenośna?

Trapper zaczął się wiercić na krześle. Wilcox uśmiechnął się, zadowolony z siebie.

– A to wszystko? – Wskazał rozsypaną po podłodze zawartość szafki na akta.

– Śmieci.

– Wierzę ci. Nie trzymałbyś materiałów na temat Pegasusa w tak łatwo dostępnym miejscu. Ale wygląda, że dostali to, po co przyszli. – Wskazał ścianę za swoimi plecami. – Pytanie, czy połapią się w tym. Informacje są zakodowane?

– Niepokoisz się, Tom? Mogę mówić do ciebie Tom, prawda? – rzucił Trapper i zmrużył oczy.

– Niepokoję się, ale czym innym, niż ci się zdaje. – Wilcox nachylił się i oparł przedramiona na biurku.

– Przechodzimy do konkretów? – Trapper parsknął śmiechem w reakcji na zmianę jego mowy ciała. – Nadszedł moment, kiedy wyłożysz mi szczegóły umowy? Jeśli tak, to się nie wysilaj. Nie mam uprawnień, żeby się z tobą układać. Wypadłem z gry, zapomniałeś? Zostałem wydalony. Pozbawiony uprawnień. Zawodowo, że tak powiem, odcięli mi fiuta.

– Masz przyjaciół w…

– Byłych przyjaciół.

– Z pewnością nie wszyscy twoi byli współpracownicy uważają, że byłeś w błędzie. – Trapper ani nie zaprzeczył, ani nie potwierdził, a Wilcox mówił dalej: – Powiedz mi, co wiesz. Ja żadnych twoich domysłów nie potwierdzę. Ale jeśli zaczniesz zbaczać z tropu, naprowadzę cię na właściwy.

– Ten film też widziałem – rzucił Trapper. – Ja Bernstein, ty Głębokie Gardło.

– Jeśli nie chcesz tego robić, pójdę. – Wilcox zaczynał się irytować.

– Akurat pójdziesz. Będziesz musiał minąć mnie i ten pistolet.

– Możesz mnie zastrzelić, ale to ci nic nie da.

– Wręcz przeciwnie. Poczułbym się lepiej. Wręcz świetnie.

– Nie na długo. Zostałbyś zlikwidowany w ciągu paru dni. Zresztą i tak pewnie zostaniesz.

– Zaryzykuję.

– Życie Kerry też?

To zniechęciło Trappera do żonglowania ripostami. Zdenerwowany, że musi dostosować się do rozgrywki Wilcoxa, mimo wszystko spytał:

– Co proponujesz?

– Dopilnuję, żebyś został przywrócony do służby, a twoje śledztwo w sprawie zamachu w Pegasusie zostanie ponownie otwarte. Mogę sprawić, żeby tym razem cię wysłuchano.

Trapper nie spodziewał się takiego obrotu spraw i próbował ukryć zaskoczenie.

– Zrobiłbyś to dla mnie?

– Tak.

– Mimo że w pierwszej kolejności ruszyłbym twoim śladem, i to na pełnym gazie? – naciskał.

– Tak.

– No dobra, połknę przynętę. Będziesz ze mną współpracował w zamian za… dożywocie zamiast kary śmierci?

– Całkowite oczyszczenie z zarzutów.

– Świetne. – Trapper parsknął krótkim śmiechem.

– Trapper, potrzebujemy się nawzajem. – Wilcox oparł się o fotel. – Pomyśl o tym. Zgódź się na ten układ. Rozegraj to mądrze.

– Tak mądrze jak ty, przychodząc tu sam i wymachując tym krzykliwym rewolwerkiem?

Wilcox przez chwilę milczał, a potem powiedział cicho:

– Miałem nadzieję, że przemówię ci do rozumu i do tego nie dojdzie.

– Do czego nie dojdzie?

– Nie przyszedłem tu sam.

Trapper starał się zachować kamienną twarz, ale czuł, jak wszystkie mięśnie mu tężeją.

– Na zewnątrz jest pięciu ludzi… – dodał Wilcox.

– Bzdura.

– …czekających, żeby mnie stąd bezpiecznie wyprowadzić, kiedy ty i ja skończymy już omawiać nasze sprawy. Jeśli nie dojdziemy do porozumienia, które mnie usatysfakcjonuje, mają dopilnować, żebyś zginął. Nie potrzebowałem rewolweru burdelmamy. Chciałem się nim tylko pochwalić – zakończył Wilcox z uśmiechem.

Jeśli facet blefował, robił to perfekcyjnie.

– Widzę, że cię nie przekonałem. Podaj Kerze telefon. – Trapper wahał się, więc Wilcox dodał: – Radzę, żebyś zrobił to, o co proszę.

Trapper po chwili wahania przekazał komórkę Kerze.

– Zadzwoń na ten numer. – Wilcox podyktował jej dziesięć cyfr, a ona wybrała je na klawiaturze. – Po pierwszym dzwonku natychmiast się rozłącz.

Zrobiła, co jej kazał.

– A teraz podejdź do okna.

Wzrokiem poszukała potwierdzenia Trappera, ale on wpatrywał się w Wilcoxa.

– Jeśli narażasz ją na niebezpieczeństwo, szara materia twojego mózgu za moment spłynie po ścianie za twoimi plecami. – Wycelował w czoło mężczyzny.

Kerra podeszła do okna wychodzącego na ulicę. Po chwili relacjonowała:

– Dwóch mężczyzn wychodzi zza rogu. Trzeci idzie z przeciwnej strony.

Wilcox nawet nie mrugnął. W tej upiornej ciszy Trapper słyszał tykanie zegarka na jego nadgarstku. Minęło kilkanaście sekund. Czas płynął, wreszcie Kerra powiedziała:

– Idzie czwarty.

– Piąty jest w budynku po przeciwnej stronie ulicy – uzupełnił Wilcox. – Sugeruję, żeby Kerra teraz się nie ruszała, bo stoi dokładnie na linii strzału.

Trapper poderwał się z miejsca.

– Siadaj albo ona zginie – rozkazał Wilcox.

– Łeb ci rozwalę! – Trapper dźgnął Wilcoxa czubkiem lufy pomiędzy brwiami.

– Jeśli pociągniesz za spust, Kerra zginie sekundę po mnie.

– Skąd mam wiedzieć, że jest piąty?

– Nie możesz. Ale postawisz życie Kerry, że go tam nie ma?

– Trapper, nic się nie dzieje – powiedziała.

Trapper nie zmienił pozycji.

– Moi ludzie zostali poinstruowani, że mają czekać na drugi telefon. Jeśli nie nastąpi w ciągu dziesięciu minut, wkroczą do budynku i załatwią cię, Trapper. A ja wrócę do domu. Nie dotykałem tu niczego. Nawet poręczy tego fotela. Nikt nie będzie wiedział, że tu byłem, a ludzie, którzy najchętniej widzieliby cię martwym, ucieszą się, że pozbyli się kłopotu – zakończył snuć scenariusz wydarzeń Wilcox.

Trapper zaryzykował zerknięcie w stronę okna. Kerra stała bez ruchu, zwrócona plecami do nich.

– O własne życie nie dbasz, ale życia Kerry nie będziesz ryzykował – stwierdził Wilcox. – A twoje zasady nie pozwolą ci zastrzelić bezbronnego.

– Dla ciebie zrobiłbym wyjątek.

– Trapper, marnujesz cenny czas.

„Cholera!" – przeklął w myślach Trapper. Odsunął pistolet od czoła Wilcoxa i usiadł.

– Niezła ustawka. Skąd wiedziałeś, że dziś wieczorem tu przyjedziemy?

– Dedukcja. Słyszałem o waszej wariackiej eskapadzie poza Lodal wczoraj wieczorem. Kiedy po raz ostatni byłeś w swoim mieszkaniu?

– W niedzielę wieczorem, zanim zawiadomiono mnie, że do Majora strzelano.

– Tam cię szukałem w pierwszej kolejności. To biuro w porównaniu z nim wygląda nieźle. – Wilcox ręką wskazał panujący wokół nieład. – Kiedy u ciebie w domu nic nie znaleźli, moi, nazwijmy, partnerzy biznesowi na pewno uznali, zresztą tak jak ja, że cokolwiek masz na mnie, a więc pośrednio na nich, znajdą tutaj. – Spojrzał na swojego złotego rolexa. – Zostało ci siedem i pół minuty. Może zechcesz mi powiedzieć, co było na tym pendrivie? Na co mam się szykować?

Trapper pomyślał o celowniku namierzającym Kerrę i zaczął szybko mówić:

– Miałeś trzydzieści dwa lata i pięćdziesiąt osiem dni, kiedy wybuchły ładunki w hotelu Pegasus. Byłeś młodym geniuszem rynku nieruchomości w Dallas. Wszystko szło ci jak po maśle, ale starałeś się trzymać na uboczu. Nie interesowały cię łatwe dziewczyny, samochody, prywatne odrzutowce, jachty, nic z oznak statusu człowieka, który w szybkim tempie dorabia się dużych pieniędzy. Nie bywałeś w towarzystwie, unikałeś rozgłosu, nie miałeś bliskich znajomych. Ale pewnego dnia dostałem anonimowy cynk, że jednak jakichś znajomych masz. W każdym razie takich, którzy od czasu do czasu cię odwiedzali. Twoi goście pochodzili z różnych grup etnicznych, wiekowych, społecznych. Wspólnym mianownikiem było to, że spotykałeś się z nimi osobno, w obecności obstawy. Każdy szedł na spotkanie z tobą z miną zaciekawioną, a wychodził z taką, jakby go piorun strzelił.

– Sześć minut – wtrącił śpiewnie Wilcox.

– Mój informator dodał też, że po każdym takim spotkaniu zdarzały się różne rzeczy. „Jakie rzeczy?" – spytałem. „Złe rzeczy" – odparł. „Na przykład?", „Na przykład bomby w hotelu Pegasus". Kpiąco rzuciłem: „Chcesz mi wmówić, że Thomas Wilcox stał za zamachem bombowym na Pegasusa?", a on potwierdził. Nie przestaję żałować, ale wyśmiałem gościa. Głośno i bezlitośnie.

Wyraz twarzy Wilcoxa się nie zmienił.

– Kerro, czy na zewnątrz coś się dzieje?

– Nic, ale tych czterech nadal stoi na ulicy.

– Uznałem, że mój informator to czubek, który zwrócił się do mnie ze względu na pokrewieństwo z Majorem. – Trapper wrócił do swojej opowieści. – Poradziłem mu, żeby poprosił psychiatrę o dobranie leków, i zabroniłem zawracać mi głowę. Minęło parę tygodni i niemal o nim zapomniałem. Ale któregoś dnia zadzwonił spanikowany. Powiedział, że fabryka będąca własnością pewnej rodziny mieści się na działce, na której grupa inwestorów chciała zbudować stadion. Na czele tego konglomeratu stał Thomas Wilcox. Informator przewidywał, że dni fabryki są policzone. „I jeszcze co?" – pomyślałem. Na pewno się przesłyszał, chciał mnie wprowadzić w błąd, mścił się na kimś, naćpał się albo zwyczajnie oszalał... Myliłem się.

– Miejsce, na którym teraz stoi stadion, należało do fabryki odzieżowej. Niestety, uległa ona zniszczeniu w pożarze. To powszechnie znana sprawa – odparł spokojnie Wilcox.

– Dwóch nocnych stróżów zginęło w tym pożarze. – Trapper mocniej ścisnął pistolet. – Ich zwłoki trzeba było identyfikować na podstawie uzębienia, bo tylko tyle z nich zostało.

Kerra jęknęła przerażona, ale Wilcox słuchał bez emocji. Trapper musiał zachować spokój. Walczył z czasem. W ciągu sześciu minut nic nie musiało się zdarzyć, ale mogło. Jeśli doszłoby do wymiany ognia, Kerra zginęłaby pierwsza.

– Powiedziałem swoim przełożonym o pożarze fabryki, ale nie chciałem zdradzać swojego źródła. Zamierzałem je sprawdzić. Po kilku tygodniach ustaliłem, że ten mężczyzna nazywał się Berkley Johnson. Był twoim kierowcą i ochroniarzem. Przysiągł zachować milczenie, przeżył jednak religijne nawrócenie i już nie potrafił zachować w tajemnicy tego, co docierało do jego uszu. Spotkałem się z nim kilka razy. Przekazał mi sporo informacji, ale bał się rozmawiać na ten temat z kimś innym. Liczył, że wraz z rodziną zostanie objęty programem ochrony świadków, a wtedy ujawni wszystko, co wie.

– I co się z nim stało? – spytała Kerra.

– Zapytaj obecnego tu pana Wilcoxa – odparł Trapper.

– Berkeley Johnson zmarł, będąc jeszcze moim pracownikiem – odparł Wilcox.

– Nie zmarł – zaprzeczył Trapper. – Strzelono mu w głowę podczas próby kradzieży samochodu. Jego rodzina straciła źródło utrzymania, a ja świadka, który mógł cię posłać za kratki. Straciłem też wiarygodność w oczach szefostwa. Stwierdzili, że zostałem sprowadzony na manowce przez sfrustrowanego podwładnego jakiejś szychy. Pytano mnie, czy rzeczywiście wierzę, że Tom Wilcox kradnie samochody. Na co odparłem, że skąd, u diabła. Brak mu jaj, żeby sam wykonywał brudną robotę.

– Czy ta obelga była warta cennych sekund, jakie cię kosztowała? – spytał Wilcox.

– Kazałeś zlikwidować Berkleya Johnsona. I jak, Tom, trafiam? Ciepło czy zimno?

– Mów dalej.

– To wszystko prawda – westchnęła stojąca przy oknie Kerra.

– Rzeczywiście, to frapująca historia – odparł wymijająco Wilcox. Mogło to oznaczać wszystko, ale nie potwierdzało niczego.

– Nikt nigdy nie został aresztowany za podpalenie fabryki – kontynuował Trapper. – Prosiłem o zezwolenie na ponowne otwarcie śledztwa w sprawie zamachu w hotelu Pegasus. Próbowałem uzasadnić tę decyzję, naświetlając ewentualny związek z tobą. Przełożeni kazali mi nie mieszać się do tego i stwierdzili, że to niedorzeczne. Ale ja i tak zacząłem kopać głębiej, bo taki już jestem. I proszę, do kogo dotarłem. Do Thomasa Wilcoxa. Dokładnie tak jak wieszczył Berkley Johnson.

– Dwie minuty – ostrzegł milioner.

– W jaki sposób Wilcox był powiązany z Pegasusem? – spytała Kerra. – Dlaczego wcześniej tego nie wykryto?

– Władze miały przecież sprawcę, który przyznał się do wszystkiego – odparł Trapper. – Po co jeszcze w tym grzebać? Bez Berkleya Johnsona też bym się sprawą nie zajął.

– Ale co konkretnie odkryłeś?

Odpowiadając na pytanie Kerry, Trapper nie spuszczał z oczu Wilcoxa.

– Pegasus miał się stać centralnym punktem kompleksu rozrywkowego, który Wilcox zamierzał tam zbudować. Ale spółka naftowa będąca właścicielem hotelu nie chciała go sprzedać. Jej przedstawiciele kręcili nosami na każdą kolejną ofertę. Pertraktacje trwały rok czy dwa lata. W końcu Wilcox uznał, że tak naprawdę zależy mu tylko na działce. Pegasusa można było zastąpić nowszym, bardziej wypasionym hotelem. Pal sześć wszystkich ludzi w środku. – Trapperowi wyrwało się pogardliwe parsknięcie. – Wcześnie osiągnąłeś szczyt swoich możliwości, Tom. Nigdy już nie pobiłeś rekordu, jakim był dla ciebie Pegasus. Twoje dzieło życia, twoje trofeum Super Bowl. Dążąc do jego zdobycia, zabiłeś Elizabeth Cunningham, a z jej męża, Jamesa, zrobiłeś tetraplegika, co praktycznie pozbawiło ich córeczkę obojga rodziców.

– Moja matka zginęła w hotelu przygnieciona gruzami – powiedziała Kerra głosem wibrującym żalem i gniewem.

– Nie zdetonowałem tych ładunków. – Wilcox spojrzał w stronę Kerry. – Nie miałem zielonego pojęcia, jak skonstruować bombę. Tamten człowiek się przyznał. Takie są fakty. – A do Trappera rzucił: – Mylę się?

– Zmieniłem zdanie. – Opanowanie Wilcoxa wytrąciło Trappera z równowagi. – Nie chcę cię aresztować. Rozerwę ci gardło i przekonam się, czy twoja krew jest ciepła jak ta, którą kiedyś przelałeś. A może zawsze ma taką gadzią temperaturę?

Po raz pierwszy Trapper dostrzegł reakcję Wilcoxa, któremu zadrgała powieka prawego oka.

– Moja krew jest zawsze zimna. Ale zamienia się w lód, kiedy myślę o ludziach, którzy zamordowali mi córkę.

Rozdział 20

Kerra słuchała z rosnącym przerażeniem opisu poważnych przestępstw zarzucanych Wilcoxowi przez Trappera. Musiała się w nich kryć część prawdy. Człowiek niewinny z pewnością dławiłby się od oburzonych protestów. Była przekonana, że Trapper nie wysunąłby podobnych twierdzeń, gdyby były nieuzasadnione. Być może nie dysponował dowodami, ale jakieś podstawy miał.

– Czas minął – odezwał się za jej plecami Wilcox. – Kerra powinna wykonać drugie połączenie albo moi ludzie wkroczą i zrobią tu piekło. To jak będzie, Trapper? Ja chcę dobić z tobą targu, a ty chcesz, żeby Kerra przeżyła. Decyduj. Teraz.

Serce podeszło Kerze do gardła. Wiedziała, jak trudno Trapperowi ustąpić komuś choć o centymetr w normalnych okolicznościach, a co dopiero człowiekowi, który odpowiadał za śmierć wielu niewinnych ludzi. Musiał jednak uznać, że mądrze będzie skłonić Wilcoxa do dalszej rozmowy.

– Kerro, wybierz ponownie ten numer – polecił.

– Bez gwałtownych ruchów – dodał Wilcox. – A kiedy się połączysz, trzymaj telefon tak, żeby mogli mnie słyszeć.

Połączyła się. Jeden z mężczyzn na dole przyłożył komórkę do ucha, ale nie powiedział ani słowa.

– Na razie nie wkraczać – rozkazał Wilcox.

Połączenie zostało przerwane. Patrzyła, jak mężczyzna na ulicy opuszcza komórkę.

– Co robią? – spytał Trapper.

– Stoją tam.

– Widzicie? – powiedział Wilcox. – Wszystko w porządku. Kerro. Możesz już odejść od okna.

Kerra podeszła do biurka. Poszukała wzrokiem oczu Trappera, który nadal trzymał milionera na muszce. Kiedy zamierzała usiąść na krześle, spytał:

– Wszystko okej?

– Tak.

Zajęła miejsce na krześle obok niego i przycisnęła udo do jego uda. W tej chwili potrzebowała fizycznego kontaktu. Patrzyła ze zdziwieniem na Wilcoxa, który wydawał się aż nazbyt spokojny wobec licznych zarzutów skierowanych pod jego adresem przez Trappera. Jego opanowanie było irytujące. Ostatkiem sił powstrzymywała się, by nie przypomnieć mu, że Trapper oskarżył go o zabójstwo jej matki. Zachowała jednak spokój, bo i ona chciała usłyszeć, co Wilcox ma do powiedzenia.

– W ciągu minionych dziesięciu minut dotarło do ciebie, że mnie potrzebujesz, żeby odzyskać stanowisko – zwrócił się Wilcox do Trappera. – Szczególnie teraz, kiedy twoja skrytka została namierzona i splądrowana. Bez moich zeznań nic nie masz.

– A czego chcesz ode mnie poza tymi niepoważnymi rojeniami o nietykalności?

– Sprawiedliwości dla mojej córki.

– Dlaczego sądzisz, że została zamordowana? – spytał Trapper.

– Nie sądzę, ja to wiem. – Wilcox wziął głęboki wdech. – Znasz okoliczności śmierci Tiffany?

– Nic o niej nie wiedziałem aż do wczorajszego wieczoru – odparł Trapper.

– To mnie nie dziwi. Zamietliśmy sprawę pod dywan.

– Zmarła zaledwie parę miesięcy przed naszą rozmową – wtrąciła Kerra. – Podobnie jak Trapper, nie wiedziałam o pana stracie. Musiał pan uważać, że jestem nieprawdopodobnie bezczelna, zwracając się do pana o wywiad w tym czasie.

– W tamtych dniach faktycznie byłem w głębokiej żałobie – przyznał.

– Więc dlaczego zgodził się pan na rozmowę przed kamerą? – spytała.

– Żeby zbić z tropu zabójców Tiffany. Nie wiedzieli, jakim torem potoczy się ta rozmowa, ani czy mnie nie spytasz o śmierć córki. Z ich punktu widzenia wywiad mógł dotyczyć wszystkiego. Chciałem, żeby chociaż przez chwilę poczuli się niepewnie.

Kerra popatrzyła na Trappera, a on ledwie zauważalnym ruchem głowy dał jej znać, żeby mówiła. Nachyliła się i odezwała z całą delikatnością, jakiej temat wymagał:

– Trapperowi i mnie wspomniano, że Tiffany zmarła wskutek nieszczęśliwego wypadku.

– To prawda. Przedawkowanie heroiny. Kiedy ją znaleziono igła tkwiła w żyle.

– Kto ją znalazł?

– Policjant na patrolu. Jej samochód stał zaparkowany przy drodze na skraju miejskiego parku, niecałe dwa kilometry od szkółki jeździeckiej, gdzie spędziła popołudnie, ćwicząc skoki, a potem czyszcząc konia. Dzwoniła do domu, żeby uprzedzić, że spóźni się na obiad i żebyśmy siadali bez niej. Powiedziałem, że zaczekamy. „Dobrze, niedługo będę. Buziaki". Wtedy po raz ostatni słyszałem jej głos.

Ten człowiek odebrał Kerze matkę, ale jego żal był szczery i trudno było nie okazać mu empatii. Trapper, który stracił nienarodzone dziecko, kiedy jego narzeczona poroniła, musiał odbierać to podobnie, bo dłonią zasłaniał sobie podbródek i usta, jakby chciał ukryć współczucie.

Wilcox odchrząknął.

– Tiffany znaleziono na siedzeniu kierowcy, ale przechyloną na bok. Biorąc pod uwagę stężenie heroiny i toksyn w substancjach stanowiących domieszkę, lekarz medycyny sądowej stwierdził, że prawdopodobnie zmarła w ciągu pięciu do dziesięciu minut od zażycia. Wierzy się – to znaczy, ma się taką nadzieję – że przez większość czasu była nieprzytomna – dodał.

Zapadł cisza.

– Nigdy nie zażywała narkotyków? – Kerra przerwała milczenie zmienionym głosem.

– Nie. I nie jestem niczego nieświadomym rodzicem, wypierającym teraz rzeczywistość. Nawet gdyby zdecydowała się eksperymentować, to nie w taki sposób. Potwornie bała się igieł. Sprzęt znaleziono w jej samochodzie, w szkolnej szafce i w ośrodku jeździeckim, ale jestem przekonany, że wszystko to zostało podrzucone.

– Żaden trop nie prowadził do kogoś, kto mógłby przyczynić się do jej śmierci? – spytała Kerra.

– Nie. Biegacze i rowerzyści, którzy tego dnia korzystali z parkowych ścieżek, zostali przesłuchani, ale nic to nie dało. Nikt nie zauważył ani jej samochodu, ani nikogo podejrzanego. W parku, w niedalekiej odległości od miejsca, gdzie ją znaleziono, jest wybieg dla psów. Przypuszczam, choć pewności mieć nie mogę, że ktoś wyglądający na zdenerwowanego właściciela psa urwanego ze smyczy zaczepił Tiffany. Była dziewczyną, która zatrzymałaby się, żeby udzielić pomocy. Ten ktoś, kto ją zabił, działał szybko i dokładnie, i zmył się w ciągu paru minut.

– Kto to był? – spytał ostro Trapper.

– Nie mam pojęcia.

– A kto za tym stał?

– Nie jestem gotów podawać nazwiska.

Wszelkie współczucie, jakim Trapper mógł tego człowieka darzyć, ulotniło się. W tej chwili wyglądał, jakby miał ochotę go udusić.

– Słuchaj, Wilcox, nadal mogę zadzwonić na policję. Aresztują ciebie i twoich najemników za wandalizm, jeśli za nic innego się nie da. I mogę ich przekonać, żeby dorzucili napaść z bronią w ręku.

– Nic z tego nie chwyci – ostudził jego emocje rozmówca.

– Oczywiście. W ciągu godziny w areszcie pojawiłby się wysoko opłacany adwokat. Ale Kerra i ja zadbalibyśmy o to, żeby postawić na nogi media. To by trafiło na czołówki jutrzejszych gazet i znalazło się w serwisach informacyjnych wszystkich lokalnych stacji. Skoro tak bardzo nie lubisz kamer, chyba wolałbyś uniknąć podobnego rozgłosu. A już najmniej chciałbyś rozgniewać swoich, nazwijmy to, partnerów biznesowych, dając się wsadzić do ciupy nawet na krótko. Bo kto wie, na jaki układ byś tam poszedł? A teraz, do cholery, daj mi coś, co mnie powstrzyma przed telefonem na policję. – Ostatnie słowa Trapper wycedził przez zaciśnięte zęby.

Wilcox oparł się o fotel, chcąc zwiększyć dystans między sobą a Trapperem, jakby zdał sobie sprawę, że dotarł do końca krótkiej, wysuwającej mu się spomiędzy palców liny.

– Dobrze. Umówmy się, że od czasu do czasu przyjmowałem u siebie gości…

– Którzy po spotkaniu z tobą wyglądali jak znokautowani.

– To twoje określenie.

– Berkleya Johnsona, tak w sumie. A jakim słowem ty byś opisał swoich nowych rekrutów?

– W ogóle bym ich nie opisywał – odparł Wilcox. – To ty utrzymujesz, że takie spotkania miały miejsce. Ja nie przyznałem, że tak było. Ani nie powiedziałem nic o rekrutach.

– Tom, daj spokój. Mówmy otwarcie. Tworzyłeś stopniowo prywatną armię. Zbierałeś klan. Żadnych spiczastych kapeluszy czy idiotycznych przebrań, żadnych mitingów przy ogniskach, żadnych uroczystych śpiewów, chociaż przysięgi krwi bym nie wykluczał. Ale cokolwiek działo się podczas tych tajnych zebrań, ty byłeś najwyższym kapłanem, naczelnym szefem, który mógł kazać ludziom wypełniać rozkazy. Na jaką ideologię ich nawracałeś? Przecież nie formowałeś niszowej sekty na wzór Koresha*. Ani organizacji neonazistowskiej. Co to było? Hm? Powiedz mi. Ulżyj sobie. Tak tylko między nami. Kerra jest tu nieoficjalnie. W biurze nie ma pluskiew.

– Wiem. Sprawdziłem detektorem.

– No to mów. I darujmy sobie aluzje i eufemizmy. Prostymi słowami.

Wilcox pokręcił głową.

– Będę używał metafor.

– Skończą się, kiedy będziesz musiał dogadywać się z federalnymi.

– Wśród których mógłbyś być ty.

– A jeśli ci powiem, że nie ma takiej opcji?

– To na zawsze pozostaniesz niewydarzonym synem bohatera.

Obaj mężczyźni mierzyli się wzrokiem w milczeniu, ale z wręcz namacalną wrogością. Kerra szepnęła imię Trappera. Odwrócił głowę w jej stronę.

– Pozwól mu opowiedzieć to tak, jak chce – poprosiła.

Niechętnym ruchem nakazał Wilcoxowi kontynuować.

– Ale lepiej niech to się trzyma kupy – przestrzegł go.

– Po latach utrzymywania wiodącej roli w tym tak zwanym klanie ten powiedzmy najwyższy kapłan wyczuwa niezadowolenie w szeregach i konfrontuje się z najgłośniej to niezadowolenie wyrażającymi. A oni pozwalają sobie na daleko posuniętą krytykę. Zarzucają mu, że zmiękł,

* David Koresh – Teksańczyk, przywódca apokaliptycznej sekty Gałęzi Dawidowej (przyp. tłum.).

że przepuszcza okazje, które należałoby chwytać, że nawołuje do ostrożności i cierpliwości wtedy, kiedy trzeba pokazać, na co klan stać.

– Pomruki zapowiadające obalenie władzy? – podpowiedział Trapper. – Wątpię, żeby nasz wysoki kapłan zgodził się na tego typu wymachiwanie szabelkami. I jak reaguje na groźbę buntu?

– Zarzuca niezadowolonym blef.

– A oni zarzucają go jemu. I pokazują, na co ich stać... Mordując jego dumę i radość. – Kerra usłyszała w głosie Trappera, że poznał już sytuację.

Wilcox potwierdził to skinieniem głowy, po czym obrócił się w jej stronę.

– Kerro, co do tragedii, która spotkała twoich rodziców, odniosłem się do niej wcześniej zbyt lekko. Przepraszam. Znam straszliwy ból takiej straty.

Nie skomentowała jego słów, ale zadała mu pytanie:

– Czy pana żona wierzy, że Tiffany eksperymentowała z narkotykami?

– Greta przyjęła do wiadomości orzeczenie lekarza sądowego, że córka zmarła w wyniku niewydolności oddechowej spowodowanej przypadkowym przedawkowaniem. Ale na razie to zbyt bolesny temat, żebyśmy mogli go poruszać nawet tylko między sobą. Żona jest zdruzgotana.

– Podobnie jak ludzie, którzy stracili bliskich w zamachu na Pegasusa – wtrącił Trapper, patrząc na Wilcoxa z pogardą. – Kerra może wybaczy ci cierpienie, jakie tamtego dnia spowodowałeś. To jej prawo. Ale nie oczekuj tego ode mnie.

– Nie oczekuję.

– Wilcox, to smutna historia. I nie mówię tego, żeby traktować ją lekko. Naprawdę tak uważam. Mam nadzieję, że dranie, którzy to zrobili twojej córce, zostaną złapani, wykastrowani, a potem łamani kołem i poćwiartowani. To wciąż byłaby zbyt łagodna kara. Ale czy twoja osobista tragedia ma mnie poruszyć tak, że zwrócę się do FBI albo innych organów i zacznę namawiać, żeby zwolnili cię z podejrzeń?

– Nie, nie oczekuję, że coś zrobisz ze względu na mnie.

– No to co ma mnie zmotywować?

– To są ci sami ludzie, którzy bardzo się starali pozbawić cię ojca i próbowali zabić Kerrę.

Trapper i Kerra wymienili kolejne spojrzenie, a potem oboje popatrzyli na Wilcoxa.

– Kim oni są? – spytali.

Wilcox nie odpowiedział. Trapper zerwał się z krzesła, oparł obie dłonie na biurku i krzyknął mu prosto w twarz:

– Kto?! Mów, do cholery.

– Nie. – Wilcox odsunął fotel od biurka i wstał. – I biciem tego ze mnie też nie wydobędziesz. Nie będziesz zresztą próbował. Nadal mnie potrzebujesz.

– Wyjaśnijmy to sobie – wycedził Trapper. – Tak do końca. Twoją kartą przetargową dla uzyskania nietykalności w sprawie Pegasusa jest wskazanie palcem ludzi, którzy próbowali zamordować bohatera ocalałego z zamachu?

– Jest w tym pewna symetria, nie uważasz?

– Uważam, że jesteś skończonym bydlakiem.

Zanim Trapper zdążył zamierzyć się na Wilcoxa, a wszystko wskazywało, że to zrobi, Kerra odepchnęła go na bok i stanęła przy biurku naprzeciwko Wilcoxa.

– Dlaczego usiłowano nas zabić po tym wywiadzie?

– Myślę, że sami to już wiecie – odparł, patrząc na nich.

– Obawiają się tego, co mogę pamiętać? – spytała.

– A powinni?

– Nie odpowiadaj na to – rzucił Trapper.

– On ma rację, Kerro – powiedział Wilcox. – Dopóki ci ludzie nie zostaną aresztowani, wszystko, co pamiętasz z tamtego dnia, powinnaś zachować dla siebie. – Znów popatrzył na nich, zatrzymując wzrok na Trapperze. – Chcę zobaczyć, jak zabójcy mojej córki stają w obliczu sprawiedliwości.

– To dlaczego od razu nie wydałeś ich policji? Po co zamiatać sprawę pod dywan? A, moment. Wiem. Nie mogłeś ich wystawić, nie wyjawiając na światło dzienne własnych postępków.

– Niezupełnie.

– No to mnie oświeć.

– Gdybym ich wskazał, odwet mógłby być bezlitosny.

– Sprzątnęliby ciebie czy twoją żonę?

– O, nie. Ukaraliby mnie na znacznie większą skalę. Jakiś szkolny autobus uległby całkowitej anihilacji. System ogrzewania w domu starców zepsułby się i wszyscy zatruliby się tlenkiem węgla. To tylko dwie z możliwości, które mi przedstawiono.

– Jezu! – westchnęła Kerra.

– Mówisz poważnie? – nie dowierzał Trapper.

– To wam właśnie próbuję wyjaśnić – odparł Wilcox. – Oni się nie cackają. Nie powstrzymają się przed niczym.

– Uczyli się od cholernie dobrego głównego kapłana – stwierdził Trapper.

Wilcox na chwilę opuścił wzrok i westchnął, ale nie skomentował tej uwagi.

– Jednego nie rozumiem. – Trapper przechylił głowę. – Dlaczego po prostu cię nie sprzątnęli?

– Bo mam polisę ubezpieczeniową chroniącą przed zamachem na życie. – Wilcox się skrzywił w uśmiechu.

– Kamizelkę kuloodporną? Koło ratunkowe? Kogoś, kto sprawdza, czy jedzenie nie jest zatrute? – zgadywał Trapper.

– Coś o wiele pewniejszego.

– To znaczy?

– Dopiero, kiedy dobijemy targu, Trapper. – Wilcox uśmiechnął się, spojrzał na zegarek i wstał. – To już za długo trwa. Nie musisz dawać mi odpowiedzi dziś wieczorem. Ale dopóki jej nie dostanę, dopóty twoje życie stoi pod znakiem zapytania. Kerry i Majora również. Wyraźnie dałeś do zrozumienia, co o mnie sądzisz. Ale postaw ich życie na szali przeciwko niechęci do mnie, a decyzja powinna być łatwa. Im szybciej się porozumiemy, tym lepiej dla zainteresowanych. – Wyciągnął rękę. – Czy mogę dostać swój rewolwer z powrotem? Naboje sobie zatrzymaj, ale ta broń to antyk.

Trapper przyjrzał mu się uważnie, a potem sięgnął za plecy, wyjął rewolwer zza paska i oddał Wilcoxowi. Milioner podziękował mu i wsunął broń do kieszeni płaszcza.

– Wyjdę pierwszy – oznajmił.

Mijając Kerrę, przystanął na moment i spojrzał na nią tak, jakby chciał jeszcze coś powiedzieć, ale wyszedł bez komentarza. Potłuczone szkło zachrobotało pod podeszwami jego butów. Po chwili usłyszeli zgrzyt nadjeżdżającej windy.

– Drzwi budynku nie są na noc zamykane? – spytała Kerra. – Jak on się wydostanie?

– Skoro dostał się do środka… – odparł Trapper. Podszedł do okna i zerknął przez żaluzje.

– Wychodzi?

– A najemnicy go osłaniają. – Patrzył jeszcze przez jakiś czas, a potem szepnął: – Ja chromolę.

– Co?

– Był i piąty. Właśnie wyszedł z budynku naprzeciwko. Niesie pokrowiec na strzelbę. Odchodzą, on i jego eskorta – Trapper wrócił do niej. – A może ci faceci to jego piątkowi kumple do gry w pokera, a Wilcox tylko opowiada nam historie o duchach, żeby nas postraszyć.

– Mógł łgać o wszystkim, ale wątpię, żeby kłamał na temat córki i tego, jak umarła.

– Ja też.

– A reszta?

– W to też mu raczej wierzę – przyznał ponuro Trapper. – Wystraszył się, inaczej by tu nie przyszedł. A ci faceci są zbyt sprawni jak na partnerów do pokera. Nie miałem przedtem pojęcia, że tam są.

– Będziesz interweniował w jego imieniu?

– Znaczy u federalnych? – Trapper parsknął śmiechem. – On ma o wiele więcej wiary w moje wpływy niż ja.

Popatrzyła na wyrwany kontakt.

– Co tam schowałeś?

– Wilcox przypadkiem zgadł.

– Zachowałeś dane na pendrivie?

– Tak. Kopie wszelkich urywków informacji, nazwiska, daty, zapisy rozmów z ludźmi, którzy przeżyli zamach na Pegasusa, i nagranie Berkleya Johnsona, który zdradza mi informacje na temat działalności Wilcoxa.

– Na wideo?

– Tak. Nie chciałem, żeby Wilcox o tym wiedział. Jeszcze nie.

– Pokazałeś je komuś?

– Tylko mojemu bezpośredniemu zwierzchnikowi. Uznał to za bzdurę. Stwierdził, że cała sprawa to kłamstwo, które Johnson wymyślił, bo miał żal do pracodawcy. Johnson był trzeźwym alkoholikiem, a w młodości odsiedział wyrok za serię włamań. To były banalne przestępstwa, ale postawiły jego wiarygodność pod znakiem zapytania. Zasugerowałem, żebyśmy zmusili go do złożenia zeznań pod przysięgą i pod groźbą, że sam go zatłukę, jeśli zełga. Ale zanim do tego doszło, został sprzątnięty.

Trapper stanął za biurkiem, kucnął przy ścianie i wsadziwszy rękę aż po łokieć w ziejącą dziurę, zaczął czegoś szukać. Potem wstał i otrzepał ręce. Kerra westchnęła rozczarowana.

– Mają to? – spytała.

– Jedną z kopii.

– Jedną z nich?

Na twarzy Trappera powoli wykwitł uśmiech.

– Gdzie to znalazłeś?

– Za kontaktem w ścianie – odparł Jenks. – Ostatnie miejsce, gdzie szukałem.

Ten drugi wsunął pendrive'a do portu USB.

– Zawsze wszystko znajduje się w ostatnim przeszukiwanym miejscu.

– Zanim trafiłem na ten kontakt miałem przyjemność wywrócić mu biuro do góry nogami. – Zastępca szeryfa zachichotał. – Trapper go nie rozpozna. Swojego mieszkania zresztą też. – Uniósł szklaneczkę whiskey, jakby gratulował sobie sukcesu.

– Zobaczmy, co tutaj mamy.

Jenks przysunął bliżej krzesło, żeby widzieć monitor komputera. Pliki na pendrivie były ponumerowane, nie miały nazw.

– Chyba trzeba zacząć od pierwszego – zasugerował Jenks.

Plik się otworzył, uruchamiając program wideo. Drugi mężczyzna kliknął strzałkę odtwarzania. Przez chwilę obraz był ciemny, ale potem uruchomiła się ścieżka dźwiękowa. Na perkusji wystukiwano jakiś rytm. Obraz rozjaśnił się, ukazując troje nagich ludzi na nieposłanym łóżku. Dwie kobiety i mężczyznę *in flagrante delicto*. Trójkąt trwał przy akompaniamencie jednostajnego łup, łup, łup perkusji.

Rozdział 21

Kerra parsknęła głośnym śmiechem, kiedy Trapper wyjawił jej, co włamywacz znajdzie na pendrivie.

– Ile takich filmów tam zamieściłeś?

– Dziesięć czy dwanaście. Ale już po pierwszym otwartym będzie wiedział, że dał się zrobić w konia.

Wyszli z biura Trappera kilka minut po Wilcoxie i znów siedzieli w brzydkim samochodzie pożyczonym od szwagra Carsona. Trapper prowadził.

– Wiedziałem, że wcześniej czy później ktoś przyjdzie sprawdzić, co mam na temat zamachu i czy jest się czym martwić. W świetle wydarzeń tego tygodnia to było niemal pewne. Prosiłem nawet Carsona, żeby był czujny.

– Ta szafka na akta?

– To tylko na pokaz. Śmieci, jak powiedziałem Wilcoxowi. Intruz na pewno szybko się zorientował. Ukryłem pendrive'a za kontaktem, żeby mu się wydawało, że trafił na żyłę złota.

– Genialne! – pochwaliła go.

– Nie takie znów genialne. Nadal nie wiem, kim jest, kim oni są, o ile jest ich więcej. Trzeba się też przekonać, ilu członków liczy to popieprzone bractwo Wilcoxa.

– Berkley Johnson tego nie podał?

– Nie umiał powiedzieć na pewno i sądzę, że mówił prawdę. Z czasem mógł stracić rachubę. A może obawiał się wyjawić za dużo, zanim zostanie objęty programem ochrony świadków, co moim zdaniem jest bardziej prawdopodobne. Wiem, że bał się represji.

– Słusznie.

– Taa. Codziennie o tym myślę. – Trapper westchnął. – Powinienem był lepiej go pilnować.

– Trapper, obwiniaj tych, którzy są za to odpowiedzialni, nie siebie.

– Łatwo powiedzieć.

Zawiódł Berkleya Jonsona, bo zrobił za mało i za późno, by go ochronić. Tym bardziej uparł się nie spuszczać Kerry z oka. Nie żeby trzymanie się blisko niej odbierał jako ciężki obowiązek.

Ze śródmieścia Trapper wyjechał okrężną drogą, mijając dzielnice mieszkaniowe, wjeżdżając na parkingi jednym wjazdem i wyjeżdżając z nich drugim. Tam, gdzie ruch gęstniał, często zmieniał pasy i przejeżdżał skrzyżowania na żółtym świetle. Skręcał ostro w ostatniej chwili, cały czas sprawdzając we wstecznym lusterku, czy nie mają ogona. Upewniwszy się, że nikt za nimi nie jedzie, wrócił tą samą zygzakowatą trasą. Zatrzymał się przy krawężniku przed ładnym, parterowym domem w jednym ze starych, choć niedawno odnowionych osiedli mieszkalnych Fort Worth.

– Wyobrażałam sobie, że nieco inaczej mieszkasz – zauważyła Kerra, patrząc na dom.

– Nie mieszkam tu.

– To kto mieszka?

– Chodź – powiedział, nie odpowiadając na pytanie.

Wysiadł i obszedł samochód. Poprowadził ją alejką pod niewielki, kwadratowy ganek. Para donic z wysmukłymi iglakami pilnowała czerwonych frontowych drzwi. Nad drzwiami wisiała lampa. Teraz była zgaszona.

Ignorując spojrzenie, którym Kerra domagała się jakiegoś wyjaśnienia, nacisnął dzwonek. Wewnątrz domu rozległ się kurant. Trapper nadal patrzył przed siebie na połyskliwą powierzchnię lakierowanego drewna, aż światło nad ich głowami zapaliło się. Drzwi się otworzyły, a on spojrzał w twarz swojej byłej narzeczonej.

Marianne pozostała ładna i słodka. Miała to samo co dawniej czyste, szczere spojrzenie. W jej wyglądzie zaszła jednak wyraźna zmiana. Włosy skróciła, a jej zadbaną sylwetkę teraz powiększyła zaawansowana ciąża. Cicho wymówiła jego imię.

– Cześć, Marianne – powiedział.

Uśmiechnęła się niepewnie, podobnie jak on.

– Miło cię widzieć – szepnęła.

– Ciebie też. Świetnie wyglądasz. – Wskazał jej rozdęty brzuch. – Gratulacje.

– Dziękuję.

– Kiedy?

– W kwietniu.

– To już niedługo.

– Wierz mi, nie mogę się już doczekać terminu. – Zaśmiała się, nieco skrępowana.

– Cieszę się twoim szczęściem – powiedział szczerze.

– Dziękuję. Ja też się cieszę. – Popatrzyła mu w oczy, a potem spojrzała na Kerrę.

– Przepraszam – odezwał się. – Marianne, to jest...

– Nie musisz przedstawiać. Kerro, witaj.

– Dziękuję. – Kerra wyciągnęła rękę i przez próg uścisnęły sobie dłonie.

Marianne cofnęła się i gestem zaprosiła ich do środka. Zamykała za nimi drzwi, gdy z pokoju wyszedł mężczyzna.

– Marianne, kto...?

Na widok Trappera stanął jak wryty. Gdyby wrogość można było zmierzyć w decybelach, w holu rozległby się głośny trzask wyładowań elektrycznych. Jego postawa wyraźnie wskazywała, że najchętniej upuściłby książkę i okulary do czytania, z którymi wyszedł, i rzucił się na niezapowiedzianego gościa.

– To mój mąż, David. Davidzie, to jest John Trapper. – Marianne próbowała załagodzić napięcie.

– Co on tu robi?

– Nie zabawię długo – odezwał się Trapper.

– To jasne jak cholera. Właściwie już wychodzisz.

– David, proszę cię – szepnęła Marianne.

Jej mąż zawahał się, jakby nie rezygnował ze skoczenia Trapperowi do gardła, ale widząc przejęcie na twarzy Marianne i prośbę w jej oczach, zamilkł. Nadal jednak stał na środku holu, wyprostowany jak pałacowy strażnik, gotów bronić własnego terytorium.

Marianne przerwała niezręczną ciszę, przedstawiając go Kerrze. Przywitali się, a Kerra pogratulowała mu potomka, który lada chwila miał przyjść na świat.

– Wiecie, jakiej będzie płci?

– Dziewczynka – odparli jednocześnie.

– Jesteśmy bardzo szczęśliwi – oświadczył David. Rzucił Trapperowi spojrzenie, jakby tylko czekał, aż rywal podważy ich małżeńskie szczęście i radość z powodu dziecka.

Marianne zaproponowała im coś do picia. Odmówili. Zapadła cisza, aż wreszcie Trapper odchrząknął i rzucił Marianne znaczące spojrzenie. Odwróciła się w stronę męża.

– Wizyta Trappera nie jest do końca niespodziewana, Davidzie. Nie mówiłam ci, bo... Po prostu nie powiedziałam. Przyszedł, żeby coś odebrać.

– Co takiego? – spytał.

– Szczerze mówiąc, nie wiem – odparła.

David podszedł do Trappera z miną jeszcze bardziej morderczą niż przedtem.

– Nie mam pojęcia, co kombinujesz. Pewnie nadal odgrywasz rządowego agenta. Ale cokolwiek knujesz, jeśli narazisz moją żonę i nasze dziecko na jakiekolwiek niebezpieczeństwo...

– Nie knuję. Nie narażę.

– Naraziłeś choćby tym, że stanąłeś w progu naszego domu. Chcę, żebyś wyniósł się do diabła! – syknął.

Trapper tolerował niechęć do siebie tego faceta, bo będąc na jego miejscu, zareagowałby tak samo. Cierpliwość na słowne baty zaczynała mu się jednak wyczerpywać.

– Nie szukam kłopotów – powiedział.

– Sam jesteś jednym wielkim kłopotem.

– Kiedy dostanę to, po co przyszedłem, nigdy więcej mnie nie zobaczysz – przyrzekł.

– Nie mogę się doczekać.

Tę słowną potyczkę ciągnęliby bez końca, ale Marianne zareagowała w odpowiedniej chwili.

– To jest w kuchni.

David wyglądał, jakby zamierzał protestować, ale jako dżentelmen nie chciał wywołać awantury, która sprawiłaby przykrość jego ciężarnej żonie. Obecność Kerry też mogła spowodować, że ustąpił. Cofnął się, by mogli pójść śladem Marianne. Jego wzrok złagodniał nieco, gdy dostrzegł, że Trapper splótł palce z palcami Kerry, pociągając ją za sobą korytarzem na tyły domu. Trapper starał się nie kroczyć jak paw.

Kerra nie mogła nie porównywać zagraconej i przytulnej kuchni Marianne z własną. Ta pachniała czekoladowym ciastem stygnącym na blacie. U Kerry zapach ciasta unosił się tylko wtedy, gdy zapalała świecę zapachową. W zlewie stały naczynia czekające na włożenie do zmywarki. Kuchnia Kerry wymagała sprzątania, gdy kurz zaczynał być widoczny.

– Macie ochotę na ciasto?

Oboje z Trapperem podziękowali, na co Marianne chyba była przygotowana. Podeszła do jednej z wbudowanych szafek, otworzyła dolną szufladę i wyjęła kopertę z naklejką opatrzoną jej własnym podpisem. Podała ją Trapperowi.

– Otworzyłam, bo była zaadresowana do mnie – wyjaśniła.

– Nic się nie stało. – Potrząsnął kopertą. Na jego dłoń wysunął się niewielki przedmiot opakowany w gazetę i oklejony przezroczystą taśmą. Rozdarł pakunek. Kerra nie zdziwiła się widokiem pendrive'a.

– Chociaż nie było adresu zwrotnego, wiedziałam, że to od ciebie – dodała Marianne.

– Skąd wiedziałaś?

– Przypominało twój sposób pakowania prezentów. Zresztą, pasowało mi to do twojego stylu.

Uśmiechnęli się do siebie, jak para potrafiąca komunikować się bez słów. Kerra uświadomiła sobie, że nie powinna tu być. Tymczasem Marianne wzięła od Trappera kopertę i zwitek gazet i wrzuciła je do kosza w szafce pod kontuarem.

– Czy to ma coś wspólnego z wydarzeniami w domu Majora w niedzielę wieczorem? – spytała.

– Lepiej, żebyś nie wiedziała. – Trapper wzruszył ramieniem.

– Przynajmniej mi powiedz jak on się czuje. Niepokoiłam się.

– Od niedzieli jego stan się poprawia. Powinien dojść do siebie.

– Musiałaś przeżyć straszny wstrząs! – Spojrzała na Kerrę. – Czujesz się już lepiej?

– Jeśli dobrze się przyjrzysz, dostrzeżesz parę siniaków, których makijaż nie jest w stanie zatuszować. Ale i tak upiekło mi się w porównaniu z tym, co spotkało Majora.

– W telewizji mówili, że dziś wieczorem wystąpisz w wiadomościach, ale się z tego wycofali. Podali, że nie czujesz się na siłach. – W jej łagodnych oczach pojawiło się pytanie skierowane do Kerry.

– Planowałam wywiad, ale potem… – Zerknęła na Trappera. – Zmieniłam zdanie.

Marianne uśmiechnęła się. Gdy w grę wchodził Trapper, plany zmieniały się jak w kalejdoskopie.

– A ty jak się miewasz? Dbasz o siebie? – Popatrzyła na Trappera.

– Przecież mnie znasz. Mnie nic się nie ima.

Smutny uśmiech Marianny powiedział, że nie dała się nabrać.

– Przepraszam. – Wszyscy troje odwrócili się w stronę otwartych drzwi, w których stanął David. – Chyba chcielibyście to zobaczyć.

Kerra pierwsza ruszyła jego śladem. Przeszła przez hol do wygodnie umeblowanego gabinetu, z którego zapewne często korzystano. Nad niską obudową kominka wisiał telewizor z płaskim ekranem.

– Biuletyn informacyjny – wyjaśnił David, sięgając po pilota i zwiększając głośność. Spojrzał na nich przez ramię i dodał: – Złapali faceta, który strzelał do Majora.

Rozdział 22

– Kto mówi?

– Trapper. – Prowadził wóz jedną ręką, drugą przyciskał do ucha telefon.

– Znany także jako numer prywatny – warknął Glenn.

– To mój telefon dilerski.

– Bo twój rozleciał się na kawałki.

– Próbowałem złapać lepszy sygnał, wystawiając go za okno samochodu. Wysunął mi się z ręki.

– No jasne. A tak przy okazji, niezły numer wyciąłeś Hankowi. Jak wydostałeś się z tamtej szopy? Skrzydła ci wyrosły czy ktoś po ciebie przyjechał?

– To była taka spontaniczna decyzja. Podjąłem ją za późno, żeby zdążyć zawiadomić Hanka o zmianie planów.

– Akurat.

– Przeproszę i postawię mu piwo.

– On nie pije.

– No to kupię mu nową Biblię – rzucił Trapper z rosnącą irytacją. – Jakoś mu to wynagrodzę, dobra? A teraz mów: co jest grane z tym facetem, którego zatrzymaliście?

– Domyślałem się, że jak się o tym dowiesz, od razu się znajdziesz.

– Co to za typek?

– Leslie Doyle Duncan. Dla nas nowy, ale dobrze znany policji w Oklahomie, skąd pochodzi. Został zatrzymany dziś po południu, kiedy gnał z dużą prędkością obok terenu jakiejś szkoły. Po sprawdzeniu prawa jazdy okazało się, że jest poszukiwany za kilka naruszeń zwolnienia warunkowego, z których najcięższe to posiadanie broni palnej. Jedną sztukę znaleziono pod siedzeniem kierowcy jego furgonetki.

– Na razie brzmi to jak normalny dzień w biurze.

– Ale ten pistolet to kaliber dziewięć. W magazynku brakuje jednego pocisku. Parametry pasują do tego, który przestrzelił Majorowi płuco.

– Hm.

– Federalni w tej chwili się nim zajmują, trochę go naciskają. „Nie zdołamy panu pomóc, panie Duncan, jeśli pan nie pomoże nam. Proszę z nami porozmawiać". A w tym czasie pistolet jedzie na testy balistyczne.

– I jaką śpiewkę przygotował Duncan?

– Wypiera się. Nie widział tego pistoletu, dopóki gliniarz nie wyciągnął mu go spod siedzenia.

– Na kogo jest zarejestrowana broń?

– Numery zeszlifowano.

– Za co odsiadywał wyrok?

– Z więzienia wychodził tylko po to, żeby zaraz do niego wrócić. Jego ostatni numer to rabunek z bronią w ręku. Był też oskarżony o napaść, ale doszło do ugody z obroną.

– Gdzie przebywał w niedzielę wieczorem?

– Twierdzi, że w domu, czyli na kempingu, razem ze swoją laską.

– A co mówi jego laska?

– Usiłujemy ją namierzyć. Powiedział, że wczoraj pojechała do Ardmore z wizytą do mamusi.

– Gdzie on pracuje?

– Nigdzie. Po raz ostatni był zatrudniony w jakimś kasynie w Choctaw. Ale kiedy odkryto, że skłamał w podaniu o pracę i jest na warunkowym, zwolniono go. Przekroczył granicę stanu i – ależ z nas szczęściarze – osiadł w Lodal.

– Jak dawno?

– Parę miesięcy temu.

– Dlaczego wybrał Lodal?

– Wycelował rzutką w mapę.

– A dlaczego miałby chcieć sprzątnąć Majora?

– Według niego niczego takiego nie chciał. Mówi, że znał twojego ojca ze zdjęć i że wiedział o jego postrzeleniu, bo wszędzie było o tym głośno. – Glenn westchnął. – Tyle mamy na teraz. Agenci wciąż go grillują.

– Jego prawnik już się pokazał?

– Jeszcze nie.

– Chcę z nim pogawędzić.

Glenn się zaśmiał.

– Możesz mnie mianować zastępcą szeryfa.

– Teoretycznie mógłbym też zrobić sobie zimowe wakacje na Syberii, ale to się nie zdarzy. Próbuję powstrzymać strażników i federalnych od aresztowania cię za ucieczkę z ich świadkiem. Gdzie ukryłeś Kerrę? Bo wiem, że w mieszkaniu w Dallas jej nie ma.

– A dlaczego miałbyś sądzić, że jest? Chyba że… Glenn, ty diable! Zastraszyłeś Gracie, żeby ci powiedziała?

Glenn kontynuował, niczego nie potwierdzając:

– Kiedy Kerra nie odbierała moich licznych telefonów, porozmawiałem z konsjerżem z jej apartamentowca. Powiedział, że Kerra była tam i zatrzymała się na chwilę przy jego recepcji, żeby wziąć zapasowy klucz do swojego mieszkania, bo własny zgubiła. Ale nie minął kwadrans, jak wyszła z budynku, niosąc w ręku torbę przypominającą sportową. Co ciekawe, jej telefon nadal sygnalizuje, że jest w mieszkaniu. I wszystko to dziwnym trafem pasuje mi do ciebie, Trapper. Gdzie jesteś teraz?

– W drodze powrotnej. Ale zanim przekroczę granicę twojego hrabstwa, chcę mieć pewność, że nie zostanę aresztowany za Grand Theft Auto*.

– Ten twój koleś, marny adwokacina, dzwonił – mruknął niechętnie Glenn. – Wyjaśnił sytuację i wylewnie przepraszał.

– Więc nie ma problemu.

– Nie do końca. Kerra jest z tobą?

– To może jutro rano odstawiłbym ją do twojego biura?

– To może odstawisz ją od razu?

– Przecież masz pełne ręce roboty przy maglowaniu gościa z Oklahomy. Już wręczyłeś Kerze podpisane zeznania i zapis wywiadu, więc cokolwiek mogłaby do tego dodać, poczeka to do jutra. A tak przy okazji, wcale jej nie porwałem. Pojechała z własnej woli. To jak, lubimy się?

– Pamiętasz, jak na Wielkanoc podłożyłeś surowe jajka zamiast ugotowanych na twardo?

---

* „Grand Theft Auto” – kontrowersyjna gra komputerowa, w której użytkownik dokonuje kradzieży samochodów (przyp. tłum.).

– No i? – Zawiesił głos.

– Żałuję, że wyperswadowałem twojemu ojcu przetrzepanie ci tyłka.

– Do zobaczenia jutro. – Trapper parsknął śmiechem.

– Czekaj. Gdzie je…

– Z samego rana – rzucił Trapper i się rozłączył.

– Pojedziemy tam? – spytała Kerra, która w milczeniu przysłuchiwała się rozmowie.

– No pewnie. Ja naprawdę chcę zamienić parę słów z tym facetem.

– Nawet jeśli jakoś przekonasz szeryfa, FBI na to ci nie pozwoli.

– Masz rację, nie pozwoli. Ale ja mam asa w rękawie.

– Ten pendrive?

– Pendrive? – Spojrzał na nią i z niewinną miną dodał: – Jaki pendrive? – zachichotał na widok wyrazu jej twarzy. – Nie, to inny as.

– Jasna cholera! – zaklął Glenn, kiedy Trapper się rozłączył.

Obrócił krzesło biurowe w stronę podręcznego stolika. Szkło dzbanka staroświeckiego ekspresu zmętniało od hektolitrów kiepskiej kawy. Pozostałe w nim fusy niosły teraz odór spalenizny i były gęste jak smoła. Mimo wszystko zlał resztki naparu do kubka. Im mocniejszy, tym lepiej maskował zapach whiskey, którą dolewał do kawy. Przechylał właśnie butelkę, wyjętą z dolnej szuflady biurka, gdy ktoś zapukał do drzwi jego gabinetu i pchnął je na oścież. Do środka wszedł Jenks. Glenn sapnął głośno, zlizując rozlaną whiskey z grzbietu dłoni.

– Przez ciebie omal nie dostałem zawału. – Zakręcił butelkę i odstawił do szuflady.

– Powinieneś bardziej uważać – odezwał się zastępca. – To mógł być każdy.

– To mi właśnie napędziło stracha. – Glenn się napił i westchnął z zadowolenia. – Co się dzieje? – zerknął na formularz, który przyniósł Jenks. – Nie, nie musisz mi mówić. To podpisane zeznanie Lesliego Doyle'a Duncana.

– Zgłoszenie zaginięcia. – Zastępca szeryfa parsknął urywanym śmiechem.

– Ona jest z Trapperem.

– Hm?

– Kerra Bailey.

– To nie o nią chodzi.

Glenn sięgnął przez biurko po papier. Odczytał wpisane w rubrykę nazwisko.

– Petey Moss. – Podniósł wzrok na Jenksa i zmarszczył brwi.

– Sąsiad zajrzał do niego w poniedziałek wieczorem odebrać pożyczony młotek blacharski – powiedział Jenks. – Peteya nie było w domu. Od tamtej pory sąsiad wyglądał go, bo naprawdę chce ten młotek odzyskać. Ale Petey nie wracał. Sąsiad zadzwonił dziś do niego do pracy. Szef od tygodnia też go nie widział. Ten sąsiad, który przy okazji wynajmuje Peteyowi dom, jeszcze raz poszedł do niego dziś wieczorem. Kiedy nikt nie otwierał, wszedł do środka. Powiedział, że skrzynka pocztowa Peteya pęka w szwach, złote rybki pływają brzuchami do góry, a lodówka jest pełna zepsutego żarcia. Mówiłem mu, że kiedy ostatni raz widziałem Peteya, wspominał, że ma zamiar na jakiś czas przyczaić się w Tennessee, ale zgodziłem się, że to do niego niepodobne wyjechać, nie rozliczając się z szefem i nie zwalniając mieszkania. – Wskazał ręką raport. – Uznałem, że powinieneś wiedzieć.

– Zaraz komuś każę się tym zająć – powiedział Glenn. Ale nie zrobił tego. Położył dokument na stercie innej zapomnianej papierkowej roboty i napił się z kubka z kawą. – Na razie zajmijmy się prawdziwym problemem.

– Trapperem – odparł Jenks bez zastanowienia.

– Nie wpuszczą nas do Majora o tej godzinie – powiedziała Kerra, kiedy z Trapperem wysiedli ze szpitalnej windy na piętrze oddziału intensywnej terapii.

– Nie będę pytał o pozwolenie. Potem najwyżej będę się kajał.

Tego też nie musiał robić. Odczekali, aż ktoś wyjdzie zza drzwi przeciwpożarowych, i wślizgnęli się do środka. Korytarz był pusty. Niezauważeni, przeszli do sali, w której leżał Major. Oświetlał go tylko odblask urządzeń, do których nadal był podłączony. Spał.

– Widzę go pierwszy raz, odkąd to się stało – szepnęła Kerra. – Szok. Kiedy spotkaliśmy się, tryskał zdrowiem.

– Mnie też łupnęło, gdy go zobaczyłem w tym stanie – wyznał Trapper. – Jego białe baczki wytrąciły mnie z równowagi.

– Rozmawiałam z nim dziś rano…

– To było wczoraj rano.

Na dźwięk głosu Majora drgnęli zaskoczeni. Podeszli bliżej łóżka. Major otworzył oczy, a Kerra uśmiechnęła się do niego.

– Ma pan rację. To było wczoraj. Straciłam poczucie czasu.

– Co robiliście od naszej rozmowy? – Popatrzył na nich kolejno.

Zamiast odpowiedzieć na pytanie, Trapper spytał go o samopoczucie.

– Przeciętne, ale raczej dobre.

– Wyglądałbyś lepiej, gdybyś pozbył się tej skąpej brody – zauważył Trapper.

– Ty też mógłbyś się ogolić – odciął się Major.

– Pozwolili już panu jeść? – wtrąciła się Kerra.

– Jutro. Bulion i mus jabłkowy. Nie mogę się doczekać.

– To już postęp – stwierdził Trapper.

– Zbyt powolny.

Major powiedział, że badano jego zdolności motoryczne, sprawność umysłową, koordynację ruchową, pamięć językową i zdolność zapamiętywania. Wszystkie testy wypadły pozytywnie.

– Dzisiaj zrobili jeszcze skan mózgu, szukali krwotoków. Niczego nie znaleźli.

– Brzmi optymistycznie – ucieszył się Trapper. – A jak z oddychaniem?

– Chwilami lepiej, chwilami gorzej. Jestem cholernie słaby.

Słysząc zniechęcenie w głosie byłego żołnierza, tak dumnego ze świetnej kondycji, Kerra pogładziła go po ramieniu.

– Proszę uzbroić się w cierpliwość.

– Nie mam innego wyjścia. – Przyjrzał się jej uważnie. – Zdaje się, że wyszłaś z tego bez większego uszczerbku.

– Głównie zadrapania…

– Nie mówię o niedzieli. Myślę o czasie spędzonym z Johnem.

Choć nie była pewna, czy to miał być żart, postanowiła tak to potraktować.

– Przyznaję, potrafi dać popalić – odparła.

Major jednak już na nią nie patrzył, skierował wzrok na Trappera.

– Wracając do mojego pytania, co kombinujecie?

– Co wiesz o Thomasie Wilcoxie?

Kerra nie spodziewała się, że Trapper tak szybko poruszy temat milionera. Major zdawał się w równym stopniu zaskoczony tym otwartym pytaniem. Brwi ściągnęły mu się u nasady nosa.

– Rynek nieruchomości w Dallas? Chodzi ci o tego Thomasa Wilcoxa?

– Znasz go?

– Spotkałem go raz. Był na bankiecie, podczas którego wygłaszałem poobiednią mowę. Podszedł do mnie, żeby się przedstawić.

– Hm. To ciekawe.

– Dlaczego?

– Jak się zachowywał?

– Zachowywał? O ile pamiętam, był bardzo sympatyczny.

– Wspominał Pegasusa?

– Tylko w kontekście gratulacji dla mnie za udane przemówienie. – Major spojrzał na Kerrę, po czym przeniósł wzrok na Trappera. – Po co o nim mówisz?

– Obiły ci się o uszy jakieś plotki na jego temat?

– Nie. Ale on i ja obracamy się w różnych kręgach.

– Nieczyste praktyki biznesowe? Strategia typu „zwycięzca bierze wszystko"? Słyszałeś coś takiego?

– Nie miałbym nawet gdzie o tym słyszeć.

– Wiedziałeś, że bardzo chciał zdobyć działkę, na której stał Pegasus?

Kerra obserwowała, jak mina Majora tężeje w miarę, gdy docierało do niego znaczenie słów Trappera.

– John, do czego zmierzasz?

– Cofnij się do czasów o rok czy dwa lata przed zamachem. Jeśli przejrzeć dział gospodarczy „Dallas Morning News", jest tam świetnie udokumentowane, że Wilcox próbował nabyć tę nieruchomość. Bez skutku. Spółka naftowa nie chciała jej sprzedać – urwał. – Ale Wilcox jednak teren nabył.

Major przez chwilę przypatrywał się synowi, po czym ścisnął grzbiet nosa kciukiem i środkowym palcem gestem, który przypomniał Kerze

Trappera w chwilach, kiedy musiał pomyśleć o czymś, co wolałby wyrzucić z pamięci.

– Trzy lata temu – odezwał się – kiedy przyszedłeś do mnie ze swoją teorią na temat zleceniodawcy stojącego za zamachem, nie chciałeś mi podać nazwiska. Proszę, nie mów mi, że Thomas Wilcox, milioner…

– Wielokrotny milioner. Po części ze względu na hotel i kompleks rozrywkowy w sercu miasta. Wzniesione tam, gdzie kiedyś stał Pegasus.

– Uważasz, że Thomas Wilcox zlecił ten atak?

– Powiedzmy tylko, że miał jeszcze czelność nie tylko pojawić się na bankiecie, gdzie przemawiał człowiek ocalały z zamachu, to jeszcze prawił mu komplementy.

– Jeśli to jest przypuszczenie, z którym poszedłeś do ATF, to nie dziwię się, że cię zwolnili. – Major ze smutkiem pokręcił głową.

Znieruchomiała twarz Trappera nie mogłaby być bardziej wymowna, nawet gdyby Major go uderzył. Odwrócił się na pięcie i ruszył do drzwi, rzucając przez ramię:

– Cieszę się, że lepiej się czujesz.

– John! – zawołał Major.

– Smacznego musu jabłkowego, pomoże ci szybko stąd wyjść – rzucił.

– Cholera, wracaj! Przepraszam.

Trapper przystanął, odwrócił się, ale nie podszedł bliżej. Major wykonał niesprecyzowany pojednawczy gest.

– To, co powiedziałem, było nie na miejscu.

– Ale co takiego? – Trapper zdawał się niewzruszony. – Że twoim zdaniem mam urojenia?

– Nie, uważam, że jesteś uparty jak osioł i nie potrafisz odpuścić. Chcesz odpowiedzi na temat Pegasusa, a…

– Odpowiedzi to ja mam. Wszyscy je mają. Problem w tym, że te odpowiedzi są gówno warte.

– I jesteś w stanie to wykazać? Spytałem cię trzy lata temu, czy możesz potwierdzić, że człowiek, który się przyznał, działał z czyjegoś polecenia. Powiedziałeś, że nie masz dość dowodów. Teraz nimi dysponujesz?

– Pracuję nad tym.

– Pracujesz nad tym – mruknął Major ponuro. – Od jak dawna, Trapper? I w jakim momencie odpuścisz to sobie i zaczniesz normalnie żyć?

– Przecież już sobie odpuściłem. Ale ty nagle pchasz się do telewizji i pozwalasz do siebie strzelać.

– Glenn zatrzymał podejrzanego w sprawie tego niedzielnego napadu. – Major westchnął.

– Przykro mi, że twoje wiadomości są nieaktualne, ale już o tym słyszałem.

– No i? Ten cały Duncan jest za młody, żeby mieć jakieś powiązania z Pegasusem. Co znaczy, że tamten zamach i niedzielny napad nie są ze sobą związane. On i jego wspólnik, którego jeszcze nie namierzono, pewnie słyszeli o mojej kolekcji broni i przyjechali na rabunek.

– Jeśli tak ci łatwiej, trzymaj się tej wersji. – Trapper parsknął pogardliwie. – Ale w głębi duszy wiesz, że to nie tak. Całość wiąże się ze sprawą zamachu na hotel.

– No dobrze, dla podtrzymania dyskusji przyjmijmy, że tak jest. Osobnik opisany przez Glenna to nie pięćdziesięciokilkuletni ważniak z milionami.

– Nie twierdzę, że Wilcox osobiście zakradał się do twojego domu – sprostował.

Major popatrzył z rosnącą frustracją na Kerrę, która milczała. Jeśli spojrzeć na wszystko z jego punktu widzenia, oskarżenia rzucane pod adresem zamożnego i wpływowego człowieka musiały wydawać się nieracjonalne. Szczególnie że Major nie wiedział, co zaszło między Wilcoxem a Trapperem w jego biurze. Nie miał pojęcia o istnieniu Berkleya Johnsona ani o pożarze fabryki, który zapoczątkował prywatne śledztwo Trappera.

– Kerro, jesteś bystrą młodą kobietą – odezwał się Major. – Trzymasz się faktów. Czy ty kupujesz tę niedorzeczną teorię?

– Pojechałam do biura Trappera, kompletnie go nie znając. – Zerknęła na Trappera. – Zastałam go… w kiepskiej formie. Pokazałam mu zdjęcie, które przez dwie i pół dekady obejrzały miliony ludzi. W ciągu kilku godzin rozwikłał zagadkę i zorientował się, kim jestem. A więc, panie Majorze, odpowiadając na pana pytanie, sądzę, że ośli upór

Trappera działa na jego korzyść, nie przeciwko niemu. Żadnej z jego teorii nie odrzucałabym jako niedorzecznej.

Kiedy Kerra po kąpieli wyszła z łazienki, Trapper wciąż leżał na plecach na łóżku niedaleko drzwi, ale nie wydawał się zrelaksowany. Jego ciało zdawało się napięte jak struna. Szczękę miał zaciśniętą i ledwie poruszył ustami.

– Nie musiałaś stawać w mojej obronie – powiedział.

– No cóż, przynajmniej już wiem, dlaczego jesteś zły i prawie się do mnie nie odzywasz, odkąd wyszliśmy ze szpitala.

– Nie broń mnie, Kerro. Przed nikim, ale już zwłaszcza przed nim. Nie potrzebowałem…

– Słyszałam cię za pierwszym razem.

Po wyjściu ze szpitala zameldował ich w motelu – innym niż ten, w którym zatrzymali się poprzedniej nocy. Ona została w samochodzie, ale widziała przez zakurzoną szybę, jak rozmawiał z recepcjonistą. Trapper zapłacił gotówką. Proces meldunku odbył się tak sprawnie i przy tak niewielkim zainteresowaniu ze strony recepcjonisty, że kiedy Trapper wrócił do samochodu, spytała go, czy nie przekupił faceta, żeby nie widział, nie słyszał i nie zapamiętywał niczego.

– To było zbędne. On tu ma stale klientelę poszukującą anonimowości i prywatności. Zwykle na dwadzieścia minut. – Po czym dodał złośliwie: – Ale możesz się wyluzować. W pokoju są dwa łóżka.

Po wejściu do pokoju od razu zrzucił kurtkę, zdjął buty i rzucił się na łóżko, nie zwracając na nią najmniejszej uwagi. Kerra poszła do łazienki, zabierając ze sobą torbę, do której w swoim mieszkaniu zdążyła wrzucić kilka T-shirtów, bieliznę, spodnie od piżamy i trochę kosmetyków. Umyła twarz, wyszorowała zęby i zmieniła przyciasne dżinsy na wygodną piżamę. Teraz, po tej krótkiej ale niemiłej wymianie zdań, ściągnęła kapę z sąsiedniego łóżka. Pościel była wyblakła, ale pachniała proszkiem do prania, co ją uspokoiło. Wślizgnęła się pod kołdrę, położyła na boku i spojrzała na sąsiednie łóżko oddzielone wąskim przejściem.

– Ona cię nadal kocha – stwierdziła, ignorując jego nachmurzoną minę.

Nie poruszył się, jeszcze mocniej zacisnął szczękę.

– Marianne. Ona cię nadal kocha.

Uderzył pięścią w poduszkę i poprawił ją sobie pod głową.

– Znalazła swoje miejsce – mruknął.

– Tak, i ona o tym wie. Ale…

– Ale nic. Ognisko domowe to dokładnie to, czego chciała.

– Ma to z Davidem. Niemniej nadal kocha ciebie. Widziałam to w jej oczach.

– Zwykła sympatia. Dawny sentyment. Tylko tyle widziałaś. Ja do niej czuję to samo. Chcę, żeby Marianne była szczęśliwa. Ona ma podobne uczucia wobec mnie. Nie dopisuj do tego nic więcej. – Wyłączył lampę stojącą na stoliku między łóżkami.

Minęło trochę czasu, zanim Kerra rzuciła w mrok:

– Dlaczego mężczyźni unikają takich rozmów?

– Bo nie mają sensu – odpowiedział Trapper.

– Jakie on zrobił na tobie wrażenie?

– Kto?

– Wiesz kto. Mąż Marianne.

– Książę wśród mężczyzn.

– Nie znosi cię. A jeśli komuś powie o tajemniczej paczce, którą przekazała ci Marianne?

– Nie powie.

– Tak bardzo mu ufasz?

– Nie. Tak bardzo ufam Marianne. Ona wiedziała, że ten list przyszedł ode mnie. Wiedziała, że skoro zadałem sobie tyle trudu, to nie chodzi o żadną błahostkę. Mimo jej słodkiego charakteru nie zapominaj, że pracowała jako agentka federalna. Wbije mężowi do głowy, że istnienie tej ważnej przesyłki ma wymazać z pamięci. Jeśli chodzi o niego, nigdy nas w tamtym domu nie było.

– Pewnie masz rację. Nie narażałby jej na niebezpieczeństwo. Wydawał się opiekuńczy. Kocha ją.

Trapper coś mruknął.

– Słucham?

– Nic.

– No co?

Sapnął z rozdrażnieniem.

– Tak, on ją kocha, to było wyraźnie widać. Ale powiem ci coś. Na jego miejscu, gdyby były facet mojej żony pojawił się u mnie w domu… Człowiek, przez którego straciła pracę, straciła dziecko, który zostawił ją ze złamanym sercem… Ja bym go najpierw rozpłaszczył na ścianie, potem bym go ostrzegł, żeby nawet nie próbował myśleć o tym, że ją dotknie, a na koniec urwałbym gadowi łeb. I właśnie dlatego Marianne jest na właściwym miejscu, z miłym facetem, który potrafi kontrolować prymitywne odruchy, a nie z kimś takim jak ja, facetem autodestrukcyjnym, stanowiącym zagrożenie dla otoczenia. I to właśnie sprowadza nas do punktu wyjścia, i dlatego uważam, że takie rozmowy nie mają sensu.

Jego wybuch samca alfa sprawił, że oddech nieco jej przyśpieszył.

– Może, gdyby Marianne wiedziała, że jesteś wobec niej tak zaborczy…

– Nie byłem. Nie o niej teraz myślałem.

Wyczuła nagły ruch i nagle znalazł się nad nią. Pociągnął ją do pozycji siedzącej, złapał za włosy na karku i trzymał mocno, całując z niepowstrzymaną zachłannością. Natarczywe wargi zmusiły ją do otwarcia ust, język napierał coraz głębiej. Po chwili pocałunek złagodniał, a jego język delikatnie prześlizgiwał się pomiędzy wargami Kerry, wsuwając się, to znów cofając. Kiedy wreszcie odsunął się od niej, dyszała, usiłując złapać oddech i odzyskać panowanie nad sobą. Serce waliło jej jak młotem, a jednocześnie miała wrażenie, że jest pozbawiona kości.

– Chcę cię wziąć w taki sposób – szepnął, przesuwając rozchylone wargi na jej obojczyk, a potem niżej. Potarł policzkiem jej piersi. – Nie zapomniałem, jaka jesteś w środku. Chcę tam być. Głęboko. – Głos miał ochrypły i niski, jego wargi agresywnie drażniły sterczący pod cienką tkaniną sutek. – Może nigdy do tego nie dojdzie, ale na samą myśl, że inny mężczyzna pochyli się nad tobą, będzie w tobie… Chciałbym go zabić.

Przytulił twarz do jej policzka, oddychał głęboko i szybko, po czym wyprostował się, ujął twarz Kerry w swoje dłonie i cmoknął ją w usta.

– A teraz dobranoc.

Rozdział 23

Glenn spojrzał z niesmakiem na szpitalne śniadanie Majora.

– Też nie miałbym na to ochoty.

– Przełknę to tylko dlatego, że chcę nabrać sił.

– Twój organizm doznał szoku. Większość stawiała sporą kasę, że się nie wykaraskasz. A ty wygrywasz wbrew wszelkim prognozom. Nie poganiaj czasu.

– Dokładnie to samo zalecała mi Kerra – zauważył Major.

– Kerra ci doradzała? A to kiedy?

– Jakoś nad ranem. Zakradli się tu z Johnem.

– Zakradli się? – Szeryf przycupnął w brzegu jego łóżka i zrelacjonował rozmowę telefoniczną, którą odbył z Trapperem poprzedniego dnia. – Wrócił, bo usłyszał o naszym podejrzanym. Nie powiedział wprost, że Kerra z nim jest, ale obiecał przywieźć ją dzisiaj do nas. Z samego ranka. – Uniósł brew.

– Sypiają ze sobą. – Major zrozumiał, co przyjaciel miał na myśli.

– Znasz przecież Johna.

– Aż za dobrze.

– Zaczęli od tarć – powiedział Glenn. – Trapper był na nią wściekły za historię z kolczykiem, ale późnym wieczorem tego samego dnia, kiedy pojechałem go szukać, żeby mu powiedzieć, że odzyskałeś przytomność, w jej motelowym pokoju zakłóciłem jakąś czułą scenkę.

– Czekaj, Glenn. Jaka znów historia z kolczykiem?

– Wciąż zapominam, ile akcji cię ominęło przez te dni. – Glenn opowiedział mu o zaginionej torbie Kerry i zniknięciu kolczyka. – Chociaż to mało wiarygodne, żeby Trapper znalazł go pod jej szpitalnym łóżkiem. Skoro jej torba nie trafiła do tego pokoju, jak kolczyk miałby się tam znaleźć?

– John cię okłamał?

– Tak samo, jak dwóch strażników Teksasu.

– Ale dlaczego miałby zabierać torbę Kerry? I kiedy?

– Wszystko to pozostaje tajemnicą. Mnie się jednak wydaje, że Kerra uwierzyła w jego wyjaśnienie, mniejsza o to jak nieprawdopodobne, a on wybaczył jej podejrzenia.

– Podejrzenia o co? Dlaczego rozmawiał ze strażnikami Teksasu?

– Nie każ mi donosić na chłopaka. – Szeryf podrapał się kciukiem po czole.

– To już nie chłopak, to mężczyzna.

Zbity z tropu Glenn bawił się skórzaną opaską stetsona.

– Trapper od początku mieszał się do śledztwa, kręcił wokół Kerry, chciał się dowiedzieć, co widziała, kogo widziała, czy w ogóle cokolwiek widziała. Skonfrontowałem go z tym, ale…

– Zareagował na reprymendę po swojemu.

– W zasadzie. Niemniej jego zainteresowanie tym, co się wydarzyło w twoim domu, zwróciło uwagę. Zdawało się zbyt gorączkowe jak na członka rodziny pragnącego złapać przestępców, którzy strzelali do jego ojca. Po sprawie z kolczykiem strażnicy byli gotowi zatrzymać go i zamknąć jako podejrzanego.

– O strzelanie do mnie?

– Mówiłem im, że to bzdura. Ale powiedzmy sobie otwarcie, wobec waszego sporu, o którym wszyscy wiedzą, musieli uważnie mu się przyjrzeć.

– John nigdy by tego nie zrobił.

– I dokładnie to powiedziałem strażnikom. Zresztą wydaje mi się, że oni nie tyle go podejrzewali, ile wkurzała ich jego bezczelna postawa. W każdym razie nie mieliśmy nic, co by uzasadniało zatrzymanie. Jego alibi na niedzielny wieczór jest niepodważalne. Od tamtej pory jednak nie zaskarbił sobie niczyich łask, uciekając z naszym naocznym świadkiem i chowając Kerrę przed nami. Więc albo oni pieprzą się jak króliki i tylko czasem wystawiają nosy poza dom, albo on z jakiegoś innego powodu ma nad nią taką władzę. Znając Trappera, boję się nawet pomyśleć, co to takiego może być.

Major słuchał relacji szeryfa, a jego twarz coraz bardziej posępniała. Malowały się na niej niepokój i wątpliwości. Poprosił Glenna o przymknięcie drzwi. Glenn spełnił prośbę, a potem znów przycupnął na skraju łóżka.

– Coś czuję, że to poważna sprawa – stwierdził.

– Faktycznie. Obawiam się, że John sam stwarza bardzo poważną sytuację – powiedział Major.

– Jaką sytuację? Czy to dotyczy Kerry?

– Nie, to nie ma z nią nic wspólnego poza tym, że ją w to też wciągnął – urwał.

Glenn wiedział, że przyjaciel nadal się waha, czy ma mu wszystko powiedzieć, więc siedział cicho, pozwalając mu zebrać myśli. A potem Major zaczął mówić i mówił długo, nie robiąc przerw. Kiedy skończył, był spocony ze zmęczenia. Jego świszczący oddech świadczył o wyczerpaniu fizycznym.

– To się niemal nie mieści w głowie. – Glenn przesunął otwartą dłonią po swoim wilgotnym czole.

– Ja też tak zareagowałem, kiedy John mi powiedział. I po trzech latach jeszcze się z tym nie uporałem do końca.

– No cóż, teraz wiem, jak doszło do kłótni między tobą a Trapperem. Czy on ci oddał pamiętnik Debry?

– Nie. Ale nie mam wątpliwości, że użyłby go przeciwko mnie, gdybym podpisał wtedy umowę na książkę. Nie chciał, żebym publicznie opowiadał o zamachu.

– Dla twojego bezpieczeństwa? – upewnił się szeryf.

– W to właśnie wierzył i nadal wierzy. Miałem nadzieję, że sobie odpuści, gdy życie zaczęło mu się walić. Ale niedzielny wieczór znów go nakręcił. Jest bardziej pewien swego niż kiedykolwiek.

– Że to ten Thomas Wilcox stał za sprawą Pegasusa?

Major pokiwał głową.

– I że teraz, dwadzieścia pięć lat później, próbował cię zabić?

– Ze względu na niespodziewane ujawnienie się Kerry i na to, co oboje moglibyśmy sobie przypomnieć, wracając w rozmowie do tamtych wydarzeń. Wiem, że to brzmi dziwacznie. Ale John to, no… John.

Starając się uspokoić starego przyjaciela, Glenn zwrócił się do niego po imieniu:

– Frank, posłuchaj mnie. Trapper jest szczwany jak lis i cholernie pewny siebie. Mam ochotę trzepnąć go przez łeb, ale też chciałbym, żeby mój syn bardziej go przypominał. Ale przy całej swojej arogancji Trapper to również cholernie dobry detektyw. Ma do tego dryg, którego mu, szczerze mówiąc, zazdroszczę. Zmierzam do tego, że nie kierowałby się przeczuciami na temat wpływowego milionera, gdyby czegoś na faceta nie miał.

– Powiedział mi, że po eksplozjach w Pegasusie Wilcox kupił cały teren. Od lat o to zabiegał.

– Tylko tyle Trapper ma? – Glenn przygryzł dolną wargę.

– Cienkie, nie?

– Bardzo. Za mało, żeby budować na tym teorię spiskową. Wspomniał o tej hipotezie ludziom z ATF?

– Odrzucili ją. Zaczął się stawiać. Ta sprawa kosztowała go karierę i narzeczoną, ale nic nie zachwiało jego przekonaniem. To, co spotkało Kerrę i mnie, stało się decydującym argumentem. Zawsze był zawzięty i porywczy, ale teraz…

– Boisz się, że faktycznie traci rozum?

– Nie, Glenn – odparł cicho Major. – Boję się, że on ma rację. – Spojrzał przyjacielowi w oczy.

Kerra siedziała na fotelu pasażera, obejmując się mocno ramionami.

– Co się stało? – spytał Trapper.

– Nic.

– Mową ciała sugerujesz coś wręcz przeciwnego.

– Zimno mi i tyle.

Po dwóch dniach słońca i łagodniejszych temperatur tego ranka niebo było zachmurzone. Wiatr wiejący z południa był rześki, ale odczuwało się większy chłód, niż wskazywał termometr. Prawdziwe ochłodzenie nastąpiło jednak między Kerrą a Trapperem.

Nie spała dobrze i wiedział o tym, bo on też ledwie zmrużył oko. Trudno się zasypia z dzidą przypominającą kij bejsbolowy. Kiedy wstali, po kolei skorzystali z łazienki. Unikali kontaktu wzrokowego i starali się, by ich drogi się nie przecinały. Mijali się w ciasnym pokoju motelowym. Poza udzielaniem mu lapidarnych odpowiedzi na bezpośrednie pytania Kerra się nie odzywała.

– Wolałabyś, żebym jednak zignorował twoją odmowę i cię zniewolił? – Przejechał pędem na żółtym świetle.

Popatrzyła na niego. Gdyby spojrzenie mogło zabić…

– No cóż, przepraszam – powiedział. – Pogubiłem się już. Wczoraj rano, kiedy prawie dochodziłem, ty nagle się wycofałaś. Wtedy byłaś na mnie wściekła. Teraz jesteś wściekła, bo wczoraj w nocy to ja się wycofałem, zanim zdążyłaś dojść.

– Nie pochlebiaj sobie – syknęła.

– Ja bym tylko chciał, żebyś jakoś się określiła.

– Zaraz się określę – odparła gniewnie. – Kiedy skończymy sprawę w biurze szeryfa, jadę do ślusarza, który dorobi mi klucz do samochodu. Wracam do domu. Ty pójdziesz w swoją stronę, ja w swoją. Ty zajmiesz się swoją robotą, ja swoją, to znaczy relacjonowaniem wydarzeń, a nie kreowaniem ich wśród ucieczek przed policją, przekierowywaniem połączeń telefonicznych na nienamierzalne telefony i… Innych takich. Wracam do własnego życia.

Nie odpowiedział.

– Słyszałeś mnie? – spytała zirytowana.

– Idealnie.

Skręcił na miejsce parkingowe przeznaczone dla funkcjonariusza miesiąca, wyłączył silnik i wysiadł, nic nie mówiąc. Obszedł samochód. Gdy Kerra wysiadała, zignorowała podaną jej rękę. Wyminęła go i ruszyła przodem do głównego wejścia do biura szeryfa, stanowiącego przybudówkę gmachu sądu.

Trapper był zadowolony, że hrabstwo nie szarpnęło się na wykrywacz metali. Bardzo by nie chciał rozstawać się ze swoim pistoletem. Tutaj procedura kontrolna polegała na zatrzymaniu się przy okienku, żeby poinformować o celu wizyty.

Zanim jednak Trapper zdążył choćby się przedstawić, funkcjonariuszka za szklaną szybą powiedziała:

– Pani Bailey i pan Trapper, dzień dobry. Zadzwonię i uprzedzę szeryfa Addisona, że państwo przyszli. Pierwsze piętro.

Trapper skorzystał z tego, że Kerra nie znała rozkładu budynku, żeby ująć ją za łokieć, kierując w stronę wind. Wsiedli do środka i gdy tylko drzwi się zamknęły, powiedział:

– Przestań się wzdrygać, ilekroć cię dotykam. Po pierwsze, mnie to wkurza. Po drugie, nie dodaje wiarygodności naszej umowie.

– Jakiej umowie?

Ignorując pytanie, nachylił się do niej.

– Żeby uniknąć przyszłych nieporozumień w tej drugiej sprawie. Jeśli kiedyś znów zrobi się tak gorąco, to dokończymy. – Jeszcze bardziej przybliżył swoją twarz do jej twarzy i szepnął: – Ze mną w tobie.

Drzwi rozsunęły się. Za nimi z miną pełną ulgi, choć jednocześnie naburmuszoną, stał szeryf. Wyszedł im na powitanie.

– Co się dzieje, Glenn? – odezwał się Trapper. – Spożywasz za mało błonnika?

– Obawiałem się, że się nie stawicie.

– No cóż, oto ona. Doprowadzona zgodnie z obietnicą.

Z przyjemnością zauważył, że Kerra zdawała się nieco oszołomiona tym, co jej przed chwilą powiedział. Musiał ją lekko popchnąć do wyjścia z windy.

– Nie spodziewałem się was tak wcześnie – stwierdził Glenn. – Agentów FBI jeszcze nie ma.

– Mówiłem przecież, że z samego rana.

– A czy ty kiedyś zrobiłeś to, co zapowiadałeś zrobić? – Szeryf odwrócił się w stronę Kerry. – Proszę mi wybaczyć podły nastrój. To nie jest najlepszy poranek.

– Znam to uczucie. – Rzuciła Trapperowi kwaśne spojrzenie.

– Trapper poinformował panią co do podejrzanego? – spytał ją Glenn.

– Nazwisko Leslie Duncan nic mi nie mówi – przyznała.

– Używał też innych. Niech pani zerknie na to. – Szeryf miał przy sobie kopię raportu na temat Duncana. Pokazał ją Kerze. – To aktualne zdjęcie, zrobione wczoraj wieczorem, kiedy go spisywaliśmy.

Przyjrzała się policyjnemu zdjęciu z całą uwagą, na jaką zasługiwało, ale pokręciła głową przecząco.

– Nie rozpoznaję go. Nie mogłabym go zidentyfikować jako jednego z ludzi spod domu Majora. Nie widziałam ich, mówiłam to panu.

– Może, jeśli zobaczy pani Duncana na własne oczy…

– Twarzą w twarz?

– Nie będzie wiedział, że pani tam jest. Właśnie go przyprowadzili z celi, siedzi w pokoju przesłuchań. Wystarczy, że spojrzy pani przez szybę.

– To strata czasu, ale jeśli pan uważa, że powinnam…

Glenn odwrócił się do Trappera.

– Jeśli chcesz na nią zaczekać, to zapraszam na dół do holu. Dam ci znać, kiedy skończymy. Skoro jednak wciąż zmieniasz telefony, potrzebny mi aktualny numer, żeby wysłać esemesa.

– Zostanę z Kerrą.

– Trapper, nie ma żadnego oficjalnego powodu, żebyś był przy tym obecny. – Glenn sapnął z irytacją. – Nawet gdyby mnie to nie przeszkadzało, agenci prowadzący przesłuchanie…

– Jestem jej ochroniarzem. – Spojrzał na Kerrę i podbródkiem wskazał Glenna. – Powiedz mu.

Wstrzymał oddech z nadzieją, że ona zrozumie, iż to właśnie o tej „umowie" wspomniał wcześniej. Podtrzymała jego spojrzenie, a potem zwróciła się do Glenna:

– To jest, hm, jedna z usług oferowanych przez jego… firmę.

– Możesz sprawdzić na stronie internetowej – powiedział Trapper, nie mając pojęcia, czy rzeczywiście ochrona osobista widnieje tam jako jedna z oferowanych przez niego usług. – Dzienna stawka plus zwrot za wydatki. Kerra dała mi już zaliczkę.

– Od kiedy niby? – Glenn nie kupował tej historyjki.

– Od tego wieczoru, kiedy twój zastępca nie wywiązał się z obowiązków i został w samochodzie, pozwalając jej wejść do szpitala samej. Od tamtej pory, aż do odwołania, nie spuszczam jej z oczu.

– Na litość boską, to biuro szeryfa. W sąsiednim skrzydle jest departament policji miejskiej. Co jej się może tutaj stać?

– Nic. – Trapper uśmiechnął się od ucha do ucha. – Dopóki ja jestem obok.

Glenn darował sobie dalsze przepychanki z Trapperem i spojrzał na Kerrę.

– Mam nadzieję, że ulżyła pani wiadomość, że mamy tego faceta. Jednego z nich przynajmniej.

– Jaką masz pewność, że to istotnie on? – spytał Trapper.

Zanim Glenn zdążył odpowiedzieć, drzwi windy znów się otworzyły. Stanął w nich Carson Rime. Wysiadł, dźwigając w jednym ręku aktówkę z wytłaczanej grubej skóry.

– Witam wszystkich. – Uśmiechnął się do Trappera i Kerry, zdjął tweedowy płaszcz, przewiesił go sobie przez ramię i podał dłoń Glennowi. – Szeryf Addison? Nazywam się Carson Rime. Rozmawialiśmy wczoraj przez telefon. Miło mi pana poznać.

– Myślałem, że kwestię skradzionego pojazdu sobie wyjaśniliśmy. – Glenn raczej nie podzielał tej przyjemności.

– Och, tak. Ale ja tu w innej sprawie. – Carson wyjął z górnej kieszeni garnituru wizytówkę i wręczył ją Glennowi. – Najpierw zajrzałem do aresztu. Zastępca, tam, na dole, powiedział mi, że mój klient, Leslie Duncan, już został tutaj przyprowadzony na przesłuchanie. Pierwsze przesłuchanie, podkreślam, które będzie wspomniane w sądzie, w razie gdyby ta komedia doprowadziła jednak do procesu, jako że w trakcie poprzedniego odmówiono panu Duncanowi konsultacji prawnej.

Glenn zakołysał się na piętach.

– Nie odmawiano mu konsultacji z prawnikiem. Ma adwokata z urzędu, który wczoraj wieczorem nie mógł się stawić, ale usprawiedliwił to i będzie tu teraz lada chwila.

– Miał adwokata z urzędu – poprawił Carson. – Teraz ma mnie, a ja żądam rozmowy z moim klientem. Proszę mnie do niego zaprowadzić.

Garnitur Carsona był wyświechtany do połysku. Rogi kołnierzyka koszuli sterczały w górę niczym para białych skrzydełek. Spomiędzy nich wyłaniał się turkus wielkości orzecha włoskiego, spinający czarny rzemyk noszony zamiast krawata. Dziś rano zaczeskę utrzymywała w żądanej pozycji dodatkowa warstwa lepkiego żelu.

Ale Trapper i tak miał ochotę go uściskać. Kumpel zgodził się rzucić wszystko i przywieźć swój tyłek do Lodal, by reprezentować Duncana po zaledwie symbolicznej porcji narzekań i wymuszeniu obietnicy podwójnego honorarium. Adwokat, niezależnie od tego, czy znany, czy skorumpowany, czy ukończył wydział prawa z pierwszą, czy ostatnią lokatą, mógł zyskać do podejrzanego dostęp, którego Trapperowi by odmówiono.

Glenn poprawił pas z bronią takim ruchem, jakby chciał zaznaczyć, że to on tu rządzi.

– Ostatnie drzwi po lewej. – Wskazał w głąb korytarza.

– Przy okazji Kerra też może zerknąć na Duncana – wtrącił Trapper. – Po co ma tutaj siedzieć i czekać?

– Dobrze.

Trapper widział, że aż się w niej kotłuje od niezadanych pytań, ale kiedy Carson pokazał gestem, żeby poszła przodem, ruszyła korytarzem. Prawnik kroczył obok niej, prowadząc niezobowiązującą pogawędkę. Glenn i Trapper poszli ich śladem.

– Sprytne – mruknął Glenn pod nosem. – Ale nie rozumiem, po co to zrobiłeś. Dlaczego tak ci zależy na obronie faceta, który strzelał do twojego ojca?

– Dlaczego tak ci zależy, żeby to on się tym facetem okazał? Nowo przybyły do miasta, nieznany w okolicy. Z kryminalną przeszłością, na zwolnieniu warunkowym. Zatrzymany za przekroczenie dozwolonej prędkości na terenie przyszkolnym i z bronią odpowiadającą użytej podczas napadu schowaną pod siedzeniem furgonetki? – Trapper skrzywił się sceptycznie. – Za proste się to wydaje, zbyt szablonowe i aż śmierdzi ustawką. Uznałem, że przyda się mu adwokat.

– No cóż, to bez znaczenia, choćbyś nawet załatwił mu prawniczą drużynę marzeń O.J. Simpsona. – Trapper zwolnił kroku i spojrzał na Glenna. – Przyszły wyniki testów balistycznych. Nie ma wątpliwości. Broń pasuje tak dokładnie, że nasz prokurator okręgowy dostał wzwodu.

– Wasz prokurator okręgowy to kobieta.

– Użyłem metafory.

Znaczenie metafory nie umknęło Trapperowi, ale nie powiedział nic więcej, kiedy zmierzali długim korytarzem pod drzwi wskazanego pokoju. Glenn stanął z przodu i otworzył je.

– Duncan? Pański adwokat przyszedł.

– Taa, no i dobra, możecie obaj spierdalać.

– Jest arogancki. Myśli, że ma więcej sprytu niż wszyscy. – Glenn obejrzał się na Trappera.

– Może ma.

– W innych okolicznościach pasowalibyście do siebie idealnie.

Carson przekazał swój płaszcz Trapperowi, wyminął Glenna i wszedł do środka.

– Czy kajdanki naprawdę są potrzebne?

Glenn tylko głośno odchrząknął i zamknął drzwi.

– Kerro?

Podeszła do nich i spojrzała przez okratowaną szklaną szybę. Trapper zerkał przez jej ramię. Duncan był chyba lekko po trzydziestce, chociaż jego oczy miały nieufny, wilczy wyraz kogoś, kto zdążył zaliczyć sporo dotkliwych kopniaków od losu. Kiedy Carson przedstawił się, nie okazał ulgi ani szczególnego zainteresowania. Nie zmienił nonszalanckiej pozy, ale jego usta się poruszyły. Coś chyba jednak powiedział.

– Nigdy go wcześniej nie widziałam – oświadczyła Kerra i zrobiła taki ruch, jakby chciała odejść od szyby.

– Niech pani jeszcze chwilę zaczeka – poprosił Glenn. – Może zrobi coś, co przywoła jakieś wspomnienie.

Trzymając płaszcz Carsona przewieszony przez łokieć, Trapper położył dłonie na ramionach Kerry.

– On ma rację. Poczekaj jeszcze chwilę.

– Ale…

Lekko ścisnął jej ramiona. Sekretny sygnał zrobił swoje. Została, unieruchomiona między dwoma mężczyznami a drzwiami.

– Namierzyłeś jego żonę? – zapytał Glenna Trapper.

– Dziewczynę. Jeśli pojechała do mamusi do Ardmore, to odwiedza ją na cmentarzu.

– Kłamał o tej swojej lasce?

– Niepokoimy się, bo nigdzie nie możemy jej znaleźć.

Nie mogli słyszeć nic z rozmowy podejrzanego z Carsonem, ale Duncan chwilami postukiwał palcami w blat stołu dla dodania wagi swoim słowom. Pantomima za szybą wskazywała, że odpowiadał prawnikowi lekceważąco.

Po kilku minutach Carson wyjął z aktówki plik papierów. Rozłożył je na stole, żeby Leslie Duncan mógł zobaczyć, co zawierają, i zaczął omawiać z nim każdy dokument punkt po punkcie.

– Co to ma być? – zainteresował się Glenn. – Objaśnia mu swój cennik?

– Nie zdziwiłbym się. Interesowny, skubaniec.

Carson zadał Duncanowi jakieś pytanie. Ten zawahał się, ale potem skinął głową. Carson rozpromienił się, zebrał papiery, schował je do teczki, zapiął ją i uścisnął Duncanowi rękę na tyle zgrabnie, na ile się dało mimo kajdanek. Kerra stanęła z boku, a Glenn otworzył Carsonowi drzwi.

Gdy prawnik wychodził, Leslie Duncan zawołał od stołu:

– I jak ci się na razie podoba umieranie?

Trapper, wiedząc, na co się zanosi, stanął obok Kerry, chcąc zobaczyć jej reakcję. Rozchyliła usta ze zdumienia, słysząc te słowa, ale kiedy zauważyła, że Trapper na nią patrzy, spojrzała na niego.

– To nie ten głos – orzekła.

Glennowi twarz pociemniała z gniewu.

– No to teraz chwytam. Po to był ci potrzebny. – Nerwowo wskazał Carsona.

– Przepraszam, mam formularze do wypełnienia. – Carson odebrał od Trappera swój płaszcz.

Żonglując płaszczem i aktówką, ruszył szybko korytarzem i niemal wpadł na zastępcę szeryfa, który zdecydowanym krokiem wyszedł z windy.

Trapper nie ustępował pola Glennowi.

– Gdybym cię ładnie poprosił, dałbyś mi dostęp do niego?

– Nie! – huknął Glenn.

– Kerra musiała usłyszeć tych parę słów.

– Głos jest inny – powtórzyła, zwracając się do Glenna. – Proszę mi wierzyć. Dostaję gęsiej skórki, kiedy wracam do tamtego pytania i momentu, kiedy zrozumiałam, co znaczyło. Nigdy tego głosu nie zapomnę.

– W swoim zeznaniu mówiła pani, że odezwał się tylko jeden z dwóch napastników. Duncan może być tym, który milczał.

– Niewykluczone. Jestem jednak pewna, że nie jego głos wtedy usłyszałam.

Trapper słuchał wymiany zdań między nią a Glennem. Obserwował jednocześnie przez szybę Lesliego Duncana, który kiwał głową i wystukiwał palcami na stole jakiś perkusyjny rytm, jakby w takt brzęczącej mu w głowie melodii.

– Szeryfie?

Wszyscy odwrócili się w stronę funkcjonariusza, który omal nie zderzył się z Carsonem w drzwiach windy.

– Dostaliśmy nakaz przeszukania z godzinę temu – zameldował. – Znaleźliśmy to w przyczepie Duncana. Czy to nie ta zginęła?

Uniósł plastikowy worek na dowody rzeczowe. W środku była torba Kerry marki Louis Vuitton.

Rozdział 24

– Dziwne, że pokojówka już tu posprzątała – odezwała się Kerra po powrocie do motelu.

– Dziwne, że w ogóle mają pokojówkę – odparł Trapper z roztargnieniem. Był zajęty sprawdzaniem nieodebranych połączeń i esemesów na jednej ze swoich zapasowych komórek.

– Nic od Majora? – spytała.

– Nic. – Rzucił kurtkę na łóżko. – Jeśli w ogóle zadzwoni, to pewnie żeby mnie zawiadomić, że kazał mi wyrobić wariackie papiery.

– On uważa, że jesteś uparty, a nie szalony.

– Nieważne. Już dawno temu przestałem się przejmować jego opinią na mój temat.

Wiedziała, że było inaczej, ale się nie upierała. Już i tak między nią a Trapperem panowała napięta atmosfera. Z biura szeryfa wracali w milczeniu. Jak przypuszczała, Trapper zastanawiał się, w jakim stopniu na śledztwo wpłynie znalezienie jej torby.

– I co o tym sądzisz? – nawiązała do tego faktu.

Trapper stał plecami do niej. Wyglądał przez okno, trzymając dłonie w tylnych kieszeniach dżinsów, tych nowych, których nie lubił.

– Szkoda twoich pieniędzy.

– Słucham? – Przez chwilę nie wiedziała, o co mu chodzi. Teraz była zajęta wyobrażaniem sobie jego gołych pośladków pod dżinsowym materiałem.

Odwrócił się do niej.

– Szkoda twoich pieniędzy na ślusarza. Sam się włamię do twojego samochodu i uruchomię, zwierając kable na krótko. Będziesz musiała to naprawić po powrocie do Dallas, ale koszt będzie mniejszy, niż weźmie ślusarz. A jeszcze lepiej, poproszę Carsona, żeby cię ustawił z tym swoim tanim blacharzem. Tylko dopilnuj, żeby ci nie wcisnął kradzionego wozu jako zastępczy. Zacznij zbierać swoje rzeczy. – Wskazał jej niewielką, drelichową torbę stojącą na podłodze w rogu pokoju. – Jak będziesz gotowa, podwiozę cię do twojego samochodu.

Całe to przedstawienie w biurze szeryfa osłabiło jej postanowienie powrotu do domu, ale najwyraźniej Trapper nadal uważał tę sprawę za zamkniętą i nie próbował przekonywać Kerry do zmiany zdania. Wręcz przeciwnie. Zanim zdążyła odnieść się do tego, ktoś zapukał do drzwi. Do środka wparował Carson, zacierając ręce.

– No i jak wypadłem?

– Dobrze – odparł Trapper.

– Dobrze?! – powtórzył Carson z urazą. – Byłem genialny.

– Gdzie laska Duncana? Pytałeś go?

– Tak, ale wszystko, co Duncan mi powiedział, jest objęte tajemnicą zawodową, Trapper. Wiesz o tym.

– Muszę wiedzieć, co ci powiedział.

– To mój klient.

– A ja finansuję za niego twoje honorarium, więc gadaj, co powiedział.

– Za to można stracić uprawnienia adwokackie.

– Na litość boską. Teraz zaczynasz dbać o etykę? Kerra nikomu na ciebie nie doniesie. Doniesiesz? – Trapper spojrzał na nią, a ona pokręciła przecząco głową. – Widzisz? Ja też nie doniosę. Więc gadaj.

Sądząc po minie Carsona, nie zamierzał ustąpić. Trapper pochylił się nad nim groźnie.

– Nikomu nie powiem, że złamałeś tajemnicę adwokacką… Ale może mi się wymknąć, że twój dyplom prawniczy jest sfałszowany.

– Skąd wiedziałeś? – Carson osłupiał.

Trapper popatrzył na niego z uśmiechem. Carson zaklął, zorientowawszy się, że się wygadał.

– Skoro pieprzoną etykę mamy już z głowy – rzucił Trapper – mów, co z laską Duncana.

Carson westchnął z rezygnacją.

– Płaciła czekami bez pokrycia. Doszli do wniosku, że najlepiej będzie, jak na trochę zniknie z miasta.

– Dokąd pojechała? Była z Duncanem w niedzielę wieczorem?

– Zdecydowanie. Powiedział, że ciupciali się całą niedzielną noc, a w poniedziałek rano ze smutkiem pożegnali.

– Dokąd zwiała?

– Do Galveston.

– Może być Duncanowi potrzebna, by potwierdzić jego alibi. Jeśli znasz kogoś w południowym Teksasie, kto mógłby ją odszukać i przywieźć tutaj…

– Już się tym zająłem.

– Świetnie.

– Tylko że… – Carson się skrzywił.

– Co?

– On może nie chcieć, żeby rzucała się w oczy, nawet jeśli straci przez to alibi.

– Te trefne czeki?

– To też, a poza tym może wypłynąć kwestia jej wieku. Ale on jest prawie pewien, że siedemnaście lat skończyła.

Trapper zrobił zbolałą minę.

– Czy cokolwiek przemawia na korzyść tego faceta?

– Ma tatuaż z serduszkiem i słowem „mama".

– To zawsze coś – wtrąciła Kerra.

– Ten napis jest przebity sztyletem.

Nie wiedziała, czy Carson żartuje, czy mówi poważnie, ale obawiała się tego drugiego.

– A pistolet? – spytał Trapper.

– Przysięga na Boga, że nigdy w życiu nie widział go na oczy.

– Dopóki gliniarze nie wyciągnęli go spod siedzenia jego furgonetki?

– Nie-e… – Carson przeciągnął to słowo. – Dopóki nie znalazł go w kontenerze na śmieci.

– Chyba ze mnie kpisz.

– Chciałbym – odparł Carson. – Twierdzi, że kiedy poszedł wyrzucić śmieci do kontenera, leżał w nim pistolet. Magazynek był pełen, pomijając jeden nabój. Numer seryjny zatarty.

– A to miał fart.

– Dokładnie jego słowa.

– I kiedy dokonał tego cudownego znaleziska?

– W poniedziałek wieczorem. Pamięta, bo śmieci wywożą z kempingu dla przyczep co wtorek rano.

– Kiedy go pytano o broń, czemu kłamał?

– A ty byś powiedział prawdę?

Trapper przesunął ręką po karku.

– Gdybym utrzymywał stosunki seksualne z nieletnią, to owszem, pewnie bym łgał. Pytałeś go o Majora?

– Wie, że jest sławny. Wie, że do niego strzelano. O tobie w życiu nie słyszał – dodał Carson z wyraźnie radosnym błyskiem w oku.

– A o Kerze?

– Widział ją tylko raz czy dwa, bo potem sąsiad się połapał, że Duncan podłączył mu się do kablówki i go odciął.

– Spytałeś, czy zna Thomasa Wilcoxa?

– Spytałem. Powiedział, że zna.

Kerra i Trapper wymienili spojrzenia, a potem popatrzyli na Carsona.

– Słowo wam daję, zdrętwiałem, kiedy to usłyszałem. Spytałem, skąd go zna, a on odparł: „Bo to mój bohater". Zapytałem, dlaczego uważa Wilcoxa za bohatera, a on mi na to: „Za te rzuty po trzy punkty, kretynie". Poczułbym się urażony, ale tego typu werbalne zniewagi są nieodłączne w przypadku roli obrońcy w sprawach kryminalnych, no a skoro to wy regulujecie rachunek…

– Carson, do rzeczy.

– Zapytałem mojego klienta, czy to możliwe, że mamy na myśli dwóch różnych Thomasów Wilcoxów. A on powiedział: „Ja mówię o gwieździe NBA z uniwerku w Oklahomie. Czarny gość. Dwa metry pięć wzrostu. Zaczął grać dla Oklahoma City Thunder, ale drużyna się skiepściła, więc przeszedł do Denver Nuggets. A ty, kurwa, o kim gadasz?". To tylko cytat – dorzucił, zerkając przepraszająco na Kerrę. – Tak czy inaczej, ten koszykarz to jedyny Thomas Wilcox, o jakim słyszał.

Po takim wstępie konkluzja Kerrę rozczarowała. Widziała, że Trapper odebrał to podobnie. Nikt nic więcej nie mówił. Potem, tonem spokojniejszym, Carson dorzucił:

– Twoje biuro splądrowano.

– Nie mów? – Trapper udawał zaskoczonego.

– Włamali się przez tę szybę w drzwiach. Dozorca budynku połapał się, kiedy przyszedł rano do roboty. Powiedział, że biuro zostało dokładnie przetrząśnięte. Próbował dzwonić na twoją komórkę, ale odezwała się tylko poczta głosowa. Nie wiedział, jak inaczej cię łapać, więc zadzwonił do mnie. Upoważniłem go do wymiany szyby i zamka.

– Dzięki.

– Dopiszę to do rachunku. – Carson popatrzył na nich oboje z niepokojem. – Wiesz, Trapper, z niektórymi ludźmi lepiej nie zadzierać. Zapytam cię jeszcze raz, czy ty na pewno wiesz, co robisz? – Dyplom może i miał sfałszowany, ale jego troska wydawała się autentyczna.

Trapper udawał, że tego nie dostrzega. Spytał Carsona, jak Duncan zareagował na prośbę o wykrzyknięcie tamtego pytania.

– Zakładam, że o to szło w tym żonglowaniu papierami po stole? – dodała Kerra.

Carson pokiwał głową.

– Pytanie miałem zapisane i powiedziałem Duncanowi, że musi użyć dokładnie tych słów, które widzi, i ma mówić dość głośno, żeby każdy, kto stoi za drzwiami, mógł go słyszeć. Włącznie z Kerrą Bailey, jedną z ofiar. A on spytał: „Ale, mać, po co?". Powiedziałem mu tylko, że w jego najlepszym interesie leży wyświadczyć mi tę drobną przysługę. Rzucił jeszcze kilka maci, a potem stwierdził „A co mi tam". – Carson spojrzał na nich. – Na tyłku szeryfa dałoby się potem smażyć jajka. Co się stało, kiedy wyszedłem?

Trapper powiedział mu o znalezieniu torby Kerry.

– Zastępca szeryfa mówił, że znaleźli ją w kącie pod łóżkiem, w przyczepie Duncana.

– Coś z niej zginęło?

– Niewielka ilość gotówki i moje karty kredytowe – odparła Kerra. – Poza tym nic.

– Dobrze wiedzieć – stwierdził Carson. – Przynajmniej nie zaskoczą mnie tym, kiedy Duncan zostanie postawiony w stan oskarżenia. Rozprawę zaplanowano na dziś, na trzecią po południu.

– Niech nie przyznaje się do winy – powiedział Trapper.

– A jest inne wyjście? – Carson kilkakrotnie zamrugał zdziwiony. – Biorąc pod uwagę okoliczności, sławę jego domniemanych ofiar i kartotekę Duncana, sędzia wyznaczy kaucję sięgającą sufitu. Gość sobie posiedzi.

– Wyjdzie na tym najlepiej – stwierdził Trapper. – Gdyby go zwolniono, prawdopodobnie nie pożyłby długo.

– To stwierdzenie domaga się uzasadnienia. – Carson uniósł brwi.

Trapper zastanawiał się chwilę.

– Gdybyś właśnie postrzelił i zostawił na pewną śmierć słynnego Amerykanina, zatrzymałbyś broń? Duncan mógł się jej pozbyć gdziekolwiek w całym północnym Teksasie. Nawet jeśli korciło go, żeby mieć ją na pamiątkę i opylić na eBayu w przyszłości, to czy chowałby ją pod siedzeniem własnego wozu? – Popatrzył na nich. – Zabiera kasę i karty kredytowe z torby Kerry, ale samą torbę chowa tam, gdzie można ją łatwo odnaleźć. Znasz jakiegoś złodzieja, który zatrzymuje torebkę już opróżnioną z wartościowych rzeczy?

Ostatnie pytanie skierował do Carsona.

– Nie znam żadnych złodziei. Wszyscy moi klienci są niewinni – odparł prawnik.

– Pytałem retorycznie.

– Podtrzymuję swoją odpowiedź.

– Wracając do tego, co mówiłem, Duncan to szumowina, ale nie sądzę, żeby był głupi. Gdyby był zamieszany w wydarzenia ostatniej niedzieli, nie trzymałby u siebie dowodów potwierdzających jego udział. Jest wrogo nastawiony i zadziorny, ale nie zachowuje się nerwowo. Bo wie, że nawet jeśli ta broń i torba były w niedzielę w domu Majora, jego tam nie da się umieścić. Nie zrobi tego ani biuro szeryfa, ani strażnicy Teksasu, ani FBI. A wie o tym, że nie da się go przypisać do miejsca zbrodni, bo…

– Bo go tam nie było – dopowiedziała Kerra.

– Bo go tam nie było – przytaknął Trapper. – Całą noc spędził w tym domku na kółkach, pieprząc się ze swoją nieletnią dziewczyną. Co samo w sobie jest wykroczeniem, ale nie próbą morderstwa.

– Mój klient ewidentnie został wrobiony.

– Był idealnym kandydatem – orzekł Trapper.

– Wrobiony przez… – Kerra zawiesiła głos.

– Przez kogo, tego nie wiem – odparł Trapper. – Jeśli spytasz, po co, to dlatego, żeby ostudzić emocje. W całym kraju już słychać rozmowy przy obiadowym stole: „Mają jednego z napastników na Majora, drugiego pewnie złapią lada moment". Media zajmą się kolejną sensacyjną historią i na niej też skupi się opinia publiczna. – Zastanawiał się przez chwilę i dorzucił: – A ja wychodzę na jeszcze większego wariata w związku z tym, że biorę pod uwagę inne możliwości.

– Idę za twoją logiką, ale dlaczego jesteś pewien, że Duncan nie jest numerem dwa, tym, który się nie odzywał?

– Bo facet numer dwa nigdy nie powtórzyłby tego pytania, wiedząc, że stoimy za drzwiami. A przynajmniej stawiałby opór, wykręcał się, próbował zmienić tembr głosu. Nie spuszczałem oczu z Duncana. Widać było, że wszystko olewał, a to pytanie zadał bez obaw, bo dla niego nie miało ono żadnego znaczenia.

– Zauważyłem to, kiedy mu je pokazałem – zgodził się Carson. – W ogóle nie zrobiło na nim wrażenia.

– W związku z oskarżeniem o usiłowanie morderstwa nie przyznawajcie się do winy – powtórzył Trapper. – Ale niech posiedzi za kratkami. Kozły ofiarne miewają krótki żywot. Duncan będzie w więzieniu bezpieczniejszy, a zresztą, jeśli zadawał się z nieletnią, to i tak powinien siedzieć. Jestem pewien, że Oklahoma w razie czego też chętnie go przytuli.

Trapper otworzył drzwi, bez ceregieli sugerując Carsonowi, że pora iść. Uścisnął dłoń kumpla i podał mu kluczyki do samochodu.

– Niemal zapomniałem! – Carson pogrzebał w kieszeniach spodni, wyjął breloczek zbliżeniowy i wręczył Trapperowi. – Za północnym rogiem budynku. Ostatni w rzędzie. Ciemnoczerwony sedan.

– Dzięki. – Trapper schował brelok. – I dzięki jeszcze raz, że przyjechałeś tu tak szybko. Daj mi znać, kiedy będę mógł oddać ci przysługę.

– Możesz zacząć od zapłacenia osiemdziesięciu pięciu dolców, które mi się należą tylko za dzisiaj.

– Zapomnij.

– No dobra, trzydzieści pięć.

– Mógłbym wspomnieć teksańskiej radzie adwokackiej, że…

– Dwadzieścia pięć.

– Na razie, Carson.

Trapper zamknął drzwi za przyjacielem i oparł się o nie, jakby barykadując je w razie, gdyby Carsonowi wpadło do głowy wrócić.

– Dlaczego wymieniliście się kluczykami? – spytała Kerra.

– Zabiera z powrotem samochód swojego szwagra. Mnie zostawił ten, którym przyjechał z Fort Worth.

– Dlaczego?

– Bo Glenn mógł się posunąć do zamontowania mi w tamtym paskudnym gruchocie urządzenia lokacyjnego, gdy siedzieliśmy w biurze szeryfa. Jeśli znów będę musiał się urwać, to zacznie śledzić Carsona, nie mnie.

– Myślisz o wszystkim.

– Nie. Wręcz przeciwnie. – Głos mu spoważniał i cały się spiął. – I właśnie to nie daje mi spać od trzech lat. A od niedzieli bezsenność doskwiera mi jeszcze bardziej.

Przez chwilę patrzył na nią w zadumie, a potem potrząsnął głową, jakby podjął jakąś trudną decyzję.

– Oczekuje się ode mnie, że będę działał nierozważnie, ale takie pościgi nie są dla ciebie. Źle zrobiłem, że cię w to wciągnąłem. Wracaj do Dallas i tak jak mówiłaś, zajmij się własną robotą, a ja będę robił swoje. – Ponownie wskazał jej torbę. – Zostawiłaś parę drobiazgów w łazience.

Zamiast zacząć się pakować zgodnie z jego sugestią, przysiadła na krawędzi łóżka.

– Dlaczego nadal prowadzisz to polowanie?

– Chcę sprawiedliwości.

– To też, oczywiście. Ale gdybyś tylko tego chciał, poszedłbyś teraz do odpowiednich władz z tym, co masz na Wilcoxa.

– I znów dałbym im okazję serdecznie się pośmiać? Nie, dziękuję.

– Tym razem masz przecież samego Wilcoxa.

– Zaprzeczy, że spotkanie w moim biurze kiedykolwiek miało miejsce.

– Mogłabym o tym zaświadczyć.

– Tak, ale nie masz dowodu na to, o czym rozmawialiśmy.

– Wręcz przeciwnie.

Nie spodziewał się tego i rzucił jej ostre spojrzenie.

– Weź telefon, który miałeś przy sobie, kiedy groziłeś mu, że zadzwonisz na policję.

Podszedł do łóżka i pogrzebał w kieszeniach kurtki. Znalazł konkretny aparat, zdjął tylną klapkę i umieścił w nim baterię.

– Miałam telefon przy sobie, kiedy podeszłam do okna. Stałam do was plecami z dziesięć minut. Weszłam na stronę aplikacji nagrywającej notatki głosowe i wcisnęłam nagrywanie. Bałam się śmiertelnie, że Wilcox zauważy. Albo ten człowiek po przeciwnej stronie ulicy. Chyba celownik miał jednak nastawiony na środek mojego czoła, a nie na dłonie.

W telefonie już uruchomił się system. Trapper wszedł w notatki głosowe i uruchomił odtwarzanie.

Nagranie zaczęło się od głosu Kerry:

„...wychodzi zza rogu. Trzeci idzie z przeciwnej strony". Po dłuższej przerwie: „Trapper, idzie czwarty".

A potem Wilcox: „Zostali poinstruowani, że mają czekać na drugi telefon. Jeśli nie nastąpi w ciągu dziesięciu minut..."

Trapper nacisnął pauzę i spojrzał na Kerrę.

– Ile tam tego jest?

– Musiałam przerwać nagrywanie, żeby wykonać ten drugi telefon. Później wziąłeś ode mnie komórkę.

– Całkiem sprytne zagranie.

– Dzięki.

Zareagował na jej pogodną odpowiedź gniewem.

– Zagranie, które mogło cię kosztować życie. Mogło kosztować nas oboje. Dlaczego mówisz mi o tym dopiero teraz?

– No cóż, dostarczałeś mi wciąż nowych zajęć. Najpierw była niezapowiedziana wizyta w domu Marianne. Potem jazda tutaj w środku nocy. Nerwowa rozmowa między tobą a Majorem w szpitalu. Dziś rano...

– Bzdura, Kerro. Nie powiedziałaś mi, bo wiedziałaś, że wścieknę się jak diabli. Pomyśl, co by się stało, gdybyś dała się złapać.

– Ale się nie dałam! A teraz masz nagranie.

– Nagranie, na którym opowiadam coś, co Wilcox nazwał frapującą bajeczką.

– Mówił, że chce się zemścić za śmierć swojej córki. Mówił o czterech mężczyznach na zewnątrz czekających na znak, by wpaść do budynku i cię zabić. To już coś. A przynajmniej tyle, że organy śledcze zaczną słuchać cię bez głupich śmieszków. – Jego brak entuzjazmu zdziwił ją i zbił z tropu. – Myślałam, że będziesz zadowolony.

– Cieszę się, że mam nagranie. I to jest już jakiś haczyk na tego sukinsyna. Ale to tylko dowodzi mojej racji, Kerro. Gdyby nie ja, nie znalazłabyś się w zagrażającej życiu sytuacji i nie podejmowałabyś takiego ryzyka.

Zrobił kilka kroków i odwrócił się do niej.

– Twoje zaangażowanie w całą tę sprawę powinno było skończyć się tamtego wieczoru, kiedy przyniosłem ci te cholerne kwiaty. – Przez chwilę podtrzymywał jej spojrzenie, a potem opuścił wzrok na własne buty i mruknął niewyraźnie: – Ale nie umiałem być daleko od ciebie.

Od tego wyznania zatrzepotało jej serce, ale przy jego kolejnych słowach poczuła się, jakby przestało bić:

– Twoje zaangażowanie dobiegło końca.

– Zmieniłam zdanie co do tego, co mówiłam wcześniej.

– Wracasz do swojego życia. – Pokręcił głową przecząco. – Nasza współpraca kończy się teraz.

– Ale ja nie chcę odpuszczać tej sprawy.

– A ja nie chcę mieć na sumieniu kolejnego Berkleya Johnsona. Jeśli chodzi o ciebie, to byłoby jeszcze gorsze. Zresztą to jest coś, co muszę zrobić sam – wyznał.

To ostatnie zdanie zabrzmiało inaczej.

– Musisz to zrobić sam? Dziwnie stwierdzenie.

– Co w tym dziwnego?

– Nie mówisz jak ktoś, kto poszukuje sprawiedliwości, Mówisz jak ktoś, kto ma ukryte motywy.

– Co to za pseudopsychologiczne bajdy?

Gdyby nie uderzyła w czułą strunę, nie zareagowałby obronnie. Zdecydowana dotrzeć do sedna sprawy, przyjrzała się uważnie jego twarzy.

– Dlaczego musisz zrobić to sam? – drążyła.

– Po prostu muszę, okej? – Zbył ją.

– Nie okej. To żadne wyjaśnienie.

– Ale tylko takie dostaniesz.

– Dlaczego sam, Trapper?

– Kerro…

– Żeby odzyskać poczucie własnej wartości?

– Taa. Dokładnie tak. – Wyprostował się. – Jestem pawiem, któremu ATF uszczknęło kilka piór z ogona. Zapisz sobie ten cytat. Zamieść w swojej relacji.

– Nie rób tego – poprosiła, wstając z miejsca. – Nie zatrzaskuj przede mną drzwi i nie przybieraj tego przemądrzałego tonu.

– A ty przestań zadawać mi pytania. Zapomniałaś, że nie udzielam wywiadów?

– Przecież ten etap mamy już za sobą.

– No cóż, też tak myślałem, ale najwyraźniej nie.

– Trapper, jesteśmy po prostu dwojgiem rozmawiających ludzi.

– Mylisz się. Tylko jedna osoba tu rozmawia. Ty. Ja już nie słucham.

Ominął ją, podniósł z podłogi jej torbę i zabrał ze sobą do łazienki. Wrzucił do niej kosmetyki i piżamę wiszącą na haczyku łazienkowych drzwi.

Poszła za nim, aż na próg obu pomieszczeń.

– Naprawdę każesz mi pakować manatki? – Nie odpowiedział, sięgnął po szampon i golarkę, które zostawiła w kabinie prysznicowej, i schował je do torby. – Nasz tandem oznacza kłopoty dla tych złoczyńców, czy nie tak sam mówiłeś? No i patrz, podziałało. Ktoś na tyle zdenerwował się naszą współpracą, że splądrował ci mieszkanie i biuro. Thomas Wilcox przyszedł, chcąc układać się w sprawie nietykalności dla siebie. Jakie jest prawdopodobieństwo, że doszłoby do tego, gdyby nie bał się dowodów, które na niego możesz mieć? Ktoś zadał sobie sporo trudu, żeby wrobić Lesliego Duncana w niedzielny napad. – Musiała odsunąć się na bok, inaczej stratowałby ją, wychodząc z łazienki. – Trapper, rozniecililiśmy tlące się węgle. Czy nie o to ci chodziło, kiedy mnie stąd wywiozłeś?

– Chodziło mi głównie o to, żeby cię przelecieć.

– To szalenie romantyczne – odparła – ale twoja pierwotna motywacja była inna.

Spojrzał na nią spod półprzymkniętych powiek.

– Chcesz się założyć?

– Panie i panowie, proszę podziwiać, jak przechodzimy od taktyki zastraszania numer jeden do taktyki zastraszania numer dwa. Sprośne i lubieżne aluzyjki – urwała na moment. – Trapper, daruj sobie. Nie dostanę ataku histerii ani nie rzucę się pędem do ucieczki w lęku o swoją cnotę.

– Nie bądź tego taka pewna. Umiem być naprawdę sprośny i... zapomniałem, co było to drugie.

– Pozwól mi zobaczyć, co jest na tym pendrivie. – Sapnęła z irytacją.

– Zależy ci tylko na temacie. – Odpuścił sobie wszelkie seksualne podteksty i znów się rozzłościł.

– Pewnie, że mi na nim zależy. Ale nie zobojętnieję na niesprawiedliwość i nie wrócę do zwykłego życia, jakby nic się nie stało – rzuciła.

– Właśnie to twoje życie próbuję ratować.

– I dlatego potrzebny mi ochroniarz.

– Nie zapłaciłaś ani grosza zaliczki za moje usługi.

– Ile się należy?

– Nie stać cię na mnie.

– A może jednak?

– Zresztą nie jestem do wynajęcia.

– Gdzie jest ten pendrive?

– Kurwa mać! – Z miną, jakby gotów był ją udusić, stał tam, ciężko dysząc ze złości, a potem ruchem ręki przeciął powietrze. – Dobra. Mam transport. – Poszukał w kieszeni dżinsów kluczyków do samochodu, który dał mu Carson. – Pojadę. Pokój jest opłacony do końca dnia. Możesz tu zostać i sama wykombinować, jak wracać do Dallas.

Włożył kurtkę i podszedł do drzwi.

– Oferta, że podrzucę cię do samochodu, jest nadal aktualna, ale kończy się z upływem trzydziestu sekund.

Patrzyła mu w oczy, które potrafiły być twarde i błękitne, jak diamenty, to znów gorące jak niebieski płomień. W tej chwili były nieprzejednane i nie zdradzały niczego, nieważne jak głęboko w nie zaglądała. Mogła tylko ustąpić. Włożyła płaszcz, zapięła brezentową torbę, założyła jej pasek na ramię i poszukała torebki. On tymczasem zabrał z szafy druciany wieszak na ubrania. Spotkali się w drzwiach, Trapper otworzył je przed nią i przytrzymał. Pamiętając wskazówki udzielone mu przez Carsona, skręciła w stronę północnej ściany budynku. Ciemnoczerwony sedan stał tam jako jedno z trzech aut zaparkowanych na tyłach motelu. Trapper otworzył drzwi. Umieścił jej torbę na tylnym siedzeniu, kiedy

Kerra wsiadała. Nie było stąd daleko do motelu, w którym poprzednio się zatrzymała. Dotarli na miejsce, zanim silnik samochodu zdążył rozgrzać się na tyle, by ogrzewanie zaczęło pracować. Trapper zatrzymał się obok jej wozu.

– Zaczekaj, aż go uruchomię. To może chwilę potrwać, skoro tak długo stał na zimnie.

Zostawił silnik sedana na wolnych obrotach i wysiadł, zabierając ze sobą druciany wieszak. Sądziła, że producenci samochodów zmienili już typ zamków na odporny na tego typu próby włamań, ale okazało się, że drzwi ustąpiły. Trapper otworzył je w kilka sekund.

Kątem oka dostrzegła, że na parking wjechał jakiś pojazd. Mijając sedana, kierowca zwolnił, spojrzał na nią, a potem podjechał do auta, w którym Trapper nachylał się nad kierownicą, jedną nogę wystawiwszy na zewnątrz. Ten ktoś zatrzymał minivana i wysiadł. Rzucił Kerze kolejne spojrzenie, a potem podszedł do drugiego wozu.

– Trapper! – zawołał.

Trapper wyprostował się i podszedł bliżej do mężczyzny.

– Cześć, Hank. Co tu robisz?

Pastor podskoczył i walnął go z całej siły pięścią w szczękę.

Rozdział 25

Trapper osunął się na maskę samochodu Kerry.

– Co u...?

Zanim zdążył dokończyć pytanie, Hank walnął go znowu, tym razem trafiając pod okiem. Trapper zareagował odruchowo, z całej siły uderzając Hanka w splot słoneczny. Hank zgiął się wpół i zatoczył w tył.

Trapper dotknął wnętrzem dłoni policzka. Ręka była czerwona od krwi. Potrząsnął głową, bo nie widział wyraźnie. Hank już nie stanowił zagrożenia. Stał zgięty niemal pod kątem prostym, dyszał i się krztusił.

Kerra wyskoczyła z ciemnoczerwonego samochodu i podbiegła do Trappera. Uniósł rękę gestem policjanta z drogówki, każąc jej się zatrzymać. To była sprawa między nim a Hankiem. Odepchnął się od samochodu i podszedł do pastora.

– No dobra, należało mi się. Ale co, u diabła?! – Pomacał kość policzkową, czując rosnący guz. – Podobno należy nadstawiać drugi policzek?

Hank z trudem chwytał oddech.

– Jedyny... policzek... jaki ci nadstawię, to mój półdupek – zaświszczał, zakaszlał, wypluł z ślinę. – Żebyś mógł mnie w tyłek pocałować.

Trapper podciągnął rękaw kurtki i otarł krew z twarzy mankietem koszuli.

– Nie powinienem był wysyłać cię do tej szopy na szlaku. Przepraszam. Musiałem sprowadzić szeryfa na fałszywy trop na kilka godzin. Ale co jest gorszym grzechem: manipulacja czy zdrada zaufania? Bo to właśnie zrobiłeś. Więc nie odgrywaj mi świętoszka.

Hank usiłował stanąć prosto, chociaż nadal przyciskał ramię do okolicy żołądka.

– Nie w tym rzecz. Chodzi o to, co robisz tacie.

– Glennowi? Nic mu nie robię.

– Doprawdy? Miał jakiś… atak. – Hank otarł wydzielinę z nosa. – Nie mógł oddychać. Bolała go klatka piersiowa. Zrobił się czerwony. Któryś z zastępców pędem zawiózł go na ostry dyżur. Kardiolog tatę ogląda. Mama jest w histerii. – Wyciągnął palce w stronę Trappera oskarżycielskim gestem. – To twoja sprawka.

Trapper odetchnął przez otwarte usta i przegarnął włosy palcami.

– Zaraz tam pojadę…

– Trzymaj się od niego z daleka, psia mać! – wrzasnął Hank. A przynajmniej próbował. Zabrzmiało to bardziej jak skrzek, ale dało się wyczuć wściekłość.

Kerra podeszła do Hanka i położyła mu dłoń na ramieniu.

– Przykro mi słyszeć, że pana ojciec zachorował. Jestem Kerra Bailey.

– Hank Addison. – Popatrzył na nią zakłopotany. – Przykro mi, że pani to widziała. Zwykle mnie tak nie ponosi. – spiorunował Trappera wzrokiem. – Nie jestem aż tak nieopanowany.

– Trapper miewa taki wpływ na ludzi – odparła. – Skąd pan wiedział, gdzie go szukać?

– Kiedy ostatnio się dowiadywałem, tu wynajmowaliście pokój.

Spojrzała za plecy Hanka w stronę kawiarni, która miała z motelem wspólny parking.

– Cieplej byłoby w środku i uważam, że nie powinien pan jeszcze prowadzić. Może porozmawiamy wewnątrz?

Hank pokiwał głową i dał się zaprowadzić w stronę kawiarni. Kerra obejrzała się na Trappera.

– Idziesz?

Miał już na ustach jakąś przykrą albo wulgarną uwagę na temat jej nowej roli matki Teresy, ale spojrzenie jej oczu kazało mu nie przeciągać struny. Zamknął samochód Kerry i czerwonego sedana. Przymknął też drzwi minivana Hanka, stojące otworem, odkąd pastor rzucił się do ataku. Dogonił Hanka i Kerrę już w kawiarni. Poza dwoma stałymi bywalcami okupującymi kontuar i sprzeczającymi o zalety fordów i chevroletów cały lokal mieli dla siebie.

Usiedli w boksie. Hank ciężko osunął się na siedzisko. Kerra usiadła naprzeciwko, Trapper obok niej.

– Policzek nadal ci krwawi – szepnęła.

– Boli jak cholera. – Otarł go mankietem koszuli.

Obaj mężczyźni rzucali sobie wrogie spojrzenia, dopóki kelnerka nie przyniosła im menu.

– Zamówimy tylko coś do picia – zapowiedziała Kerra.

– Nie. Umieram z głodu. – zaprotestował Trapper. – Proszę cheeseburgera, frytki i kawę. – Zerknął na Kerrę i dodał: – Skoro już tu jesteśmy, weź coś. Nie jadłaś śniadania.

Zamówiła dla siebie grillowaną kanapkę z serem.

Hank poprosił kelnerkę o colę.

– Daj spokój, postawię ci lunch – powiedział Trapper. – Na znak pokoju.

– Dzięki, ale nie mogę się zasiedzieć. Potrzebują mnie na budowie.

– Potrzebujesz czegoś na tę twarz, kochany?

Trapper, który chciał już pytać Hanka, o jakiej budowie mowa, zorientował się, że kelnerka nadal stoi obok i zwraca się z tym pytaniem do niego. Uśmiechnął się do niej.

– Nie, dziękuję. Nic mi nie jest. Nowy kociak mnie zadrapał.

– Raczej ryś. – Spojrzała na niego spod uniesionych brwi.

Kerra wychyliła się zza Trappera.

– Pomógłby ręcznik kuchenny namoczony w zimnej wodzie.

– Jasne, słonko. Zaraz przyniosę – potwierdziła i odeszła.

– Jaka znów budowa? – zapytał Hanka Trapper.

– Nowa świątynia. Wylano już fundamenty. Dziś stawiają belki nośne i jest jakiś problem z ich rozmieszczeniem. Z planów wynika, że jeden stoi pośrodku galerii dla chóru.

– Nie wiedziałem, że budujesz nową świątynię.

– No jasne, że nie wiedziałeś – odparł Hank zgryźliwie. – Co więcej, nic cię to nie obchodzi. Nie obchodzi cię nic poza…

Hank urwał, bo kelnerka właśnie wróciła z prowizorycznym kompresem. Trapper podziękował jej i ostrożnie przytknął go do pulsującego policzka.

– Mówiłeś, że…?

Hank oparł łokcie na stole i ukrył twarz w dłoniach. Trapper zastanawiał się, czy się modli. Wreszcie pastor odjął ręce i dostrzegł na kłykciach prawej dłoni ślady krwi Trappera. Wyjął serwetkę z podajnika i wytarł rękę.

– Nieważne.

– Ależ przeciwnie – zaprotestował Trapper. – O mało nie eksplodowałeś. Nie duś tego w sobie. Posłuchajmy.

– Po co? Cokolwiek powiem, nie zrobi to żadnej różnicy, Trapper. Nie obchodzi cię nic poza własnym tyłkiem i tym, co ciebie gryzie. Chciałbym tylko, żebyś nie mieszał do tego taty.

– Glenn jest w to zamieszany, bo o mało nie zabito mu najlepszego kumpla. A przy okazji jest też szeryfem tego hrabstwa.

– Tak, ale ty mu roboty nie ułatwiasz. Wyczyniasz cyrki jeden po drugim. Bardziej się koncentrował na utrzymaniu cię w ryzach niż na złapaniu ludzi, którzy zaatakowali Majora. Nie wiem, co za numer wywinąłeś dziś rano...

– Zatrudniłem prawnika, żeby reprezentował podejrzanego.

Hank rzucił Kerze porozumiewawcze spojrzenie, po czym popatrzył oskarżycielsko na Trappera. Trapper odjął od twarzy kompres i zwinął go w kulkę.

– Dobra. Trochę przegiąłem.

– To, co zrobiłeś – powiedział Hank – i to zaraz po tym, jak tata miał trudną rozmowę z Majorem, przyprawiło go o taki skok ciśnienia, że...

– Zaraz. Trudna rozmowa z Majorem? Kiedy to było?

– Wczesnym rankiem. Pojechał do szpitala przed śniadaniem. Wrócił do domu zjeść coś przed pracą. Mama mówiła, że był wytrącony z równowagi.

– Przepraszał mnie za zły nastrój, wspomniał, że ma kiepski poranek – dorzuciła Kerra.

Trapper przypomniał sobie, że Glenn zdawał się pobudzony, kiedy przywitał ich przy windzie.

– Ale dlaczego wizyta u Majora miała wytrącić go z równowagi? Przecież stan ojca się poprawia.

– Dziwię się, że zauważyłeś poprawę – powiedział Hank. – Jak znalazłeś czas na odwiedziny u niedomagającego ojca, skoro byłeś ciągle zajęty robieniem zamieszania i utrudnianiem życia wszystkim wokół?

– Dobra, słuchaj, jestem marnym robakiem, a ty jesteś święty. Wszyscy to wiedzą. Ale zniż się na chwilę do mojego poziomu, żebyśmy mogli porozmawiać o Glennie, a nie o wadach mojego charakteru.

– Właśnie to usiłuję ci powiedzieć. On nie był… sobą, odkąd się pojawiłeś.

Trapper z trudem panował nad własnym temperamentem. Nie podniósł głosu, ale nachylił się i przemówił dobitnie:

– Hank, nie zwalaj wszystkiego na mnie. Tego wieczoru, kiedy przyjechałem bez zapowiedzi uprzedzić Glenna o zbliżającym się wywiadzie Kerry z Majorem, żłopał jacka danielsa prosto z butelki. Może i byłem w tym tygodniu dla niego dodatkowym obciążeniem, ale nie ja jestem źródłem jego problemu. Ten pojawił się na długo przed wydarzeniami ostatniego tygodnia.

Trapper wiedział, że uderzył w czuły punkt, bo Hank spojrzał na Kerrę wyraźnie zażenowany.

– Co się z nim dzieje, Hank? – spytał Trapper.

– Nie wiem. Ale coś się dzieje. – Pastor się zawahał.

Trapper oparł się o ściankę działową boksu. Troskę o Glenna zastępowała irytacja na Hanka.

– Może on jest chory, naprawdę chory, i trzyma to w tajemnicy?!

– Mama by wiedziała. Pilnuje wszystkiego, od jego codziennej najmniejszej dawki aspiryny po wypróżnienia. W ostatnich latach miewał kłopoty ze zdrowiem. Wysokie ciśnienie, podwyższony poziom cholesterolu. Normalne u mężczyzny w tym wieku raczej niedogodności niż choroby. Aż do dzisiaj.

– Dopadł go stres związany z pracą? – dopytywał Trapper. – Powiedział mi, że przydałby mu się człowiek do spraw kryminalnych, który byłby od niego młodszy i bystrzejszy.

– Może nie radzi sobie z upływem czasu – zauważyła Kerra. – Niektórzy starzenie się odbierają gorzej niż inni.

– Wszystko to może odgrywać jakąś rolę – przyznał Hank. – Ale moim zdaniem chodzi o coś więcej. Tylko nie wiem o co. To wszystko sprowadza się do tego: nie wiem, o co chodzi. – Uderzył poranioną pięścią w stół dla podkreślenia swoich słów. – On mi się nie zwierza. Z zasady. Ile razy go podpytuję, odpowiada mi jakimś: „Jak będę potrzebował księdza, przejdę na katolicyzm". Tym podobne teksty. Ale cokolwiek by mu doskwierało, nie potrzebuje więcej stresu. – Ostatnie słowa skierował do Trappera.

– To nie moja wina, że Major został postrzelony.

– Nie, ale czy w tej okropnej sytuacji ułatwiasz mu życie, czy utrudniasz?

– Już byłeś uprzejmy poinformować mnie o swoim zdaniu w tej sprawie.

Spokojna odpowiedź Trappera stanowiła ustępstwo, które nieco uspokoiło Hanka. Pastor pokręcił głową.

– Trapper, wiem, że lubisz tatę. I nie wierzę, żebyś robił coś powodowany złymi intencjami. Po prostu jesteś sobą. – Nachylił się nad stołem. – Ale sprawiasz kłopoty. Zawsze sprawiałeś. Nic nie mogę poradzić, że moim zdaniem chaos, jaki wykreowałeś w tym tygodniu, przynajmniej częściowo przyczynił się do tego, że tata jest na ostrym dyżurze.

Trappera zmartwiły te słowa, i to bardziej, niż dał po sobie poznać. Nie umiał znaleźć żadnego argumentu przeciwko zarzutowi, który najprawdopodobniej był słuszny, więc milczał. Wreszcie Kerra przerwała napiętą ciszę, pytając Hanka, czy ma jakieś informacje na temat stanu Glenna.

– Pielęgniarka, która go przyjmowała na ostry dyżur, wątpiła, by to był zawał, bo nie miał wszystkich objawów. Mamy nadzieję, że to tylko silny atak niepokoju. Poważny, z pewnością alarmujący, ale raczej nie zagrażający życiu. Mama ma do mnie zadzwonić, kiedy skończą robić badania.

Kelnerka przyniosła zamówienie. Hank pociągnął łyk coli przez słomkę, a potem przesunął się na skraj boksu.

– Trzeba jechać i załatwić sprawy na budowie. Czy tatę zatrzymają w szpitalu, czy nie, muszę mieć później czas dla niego i dla mamy.

– Odezwę się do ciebie – obiecał Trapper.

Kerra zapisała na papierowej serwetce swój numer telefonu i podała ją Hankowi.

– Proszę dzwonić w razie konieczności.

– Dobrze. – Hank schował serwetkę do kieszeni. Spojrzał na Trappera i jego twarz. – Przykro mi za to – dodał.

– Akurat.

Hank zaśmiał się cicho.

– No dobra, nie jest mi przykro. W sumie to mi dało cholerną satysfakcję. – Skinął głową Kerrze na pożegnanie i wyszedł.

Dzwonek przy drzwiach zadźwięczał, gdy pastor opuszczał kawiarnię. Dwaj starsi panowie przeszli od producentów samochodów do drużyn futbolowych, nadal się sprzeczając. Siedząca na stołku za kasą kelnerka przeglądała jakiś tabloid.

Trapper wziął frytkę i przyjrzał jej się, obracając między palcami, a potem upuścił na talerz.

– Już nie umierasz z głodu? – spytała Kerra.

– Nie. – Zauważył, że ona też nie tknęła jedzenia. – A tobie co zepsuło apetyt? Siedzenie obok mnie?

– Trapper…

Zanim zdążyła powiedzieć coś jeszcze, podniósł się, wyjął z kieszeni dwudziestodolarowy banknot i położył go na stole.

– Powinno wystarczyć. – Na banknocie położył breloczek do samochodu. – To do czerwonego auta. Twoja torba jest już w środku. Wątpię, żebyś wiedziała, jak uruchamia się silnik przez zwarcie, więc wezmę twój wóz. Załatwię naprawę. Wkrótce ustalimy, gdzie i jak wymienimy się wozami. Telefon. – Z kieszeni kurtki wyjął komórkę i baterię. Wkładając ją na miejsce, dodał: – To ten numer, na który są przekierowane twoje połączenia. Możesz to odkręcić, kiedy już będziesz miała tamten. Uważaj w drodze powrotnej.

– Czekaj chwilę. Po prostu odjeżdżasz? W taki sposób?

Znieruchomiał na moment, żeby jej się przyjrzeć. Oczom, pieprzykowi, ustom. Była wszystkim, czego mógł pragnąć, i pragnął jej z całego serca. Ale przecież był chodzącym problemem. Wywoływał wokół siebie chaos i sprawiał ludziom ból.

Na przykład Marianne.

Na przykład Glennowi.

Na przykład swojemu ojcu.

Był jak trucizna.

– Nie chciałem, żeby tak wyglądało moje życie – powiedział. – Ale takie już jest.

Kiedy Trapper podjeżdżał do bramy, między jego samochodem a horyzontem wiatr utworzył wir pyłowy. Przyhamował i patrzył, jak rotująca kolumna przesuwa się po ziemi. Jeszcze przez minutę czy dwie kręciła się tam szaleńczo, wzbijając w powietrze wszystko na swojej drodze. A potem znikła. Pomijając szkody, jakie po sobie pozostawiał wir, nikt nie wiedziałby, że tam był, pełen furii, choć bezcelowy.

Trapper ruszył podjazdem w stronę domu. Koniec taśmy oznaczającej miejsce przestępstwa się obluzował. Żółta wstęga trzepotała na wietrze i smagnęła w poprzek przedniej szyby, kiedy zatrzymywał samochód Kerry tuż przy stopniach ganku.

Wysiadając, zostawił silnik na chodzie. Frontowe drzwi były zamknięte, ale wiedział, gdzie Major trzymał zapasowy klucz. Znalazł go tam teraz, przy trzeciej podporze po lewej pod okapem.

Technicy kryminalni okazali się skrupulatni. Na podłodze pozostały ślady dokonywanych pomiarów. Niewielkie plastikowe pałatki w rozmaitych kolorach osłaniały miejsca materiałów dowodowych. Czarny proszek pokrywał powierzchnie, z których zebrano odciski palców. Starał się niczego nie dotykać, kierując się do kuchni. Obejrzał ją pobieżnie i nie dostrzegł niczego, co wskazywałoby na zainteresowanie śledczych.

Wyszedł z kuchni, przeszedł przez salon i znalazł się w korytarzyku. Drzwi do łazienki brakowało, zabrano je jako dowód rzeczowy razem z roztrzaskanym zamkiem. Okno, przez które wymknęła się Kerra, było nietknięte, górna i dolna część ramy domknięte. Zdziwił się, że zdołała przecisnąć się przez niewielki otwór okienny, ale panika i adrenalina pomagają ludziom dokonywać rzeczy niebywałych.

Poszedł korytarzem. Nigdy w tym domu nie mieszkał, ale kiedy Major z żoną przeprowadzili się do Lodal z Dallas, matka przeznaczyła dla Trappera pokój gościnny i urządziła w przytulnym, domowym stylu, zachęcającym do częstszych odwiedzin. Ściana naprzeciw łóżka stała się galerią zdjęć, wszystkie zostały oprawione w jednakowe ramki i ładnie rozmieszczone.

Trapper zatrzymał się przed nią i przyjrzał kolekcji, która w pewnym stopniu stanowiła kronikę jego życia. Mógłby wskazać datę zamachu na hotel Pegasus, choćby tylko spoglądając na te fotografie. Na zdjęciach sprzed zamachu ojciec stał przy nim, z ręką na jego ramieniu, prezentując dumny uśmiech w stronę kamery. Trzymali między sobą wędkę ze złapaną na nią rybą, na innym widniało trofeum sportowe zdobyte na letnim obozie. Była też szarfa skauta pełna odznak. Fotki dokumentujące podobne osiągnięcia ciągnęły się aż do jedenastego roku życia Trappera.

Na zdjęciach robionych później Trapper stał sam.

Śledczy nie ruszali niczego w tej sypialni. Trapper teraz też niczego tu nie dotykał. Chociaż pokój został przygotowany dla niego, nigdy za nim nie tęsknił. Rzeczy tu umieszczone należały kiedyś do niego, ale nie czuł z nimi żadnej emocjonalnej więzi czy potrzeby zaznaczenia, że jest ich właścicielem. To były niemal sceniczne rekwizyty. Wyszedł i zamknął za sobą drzwi. Przeszedł korytarzem do sypialni Majora. Drzwi były lekko uchylone. Otworzył je szeroko i ogarnęły go znajome zapachy. W całym pokoju unosiła się woń old spice'a, skóry, wełnianego płaszcza wiszącego na ściennym wieszaku. Pachniał ojcem, mężczyzną z fotografii.

Ten pokój, podobnie jak główny salon, świadczył o dokładności przeprowadzonego śledztwa. Ustalono, że dwóch napastników uciekło przez okno właśnie w tym pomieszczeniu, bo wychodziło ono na tyły domu. Okno, ściana, w której było osadzone, i podłoga pod oknem pełne były poprzyklejanych etykiet ewidencyjnych i pokryte warstwą proszku do pobierania odcisków. Trapper podszedł do okna i wyjrzał przez nie, chcąc ocenić odległość do ziemi. Ze względu na nachylenie terenu spadek był tam większy niż pod oknem łazienki, z którego wyskoczyła Kerra. Mężczyzna w miarę sprawny fizycznie mógł stąd uciec. Znacznie trudniej byłoby dostać się tędy do środka.

Wracając korytarzem, Trapper był zatopiony w myślach. Zdał sobie sprawę z tego, że nie jest sam dopiero wtedy, gdy zobaczył wypełniającą frontowe drzwi sylwetkę postawnego mężczyzny.

Rozdział 26

Trapper przykucnął i sięgnął po pistolet.

– Hej, facet, wyluzuj.

Mężczyznę w mundurze i kowbojskim kapeluszu poznał po głosie.

– Jenks?

– Nie spodziewałem się ciebie. Czy to nie jest samochód pani Bailey?

– Owszem. Skąd wiesz? – Trapper wstał.

– Stał zaparkowany przed motelem niemal przez tydzień. Zwracaliśmy na niego uwagę, bojąc się, żeby go ktoś nie zwinął.

– Dzisiaj przy mnie odebrała wóz. Ponieważ kluczyki są nadal w torbie zatrzymanej jako dowód, musiałem włamać się do środka i uruchomić go zwarciem kabli.

– Jest z tobą? – Jenks wszedł do salonu i rozejrzał się wkoło.

– Nie, wraca do Dallas.

– Bez czterech kółek?

– To dłuższa historia.

– Tak to brzmi. I tak to wygląda. – Jenks wskazał policzek Trappera. – Ona ci to zrobiła?

– Nie. Zawdzięczam to wielebnemu kaznodziei.

– Hank Addison dał ci w pysk? – Jenks parsknął głośnym śmiechem.

– Taa.

– Nie sądziłem, że go na to stać.

– Był wściekły z powodu Glenna. – Trapper dotknął obolałego miejsca i się skrzywił. – Chyba wiesz, że jest na ostrym dyżurze.

Zastępca szeryfa skinął głową.

– Byłem poza biurem, kiedy to się stało, ale wszyscy się zdenerwowali. Wiadomość szybko się rozeszła.

– Hank uważa, że to przeze mnie.

– Słyszałem o dzisiejszej porannej akcji z podejrzanym. Został postawiony w stan oskarżenia. Sędzia nie zgodził się na kaucję.

Carson już przysłał mu esemesa z tą informacją. Trapper nie ciągnął teraz tego tematu z zastępcą szeryfa.

– Wiadomo, co z Glennem?

– To nie był zawał, chociaż miał ostry częstoskurcz. Silny atak paniki. Zamierzają obserwować go jeszcze przez parę godzin. Chcą się upewnić, że nic mu nie będzie, ale spodziewają się wypuścić go do domu.

– Dobrze to słyszeć. – Trapper odetchnął z ulgą.

Jenks przytaknął ruchem głowy. Po chwili milczenia oznajmił:

– Trapper, oficjalnie nikt nie powinien tu przebywać.

– Oficjalnie to ja to wiem. Ale Major prosił, żeby mu przywieźć szlafrok. Zaczyna się ruszać, każą mu wstawać. Zmęczył się świeceniem pośladkami przed pielęgniarkami.

– Nie mogłeś go znaleźć? – Jenks zachichotał, ale spojrzał na ręce Trappera.

– Znalazłem, ale marnie się prezentuje, a sam wiesz, jaki Major jest dumny z tego, że dba o wygląd. Postanowiłem kupić mu nowy.

– Dobry pomysł. Odprowadzę cię do wyjścia.

Zastępca szeryfa zrobił mu przejście i do Trappera dotarło, że decyzja o tym, czy wyjdzie, czy nie, nie zależy od niego. Ruszył w kierunku drzwi, Jenks kilka kroków za nim. Tuż za nim.

Kiedy wychodzili z domu, Trapper zapytał:

– Czy ta część hrabstwa to twój zwykły rewir?

– Nie. Ale szeryf chce, żeby po powrocie Major zastał dom nietknięty. Prosił, żebym tu zaglądał przynajmniej raz dziennie, i zwracał uwagę na intruzów, poszukiwaczy pamiątek, innych takich.

– Spiszesz mnie?

– Skąd. Przecież to twój dom, nie?

– Tylko w połowie.

– Czy trzymałeś się swojej połowy?

Zgodnie z oczekiwaniem, Trapper parsknął śmiechem.

– A poza tym – dodał Jenks – szeryf ma już wystarczająco dużo na głowie. I jeszcze musiałem mu wczoraj wieczorem truć raportem o zaginięciu.

– Była przecież ze mną.

Jenks odrzucił głowę w tył i zaśmiał się głośno.

– Dokładnie to samo powiedział Glenn, ale nie chodzi o panią Bailey. Znasz faceta nazwiskiem Petey Moss?

Trapper pokręcił głową.

– No cóż, nieważne. Zaginięcie zgłosił człowiek wynajmujący mu dom, ale moim zdaniem Moss próbuje uciec przed swoją byłą. Zostawił po sobie martwe złote rybki i kilka miesięcy nieuregulowanego czynszu.

Trapper odłożył zapasowy klucz tam, skąd go wziął, zszedł ze schodków i ruszył w stronę samochodu Kerry, którego silnik nadal cicho mruczał.

– Dzięki za doglądanie domu.

– Nie ma sprawy. – Zastępca szeryfa musnął palcem rąbek kapelusza i wsiadł do patrolowego wozu.

Jechał alejką śladem Trappera i dwukrotnie przyjaźnie nacisnął klakson, kiedy za bramą skręcał w przeciwną stronę.

Parę kilometrów dalej Trapper zauważył przy drodze starą stodołę, w której przeprowadzano aukcje bydła, teraz opuszczoną i zaniedbaną. Skręcił z drogi i pojechał na tyły budowli, skąd nie mógł być widziany. Wysiadł z samochodu i zaczął obszukiwać podwozie i wnęki na koła. Szybko znalazł transmiter.

– Poszukiwacze pamiątek i co jeszcze?

– Co ci się stało w twarz?

– Też się cieszę, że cię widzę. – Trapper odłożył plastikową torbę z logo Walmart i usiadł na krześle przy łóżku Majora. – Pojechałem na oddział intensywnej terapii. Powiedzieli mi, gdzie cię znaleźć. Nie żebym potrzebował wskazówek, kiedy już znalazłem się na tym piętrze. Korytarz jest tak zastawiony koszami podarunkowymi i kwiatami, że personel musi uprawiać slalom, by dostać się do innych pacjentów. Kiedy cię przenieśli?

– Parę godzin temu.

– Znaczy, że wracasz do zdrowia. – Rozejrzał się wkoło pobieżnie. – Przyjemny pokój. Rozsuń żaluzje, będziesz miał widok na zachód słońca. I mogę przynieść ci tu trochę tych kwiatów, jeśli chcesz. Zauważyłem też czekoladki, które nieźle się prezentują.

– John, zadałem ci pytanie.

Trapper westchnął, oparł przedramiona na udach i wbił wzrok we własne buty. Były pobrudzone ziemią zza starej stodoły. Podjechał stamtąd do supermarketu i od razu ruszył do szpitala. Chciał omówić z ojcem parę rzeczy, a wszystkie dotyczyły delikatnych tematów.

– Hank mi to zrobił – wyjaśnił.

– Hank?!

– Zanim pojechał korygować rozplanowanie belek nośnych właśnie budowanej świątyni. Wiedziałeś o niej?

– Nie mógłbym nie wiedzieć, mieszkając tutaj. Hank mówi, że będzie to spełnienie boskiej woli wobec jego kongregacji.

– No cóż, Bóg dobrze by zrobił, wynajmując innego architekta. Ten schrzanił sprawę belek.

– Hank przyłożył ci za takie właśnie dowcipy? Czy może miało to coś wspólnego z atakiem paniki Glenna?

– A więc wiesz?

– Ze szpitalnych plotek. Mówiono mi, że sytuacja była niepokojąca, ale nie zagrażająca życiu.

– Cieszę się, że nie było gorzej. – Wskazał swój opuchnięty policzek. – Hank uważa, że postarałem się dołożyć Glennowi stresu. Jestem pewien, że mam w tym swój udział, ale słyszałem też, że widzieliście się dzisiaj rano, a Glenn po tej rozmowie był wytrącony z równowagi. Jak to możliwe?

Major się zawahał.

– No?

– Powiedziałem mu wszystko, John. Zaczynając od pamiętnika Debry i jak go wykorzystałeś, żeby mnie przekonać...

– Zmusić.

– ...żeby mnie zmusić do wycofania się z aktywności publicznej. Powiedziałem mu o wnioskach, do jakich doszedłeś na temat zamachu, i o twojej pewności, że istnieje związek pomiędzy nim a napaścią na mnie.

– Wspomniałeś Thomasa Wilcoxa?

– Mówiłem Glennowi, że podejrzewasz go o jakiś rodzaj współudziału.

– Co on na to?

– Nic nie wskazywało, żeby wcześniej słyszał o Wilcoxie, ale stwierdził, że widać masz coś na faceta, inaczej nie wysuwałbyś tak poważnych oskarżeń.

– Ładnie to ujął. A co ty mu na to odpowiedziałeś? Wspomniałeś, że twoim zdaniem mam urojenia?

– Nie, powiedziałem mu, że moim zdaniem masz rację.

Trapperowi mocniej zabiło serce, bo to była ostatnia rzecz, jaką spodziewał się usłyszeć. Nie wiedział, co powiedzieć.

– Nie mam pojęcia, czy wszystkie twoje hipotezy są poprawne, ale oprócz skłonności do uporu odznaczasz się też żelazną konsekwencją. – Major mówił dalej, niechętnie ściągając wargi. – Nie potępiłbyś człowieka bez głębokiego przeświadczenia, dla osobistej korzyści czy z jakiegokolwiek innego powodu niż twoje przekonanie o jego winie.

Trapper został zwolniony z konieczności udzielenia odpowiedzi, bo do pokoju weszła pielęgniarka, żeby zmienić worek z kroplówką. Trapper podniósł się z krzesła i podszedł do okna. Patrzył niewidzącym wzrokiem na szpitalny parking i usiłował uporać się z usłyszanym od ojca, niechętnym wprawdzie, ale komplementem. Wrodzony cynizm kazał mu się zastanowić, skąd nagle takie pochlebstwo. Mógł uzasadnić pochwałę ojca, opowiadając mu o wizycie Wilcoxa w swoim biurze, o jego chęci zawarcia ugody z prokuraturą, o przyznaniu, że potrzebował Trappera, by do tego doprowadzić. Ale na razie nie chciał jeszcze dzielić się tą informacją. Stał przy oknie, dopóki pielęgniarka nie dopełniła swoich obowiązków, a potem odwrócił się plecami do malowniczego zachodu słońca. Spojrzał na Majora.

– Dziś po południu pojechałem do twojego domu.

– Po co?

– Pod pretekstem przywiezienia ci szlafroka.

– Ale nie przywiozłeś.

– Nie, kłamałem, żeby jakoś wytłumaczyć swoją obecność. – Podniósł torbę z logo Walmartu. – Masz tu nowy flanelowy szlafrok, a dla siebie kupiłem koszulę. Taką z zatrzaskami, a nie coś, co wciąga się przez głowę. – Dwoma palcami zmiął dzianinę czarnej bluzy kupionej mu przez Carsona. – Jak dla mnie, trochę to zbyt europejskie.

– John, odwlekasz odpowiedź. Kogo okłamałeś?

– Zastępcę szeryfa, niejakiego Jenksa. Znasz go?

– Tylko ze słów Glenna. Mówi, że to jeden z najlepszych zastępców w jego biurze.

– No cóż, w tym tygodniu wybitnie się starał. Wziął nocną zmianę, kiedy trzeba było pilnować szpitalnego pokoju Kerry. A dzisiaj przyłapał mnie u ciebie w domu. Powiedział, że polecono mu mieć oko na intruzów.

– Glenn mówił mi, że przypilnuje, żeby nikt nie okradł domu w czasie mojej nieobecności.

Trapper był gotów przyznać, że to sensowne wyjaśnienie. Ale nie potrafił pozbyć się wrażenia, że coś mu w Jenksie nie pasuje. Przypomniał sobie jego zastanawiającą ciekawość na temat Kerry i jej rozmowy z Trapperem, kiedy jeszcze była w szpitalu. I że szczególnie interesowało go, czy relacjonowała mu to, co się wcześniej wydarzyło.

– John, dlaczego pojechałeś dzisiaj do mnie do domu?

Trapper usiadł na krześle. Pochylił się do przodu i wbił wzrok w podłogę pomiędzy swoimi nogami.

– Pojechałem czegoś szukać.

– Czego?

– Sposobu, w jaki ktoś mógł dostać się tam niepostrzeżenie.

– Do domu?

– Kerra przysięga, że ktoś próbował otworzyć drzwi łazienki, zanim usłyszała strzał. – Podniósł wzrok, chcąc zobaczyć reakcję ojca. Zdawało się, że ten głęboko się zastanawiał.

– Ten człowiek, który do mnie strzelał, i jego pomocnik byli po drugiej stronie drzwi. Chcesz powiedzieć, że w domu schował się trzeci?

– Kerra tak mówi. Jest tego pewna. A więc, jeśli nie byłeś to ty…

– Ja?

– Byłeś przecież w domu.

– Po co miałbym próbować otwierać drzwi łazienki, skoro doskonale wiedziałem, że Kerra tam jest?

– A zatem ktoś zakradł się do środka. Ten ktoś musiał znać rozkład pomieszczeń, w przeciwnym razie mógłby sobie złamać kark, próbując wchodzić od strony północnej domu, zwłaszcza po ciemku.

– Glenn nie wspominał mi o trzecim podejrzanym.

– Co samo w sobie jest zastanawiające. On nie jest przekonany co do udziału jeszcze jednej osoby. Uważa, że Kerze się pokręciło po wstrząśnieniu mózgu, i tak dalej. – Dał Majorowi czas na przetrawienie informacji, a potem dorzucił: – Tego dnia, kiedy przywiozłem Kerrę na spotkanie z tobą, pojechałem prosto do Addisonów i poinformowałem Glenna o wywiadzie.

– Zadzwonił do mnie tuż po twoim wyjściu. Chciał potwierdzić, czy do wywiadu rzeczywiście dojdzie. Psioczył na zamieszanie, jakiego narobi obecność w mieście ekipy telewizyjnej, na konieczność zatrudnienia dodatkowych funkcjonariuszy choćby na pół etatu, na to, ile będzie musiał wybulić za nadgodziny.

– A więc wszyscy w jego departamencie mieli świadomość, kiedy i gdzie odbędzie się wywiad.

– John, po chwili cały świat wiedział…

Ale nie wszyscy na całym świecie wiedzieli, że za domem Majora grunt w różnych miejscach mocno opada, że w pobliżu jest jar o stromych zboczach, w którym Kerra o mało nie zginęła. Trzeba było kogoś obznajomionego z ukształtowaniem terenu, żeby wiedzieć, którędy dostać się na tyły domu i zakraść przez okno. Trapper nie wierzył, żeby Jenks przypadkiem przejeżdżał wiejską drogą i zauważył samochód Kerry pod domem Majora. Znalezienie urządzenia lokacyjnego tylko potwierdziło jego podejrzenia względem zastępcy szeryfa. Ale tym też nie podzielił się z Majorem. Nawet on zaczynał mieć wrażenie, że popada w paranoję.

– Marszczysz brwi, John.

– Tak?

– Zupełnie jak w chłopięcych latach, kiedy jakaś zagadka zabijała ci klina.

Nie tyle czuł, że zabiła mu klina zagadka nie do rozwiązania, ile głęboko niepokoiły go te fragmenty układanki, które dało się do siebie dopasować.

– Dlaczego pytasz o Glenna? – Major zmienił temat.

– Martwię się o niego.

– W jakim sensie?

A w takim, że to Glenn zabierał go na mecze, kiedy jego ojciec był zajęty wygłaszaniem mów. To Glenn udzielał mu rad na temat kobiet, z których później nie korzystał, oraz na temat sklepów, gdzie można kupić najlepsze kowbojskie buty, które to rady Trapper zapamiętywał. To Glenn ocalił go przed laniem za kawał z surowymi jajkami na Wielkanoc. To Glenn miał teraz niejasny problem, każący mu zbyt wiele pić i przyprawiający o ataki paniki. Trapperowi nagle przeszła ochota do wszelkich rozmów. Do myślenia zresztą też. Wstał.

– Muszę iść.

– John…

– Wydajesz się zmęczony. Zmiana pokojów chyba nieco cię osłabiła.

– Nie skończyliśmy jeszcze.

– Czego?

– Cholernie dobrze wiesz, czego – rzucił ostro Major. – Powiedziałem ci, że moim zdaniem masz rację.

– Dzięki.

– Ale…

– Widzisz? Właśnie dlatego nie chciałem tego ciągnąć. Żeby nie słyszeć „ale".

– Ale nie chcę, żeby twoja obsesja, choć niewątpliwie szlachetna, zniszczyła ci życie. Atakując kogoś takiego jak Thomas Wilcox…

– Wierz mi, mam świadomość związanego z tym ryzyka. Spójrz, co przytrafiło się tobie.

– Więc sam siebie zapytaj, czy warto drążyć. Nie możesz sobie odpuścić?

Trapper oparł ręce na biodrach.

– Nawet jeśli sądzisz, że mam rację, że odznaczam się żelazną konsekwencją i tak dalej, i tym podobne, to doradzasz mi, żebym odpuścił?

– Tak.

– Dlaczego?

– Dlaczego?!

– Dlaczego mam sobie odpuścić? Powiedz mi. Podaj mi konkretny powód.

– Bo chcę, żebyś ułożył sobie życie.

– Przecież żyję. To moja rzeczywistość. – Palcem wskazał podłogę szpitalnego pokoju. – Dzisiaj już po raz drugi ktoś mi coś takiego powiedział…

– Kerra?

– Z zadowoleniem dowiesz się, że znalazła się już poza moim destrukcyjnym wpływem. Wraca do Dallas.

– To jej decyzja czy ją zmusiłeś?

– Nie odpuszczę tej sprawy – przyrzekł, pomijając pytanie ojca.

– Niezależnie od wszystkiego?

Trapper nie odwrócił wzroku pod spojrzeniem ojca.

– Niezależnie od wszystkiego. – Odwrócił się i wyszedł.

– Dzień dobry, mówi Hank Addison.

– Wyświetlił mi się pana numer – powiedziała Kerra. – Mam nadzieję, że nie dzwoni pan ze złymi wiadomościami.

– Przeciwnie, mam dobre. Prosiła pani o telefon, jeśli sytuacja się pogorszy, ale pomyślałem, że ucieszy się pani informacją, iż tatę wypisali ze szpitala. Właśnie przywieźliśmy go do domu. Jest drażliwy, ale czuje się nieźle.

– Drażliwość to dobry znak, moim zdaniem. – Uśmiechnęła się. – Na pewno państwu ulżyło.

– Próbowałem złapać Trappera, żeby dać mu znać, ale tata powiedział, że zmienił numer telefonu.

– Przekażę mu wiadomości. Na pewno się ucieszy.

– Wstyd mi, że go uderzyłem.

– Sam przyznał, że mu się należało.

– No ale mimo wszystko… – Hank urwał. – No cóż, już nie zawracam głowy.

– Cieszę się, że pan się odezwał. Znalazłam w sieci stronę pana kościoła. Szkice architektoniczne nowej świątyni są ciekawe. Teraz mam trochę zamieszania w kalendarzu, ale kiedy wrócę do pracy i wszystko się poukłada, czy zgodziłby się pan, żebym zrobiła reportaż o tej kongregacji? Przy tak słabej klikalności…

– Pan Bóg pokarałby nas za grzebanie w liczbie wejść na stronę.

– Zgodzi się pan na reportaż? – Parsknęła śmiechem.

– Absolutnie.

– Nie tyle z nastawieniem na nawracanie widzów, ile z punktu widzenia rozwoju lokalnego. Tego typu kwestie.

– Wymyślę, jak przy okazji nawracać widzów, żeby nie zorientowali się w mojej intencji.

– Świetnie, to bądźmy w kontakcie, a na razie proszę mnie informować, gdyby zdarzyło się coś ciekawego, to spróbuję wtedy… – urwała, słysząc kroki zbliżające się do drzwi. – Przepraszam pana, muszę kończyć. Cieszę się, że ojciec czuje się lepiej. Dziękuję za wiadomość.

Rozłączyła się w chwili, gdy szczęknął zamek i Trapper pchnął drzwi. Na jej widok przystanął w progu. Rozejrzał się po pokoju, spojrzał na jej torbę w kącie, na laptopa otwartego na stole, przy którym siedziała, na torebkę obok lustra toaletki zarzuconej kosmetykami. Kiedy ponownie spojrzał na nią, zaciskał szczękę, a oczy błyszczały gniewnie. Wstała i podeszła do niego.

– Zapomniałam szczoteczki do zębów i musiałam po nią wrócić.

Nie zmienił wyrazu twarzy.

– Przekupiłam kierownika motelu, żeby dał mi zapasowy klucz. Kosztowało mnie to dziesięć dolarów i autograf. Kiedy znalazłam się w środku, uznałam, że nie mam powodu śpieszyć się z wyjściem.

Nie mrugnął okiem. Wskazała torbę z logo Walmartu, którą ściskał w prawej dłoni.

– Trzeba było założyć szwy na to rozcięcie. Mam nadzieję, że przynajmniej kupiłeś jakieś plastry.

Tym razem również nie było żadnej reakcji z jego strony.

– Wiem, że jesteś na mnie zły. Jestem tu, chociaż chciałeś się mnie pozbyć, ale przyjechałam i nigdzie się nie wybieram. – Obronnym gestem odrzuciła pasmo włosów za ramię. – I co z tym zrobisz?

– Pamiętaj, że sama tego chciałaś. – Zatrzasnął za sobą drzwi.

Rozdział 27

Idąc w stronę Kerry, upuścił torbę z zakupami na podłogę i zdjął kurtkę. Sięgnął za plecy, rozpiął pas z bronią. Wciąż trzymał go w prawej dłoni, gdy wziął ją w ramiona i poprowadził w stronę łóżka. Albo była zbyt zaszokowana, by protestować, albo przygotowana na to, bo nie stawiała oporu, gdy płynnym ruchem położył kaburę na nocną szafkę, a Kerrę pchnął na pościel. Chwyciła jego koszulę, a on pochylił się nad nią. Gdy już leżała znalazł się między jej nogami, dokładnie przylegając do miejsc, o których marzy mężczyzna. Wziął twarz Kerry w dłonie i przywarł ustami do jej warg, napierając językiem. Przejął go dreszcz, gdy usłyszał jej śpiewny jęk zadowolenia. Mógłby przez całą wieczność całować ją, ale teraz musiał zaspokoić pilniejszy głód albo umrzeć. Zsunął jej bluzkę powyżej piersi. Ze skąpego stanika wabiącego przejrzystą koronką z łatwością wyłuskał biust. Przez chwilę trwał w bezruchu, ważąc jej piersi w dłoniach.

– Cholernie mi się to podoba – mruknął.

– Co?

„Że tak szybko twardnieją ci sutki" – pomyślał. Nie wypowiedział tych słów na głos. Nie miał na to czasu, bo już brał sutek jednej piersi pomiędzy wargi, drugi drażnił palcami, czerpiąc przyjemność z przyjemności, jaką jej dawał. Przy każdym wilgotnym muśnięciu wargami, każdym drgnieniu języka czy delikatnym szczypnięciu mocniej chwytała go za włosy. Ocierała się o niego ciałem z podobną, doprowadzającą go do szału natarczywością. Ale nadal groziło mu, że umrze, jeśli w nią nie wejdzie. Podniósł się i klęcząc nad nią, jednym szarpnięciem rozpiął guziki rozporka. Zsuwając dżinsy poczuł pod kciukiem kroplę nasienia. Był tak blisko.

Kerra, nie odrywając oczu od jego erekcji, uniosła biodra, uporała się z guzikiem i zamkiem swoich spodni, a potem ściągnęła je nisko razem z figami. Chwycił za nogawki i uwolniwszy jej nogi, rzucił ubranie na bok. Zbyt wiele erotycznych wizji miał w tej chwili przed oczami, żeby móc je wszystkie objąć umysłem, więc skupił się na rowku między jej udami. Wsunął dłoń pomiędzy nabrzmiałe wargi jej kobiecości, wyczuł gotowość Kerry i wtargnął palcami głębiej, by ją dla siebie otworzyć.

Cicho pisnęła lekko zawstydzona, a on czuł, że jeszcze będzie z rozkoszą wspominał jej czysto kobiecą reakcję. Ale to później. Teraz jednak ujął dłonią członek i przytknął jego główkę do zapraszającego wgłębienia. Była ciasna, ale już mokra. Delikatnym pchnięciem rozszerzył wejście, przełamał początkowy opór i wsunął gładki czubek do środka.

To było upojne, wciąż jednak niewystarczające.

Patrząc Kerze w oczy, napierał dopóty, dopóki nie zanurzył się w niej kompletnie. Z jej twarzy wyczytał, że nie tylko on doświadczał ekstazy. Usta kobiety cicho ułożyły się w kształt jego imienia.

Przysiągł sobie, że nieśpiesznie nacieszy się tą ciasną, gorącą kryjówką. Ale później. Później. Tu i teraz musiał się poruszyć. Zaczął od ledwie zauważalnego cofnięcia. Przygryzła zębami dolną wargę i trwała tak, zanim ponownie nie naparł na nią. Wtedy rozchyliła usta, a on przesunął językiem po ich cudownej, podniecającej obrzmiałości. Pocałował pieprzyk pod jej okiem.

Reagując na gorączkowe poruszenia Kerry, nieco zmienił kąt ułożenia bioder i zwiększył tarcie tam, gdzie zdawała się go najbardziej potrzebować. Dobrze ją wyczuł. O Boże, jak dobrze. Wygięła szyję w łuk, ofiarowując się mu. Otwartymi ustami musnął jej smukłą kolumnę. Delikatnie przygryzł płatek ucha i zaczął szeptać najwyszukańsze sprośności. Pochylił głowę i ssał na przemian sutki, a ona kwiliła. Wśród pieszczot ani na moment nie zaprzestał mocnych pchnięć. Być może był już kiedyś aż tak twardy, być może równie spragniony, równie ukrwiony, równie oszalały z pożądania i niezdolny zapanować nad instynktownym, godowym ruchem własnych bioder. Ale nawet jeśli tak, to nie przypominał sobie, bo teraz liczyło się tylko tu i teraz. Chciał, żeby stała się jednocześnie egzorcyzmem i spełnieniem. Fatum i ocaleniem. Cielesna i uświęcona. Chciał, żeby Kerra zapamiętała tę chwilę do końca życia.

Dłonie obejmujące jego plecy przesunęła na pośladki i mocno wpiła palce, przytrzymując go przy sobie. Odrzuciła głowę, oddychając ekstatycznie. Wyczuwając, że dochodzi, pchnął głęboko i zastygł, wwiercając się w najwrażliwszy punkt. Poczuł, jak całym wnętrzem ściska jego członek. Tuż przed ostatnią falą jej rozkoszy mocno chwycił rękami biodra Kerry, kilka razy szybko pchnął, by przeżyć najsilniejszy, najpiękniejszy orgazm życia, rosnący i pulsujący tak długo, aż bezradnie, chrapliwie krzyknął i opadł w jej ramiona.

Przez chwilę stopniowego wyciszenia obejmowała go mocno i dopiero wtedy jej ciało się odprężyło i uspokoiło. Leżał na niej ciężko, nieruchomo. Skórę i włosy miał wilgotne od potu, w całym ciele czuł miłą ociężałość, jego penis nadal był w niej zanurzony.

Przytulił twarz do zagłębienia jej szyi i poczuł pierwsze od lat uderzenia szczęśliwego serca.

– Kerro?

– Hm?

Trapper poruszył się i podniósł głowę, zsunął z jej szyi pasmo włosów i zaczął je nawijać sobie na palec.

– Dlaczego w każdym pomieszczeniu, w którym przebywasz, panuje temperatura jak w tropikach?

– Bo jestem zmarzluchem. – Zaśmiała się.

– Nie wszystkie części ciała są zimne – mruknął, a ona poczuła wewnątrz siebie drażniące poruszenie.

Klepnęła go w pośladek, a potem przesunęła po jego napiętym mięśniu i ścisnęła palcami, aż jęknął z zadowoleniem.

– Wytworzyliśmy sporo ciepła – stwierdziła – a ty nadal masz na sobie ubranie. Gdzie się podziały groźby zrzucania ciuchów?

– Uważam, że całkiem nieźle poradziliśmy sobie ubrani.

– Lepiej niż nieźle – zamruczała sugestywnie.

– Już sam ten dźwięk sprawia, że mam ochotę przestać nad sobą panować. – Wysunął się z niej i wstał z łóżka i zaczął zdejmować kowbojskie buty.

Kerra założyła dłonie za głową i patrzyła, jak się rozbierał, podziwiając każdy wyłaniający się fragment jego ciała. Apetyczny szlak ciemnych włosów, widziany wcześniej nad ręcznikiem opasującym mu biodra, gęstniał i rozszerzał się wokół męskości, z której mógł być dumny. Wyciągnęła dłoń i przesunęła po niej palcami. Włosy i skóra były wilgotne. Rzuciła mu znaczące spojrzenie.

– W tej sprawie, to... – Wypuścił powietrze przez otwarte usta. – To był bezpieczny seks. Przysięgam. Tyle że bez zabezpieczenia.

Położyła się na plecach i pogładziła palcami jego twarde udo od krocza aż po kolano.

– Wiedziałam, co robię.

Spojrzeli sobie głęboko w oczy. Sekundy mijały. To był idealny moment, żeby przyznać, że zaszło coś ważnego.

– Kerro, było dobrze – powiedział cicho Trapper.

– Owszem – szepnęła.

Słowa, które padły, były proste, ale na swój sposób głębokie. Nie należał do mężczyzn skłonnych do sentymentalnych deklaracji, ale gdyby ona coś teraz powiedziała, wyznałaby więcej, niż chciałby usłyszeć. Była niebezpiecznie blisko przyzwolenia, żeby to zdarzenie przekształciło się w coś mogącego złamać jej serce. Była niebezpiecznie blisko powtórzenia losu Marianne. Ale nie żałowała tej chwili uniesienia.

Jeszcze przez moment patrzyli sobie głęboko w oczy, a potem Trapper zmącił nastrój, wślizgując się do łóżka i pożądliwie zerkając na jej prowokacyjnie obnażone piersi.

– Nie wiem, czy cię rozbierać do końca, czy nie. W jakiś sposób podoba mi się ten widok.

– Wyglądam, jak bezwstydnica.

– To właśnie miałem na myśli.

– Wiem – odparła ze śmiechem. – Trochę mi jednak niewygodnie.

– Zaraz ci pomogę. – Ściągnął jej bluzkę przez głowę i sięgnął, by rozpiąć stanik. Kiedy odsunął się z nim, uniósł go w dłoniach do światła lampy i spojrzał przez prześwitujący materiał.

– Po co w ogóle zawracać sobie tym głowę? Przecież to coś jest bezużyteczne.

– Nie mój wybór. Carson go kupił.

Popatrzył na nią, na stanik, znów na nią.

– Carson go dobrał?

– Kiedy pojechał robić dla nas zakupy.

– Tego już za wiele. Zabiję go. Pieprzony perwert. – Cisnął stanik na bok, nachylił się nad nią, chwycił pożądliwie jej pierś, a wargi zamknął wokół sutka.

Jej śmiech przeszedł w westchnienie, gdy ruchy jego języka stały się leniwe.

– Co ci się tak cholernie podoba?

– Hm?

– Co ci się podoba? Tylko konkretnie.

– Hm?

– Trapper! – Szarpnęła go za włosy. – Czy ty mnie słuchasz?

– Nie.

Uniósł się i pocałował ją mocno, ale bez poprzedniej gwałtowności. Choć był to pocałunek po seksie, czuły i nieśpieszny, podziałał na nią tak samo. Na niego też. Nie przerywając, ujął jej dłoń i nakierował niżej, wnętrzem pocierając grzbiet penisa, dopóki sama nie podjęła masażu. Czuła ogarniające go ciepło, sygnalizujące ponownie rozbudzoną namiętność, równą tej, która pochłaniała ich zaledwie przed kilkoma minutami.

– No dobra, słuchałem – przyznał, kiedy już zakończył pocałunek, ale nadal dotykał wargami jej ust. – Tak konkretnie to podoba mi się, że ciągle sterczą ci sutki.

– Nieprawda!

– No, prawie ciągle.

– Wyobraźnia cię ponosi.

– Możliwe – zgodził się. Poczuła na ustach jego uśmiech, zanim cofnął głowę, żeby na nią spojrzeć. – Ale tamtej nocy, kiedy przyszedłem do ciebie do szpitala, to nie była wyobraźnia. – Mówiąc to, głaskał jej piersi, śledząc ruchy swoich palców. Czuła to spojrzenie równie namacalnie, jak dotyk jego dłoni.

– Byłam zmarznięta – powiedziała.

– Byłaś przestraszona. Ale naprawdę przestraszyłabyś się, gdybyś się dowiedziała, co mi wtedy chodziło po głowie.

Uniosła głowę na tyle, żeby pocałować go w porastającą szczeciną szczękę.

Potarł kciukiem czerwone otarcie na wypukłości jej piersi.

– Może jednak powinienem ogolić się na gładko.

– Nawet się nie waż. Co ci chodziło po głowie?

– Tamtej nocy w szpitalu? W jaki sposób dostać cię w swoje ręce tak, żebyś nie zaalarmowała krzykiem całego budynku. Oprócz skromnych białych skarpet jedyny kawałek materiału, jaki miałaś na sobie, to była kusa koszula. Wiedziałem, że nic nie masz pod spodem, chciałem cię całą zobaczyć, dotykać cię wszędzie. Szlag mnie o mało nie trafił.

– Naprawdę? – spytała seksownie zniżonym tonem.

Nagle wstrzymał oddech, a potem wypuścił powietrze z westchnieniem.

– Zaraz mnie trafi od tego, co robisz w tej chwili.

Przesunęła jeszcze raz kusząco kciukiem po żołędzi członka.

– Mam przestać?

– Do diabła, nie. Tyle razy sam to robiłem, wyobrażając sobie, że to twoja ręka, pragnąc, żebyś to robiła...

Językiem zwilżył czubek jej piersi, ścisnął go palcami, a potem, położywszy palce płasko w zagłębieniu pomiędzy jej piersiami, przeciągnął nimi powoli wzdłuż środkowej linii jej ciała. Jego palce przesunęły się po wrażliwej skórze pod pępkiem i zaczęły poruszać tam i z powrotem wokół wzgórka łonowego.

– Kiedy siedziałaś na szpitalnym łóżku, twoja koszula ślicznie to miejsce wyeksponowała. – Palcem nakreślił klin u zbiegu jej ud, potem prostą między nogami, wreszcie wrócił i zatrzymał go tam, gdzie te trzy linie się łączyły. – No bo naprawdę nie mogłoby się rysować wyraźniej dla mojej przyjemności jako widza. I pomyślałem: „Boże, ratuj...” – Spojrzał w jej oczy i dodał z pocieszną miną: – A ty podciągnęłaś kołdrę i zakryłaś się nią.

Czarował ją swoimi słowami, swoim dotykiem. Ujęła dłonią tył jego głowy i przyciągnęła do siebie, chcąc znów go pocałować. Kiedy ich usta się rozdzieliły, ostrożnie cmoknęła go w rozcięty policzek.

– Boli?

– Już zapomniałem. Zajmują mnie inne fizyczne doznania wywołane twoją wprawną ręką.

– Proponowałam, że przestanę.

– Nie przestawaj. Idzie ci lepiej niż mnie.

– Dlaczego idzie mi lepiej? – Uśmiechnęła się.

– Ja bywam chyba bardziej, hm… efektywny.

– Mogę podziałać efektywniej.

– Proszę, nie. Nie śpiesz się. Zresztą masz więcej pola do działania niż jeszcze przed chwilą.

Zaśmiała się cicho, przesuwając dłonią w górę jego pełnej erekcji i znów w dół, po samą podstawę.

– Jak to się stało, że nie zamieszkałaś z tamtym facetem w Minnesocie? – zapytał.

– Skąd wiedziałeś? – Jej dłoń znieruchomiała.

– Sprawdzałem cię, nie zapominaj. Czy może Carson sprawdzał cię dla mnie? – Rzuciła mu karcące spojrzenie, ale zdawał się nieskruszony, sięgnął tylko w dół i wprawił jej dłoń w ponowny ruch. – Nie byliście ze sobą na serio?

– Myślałam, że tak, ale kiedy zaproponowano mi pracę w Dallas, a ja przyjęłam ją bez wahania, życzył mi powodzenia, też bez wahania. To był wygodny i nieskomplikowany układ, i tak też się zakończył.

– Co za frajer.

– Nie nazwałabym go frajerem. Opracował program komputerowy dla przemysłu medycznego i sprzedał go za miliony.

– Medyczny software brzmi jak szczyt nudy.

– To fakt. Z nim nigdy nie uciekałam przed policją kradzionym samochodem w czasie burzy śnieżnej. Nie przeżyłam nic równie ekscytującego.

– To cię ekscytowało?

– Niezmiernie.

Wsunął dłoń pod jej kolano i uniósł jej nogę tak, że oparła się na jego biodrze. Równie śmiało co przedtem otworzył ją ruchem palców.

– Coś ostatnio jeszcze cię ekscytowało?

Zakołysała się, wychodząc naprzeciw pieszczącej ją dłoni.

– Sposób, w jaki na mnie patrzyłeś.

– Kiedy?

– Kiedy wszedłeś do pokoju i zatrzasnąłeś drzwi.

– Jak na ciebie patrzyłem?

– Dokładnie tak samo jak w tej chwili.

– Thomas?

Przystanął na progu sypialni. Słysząc otwierające się drzwi, Greta usiadła w łóżku. W słabo oświetlonym pokoju blada nocna koszula nadawała jej wygląd zjawy.

– Obudziłem cię? Przepraszam. Chciałem tylko zajrzeć do ciebie, zanim się położę.

– Jeszcze nie spałam – odparła głosem równie eterycznym, jak jej wiotka postać.

Na szafce obok łóżka stała butelka wódki w towarzystwie fiolek z lekami antydepresyjnymi i nasennymi. Greta umawiała się na wizyty do wielu lekarzy, sprytnie żonglując receptami tak, by nigdy nie zostać bez pigułek, którymi mogła się znieczulić.

Kiedy Thomas zdał sobie sprawę, że żona tych specyfików nadużywa, zaczął monitorować wizyty i uprzedzać lekarzy w kwestii jej machinacji. Jednak mimo podjętych przez niego środków ostrożności zdawało się, że nigdy jej nie brak następnej tabletki, a ich zapas wydawał się niewyczerpany. W końcu przestał się do tego wtrącać.

Miał dwanaście lat więcej niż ona. Zdecydował, że wreszcie czas się ożenić, kiedy dobiegł czterdziestki. Dallas było pełne rasowych piękności. Oferowało szeroki wybór, ale upatrzył sobie Gretę, bo spełniała listę jego oczekiwań. Miała prezencję, nie ciągnęły się za nią skandale, brylowała w towarzystwie, a przy tym była jedyną córką i spadkobierczynią rodziców pochodzących ze starych, majętnych domów.

Gorliwymi zalotami podbił jej serce. „Nie przyjmę odpowiedzi odmownej". Jego nalegania wydawały jej się niesłychanie romantyczne. Nigdy nie domyśliłaby się, że mówił to dosłownie.

Teść podziwiał i szanował jego zmysł do interesów i może nawet był nim nieco onieśmielony, co Thomas wykorzystywał dla własnego pożytku. Teściowa uważała, że stanowi „cudowną partię". Wszyscy przyjaciele Grety orzekli, że to związek zaplanowany w niebie. Mylili się. Boska interwencja nie miała z tym nic wspólnego. To Thomas doprowadził do tego małżeństwa, a był antytezą tego, co boskie.

Chociaż ożenił się z Gretą z powodów praktycznych, w końcu się do niej przywiązał. Potrafiła być urocza i zabawna. On z natury nie był skłonny do śmiechu, ale ona umiała go rozruszać. Była szczodrą i uważną partnerką w łóżku. By zrekompensować jej tygodnie, kiedy pracował bez wytchnienia, zabierał ją na atrakcyjne wakacje. Kupił jej posiadłość, o której od dawna marzyła. Trzy lata trwała renowacja domu i otoczenia, co dostarczało Grecie zajęcia i satysfakcji. Odkrył, że lubi spełniać jej zachcianki. Dwóch rzeczy jej odmawiał. Nie zgadzał się uczestniczyć w żadnej imprezie charytatywnej, balu dobroczynnym i eleganckiej gali, na które ich zapraszano. Upierał się przy życiu cichym i dyskretnym, na uboczu głównego nurtu i zdecydowanie poza zasięgiem reflektorów. Kolejna odmowa miała związek z jej bezpłodnością. Wzbraniał się przed udziałem we wszelkich upokarzających badaniach czy procedurach. Nie godząc się na rezygnację z marzenia o dziecku, Greta planowała comiesięczne seksualne maratony, aż wreszcie w ciążę zaszła. Jej radość nie miała końca. A ku swojemu zaskoczeniu, Thomas tę radość podzielał. Od chwili, gdy została poczęta, Tiffany stała się złotą materią, która spowiła całe ich życie.

A teraz byli tu oboje, obcy sobie tak bardzo, jakby nigdy się znali i nie przyrzekali sobie być razem na dobre i na złe.

– Niewiele zjadłaś na obiad – powiedział. – Może ci coś przynieść?

– Nie, dziękuję.

On proponował, a ona nieodmiennie odmawiała.

– No cóż, mam nadzieję, że uda ci się zasnąć. Dobranoc.

Wycofywał się już, kiedy powiedziała:

– Thomas, kto był u nas wieczorem kilka dni temu?

Rzadko zdarzało mu się zostać przyłapanym bez przygotowania. Dopiero po chwili wziął się w garść.

– Co takiego?

– Tej nocy, kiedy była burza śnieżna. Ktoś dzwonił do bramy. Wpuściłeś go.

– Ach, tamto. Tak. Jeden z pracowników ochrony z naszego osiedla. Sprawdzał, czy nadal mamy połączenia telefoniczne i prąd.

– Nie, nieprawda.

Ten sprzeciw też stanowił odmianę. Pokrył zdziwienie szybkim śmiechem.

– Przepraszam?

– Nie miał na sobie munduru ochroniarza osiedlowego.

Thomasowi spłynęła po plecach strużka zimnego potu.

– Widziałaś go?

– Wyjrzałam przez balkon, kiedy wychodził. Czy on… Czy to miało coś wspólnego z Tiffany?

Westchnął z przesadną niecierpliwością.

– W jednym z budynków, których jestem właścicielem, było włamanie. Włączył się alarm i spłoszył włamywaczy. Ten funkcjonariusz przyjechał osobiście mnie o sprawie powiadomić. Nic w tym szczególnego.

– To dlaczego skłamałeś, że to kto inny?

– Bo nie lubię zawracać ci głowy takimi trywialnymi sprawami. Zresztą zupełnie o tym zapomniałem.

Nic nie powiedziała. Gdy patrzyli na siebie przez pokój, Thomas miał wrażenie, że dzieląca ich otchłań jeszcze się pogłębia.

– Spróbuj zasnąć – poprosił. – Dobrej nocy.

Przymknął drzwi i skierował się w głąb korytarza do swojej sypialni. Wtedy odezwał się jego telefon komórkowy. Ta nietypowa dla Grety ciekawość wyprowadziła go z równowagi, odebrał więc połączenie obcesowo.

– Tak?

– Zły moment? – spytał Jenks.

Thomas wszedł do sypialni i zamknął za sobą drzwi.

– Czego chcesz?

– Przyłapałem Johna Trappera na myszkowaniu w domu Majora.

– Kiedy?

– Dziś po południu. Nasz wspólny znajomy uznał, że powinien pan wiedzieć.

Thomas oczekiwał, że do tej pory Trapper zacznie działać w związku z ich spotkaniem w jego biurze. Spodziewał się, że coś na jego temat dzisiaj usłyszy. Panująca cisza zaczynała go irytować.

– Czy powiedział, co tam robił?

Jenks wyjaśnił mu, w jaki sposób Trapper usprawiedliwił swoją obecność.

– Ale nie uwierzyłem mu, więc zrobiłem kółko, wróciłem i jeszcze raz obejrzałem dom z zewnątrz i w środku. Nie zauważyłem, żeby czegoś brakowało czy coś było ruszane. Niemniej fakt, że Trapper tam pojechał, jest niepokojący.

– Dla ciebie na pewno.

– Pan też powinien się niepokoić.

– Dlaczego? Ja nie zaliczyłem wtopy z zamachem na życie jego ojca. – Wyobrażał sobie, jak Jenks zgrzyta zębami, słysząc obelgę. – Coś jeszcze?

– Dziś rano Trapper narobił zamieszania w biurze szeryfa w związku z zatrzymaniem podejrzanego.

– A każdy, kto ma odrobinę oleju w głowie, widzi, że to ordynarna ustawka. Faktycznie brzmi to tak, jakby Trapper był dzisiaj zalatany, ale nie usłyszałem jeszcze niczego, co usprawiedliwiałoby telefon do mnie o tej porze nocy.

Chciał w ten sposób naprowadzić Jenksa na temat pendrive'a znalezionego w ścianie biura Trappera. Był ciekaw, co się na nim znajdowało.

– To wszystko na razie – powiedział Jenks.

I ani słowa o pendrivie? Thomas nie mógł go zapytać otwarcie, nie zdradzając, że wie o jego istnieniu, a wiedzieć o nim mógł wyłącznie od Trappera. Albo ludzie z Lodal go nie mieli, albo nie potrafili odkodować danych, albo też celowo ukrywali przed Thomasem fakt istnienia nośnika informacji i szczegóły na temat zawartości. Było to alarmujące.

– Jeśli to wszystko, proszę powiedzieć naszemu wspólnemu znajomemu, żeby przestał mi się żalić na temat Trappera i swoich niedoróbek – rzucił z udawaną nonszalancją.

Zanim Jenks zdążył odpowiedzieć, Thomas się rozłączył. Podszedł do barku, nalał sobie szkocką, wypił jednym haustem. Nalał kolejną, co rzadko mu się zdarzało. Telefon Jenksa zdenerwował go bardziej, niż był skłonny przyznać nawet przed sobą.

Gdyby ludzie z Lodal byli w posiadaniu pendrive'a Trappera, nie przejmowaliby się tym, że węszy na miejscu przestępstwa czy też sprawia kłopoty szeryfowi. Jeśli jednak nie splądrowali biura Trappera i nie ukradli pena, to kto to zrobił? Kto go teraz ma i jak kompromitujące były na nim dowody?

Thomas zaryzykował i wykonał ruch wyprzedzający, ale być może w swoim pragnieniu, by stało się zadość sprawiedliwości za śmierć

Tiffany, sam wystawił się na strzał. Trapper może się zwrócić do odpowiednich organów bez najmniejszej intencji negocjowania ugody dla Thomasa. I nieważne, kto jest w posiadaniu pendrive'a i czy są na nim jakieś dowody go obciążające. Mimo wszystko nie wierzył, że Trapper zwróci się do władz. Wciąż jeszcze czuł głęboką urazę po wydarzeniach sprzed trzech lat. Nie ryzykowałby, że znów zostanie wyśmiany za wygłaszanie niedorzecznych twierdzeń.

Trapper był jednak nieprzewidywalny. Mógłby go zaskoczyć. Całe szczęście, że Thomas zabezpieczył się na wypadek niespodzianek. Nadal miał polisę ubezpieczeniową i nikt nie mógł go jej pozbawić.

Nawet Trapper.

Rozdział 28

Trapper nie miał pojęcia, co Kerra widziała w jego spojrzeniu. Cokolwiek to jednak było, nakręcało ją. Ich drugi raz był równie intensywny, jak pierwszy, z tą jedną różnicą, że tym razem wycofał się, zanim skończył. Teraz leżeli obok siebie, leniwie się nawzajem głaszcząc i całując.

– Twoja skóra smakuje solą – stwierdziła.

– Cena, jaką płacisz za robienie z pokoju sauny. Pot na mnie zasycha. – Zsunął się z niej. – Weźmy prysznic.

Wziął ją za rękę, pomógł wstać z łóżka i zaprowadził do łazienki.

– Ta kabina jest za mała dla nas obojga, a poza tym mnie ta sól smakuje – protestowała.

– Przecież nie po to biorę prysznic, żeby się myć. – Znacząco poruszył brwiami. – Niektóre z moich najbrudniejszych trików wymagają namydlonych dłoni.

Zaśmiała się, i chociaż ten chrapliwy dźwięk sprawił mu przyjemność, jeszcze bardziej spodobały mu się jęki i westchnienia wydawane, kiedy jej udowadniał, że nie była to czcza przechwałka. Badał ją z precyzją szlifierza diamentów.

Ciało nadal miała posiniaczone i podrapane po pamiętnym upadku. Siniaki, których mógł dosięgnąć w ograniczonym pomieszczeniu niewielkiego prysznica, całował. Te, których nie mógł dosięgnąć ustami, gładził czubkami palców i dłońmi, szczególną ostrożność zachowując przy dwóch szwach założonych na udzie. Stali pod lejącym się na nich strumieniem ciepłej wody – jego męskość wtulona w rowek między nogami Kerry, jej sutki, twarde i małe, przyciśnięte do torsu Trappera – a ich pocałunkom nie było końca.

Umył jej włosy i odwrócił ją plecami do siebie, by patrzeć, jak spłukiwane mydliny spływają pomiędzy jej pośladkami. Nie do końca mu uwierzyła, kiedy stwierdził, że musi to miejsce zbadać dłońmi, by skutecznie pozbyć się resztek piany.

– Chociaż prawdę mówiąc, jedyny niezawodny sposób, by się przekonać, to smakując – szepnął, przygryzając płatek jej ucha ukryty wśród ociekających wodą włosów.

Sięgnął poza nią, zakręcił kurki i zastygł w tej pozycji, przytrzymując się kranów. Krople kapały z prysznicowej słuchawki. W odpływie zagulgotała resztka wody. Kerra obróciła się w kręgu zakreślonym przez jego ramiona i spojrzała mu w oczy sennym wzrokiem, od którego członek mu twardniał, a kolana miękły. Rozsunął prysznicowe drzwi i pomógł jej wyjść. Patrząc na nią, zdjął dwa ręczniki z suszarki. Trzymając je jedną ręką, drugą prowadząc Kerrę, zaprowadził ją do łóżka.

Trapper położył ją na dwóch ręcznikach rozpostartych w nogach łóżka i ukląkł. Leżała z otwartymi dłońmi uniesionymi na wysokość ramion i złączonymi udami. Trapper wskazującym palcem znów obrysował klin zbiegający się w jednym punkcie. Już ten gest wystarczył, by zrobiło się jej gorąco. Była obrzmiała i spragniona. Ujął rękami jej uda, rozsunął je delikatnie, pochylił się i pocałował miejsce między nimi. Po pierwszym kontakcie z jej intymnym centrum jego wargi zamarły. Kerra myślała, że nie wytrzyma przedłużającego się oczekiwania. Była skłonna jakimś ruchem zasygnalizować mu, że chce więcej. Wtedy usta Trappera rozchyliły się i poczuła pierwsze dotknięcie języka. Zalało ją tsunami czułości, ofensywnym natarciem znaczył swoją własność. Pieścił ją ustami, a ostatnie z pchnięć języka było głębokie, badawcze i zakończyło się powolnym wycofaniem, od którego poczuła, że się roztapia.

Uniosła się na łóżku, szukając…

Wiedział, czego. Wsunął pod nią jedną dłoń i pomógł jej unieść biodra, silnymi palcami ściskając ciało. Drugą dłoń oparł płasko na jej podbrzuszu, kciuk układając tak, że mógł łagodnie obnażyć ten najwrażliwszy płatek. Przycisnął do niej usta – jeszcze gorętszej, jeszcze bardziej wilgotnej. Język na przemian poruszał się gorliwie lub prawie jej nie dotykał, nieruchomy i napięty, a potem znów krążył ruchem lekkim jak piórko.

Wpiła dłonie w jego włosy w milczącym błaganiu. Zwiększył nacisk i tempo. Obmywał ją, kochał ją, aż wstrząsnął nią orgazm. Przytrzymał ją i nie przestawał, z czułością, ale też niekwestionowaną maestrią. I nie ustał, dopóki jej ciało nie stało się bezwładne. Otworzyła oczy, a on podniósł się i przyklęknął na kolanie na skraju łóżka między jej rozsuniętymi nogami. Spoglądał na nią z góry z lekkim ściągnięciem brwi i dopiero po chwili zrozumiała dlaczego. Na policzkach miała ślady łez.

Orgazm przyniósł jej wstrząs nie tylko fizyczny, ale także emocjonalny. Spodziewała się, że Trapper będzie idealnym kochankiem, ale nie przypuszczała, że okaże się tak czuły i tak wrażliwy na jej emocje.

– W porządku?

– Tak. – Pociągnęła nosem i otarła łzy, podpierając się na łokciach. – Tak.

– Łzy radości?

– Coś w tym stylu. – Była odprężona.

– Mnie też się podobało.

– Właśnie widzę.

Nie mogłaby nie zauważyć jego erekcji. Na czubku członka perliła się kropelka nasienia.

– Czy mógłbym cię prosić, żebyś znów zrobiła to coś takiego kciukiem?

– Absolutnie nie.

Przysunęła się do niego i wyciągnęła ręce, obejmując nimi jego pośladki. Zamiast robić to kciukiem, użyła języka.

– Tak to sobie wyobrażałem – stwierdził Trapper sennym głosem.

Zdążył już jej powiedzieć, że włosy ma jak jedwab, kiedy muska nimi po jego brzuchu. Dokładnie tak to sobie wyobrażał. Teraz przesypywał ich wilgotne pasma między palcami. Ściągnęli kapę z łóżka i leżeli w pościeli ze splecionymi nogami, opierając plecy o wezgłowie. Kerry położyła głowę na jego piersi. Leniwie obrysowywała palcem tors Trappera.

– Masz nieograniczoną wyobraźnię.

– Przyznaję się do winy.

– Głównie erotyczną.

– I tu też mnie rozgryzłaś. Ale w mojej wyobraźni kobiety nigdy nie miewały twarzy. – Przerwała pieszczotę i uniosła głowę, żeby na niego spojrzeć. – Gwiazda moich marzeń ma czarujący pieprzyk pod okiem – dodał, gładząc kciukiem jej policzek.

– Tak? – lekko się zająknęła.

– Uhm. Oczy koloru czekolady Hersheya. A usta... – Potarł jej dolną wargę i zniżył głos. – Dwie minuty po tym, jak zapukałaś do drzwi mojego biura, już sobie wyobrażałem, że bierzesz mnie w usta. Myślałem wtedy, że są pociągające. A teraz... Do diabła! – Wpatrywał się w nie, przesuwając kciukiem po dolnej wardze. – Cofnął palce, zmarszczył brwi i odchrząknął. – Kerro...

– Rano nie będziesz mnie szanował.

Uśmiechnął się, ale w jego oczach kryła się powaga. Dostosowała się do niej, odsunęła się od niego i oparła o poduszkę.

– To dotyczy Marianne.

– Trapper, to nie jest moja sprawa. Swoje obserwacje powinnam była zachować dla siebie. Nie jesteś mi winien żadnego wyjaśnienia.

– Ale chcę to wyjaśnić, nie tracąc panowania nad sobą, tak jak przedtem.

– Źle wybrałam moment. Już i tak byłeś na mnie wściekły.

Potwierdził to skinieniem głowy, ale domyślała się, że nie chciał zmieniać tematu. Było widać, że podjął już decyzję i chciał, a być może potrzebował podzielić się tym z nią.

– Zwykle mam gdzieś, co kto sobie pomyśli o mnie, o tym, co robię, czy jak się zachowuję. Ale skoro poznałaś Marianne i widziałaś, jakiego typu jest osobą, chcę, żebyś miała świadomość, jak okropnie czuję się z tym, że cierpiała. Nie – dodał surowo. – Jak okropnie czuję się z tym, że to ja ją zraniłem. – Urwał, czekając na jej komentarz, ale kiedy milczała, podjął: – Tak, jak się sprawy ułożyły, jest jednak najlepiej. Gdyby nie poroniła, gdybyśmy się pobrali, sprawa pewnie skończyłaby się podobnie, tyle że na świecie byłby jeszcze jeden dzieciak dorastający bez stałej obecności ojca. Bo Marianne wreszcie miałaby mnie dość i wygoniłaby, gdzie pieprz rośnie, o ile sam bym nie odszedł. Hank oskarżał mnie o to, że nie dbam o nikogo poza sobą, i to właśnie nie daje mi spokoju. Wiem, że tak to wygląda. W jego oczach, w oczach wszystkich ludzi. Ale on się myli. Marianne była dla mnie na tyle ważna, że musiałem od niej odejść. Unieszczęśliwiłbym ją, a ona zasługuje na dobre życie – westchnął głęboko. – Czasem myślę o dziecku, które straciliśmy. Zastanawiam się, czy to byłby chłopiec, czy dziewczynka, czy byłoby do mnie podobne. Nie daje mi to spokoju. Ale wierzę, że sprawy ułożyły się tak, jak powinny. Nie cieszę się, że tak się stało. Boże, skąd, nic podobnego. Ale przysięgam, nie usiłuję racjonalizować. Ja…

– Rozumiem – przerwała mu Kerra. – Wiem, że żałujesz, że z twojego powodu cierpiała. Ale miałeś rację, odchodząc. Marianne też zdawała sobie sprawę, że tak będzie lepiej.

– Dlaczego tak uważasz?

– Bo gdyby wierzyła, że powinniście być razem, nie pozwoliłaby ci odejść. Czy nalegała, czy próbowała wyciągać do ciebie rękę, szukała kontaktu?

Pokręcił głową.

– Gdyby naprawdę cię pragnęła, ciebie, ze wszystkimi twoimi przywarami, walczyłaby jak lwica, żeby cię zatrzymać.

Z jego twarzy wyczytała, że o rozstaniu z Marianne nigdy nie pomyślał w takich kategoriach. A potem, w typowy dla siebie sposób, zamknął temat żartem:

– Przecież ja nie mam przywar.

– Chodź tutaj. – Kerra tym razem nie odpuściła mu tak łatwo.

Objęła jego głowę rękami, przyciągnęła do siebie i przytuliła się do niego. Trapper owinął ramiona wokół jej talii i przywarł do niej. Opierał policzek na jej piersi w innego rodzaju intymności. Przyglądała się linii włosów na czubku jego głowy. Cmoknęła to miejsce.

– Czy Major wie o poronieniu?

– Nie. – Wysunął się z jej objęć, a ona pożałowała, że zadała to pytanie.

– Moje nagłe, jak to ujął, porzucenie Marianne stanowiło jeden z punktów zapalnych naszego konfliktu. To poronienie tylko by go utwierdziło w przekonaniu, że marnuję życie dla jakiejś fantazji. I to bynajmniej nie erotycznej.

– Zaglądałeś do niego dzisiaj?

– Został przeniesiony do nowej sali. Podjechałem do szpitala po wizycie u niego w domu.

– W domu Majora? – Pokręciła głową skonsternowana. – Nie nadążam. Pojechałeś tam po zerwaniu ze mną w kafejce?

– Nie zerwałem z tobą. A zresztą to było dla twojego dobra.

– No cóż, uznałam, że widzę je inaczej. – Uniosła nogę i potarła udem o jego udo.

– Nie żebym jakoś się skarżył… – mruknął i od razu spoważniał. – Major pytał mnie o ciebie. Mówiłem mu, że wracasz bezpiecznie do Dallas. Byłem wtedy przekonany, że tak zrobisz. Oskarżył mnie, że cię odepchnąłem. Jak zwykle poróżniliśmy się.

– Nie lubię, kiedy sprzeczasz się z nim o mnie.

– Nie poszło o ciebie. – Uśmiechnął się niewesoło. – Zaczął od stwierdzenia, że jego zdaniem moja teoria ma ręce i nogi i że podziwia moją konsekwencję.

– To dobrze. – Nachyliła się ku niemu zaciekawiona.

– Przez chwilę też tak myślałem. Nigdy od niego nie usłyszałem, że w jakiejś sprawie się nie mylę. Jakiejkolwiek. Jakiejkolwiek pieprzonej sprawie. Prognozy pogody. Możesz więc sobie wyobrazić moje zdumienie, kiedy mnie pochwalił. Ale potem dodał, że powinienem wyzbyć się obsesji, dać sobie spokój i zacząć normalnie żyć.

– Przecież to się jedno z drugim kłóci.

– Jak jasna cholera.

Czekała, żeby powiedział coś jeszcze, wyjaśnił, dlaczego tak go to denerwuje, ale on milczał. Przekręciła się na brzuch i podparła łokciami, by mogli rozmawiać twarzą w twarz.

– Czy któryś agent FBI albo ktoś w twoim oddziale w ATF wierzył w ciebie i twoje podejrzenia co do Wilcoxa?

– Było kilka osób, które nie śmiały się w głos.

– Mógłbyś zebrać to, co masz na pendrivie, dołączyć nagranie z komórki ze słowami Wilcoxa, iść z tym do kogoś, komu ufasz, i wszystko wyłożyć.

Kręcił głową jeszcze, zanim skończyła.

– Podstawą biurokracji jest dupochron. Każdy z moich byłych współpracowników na mój widok zakryłby sobie tyłek obiema rękami. Pamiętają, co spotkało Marianne.

– To ja pójdę z tobą. Nie wyśmieją cię, jeśli pojawisz się w moim towarzystwie. Będą się obawiali ostrej reakcji w mediach.

– Doceniam gest, ale…– Ujął jej dłoń i pocałował wnętrze.

– Musisz to zrobić sam – dodała.

– Nie ze względu na własną próżność, Kerro. Nie w tym rzecz, przysięgam. Chodzi o to, że muszę to zrobić jak trzeba. Nie ma żadnej gwarancji, że jeszcze mi się trafi choćby jedna szansa, ale jeśli ją dostanę, nie wolno mi jej zmarnować. Muszę jedną ręką trzymać Wilcoxa za jaja, w drugiej mieć tę jego pieprzoną polisę na życie, cokolwiek by nią było.

– Wilcox powiedział, że nie ujawni niczego dopóty, dopóki nie zapewnisz mu nietykalności.

– Wiem – westchnął. – Typowy impas.

– Jak zamierzasz go przełamać?

– A żebym ja to, cholera, wiedział!

Przez chwilę milczeli. Kerra szóstym zmysłem widziała, jak w jego głowie pracują trybiki. Wyciągnęła rękę i pogładziła jego zmarszczone czoło.

– Mógłbyś na jakiś czas pozwolić, by sytuacja się uspokoiła.

– To właśnie robiłem przez trzy lata i już się dławię tym czekaniem. – Lekko pokręcił głową. – Muszę to z siebie zrzucić, Kerro. Pal sześć moje życie, nie jest aż tak ważne, ale twoje, owszem. Teraz martwię się już nie tylko o Majora. Gdybym odwrócił się od ciebie, od tej sprawy, a potem któregoś dnia zostałabyś znaleziona… – Nie dokończył, ale domyśliła się, co chciał powiedzieć, i z niepokojem musiała przyznać, że była bezbronna.

– To musi być teraz – szepnął.

Nachyliła się i pieszczotliwie przygryzła jego w ramię.

– Wiedziałam, że to powiesz. I że jeśli Major oczekuje, że tę sprawę odłożysz na półkę, to oznacza, że nie zna własnego syna.

Chciałaby móc powiedzieć więcej. Emocje dusiły ją, kłębiły się w jej sercu, ale postanowiła zachować je jeszcze dla siebie.

– Po co pojechałeś do jego domu?

– Swędzi mnie gdzieś, gdzie nie jestem w stanie się podrapać.

– Co proszę?

– Wysłuchaj mnie.

– Przecież słucham.

– Mają za kratkami Lesliego Duncana, wrobionego przez kogoś. Twierdzą, że szukają jego wspólnika. Który nie istnieje.

– Trapper, możesz się mylić.

– No dobrze, powiedzmy, że się mylę. Powiedzmy, że Duncan jest winny jak wszyscy diabli. On i ten drugi nieznany sprawca popełnili to przestępstwo.

– Może tym nieznanym sprawcą była jego dziewczyna.

Nie zgadzał się z tą hipotezą, ale powiedział:

– Dobrze, przyjmijmy i to. Kim była trzecia osoba?

– Ta, która usiłowała otworzyć drzwi łazienki? Może to właśnie ta dziewczyna, a nieznany wspólnik to człowiek, który głośno zadał Majorowi pytanie.

– Nie będziemy tego wiedzieli, dopóki nie zostanie zatrzymany. I właśnie tutaj coś mi nie pasuje. Z tego, co wiem, nikt nie stara się szukać współwinnego. Kiedy ostatni raz słyszałaś, żeby ktoś o tym wspominał?

– Ani razu od mojego ostatniego przesłuchania.

– Rozumiesz? Glenn nawet nie napomknął Majorowi, że istnieje jakaś trzecia podejrzana osoba.

– Czy w domu nie trafiłeś na żadne wskazówki? Szukałeś tam czegoś konkretnego?

– Wejścia, którym się włamano. Nie znalazłem go, ale to nie był zmarnowany czas. – Opowiedział jej o spotkaniu z zastępcą szeryfa.

– Jenks? – powtórzyła nazwisko.

– Poznałaś go?

– Nie wydaje mi się. Z tym nazwiskiem nie kojarzy mi się żadna twarz.

– Pilnował twojego szpitalnego pokoju tamtej nocy, kiedy przywiozłem ci kwiaty. A dzisiaj pojawia się znienacka w domu mojego ojca akurat wtedy, kiedy ja tam jestem. Moim zdaniem to jednak nie był przypadek. Jestem prawie pewien, że cię namierzał. – Opowiedział, jak znalazł nadajnik lokacyjny przymocowany do podwozia jej samochodu.

– Pamiętasz? Mówiłem ci, że Glenn mógłby się posunąć do tego, chcąc mnie jakoś kontrolować. Ale nie sądziłem, że taki sam numer wywinie również tobie.

– Zostawiłeś nadajnik przy samochodzie?

– Nie, wrzuciłem do przenośnej toalety na przyszpitalnym parkingu. Jeśli bardzo chcą, pewnie będą umieli nas znaleźć, ale nie chciałem im tego ułatwiać.

– Kolejny ból głowy dla szeryfa Addisona – powiedziała. – Jest już w domu. Hank dzwonił do mnie tuż przed twoim przyjściem. Próbował się z tobą skontaktować. Powiedziałam mu, że przekażę nowiny.

– Nie cierpię przyznawać, że Hank ma w jakiejś sprawie rację. Ale to prawda, że Glenn miał same kłopoty, odkąd przyjechałem do miasta. Major powiedział, że kiedy Glenn zadzwonił do niego upewnić się w kwestii wywiadu, już biadolił na temat nadgodzin, jakie będzie musiał wypłacić ludziom.

– I wciąż biadolił na ten temat, kiedy go poznałam. Zajrzał do Majora do domu w trakcie jednego z naszych wstępnych spotkań przed wywiadem. Miałam wrażenie, że oczekuje przeprosin za wszystkie niedogodności, jakie powoduję. Ale kiedy odwiedził mnie w pokoju w motelu, był nieco przyjemniejszy.

– Nic nie wiedziałem o jego wizycie. – Trapper drgnął.

– To było w piątek wieczorem.

– Wizyta kurtuazyjna?

– Można by tak to ująć. Chciał sprawdzić, czy jego departament wywiązuje się z obietnicy, że ochronią mnie przed łowcami autografów. W sumie skorzystałam z jego obecności i przejrzałam z nim listę pytań, które przygotowywałam. Major chciał je przeczytać przed wywiadem. Poprosiłam szeryfa, żeby mi doradził, czy mam zrezygnować z wspominania o tobie. Przyznał, że tak byłoby lepiej, bo wywiad i tak wywoła sporą awanturę, kiedy już wyskoczę z wielką niespodzianką, a dodawanie do tej mieszanki wątku z tobą w roli głównej mogłoby…

Trapper nagle wyprostował się i wyciągnął rękę, prosząc, żeby przerwała.

– Wspomniał wielką niespodziankę?

– Szczerze mówiąc, byłam trochę urażona, że mu o niej powiedziałeś.

– Nie powiedziałem.

Usiadła, by spojrzeć na jego skupioną twarz.

– Uprzedzałem Glenna o wywiadzie, ale nie wyjawiłem mu twojego sekretu.

Przez jakiś czas siedział nieruchomo, wywołując w niej niepokój, kiedy nagłym gestem odrzucił pościel i zerwał się z łóżka. Złapał leżące na podłodze dżinsy, wskoczył w nie, z torby z Walmartu wyjął koszulę, zerwał z niej metkę i włożył ją. Odruchowo też podniosła się z łóżka i zaczęła równie pośpiesznie się ubierać.

– W poniedziałek nad ranem, kiedy odzyskałaś przytomność, Glenn i ja byliśmy w twoim pokoju – rzucił.

– Tak, tak. – Wsunęła stopy w buty. – Obudziłam się, gdy rozmawialiście. Opisywał miejsce przestępstwa.

– Właśnie. Pytał, czy przed transmisją wiedziałem, kim jesteś. Przyznałem, że tak. Odgrywał wkurzonego, że mu nie powiedziałem, zachowywał się tak, jakby dowiedział się tego z całą widownią telewizyjną w trakcie programu. A jednak twierdzisz, że wiedział o tym już w piątek wieczorem.

– Być może Major…

– Gdyby Major mu to powiedział, czemu Glenn miałby to ukrywać? Dlaczego udawał przede mną, że nic nie wie?

Zastanowiła się nad tym, ale nie potrafiła znaleźć logicznego wytłumaczenia.

– Glenn wiedział przed niedzielnym wieczorem, ale z jakiegoś powodu chciał ukryć to przede mną. – Trapper sprawdził magazynek pistoletu, umieścił go na powrót w kaburze i przypiął sobie do paska.

Kerra złapała swoją torebkę.

– Jeśli żadne z nas dwojga mu nie powiedziało i jeśli nie był to Major, to kto?

Trapper wyjął płaszcz Kerry z szafy, rzucił go jej, po czym włożył swoją kurtkę.

– Dobre pytanie.

Rozdział 29

Słysząc pukanie Trappera, Hank otworzył drzwi przedsionka. Zerknął na nich przez siatkowe drzwi.

– Dziś raczej nie przyjmujemy gości – powiedział.

– Nie przyszliśmy w gości – odparł Trapper, obejmując Kerrę ramieniem.

W ogóle nie brał pod uwagę, że mógłby jej ze sobą nie zabrać. Nie po znalezieniu nadajnika lokacyjnego w jej samochodzie i nie po tym dziwnie przypadkowym pojawieniu się Jenksa w domu Majora, a zwłaszcza nie po odkryciu, że na dobrą sprawę nie wiadomo, kiedy Glenn dowiedział się o jej związku z zamachem bombowym na hotel Pegasus.

Chciał, żeby Glenn wyjaśnił mu niezgodności w chronologii wydarzeń, i nie obchodziło go, że tego samego dnia rano szeryf trafił na ostry dyżur. Szeryf musiał rozwiać jego wątpliwości, nawet jeśli trzeba by było w tym celu wyciągnąć go z łóżka.

Hank nadal nie zapraszał ich do środka.

– Jak twój policzek?

– Nie umrę od tego.

– Chyba powinieneś dać sobie założyć szwy.

– Glenn jeszcze nie śpi?

– Trapper, ostatnia rzecz, jakiej tata potrzebuje… – westchnął Hank.

– Muszę z nim porozmawiać.

– Po co?

– Mam do niego sprawę.

– Czy to nie może zaczekać do rana?

– Gdyby mogło zaczekać do rana, nie stałbym tu w tej chwili.

Hank przeniósł wzrok na Kerrę, szukając u niej wsparcia, ale nie doczekał się go. Spojrzał na Trappera.

– Czy ty jesteś pozbawiony hamulców? Jakiegoś poczucia przyzwoitości?

– Musisz pytać?

– On nie odejdzie – dobiegł ich szorstki głos zza pleców Hanka, z okolic kuchni. – Równie dobrze możesz go wpuścić.

Z nieukrywaną niechęcią i oporem Hank zwolnił zasuwkę, otworzył ażurowe drzwi i przesunął się na bok. Kerra weszła pierwsza, Trapper za nią.

– Jeszcze raz mnie kiedyś uderzysz, a będziesz wygłaszał swoje kazania zza pełnej dentystycznej protezy – rzucił w stronę Hanka, mijając go.

Gdy Trapper wszedł do kuchni, Glenn odsuwał jedno z krzeseł przy stole dla Kerry. Pachniało stojącą w brytfance na kuchennej płycie lasagne oraz whiskey. Butelka z alkoholem stała na stole w pobliżu krzesła, na którym usadowił się Glenn.

– Kerro, coś do picia? – spytał szeryf. – Coś mocniejszego, a może filiżankę kawy?

– Nie, dziękuję.

– Trapper?

– Poproszę.

Ominął Hanka, wyjął szklankę z szafki i wrócił z nią do stołu. Usiadł obok Kerry, naprzeciw Glenna. Hank zajął czwarte krzesło. Trapper spytał o Lindę.

– Była bardzo zmęczona – powiedział Hank. – Udało mi się namówić ją, żeby poszła do łóżka, obietnicą, że zostanę tu na noc w razie, gdyby tata czegoś potrzebował albo gorzej się poczuł.

– Gorzej się nie poczuję – mruknął Glenn.

Trapper nalał sobie whiskey, wypił jednym haustem, odstawił szklankę na stół i zaplótł dłonie.

– Kolejny kwadrans nie będzie dla mnie niczym przyjemnym. Chciałbym, żebyś to wiedział – zwrócił się do Glenna. Szeryf napełnił swoją szklankę i wypił łyk. – Kto ci powiedział, że Kerra jest tą dziewczynką ze zdjęcia? – Trapper od razu przeszedł do sedna.

– Thomas Wilcox.

Trapperowi na moment zamarło serce. Nie spodziewał się, że Glenn tak szybko udzieli mu odpowiedzi. I chociaż miał przeczucie, że będzie ona prowadziła do Wilcoxa, to drgnął, słysząc to nazwisko. Zaniepokoiła go informacja, że Glenn ma związek z tym człowiekiem, a jeszcze bardziej fakt, że Wilcox wiedział już przed wywiadem Kerry z Majorem, iż dziennikarka jest jedną z osób ocalałych z Pegasusa. Podczas rozmowy w biurze Trappera nie wspomniał ani słowem, że był tego świadom, kiedy spotkał Kerrę po raz pierwszy. „Dlaczego to pominął?" – pomyślał Trapper. Z miny Kerry wyczytał, że ta informacja również i ją wytrąciła z równowagi.

– Kto to jest Thomas Wilcox? – spytał Hank.

Trapper zignorował go i skupił się na Glennie.

– Kiedy Wilcox ci powiedział, kim jest Kerra?

– Tego wieczoru co ty o planowanym wywiadzie. Zaraz po twoim wyjściu poinformowałem o nim Wilcoxa.

Trapper nachylił się nad stołem.

– Dlaczego miałbyś zrobić coś takiego, Glenn?

– O co chodzi? – spytał Hank.

– Hank, przestań zadawać pytania i daj mi mówić. – Glenn odwrócił się w stronę syna. – Ty też w zasadzie powinieneś o tym usłyszeć.

– O czym? O czym mam usłyszeć?

Glenn sięgnął po szklankę z whiskey, ale Trapper odsunął ją poza zasięg dłoni szeryfa, podobnie jak butelkę.

– Glenn, zacznij od początku i powiedz mi wszystko. Na czym opiera się twoje powiązanie z Wilcoxem?

– Sięga kilku lat wstecz.

– Mamy cały wieczór.

– Masz na sobie podsłuch?

– Nie pracuję w organach ścigania.

– Czy masz na sobie podsłuch? – Glenn nie spuszczał z niego oczu.

Trapper zrzucił kurtkę i podniósł koszulę.

– Kerra też nie ma.

Glenn spojrzał na nią.

– Nie nagrywam tego – potwierdziła. Wyjęła z torebki telefon komórkowy i położyła go na stole. – Nie jest nawet włączony, ale może pan sprawdzić.

Chciała cofnąć dłoń, ale Glenn szybko nakrył ją swoją.

– Przykro mi, Jezu, jak mi przykro. – Oczy zaszły mu łzami. – Nie miałem pojęcia. Przysięgam na Boga. – Zerknął na Hanka. – Mogę przysiąc na twoją Biblię. Nie miałem pojęcia, że Wilcox będzie próbował zabić ciebie i Majora. Nie sądziłem, że aż tak daleko się posunie.

– Mów do mnie, Glenn – polecił Trapper. – I musi to być coś więcej niż przeprosiny.

Glenn tęsknie spojrzał na whiskey, a potem przesunął rękami po twarzy.

– Jestem gotów zrzucić kamień z serca. Od niedzielnego wieczoru borykam się z poczuciem winy. Dziś w końcu się podłamałem. Trafiłem do szpitala. Nie chcę już z tym żyć.

Hank ożywił się na słowo „wina". Położył dłoń na ramieniu ojca.

– Tato, może nie powinieneś niczego mówić. Znaczy, jeśli tu wchodzą w grę jakieś kwestie prawne… Czy mam zadzwonić po adwokata?

Glenn pokręcił głową.

– Jeszcze nie. Chcę to z siebie wyrzucić. Trapper powinien wiedzieć. – Spojrzał na niego przez stół i dodał: – Ty też na pewno jesteś celem.

– Mów – powtórzył Trapper, tym razem ciszej, ale nagląco. – Kiedy poznałeś Wilcoxa?

– W którym roku twoi rodzice ponownie sprowadzili się tu z Dallas?

Pytanie wydawało mu się niezwiązane z tematem, ale odparł:

– Skończyłem szkołę średnią i pojechałem na studia. Dziewięćdziesiąty ósmy czy dziewiąty.

Glenn pokiwał głową.

– Któregoś wieczoru, niedługo po ich przyjeździe, kiedy wychodziłem z biura, zaczepił mnie jakiś człowiek. Nie pamiętam jego nazwiska. Był posłańcem. Powiedział mi, że wygram zbliżające się wybory na szeryfa. Z łatwością, powiedział. Przytłaczającą większością głosów. – Glenn podrapał podbródek. – Po raz pierwszy miałem wtedy twardego przeciwnika. W głębi duszy martwiłem się, że mnie pokona, może niewielką przewagą, ale gdybym przegrał, nie miałoby to znaczenia, że o włos. Uznałem, że ten facet to jakiś kampanijny guru, który usiłuje mnie naciągnąć ma kupę kasy za swoje usługi. – Potrząsnął głową. – „Nic podobnego" – powiedział. „Pan wygra i proszę pamiętać, że ja to panu mówiłem". Poszedłem w swoją stronę. Nie miałem pojęcia, jak potraktować te słowa. Stwierdziłem, że to świrus.

– I wygrałeś.

– Walnie. – Szeryf spojrzał twardo w oczy Trappera. – Nie powiem ani jednego cholernego słowa więcej, dopóki nie oddasz mi mojej szklanki.

Trapper podsunął mu ją, a szeryf napił się i kontynuował:

– Po tygodniu na automatycznej sekretarce miałem wiadomość. Polecono mi, żebym przyjechał pod ten adres w Dallas i był tam o określonej godzinie, jeśli chcę zachować stanowisko. Brzmiało to jak groźba. Zrobiło mi się nieswojo. Pomyślałem, że może mój przeciwnik zażądał ponownego przeliczenia głosów czy coś. Pojechałem. Pod tym adresem znajdował się zwykły biurowiec, tyle że nie było tam żadnych numerowanych pokojów, żadnych tabliczek z nazwiskami na drzwiach. Musiałem zdać broń, zostałem obszukany, przeszedłem przez serię kontroli. Zaczynałem sądzić, że to jakaś agencja rządowa. Wreszcie zaprowadzono mnie do jakiegoś pokoju. Jedyną w nim osobą był porządnie ubrany facet, średniego wzrostu i wagi. Dość dobrze się prezentujący, ale nie tak, żeby aż mdleć na jego widok.

– Wilcox.

Glenn pokiwał głową.

– Wyglądał przeciętnie, ale, słowo daję, jak pierwszy raz spojrzałem mu w oczy, dreszcz przeszedł mi po plecach.

– Wiedziałeś, kim jest?

– Nie. Przedstawił mi się z nazwiska, ale nic mi nie mówiło. Więc kiedy zaczął zadawać pytania o mojego przyjaciela, Majora, nadal miałem wrażenie, że to może jakiś agent prowadzący śledztwo dla instytucji rządowej.

– Jakie pytania ci zadawał?

– O zamach. O to, czy Major mówił mi kiedykolwiek na jego temat coś wykraczającego poza publicznie znane fakty. Czy widział coś podejrzanego, coś dziwnego. Czy kiedykolwiek wspominał konkretnie o tych trzech zamachowcach. Szybko poczułem się niekomfortowo i spytałem go wprost, czy ma jakieś podejrzenia co do Majora. Uśmiechnął się, a mnie znów przeszedł dreszcz. „Nie” – zaprzeczył. – „To ja wysadziłem Pegasusa w powietrze”. Ot tak. O mało mi zwieracze nie puściły. W co ja się, cholera, wpakowałem? Kim był ten gość? Czy to miał być żart?

– Nie – powiedział Trapper.

– Szybko to do mnie dotarło. Mówił śmiertelnie poważnie – Glenn znów sięgnął po szklankę, a Trapper zauważył, że dłoń mu lekko drży. – Udawałem głupiego, kiedy Major powiedział mi, że od lat podejrzewasz Wilcoxa, że masz na niego całe dossier. Rozumiem, że nie muszę się teraz rozwodzić na temat Pegasusa, tego człowieka, który się przyznał, i tak dalej. – Zerknął na Kerrę i dodał: – Zakładam, że Trapper wszystko ci opowiedział.

Skinęła głową.

– No cóż, cieszę się, że ktoś tu się orientuje w sytuacji, bo ja nadal nic z tego nie pojmuję – wtrącił Hank.

– Ci trzej ludzie, którzy zdetonowali ładunki w Pegasusie, zrobili to na zlecenie Thomasa Wilcoxa – wyjaśniając to Hankowi, Trapper obserwował Glenna i dostrzegł ból w oczach szeryfa, kiedy syn popatrzył na niego.

– Tato, to prawda?

Glenn poruszył bezdźwięcznie ustami.

– Tato, odpowiedz mi!

– Tak. To prawda.

Hank patrzył na niego z pełnym niedowierzania osłupieniem.

– Wiedziałeś? Od... Od... Nieważne zresztą, który to był rok. Wiedziałeś i nigdy na niego nie doniosłeś? Dlaczego? Dlaczego nie zgłosiłeś tej informacji tam, gdzie trzeba?

Glenn miał nieszczęśliwą minę. Potarł czoło.

– To jeszcze nie jest koniec historii, Hank.

– No pewnie, że nie – rzucił pastor piskliwym głosem, zrywając się od stołu. – Zadzwoń do FBI. Jeśli ty nie zadzwonisz, ja to zrobię.

– Daj mu najpierw skończyć – wtrącił Trapper.

– A ty, ty marny kutasie – Hank spojrzał na niego z pogardą – ty też wiedziałeś i nic z tym nie zrobiłeś?

– W ogóle nie zdajesz sobie sprawy, z kim mamy do czynienia. – Trapper posłał mu spojrzenie pełne furii. – Rzucisz cień podejrzenia na Thomasa Wilcoxa bez twardych dowodów i równie dobrze sam mógłbyś wepchnąć Glenna pod pociąg towarowy, bo i tak długo nie pożyje. A teraz, jeśli chcesz zostać tu i wysłuchać reszty, to złaź z tej swojej nadętej ambony, siadaj na przemądrzałej dupie i zamknij ryj.

Kerra ponownie próbowała opanować wymykającą się spod kontroli sytuację.

– Wysłuchajmy do końca tej historii, zanim zaczniemy wygłaszać sądy czy podejmować pochopne decyzje.

Hank kipiał złością, ale usiadł. Spojrzał na Glenna.

– I co? Dałeś mu się przekupić?

– W pewnym sensie zrobiłem to już przedtem. Wygrałem przecież wybory, chociaż wielu przewidywało, że nie wygram. Nawet ja przewidywałem, że nie wygram. Wilcox powiedział mi, że zachowam stanowisko, jak długo będę chciał. Za każdym razem, kiedy dojdzie do reelekcji, nie będę miał rywali.

– W zamian za co? – spytał Trapper.

– Za informowanie Wilcoxa o poczynaniach Majora. O tym, z kim się widuje, kto go odwiedza. Na przykład rządowe typki. A takim na początku wydawał mi się Wilcox. Miałem mu przekazywać wszystko, co Major powie o zamachu w rozmowach w cztery oczy, zwłaszcza jeśli zacznie kiedyś kwestionować ustalenia śledztwa czy wyrażać wątpliwość co do tych trzech, którym zbrodnię przypisano.

– Szpiegowałeś Majora?! – Hank gapił się na ojca z otwartymi ustami.

– Mojego najlepszego przyjaciela – przyznał Glenn głosem ciężkim od emocji. Znów się napił.

– Jak mogłeś to robić? Dlaczego po prostu temu Wilcoxowi nie odmówiłeś? Albo czemu nie udałeś, że się zgadzasz, i nie poszedłeś do FBI z donosem na niego?

– Trapper, wytłumacz mu.

– Zero dowodów – podsumował Trapper. – Wilcoxa nie było w Pegasusie. Nie było go w fabryce, która spłonęła do gołej ziemi. I nie byłoby też żadnych dowodów, że majstrował przy wyborach na szeryfa. Mógłbym wymieniać dalej, ale chyba już chwytasz.

– Hank, musisz to zrozumieć – powiedział błagalnie Glenn. – Ten człowiek tak właśnie działa. Jeśli mówi ci, że masz coś zrobić, to ty już u niego masz dług. Już tkwisz w tym po uszy. A przynajmniej ja tkwiłem. Jedyne wyjście to zgodzić się, chyba że chcesz, żeby niebo zawaliło się na głowę nie tylko tobie, ale także komuś, kto jest dla ciebie ważny.

– Przyznaj, tato, że stchórzyłeś.

– A żebyś, kurwa, wiedział! – wypalił Glenn, rezygnując z próśb o zrozumienie. – Wilcox kazał mi podpisać zobowiązanie, ale najpierw zakrył podpisy, które widniały nad moim. Nie wiesz, kto cię na jego polecenie sprawdza. Mówi, że to zapewnia uczciwość wszystkich zainteresowanych. Nikomu – nikomu, powtarzam – nie mógłbym tego powierzyć. Pierwsza osoba, przed którą bym się wygadał, mogła być tą, która mnie pilnuje, a mnie, tak jak powiedział Trapper, znaleziono by potem rozjechanego na naleśnik kołami pociągu. Albo ciebie. Albo twoją matkę.

Hank zdawał się tyleż poirytowany, co przestraszony, zachował jednak milczenie.

Trapper pozwolił Glennowi złapać oddech, a potem powiedział:

– Dotrzymałeś swojej części umowy.

– To nie była dobrowolna umowa, ale tak, zacząłem przekazywać informacje na temat Majora, choć nie miałem wrażenia, że go szpieguję, bo nic, co mówił i robił, nie wzbudzało podejrzeń. Nigdy nie miałem nic ważnego do zameldowania. Na całe miesiące zapominałem o Wilcoxie. Ale on nie zapominał o mnie. Po raz pierwszy sprawdził moją lojalność, kiedy wstąpiłeś do ATF.

– Wilcox miał mnie na oku?

– Dopiero, odkąd dowiedział się, że dołączyłeś do biura. Wtedy męczył mnie miesiącami. Wypytywał, po co wstąpiłeś do ATF i co Major o tym myśli.

– Odwiedziłeś mnie wtedy – przypomniał Trapper. – Przywiozłeś butelkę taniego szampana, żeby uczcić moje nowe stanowisko.

– Wstyd mi się przyznać, ale polowałem na informacje. Doniosłem później Wilcoxowi, że twoje zainteresowanie zamachami bombowymi jest naturalne, jako że sprawa Pegasusa tak bardzo wpłynęła na twoje życie. Ale to go nie uspokoiło. Od czasu do czasu kazał mi się dowiedzieć, nad czym pracujesz. Ja tymczasem wstrzymywałem oddech, bojąc się, że zaczniesz zajmować się Pegasusem.

– A potem zacząłem.

– A potem zacząłeś – powtórzył Glenn zmienionym głosem. – Nie byłem tego pewien, ale podejrzewałem, że to ci właśnie narobiło kłopotów w agencji. Najlepszym dniem mojego życia był ten, kiedy cię wywalili.

– Taa, istny bal.

Glenn miał na tyle przyzwoitości, że zrobił skruszoną minę.

– Wybacz mi, Trapper. Wtedy Wilcox się ode mnie odczepił. A kiedy Major zrezygnował z życia publicznego, pomyślałem, że zostałem ułaskawiony.

– I tak było, dopóki ja nie wkroczyłam na scenę – wtrąciła cichym głosem Kerra.

Glenn westchnął i uśmiechnął się do niej smutno.

– Nie wiedziałaś tego, ale kiedy pojawiłaś się na scenie, równie dobrze mogłaś mi strzelić w łeb. Bo moje spokojne życie trafił szlag.

Rozdział 30

Im dłużej Glenn mówił, tym większy ból odczuwał Trapper. Może nigdy nie przyznawał się do tego głośno, ale kochał tego faceta. Żałował, że nie może być gdzieś indziej, robić czegoś innego. Gdyby tylko mógł być kimś innym, ta rana nie byłaby tak bolesna. Serce mu pękało. Ale nie mógł się wycofać. Glenn zdradził nie tylko ich bliską relację, ale także ślubowanie własnego urzędu i prawo, którego był zobowiązany przestrzegać. Trapper nie zamierzał pozwolić mu szukać dla siebie wymówek.

– Glenn, wcześniej czy później sprawa wyszłaby na jaw. Nie zwalaj tego na Kerrę.

– Nie zwalam. – Wziął szklankę.

– Tato… – odezwał się Hank ostrzegawczo.

Glenn zignorował syna i się napił.

– Kiedy mi powiedziałeś, że Major znów wystąpi w telewizji, zdziwiłem się, ale jeszcze nie panikowałem. Karnie zadzwoniłem do Wilcoxa, żeby go zawiadomić. Nie był uszczęśliwiony, ale tak jak ja nie widział powodów do alarmu. Kiedy jednak powiedziałem mu, że to Kerra Bailey przeprowadzi rozmowę z Majorem, zareagował, jakbym mu w tyłku odpalił petardę. – Obrócił się w stronę dziennikarki. – To wtedy powiedział mi, kim jesteś i dlaczego nie chce, żebyście z Majorem porównywali notatki, a już zwłaszcza nie w telewizji ogólnokrajowej.

– Robiłam wywiad z Wilcoxem ledwie rok wcześniej – powiedziała. – Niczym nie zdradził, że wie, że jestem dzieckiem ze zdjęcia.

– Nie wiem, kiedy ani jak to odkrył – odparł Glenn. – Ale wiedział i dostał paranoi na myśl, że będziesz rozmawiać na osobności z Majorem.

– Ale dlaczego?

– Obawiał się, że jak zaczniecie wspominać przeżycia tamtego dnia, któreś z was zrozumie, że coś tu się nie klei.

Popatrzył na Trappera.

– Dlatego próbowałem cię do całego pomysłu zniechęcić, pamiętasz? – rzucił.

– Wilcox zrobił się nerwowy, kiedy mu powiedziałem, że to Trapper mnie o wszystkim zawiadomił – dodał Glenn.

– To wyjaśnia, czemu byłeś rozbity tamtego wieczoru, kiedy mieliśmy tu spotkanie biblijne – powiedział Hank. Spojrzał na Trappera. – Przysłałeś do mnie Tracy z informacją, że tata ostro pociąga z butelki.

– Prosiłem, żeby zrobiła to dyskretnie.

– Była dyskretna. Szepnęła mi na ucho, kiedy ktoś inny przemawiał. Spotkanie zamknęliśmy dziesięć minut potem. – Zwracając się do Glenna, dodał: – Poprosiłem Emmę, żeby zajęła się mamą, bo nie chciałem, żeby cię przyłapała na piciu. Przyszedłem do kuchni, a ty mało mi głowy nie urwałeś. Pomyślałem, że Trapper… – Spojrzał na kolegę z dzieciństwa. Nie musiał tłumaczyć, co ma na myśli.

– Więc uznałeś, że to moja wina, że Glenn pije – stwierdził Trapper. – To powinno być dla ciebie pouczające, Hank. Czy teraz już rozumiesz, co mnie gryzło i co doskwierało twojemu tacie? Glenn, jak się czułeś, knując z Wilcoxem zabójstwo Majora i Kerry?

Glennowi wyrwał się odgłos ni to szlochu, ni to beknięcia.

– Przysięgam na Boga, niczego takiego nie robiłem! Powiedziałem Wilcoxowi, żeby zachował zimną krew, że sprawdzę sytuację i odezwę się do niego. Następnego dnia pojechałem do domu Majora. Byłaś tam – zwrócił się do Kerry. – Major nie przedstawił mi ciebie jako dziewczynki ze zdjęcia, a tylko jako Kerrę Bailey. Powiedział, że na pewno widziałem cię w telewizji albo coś podobnego. Przekazałem Wilcoxowi, że nie mamy problemu. Nic nie wiedzieliście, a Kerra jakimś cudem namówiła Majora na wywiad na wyłączność, żeby zapunktować zawodowo. W zasadzie to samo powiedział mi Trapper. Ale Wilcox nadal był niespokojny.

– Dlatego przyjechał pan do mnie do motelu – dodała.

– Chciałem zobaczyć, jak zareagujesz, kiedy wspomnę o wielkiej niespodziance, jaką przygotowałaś dla niedzielnej widowni. Nie zapytałaś mnie, o jakiej niespodziance mówię, wydawałaś się tylko urażona, że o niej wiem.

– Wyraźnie prosiłam Trappera i Majora, żeby nie upowszechniali tej informacji.

– Tak czy inaczej, zyskałem swoją odpowiedź i musiałem ją przekazać temu gadziookiemu skubańcowi – powiedział Glenn. – Major mógł nie wiedzieć, kim jesteś, być może jego również chciałaś zaskoczyć, ale my oczekiwaliśmy, że w niedzielę wieczorem padnie na antenie wielka nowina. – Glenn zakaszlał sucho w zwiniętą pięść. Zmienił pozycję na krześle. Sięgnął po szklankę, ale opuścił dłoń. – Wilcox kazał mi dopilnować, żeby do tego nie doszło.

To wyznanie wstrząsnęło Kerrą. Hank pochylił głowę i zaplótł ręce na karku. Trapper podniósł się z krzesła, stanął za nim i ścisnął krawędź oparcia. Korciło go, żeby roztrzaskać je Glennowi na głowie.

– Jednego nie rozumiem – wycedził przez zęby. – Dlaczego nie zaatakowaliście przed wywiadem? Skąd w ogóle wiedziałeś, że Kerra jeszcze będzie u niego w domu?

– Nikogo nie atakowałem.

– Przed chwilą powiedziałeś…

– Nie dałeś mi skończyć.

– A, zaraz. – Trapper wpadł mu w słowo: – Przecież nie musiałbyś robić tego własnoręcznie. Wysłałeś tych trzech fagasów, żeby to zrobili.

– Nie wysyłałem ich.

– Jenksa i kogo jeszcze?

– Nikogo nie wysyłałem!

– Zastępca szeryfa Jenks, zawsze gotów do działania…

– John, zamilcz! – Glenn rąbnął pięścią w stół, aż szkło zabrzęczało, a potem głęboko odetchnął. – Raz w życiu zamknij się i posłuchaj. Wyperswadowałem Wilcoxowi jakiekolwiek działania. A przynajmniej, wydawało mi się, że go przekonałem. – Widząc, że Trapper szykuje się, żeby znów mu przerwać, uniósł dłoń. – Daj mi mówić.

Trapper gotował się z wściekłości, ale wykonał ręką szeroki, przyzwalający gest.

Glenn odwrócił się w stronę Kerry.

– Powiedziałem Wilcoxowi, że pokazałaś mi pytania, które zamierzasz zadać. Streściłem mu, co zawierały, powiedziałem, że są lekkie, niewinne, że nie ma w nich niczego zastanawiającego. Że nikogo nie zaintrygują, nie zaalarmują, że nikomu nie zagrożą. Namawiałem, żeby pozwolił wywiadowi odbyć się zgodnie z planem. Tłumaczyłem, że gdyby coś złego miało spotkać ciebie i Majora na parę dni przed wspólnym występem w telewizji, to rozdzwonią się dzwonki alarmowe i wywołają zainteresowanie FBI. Żaden analityk danych nie mógłby zignorować takiego zbiegu okoliczności, a federalni nie powierzyliby śledztwa w sprawie zabójstwa dwojga osobistości tak małemu departamentowi jak mój. Przejęliby je i to by dopiero wywołało gorączkę mediów.

– I dokładnie to się stało – zauważył Trapper. – Wilcox najwyraźniej nie posłuchał twojej rady.

– Najwyraźniej. Ale pozwolił mi wierzyć, że zgadza się z moim tokiem myślenia. Zagroził mi poważnymi konsekwencjami, gdybym się mylił, ale stwierdził, że ufa mojemu osądowi. Rozłączyliśmy się, a ja odetchnąłem z ulgą. Kryzys zażegnany i nikt się nie połapie. – Nadal zwracając się do Kerry, uniósł prawą rękę. – Uroczyście przysięgam, że nie miałem nic wspólnego z tym, co cię spotkało.

Popatrzyła na Trappera. Zrozumiał, że podobnie jak on przypomniała sobie, że Wilcox zaprzeczył, jakoby zlecił to podwójne zabójstwo. Czy obaj z Glennem mówili prawdę w tej sprawie? A może obaj kłamali?

– Dlaczego nie uprzedziłeś Majora, Glenn? – Trapper nachylił się i oparł dłonie na stole. – Mogłeś mu powiedzieć, że masz jakieś przeczucia. Albo że jakiś wariat dzwonił z pogróżkami. Cokolwiek.

– Ostrzegłem go. Okrężną drogą. Zasugerowałem, żeby trzymał pistolet pod ręką na wypadek postraszenia paparazzich. Ująłem to żartem, ale doradziłem mu, żeby miał się na baczności, dopóki nie będzie po wywiadzie. Kilka jednostek wysłałem na patrole, przez parę godzin przed wywiadem pilnowały okolicy. Były tam aż do momentu odjazdu furgonetki ekipy. Uznałem, że jest po sprawie. Nic złego się nie stało. Odwołałem swoich ludzi. A oni właśnie na ten moment czekali.

– Oni – powtórzył Trapper. – Kto?

– Ludzie wysłani przez Wilcoxa – powiedział Glenn. – Udawał, że posłuchał mnie, ale zrobił po swojemu. Nawet gdybym mu zaproponował, że sam się tym zajmę, wiedziałby, że nie mógłbym.

– Nagle odezwało się twoje sumienia? – zakpił Trapper.

– Nie. Sumienia to ja się pozbyłem już dość dawno temu. Ale zabić swojego najlepszego przyjaciela? I kobietę? – Popatrzył na Trappera z prośbą w oczach. – Jak możesz myśleć, że byłbym do tego zdolny?

– Nie pomyślałbym też, że możesz podpisać zobowiązanie dla Wilcoxa. A może nie było aż tak święte, jak twoja solenna przysięga? – Trapper uniósł prawą rękę jak do ślubowania, naśladując Glenna sprzed chwili.

– Zobowiązanie dotyczyło szpiegowania, a nie zabijania.

Trapper odruchowo szykował się do werbalnego kontrataku, ale zdołał opanować temperament, obszedł krzesło i na nim usiadł.

– Uważasz, że Leslie Duncan był jednym z trzech napastników?

– Nie jesteśmy pewni, czy było trzech.

– Było trzech – wtrąciła Kerra.

– Glenn, odpowiedz na pytanie – warknął Trapper. – Co z Duncanem?

Glenn zawahał się i to wystarczyło, by Trapper zaczął naciskać jeszcze mocniej.

– Ty go nasłałeś?

– Nie.

– Złapali go z pistoletem niemal jeszcze dymiącym.

– Nie ja go nasłałem.

– A moja torba? – spytała Kerra.

– To nie ja.

– Dziś rano…

– Posłuchajcie – powiedział Glenn, patrząc na nich oboje. – Nadal noszę odznakę, więc muszę pewne pozory zachowywać. Ale z tym facetem to zbyt oczywiste. A Kerra powiedziała, że to nie jego głos. Czy uważam, że ktoś go wrobił? Tak. Czy ja go wrobiłem? Nie.

– Ktoś w twoim departamencie?

– Na pewno.

– Jakaś marionetka Wilcoxa?

– Na pewno.

– Ale nie wiesz kto?

– Nie wiem.

Trapper nie do końca w to wierzył, ale na razie odpuścił ten element sprawy.

– Dlaczego ścigałeś Kerrę i mnie?

– Bo się o ciebie boję! O Kerrę, bo za pierwszym razem im się wywinęła. O ciebie, bo zwaliłeś się do miasta, ziejąc ogniem, zacząłeś robić scenę za sceną, wszystkich podejrzewać, zwłaszcza mnie, po czym uciekłeś z naszym jedynym świadkiem – Glenn wymierzył palec w Trappera. – Nawet przez chwilę sobie nie wyobrażaj, że uwierzyłem w tę durnowatą historyjkę o znalezieniu kolczyka Kerry pod szpitalnym łóżkiem. Pojechałeś na miejsce przestępstwa, tak? Daruj sobie kłamstwa. Wiem, że to zrobiłeś. A dzisiaj byłeś tam znowu.

– Jenks ci powiedział?

– A i owszem.

– Mam nadzieję, że znalazł ten przekaźnik i skąpał się po szyję w szambie, kiedy go wyjmował.

– Przekaźnik?

– Sprzęt do namierzania, który zainstalowałeś w samochodzie Kerry.

Glenn spojrzał na nią z zastanowieniem, a potem na Trappera i wzruszył ramionami.

– Nie wiem, o czym mówisz, ale szkoda, że sam o tym nie pomyślałem. Bo cały czas wystawiacie się na pewny strzał.

Glenn w trakcie rozmowy poczerwieniał, a teraz nagle położył dłoń na sercu. Trapper pochylił się nad stołem.

– Tato?! – zawołał Hank.

Kerra wyciągnęła do szeryfa dłoń gestem odruchowej troski. Glenn zbył ich machnięciem ręki.

– Nic mi nie jest, nic mi nie jest. Dali mi środki uspokajające.

– Nie powinien pan łączyć ich z alkoholem – upomniała Kerra.

– Może ciebie posłucha – wtrącił Hank. – Mnie nie chce.

Trapper zauważył, że gniewny archanioł, który pobił go tego poranka, teraz zdawał się przybity, ale wątpił, by przygnębienie Hanka miało związek wyłącznie z jego ojcem. Zdrada Glenna mogła oznaczać kłopoty dla kościelnego interesu Hanka. Taca z datkami mogła się zrobić znacznie lżejsza.

Glenn uspokoił oddech i wzmocnił się kolejnym łykiem whiskey, po czym odezwał się bezpośrednio do Trappera:

– Dziś rano Major powiedział mi, że nadal próbujesz zebrać materiał obciążający Wilcoxa. Czy to prawda? Co na niego masz?

Kiedy stało się jasne, że Trapper nie zamierza mu tego powiedzieć, Glenn oparł się o krzesło ze smutną miną.

– Nie winię cię za niechęć do zwierzeń. Sam sobie też już bym nie ufał.

– Na czym stoi teraz twój układ z Wilcoxem? – Trapper nie pozwolił sobie na współczucie. – Kiedy z nim ostatnio rozmawiałeś?

– Kiedy gnałem na miejsca przestępstwa. Zadzwoniłem ze swojego wozu, domagałem się odpowiedzi, co, do cholery, zrobił i co tam zastanę. Byłem rozwścieczony, serce mi wariowało. Darłem się, kląłem, zwyzywałem go od najgorszych.

– Co powiedział?

– Twierdził, że nie wie, o czym mówię. Rozłączył się i przestał odbierać ode mnie telefony.

Trapper zastanowił się nad tym, po czym spytał Glenna, czy on i Wilcox widzieli się twarzą w twarz od czasu pierwszego spotkania.

– Nie. I mam nadzieję, że nigdy już w tamte oczy nie będę musiał spojrzeć. Dostaję od nich dreszczy.

Trapper spojrzał na Kerrę i znów na Glenna.

– Mógł się zmienić od czasu śmierci córki. Co o tym wiesz?

– Tylko tyle, że zmarła – odparł Glenn. – Nie poznałem szczegółów i kwiatów też mu nie wysyłałem.

Trapper odsunął krzesło od stołu, naciągnął kurtkę i dał znak Kerze, żeby się zbierała.

Glenn spojrzał na niego przekrwionymi, niespokojnymi oczami.

– Co teraz będzie?

– Złożysz rezygnację, szeryfie.

– Czekają mnie zarzuty kryminalne? Pójdę do więzienia?

– Nie wiem. To nie będzie zależało ode mnie.

– Ile masz na Wilcoxa? – powtórzył pytanie. – Co masz na niego? Jak bardzo to obciążający materiał?

Trapper milczał.

– Pytam, bo... – Glenn oblizał wargi. – Może mógłbym ci jakoś pomóc, John. Moglibyśmy pracować razem. Jako partnerzy.

– Aż do dziś sądziłem, że nimi jesteśmy.

Zdawało się, że szeryf ugiął się pod tymi brutalnymi, ale prawdziwymi słowami. Przygarbił ramiona.

– Jutro zbiorę do kupy wszystko, co pamiętam na temat Wilcoxa, wszystko, co wiem. Jeśli pomogę ci zebrać dowody, a tobie uda się dostarczyć Wilcoxa władzom związanego w kij, może pozwolą mi ubiegać się o niższy wyrok. – W oczach miał łzy. Prawie błagał i Trapper nie byłby człowiekiem, gdyby nie wzruszyło go upokorzenie dawnego mentora.

– Cokolwiek się zdarzy, Glenn, jutro składasz rezygnację. Nie masz prawa dłużej nosić odznaki.

– Jaki powód mam podać?

– Względy zdrowotne. Dostałeś dziś poważne ostrzeżenie. To ci uświadomiło, jakie masz priorytety.

Glenn skinął głową.

– A ta druga sprawa? Rola świadka koronnego?

Z twarzy Trappera nie udało się nic wyczytać.

– Najpierw muszę dostarczyć im Wilcoxa. Muszę... – Wzruszył ramionami. – Nie ode mnie będzie zależało, co zrobią z tobą czy innymi osobami, które podpisały podobne zobowiązanie.

– Kocham twojego ojca – powiedział Glenn łamiącym się głosem. – A ciebie kocham jak własnego syna. Nigdy nikomu nie pozwoliłbym was skrzywdzić.

Trapper wiedział, że Glenn czeka na jakąś odpowiedź, reakcję na swoje słowa. Obawiał się jednak, że cokolwiek powie, będzie to pełne gniewu, sarkazmu albo bólu. Nie odważył się otworzyć ust.

– No cóż. – Glenn podniósł się z krzesła. – Idę do łóżka. Jutro czeka mnie burzliwy dzień. – Zabrał ze sobą butelkę whiskey i powłócząc nogami, wyszedł z kuchni.

– No to po mojej świątyni. – Hank oparł łokcie na stole i schował twarz w dłoniach.

Trapper ruszył w jego stronę. Powaliłby na ziemię samolubnego sukinsyna, gdyby Kerra nie stanęła między nimi.

– Czas już jechać, Trapper – ponagliła go.

Spojrzał jeszcze na Hanka z pogardą.

– Masz całkowitą rację.

Wyprowadził ją z domu szeryfa.

Rozdział 31

Przyjechali ciemnoczerwonym sedanem, bo Trapper wolał go od samochodu Kerry, który zresztą trzeba było uruchamiać zwarciem kabli. Spod drzwi Addisonów wracali do auta w milczeniu. Żadne nie odezwało się ani słowem. Kilka minut później Trapper wjechał na stację benzynową. Kerra zauważyła głośno, że jest zamknięta.

– Nie jesteśmy tu po benzynę. – Włączył latarkę w jednym ze swoich telefonów, wysiadł i obszukał podwozie samochodu. Gdy wrócił, Kerra spytała, czy coś znalazł.

– Nie, i tak naprawdę nie spodziewałem się znaleźć. Zaskoczenie Glenna było szczere, kiedy wspomniałem o transmiterze. Uważam, że nic o tym nie wiedział. Co znaczy, że zainstalował go ktoś inny.

– Jenks?

– Stawiałbym na niego. Ale czy działał z czyjegoś polecenia, czy z własnej inicjatywy? – Trapper ścisnął grzbiet nosa. – Kerro, nie mam pojęcia, komu i w co wierzyć. Trudno słuchać, a co dopiero przyjąć do wiadomości, że Glenn był od lat w zmowie z Wilcoxem. Nic dziwnego, że nalegał, żebym trzymał się z daleka od śledztwa. Bał się, że odkryję, jak bardzo jest umoczony.

– To on wrabia Lesliego Duncana?

– Niczego nie jestem już pewien, ale wydaje mi się, że nie. Przyznał się do o wiele gorszego czynu niż podrzucanie dowodów, więc czemu tego miałby nie potwierdzić? – Uruchomił silnik i wyjechał na autostradę. – W głowie mi się nie mieści, że rozmawiam o Glennie Addisonie, używając określeń zarezerwowanych dla przestępców.

– Pojechałeś tam dziś wieczorem, wiedząc, że jest w najlepszym razie nieszczery – odparła. – A zacząłeś od zapowiedzi, że nie będzie miło i przyjemnie.

– Wiem, ale zrobiło się naprawdę paskudnie. Mam mnóstwo dobrych wspomnień związanych z tym facetem. Teraz są zbrukane. Zniszczone. Bo Glenn zawarł pakt z diabłem. To mi łamie serce. Ale...

– Ale?

– Doprowadza mnie też do furii – powiedział ciszej, złowrogo. – Już czas, żeby Wilcox przestał niszczyć ludzi, zwłaszcza mnie.

Jakby dla podkreślenia nienawiści do tego człowieka, z determinacją wcisnął pedał gazu.

– Pewnie nie będziemy już nocować w tym motelu, więc zatrzymajmy się tam na chwilę i zbierzmy rzeczy.

– Dokąd jedziemy?

– Do Dallas.

– Teraz?

– Możesz zdrzemnąć się po drodze. Podrzucę cię do mieszkania, a potem zamierzam złożyć wizytę panu Thomasowi Wilcoxowi.

– Zanim tam dojedziemy, będzie... – Próbowała obliczyć czas. – Pierwsza w nocy.

– Tym lepiej. Nie będzie się mnie spodziewał.

– Jego posiadłość to forteca, Trapper. Ogrodzona. Nigdy cię tam nie wpuści. Wezwie policję.

– Nie wezwie. Z tego samego powodu, dla którego ja nie wezwałem, kiedy zastawił na nas zasadzkę u mnie w biurze. Byłem ciekaw, co ma do powiedzenia. Dzisiaj on będzie ciekawy, i to bardzo. Będzie chciał się dowiedzieć, czy już zacząłem negocjacje z federalnymi w jego imieniu.

– Powiedziałeś, że nie zrobisz tego, dopóki nie będziesz trzymał go za jaja jedną ręką...

– Dziś wieczorem trzymam. – Pokazał pięść.

– Ale nie masz w drugiej ręce tej jego polisy ubezpieczeniowej.

– Nie, ale przynajmniej wiem już, co nią jest.

– To zobowiązanie, które każe wszystkim podpisywać.

– Właśnie. Już to, że o nim wiem, plus nagranie z naszej rozmowy, które zrobiłaś komórką, o czym nie ma pojęcia, plus wideo z Berkleyem Johnsonem, którego istnienia też nie jest świadom, plus...

– Wszystko, co powiedział nam Glenn.

– To może później się przydać, ale dzisiaj nie chcę Glenna wplątywać w tę sprawę. Wszystko inne, co już mamy, daje nam i tak niezłe przełożenie. Ale prawdziwa niespodzianka? Założę się, że małomiasteczkowy szeryf to karma dla kur w porównaniu z innymi specjalistami od rozwiązań siłowych, którzy podpisali zobowiązanie Wilcoxa. Jeden z nich, albo cała grupa, chce widzieć go martwym, a on wie, że to nie ludzie, którzy wzdragają się, jeśli trzeba kogoś przy okazji ukatrupić, skoro już zamordowali mu córkę. Wbiję mu to do głowy, zamiast używać zgniatacza kciuków. A on zacznie renegocjować warunki i przekaże mi tę swoją cholerną listę.

– To może się udać.

– Zadbam, żeby się udało.

– W twoim planie jest tylko jedna luka.

– Jaka?

– Nigdzie mnie po drodze nie porzucisz.

– Przecież nie zostawię cię byle gdzie, Kerro. Będziesz bezpieczna u siebie w mieszkaniu, zwłaszcza gdy zagrożę odźwiernemu kastracją, gdyby miał wpuścić do środka kogoś oprócz mieszkańców.

– Jadę z tobą do Wilcoxa.

– Wybij to sobie z głowy. Nie chcę, żebyś się do niego zbliżała. Nie chciałem od początku, i to jeszcze zanim dowiedziałem się, że on wie, kto został wyniesiony z Pegasusa. Jesteś zagrożeniem, na które go nie stać.

– Ty też!

– Taa. – Zatrzymał samochód ostrym hamowaniem ledwie parę metrów od drzwi ich pokoju w motelu. Sięgnął za plecy, wyciągnął pistolet i odbezpieczył go. – Ale ja mam broń.

– A ja mam nagranie. – Wyjęła z torby komórkę.

Wyrwał ją z jej ręki.

– Teraz to ja je mam.

– Ale nie znasz kodu.

– Nie ma kodu.

– Nie miał, kiedy mi go dawałeś. – Rzuciła Trapperowi zawadiacki uśmiech i otworzyła drzwi samochodu. – Spakuję się piorunem.

– Tato? – Hank leżał na sofie, ale podniósł się, słysząc kroki Glenna na schodach.

– Ten czwarty stopień zawsze skrzypiał – przypomniał sobie Glenn.

– Dlaczego nie śpisz? I jesteś w mundurze?

– Jenks do mnie dzwonił. Muszę spotkać się z nim przy wyrobisku.

– Przy wyrobisku? Aż tam? Teraz?!

– Jenks sądzi, że znalazł zaginionego, a raczej to, co z niego zostało.

Hank wstał i w skarpetkach podreptał za ojcem do kuchni. Tymczasem Glenn otworzył szafkę i z górnej półki zdjął pas z bronią.

– Na pewno ktoś inny może się tym zająć – powiedział pastor.

– Jasne, że ktoś może. Ale chcę to zrobić sam. Do jutra jestem jeszcze szeryfem. — Glenn zapiął pas, poprawił go na biodrach, a potem wziął kapelusz z haczyka w pobliżu drzwi.

– Mama wie, że jedziesz?

– Nie pytam jej o pozwolenie na wykonywanie swoich obowiązków. – Szeryf spojrzał na Hanka kwaśno. – Daj mi przynajmniej pięć minut przewagi, zanim polecisz do niej z ozorem.

– Nie powinieneś jechać, a już na pewno nie prowadzić. Sporo wypiłeś, jesteś na lekach, a po tym wszystkim, co ci zrobił Trapper...

Glenn stanął naprzeciw syna i dla podkreślenia własnych słów zaczął go stukać palcem w tors.

– Posłuchaj mnie, Hank. Trapper nic mi nie zrobił. Ja sam to sobie zrobiłem. – Skinął głową, włożył kapelusz i wyszedł. Hank patrzył przez ażurowe drzwi na ojca, który wsiadał do wozu patrolowego i ruszał. Reflektory włączył dopiero na drogę. Hank nie spuszczał go z oka, dopóki migające światła nie znikły za wzniesieniem terenu.

Wrócił do salonu, wyjął z kieszeni spodni komórkę i wybrał jakiś numer. Jenks odebrał po pierwszym dzwonku.

– Cokolwiek mu powiedziałeś, kupił to – rzucił Hank. – Już jedzie.

– Jestem tu gotów i czekam.

– Mogę kogoś wysłać do pomocy, jeśli uważasz, że jej potrzebujesz.

– Poradzę sobie.

– Nie chcę kolejnej wtopy, jak w niedzielę.

– Ja też nie – odparł Jenks. – Mam to pod kontrolą.

Hank rozłączył się i wrócił na sofę. Chciał złapać trochę snu, zanim matka się obudzi, odkryje, że Glenna nie ma w łóżku, i zejdzie na dół w poszukiwaniu męża.

Rozdział 32

Thomas sięgnął po telefon leżący na nocnej szafce, zanim zorientował się, że to nie ona jest źródłem uporczywego brzęczenia, lecz interkom. Odrzucił pościel i podszedł do panelu zamontowanego w ścianie. Nad napisem „Brama wjazdowa" migała czerwona dioda. Rozsunął zasłony i zobaczył światła samochodu przecinające mrok za żeliwnymi prętami bramy. Zaklął pod nosem, wrócił do panelu i nacisnął przycisk.

– Jenks?

– Pomyłka. Swoją drogą, interesująca.

To był Trapper.

– Czego chcesz?

– No cóż, po pierwsze chciałbym dowiedzieć się, dlaczego zakładałeś, że zastępca szeryfa Jenks mógłby wpadać do ciebie w środku nocy, skoro to nawet nie jest jego hrabstwo. – Trapper odczekał, a potem dorzucił zaczepnie: – Cisza? Ani jednego przekonującego kłamstewka? Tom, nie możemy się przyjaźnić, jeśli się przede mną nie otworzysz.

– Mam nadzieję, że przywozisz dobre wieści.

– Właściwie tak. Ściskam cię za jaja tak mocno, że sinieją. Ale zaraz, tobie chodzi o wiadomości korzystne dla ciebie? Nie, przykro mi. – Porzucając kpiący ton, dodał: – Otwórz bramę.

Thomas zwolnił ją przyciskiem. Włożył kaszmirowy dres, w którym odpoczywał przed pójściem do łóżka, stopy wsunął w skórzane domowe pantofle i wyszedł z sypialni. Stanął u szczytu schodów, ale zawrócił. Na palcach podszedł do drzwi pokoju Grety i przyłożył do nich ucho. Nie usłyszał niczego. Nie dostrzegł też światła. Szybko zawrócił, zszedł cicho po schodach, wyłączył alarm i otworzył frontowe drzwi, gdy Trapper ponownie sięgał do dzwonka.

– Nie rób tego, proszę. Żona śpi.

– Zaczynałem się zastanawiać, czy sam nie przysnąłeś – odparł Trapper.

Obok niego stała Kerra Bailey. Oboje wyglądali na zmęczonych, ale zastanowił go sposób, w jaki Kerra na niego patrzyła. Zakłopotana koncentracja, jakby usiłowała domyślić się, co kryje się za jego spojrzeniem.

– W zeszłym roku, kiedy robiłam z panem wywiad, wiedział pan, że jestem dzieckiem ze zdjęcia ocalonych z Pegasusa?

To pytanie zaskoczyło go. Nieprzygotowany do udzielenia odpowiedzi ograniczył się do szerszego otwarcia drzwi.

– Wejdźcie.

Oboje weszli do holu. Thomas uruchomił system alarmowy, po czym wskazał im drogę do swojego gabinetu.

– Dziwię się, że nie masz ochrony – stwierdził Trapper. – A może masz, tylko kryją się po krzakach? Snajperzy na dachu? Dobermany bez kagańców?

Thomas uzbroił się w cierpliwość wobec dowcipów Trappera. Nie miał zamiaru pozwolić, żeby dziś wieczorem poniosły go nerwy.

– Po zamordowaniu Tiffany, choć nigdy wcześniej nie mieliśmy włamań do naszej posiadłości, faktycznie na jakiś czas zatrudniliśmy ochronę. Ale zamiast oszczędzić Grecie nerwów, to ich ciągłe skradanie się, jak je określała, jeszcze bardziej wyprowadzało ją z równowagi.

– Kamery przemysłowe? – spytał Trapper.

– Nie.

– Jasne. Nie chciałbyś tego. Mogłyby uchwycić skorumpowanego policjanta składającego ci wizytę o karygodnej porze.

Po wejściu do gabinetu Kerra podeszła do kominka. Z zainteresowaniem przyjrzała się portretowi wiszącemu nad nim.

– Pana córka była piękna.

– Zewnętrznie i wewnętrznie. – Thomas wskazał barek stojący w kącie. – Czy mogę zaproponować wam coś do picia? – Odmówili oboje. – Nie będzie wam przeszkadzać, jeśli ja się napiję?

– To twoja wóda – odparł Trapper.

Z karafki ze szkła Baccarat Thomas nalał sobie szkockiej. Nie rozcieńczał jej wodą. Kiedy odwrócił się w ich stronę, Trapper gestem rewolwerowca kręcił na palcu wskazującym wykładaną masą perłową pamiątkę po burdelmamie.

– Popatrz, co znalazłem w szufladzie twojego biurka, Tom. Pobawię się nim przez chwilę. Nie żeby między nami nie było zaufania.

Thomas gestem wskazał Kerze fotel. Usiadła. Spokojnie podszedł do stojącego obok dwuosobowego siedziska i zajął na nim miejsce. Trapper nie ruszył się od biurka, o którego krawędź się opierał. Rewolwer odłożył, mając go jednak w zasięgu ręki.

– Czemu miałbym do ciebie strzelać, skoro przyznałem, że cię potrzebuję? – Thomas pociągnął łyk whisky.

– A, właśnie w tej sprawie. – Trapper skrzyżował ramiona na piersi. – Po to tu jestem, Tom. Czas renegocjować. Zmienił się układ sił.

– Jak to możliwe, skoro okradziono cię z pendrive'a?

– Okradziono mnie z jednego pendrive'a. Na tym schowanym w ścianie były pornosy.

No cóż, to wyjaśniało, czemu Jenks nie wspomniał o znalezieniu skarbu. Zastępcę szeryfa wystrychnięto na dudka. Co jeszcze bardziej irytujące, Thomas również dał się nabrać na blef Trappera.

– To sformułowanie sugeruje, że istnieje inna pamięć podręczna.

– Oczywiście – potwierdził Trapper. – A jej zawartość jest jeszcze pikantniejsza niż te niegrzeczne filmy.

– Co na niej jest?

– Na początek wideo z Berkleyem Johnsonem składającym obszerne zeznanie. Nagranie jest datowane. Na dwa dni przed jego zabójstwem.

– O ile się nie mylę, władze orzekły, że jego insynuacje to próba odegrania się na pracodawcy.

– Ale w tym wideo jest boleśnie szczery, a na dodatek mamy też inne nagranie... – Trapper dał Kerze milczący sygnał. Wyjęła z torebki komórkę i włączyła ją. Po kilku szybkich dotknięciach wyświetlacza z głośnika popłynął głos Thomasa.

Wilcox słuchał przez chwilę nagrania, po czym gestem poprosił Kerrę, żeby je zatrzymała.

– Nigdy byś tego nie wykorzystała – stwierdził. – To by podało w wątpliwość twoją dziennikarską niezależność. Uzgodniliśmy, że to nieoficjalna rozmowa.

– Nie zamierzam tego publikować ani rozgłaszać – odparła chłodno. – Poza tym okoliczności były nadzwyczajne. Obawiałam się o własne życie.

– Czy obecną rozmowę nagrywasz?

– Nie.

– I mam w to wierzyć?

– Tak samo jak my mieliśmy wierzyć, że nie kazałeś Jenksowi umieścić przy samochodzie Kerry urządzenia lokalizacyjnego – odezwał się Trapper.

– Nie kazałem. – Thomas spojrzał na niego.

– Widzisz? Niektóre rzeczy trzeba po prostu przyjmować na wiarę. A teraz odpowiedz na pytanie Kerry.

– O to, czy wiedziałem, że jest dzieckiem ze zdjęcia? – Spojrzał jej prosto w oczy. – Oczywiście, że wiedziałem. Po paru tygodniach od zamachu znałem już twoje personalia i wiedziałem, że zostałaś wywieziona do Virginii przez ciotkę i wuja.

Otworzyła usta.

– Dlaczego się dziwisz? Musiałem wszystko wiedzieć o każdym, kto z zamachu uszedł z życiem. Gdzie byli w budynku podczas detonacji ładunków, kogo lub co mogli widzieć.

– Nawet pięcioletnie dziecko?

– Nie podejmuję ryzyka bez potrzeby. Ponieważ twoją tożsamość tak skrupulatnie chroniono, musiałem zainwestować nieco pomysłowości i pieniędzy, ale sprytny współpracownik pozostający na mojej liście płac w charakterze podobnym do obecnego tu pana Trappera zidentyfikował cię i odnalazł. Trzymałem rękę na pulsie, a lata mijały. Dorastałaś pod każdym względem jak zwykła dziewczyna. Ani ty, ani twoi krewni nie komentowaliście zamachu czy twoich z nim związków, nawet kiedy rozpoczęłaś karierę w zawodzie, w którym taki rozgłos mógł ci się tylko przysłużyć. Uznałem, że nie mam czego obawiać się z twojej strony. Dopóki nie przeniosłaś się do Dallas.

– U podobnego do mnie spryciarza natychmiast by to obudziło czujność – rzucił Trapper.

– Wkrótce po przeprowadzce do miasta – Thomas nadal zwracał się do Kerry – poprosiłaś o wywiad ze mną.

– I dzika panika.

Thomas znów zignorował Trappera.

– Zgodziłem się, chcąc cię przetestować, Kerro. Zobaczyć, czy zbierając dane na mój temat, powiązałaś mnie z Pegasusem.

– Mówiłeś, że zgodziłeś się na wywiad, żeby wyprowadzić z równowagi tych, którzy zamordowali ci córkę – wtrącił Trapper.

– To też po części prawda. Zdecydowanie. Ale musiałem wiedzieć, czy Kerra będzie stanowiła zagrożenie. – Znów spojrzał na Kerrę. – Nawet nie zająknęłaś się o niczym mającym choćby daleki związek z zamachem czy z kompleksem, który postawiłem na terenie dawnego hotelu. To mnie uspokoiło.

– A potem dowiedział się pan, że zamierzam przeprowadzić wywiad z Majorem – dokończyła za niego.

– To już był o jeden zbieg okoliczności za dużo. – Napił się szkockiej.

– Więc zdecydował pan, że muszę zginąć.

– Wstępnie. – Dostrzegł, że jego przyznanie się zaskoczyło ich, szczególnie Kerrę. Zaczął obracać szklankę w palcach. – Doradzono mi jednak, żebym wziął pod uwagę hałas, jakiego narobiłoby podwójne zabójstwo, śledztwo w jego następstwie i tak dalej. Zgodziłem się, że być może zareagowałem nieadekwatnie do sytuacji.

– I odwołał pan naszą egzekucję.

– Przełożyłem na później – odparł z brutalną szczerością. – Zamierzałem się przekonać, jakie będę reperkusje wywiadu, i później podjąć decyzję. Obejrzałem wasz program, ale nic w nim mnie nie zaniepokoiło – urwał na moment i dodał: – Najwyraźniej ktoś odebrał go inaczej.

Trapper uniósł wskazujący palec.

– Właśnie zrozumiałem, czemu atak nastąpił po wywiadzie, a nie przed nim. W przeciwieństwie do ciebie tamci nie wiedzieli o roli Kerry, dopóki nie zdradziła jej w niedzielny wieczór.

– Kiedy wystąpiła z tą informacją publicznie…

– Uznali, że mają przejebane.

– Zadziałali z niezwykłą szybkością.

– Jenks i kto jeszcze?

Thomas nie odpowiedział.

– Tom, daj spokój. Wykrztuś to, a ja pociągnę sprawę dalej. Urzędasy posłuchają mnie uważniej, jeśli dostarczę im nieuczciwego zastępcę szeryfa.

Thomas skinął głową w stronę komórki w dłoni Kerry i zwrócił się do Trappera:

– To nagranie głosowe ma niewielką moc. Najwięcej mówiłeś ty. Ja nie odpowiedziałem niczym kompromitującym czy potwierdzającym twoje słowa poza tym, że zrelacjonowałeś frapującą historyjkę.

– Powiedziałeś, że naprowadzisz mnie na trop. Że dasz mi znać, gdzie mylę się w toku myślenia.

Thomas znów zmilczał.

Trapper podjął cicho:

– Musisz dać mi więcej, Tom, w przeciwnym razie ja nie pójdę – i wbij to sobie do łba, wymaluj sprejem na murawie stadionu Cotton Bowl, wypisz na niebie nad śródmieściem Dallas, wytatuuj na skórze, wszystko jedno – ale ja nie pójdę do federalnych i nie będę nadstawiał za ciebie karku. Jeśli nadal będziesz się opierał, z wielką chęcią zadzwonię do twojego kumpla Jenksa i powiem mu, że go podkablowałeś. To mi zagwarantuje, że nie będę musiał marnować już ani minuty swojego życia na zajmowanie się tobą, bo ciebie już nie będzie. Mów do mnie, i to już, albo wszelkie pertraktacje się skończyły.

Thomas rozważył sytuację, i chociaż go to ubodło, przyjął do wiadomości, że Trapper zyskał nad nim przewagę. A on ma tylko jedną szansę dopilnować zemsty za śmierć córki. Choćby i za cenę przyznania się do własnych postępków.

Zakręcił szklanką, whisky zawirowała. Zaczął starannie dobierać słowa.

– Pomyliłeś się w tym, że za dużo myślałeś. I wymyśliłeś sobie tajne bractwo ludzi o podobnych poglądach, ten cały klan. Wyobraziłeś sobie, że jest oparty na jakiejś ideologii, bo nie mogłeś pojąć, że może być czymś prozaicznym. Nie istnieje żadna wyższa sprawa. Nigdy jej nie było. Nie ma żadnej filozofii. Żadnej idealistycznej czy anarchistycznej doktryny ani też inspiracji ruchami radykalnymi.

– No to skąd brałeś najemników?

– Kiedy coś trzeba było zrobić, szukałem kandydatów, którzy mogli tym się zająć. Zbierałem informacje o nich pojedynczo, dowiadywałem, co jest ich najgłębszym pragnieniem…

– I im tego dostarczałeś.

Thomas nie przyznał tego głośno, ale skinął lekko głową.

– Urząd publiczny, kawałek ziemi, miejsce w zarządzie spółki kredytowej, krajowe mistrzostwa sportowe. Obiekt pożądania mógł być czymś wysublimowanym lub tak przyziemnym jak nagłe przyzwolenie niechętnej dotąd mężatki.

– Bo zostałaby wdową – uzupełnił Trapper.

– Wypadki się zdarzają – odparł Thomas. – A ich skutki często są śmiertelne.

– Jest pan podły – szepnęła Kerra.

Thomas uśmiechnął się blado.

– Nie w opinii sfrustrowanego adoratora, który był mi tak wdzięczny, że zawalił decydujący mecz hokejowy turnieju.

Odwróciła wzrok, nie mogąc znieść jego widoku. Trapper się nachmurzył.

– A mężczyzna z niedawno zdiagnozowanym rakiem żołądka…

Podejmując wątek, Thomas odparł:

– …który dysponował kiepską polisą na zdrowie i życie, ucieszyłby się z dożywotniego zabezpieczenia bytu jego żonie i dzieciom.

– I wszystko, co musiał zrobić, to wnieść ładunek wybuchowy do hotelu, a potem przyznać się do masowej zbrodni. – Thomas uniósł dłonie na wysokość ramion, ale znów do niczego nie przyznał się głośno.

– Mimo to jakaś forma perswazji była potrzebna – powiedział Trapper. – Przecież to co innego niż obiecywanie komuś raju i niewyczerpanych dostaw dziewic.

Trapper dotknął najistotniejszego elementu sukcesu Thomasa,

– Często przysługa zostawała zrobiona, zanim jeszcze beneficjent się o niej dowiedział.

– Aha! No, oczywiście. Więc kiedy mówiłeś mu, że ma coś zrobić, z góry był do tego zobowiązany. Jak miałby odmówić? Chomąto już dyndało na szyi. Albo podpisywał zobowiązanie, albo otwierałeś mu pod stopami zapadnię.

Thomas zamrugał. Trapper dostrzegł jego zdziwienie i się uśmiechnął.

– Tak, wiemy o pisemnym zobowiązaniu twoich ludzi. To ta twoja polisa ubezpieczeniowa, prawda? Lista wszystkich osób, które skorumpowałeś. O ilu nazwiskach mówimy, Tom?

– FBI miałoby roboty na lata.

– Sporo nierozwiązanych spraw zostałoby na nowo otwartych, włącznie z Pegasusem.

– I morderstwem mojej córki. Dlatego do ciebie przyszedłem. Chcemy dopaść to samo indywiduum. Ja ci wystawię tego typa, ale muszę mieć twoje słowo, że zostanie ukarany w najwyższym możliwym wymiarze, razem z człowiekiem, któremu kazał pchnąć tłok strzykawki.

Trapper oparł dłonie na kolanach i się pochylił.

– Ja to rozumiem. Ale ty też musisz coś zrozumieć. Możesz dostarczyć tamtego człowieka. Do diabła, możesz przywieźć nam choćby Kubę Rozpruwacza. Chłopcy Wuja Sama nie pozwolą jednak, aby Pegasus uszedł ci płazem. Może przymknęliby oko na Berkleya Johnsona czy stróżów, którzy spłonęli w pożarze fabryki. Ale nie na sto dziewięćdziesiąt siedem istnień ludzkich.

– Jestem gotów założyć się, że wręcz przeciwnie. Nie znasz kalibru nazwisk na mojej liście. Federalni prokuratorzy będą z pośpiechu łamać sobie nogi, żeby dziękować mi za ich wydanie.

– Na przykład? Daj mi jakiś konkret.

– Podam listę po zawarciu umowy.

– Nie ma listy, nie ma umowy.

– No to mamy pat.

– Wiem, jak smakuje pat – odparł Trapper. – I powiem ci coś. Nie jest tak fatalnie być niewydarzonym synem bohatera narodowego. Im mniejsze oczekiwania mają ludzie wobec mnie, tym mniej odpowiedzialności dźwigam. Pat się utrzyma? – Wzruszył ramionami. – Przywykłem do niego. Da się żyć. Pytanie brzmi, czy ty będziesz potrafił tak żyć. Chcesz zobaczyć, jak ludzie, którzy zabili ci córkę, stają przed sądem, czy nie? Poważnie zranili Majora, ale przeżył. Tiffany nie żyje. Chcieli zwrócić twoją uwagę, więc wpompowali jej w żyłę dość heroiny, żeby powalić dorosłego słonia. A teraz paradują na wolności. Możesz dalej z tym żyć?

– Sądzę, że nie może – powiedziała Kerra i zwróciła się do Thomasa: – Niech pan da Trapperowi to, czego potrzebuje, a on dopilnuje, żeby jej mordercy zostali ukarani.

Thomas się wahał.

– Gdzie trzymasz tę listę? – spytał Trapper.

– Nie powiem. Każdy podpisujący ma świadomość, że jest niedostępna. W przeciwnym razie już dawno temu ktoś by mnie zabił, a potem przekopał cały ten dom aż do fundamentów, żeby do niej dotrzeć.

– Skąd wiedzą, że jest niedostępna? – Zanim Thomas zdążył udzielić mu odpowiedzi, w oczach Trappera błysnęło światełko. – Ty im tej listy nie przynosisz, ty ich zabierasz tam, gdzie ona jest. Trzewia bankowego skarbca? A może coś bardziej w stylu „Poszukiwaczy zaginionej Arki"? Jakaś jaskinia, bunkier osiągalny wyłącznie poprzez labirynt pełnych pułapek korytarzy.

– Ależ ty masz bujną wyobraźnię.

– Owszem, mam. Ale oto, gdzie jest pies pogrzebany. Jeśli jakiś biedny kretyn podpisuje twoje zobowiązanie, a potem zmienia poglądy, to ma podwójnie przerąbane. Dokument jest poza jego zasięgiem, a nie może o nim nikomu powiedzieć, bo nie ma pojęcia, kto przed nim jeszcze go podpisał. Bo zakryłeś nazwiska wcześniejszych sygnatariuszy.

Thomas zastanowił się, skąd Trapper o tym wie, ale nie spytał. Podejrzewał, że od Glenna Addisona.

– Zmyślny haczyk, Tom.

– Zapewnił mi przetrwanie.

– Na razie. Ale twoja przyszłość nie rysuje się różowo. Buntują ci się za plecami. Zabicie córki nie skłoniło cię do zmiany postępowania, ponowili więc działania. W niedzielę wieczorem wzięli sprawy w swoje ręce. Jeśli nadal będą nieposłuszni, a w końcu coś naprawdę spektakularnie spieprzą, to zostaną złapani i zgadnij, kogo pierwszego wskażą palcem jako inspiratora? Thomasa Wilcoxa? A to nie jest przypadkiem ten gość, o którym nieustannie brzęczy John Trapper? Kończy ci się czas na działanie, Tom. Albo zostaniesz wystawiony do wiatru i aresztowany, albo wystawiony do wiatru i zabity. – Trapper znów wzruszył ramionami. – W razie twojego przedwczesnego zejścia, jeśli nie będę dysponował tą listą, zabójcy twojej córki pozostaną na wolności. Na zawsze.

Każde słowo padające z ust Trappera potwierdzało ocenę Thomasa.

– Przygotowałem wszystko na taką ewentualność.

– Mądrze zrobiłeś. Co to za zabezpieczenie?

– Niektóre z podpisów na oryginalnej liście są nieczytelne. Na wypadek, gdyby zabrakło mnie, żeby je odcyfrować, spisałem wszystkie w porządku alfabetycznym. Trzeba było kilku kartek.

– To będzie bardzo pomocne. Dzięki. Doceniam. Gdzie są te kartki?

Thomas wskazał ręką kominek i kupkę zimnego popiołu za jego kratą.

– Ale zrobiłem komórką zdjęcie każdej kartki, zanim je spaliłem. Rozumiem, że nie będą się liczyły jako dowody, niemniej powinny wystarczyć do momentu zyskania dostępu do oryginałów.

– Gdzie jest telefon z tymi zdjęciami?

– W bezpiecznym miejscu.

– Bezpiecznym miejscem to jest schron przeciwburzowy. Bezpiecznie jest po ciemnej stronie księżyca. Gdzie może być lista? – Trapper rozejrzał się po gabinecie i jego wzrok padł na portret. Podszedł do niego.

– Nie!

Ale ostrzeżenie przyszło za późno, Trapper znalazł już zawias biegnący pionowo wzdłuż ozdobnej ramy. Odsunął portret. Ich oczom ukazał się ścienny sejf z zamkiem cyfrowym. Trapper obejrzał się na Wilcoxa, unosząc brwi.

– Nie – powtórzył Thomas zawzięcie. – Nie otworzę go dzisiaj. Jutro…

Trapper wydał dźwięk przypominający brzęczyk błędnej odpowiedzi w teleturnieju.

– Zwołasz spotkanie z agentami federalnymi. Starszymi agentami – podkreślił Thomas. – A ja przekażę im telefon.

– Gdy tylko tam wejdziesz.

– Po tym jak mi zagwarantują nietykalność.

– To nigdy nie przejdzie, Tom. Mogą mnie dziś w nocy wysłuchać, powiedzieć: „Dzięki za pomoc, Trapper, a teraz spadaj”, a potem przyjechać tu i cię aresztować. Jeśli teraz nie udostępnisz tej listy, nie masz się co modlić o wynegocjowanie jakiegokolwiek porozumienia.

Thomas zastanowił się i niechętnie skinął głową.

– No dobrze. Zdjęcia z komórki powinny wystarczyć do rozpoczęcia dialogu, ale to nadal tylko długa lista wydrukowanych nazwisk. Oryginał z podpisami zachowam, dopóki nie otrzymam gwarancji.

– A może, w ramach aktu dobrej woli – a federalnych naprawdę takie akty rajcują – dasz mi teraz ten telefon i pozwolisz mi go wykorzystać, żeby rozpocząć dialog z władzami?

– Nie, bo jak wspominałeś, mogą cię wyśmiać. Biorąc pod uwagę twoją reputację narwańca i choleryka, czy możesz ich winić? – Thomasa pokrzepił efekt własnych słów. Trapper już nie był tak pewien swego, jak przedtem. – Poza tym – dodał – nawet jeśli uda ci się zapewnić mi grono słuchaczy, wynik takiego spotkania nie jest niczym pewnym. – Zerknął w kierunku piętra domu. – Greta o niczym nie ma pojęcia. Jest wrażliwa. Potrzebuję czasu, żeby ją przygotować na ewentualne trudne dni.

Trapper zastanowił się, zerknął na sejf, a potem umieścił obraz w pierwotnej pozycji. Przyjrzał się mu i zwrócił do Thomasa:

– Dobra, to zrobimy tak. Będę do rana wydzwaniał i mam nadzieję, że kogoś przekonam, iż nie dzwonię po pijanemu, a cała rzecz rozgrywa się na serio. Jeśli znajdę chętne ucho, zadzwonię do ciebie i przekażę ci, gdzie i kiedy masz się pojawić z oryginalną listą podpisów, telefonem ze zdjęciami spisanych nazwisk i dobrym prawnikiem. Może powinieneś przyjść z całym batalionem dobrych prawników.

– Ale nie z oryginałem listy.

– Z oryginałem – powtórzył Trapper tonem, który nie pozostawiał już miejsca na kolejny kompromis. – Jeśli w którymś z tych punktów zawiedziesz, niech cię Bóg strzeże, bo wtedy będzie już po zawodach. O ile sam cię nie zabiję, zrobi to pewnie Jenks. Federalni mogą cię umieścić w areszcie ochronnym, ale stracisz wszelką przestrzeń do negocjacji jako osoba, która skrewiła w pierwszej turze rozmów. Poza tym twoje sekrety dostaną się do wiadomości publicznej. Prawda, Kerro?

– Razem z kamerzystą rozbiję obóz pod pana bramą – oświadczyła. – Zrobię pierwsze z wielu doniesień o tym, że odmawia pan ustosunkowania się do zarzutów, jakoby zaplanował pan zamach na hotel Pegasus. Po niedawnym wywiadzie z człowiekiem, który uratował mnie od śmierci w jego ruinach, zapewni to zainteresowanie mediów na całym świecie.

– Nie podałabyś takiej historii do wiadomości publicznej, nie mając potwierdzenia w dowodach – odparł Thomas. – A Trapper to mało wiarygodne źródło.

– Temat mówiłby o samych zarzutach, nie o tym, czy są prawdziwe, czy nie – stwierdziła Kerra. – W naszym świecie wystarczy rzucić podejrzenie i człowiek równie dobrze mógłby być winny. Wie pan, że mam rację.

– Niezależnie od zobowiązania przy pierwszych problemach jeden albo i więcej sygnatariuszy może odwrócić się od ciebie, żeby ratować się przed więzieniem, kompromitacją i Bóg wie czym jeszcze – dorzucił Trapper i spojrzał mu prosto w oczy. – Tom, przyjmij to do wiadomości, poległeś. Wypadasz z gry. Mamy umowę?

Thomas zawahał się, a potem skinął głową.

– Powiedz to.

– Mamy umowę.

Trapper wyjął z kieszeni kurtki telefon.

– Pod jaki numer mam dzwonić, żeby ci powiedzieć, gdzie i kiedy się stawić? – Wpisał cyfry podane przez Thomasa. – Będę w kontakcie. – Schował telefon do kieszeni, a potem obszedł biurko i położył rewolwer w szufladzie.

– A jeśli żaden z twoich dawnych kolegów cię nie wysłucha? – zapytał Thomas.

– To będziesz miał przerąbane. – Trapper głośno zasunął szufladę. – Na co zresztą zasługujesz za wszystkich tych ludzi, których pozbawiłeś życia, i za piekło na ziemi, w które życie tak wielu innych zamieniłeś. Kerro, idziemy.

Rzuciła Thomasowi spojrzenie pełne odrazy i minęła go, kierując się do wyjścia z gabinetu. Trapper poszedł za nią, Thomas ruszył ich śladem. Wyłączył alarm i otworzył im frontowe drzwi.

Nikt nie życzył nikomu dobrej nocy.

Kerra poszła przodem do wyjścia. Trapper przy frontowych stopniach zatrzymał się nagle i zawrócił. Sięgnął przez próg, złapał Thomasa za zapiętą na suwak bluzę, wywlókł na werandę i przycisnął do ceglanej ściany.

– Zamach na Pegasusa zdominował moje życia i mam już tego dosyć. Jutro położę na szali swoją przyszłość. Jeśli mnie wyrolujesz, wytnę ci serce i je zjem – wycedził groźnie. Wbił w niego spojrzenie jarzących się błękitem oczu, a potem równie błyskawicznie, jak przyparł go do ściany, puścił go. Thomas oparł się o nią plecami i stał dopóty, dopóki nie wyjechali za bramę, która automatycznie domknęła się za nimi. Odepchnął się od ściany, poprawił ubranie i zachichotał pod nosem.

– Ach, Trapper. Powinieneś był się napić tej szkockiej.

Zamknął drzwi, ustawił alarm i poszedł do gabinetu nalać sobie jeszcze jedną porcję. W drzwiach pokoju stanął jednak jak wryty.

– Greta, zaskoczyłaś mnie! Co tu robisz?!

Stała pod portretem Tiffany, jedną dłonią podpierając się o mosiężną kratę kominka.

– To prawda?

– Powinnaś leżeć w łóżku. Wyglądasz, jakbyś miała zemdleć.

– To prawda? Moją córeczkę zabili przez ciebie?

– Greto, nie wiem, co słyszałaś, ale…

– Moja śliczna córeczka. – Spojrzała na portret. Z jej oczu płynęły łzy. – Moja córeczka…

– Była też moim dzieckiem – odparł łamiącym się głosem.

Greta przez łzy obrzuciła go spojrzeniem pełnym gniewnej pogardy.

– Ty draniu bez serca.

Rozdział 33

Trapper wszedł do kuchni mieszkania Kerry, a ona spojrzała na niego znad kuchennej płyty.

– Znalazłeś łazienkę?

– Taa. Co to?

– Jedzenie. – Przełożyła jajecznicę z patelni na dwa talerze. – Nie dziwię się, że pytasz. Kiedy ostatnio coś jedliśmy? – Dołożyła plastry bekonu i tosty posmarowane masłem. Wręczyła mu talerz. – Siadaj.

Od zapachu gorącego posiłku zaburczało mu w brzuchu, a ona słysząc to, roześmiała się. Zaniósł talerz na niewielki stolik. Usiadła naprzeciwko i zaczęli jeść.

– Do kogo zadzwonisz najpierw? – spytała.

– Poza Marianne były jeszcze dwie czy trzy osoby, które przynajmniej słuchały i nie odrzucały moich teorii. Zacznę od nich. Może ktoś podpowie mi, z kim jeszcze mógłbym porozmawiać w biurze albo w FBI. Ale wbrew temu, co powiedziałem Wilcoxowi, zaczekam do rana. Pamiętam, że wydzwaniałem kiedyś po nocy do byłych kolegów pijany tak, że spadałem z krzesła, zwłaszcza tuż po zwolnieniu. Nie chcę, żeby przeżyli déjà vu.

Po posiłku Trapper wstawił talerz do zlewu i opłukał go pod kranem.

– Było świetne.

– Nie piekę ciast, ale zrobić jajecznicę umiem. – Kerra podeszła do niego.

– Mogę się obyć bez ciast. – Wytarł dłonie i wziął ją za ręce. – Nie chciałem, żebyś ze mną jechała na konfrontację do Wilcoxa. Ale cieszę się, że przegrałem potyczkę. Dzięki, że tam byłaś.

Chciał jej podziękować za pokładaną w nim wiarę, za to, że stała przy nim i go wspierała. Ale nie potrafił wyrazić tego tak, by nie zabrzmieć banalnie, więc nie dodał nic więcej.

Kerra się uśmiechnęła. Wiedziała, czego nie dopowiedział.

– Nie ma za co.

Nadal trzymając Trappera za rękę, wyprowadziła go z kuchni do pokoju dziennego. Za przeszkoloną ścianą eleganckiego wnętrza rozciągała się panorama Dallas. Korytarz za tym pokojem prowadził obok niewielkiej łazienki, z której skorzystał przed jedzeniem, i dalej do sypialni urządzonej równie gustownie.

– To miejsce jest niesamowite – pochwalił.

– Cieszę się, że ci się podoba.

– Dowodzi, jak bardzo przewyższasz mnie klasą.

– Nie mów takich rzeczy.

– Kiedy to prawda. – Wziął ją w ramiona. – Dżentelmen podziękowałby ci za kolację, dałby buziaka w policzek i wyszedł. – Pochylił głowę i nosem rozgarnął jej włosy, docierając do miękkiego skrawka skóry za uchem. – A przynajmniej najpierw położyłby cię na łóżku.

– Najpierw? Niby przed czym?

– Zanim zdjąłby ci bluzkę. – Przyparł ją do ściany.

– Żaluzje są rozsunięte.

– Widzisz? Nie jestem dżentelmenem. Nie obchodzi mnie, czy ktoś patrzy.

Zaśmiała się, zakładając, że żartuje. Tymczasem on zdjął bluzkę Kerry, a potem przesunął palcami po jej włosach i przytrzymał w dłoniach głowę, badając głębię najgorętszych, najsłodszych, najbardziej seksownych ust, za którymi tęskniłby do końca życia. Bo choć ona tego nie wiedziała, gdyby jutro sprawy miały potoczyć nie po jego myśli, nie pociągnąłby jej za sobą w bagno życiowej porażki. Nie pozwoliłby jej narażać na szwank własnej kariery, robiąc materiał o Wilcoxie, którego nikt poza nim nie chciałby ani nie mógłby poprzeć. Powiedziałby jej *sayonara,* i to stanowczo.

Na razie jednak był obok niej, a ona oddawała pocałunek z równym entuzjazmem i przynajmniej na to sobie zasłużył. Nie odrywając ust od jej warg, rozpiął zatrzaski koszuli i ściągnął ją, a potem wsunął kciuki pod ramiączka stanika Kerry i zsunął je tak, by miseczki uwolniły biust. Dotknął jej piersi i zastygł. Przerwał pocałunek i popatrzył jej w oczy.

– Dziś już miały za dużo ostrej zabawy – szepnął.

– Kiedy to było? Tyle godzin temu. Nic im się nie stanie – zachęcała go.

– Dzięki Bogu – mruknął i pochylił głowę.

Rozpięła mu rozporek, objęła ręką jego męskość i zaczęła przesuwać po nim dłonią z góry na dół.

– Zaczekaj.

Odsunął jej rękę, a potem rozpiął dżinsy Kerry i przykląkł, żeby pozbyć się ich. Podparła się ręką o ramię Trappera, oswobadzając nogi. Lekko przygryzł jej wzgórek przez koronkowy materiał fig, odurzając się jego wonią. Dmuchnął na nią chłodnym powietrzem. Westchnęła, wypowiadając jego imię. Zsunął bieliznę dziewczyny na sam dół, a potem wstał i prowadząc członek jej dłonią, skierował go pomiędzy jej uda. Przytrzymywał ręką dłoń Kerry i coś szepnął jej do ucha.

Odchyliła głowę i spojrzała na niego zdziwiona.

– Użyć ciebie, żeby...?

– Jedna z moich licznych fantazji – przyznał.

Cofnął dłoń i pozwolił jej przejąć inicjatywę. Obawiał się, że będzie się krępowała, ale go zaskoczyła. Patrzył na to, co nim robiła, to znów spoglądał na jej twarz. Przygryzała dolną wargę, brwi zmarszczyła w skupieniu, gdy wargi jej kobiecości zamknęły się wokół gładkiego czubka członka.

Ledwie wytrzymał śliskie tarcie wywołane kontaktem z najsłodszym miejscem, ale skoncentrował się na niej, na jej przyśpieszającym oddechu, na zwiększonym napięciu mięśni jej karku i klatki piersiowej, na tym, jak coraz mocniej zaciskała się wokół niego, na twardniejących sutkach. Jeden polizał, i zrobił to w idealnym momencie, bo poczuł pod wargami, jak wzdycha w ekstazie.

Nie przerywał pieszczoty, otaczając ją mocno ramionami. Byli złączeni, aż orgazm Kerry nie ucichł. Obejmował ją również wtedy, gdy powoli się uspokajała. Wreszcie oparła głowę o ścianę i otworzyła oczy. Uśmiechnęła się do niego sennie.

– A ty?

– Zaraz się tym zajmiemy.

Podniósł ją i zaniósł do łóżka. Kiedy się kładła, pozbył się reszty swojej odzieży. Położył się nad nią, podpierając na rękach, i ułożył pomiędzy jej nogami. Uniosła biodra, żeby mu pomóc, a on zanurzył się w niej długim suwem. Była doskonale wilgotna, ale nadal ściskała go jak rękawiczka. Napawał się tym, że jest z nią złączony, że czuje delikatne skurcze jej wnętrza, które stają się coraz silniejsze i stopniowo przyprawiają go o utratę tchu.

– Zabijasz mnie tym, co robisz – jęknął.

– Staram się, jak umiem.

– To działa.

Wziął jej ręce, uniósł i przytrzymał wysoko nad jej głową. Splótł mocno palce z jej palcami i zaczął się poruszać. Jak przedtem, teraz też chciał, by to zapamiętała. On nigdy nie zapomni uczucia towarzyszącego zamknięciu w niej, tego, jak obejmuje go udami, zmysłowego ruchu, jakim ociera się o jego podbrzusze, widoku jego włosów na torsie drażniących jej twarde sutki.

I pocałunków. Jej usta pożądliwie przyjmujące jego język sprawiały, że był bliski utraty panowania nad sobą. A kiedy to się stało, ona wygięła plecy w łuk, napierając na jego zastygłe w bezruchu biodra i sprowadzając na nich kolejny oszałamiający orgazm.

Nie pamiętał, kiedy się z niej wysunął. Zdawało mu się, że oboje zapadli w sen, ale ocknąwszy się, zorientował się, że leżą wtuleni w siebie. Jego teraz uśpiona męskość przywiera do rowka między jej pośladkami, a on czuje bicie jej serca pod dłonią. Cofnął rękę tylko po to, żeby ich przykryć, i położył ją z powrotem na jej piersi. Wymruczała sennie jego imię i przylgnęła do niego.

Po raz pierwszy od lat Trapper zasnął bez gniewu.

Major rozmawiał ze swoim lekarzem prowadzącym, kiedy Hank wsunął głowę do pokoju.

– Mogę wrócić później.

– Nie trzeba, pastorze – odparł lekarz. – Skończyliśmy.

Lekarz wyszedł. Hank wszedł. Uśmiechał się anemicznie, zdawał się przygaszony, jego mina zwiastowała złe nowiny.

– Jeszcze cię tu nie zdążyłem odwiedzić. Wyglądasz znakomicie jak na…

– Hank, miło cię widzieć, ale daruj sobie kaznodziejskie wstępy – przerwał mu Major. – O co chodzi?

– Nikt nie może znaleźć taty.

Mimo najszczerszych chęci Major nie wiedział, co to może oznaczać.

– Możesz mi to wyjaśnić?

– Jestem ostatnią osobą, która go widziała, a to było wczoraj po północy.

– Nie kontaktował się ze mną od wczorajszego poranka – powiedział Major.

– Wczoraj… – westchnął Hank, ściskając skronie środkowym palcem i kciukiem. – Wczoraj był fatalny dzień.

– Wiem, że miał jakiś atak paniki – przyznał Major.

– Taką dostał diagnozę, co nas uspokoiło, ale potem się podłamał. – Hank opisał, jak Glenn zaczął się rozklejać po powrocie do domu. – Mama musiała siłą go karmić, chcąc go zmusić do jedzenia. Już prawie dopijał butelkę whiskey, kiedy przyjechał do nas Trapper. Późno wieczorem. Nieproszony. Była z nim Kerra Bailey. A zanim Trapper skończył z tatą…

– Skończył z nim…?

Hank ciężko westchnął.

– Ostatnim dzikim pomysłem Trappera jest to, że ten facet z Dallas stał za zamachem na Pegasusa, a ludzie, którzy faktycznie to zrobili, byli tylko pionkami. Że niby ten… Wilcox, bodajże… ma tatę w garści i w jakiś sposób go wplątał w napad na ciebie.

– Glenna?

– Najpierw sądziłem, że to musi być jeden z wygłupów Trappera. Ale nie, on mówił śmiertelnie poważnie. Niemniej naprawdę nie byłem w stanie uwierzyć, że tata w sumie przyznał się do… – Hank zaśmiał się niewesoło i pokręcił głową. – W świetle dnia brzmi to idiotycznie albo tak, jakby mi się to przyśniło.

– Opowiedz mi.

– Tata przyznał, że podpisał jakieś zobowiązanie dla tego faceta. Że będzie cię śledził. Ciebie! W zamian za to, że wygra reelekcję.

– Tę ostatnią?

– Nie. Tamtą, jeszcze pod koniec lat dziewięćdziesiątych.

Major wyglądał na zszokowanego.

– Potem zrobiło się jeszcze dziwniej – ciągnął Hank. – W tym tygodniu Wilcox podobno polecił cię sprzątnąć.

Major nie był w stanie wykrztusić słowa.

– Mówiłem ci, że to brzmi idiotycznie. – Hank pokręcił głową.

– Glenn nasłał na mnie tamtych ludzi?

– Nie! On sądził, że ten pomysł Wilcoxowi wyperswadował. Przysięgał Kerze, że nie miał z tym nic wspólnego. – Hank popatrzył na Majora bezradnie. – To wszystko brzmi niedorzeczne, prawda?

Major spojrzał z roztargnieniem w przestrzeń, zbierając myśli.

– Frank? – Hank rzucił z irytacją, chcąc go wytrącić z zamyślenia. – Przecież w to nie wierzysz?!

– Nie wierzę, żeby Glenn miał mi zrobić jakąś krzywdę, skąd. Ale Trapper już dawno utrzymywał, że Thomas Wilcox stoi za tym zamachem. Jak skończyła się wczorajsza rozmowa?

– Trapper postawił tacie ultimatum. Kazał mu zrezygnować z urzędu. Jeszcze dzisiaj. Tata poszedł na górę, a Trapper i Kerra pojechali. Parę godzin potem tata zszedł na parter w mundurze i powiedział mi, że Jenks wezwał go w sprawie pewnego zaginionego.

– Byłeś tam?

Hank wyjaśnił mu, dlaczego postanowił nocować w domu ojca.

– Usiłowałem go namówić, żeby nie wychodził w tym stanie, ale i tak pojechał.

– A co się stało podczas spotkania z Jenksem?

– Właśnie w tym rzecz! – zawołał Hank. – Jenks zaprzecza, jakoby miał dzwonić wczoraj w nocy do taty i zawracać mu głowę jakimś zaginięciem czy czymś takim. Był pewien, że tata jest otumaniony lekami, tak jak można oczekiwać w podobnych przypadkach. – Przegarnął włosy palcami. – Czekałem na niego jeszcze trochę, ale zasnąłem na sofie. Mama wcześnie zeszła na dół, obudziła mnie i spytała, gdzie jest tata. Wydzwaniam do niego na komórkę, ale od razu przerzuca mnie na pocztę. Po rozmowie z Jenksem, kiedy powiedział mi, że wcale do taty nie dzwonił, zastępca przepytał wszystkich w biurze szeryfa. Nikt dziś rano taty nie widział. Pomyślałem, że może przyjechał zobaczyć się z tobą i zapomniał zostawić wiadomość

– Kto go szukał?

– Departament Bezpieczeństwa Publicznego. Wszyscy funkcjonariusze, całe biuro szeryfa. Personel martwi się o niego, zwłaszcza po wczorajszym załamaniu. Ale zbierało się na to od niedzielnego wieczoru. No cóż, w zasadzie nawet wcześniej, odkąd został poinformowany o twoim wywiadzie dla Kerry – urwał, a potem dodał gorzko: – O którym też zawiadomił go Trapper.

Major zaczynał się w tym gubić.

– Może Glenn pojechał znaleźć Johna i przemówić mu do rozumu.

– To chyba możliwe – przyznał Hank. – Wiesz, gdzie jest Trapper?

– Nie widziałem go ani nie rozmawiałem z nim od jego wizyty wczoraj po południu.

– Nie ma go w motelu, już sprawdzałem.

– Co planujesz, jak go już znajdziesz? Będziesz pytał, gdzie jest Glenn, czy znów mu przywalisz?

– Nie jestem z tego dumny – wymamrotał Hank. – Ale chętnie znów mu przyłożę. Wczoraj wieczorem potężnie tatę zdołował. – Zaczął skubać skórkę przy paznokciu. – Tata woli Trappera ode mnie. Nie, nie próbuj zaprzeczać. Wiesz o tym tak samo dobrze, jak ja. Czy tata jest winny korupcji, czy nie, najbardziej zmartwiło go, że to Trapper go o nią oskarżył. Podzielił się z tobą swoimi podejrzeniami?

– Na temat Glenna? Nie. – Major pamiętał jednak, że coś Johnowi musiał leżeć na sercu, bo poprzedniego dnia kilkakrotnie nawiązywał do szeryfa.

– A co z Wilcoxem? – spytał Hank.

– John interesuje się nim od kilku lat.

– Ale to musiały być wyłącznie domysły, inaczej Wilcox siedziałby w więzieniu.

– Oficjalne śledztwo Johna dobiegło końca, kiedy odszedł z ATF.

– A nieoficjalne?

– Jest nadal przekonany o istnieniu pewnych powiązań.

– Jezu… – szepnął Hank. – I mówię to tylko w modlitewnym sensie.

Usiadł w nogach łóżka, nie mając pojęcia, że to samo miejsce dwadzieścia cztery godziny temu zajmował Glenn, udając, że nigdy nie słyszał o Thomasie Wilcoxie. Majora bolała myśl, że najlepszy przyjaciel go oszukiwał, choćby pewne sprawy pomijając.

– Boję się – mówił Hank. – Jeśli na tym etapie kariery pod znakiem zapytania stanie honor taty, to może zdecydować się na wyjście łatwiejsze niż emerytura.

– Samobójstwo? – spytał Major z przerażeniem. – Glenn nie zrobiłby tego ani sobie, tobie, ani Lindzie.

– Ale…

– Znam go dłużej niż ty, Hank. Nie zrobiłby tego. – Major nagle poczuł obrzydzenie do pastora. – Ty mi tu jęczysz, że Glenn woli Trappera? A dlaczego miałby nie woleć? Gdyby Trapper drżał o Glenna tak, jak ty twierdzisz, że drżysz, to nie siedziałby tutaj, załamując ręce, tylko przeczesywałby całą okolicę, żeby go znaleźć. Na co się przydasz Glennowi tutaj? Wynocha mi stąd i znajdź ojca!

Trapper zamknął się w sypialni dla gości. Przez ostatnią godzinę urządził w niej swoje biuro, a tymczasem Kerra snuła się po mieszkaniu, starając się znaleźć sobie jakieś zajęcie i nie myśleć, co dzieje się za zamkniętymi drzwiami. Usłyszała, że Trapper wychodzi z pokoju, pobiegła mu na spotkanie i popatrzyła na niego wyczekująco.

Uśmiechnął się do niej charakterystycznym, asymetrycznym uśmiechem.

– Poszło łatwiej, niż się spodziewałem.

– Trapper! – Odetchnęła z ulgą.

O mało go nie przewróciła, obejmując z całej siły. Oddał uścisk.

– Reprezentowanie Thomasa Wilcoxa zrobiło sporą różnicę. Nie jestem już agentem, którzy zszedł na manowce. Skoro Wilcox chce się układać i przyprowadzi ze sobą prawników, odbierają to jako sygnał, że coś na sumieniu jednak ma. A poza tym, o czym nie wiedziałem, ktoś przeczytał trzy lata temu moje raporty i nie zlekceważył ich. FBI ma człowieka, który pracuje nad sprawą, będąc wewnątrz, więc…

Rozdzwoniła się komórka Kerry, przerywając im rozmowę.

– Odbiorę później – stwierdziła Kerra. – Mów dalej.

– Za dużo tego, by wszystko opowiedzieć, ale najkrócej mówiąc, spotkanie jest dziś o drugiej w biurze FBI. To powinno dać Wilcoxowi czas na zorganizowanie zespołu prawników i wydobycie tej jego umiłowanej listy. Jeśli wie, co dla niego dobre, pojawi się, bo oni są gotowi go wysłuchać.

– Masz ten pendrive?

Poklepał się po kieszeni dżinsów.

– Mogę skorzystać z prysznica? I golarki? I chyba powinienem wyjść i kupić parę porządnych spodni i elegancką koszulę. Chciałbym wyglądać przyzwoicie.

Jej telefon znów zadzwonił.

– Odbierz – powiedział. – Ja skoczę pod prysznic.

– Golarki są w drugiej szufladzie po prawej stronie. – Uśmiechnęła się do niego promiennie. – Tak bardzo się cieszę.

– Ja też. Jedyne, z czego się śmiali, to kiedy powiedziałem im, że Wilcox chce nietykalności. Ale nie powiem mu o tym, dopóki nie dotrze na miejsce.

Pocałował ją szybko i ruszył do łazienki. Usta jeszcze mrowiły ją od pocałunku, kiedy odebrała połączenie.

– No nareszcie! – huknęła jej prosto w ucho Gracie.

– Cześć, Gracie, przepraszam, że byłam nieuchwytna. W ostatnich kilku dniach okazało się…

– Zapomnij o przeprosinach. Mamy bardzo, bardzo, bardzo gorący temat na tapecie.

– Jestem na chorobowym.

– Już nie. Wszystkie ręce na pokład.

– Ale…

– Posłuchaj, Kerro. Świeciłam za ciebie oczami, kiedy wykręciłaś się od wywiadu dla stacji. Ujęłam się za tobą, bo byłaś taka poruszona i słaba. Ale w tej sprawie nie będę cię chronić. Poza tym wcale byś tego nie chciała. Wyślę wóz transmisyjny, odbiorą cię spod domu za dziesięć minut. Wyglądaj bojowo.

Kerra nie czuła się gotowa rzucać się w wir pracy, ale Trapper i tak byłby zajęty, a jeśli wszystko dzisiaj pójdzie zgodnie z planem, miał szansę na mnóstwo zajęcia w nadchodzących miesiącach. Dziś już w niczym nie mogłaby mu pomóc, zresztą powinna zadbać o własną pozycję. Kto wie, czy nie zagrożoną.

– Dobrze. Za dziesięć minut. A co to za gorący temat?

Po kilku minutach weszła do łazienki. Trapper dostrzegł ją zza drzwi kabiny i uśmiechnął się lubieżnie.

– Masz jeszcze chwilę, żeby umyć mi plecy. Albo przód.

Ale chyba dostrzegł wyraz jej twarzy, bo żartobliwe światełko w jego oczach zgasło. Zakręcił kurki i rozsunął szklane drzwi.

– Co się stało?

– Thomas Wilcox nie żyje.

Rozdział 34

– Wydaje się, że to było samobójstwo rozszerzone – powiedziała Kerra. – Żona zastrzeliła najpierw jego, a potem siebie.

Trapper sięgnął po ręcznik i zaczął się wycierać.

– Od kogo to słyszałaś?

– Gracie właśnie dzwoniła.

– To znaczy, że media są już na tropie.

– Polecono mi relacjonować tę sprawę. Gracie przysyła po mnie wóz transmisyjny.

– Pewnie agenci federalni, z którymi gadałem pół godziny temu, zaczną się zastanawiać, jak zamierzam dostarczyć im trupa… – Rzucił ręcznik w kąt i ominąwszy Kerrę, wszedł do sypialni. Zaczął zbierać swoje rzeczy.

– Co chcesz zrobić?

– Ubrać się.

– Nie, chodzi mi o…

– Kiedy ten wóz po ciebie przyjedzie?

– Za parę minut. – Machnęła ręką.

– Łazienka jest wolna. Lepiej się pośpiesz. Ja stąd znikam.

– Dokąd?

– Wracam do życia, jakie znałem, zanim zapukałaś do drzwi mojego biura.

– Trapper, nie możesz tak tego zostawić.

Zapiął pas z bronią i rzucił w stronę Kerry kluczyki, ale nawet nie próbowała ich łapać. Wylądowały na podłodze u jej stóp.

– To klucze do czerwonego sedana. Carson nie będzie miał nic przeciwko, jeśli zatrzymasz go, dopóki nie sprowadzę twojego samochodu z Lodal.

– A co ty zrobisz?

– Wezwę Ubera.

– W sprawie Wilcoxa!

– A co mam zrobić? Nie jestem przedsiębiorcą pogrzebowym i wątpię, by chciał, żebym niósł jego trumnę.

– Trapper, idź na to spotkanie. Wyłóż swoją sprawę. Mogę zaświadczyć...

– Nie.

– Możesz im powiedzieć o komórce w sejfie za obrazem.

– Zdjęcie listy nazwisk. Równie dobrze do świątecznych kartek z życzeniami.

– Będzie tam nazwisko szeryfa Addisona.

– Porządnego obywatela. Wilcox nie zapominał o uznaniu dla funkcjonariuszy lokalnych.

– Ale Glenn Addison będzie...

– Gadał? Zeznawał oficjalnie o tym, co nam opowiedział wczoraj wieczorem? – Zaprzeczył ruchem dłoni. – Być może złoży odznakę i przejdzie na emeryturę. Ale jako powód poda zły stan zdrowia czy też więcej czasu na odpoczynek. Nie zaprzepaści czterdziestoletniej kariery przyznając się do...? Do czego, nadopiekuńczości? Zapewniania bezpieczeństwa ulubieńcowi Ameryki? Będą go podziwiać, a nie oskarżać.

– Czemu jesteś taki oporny?

– Nie oporny, Kerro. Realistyczny.

– No dobrze, to posłuchaj chwilę o realiach. W zeszłą niedzielę ktoś usiłował zabić mnie i Majora.

– Niezależnie od tego, kim ci ludzie są, nigdy nie zostaną powiązani z Wilcoxem, nawet jeśli zostaną ujęci.

– Ale szeryf wiedział o zagrożeniu i nic nie zrobił.

– W tej kwestii mamy tylko słowo przeciw słowu. A, i nie zapominaj. Ja opowiadam bajdy i snuję teorie spiskowe.

– Ja też byłam u Addisonów. W tym tygodniu wiele usłyszałam i jestem w stanie to nagłośnić.

– Historię niepotwierdzoną przez nikogo?

– Ty ją potwierdzisz.

– I jeszcze niby co? Nie rozmawiam z mediami.

– Dobra. Nie potrzebuję ciebie. Hank Addison był świadkiem zwierzeń ojca.

– Hank z przyjemnością popatrzy, jak dostaję po łapach i jestem uczony moresu. Albo dorobi się amnezji, albo stwierdzi, że zastraszyłem Glenna i wymusiłem od niego fałszywe zeznania, kiedy był oszołomiony alkoholem i lekami antydepresyjnymi. Kto zresztą wie? Może i faktycznie wymusiłem, a on nie mówił prawdy.

– Pozwolisz, żeby Leslie Duncan został skazany za przestępstwo, którego nie popełnił?

– Kto wie, może popełnił? Może moja intuicja po prostu się myli. Tak czy inaczej, to szumowina i nie mój problem.

Sprawdził, czy zebrał wszystkie swoje rzeczy, i wyszedł z sypialni. Kerra dogoniła go w pokoju dziennym, gdzie wkładał kurtkę. Sięgnęła w stronę ramienia Trappera, zdołała złapać rękaw kurtki i przytrzymała go.

– Trapper, ja cię znam – powiedziała. – Nie będziesz umiał tej sprawy odpuścić.

– No to się przekonamy.

– Ludzie, którzy próbowali dopaść Wilcoxa...

– Być może nie istnieją.

– Ktoś zabił mu córkę.

– A może dała sobie w żyłę i niechcący przedawkowała? Może Wilcox przyszedł do mojego biura, żeby sprawdzić, czy uda mu się dowiedzieć, co na niego mam, a wszystko, co nam powiedział, to wymysły dla jego własnej rozrywki?

– Sam w to nie wierzysz. Ja nie wierzę. Moim zdaniem mówił prawdę.

– Dowiedź tego.

Rozchyliła usta, ale nie potrafiła znaleźć właściwych słów.

– Sam bym tego lepiej nie ujął. – Trapper wysunął rękaw z jej palców i otworzył drzwi.

– I co ja mam zrobić z tymi informacjami? – spytała. – Zapomnieć, że o nich słyszałam?

– Rób, co chcesz. Nie zalecam ci nagłaśniania sprawy. Jeśli zrobisz reportaż bez potwierdzenia w faktach, stracisz wiarygodność i co cię wtedy czeka? Wypieprzą cię. Jak mnie. – Przyjrzał się jej. – Chociaż pieprzenie stanowiło akurat nie najgorszą część tej nieudanej eskapady. – Wyszedł i zamknął za sobą drzwi.

Nie czekał na windę, ruszył na dół schodami przeciwpożarowymi. W połowie drogi na parter, koło jedenastego piętra, oparł się o ścianę, zamknął oczy i próbował usunąć spod powiek obraz Kerry zranionej jego pożegnalnymi słowami.

Ta taktyka nie dała rezultatu. Spojrzał w górę spirali klatki schodowej i zastanowił się, czy nie biec tam z powrotem, żeby przeprosić, przyciągnąć ją do siebie, przytulić. Ale słodkie słowa i czułe pożegnania nie zmienią sytuacji. Przysiągł sobie, że jeśli dzisiaj sprawy źle się potoczą, nie będzie jej za sobą ciągnął w dół. Najlepsze są czyste zerwania.

Poza tym, gdyby wszedł na górę pożegnać się jak należy, chyba nie zdołałby już ponownie wyjść.

Pomiędzy apartamentowcem Kerry a biurem Trapper z kierowcą Ubera nie zamienił ani jednego słowa. Wysiadł przed swoim biurem. Aby dostać się do wejścia, musiał obejść parkometr, nadal przewrócony na chodnik pod budynkiem. Przeszło mu przez myśl, że powinien zainteresować się własnym samochodem, ale nie miał do tego głowy ani cierpliwości.

Wszedł do środka. Drzwi parterowego biura prawnika natychmiast szeroko się otworzyły. Carson wyjrzał zza futryny.

– Zdaje się, że już słyszałeś.

– Kto ci powiedział?

– Kerra była w telewizji, nadawała relację spod bramy posiadłości Wilcoxa.

– Szybko to poszło – mruknął Trapper i zwrócił się do Carsona: – Powinienem cię udusić tym stanikiem, który jej kupiłeś.

– Nie kupiłem go dla niej, kupiłem go dla ciebie. Podobał ci się?

Trapper rzucił mu pogardliwe spojrzenie i spróbował obejść go, żeby dostać się do windy, ale Carson zastąpił mu drogę.

– Posprzątali ci biuro.

– Kto?

– Upoważniłem stróża tylko do wymiany zamka i szyby w drzwiach, ale chyba dostrzegł okazję zarobienia paru dolców górką. Kilku facetów tłukło się tam wczoraj po południu. Zajrzałem do środka. Wygląda przyzwoicie. Zapłaciłem rachunek za ciebie. – Pogrzebał w kieszeni, szukając klucza, i podał go Trapperowi. – Otwiera się ząbkami na dół.

– Dzięki.

– Będę musiał dopisać te wydatki do twojego rachunku.

– Jak chcesz, Carson, ale daj mi już przejść, okej?

Carson tym razem zatrzymał go, opierając dłoń na jego klatce piersiowej.

– Śmierć Wilcoxa komplikuje ci sprawy, prawda?

– Genialna dedukcja.

– Mówią, że żona załatwiła go jego własnym zabytkowym sześciostrzałowcem.

– Jezu. – Trapper wprawdzie schował rewolwer do szuflady biurka, ale pani Wilcox najwyraźniej wiedziała, gdzie go szukać. – Ustalili godzinę śmierci?

– Dziś około drugiej nad ranem.

Niedługo po jego i Kerry wyjściu.

– Zdobyli wypowiedź jednej z przyjaciółek żony – powiedział Carson. – Mówiła, że żona Wilcoxa cierpiała na ciężką depresję, odkąd stracili dziecko. A więc, rozumiesz, Trapper, biorąc wszystko pod uwagę, może to i najlepsze zakończenie.

Trapper gniewnie zmrużył oczy.

– Carson, nie zmuszaj mnie, żebym ci przyłożył. – Odepchnął zatrzymującą go dłoń prawnika.

Carson rozsądnie ustąpił, a Trapper ruszył przed siebie do windy. Gdy wysiadł na swoim piętrze, poczuł zapach świeżej farby. Matową szybę w drzwiach wymieniono, ale jeszcze nie było na niej napisu. W sumie to dobrze. Oszczędzi nowemu najemcy kłopotu z jego wymianą.

Trapper zamierzał zwolnić biuro, gdy tylko zdobędzie fundusze potrzebne na załatwienie formalności. Nie wiedział, co zrobi potem, ani dokąd pojedzie, ale wiedział, że tutaj już nie zagrzeje miejsca.

Nie takiego zakończenia się spodziewał. Chciał, żeby sprawa doczekała się rozstrzygającego finału. Chciał się zrehabilitować, owszem, ale przede wszystkim pragnął wszystko dopiąć na ostatni guzik, bez pozostawiania dręczących niejednoznaczności ani ogłupiających wątpliwości.

Los jednak sprawił, że Trapper pozostanie w zawieszeniu. Do końca życia.

I chociaż powiedział Wilcoxowi, że zdążył się z tym pogodzić, nie była to prawda. Nie po ostatnim tygodniu. Nie po Kerze.

Z podłogi jego biura usunięto porozbijane szkło. Zajrzał do szafki na akta. Pozbawione znaczenia papiery, walające się po całym biurze, zostały zebrane i bez ładu i składu poupychane do teczek w szufladach. Sofa nadal stała wybebeszona, ale ktoś zgarnął i usunął wypełniacze poduszek. Wszystkie meble ustawiono na swoim miejscu.

Powiesił kurtkę na wieszaku za drzwiami, podszedł do biurka i usiadł w fotelu. Powierzchnia blatu błyszczała, chyba po raz pierwszy w historii wypolerowana. Otworzył szuflady jedna po drugiej. W dolnej leżały przybory biurowe, w najwyższej puste teczki na akta i rolka plastikowych torebek, którymi ochraniał zdjęcia cudzołożnych schadzek. Jedyną rzeczą, która została w środkowej szufladzie, było szkło powiększające. Zostawił je tam i domknął szufladę.

Obróciwszy się na fotelu, zauważył, że kontakt został naprawiony, ściana działowa załatana i odmalowana. Zastanowił się, kto musiał oglądać sprośne filmy z pendrive'a. Jenks? Glenn? Sam Wilcox? Wilcox udawał, że nie wie, co na nim było, ale Trapper nikomu już nie ufał. Rozprostował nogi i poszukał w kieszeni dżinsów drugiego pendrive'a. Zaczął go podrzucać na dłoni, myśląc z ironią, jak sprytny wydawał się sam sobie, kiedy przesłał go do Marianne, a potem udawał przed Wilcoxem, że jego kryjówkę znaleziono, a materiał dowodowy zwinięto.

Zareagował wyraźnie, choć na tyle subtelnie, żeby podstęp się udał. Wilcox dał się nabrać. Nawet Kerra kupiła jego blef. Trapper podrzucił pendrive'a jeszcze raz, a potem jego dłoń znieruchomiała. Cały znieruchomiał. Wstrzymał oddech. Kilka sekund potem poderwał się z fotela. Fotel jeszcze się kręcił, gdy Trapper wybiegał z biura. Pognał na dół schodami, przeskakując po trzy stopnie naraz, aż znalazł się na parterze.

Wparował do kancelarii Carsona i aż wystraszył byłą striptizerkę pracującą u kumpla w roli recepcjonistki.

– Przyjmuje klienta – powiedziała.

Ale Trapper już otwierał drzwi do gabinetu Carsona.

– Jacy faceci?

Klient Carsona zareagował jak typowy winowajca. Poderwał się z krzesła, z rękawa kurtki wyciągnął nóż i zaczął nim wymachiwać. Carson wstał i zaczął go uspokajać.

– Schowaj ostrze, on jest nieszkodliwy.

– Jeszcze jak szkodliwy – wycedził Trapper prosto w bezczelną twarz kandydata na nożownika. – Zabieraj mi sprzed nosa tę szpilkę albo połamię ci rękę.

Klient Carsona mu uwierzył, bo potulnie wykonał polecenie. Trapper obrócił się w stronę kumpla.

– Te naprawy w moim biurze. Powiedziałeś, że było paru facetów. Skąd się wzięli?

– Nie mam pojęcia. Jacyś ludzie w roboczych kombinezonach. Z narzędziami, kubełkami farby i całym tym potrzebnym śmieciem.

– Kto podpisał fakturę za tę robotę?

– Nie było faktury. Dostałem dziesięć procent zniżki za płatność do ręki.

– Masz młotek?

Carson popatrzył na niego z taką miną, jakby poproszono go o ogon syreny.

– Młotek, no, młotek!

– A po co mi młotek?

Trapper zostawił za sobą trzy osłupiałe osoby i wybiegł równie gwałtownie, jak się pojawił. Pognał po schodach na górę. W biurze odepchnął fotel zza biurka, żeby mu nie zawadzał, a potem zaczął kopać ścianę tuż nad kontaktem obcasem kowbojskiego buta. Ściana ustąpiła, ale wybita w niej dziura okazała się zbyt mała, żeby włożyć tam rękę. Otworzył szufladę biurka, wyciągnął z niej szkło powiększające i wymachując nim niczym młotkiem, walił metalową obudową w cienką płytę działową, aż posypały się gipsowe odpryski. Wreszcie miał do dyspozycji otwór na tyle duży, żeby wsunąć do środka rękę. Wcisnął ją aż po łokieć.

Do metalowego profilu był przyklejony taśmą telefon komórkowy. Trapper wyciągnął go i zaczął stukać się nim w czoło, powtarzając do taktu jedno słowo:

– Skubaniec, skubaniec, skubaniec…

To był plan awaryjny Wilcoxa. Trapper pozwolił sobie na mniej więcej dziesięć sekund przeżywania triumfu. I kolejne trzydzieści na przerażenie konsekwencjami, jakie mu przyniesie trzymany w ręku przedmiot.

Musiał się dowiedzieć. Włączył telefon i ulżyło mu, kiedy się okazało, że nie trzeba znać kodu, by dotrzeć do jego zawartości. Wszedł w galerię zdjęć. Było ich pięć w pojedynczym folderze. Wyświetlił pierwsze. Potrzebował lupy, żeby odczytać nazwiska. Przejrzał je pobieżnie. Rzuciło mu się w oczy kilka dobrze znanych. Rozpoznawał nazwiska polityków, żyjących i zmarłych. Niektóre poprzedzone tytułem doktorskim, niektóre słowem „wielebny", niektóre opatrzone militarną rangą.

Ponieważ lista miała układ alfabetyczny, Glenna Addisona znalazł na początku. Obejrzał kolejne zdjęcie, potem następne. Spodziewał się znaleźć tam parę nazwisk, których nie było. Serce waliło mu jak młotem, kiedy przeglądał fragment na literę T. Nazwiska Trapper nie znalazł. Z jego piersi wyrwał się głuchy, szorstki okrzyk ulgi. Kolana się pod nim ugięły i przysiadł na podłodze. Westchnął w niewypowiedzianej dziękczynnej modlitwie.

Siedział i ściskał w dłoni telefon, dając sercu czas na spowolnienie szalonego biegu, a płucom na złapanie spokojnego oddechu, po czym spojrzał na resztę listy. Od połowy czwartej strony przestawała być ułożona alfabetycznie. Trapper otworzył piąte, ostatnie zdjęcie. Na środku pustej poza tym strony widniało tylko jedno nazwisko. Nie było wydrukowane. To był odręczny podpis.

Major Franklin Trapper.

Nie mogło być mowy o pomyłce. Podpis był zbyt charakterystyczny, żeby dało się go podrobić. Należał do jego ojca. Trapper oparł się plecami o ścianę. Zaczął mocno w nią walić łopatkami napiętych barków, ale nic nie czuł. Podciągnął kolana pod brodę, pochylił głowę. Jego piersią szarpnęło kilka głośnych, suchych szlochów, tak głębokich, że zabolało go za mostkiem. Właśnie tego obawiał się pod koniec swoich dążeń do prawdy. Nie czuł się zaszokowany ani odarty ze złudzeń. Podejrzewał to. Spodziewał się tego. Nie przewidział jednak, jak bardzo zaboli go, kiedy zobaczy to czarno na białym.

Teraz rozumiał już, czemu Wilcox powierzył listę w jego ręce. Nie dlatego, że obawiał się, iż zostanie oskarżony czy zlikwidowany przez jednego ze swoich ludzi, ani dlatego, że Trapperowi udało się go zastraszyć i zmusić do jej oddania. Nawet nie po to, żeby zemścić się na zabójcach córki, chociaż gdyby jeszcze żył, Wilcox na pewno kazałby Trapperowi ich wyeliminować. Ta lista była właśnie tym, czego Trapper pragnął w życiu najbardziej.

Wilcox dał mu to – dowód na lata własnej korupcji i przelewania cudzej krwi, ale Trapper nie mógłby go wykorzystać, by Wilcoxa skompromitować, nie kompromitując jednocześnie własnego ojca. Będzie musiał zaprzestać śledztwa. Przestać zadawać pytania i naprzykrzać się ludziom, będzie musiał powiedzieć agentom federalnym: „Tak sobie tylko żartowałem" i głęboko ukryć wszelkie podejrzenia dotyczące zamachu na Pegasusa. Jego przekonanie o kryjącej się za nim zmowie nigdy nie doczeka się obrony i potwierdzenia. Pozostanie nieudacznikiem, który nie udźwignął życiowych wyzwań, a ludzie wspominając o nim, nadal będą przewracać oczami.

Mógł skasować piąte zdjęcie, ale podpis Majora nadal istniałby pod oryginałem zobowiązania. Nawet jeśli władze nie miały pojęcia o jego istnieniu, Trapper już o nim wiedział. Każdego dnia żyłby ze świadomością, że łamie prawo, utrudniając wymierzenie sprawiedliwości. Wilcox wiedział, jak trudno byłoby mu to znieść. Jak zdołał nie roześmiać mu się w twarz?

Nie miało nawet większego znaczenia, że Wilcox nie żył. Żeby Major mógł pozostać bohaterem w oczach świata, Trapper będzie musiał porzucić swoją krucjatę.

Na wieki wieków, amen.

Siedział na podłodze i ściskał telefon tak mocno, że palce mu pobielały, wpatrując się w podpis ojca przez mgłę łez.

A potem otarł oczy i wstał.

– Pierdol się, Wilcox.

Rozdział 35

Trapper wkroczył do kancelarii Carsona i ruszył prosto do jego gabinetu. Tym razem sekretarka prawnika była mniej przestraszona niż wtedy, gdy z impetem wpadł do biura. Teraz otworzył drzwi i wszedł do gabinetu nieproszony. Klient nadal tam siedział, przygarbiony i naburmuszony, z miną zdradzającą pesymistyczne nastawienie do własnej przyszłości.

– Muszę pożyczyć… – odezwał się Trapper.

Carson rzucił mu kluczyki do samochodu.

– Wszystko w porządku?

– Tak.

– Jesteś pewien? – Carson wstał zza biurka. – Bo wyglądasz…

– Do którego wozu?

– Twojego. Pamiętasz go jeszcze? Stoi na tyłach i wygląda jak nowy.

– Super. Dzięki.

– Trapper?

Ale on już był za drzwiami.

Wsiadł do swojego auta i rozpoczął poszukiwania ładowarki do telefonu. Sprawdził w podłokietniku i schowku na rękawiczki. Zniknęła. Pracownik warsztatu poleconego przez Carsona widocznie zaopiekował się nią. Trapper poklepał się po kieszeniach kurtki i znalazł telefon, którego bateria pozwalała przeprowadzić jeszcze kilka rozmów. Skorzystał z niego, żeby zadzwonić do jednego z kolegów z ATF, z którymi omawiał sprawę Wilcoxa.

– Spotkaj się ze mną za cztery minuty przy krawężniku przed wejściem do twojego biura – powiedział.

Droga zajęła mu trzy minuty, ale kiedy dotarł na miejsce, agent już na niego czekał. Niewątpliwie zdążył usłyszeć o Wilcoxie, bo niemal ział ogniem. Trapper opuścił szybę okna i wcisnął mu w dłoń zamkniętą na suwak plastikową torebkę.

– Wiem, że cię zawiodłem. Przepraszam, że nie uda mi się dostarczyć Wilcoxa, ale tu masz telefon, o którym wspominałem. Są na nim zdjęcia listy. Niezła ta lista. Na pendrivie są zebrane przeze mnie dowody, wideo Johnsona i nagrana na komórkę rozmowa z Wilcoxem. Hasło do pena to RED, duże litery. Przekaż to FBI.

Trapper odjechał, zanim podenerwowany agent zdążył wtrącić choć słowo.

Następnie zadzwonił do Kerry. Po dwóch dzwonkach połączył się z jej pocztą głosową. Nie zostawił wiadomości, ale w ciągu następnych trzech minut jeszcze trzy razy próbował się do niej dodzwonić, niestety, z podobnym skutkiem. Na światłach skorzystał z asystenta głosowego, żeby zadzwonić na centralę telefoniczną telewizyjnej stacji. Odsłuchał niekończącą się listę opcji wyboru i wreszcie połączył z jakąś ludzką istotą w redakcji informacyjnej.

Poprosił o rozmowę z Gracie i został przełączony. Przedstawił się.

– Muszę porozmawiać z Kerrą.

– Jest w terenie, za chwilę ma wejście na żywo.

– To sytuacja podbramkowa.

– Twoje sytuacje podbramkowe o mało nie kosztowały Kerrę utratę pracy. Założę się o duże pieniądze, że to przez ciebie wygląda, jakby właśnie zdechł jej ukochany kotek, a oczy ma czerwone i podpuchnięte.

– Muszę z nią porozmawiać. Przekaż jej tę wiadomość.

– Jest zajęta. Innym razem będziesz musiał błagać o wybaczenie za to, co jej zrobiłeś.

– Nie chodzi o to. Nie o nas. Chodzi o…

– Za minutę wchodzą na antenę. Muszę kończyć.

– Powiedz jej…

– Powiem. Cześć.

– Wysłuchaj mnie, do diabła! – Wziął głęboki oddech. – Przyznaję, jestem bydlę.

– John Trapper to bydlę. Zapisałam.

– Zapisz sobie jeszcze numer, pod który musi zadzwonić. – Dwukrotnie przedyktował Gracie numer, z którego dzwonił. – Masz to?

– Mam.
– Powiedz jej, że komórki nie było za obrazem.
– Czy ty piłeś?
– Kerra zrozumie. Powiedz jej, że to był blef. Taki sam jak kontakt w ścianie.
– Okej.
– Powiedz jej, że mam listę.
– Masz listę.
– Zapamiętasz to wszystko?
– Za trzydzieści sekund wchodzą. Muszę spadać.
Producentka się rozłączyła.

– Będziemy państwa informować na bieżąco o rozwoju sytuacji. Mówiła Kerra Bailey.

Kamerzysta dał jej sygnał, że zeszli z anteny. Mikrofon w jej dłoni zdawał się ważyć ze dwadzieścia kilogramów, kiedy opuściła rękę.

Sceneria była jej znana: ona i jej koledzy z branży ustawiali się na pozycjach do relacjonowania ważnych wiadomości, wozy transmisyjne z antenami satelitarnymi na dachach stały karnie w szeregu, kamerzyści planowali szerokie ujęcia, technicy dźwięku robili próby mikrofonów, reporterzy poprawiali słuchawki w uszach i sprawdzali swój wygląd w każdej mogącej posłużyć za lustro powierzchni do ostatniej sekundy przed informacją, że mają czekać na wejście.

Tym właśnie żyła, dzisiaj jednak czuła się wyalienowana. Robiła, co do niej należało, nie wkładała w to jednak serca. Groziła Thomasowi Wilcoxowi, że stanie z kamerą pod jego bramą, ale nie spodziewała się, że będzie stąd donosić o rozszerzonym samobójstwie. Bezduszne lekceważenie ludzkiego życia przez Wilcoxa było odrażające, ale czy nie stałaby się podobnie nikczemna, gdyby nie zasmucił jej desperacki czyn, który zakończył jego własne?

Każdy z jej kolegów dałby sobie rękę obciąć za informację, że tuż przed zastrzeleniem Wilcoxa przez żonę Kerra rozmawiała z nim twarzą w twarz w tej warownej rezydencji. Byłby to sensacyjny materiał wszech czasów, ale ona nie zdecydowałaby się relacjonować go. Nie umiałaby wykorzystać tragicznej śmierci tego człowieka, nieważne jak złego. Ani śmierci nieszczęsnej pani Wilcox.

Nie złamałaby też obietnicy danej Trapperowi, że nie puści tej historii dalej, dopóki on jej na to nie pozwoli.

– Kerro, Gracie chce z tobą pomówić.

Kerra zaczęła się zastanawiać, czy Gracie nie dowiedziała się o wizycie, jaką złożyli z Trapperem Wilcoxowi minionej nocy. Miała nadzieję, że jednak nie. Gracie bez zastanawiania się wyrzuciłaby ją z pracy.

Podziękowała asystentowi produkcji, który przekazał jej tę wiadomość, i skierowała się do furgonetki. Usiadła na siedzeniu pasażera, wyjęła z torebki komórkę i wybrała numer szefowej.

Gracie odebrała po pierwszym sygnale.

– Na ujęciu nadal masz czerwone oczy.

– Alergia.

– Jasne. Wiem nawet, jak nazywa się alergen.

Serce Kerry zabiło mocniej, ale milczała.

– Oczywiście, potwornie się śpieszył. Podkreślał, że musi z tobą porozmawiać, ale nie „o nas". Kazał ci przekazać, że komórka nie była za obrazem. Że to był blef, tak samo jak kontakt w ścianie. I że ma listę.

– Ma listę?

– Pytałam go, czy się upił.

Kerra otrząsnęła się z apatii. Serce zabiło jej szybciej.

– Mówił, gdzie jest?

– Nie, ale zostawił numer telefonu.

– Prześlij mi go esemesem, zaraz do niego oddzwonię.

– Czekaj. Mam dla ciebie kolejne zadanie.

– Gracie, na razie nic więcej od prokuratury okręgowej nie wyciągniemy. Rzecznik będzie powtarzał, że prowadzą czynności. Zwinęli gosposię i nawet nie udało mi się do niej zbliżyć. Główny detektyw z wydziału zabójstw uciekł przede mną. Nic tu nie robię, powtarzam się tylko.

– Wysyłam Billa, żeby przejął relację. Ty musisz dostać się do Lodal.

– Po co?

– Majora wypisują ze szpitala.

– Co? Dzisiaj? To niemożliwe.

– Mam solidne źródło. Kiedy tam byłam, przekupiłam salowego, żeby dzwonił do mnie z wszelkimi nowinami czy pogłoskami. Przed chwilą z nim rozmawiałam. To nadal twój temat, Kerro. Jeśli się pośpieszysz, w porze wieczornych programów informacyjnych będziesz miała wyłączność. – Gracie na moment urwała, zaczerpnęła tchu i kontynuowała: – Zakładając, że nie jesteś idiotką i nie przepuścisz takiej okazji, to gdybyś zdołała – bardzo, ale to bardzo ładnie cię o to proszę – zdobyć wspólną fotkę z Majorem, byłoby fantastycznie. Jeśli udzieli ci wypowiedzi, dostanę orgazmu. Muszę to mówić wyraźniej? Zostaniesz królową naszej stacji.

Kerra przestała jej słuchać po słowach o wypisie Majora ze szpitala. Była zdumiona.

– Naprawdę ufasz temu cynikowi?

– Zakochał się w moich pomarańczowych oprawkach. Ekipa już wyruszyła. Spotkacie się na miejscu.

– Mój samochód…

– Wynajmij limuzynę. Złap autostop. Wszystko mi jedno. Tylko zakropl sobie te czerwone oczy i zabieraj tyłek do Lodal.

Trapper chciał zawiadomić Glenna, że jest w drodze do Lodal i osobiście mu przekazać, że FBI ma teraz materiały na Wilcoxa. Niezależnie od wczorajszej wieczornej rozmowy uważał, że uda mu się wynegocjować dla Glenna łagodny wymiar kary, jeśli ten zgodzi się zeznawać przeciwko Wilcoxowi.

Zły, bo wciąż przerzucany na pocztę głosową, zadzwonił do centrali biura szeryfa i poprosił o rozmowę z Glennem. Zamiast jednak uzyskać połączenie, poproszono go, żeby się przedstawił.

– John Trapper.

– Szeryf dziś nie pracuje.

– Jestem jego znajomym.

– Wiem o tym, ale jego tutaj nie ma.

– Wie pani, gdzie mogę go złapać?

– Przykro mi, nie orientuję się.

Rozłączywszy się, Trapper miał dziwne wrażenie, że udzielono mu gotowej i celowo wymijającej odpowiedzi. Zadzwonił do domu Addisonów. Odebrała kobieta.

– Cześć, Lindo, tu Trapper.

– Pani Addison rozmawia z komórki i nie można jej przerywać.

– Kim pani jest?

Przedstawiła się jako przyjaciółka rodziny. Po co Lindzie nagle obecność przyjaciółki?

– Czy Glenn tam jest?

– Nie i bardzo mi przykro, ale to wszystko, co wolno mi powiedzieć.

– Jak to?

– Może lepiej niech pan zadzwoni do Hanka – dodała i się rozłączyła.

Być może obrywało mu się, bo Hank rozpowiedział, że Trapper nie jest już u nich mile widziany. A może po wręczeniu wymówienia Glenn w ogóle starał się unikać ludzi, żeby nie musieć odpowiadać na pytania. Mógł też dostać kolejnego ataku paniki, jak nie czegoś gorszego. Niepokojąc się, Trapper zadzwonił do szpitala i spytał, czy przyjęli do szpitala Glenna Addisona. Z ulgą usłyszał od operatora centrali, że nie mają pacjenta o takim nazwisku.

– Dobrze. Dziękuję – zawahał się, nie bardzo wiedząc, czy chce rozmawiać z ojcem tak szybko po dokonanym przez siebie odkryciu.

– Mogę w czymś jeszcze pomóc? – spytał telefonista.

– Tak, proszę mnie połączyć z pokojem majora Trappera.

– To niemożliwe.

– Mówi jego syn.

– Przepraszam pana, ale nie mogę pana połączyć, bo pański ojciec został wypisany.

– Co takiego?

– Wypisał się ze szpitala.

– Kiedy? Dlaczego mnie nie zawiadomiono?!

– Ja... Ja...

– Nieważne. Proszę z przełożoną pielęgniarek jego piętra.

Bateria komórki była na wyczerpaniu, a telefon z drugiej strony dzwonił i dzwonił. Miał zamiar już się rozłączyć i znów spróbować połączyć się przez centralę, gdy usłyszał męski, znużony głos. Trapper szybko przedstawił się, a mężczyzna wyjaśnił, że jest szefem zmiany pielęgniarek i zaczął przepraszać.

– Próbowaliśmy skontaktować się z panem. Żaden z numerów zostawionych przez pańskiego ojca nie odpowiadał. Chcieliśmy przekonać go, żeby zaczekał, aż uda się nam pana złapać, ale nalegał na wyjście. Lekarz stanowczo mu to odradzał, niemniej…

– Kiedy to było?

– Jakieś pół godziny temu. Może trochę wcześniej.

– Czy do domu odwiozła go karetka?

– Nie. Był tu wielebny Addison. Zaproponował, że go podwiezie.

Rozdział 36

Przed domem Majora parkował minivan. Trapper rozpoznał w nim własność Hanka. Wpadł przez bramę i pognał podjazdem, wzbijając tuman kurzu. Zahamował tak ostro, że samochodem zarzuciło, zanim się zatrzymał. Wyskoczył z niego w mgnieniu oka i popędził po stopniach na werandę. Drzwi nie były zamknięte. Trapper wszedł.

A potem stanął jak wryty. Major siedział w ulubionym fotelu wyprostowany, jakby kij połknął. Wyglądał blado i mizernie, zdawał się wątły i jakby o połowę mniejszy, choć jednocześnie rozjuszony. Nad nim stał Hank, który teraz cofnął się o kilka kroków i lufę strzelby, z której celował do Majora, skierował w stronę Trappera.

– Co ty, do diabła, wyprawiasz?! – spytał Trapper.

– A to nie jest oczywiste? – odparł pytaniem Hank.

– Zgubiłeś Biblię?

– Broń szybciej przykuwa uwagę.

– W czyichś innych rękach być może. Ty z nią wyglądasz jak kretyn.

Trapper kpił, ale żołądek ścisnął mu się boleśnie. Wsłuchiwał się w każdy niuans głosu i wpatrywał w twarz Hanka, bo tamten trzymał palec na spuście myśliwskiej strzelby. Przede wszystkim jednak Trappera zaniepokoił wysilony oddech ojca.

– Podam szpital do sądu za to, że pozwolili ci wyjść.

– Powiedział mi, że razem pojedziemy szukać Glenna. – Ojciec wskazał podbródkiem Hanka. – Zamiast tego przywiózł mnie tutaj. Wyjął broń z szafki...

– Oszczędzaj oddech – polecił Trapper. – Reszty się domyślam.

Zastanowił się, dlaczego mieli szukać Glenna. Bardzo chciał, żeby ktoś mu to wyjaśnił, ale najpierw musiał rozbroić Hanka.

– Czy ty wiesz, jak coś takiego nabić?

– Została już dla mnie nabita.

– Ha. Niech zgadnę. Jenks.

– Przydatny facet.

– O, na pewno. Ale daj spokój, Hank. Odłóż strzelbę, zanim komuś zrobisz krzywdę.

– Najchętniej zacząłbym od ciebie.

– Przecież ty nigdy nie trafiłeś nawet w drzwi stodoły. Chybiłbyś, a potem ja musiałbym cię zabić, czego nie chcę. Nie dlatego, że tęskniłbym za tobą czy coś, ale przez wzgląd na twoją rodzinę.

– Powoli, jedną ręką, odepnij kaburę z bronią.

– Kaburę?

– Jeśli natychmiast tego nie zrobisz, zastrzelę Majora.

– Ze strzelby, którą mu dała moja mama? To niesportowe.

– Trapper, odepnij kaburę.

Błysk w oczach Hanka nadawał mu tak maniakalny wygląd, że ta dyskusja mogła zakończyć się krwawo. Trapper nie był gotów na takie ryzyko. Musiał się dowiedzieć, o co tu w ogóle chodziło.

– Żeby sięgnąć jedną ręką za plecy, muszę zdjąć kurtkę.

– Nie śpiesz się.

Trapper zrzucił kurtkę z ramion, pozwolił rękawom zsunąć się z rąk. Kurtka miękko opadła na ziemię. Sięgnął za siebie jedną ręką i odpiął od pasa kaburę z pistoletem.

– Teraz rzuć go za ramię.

– To ryzykowne. Nie jestem pewien, czy jest zabezpieczony.

– Zrób to.

Próbował zapamiętać miejsce, w którym kabura z bronią uderzyła o drewniany parkiet.

– Trzymaj ręce w górze – ostrzegł Hank.

Trapper uniósł je na wysokość ramion.

– A teraz co? Będziemy tak tu stali, dopóki jeden z nas nie ustąpi? Twój życiowy rekord w przetrzymywaniu przeciwnika jest żałosny, sam zresztą wiesz.

– Zamknij się!

Major ze świstem wciągnął powietrze do płuc.

– Hank, dlaczego ty to robisz? Czyś ty postradał rozum?

– Prędzej duszę – odparł Trapper. – O co chodzi z tym szukaniem Glenna?

– Nie widziano go od wczorajszej nocy i z nikim się nie kontaktował – wyjaśnił Major.

– Wyszedł z domu po telefonie do niego – powiedział Hank.

Trapperowi nie podobało się, jak to zabrzmiało, nie podobała mu się też chełpliwa mina Hanka.

– Telefonie do niego? – powtórzył Trapper.

– Dzwonił Jenks.

– W sprawach zawodowych?

– Niezupełnie.

– No to po co?

– Zawiadomiłem Jenksa, że tata przypomniał sobie o sumieniu i zaczyna puszczać farbę, jak to byłeś uprzejmy ująć – oznajmił Hank. – Co stwarzało dla nas pewien problem. Jenks zwabił go nad wyrobisko. I już po problemie.

– Zabił Glenna?! Jezu Chryste – szepnął Major. – Dlaczego?

– Bo tu obecny wielebny Addison chciał odebrać Wilcoxowi rolę herszta bandy – odparł kpiąco Trapper. – Rzecz jednak w tym, że Hank jest kompletnie popieprzony i nawet sobie nie zdaje z tego sprawy.

– Cokolwiek kombinujesz, Trapper, ja się na to nie nabiorę.

– Żadnego kombinowania, Nie słyszałeś? Wilcox nie żyje.

– Słyszałem o wszystkich pikantnych szczegółach. Twoja dziewczyna relacjonowała je spod rezydencji Wilcoxów.

– Czego nie wiesz, a chyba pora, żebyś się dowiedział, to tego, że Kerra i ja spotkaliśmy się wczoraj w nocy z Wilcoxem właśnie u niego.

Hank głośno zarechotał.

– Daję słowo.

– Pojechaliście spotkać się z Wilcoxem?

– Po wyjściu od was.

– A on powitał was z otwartymi ramionami?

– Nie posunąłbym się w opisie aż tak daleko. Ale w ciągu ostatnich kilku dni on i ja zawarliśmy pewnego typu wzajemnie korzystny niby -układ. – Trapper urwał i uniósł brew. – Widzę, że jednak jesteś zdziwiony. Nie wiedziałeś o tym – westchnął i potrząsnął głową ze smutkiem.

– Taa, był też i taki moment, że Tom miał mnie na muszce, ale jakoś nie mógł się zdecydować, żeby mnie zabić. Zamiast tego wyjaśniliśmy sobie nasze nieporozumienia…

– Wróć do ostatniej nocy.

– Albo co? Zastrzelisz mnie? Nie wierzę. Chociaż już zdążyłeś zranić moje uczucia. Wiem, że jesteś na mnie wkurzony za wysłanie cię do opuszczonej szopy, ale nie sądzisz, że w odwecie posuwasz się za daleko?

– Przejdź do rzeczy – uciął Hank.

– Zapomniałem, przy czym byłem. Aha. We troje – Wilcox, Kerra i ja – odbyliśmy dwie ciekawe rozmowy, a ostatnia miała miejsce dzisiaj godzinę po północy.

– Powiedziałeś mu, że tata go wsypał?

– Nie.

– Nie wierzę ci.

– Mam gdzieś, czy mi wierzysz. Taka jest prawda.

– To o czym rozmawialiście podczas tego spotkania, w które nadal nie wierzę?

– O poważnych sprawach, i wcale z ciebie nie kpię. Wilcox dysponował jedyną rzeczą, pomijając zeznanie na piśmie, która mogłaby przekonać federalnych do ponownego otwarcia sprawy zamachu na Pegasusa. Zgodził się przekazać ten materiał mnie.

– Wilcox nie podałby ci dokładnego czasu, a co dopiero mówić o dowodach, które by go obciążyły.

– W zwykłych okolicznościach, owszem. Początkowo był nieufny, targował się, kombinował. Znałeś go przecież. Usiłował zapewnić sobie nietykalność. Ale to są szczegóły, które nie będą interesowały ciebie ani nikogo innego, pomijając prokuraturę federalną.

– Do sedna – wycedził.

– Gdybyś tylko przestał mi przerywać… Dość powiedzieć, że tylko jedna rzecz mogła zmusić Wilcoxa, by zwrócił się do takiego niedorajdy jak ja i prosił o wynegocjowanie dla niego ugody.

– No?

– Chęć zemsty za śmierć córki.

Hank zdradził się mruganiem powiek. Jasna wskazówka.

– Kazał mi obiecać, że stanie się to dla mnie priorytetem – powiedział ciszej. – Kogo do tego namówiłeś? Bo wiem, że nie masz jaj ani tak wytrzymałego żołądka, żeby zająć się tym własnoręcznie.

– Zamknij się, Trapper.

– Dobrze, zamknę się. Jeszcze tylko ostatnia rzecz. Powtarzam, masz kompletnie przesrane. Możesz zabić mnie, możesz zabić mojego ojca, ale zeszłej nocy była ze mną Kerra. Wie wszystko o zobowiązaniu Wilcoxa, podpisywanym przez ludzi wykonujących dla niego brudną robotę. Zadba, żeby wszyscy na tej liście zostali ujawnieni i musieli odpowiedzieć za swoje zbrodnie.

Hank zaśmiał się głośno.

– Trapper, Trapper, Trapper… Zawsze usiłujesz mnie oszukać. Ale tym razem to nie podziała, bo ja nie podpisałem tego idiotycznego zobowiązania. W głębi bankowego skarbca, poprowadzony ciemnym, długim korytarzem aż do wewnętrznej krypty. – Ostatnie zdania zaintonował głosem lektora filmu grozy, ale porzucił ten ton i ciągnął: – Mnie też przepuścił przez wyżymaczkę tak samo, jak tata ci to opisywał wczoraj wieczorem. Przypomniał mi bez zająknięcia, ile pieniędzy już zdążył dać na fundusz budowy kościoła. Jednym pociągnięciem pióra Mont Blanc uratował moje startujące telewizyjne duszpasterstwo. „Rachunki trzeba regulować” – powiedział. Czy coś w ten deseń. Kazał podpisać w wyznaczonym do tego miejscu. Ale ja mu powiedziałem: „Nie tak szybko, Thomas”. Widzisz, poprzedniej niedzieli podzieliłem się z ambony dobrą nowiną o jego szczodrości. Alleluja! Chwalmy Pana! – Znów parsknął śmiechem. – Co mógł mi zrobić? Odebrać pieniądze? Wycofać się z ofiary złożonej Najwyższemu?

– Czego od ciebie chciał? Rozgrzeszenia?

– W sumie niczego specjalnego. Zaczynał coraz bardziej niepokoić się, że tata nie dochowa dyskrecji. Starzał się, robił się sentymentalny, plótł, co mu ślina na język przyniosła, kiedy się upijał, czyli dzień w dzień. Wilcox chciał, żebym robił w jego sprawie to samo co tata w sprawie Majora.

– Żebyś go szpiegował.

Lakoniczna uwaga Majora zdziwiła Trappera. Wyczuwając to, spojrzał na syna.

– Hank powiedział mi o waszej wizycie u Glenna wczorajszej nocy, o tym jego wyznaniu.

– Nie była to dla mnie łatwa ani przyjemna godzina.

– Domyślam się, John.

Major wyglądał na zrezygnowanego, ale Trapper bardziej martwił się tym, że z każdą chwilą zdawał się słabnąć fizycznie. Chciał usłyszeć wszystko, co Hank miał do powiedzenia o swoich prywatno-zawodowych powiązaniach z Wilcoxem, ale musiał się śpieszyć.

– No dobra, odmówiłeś podpisania zobowiązania Wilcoxa. Był urażony twoją zuchwałością, nastroszył się, zaczął rzucać pogróżki. „Nie masz pojęcia, komu się stawiasz". Tego typu teksty. Ale Wilcox był sprytnym graczem.

– Musisz przyznać – wtrącił Hank – że jego metoda sprawdzała się przez dziesięciolecia.

– Nawet setki lat. To przykład makiawelizmu. Rzecz niezbyt oryginalna, ale efektywna, a ty postąpiłeś zgodnie z tą filozofią. Pokazałeś mu, co potrafisz. Zabiłeś mu córkę.

– Nie ja, oczywiście.

– Racja. Już ustaliliśmy, że jesteś zbyt wielkim tchórzem. Kogo wysłałeś z tym zadaniem?

– Wskazałem drogę cnoty pewnemu byłemu ćpunowi.

– Koszt zbawienia: jedno zabójstwo.

Hank uśmiechnął się anielsko.

– Bóg działa tylko sobie wiadomymi sposobami.

– Szatan też. – Uśmiech Trappera zdecydowanie przypominał tego drugiego. – Powtarzam, że jesteś popieprzony, i nawet sobie nie zdajesz z tego sprawy. No cóż, nie podpisałeś zobowiązania Wilcoxa, więc federalni nie mają twojego autografu. Ale mają – bo ja im ją przekazałem – listę, którą dla swojej wygody Wilcox przepisał w układzie alfabetycznym i wydrukował. No to spróbuj tak z marszu zgadnąć, czyje nazwisko tam dodał?

Wilcox niczego podobnego nie zrobił. Hanka w rejestrze nie było, ale może uwierzy, że w nim się znalazł. Było to coś, co Wilcox mógł zrobić z urazy.

– Przykro mi, Hank – powiedział Trapper z udawanym współczuciem i zrobił krok do przodu.

– Kłamiesz. – Hank dźgnął powietrze lufą strzelby nakierowanej na Trappera.

– Możesz mnie zabić, ale FBI nadal ma te nazwiska, a Kerra może zeznać, w jaki sposób wszedłem w ich posiadanie. Może o wszystkim zaświadczyć.

– To cieszę się, tym bardziej że jako pierwsza dotarła tutaj, żeby relacjonować wypisanie Majora ze szpitala.

Trapperowi zamarło serce.

– Co takiego?

– Widzę, że się zdziwiłeś. Nic nie wiedziałeś – zakpił tamten i dodał: – Kerro?

Stanęła w drzwiach dzielących hol od salonu. Jenks mocno trzymał ją lewą ręką za ramię. W prawej trzymał rewolwer kalibru, z jakim się nie dyskutuje.

Wargi Kerry były pobielałe ze strachu, ale dzielnie się trzymała.

– Gracie przekazała mi twoją wiadomość. Próbowałam się z tobą skontaktować.

– Bateria mi padła.

– Ostrzegali Majora i mnie, że jeśli damy ci znać, że tu jestem, wszyscy zginiemy.

– Myślę, że od początku taki był plan. – Trapper rzucił jej przelotny uśmiech, ale miał nadzieję, że zrozumie, ile skruchy i prośby o wybaczenie zawarł w tym uśmiechu.

– Jenks, przyprowadź ją tu – polecił Hank.

Jenks pchnął Kerrę, a kiedy znalazła się w zasięgu ręki Hanka, ten wziął ją za ramię i szarpnięciem ustawił przed sobą, twarzą do Trappera.

– Weź strzelbę.

– Idź do diabła – rzuciła i łokciem walnęła go w żołądek.

Instynktownie Trapper skoczył naprzód.

– Jenks! Zastrzel go! – wrzasnął Hank.

– Czekaj! – Trapper zamarł wpół kroku i uniósł ręce wyżej. – Puść Kerrę, mnie możesz zrobić, co zechcesz.

– Proszę, Trapper, co za wielkoduszność – powiedział Hank, ciężko oddychając z wysiłku, a może emocji. – Ale nie jesteś w położeniu do dyktowania warunków, skoro mam tutaj przewagę. Powiedz Kerze, żeby wzięła strzelbę.

Trapper zerknął na Jenksa, który przesunął się tak, by stanąć obok Majora. Każde z nich stanowiło łatwy cel dla jego rewolweru. Spojrzał na Kerrę i skinął głową.

– Zrób, co ci mówi.

Z oczami wbitymi w niego pozwoliła Hankowi włożyć sobie w ręce broń. Zacisnął ręce na jej dłoniach trzymających teraz strzelbę. Lewą podtrzymywała lufę, prawą obejmowała osłonę spustu. Palec Hanka pozostał na języczku spustowym.

– A to mi się cholernie poszczęściło. – Zachichotał Hank, patrząc na Trappera ponad ramieniem Kerry. – Miałem już ruszać spod szpitala z Majorem zapakowanym do minivana, kiedy wjechała na parking. Zaprosiłem ją, żeby pojechała z nami, i powiedziałem, że może zadzwonić po ekipę, żeby spotkali się z nami na miejscu. Tyle że…

– Tyle że kiedy próbowałam zadzwonić, uderzył mnie i wyrwał mi telefon – dokończyła za niego Kerra.

Trapper spojrzał na Hanka lodowatym wzrokiem.

– Jednak będę musiał cię zabić.

Zerknął przez ramię i dostrzegł kaburę ze swoim pistoletem na podłodze jakieś dwa metry dalej. Wiedział, że pocisk tkwi w komorze, ale jak miał wydostać pistolet z kabury…?

– Nie radziłbym – rzucił Jenks, który rozszyfrował jego plany.

– Lepiej go słuchaj, Trapper – powiedział Hank. – Jako stróż prawa ma w rękawie rozmaite sztuczki.

– Takie sztuczki jak podrzucanie dowodów, żeby wrobić białego wieśniaka na warunkowym zwolnieniu w próbę zabójstwa?

– To najmniejszy z talentów Jenksa – pochwalił go Hank. – Potrafi sprawić, że ludzie znikają bez śladu.

– Wyrobisko.

– Waszych ciał nikt nigdy nie znajdzie.

– Tak jak jego partnera z niedzielnej nocy?

– Peteya Mossa – uściślił Hank.

– A kim był ten trzeci? – spytała Kerra.

– Nie było trzeciego – odezwał się Jenks.

– Ależ był. – Trapper spojrzeniem wskazał Kerze Majora.

Popatrzyła na ojca Trappera, rozchylając wargi ze zdziwienia.

– On ma rację – przyznał Major.

Trapper chciałby móc poczuć satysfakcję z wyznania ojca, ale nie mógł.

– Tego dnia, kiedy tu przyjechałem, doszedłem do wniosku, że to on musiał próbować otworzyć drzwi łazienki, zanim usłyszałaś strzał. Ale nie potrafiłem zrozumieć po co. Nie, trzeba to ująć inaczej. – Spojrzał na ojca. – Nie chciałem zrozumieć po co. Teraz już rozumiem.

– Mnie się zdaje, że jednak nie, John – odparł Major. – Usłyszałem, że idą w stronę domu, i próbowałem ostrzec Kerrę. Zabrakło mi czasu. To wszystko.

Trapper nie patrzył ojcu w oczy. Wziął głęboki oddech, wypuścił powietrze. Miał wrażenie, że żebra mu pękną od wzbierającej pod nimi presji. Serce już mu pękało.

– Aha. Znacząca pauza – rzucił Hank.

Trapper zignorował go i popatrzył na sześciostrzałowca w wielkiej dłoni Jenksa.

– Jeśli Major niedługo nie wróci do szpitala, zostaniesz oskarżony o morderstwo.

– Ja nie strzelałem do niego. Petey strzelił. Pobudliwy mały dupek.

– Jak ty się wyrażasz, Jenks! – skarcił go Hank.

Trapper spoglądał w nieodgadnione oczy zastępcy szeryfa. W myślach rekonstruował scenariusz niedzielnej nocy, łączył fragmenty układanki, starał się zobaczyć wydarzenia oczyma Jenksa.

– Petey szybko sięgnął po broń. Nie spodziewałeś się tego. Chwilę po tym jak Major znalazł się na ziemi, dostrzegłeś światło gaszone w łazience.

– Tego też się nie spodziewałem – przyznał Jenks.

– Bo miało tu nikogo nie być.

– Tak. Ona – zerknął na Kerrę – stanowiła niemiłą niespodziankę. Poza tym wszystko mieliśmy zaplanowane.

Patrząc mu w niewzruszone oczy, Trapper mruknął:

– Ale sprawy nie potoczyły się zgodnie z planem.

– Można by tak powiedzieć.

– To było wtedy. – Niecierpliwy ton Hanka kazał mu ponownie skupić się na pastorze. Lufa strzelby nadal mierzyła w pierś Trappera. – A teraz jest teraz. I ja wszystko mam zaplanowane od A do Z.

Trapper na chwilę nawiązał kontakt wzrokowy z Kerrą. Twarz miała ściągniętą lękiem. Jego serce biło niespokojnie, ale próbując nadać głosowi swobodny ton, powiedział powoli:

– Naprawdę? Tak z ciekawości, Hank, jak zamierzasz zabić nas troje i wymigać się od kary?

– Ja nikogo nie zabiję. – Hank ułożył palec Kerry wokół spustu. – Ale ona, owszem.

– Nie!

– Pozwolę jej wybrać, kogo najpierw załatwi. – Hank nieznacznie przesunął strzelbę i jej otwór kierował się teraz w stronę Majora. – Może w pierwszej kolejności uwolni bohatera narodowego od cierpień. To byłoby dość poetyczne, nie uważasz? On jej życie ocalił, ona mu życie skróci. Tkwiąca w tym ironia przyprawia mnie o gęsią skórkę. Albo może – dodał, znów mierząc do Trappera – zastrzeli ciebie.

– Nie, z tej strzelby nie może. Nie jest nabita. – Trapper powoli opuścił ręce.

– Trzymaj je w górze! – wrzasnął Hank.

– Nie, nie, nie – powtarzała Kerra, stawiając opór rosnącemu naciskowi dłoni Hanka na palec, który trzymała na cynglu.

– Hank, na litość boską, dosyć tego. – Major oparł dłonie na podłokietnikach fotela, jakby zamierzał się z niego podnieść, ale Jenks nie pozwolił mu wstać i wymierzył w niego rewolwer.

Trapper cały czas patrzył w oczy Kerze.

– Pociągnij za spust.

Krótko, ale gwałtownie potrząsnęła głową.

– Nie jest nabita – dodał Trapper.

Hank zaśmiał się głośno tuż nad jej uchem, aż się wzdrygnęła.

– Myślisz, że się na to nabiorę?

– A sprawdzałeś, Hank? – spytał Trapper.

Hank się zawahał.

– Nie musiałem.

– Jenks zawsze robi, co mu każesz?

– Zawsze.

Trapper odwrócił głowę i spojrzał na Jenksa. Z nieodgadnioną miną, nieruchomy jak skała, ani jeden muskuł nie drgnął w jego twarzy, ale wydawał się czujny na najmniejsze mrugnięcie powieką.

Trapper znów popatrzył na Hanka.

– Skoro jesteś pewien, że strzelba jest nabita, to za parę sekund ja zginę, a ty będziesz miał frajdę.

– John, co ty wyprawiasz? – odezwał się Major świszczącym głosem. – Przestań go prowokować.

– Kerro, naciśnij spust – polecił Trapper.

– Nie mogę. – Ledwie ją usłyszał.

– Nic się nie stanie.

– Blefujesz, Trapper – zarechotał Hank.

– Pociągnij za spust, Kerro.

– Trapper, proszę – zaszlochała. – Nie mogę.

– Ufasz mi? – szepnął.

Poszukała wzrokiem jego oczu. Skinęła głową.

– No to zrób to. Pociągnij za spust.

Zawahała się, a potem mocno nacisnęła cyngiel. Strzelba kliknęła, ale nie wypaliła. Wykorzystując chwilę konsternacji Hanka, Trapper podskoczył do Kerry i odepchnął ją na bok, a potem rzucił się na pastora. Ten zamierzył się strzelbą niczym maczugą. Stalowa lufa trafiła Trappera w skroń, ale nie powstrzymała go. Staranował Hanka, celując w żołądek, zepchnął kilka metrów w tył, jak w zwarciu na boisku, i wreszcie powalił na ziemię. Hank próbował odczołgać się, ale Trapper złapał go za koszulę i szarpnięciem postawił na nogi.

– To za to, co zrobiłeś Glennowi. – Odwiódł pięść i rąbnął go z całej siły w środek twarzy. Kości trzasnęły, trysnęła krew. Hank wrzasnął. Głowa opadła mu bezwładnie na pierś. Trapper poderwał ją za włosy i uniósł.

– A to za Majora. – Uderzył go ponownie, jeszcze mocniej, łamiąc szczękę, ale wciąż trzymając w garści jego włosy. – Ty hipokryto, ty skurwysynu. Powinienem cię zabić za to, co zrobiłeś Tiffany Wilcox, ale wolę patrzeć, jak będziesz gnił za kratkami do końca swojego nędznego życia.

Trzasnął Hanka pięścią w splot słoneczny, ale w tym momencie Jenks już go obezwładniał. Siłą oderwał go od Hanka i odciągnął na bok. Trapper otrząsnął z siebie jego ręce.

– Już dobrze, już dobrze.

Nieco oszołomiony ciosem, jaki zaliczył w głowę, zachwiał się na nogach i odwrócił w stronę Jenksa.

– Ty kutafonie, jesteś z FBI, tak?

– Biuro terenowe na północny Teksas. – Jenks wyjął legitymację służbową.

– Byłoby miło, gdybyś mnie jakoś uprzedził.

– Może i miło, ale wbrew rozkazom.

– O mało cię tamtego dnia nie zastrzeliłem.

Agent Jenks uśmiechnął się krzywo.

– Nie musisz mi przypominać. Kiedy się domyśliłeś?

– Minutę temu. Nie mogłem zrozumieć, czemu sterczysz i wszystko obserwujesz, zamiast szybko się tym ze mną rozprawić – odparł, wskazując rewolwer w ręku Jenksa. – Modliłem się, żeby moje przeczucie okazało się prawdziwe. Wezwałeś posiłki?

– Są w drodze.

Trapper kopnął jeszcze Hanka w kolano.

– Odczytaj mu jego prawa.

– Trapper!

Odwrócił się, słysząc przestraszony głos Kerry.

Rozdział 37

Opuściła niżej oparcie fotela i pochyliła się nad Majorem. Trapper nadal z trudem trzymał się na nogach, ale podszedł i ukląkł obok. Klęcząca po drugiej stronie Kerra podniosła na niego przygnębione oczy i wskazała pierś jego ojca. Z lewego boku zdawała się rozdęta, co świadczyło o krwotoku wewnętrznym.

– Zaczynam przeciekać – stwierdził Major. – Chirurg ostrzegał mnie, że za wcześnie na opuszczenie szpitala. Mówił, że płuco znów może mi się zapaść. Ale Glenn…

– Leż spokojnie – powiedział Trapper. – Pomoc zjawi się tu lada chwila. Zawieziemy cię z powrotem do szpitala. To dobry lekarz. Znów cię załata.

Trapper na wpół świadomie zarejestrował pojawienie się ludzi w mundurach, którzy zaczęli kręcić się w salonie. Najwyraźniej czekali w pobliżu na sygnał Jenksa, że mogą wkroczyć. Teraz agent pojawił się w polu widzenia Trappera.

– Majorze? – Jenks oparł dłoń na jego ramieniu. – To moja wina, że do pana strzelono. Nie zdążyłem pana ostrzec, więc uderzyłem pana w głowę, żeby ogłuszyć. Petey nie miał…

– Wyjaśnimy to sobie później – przerwał Trapper. – Czy ambulans już jedzie?

Jenks skinął głową, ale nadal koncentrował się na Majorze.

– Pana przyjaciel, Glenn Addison, jest w areszcie. Zwabiłem go nad wyrobisko, jak mówił Hank, ale tylko dla jego bezpieczeństwa. Przekazałem go agentom, którzy czekali tam na nas i aresztowali go. Tak samo zresztą, jak Peteya Mossa. Szeryfowi Addisonowi nic nie jest. W pełni z nami współpracuje. Nalegał, żeby przekazać, że pana kocha. Że nic nigdy tego nie zmieniło.

– Czy on wie o Hanku? – spytał Major.

– Jeszcze nie i boję się, że będę musiał mu o tym powiedzieć. Szeryf to dobry człowiek. Może i oszukał w jednych czy drugich wyborach, ale swoje obowiązki wykonywał należycie.

– Dziękuję, że przekazał mi pan wiadomość od niego.

Jenks pokrzepiająco poklepał Majora po ramieniu, a potem odszedł na bok. Zaczął wydawać polecenia i przekazywać informacje przybyłym funkcjonariuszom.

Major popatrzył na Trappera.

– Widziałeś moje nazwisko na liście Wilcoxa?

– Dopilnował, żebym je zobaczył.

– Ale i tak przekazałeś ją FBI?

– Musiałem. Nie chciałem. Wahałem się, ale…

– Ale będąc sobą, musiałeś.

– No, musiałem.

– Jestem z ciebie dumny. – Major uśmiechnął się drżącymi wargami. Z trudem łapał oddech. – Miałem nadzieję, że to wszystko zniknie, a ty nigdy się nie dowiesz.

– No cóż, nie znikło. I jednak wiem. Wiem wszystko poza naturą twojej współpracy z Wilcoxem. Czy to miało związek z tamtą lukratywną umową na książkę i film?

– Nie.

Trapper pochylił głowę i mruganiem powiek odgonił napływające łzy.

– Powiedz mi… Proszę, po prostu powiedz, że to nie ty podłożyłeś ładunki w Pegasusie.

Major niepewnym gestem poszukał jego dłoni i uścisnął ją.

– Nie, John. Nie. Tak właśnie myślałeś?

– Tego się obawiałem. Przeszedłem piekło, bojąc się, że tak jest. Kiedy rozpoczynałem śledztwo, zrozumiałem, że tych trzech, którzy wzięli na siebie winę, działało na rozkaz kogoś innego. Myślałem, że może też byłeś jednym z nich.

– Dlaczego tak przypuszczałeś?

– Bo pomijając Wilcoxa, ty najwięcej zyskałeś na tej przeklętej tragedii. Całą karierę na niej oparłeś.

– Przeznaczenie. Właściwe miejsce, właściwa pora. Nie było w tym nic więcej.

– To po co zawarłeś układ z Wilcoxem?

– Przysięgam ci na duszę twojej matki, że nigdy się z nim nie układałem, dopóki trzy lata temu nie zacząłeś robić postępów w śledztwie przeciwko niemu.

– O Jezu – jęknął Trapper. – Nie chcę tego słuchać.

– Nie zrobiłeś nic złego. Wykonywałeś swoją pracę. Można cię obwinić tylko o to, że byłeś w niej solidny i wytrwały. Wilcox sprowadził mnie do siebie i zapowiedział, że muszę, ale to absolutnie muszę skompromitować cię, obalić twoje spiskowe teorie, potępić cię i wykpić wszystko, co mu zarzucasz.

– Albo co? Co mógł ci zrobić? Pozbawić statusu bohatera?

– Zabić Marianne.

Trapper drgnął.

– Jest jeszcze gorzej – powiedział Major. – On mnie zapewnił, że ślady będą prowadziły do ciebie.

Trapper spojrzał na Kerrę i dostrzegł jej przerażenie.

– Widziałem nazwiska na jego liście. Mógł coś takiego przeprowadzić. – Spojrzał na ojca i dodał: – Dlaczego ona? Dlaczego po prostu nie uderzyć we mnie?

– Bo nie wiedział, co na niego masz, jak wiele odkryłeś i co przekazałeś swoim zwierzchnikom. Gdybyś zginął, bał się tego, co po sobie zostawisz do dalszych analiz. Ale gdybym to ja otwarcie cię potępił, nie pozostałoby to niezauważone. Powiedział mi, że mam cię zdyskredytować, bo jak nie… Nawet gdyby udało się wybronić cię od zarzutu zamordowania narzeczonej…

– Moja reputacja, moje życie ległyby w gruzach. Ale i tak legły.

– Przykro mi, John. Dokonałem wyboru, który wydawał mi się jedynym właściwym.

– Marianne nic o tym nie wiedziała, prawda?

– Nie wiedziała.

– I dzięki Bogu – powiedziała cicho Kerra.

– A myślałem, że to ja chronię cię przed Wilcoxem – powiedział Trapper do Majora. – Tymczasem ty chroniłeś mnie. Ten sukinsyn nastawił nas przeciwko sobie.

Chociaż siły go opuszczały, Major mocniej ścisnął dłoń syna.

– Bolało mnie, kiedy powiedziałeś, że to wszystko – ja, Wilcox, Pegasus – stało się twoim życiem.

– Ej, ja tylko się mądrzyłem.

– Nie, nieprawda. Wydarzenia tamtego dnia na niezliczone sposoby zdominowały nasze życie. Debry. Moje. Twoje.

Czując się niezręcznie w obliczu poczucia winy ojca, Trapper odwrócił się i spojrzał w stronę otwartych frontowych drzwi. Ambulans pędem wjeżdżał właśnie przez bramę, ale Trapper siłą woli chciał go zmusić do jeszcze szybszej jazdy. Major walczył o każdy oddech, twarz mu poszarzała, wargi posiniały.

– Brakowało mi kamer – mówił właśnie do Kerry, choć ledwie łapał powietrze.

– Dobrze pan wypada w obiektywie. – Przełknęła łzy i położyła dłoń na jego ramieniu.

– Dlatego właśnie chciałem tego… wywiadu. – Zdawał się niecierpliwić własnym, coraz płytszym oddechem. Było widać, że chce coś dodać. – Swoim ego naraziłem twoje życie na szwank i przykro mi bardziej, niż potrafię to wyrazić.

– Przeprosiny są niepotrzebne.

– Moja wada to próżność. – Oczy zasnuwała mu mgła. – John wie. Sława bywa zwodnicza i uzależniająca. Angażowałem się w nią całym sobą. Zbyt często kosztem Johna.

– Słuchaj, nic mi się od tego nie stało. Okej? – odezwał się Trapper.

W kąciku ust Majora pojawiła się krwawa piana. Trapper otarł ją rękawem swojej koszuli.

– Karetka nadjeżdża. Nie mów już nic. Oszczędzaj oddech.

Major z trudem uniósł dłoń, by dotknąć policzka Trappera.

– Nigdy się nie poddałeś.

– A to już moja wada. Jestem uparty jak osioł.

– Ale to dobrze, John. To dobrze.

Trapper miał tak ściśnięte gardło, że nie mógł mówić. Do środka wbiegli ratownicy medyczni i próbowali usunąć go ze swojej drogi, ale Major zadziwiająco silnie trzymał dłoń syna.

– John, proszę, nie ujawniaj dziennika Debry. Nie ze względu na mnie, ale na nią. Pochowaj go ze mną.

Trapper wytarł nos o mankiet koszuli i się uśmiechnął.

– Tato, nie masz się czym martwić. Mama nie prowadziła pamiętnika.

Zgon majora Franklina Trappera stwierdzono tuż po przewiezieniu go do izby przyjęć. Już po raz drugi w tym tygodniu szpital stał się epicentrum huraganu medialnego. Kerrę poproszono o trzy kolejne relacje na żywo, ostatnią poprowadziła dla wieczornych wiadomości stacji.

Poważnym barytonem prezenter zwrócił się do niej:

– Naród stracił jeden ze swoich symboli, ale ty znałaś Majora osobiście. Jakie myśli towarzyszą ci w tej chwili, Kerro?

– Chociaż nasza znajomość trwała krótko, zawsze będę boleśnie odczuwała tę stratę. Gdyby nie major Trapper, dwadzieścia pięć lat temu mogłabym nie przeżyć. – Łzy już zgromadziły się pod jej powiekami, ale przełknęła je i zdołała zachować opanowanie.

– Byłaś przy nim tuż przed śmiercią.

– Jechałam za karetką spod jego domu. Zmarł niemal na progu szpitala.

– Rozumiemy, że śmierć Majora ma związek z tragicznym rozszerzonym samobójstwem, do którego doszło dzisiaj we wczesnych godzinach porannych w domu znanego biznesmena z Dallas, Thomasa Wilcoxa, ale też z aresztowaniem pewnego miejscowego pastora. Czy możesz powiedzieć coś więcej na ten temat?

– FBI już rozpoczęło gruntowne śledztwo w sprawie zarówno pana Wilcoxa, jak i wielebnego Addisona.

– Nasze źródła podają, że federalni śledczy idą tropem, który prowadzi aż do zamachu bombowego na hotel Pegasus. Z twojej osobistej perspektywy tego pamiętnego wydarzenia…

– Nie mogę komentować śledztwa rządowego. Odnośnie do zamachu na hotel Pegasus moja osobista perspektywa jest perspektywą pięcioletniego dziecka, które umierająca matka przekazała w ręce majora Trappera. Uratował mi życie. Tylko to na razie mogę i chcę powiedzieć.

– Jego syn, John Trapper, były agent ATF, brał udział w zatrzymaniu wielebnego Addisona. Czy potwierdzasz to?

– Tak.

– Pan Trapper został ranny. Czy wiadomo, w jakim stanie jest obecnie?

– Otrzymał cios w głowę. Został przyjęty do szpitala, ale obrażenia nie były poważne. Jego stan jest określany jako dobry.

– Czy wydał publiczne oświadczenie w związku ze śmiercią ojca?

– Nie.

– Czy możemy wkrótce takiego oświadczenia oczekiwać?

– Nie. Pan Trapper nie udziela wywiadów.

Po tej rozczarowującej nucie prezenter skończył rozmowę. Kerra prześlizgnęła się przez tłum reporterów zarzucających ją pytaniami, aż dotarła do barierek blokujących wejście do głównego holu szpitala. Zdziwiła się na widok Gracie.

– Wyobrażasz sobie? Dzwonili właśnie z „Entertainment Tonight". Stacja na razie zawiesiła klauzulę w twoim kontrakcie zabraniającą ci…

– Gracie, ja nie pracuję w przemyśle rozrywkowym – powiedziała i wykonała taki ruch, jakby chciała ją ominąć.

– „The View" chcą z tobą jutro rozmawiać.

– Jutro jestem zajęta.

– Dobra, przesunę ich na później. Może w przyszłym tygodniu?

– Dopóki nie dam znać, nie umawiaj mnie z nikim.

– Kerro, bądź mądra. Zbij na tym kapitał. – Producentka pogroziła jej palcem. – Ja wiem, że ukrywasz mnóstwo ciekawostek. Nawet gdybyś miała nigdy więcej nie robić reportaży, na tej jednej historii mogłabyś wystrzelić na szczyt.

Jej słowa tak boleśnie przypominały te, które Trapper skierował do Majora, że aż się wzdrygnęła.

– To ostatnie, na co mam ochotę. A teraz, przepraszam cię. Zastępca szeryfa Jenks prosił mnie o rozmowę.

Czekał na nią w szpitalnym holu, umundurowany i nadal udający, że jest wysokim rangą przedstawicielem biura szeryfa, a nie agentem federalnym. Zaprowadził ją w ustronne miejsce, z dala od ludzi. Wskazał gestem jej ramię.

– Mam nadzieję, że nie narobiłem pani siniaków.

– Dlaczego nie powiedział mi pan, że jest z FBI, kiedy tam byliśmy?

– Przepraszam, ale musiała pani być przekonująco przerażona. Chciałem, żeby Hank przyznał się do zamordowania córki Wilcoxa jeszcze przed aresztowaniem.

– Dziś rano powiedziano Trapperowi, że FBI wysłało człowieka, który zadekował się tutaj i od środka rozpracowuje ten układ.

– Przez ostatnich kilka lat było nas dwóch – uściślił Jenks.

– Pana partner też pracuje w biurze szeryfa?

Jenks uśmiechnął się uprzejmie, ale nie odpowiedział.

– Przepraszam – zmieszała się. – Nie powinnam pytać, chociaż cała nasza rozmowa jest nieoficjalna. Na to ma pan moje słowo.

– Wierzę pani.

– Czy mogę spytać, co w ogóle sprawiło, że Glenn Addison znalazł się na radarze FBI?

– Trappera słuchało więcej osób, niż sądził – odparł Jenks. – W oparciu o to, do czego udało mu się dotrzeć, sprawdziliśmy Wilcoxa i różne rzeczy zaczęły brzydko pachnieć, zwłaszcza gdy inwigilacja ujawniła ścisły kontakt, w jakim pozostawał z szeryfem, dziwnym przypadkiem, przyjacielem Majora. Ze względu na to, że Trapper był synem Majora, zwierzchnicy nie byli pewni, czy pozostanie obiektywny, jeśli się o tym dowie. Wysłali nas tutaj, ale Trappera trzymali w niewiedzy.

– Szkoda.

– Byłbym skłonny się zgodzić z panią, ale decyzje zostały podjęte na samej górze. Ja pilnowałem szeryfa. Kiedy Hank zwrócił się do mnie ze swoją rekrutacyjną gadką, zdębiałem. Miał megalomańskie pomysły.

– Na przykład?

– Że zdobędzie listę Wilcoxa i zacznie ludzi szantażować. Majętnych ludzi. Że ich zmusi do wspierania jego kariery duszpasterskiej i stanie się telewizyjną megagwiazdą. Człowiekiem, który zna wszystkie odpowiedzi.

– Rzecznikiem Boga na ziemi.

– Mniej więcej. Ta świątynia to miał być tylko pierwszy etap. Przyglądał się działaniom Wilcoxa, widział, jak efektywnie manipulował ludźmi, zasiewając w ich umysłach paranoję, i naśladował go.

– A co się stało dzisiaj?

– Zadzwonił i powiedział, że ma zamiar przywieźć Majora do domu ze szpitala, że muszę jechać razem z nim, a potem pozbyć się ciała. Widziałem, że jest coraz bardziej rozstrojony i wszystko coraz szybciej zmierza do finału, więc zawiadomiłem górę, że potrzebna jest szarża kawalerii. Kazałem im czekać w gotowości, a potem spotkałem się z nim tu, na parkingu. Kiedy wsiadałem do minivana, nie spodziewałem się, że spotkam tu panią. W niedzielny wieczór również.

– Który okazał się pełen niespodzianek.

– Nie mógłbym tego lepiej ująć. Początkowo Hank chciał, żebym tam jechał sam. Zamierzałem ostrzec Majora, doradzić mu, żeby na parę dni wyjechał z miasta, a mnie i agencji dał czas zorientować się, czy mamy dość dowodów na Hanka, żeby go aresztować za zabójstwo Tiffany Wilcox i utrzymać oskarżenie w mocy. W ostatniej chwili jednak dorzucono mi Peteya. Hank uważał, że przyda się jako wsparcie. Nie miałem możliwości uprzedzić Majora, nie ujawniając się jednocześnie. Mogłem jedynie narobić sporo hałasu, kiedy zbliżaliśmy się do domu. Uderzyłem go w głowę, żeby stracił przytomność. Pomyślałem, że później przeproszę, a na razie zajmę się Peteyem.

– A Petey był impulsywny.

– Do końca życia będę sobie wyrzucał, że nie przewidziałem, co może zrobić.

Sądząc z jego miny, mówił szczerze.

– To Petey zapytał głośno, jak mu się na razie podoba umieranie.

– Tak. A potem w łazience zgasło światło. Musiałem wybierać, czy ratować osobę będącą w środku, czy zająć się Majorem. Szczerze mówiąc, myślałem, że on już nie żył.

– Dzięki, że mnie pan nie zastrzelił.

– Strzelałem do wszystkiego wokół, byle nie w panią. Hank nie był uszczęśliwiony, że nie załatwiliśmy ani pani, ani Majora. Po pani wypisie ze szpitala wysłał mnie, żebym spróbował ponownie.

Słuchała z przerażeniem, że schował się w szafie jej pokoju w motelu.

– Nie mogłem pozwolić, żeby pani producentka mnie nakryła, bo zostałbym zdemaskowany.

– A gdybym wróciła do pokoju i odkryła, że pan tam jest?

– W sumie na to właśnie liczyłem. Zamierzałem wyjaśnić, kim jestem i co robię, spytać, czy nie miałaby pani nic przeciwko współpracy z rządem w ten sposób, że na kilka dni zniknie, a Hank będzie uważał, że dotrzymuje pani towarzystwa Peteyowi na dnie wyrobiska – zachichotał. – Trapper oszczędził mi zachodu tym porwaniem. – Jenks spoważniał i dodał: – Obawiałem się, że skoro ja dwa razy pani nie dopadłem, Hank oddeleguje kogoś innego. Kogoś takiego jak Petey, kto będzie chciał dowieść swojej lojalności, albo jak facet, którego wysłał do córki Wilcoxów. Tak przy okazji, strażnicy Teksasu złapali go. Przyznaje się, że działał na zlecenie Hanka. Jeśli zaś chodzi o panią, bałem się o pani bezpieczeństwo. Umieściłem transmiter przy samochodzie, żeby mieć panią na oku. Jak się okazało, Trapper mnie przechytrzył. Wciąż sprawiał, że mi pani znikała. On potrafi stać się prawdziwym wrzodem na tyłku – podsumował.

Zaśmiała się cicho.

– Tak, wiem.

– Biuro będzie chciało dokładnie przepytać panią w sprawie Wilcoxa i pewnie też, żeby złożyła pani zeznania na temat Hanka.

– Nie będę miała z tym problemu. Moim zdaniem to socjopata.

– No cóż, jeśli myśli o tłumaczeniu się niepoczytalnością, może to sobie wybić z głowy. Niektórzy członkowie jego trzódki nieco stracili na religijnej gorliwości, kiedy rano agenci federalni zaczęli stawać na progu z nakazami przeszukania. Rzucą się na niego, byle tylko dostać lżejsze zarzuty. A więc, pani Bailey, chyba się już pożegnamy…

Wyciągnął do niej rękę i uścisnęli sobie dłonie.

– Nie mogę powiedzieć, żeby to od początku do końca była przyjemność, agencie Jenks.

– Będę panią oglądał w telewizji. – Uśmiechnął się szeroko.

Już odszedł kilka kroków, ale jeszcze go zawołała.

– Kiedy dał pan znać Trapperowi, że jest pan z FBI?

– Nie dałem.

– To skąd wiedział, że strzelba była nienaładowana?

Agent wzruszył ramionami.

– Według mojej wiedzy, była.

Epilog

Kerra weszła do swojego mieszkania, rzuciła klucze na stolik w przedpokoju, torbę na podłogę. Poszła do salonu, zdjęła żakiet, bluzkę wyciągnęła zza paska spódnicy, rozpięła dwa górne guziki i dopiero wtedy zobaczyła Trappera.

Stał przy przeszklonej ścianie, mając za sobą świetlistą panoramę miasta. Wszędzie poznałaby zarys tej sylwetki.

– Nie przerywaj sobie – powiedział. – Kontynuuj. Ale zostań w szpilkach.

– Jak się tu dostałeś?

Po paru tygodniach braku kontaktu na jego widok serce zaczęło jej walić jak młotem. Cudem udało jej się zachować chłodny i obojętny ton. Zdjęła szpilki.

– Otworzyłem zamek wytrychem.

– A jak wszedłeś do budynku?

– Powiedziałem w recepcji, że jestem inspektorem budowlanym i sprawdzam z polecenia ATF, czy przepisy przeciwpożarowe są w tym budynku przestrzegane.

– Uwierzył w to?

– Kiedy mu pokazałem legitymację.

– Wróciłeś do agencji?

– Zobaczymy, jak to się ułoży.

Nie dała się nabrać na udawaną nonszalancję Trappera, wiedziała jednak, że błędem byłoby mu ją wytykać.

– Carson będzie tęsknił za twoją obecnością kilka pięter wyżej.

– W najbliższą sobotę będzie świętował miesiąc małżeństwa. Jest na dobrej drodze do pobicia swojego rekordu. Powiedziałem mu, że nigdy mu się to nie uda, jeśli nie przestanie kupować innym kobietom fikuśnych staników. Masz go jeszcze?

– Tak.

– Nosisz go?

– To raczej nie jest strój do pracy. Spędziłam cały dzień w redakcji...

– Redaktorowi na pewno się podobał.

– Redaktorce. Poza tym pracowałam nad godzinnym wydaniem specjalnym poświęconym majorowi Franklinowi Trapperowi.

– Dla waszej sieci? – Porzucił żartobliwy ton.

– Trafi na antenę za dwa tygodnie, licząc od tej niedzieli. Skupia się na dobru, jakie czynił. Na tym, jak wykorzystywał własną sławę do celów charytatywnych i programów edukacyjnych. Doceniam, że dałeś mi zielone światło na ten reportaż.

Wśród chaosu i zamieszania po śmierci Majora po rozmowie z Jenksem zaczęła szukać Trappera. Znalazła kartkę – tylko kartkę, zaadresowaną do niej – na szpitalnym łóżku, które powinien był zajmować. Dużymi literami napisał: MASZ MOJE OKEJ, pod spodem nabazgrał swój podpis.

– Widziałem parę twoich relacji – przyznał. – Wszystkie były dobre.

– Dziękuję.

– Przekazałaś nieco wygładzoną wersję wydarzeń.

– Powiedziałam widowni wszystko, co powinna wiedzieć.

Polecono jej relacjonować zdarzenia związane ze śmiercią Majora i tym, co do niej doprowadziło, a także przestępstwa Thomasa Wilcoxa jeszcze sprzed zamachu na Pegasusa i moralny upadek megalomańskiego pastora Addisona.

Do minimum ograniczono wzmianki o Trapperze, a to, co o nim mówiła, sprowadzało się do urzędowo potwierdzonych faktów. Gracie naciskała, żeby rzuciła widowni ciekawsze kąski, ale Kerra zagroziła, że odejdzie z pracy, jeśli jej nie odpuszczą. Przypomniała producentce i całej wierchuszce, że przy jej obecnej sławie każda stacja w kraju powita ją z otwartymi ramionami. Dali jej spokój.

Jej relacje były obszerne, ale nie naruszały prywatności rodziny Trapperów.

– I co cię teraz czeka? – spytał. – Nowy Jork?

– Próbujesz się mnie pozbyć?

– Przypuszczałem, że po tym megahicie będziesz chciała piąć się znacznie wyżej.

– Na razie podobają mi się widoki, jakie mam stąd. – Wskazała okno za jego plecami.

– Nowy Jork słynie z widowiskowej panoramy.

– Wolę tę.

Zmierzyli się wzrokiem. Zdołała powstrzymać się przed tym, by do niego podejść. Objęła się rękami w talii i popatrzyła na palce stóp, nieco podkurczone wśród puszystego włosia dywanu.

– Pogrzeb był cichy – odezwała się.

Kiedy nie odpowiedział, uniosła głowę.

– Nie chciałem żadnej pompy, Kerro.

– Miałeś do tego wszelkie prawo.

– Taa, ale wiem, że wszyscy jej oczekiwali. Myślę, że mieszkańcy Lodal poczuli się ograbieni z wielkiej imprezy.

– Nie jesteś nikomu winien żadnych wyjaśnień.

– Został pochowany obok mamy. Nie stawiałem nagrobka, jest tylko płyta.

– I bez pamiętnika.

– Bez pamiętnika. – Uśmiechnął się smutno. – Nawet i on uważał, że to był niezły kawał. – Teraz się zaśmiał. – Po raz pierwszy od lat śmialiśmy się razem. I po raz ostatni – urwał, a po chwili dodał: – Cieszę się, że podarowano nam tę wspólną chwilę.

Wiedząc, jak bardzo nie lubi sentymentalizmu, zmieniła temat.

– Hank uważał, że w sprawie strzelby też blefowałeś.

– A ja choć raz w życiu byłem wobec niego szczery…

– Gdybyś się pomylił…

– Wiedziałem, że Jenks nie zostawiłby Hankowi nabitej strzelby.

– Ale działałeś, kierując się jedynie przeczuciem, że Jenks jest tajnym agentem. Gdybyś się pomylił, zastrzeliłabym cię. Zginąłbyś na moich oczach – dodała łamiącym się głosem.

– To prawda. Bywam nierozważny. I dziko uparty. Cały miszmasz charakterologicznych wad.

– A główna z nich to brak dobrych manier. Pojawiasz się tu bez zaproszenia. Zniknąłeś bez pożegnania – skarciła go.

– Przepraszam, Kerro. Kiedy tylko pozszywali mi czerep…

– Ulotniłeś się.

– Bo już zaczynało się to całe medialne szaleństwo, a nie chciałem dać mu się przyłapać w szpitalu.

– Chciałam się z tobą zobaczyć, Trapper. Przekonać się, czy nic ci nie jest, pocieszyć cię.

– Nie potrzebowałem banałów i pocieszania.

– Ale ja potrzebowałam. – Przyłożyła dłoń do piersi.

Otworzył usta, żeby coś powiedzieć, ale się rozmyślił. Nieco przygarbił ramiona.

– Jestem bydlę. Spytaj Gracie. Zapisała to.

Chwile mijały. Kerra potarła czoło, zebrała myśli. Popatrzyła na niego.

– Czy rany na głowie już się goją? – spytała.

– Carson mówił, że dzwoniłaś, żeby się dowiedzieć.

– Chciałam się upewnić, czy jesteś przytomny i w pełni sprawny, czy też może przeszedłeś operację neurochirurgiczną.

– Rana nie była poważna. Sam słyszałem w wiadomościach. Ale zaraz. Czy to nie ty informowałaś o moim stanie zdrowia?

Spiorunowała go wzrokiem. Uniósł dłonie gestem przeprosin.

– Rozcięcie na czaszce nie było groźne. Parę szwów i tyle. Guz zniknął dość szybko – przerwał dla podkreślenia następnych słów. – Ale musiałem sobie w tej głowie poukładać, Kerro.

Posłużył się utartą frazą, mimo wszystko jednak podszytą głębszym znaczeniem.

– Rozumiem – powiedziała, nie będąc w stanie gniewać się na niego.

Przestąpił z nogi na nogę, rozejrzał po pokoju, a kiedy wrócił wzrokiem do niej, poruszył temat Hanka.

– Ostrzegałem go, że jeśli mnie jeszcze kiedyś uderzy, kazania będzie wygłaszał zza pełnej protezy. Zdrutowali mu szczękę.

– Mam nadzieję, że dostanie najwyższy wymiar kary.

– Ma to jak w banku.

– A Glenn?

– Widziałem go dzisiaj. Jest załamany Hankiem, ale przynajmniej nie siedzi za kratkami. Z powodów zdrowotnych wypuszczono go za kaucją, a według prokuratora, w kolejności wagi zarzutów jest na dole listy. Zeznaje jako świadek koronny. Prawdopodobnie nie trafi do więzienia.

– Jestem pewna, że miałeś z tym coś wspólnego.

Nie zaprzeczył, ale też nie potwierdził. Uśmiechnęła się do niego porozumiewawczo.

– Rzecz w tym, Trapper, że ty wcale nie jesteś bydlęciem. Ty tylko chcesz, żeby ludzie w to wierzyli.

– Muszę być znakomitym aktorem, bo większość wierzy.

Mogła podać wiele argumentów podważających to twierdzenie, ale zrezygnowała.

– Coś dla ciebie przygotowałam na wypadek, gdybyś jeszcze kiedyś pojawił się bez zapowiedzi. Chodź.

Zaprowadziła go do swojej sypialni, podeszła do szafy i włączyła oświetlenie. Wyciągnęła z niej kartonowe pudło i pchnęła po podłodze w stronę łóżka.

– Słyszałam, że wystawiłeś dom i ziemię na sprzedaż i pozbywasz się całego umeblowania.

– Kto ci powiedział?

– Nie wolno mi zdradzać źródeł.

– Serio do mnie z tym tekstem?

– A to prawda?

– Tak. To miejsce nigdy nie było dla mnie domem, a po ostatnich wydarzeniach wiem, że już tam nie wrócę.

– Siadaj. Otwórz pudło.

Przysiadł na skraju łóżka i zdjął wieko. W środku były fotografie z jego sypialni w domu Majora.

Kerra usiadła obok niego.

– Poprosiłam Jenksa, żeby zabrał je przed aukcją. Pomyślałam, że będziesz chciał je mieć. Jeśli nie teraz, to pewnego dnia.

Trapper wbił wzrok w oprawione zdjęcia, ale nie sięgnął do nich. Głęboko westchnął.

– Chciałbym w to wierzyć, Kerro, ale…

– Wierzyć w co?

– Że powiedział prawdę przed śmiercią. Że nie był jednym z zamachowców i dlatego – tylko dlatego – próbował dostać się do ciebie przez zamknięte drzwi łazienki.

– Jaki inny powód mógł mieć?

– Nie wiem. Może Wilcox... – Przegarnął włosy palcami.

– Trapper, musisz to sobie odpuścić.

– Cholera, myślisz, że nie chcę? Myślisz, że nie chcę wierzyć, że facet z tych zdjęć, ojciec, którego pamiętam, miał na sumieniu wyłącznie upodobanie do sławy, jak twierdził? Ale nie jest mi łatwo to zaakceptować.

– Dlaczego?

– Wilcox chciał cię uciszyć. Ty i Major zostajecie sami w domu. I co on robi? Otwiera szafkę i wyjmuje strzelbę. Według twoich słów, kiedy usłyszałaś huk, sądziłaś, że to on strzelił. Że może wypaliła mu przypadkiem, ale...

– Nie mógł strzelić. Nie była naładowana.

Rzucił jej ostre spojrzenie.

– Myślałam, że to wiedziałeś – powiedziała.

– Skąd wiesz? – spytał.

– Glenn Addison mi powiedział. Tamtego dnia, kiedy wyszłam ze szpitala. Przepytywał mnie razem ze strażnikami Teksasu. Jednym ze szczegółów, których nie podawali do publicznej wiadomości, było to, że strzelbę znaleziono na podłodze w zasięgu ręki Majora. Dopóki tego nie sprostowałam, Glenn sądził, że Major wyjął ją z szafki, gdy usłyszał hałas. Nie żeby na wiele mu się miała przydać, stwierdził, bo nie była naładowana. – Położyła dłoń na ramieniu Trappera i mocno je ścisnęła. – Trapper, ona nie była naładowana. Major nie miał najmniejszego zamiaru zrobić mi krzywdy. Prawdopodobnie odstawiał strzelbę do szafki, kiedy usłyszał Jenksa i Peteya Mossa. Podszedł, chcąc mnie ostrzec. Pogódź się z tym. – Zniżając głos, dodała: – Przyjmij do wiadomości, że on cię kochał. A potem zacznij wreszcie żyć własnym życiem. Nie jego.

Popatrzył na zdjęcie leżące na stosie. Przedstawiało Trappera i jego ojca. John nie miał przedniego zęba, był ubrany w poplamiony trawą strój do piłki ręcznej i klęczał obok pucharu, który przewyższał go wzrostem. Major stał obok syna. Ręce położył na ramionach chłopca. Szeroko się uśmiechał.

Trapper zamyślił się, po czym zamknął pudło i odsunął je na bok.

– Nie mogę go nie kochać. Gdyby nie on, nie poznałbym ciebie – odezwał się.

Zaparło jej dech w piersiach.

– Musiałem pokazać się tu bez zaproszenia, Kerro.

Pytającym gestem przechyliła głowę na ramię.

– Przestałaś wydzwaniać do Carsona.

– Zaczynał się irytować – wyjaśniła i dodała ciszej: – Mam zresztą swoją dumę.

Patrzył jej w oczy przez długą chwilę, a potem spytał:

– Jeśli zacznę się do ciebie przystawiać, wypchniesz mnie przez to wielkie okno?

– Tylko nierozważny mężczyzna zaryzykowałby coś takiego.

– Nie nierozważny, zdesperowany.

– W takim razie pewnie warto zaryzykować.

– No cóż, nie będę się powstrzymywał. – Wyciągnął rękę i kciukiem musnął pieprzyk na jej policzku. – Kłamałem, kiedy powiedziałem, że nie potrzebuję twojej pociechy. – Przesunął dłoń po jej szyi, odsunął kołnierzyk bluzki, skrył twarz w zagłębieniu między szyją a obojczykiem. – Potrzebuję. I to bardzo. Pragnę cię, jak cholera. To jak choroba. Carson mówi, że to miłość. Uważa, że to przekomiczne.

– A ty co sądzisz?

Uniósł głowę, żeby na nią spojrzeć.

– Wiem tylko to, że jeśli nie pozwolisz, żebym się przy tobie kręcił, to będę musiał znów cię uprowadzić.

– Kręcić się koło mnie? Jak długo, Trapper? Godzinę? Całą noc, zanim znów znikniesz?

– Nie. Chciałbym zostać, dopóki ta choroba mi nie minie. – Potarł kciukiem jej dolną wargę. – Ale skoro na samą myśl, że mam żyć bez ciebie, robi mi się jeszcze gorzej, ten stan może potrwać wiecznie.

– Zaklęty krąg. Nie widzę wyjścia.

– Ja też nie. Może zechcesz to wziąć pod uwagę, zanim powiesz „tak".

Udawała, że się zastanawia, a on nie wytrzymał, zaklął pod nosem i pocałował ją z taką czułością, że serce jej zmiękło, i z taką pasją, że hormony zaczęły szaleńczy taniec.

Złączeni pocałunkiem osunęli się na łóżko. Kiedy oderwał usta od jej warg, westchnęła.

– Ale ja jeszcze na nic się nie zgodziłam.

– Wiesz, jak wygląda alternatywa.

– Uprowadzisz mnie?

– Bez wahania. Ale nie kradzionym samochodem. I najpierw jednak zrealizuję swoją erotyczną fantazję. – Wsunął rękę pod jej spódnicę i pogładził wewnętrzną stronę uda, a potem zahaczył kciukiem o rąbek fig i pociągnął.

– I to jeszcze zanim zdejmiesz kurtkę i buty?

– Uhm. To część fantazji. Żałuję, że zdjęłaś szpilki.

– No cóż, może to mnie jakoś zrehabilituje.

– Co?

Pochyliwszy się, przyłożyła wargi do jego ucha i szepnęła:

– Na pewno ci się spodoba.

Rozpięła bluzkę i patrzyła, jak Trapper uśmiecha się coraz szerzej na widok stanika, który miała pod spodem.